KB093290

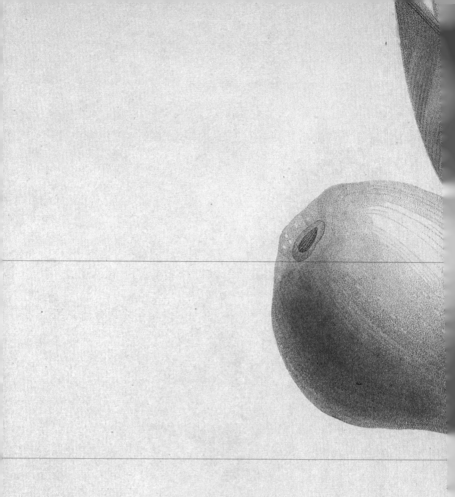

JUDAS

Copyright © 2014, Amos Oz
All rights reserved

이 책의 한국어판 저작권은
The Wylie Agency (UK) LTD와 독점 계약한 (주)현대문학에 있습니다.
저작권법에 의해 한국 내에서 보호를 받는 저작물이므로
무단 전재와 복제를 금합니다.

AMOS OZ

유다

아모스 오즈 장편소설

최창모 옮김

JUDAS

현대문학

To Deborah Owen

데버라 오언에게

저기 들판 너머에 그 배신자가 뛰어간다.
산 자가 아니라 죽은 자가
그에게 돌을 던졌다.

나탄 알테르만,
『보기에 좋았더라』 중 「배신자」에서

일러두기

1. 이 책은 2014년 케테르북스에서 발행된 『유다에 관한 복음 הבשורה על פי יהודה』을 번역한 것이다.

2. 작가의 의도를 존중하여 원문의 고딕체, 볼드체, 줄표, 붙임표는 가급적 그대로 표시했다.

3. 외래어 표기는 한국어 어문 규범의 외래어 표기법과 히브리어 용례를 따르되, 현지 발음과 지나치게 동떨어진 경우 옮긴이의 판단을 우선했다.

4. 유대교와 기독교에서 사용하는 성경을 일일이 구별하여 우리말로 옮기기란 현실적으로 어려우므로, 작중 성경 구절은 원문 그대로 번역하되 인지명만 한국의 성서공동번역위원회가 편찬한 『공동번역성서』를 따랐음을 밝혀 둔다.

5. 이 책의 주는 모두 옮긴이 주이다.

차례

유다
11

주석
457

━ 01 ━

1959년 말에서 1960년 초 겨울에 있었던 이야기다. 이 이야기에는 실수와 욕망, 실패한 사랑과 답 없이 여기 남겨진 어떤 종교적 문제가 담겨 있다. 몇몇 건물에는 10년 전 이 도시를 할퀴고 지나간 전쟁[1]의 흔적들이 여전히 남아 있었다. 저녁 무렵 귀를 기울이면 내려 닫힌 셔터 너머로 먼 곳에서 연주하는 아코디언 선율이나 영혼 깊은 곳을 울리는 하모니카 소리가 들려왔다.

예루살렘에 있는 여러 아파트에는 거실 벽에 반 고흐의 별이 빛나는 밤이나 석양의 사이프러스들이 걸려 있었고, 작은 방에는 골풀로 짠 돗자리들이 깔려 있었으며, 미즈라히[2]풍의 천을 덮고 수놓은 쿠션을 언덕처럼 쌓아 놓은 푹신한 소파 위에는 펼쳐서 엎어 둔 『찌클락의 나날들』[3]이나 『닥터 지바고』가 널브러져 있었다. 저녁 내내 석유난로는 파란색 불꽃으로 타올랐다. 방구석에는 포탄 탄피로 만든 화병에 가시나무 가지가 자라고 있었다.

12월 초 슈무엘 아쉬는 대학의 학업을 중단하고 예루살렘을 떠날 준비를 했는데, 그는 사랑에 실패했고, 연구에 진척도 없었고, 부친이 사업에 실패한 후로 경제적 상황이 악화하여 일자리를 찾아야 했기 때문이었다.

그는 다부진 몸매에 수염을 기른 스물다섯 살의 젊은이였고, 소심하고 감상적인 사회주의자이며, 천식 환자에다 쉽게 달아올랐다가 빠르게 실망하곤 했다. 그의 어깨는 넓었고, 목은 짧고 굵었으며 그의 손가락도 그랬는데 너무 짧고 굵어서 마디 하나가 모자란 것 같았다. 슈무엘 아쉬의 얼굴과 목에 있는 모든 모공에서는 꼬불꼬불한 수염이 거침없이 뚫고 나와 마치 철사로 짠 양모처럼 보였다. 이 수염은 점점 자라서 걷잡을 수 없이 구불대는 머리카락과 역시 구불거리며 엉켜 있는 가슴 털과 이어졌다. 멀리서 보면 그는, 여름이든 겨울이든, 언제나 흥분해서 땀을 뒤집어쓰고 있는 것 같았다. 그러나 가까이 다가가 보면, 놀랍게도 그의 피부에서는 시큼한 땀 냄새가 아니라 아기 분 냄새가 은은하게 풍겨 왔다. 그는 새로운 발상이 재치 있고 역설적이라면 한순간에 거기에 취했다가 또 빠르게 피곤을 느끼곤 했다. 그게 심장확대인지 천식인지로 고생하고 있어서 그런 탓인지는 알 수 없었다.

그의 눈에는 너무나 쉽게 눈물이 차올라서, 스스로도 당혹스럽거나 심지어 부끄러운 마음이 들 때가 있었다. 겨울밤 담장 밑에서 어미를 잃었는지 새끼 고양이가 울어 대면서, 슈무엘의 가슴을 먹먹하게 만드는 눈길을 주며 그의 다리에 부드럽게 비벼 대기라도 하면, 슈무엘의 눈은 당장 뿌옇게 흐려지곤 했다. 혹은 에디슨 극장에서 고독과 절망을 주제로 한 그저 그런 영화를 보다가 다른 누구보다 완고한 성격의 인물이 자기를 희생할 준비가 되어 있음을 너무나도 쉽게 드러내도 그는 즉시 눈물이 나고 목이 메었다. 만약 샤아레이 쩨데크 병원 출구에서 전에 만난 적 없는 깡마른 여자와 아이가 맨발로 부둥켜안고 서 있는 모습을 본다면—바로 그 순간 울컥하는 마음이 치밀어 오르고 결국 울음이 그를 삼켜 버린다.

그때까지만 해도 울음은 여자들의 전유물로 여겨졌다. 눈물을 흘리는 남자는 턱에 수염이 난 여자라도 되는 것처럼 껄끄럽게 생각되었고, 옅은 혐오감까지 불러일으켰다. 슈무엘은 이러한 자신의 약점 때문에 매우 부끄러워했으며 이를 억누르려고 무척 노력했지만 별 소용이 없었다. 그는 내심 그런 감상에 빠져 버린 자신을 겨냥하는 조롱에 동조했고, 자기에게 남성성이 좀 모자라다고 인정했을 뿐만 아니라 그로 인해 삶이 의미 없어지고 어떤 목표도 성취하지 못할지도 모른다고 생각했다.

그러나 넌 뭘 했지, 그들을 불쌍하게 여기는 것 외에 사실 한 일이 뭐야? 그는 가끔 자기혐오에 빠져 자문했다. 가령, 너는 그 새끼 고양이를 네 외투 속에 안고 네 방으로 데려올 수도 있었잖아. 누가 널 막았지? 그리고 아이와 함께 울던 여자에게도 그냥 다가가서 뭔가 도울 만한 일이 있는지 물어볼 수 있었잖아. 아니면 아이에게 책과 비스킷을 들려 발코니에 앉혀 놓고, 그동안 너는 그 여자와 네 방 침대 위에 서로 가까이 다가앉아서 속삭이는 목소리로 그녀에게 무슨 일이 있었는 지, 네가 그녀를 위해 뭘 할 수 있는지 알아볼 수 있었잖아?

야르데나도 그를 떠나기 며칠 전에 그렇게 말했었다. "당 신은 말이에요, 당신은 시끄럽게, 이리저리 뛰어다니며 긁어 대는, 흥분한 강아지 같은 부류야, 당신은 의자에 앉아 있을 때도 어떻게든 주의가 산만해져서 계속 자기 꼬리를 따라 돌 고 있다고, 혹은 정반대로─온종일 침대에서 꼼짝도 하지 않 고 처박혀 있어서 꼭 환기하지 않아 꿉꿉한 겨울 이불 같다니 까."

야르데나는 한편으로 슈무엘이 만성피로에 시달리고 있으 면서도, 다른 한편으로─어떻게 보면 그의 걸음걸이가 분명 히 어딘가 고르지 못해서, 언제나 뛰는 것 같다고 지적했다. 그는 계단도 꼭, 두 단씩 두 단씩 서둘러서 오르곤 했다. 복잡 한 거리를 건널 때도 그는 대각선으로, 서둘러서, 두려움도 없 이, 좌우를 살피지 않고 뛰어들어서 마치 누구에게 시비라도 걸려는 듯이 보였으며, 꼬불꼬불한 수염을 기른 머리는 앞으 로 쭉 뻗어 있었고, 몸도 앞으로 쏠려 있었다. 그의 다리들은 늘 온 힘을 다해 머리를 쫓는 몸을 따라가는 것처럼 보였고, 슈무엘이 자기들을 뒤에 버려두고 그 거리 모퉁이를 지나 사 라질까 봐 두려워하는 것 같았다. 그는 온종일 뛰고, 헐떡거리 고, 정신없이 바빴는데, 강의에 늦거나 정치 모임에 늦을까 봐 그런 것이 아니라, 아침이든 저녁이든 자기가 해야 할 일들을 얼른 끝내고 메모지에 적어 둔 그날의 일정을 지워 버리기를 바랐기 때문이었다. 그러고 나서 조용한 자기 방으로 돌아가고 싶어 했다. 그의 삶은 매일 아침 잠자리에서 끌려 나왔다가 다시 그 겨울 이불 밑으로 돌아가는, 쳇바퀴를 타고 고된 장애물경주를 하는 것과 같았다.

그는 누구든 자신의 이야기를 들어 주는 사람들 앞에서 강의하기를 좋아했고, 특히 같은 서클 동료들 앞에서 사회주의 제도 개혁을 논의하는 것을 사랑했다. 자세히 설명하고, 논거를 제시하며, 반론을 제기하고, 논박하며, 새로운 주장을 내놓는 일을 즐겼다. 그는 만연체로, 즐겁게, 재밌고 활기차게 말했다. 그러나 남들이 말을 시작하고 자기가 그들의 생각을 들어야 할 차례가 되면, 곧 참을성을 잃고 주의가 산만해지며 갑자기 피곤해지면서 눈이 감기고 헝클어진 머리가 텁수룩한 가슴을 향해 가라앉곤 했다.

그는 야르데나만을 앞에 두고도 여러 가지 편견을 깨뜨리고 사회적 공감대에 항의하며, 전제에서 결론을 끌어내고 다시 결론에서 전제를 뽑아내는 열렬한 강연을 했다. 그러나 그녀가 말을 걸면 대체로 2~3분 만에 그의 눈꺼풀이 감기고 말았다. 그녀는 그가 자기 말을 전혀 듣지 않는다고 불평했고 그는 손사래를 치며 부인했는데, 그녀가 자기가 조금 전에 했던 말을 다시 이야기해 보라고 요구하면 그는 별안간 주제를 바꾸어 벤구리온[4]이 범한 실수에 대해 토론하자고 말하곤 했다. 그는 마음씨 착하고 관대하며 좋은 의도가 넘치고 양모 장갑처럼 부드러웠고 늘 모든 사람에게 도움이 되려고 노력했으나, 항상 정신을 딴 데 둔 것 같았고 참을성이 없었다. 그는 양말 한 짝을 어디 걸어 두었는지, 집주인이 실제로 뭐라고 말했는지 아니면 자기 강의 공책을 누구에게 빌려주었는지 잊어버리곤 했다. 그렇지만 크로폿킨[5]이 네차예프[6]를 처음 만난후 그에 관해 뭐라고 말했고 2년 후에는 또 뭐라고 했는지 인용할 때는 전혀 혼란스러워하지 않았다. 또 예수의 제자 중에 다른 이들에 비해 말수가 적었던 사람이 누구인지 말할 때는한 치의 망설임도 없었다.

야르데나는 활기차고 어쩔 도리가 없는 그의 성격을 좋아했으며, 다정하지만 활달한 강아지 같은 성격, 커다란 개가 쓰다듬어 달라고 찰싹 붙어 다니면서 무릎에 침을 흘리는 것 같은 모습을 사랑하긴 했으나, 전에 사귀던 남자 친구가 청혼하자 슈무엘과 헤어지기로 했는데, 그 남자는 네쉐르 샤르쉡스키라는 부지런하고 조용한 수문학자水文學者로 빗물을 저장하는 연구에 있어서 전문가였고, 그녀가 다음 순간에 무엇을 원할지 미리 알고 그녀의 귀에 속삭일 줄 아는 사람이었다. 네쉐르 샤르쉡스키는 그녀의 생일을 양력으로 계산해서 예쁜 스카프를 사 주고는, 이틀 뒤에 히브리 음력으로 그녀의 생일이 돌아오자 미즈라히풍 녹색 깔개를 선물했다. 그는 그녀의 부모님 생신까지 기억하고 있었다.

02

야르데나가 결혼식을 올리기 3주 전쯤 슈무엘은 석사 학위 논문을 쓰다가 결국 포기해 버렸다. 논문 제목은 '유대인들의 눈에 비친 예수'였는데, 처음에 슈무엘이 이 주제를 골랐을 때 그가 얼마나 큰 열정에 사로잡혔던지, 머릿속에 떠오른 강렬한 영감에 취해 온몸이 감전된 것 같았다. 그러나 좀 더 자세히 공부하면서 선행 연구들을 탐구하다 보니, 그의 영감은 실제로는 전혀 새로운 것이 아니었을 뿐만 아니라 그가 태어나기 전, 1930년대 초에 이미 출판됐다는 것이 금세 드러났는데, 저명한 석학이며 그의 은사인 구스타프 욤토프 아이젠슐로스 교수가 쓴 소논문에, 그것도 각주에 이 주제가 인용되었다는 사실을 발견한 것이다.

사회주의 개혁 서클에도 위기가 찾아왔다. 매주 수요일 저녁 8시면 예기아 카파임 마을 뒷골목 어딘가에 있는 천장이 낮고 어두컴컴한 카페에서 서클 정기 모임이 있었다. 기술자, 배관공, 전기 기사, 페인트공과 인쇄공들이 여기서 가끔 만나

백개먼[7]을 했으며, 그 때문에 이 카페는 서클 친구들에게 프롤레타리아 노동자들의 장소로 여겨졌다. 석회 도장공들과 라디오 수리공들이 실제로 서클 친구들과 합석하지는 않았지만, 두 탁자 건너에 앉은 그들이 뭔가를 묻거나 지적할 때도 있었으며, 아니면 반대로 서클 친구 중 하나가 일어나서 겁도 없이 노동자 계급의 대표들이 백개먼을 하는 탁자로 담뱃불을 빌리러 가기도 했다.

서클 사람들 대부분은 논쟁 후 스탈린의 공포 통치 문제와 관련하여 제20차 소련공산당대회[8]가 발표한 내용을 받아들이기로 했으나, 자기주장이 확실한 사람들은 스탈린을 향한 전폭적인 지지뿐만 아니라 레닌이 만든 프롤레타리아 독재의 본질 자체에 대한 우리의 의견을 재검토해야 한다고 요구했다. 심지어 동료 중 두 명은 마르크스가 젊었을 때 내놓은 견해들을 사용해서 나이 든 마르크스의 철통같은 사상에 도전하기까지 했다. 결국 서클 동료 여섯 명 중 네 명이 탈퇴해서 따로 세포조직을 만들겠다고 선언하자 슈무엘 아쉬는 서클의 와해를 막으려고 노력했다. 서클을 나간 네 명의 동료들 가운데 두 명이 여자였고, 이들이 없는 서클에 남아 있을 이유가 없었다.

같은 달 슈무엘의 아버지는 하이파에 있는 작은 회사(샤하프 주식회사, 지도 제작 및 항공사진 촬영 전문)의 오랜 동업자를 상대로 수년에 걸쳐 여러 재판소를 거쳐 가며 싸운 끝에 항소심에서 패하고야 말았다. 슈무엘의 부모님은 그가 학업 중

다달이 주던 용돈을 끊을 수밖에 없었다. 그는 집 마당에 내려가 쓰레기장 뒤에서 헌 상자 서너 개를 주워 텔아르자 마을의 자기 셋방에 가져다 놓고 매일 그 안에다 책이나 옷이나 물건들 가운데 일부를 아무렇게나 쑤셔 넣었다. 그렇지만 사실 거기서 나오면 어디로 가야 할지 아직 아무런 계획도 없었다.

슈무엘은 며칠째 저녁마다 거리를 쏘다니고 있었는데, 누군가 동면하던 곰을 깨워 놓은 것처럼 비틀거리며 비 오는 거리를 헤매고 다녔다. 춥고 바람이 불어서 사람이라고는 찾아볼 수 없는 시내 거리를 예의 뛰는 듯 걷는 걸음걸이로 터벅거리며 지나갔다. 몇 번 나할라트 쉬바 마을 뒷길에 어둠이 내린 뒤 비를 맞으며 멈춰 서서 이젠 야르데나가 더는 살지 않는 건물의 철문을 물끄러미 바라보기도 했다. 어떨 때는 발길이 닿는 대로 가다가 알지 못하는 황량한 외딴 마을에서 길을 잃었으며, 나홀라오트, 베이트 이스라엘, 아흐바 혹은 무스라라 같은 동네에서 웅덩이를 첨벙거리면서 걷다가 바람에 넘어진 쓰레기통을 겨우 피하기도 했다. 헝클어진 머리를 앞으로 내밀며 걷다가 이스라엘 측 예루살렘과 요르단 측 예루살렘을 가르는 콘크리트 벽을 소처럼 들이받을 뻔한 적도 두세 번 있었다.

그는 제정신이 아닌 것처럼 녹슨 철조망 사이로 찌그러진 표지판들을 들여다보기도 했다. 멈춤! 국경 근접! 주의, 지뢰! 위험―공터! 심지어 이런 표지판도 있었다―당신은 지금 저격수가 노리고 있는 적지에 서 있다! 슈무엘은 이런 표지판들을 보면서 마치 다양한 메뉴판에서 좋아하는 것 하나를 골라야 하는 것처럼 망설였다.

거의 매일 저녁 이렇게 돌아다니면서 뼛속까지 비에 젖고 헝클어진 수염에서 물이 흘러내릴 때쯤, 그는 추위와 무기력감에 떨며 피곤함에 절어 기다시피 그의 침대로 돌아왔고, 다음 날 저녁까지 웅크린 채 잠이 들었다. 그가 쉽게 피곤해지는 이유는 심장확대 때문인지도 몰랐다. 날이 어둑어둑해지면 무거운 몸을 다시 일으켜서 전날 밤에 돌아다니다 젖어 아직 채 마르지도 않은 옷가지와 외투를 둘러 입었다. 그리고 다시 발길이 이끄는 대로 탈피오트로, 아르노나로, 도시 끝자락까지 돌아다녔다. 라마트 라헬 키부츠 정문 차단기까지 갔다가 의심 많은 경비원이 그에게 손전등을 비추기라도 하면, 그제야 돌아서서 달리기 선수처럼 신경질적이고 서두르는 걸음걸이로 집으로 돌아왔다. 돌아와서는 식빵 두 쪽과 요구르트로 대충 끼니를 때우고, 젖은 옷을 벗어 걸고 더듬거리며 이불 속을 파고들어 가 웅크려 몸이 따뜻해질 때까지 한참을 헛되이 기다렸다. 그러다가 잠이 들면 다음 날 저녁까지 일어나지 않았다.

그는 스탈린을 만나는 꿈을 한 번 꾼 적이 있었다. 사회주의 개혁 서클이 모이던 그 어두컴컴한 카페의 천장이 낮은 뒷방이었다. 스탈린은 구스타프 아이젠슐로스 교수에게 슈무엘의 아버지가 겪고 있던 모든 문제를 해결해 주고 손해도 보상해 주라고 말하고 있었는데, 무슨 연유인지, 슈무엘은 스탈린을 데리고 시온산 꼭대기 성모영면 수도원[9] 지붕에서, 국경 너머 요르단 측 예루살렘에 갇힌 서쪽 벽[10] 모퉁이를 보여 주고 있었다. 그는 콧수염 아래로 비웃고 있는 스탈린에게 실은 왜 유대인들이 예수를 배척했는지 그리고 왜 아직도 고집스럽게 그에게 등을 돌리고 있는지 도무지 설명할 수가 없었다. 스탈린은 슈무엘을 유다[11]라고 불렀다. 꿈이 끝나 갈 즈음에는 바싹 마른 네쉐르 샤르쉡스키까지 잠깐 등장해서, 스탈린에게 끼잉끼잉거리는 강아지를 양철 상자에 넣어 선물했다. 끼잉끼잉거리는 소리에 잠에서 깬 슈무엘은 기분이 썩 좋지 못했는데 횡설수설하는 자기 설명 때문에 스탈린이 비웃었을 뿐만 아니라 의심까지 하게 되어 상황이 악화했기 때문이었다.

비바람이 그의 방 창문을 세차게 두들겨 댔다. 폭풍우가 점점 더 거세지자, 새벽녘 바깥 창살에 매달아 놓았던 양철 빨래 양동이가 공허한 소리를 내며 난간에 부딪쳤다. 그의 집에서 멀리 떨어진 곳에서 서로 꽤 먼 거리에 있을 것 같은 개 두 마리가 밤새도록 짖어 댔는데 소리는 커졌다 잦아들었다 하다가 때로는 울부짖기도 했다.

그래서 그는 예루살렘을 떠나 어디 멀리 외진 데서 너무 힘들지 않은 직장을 찾아볼까 하는 생각이 들었는데, 광야 지역에 새로 건설한다고 들었던 도시 하레이 라몬에 가서 야간 경비를 설 수도 있을 것이었다. 그러나 그러는 사이에 야르데나가 그에게 결혼식 초대장을 보내왔다. 그녀와 그녀의 말을 잘 듣는, 수문학자이자 빗물을 저장하는 연구의 전문가인 네쉐르 샤르쉡스키는 서둘러 후파를 세우고[12] 싶어 했다. 그들은 겨울이 끝날 때까지 참을 수 없었던 모양이었다. 슈무엘은 그들을 그리고 친구 모두를 놀래 주기로 마음먹고, 이 초대에 꼭 응하기로 했다. 자, 모든 사회적 통념과는 반대로 그가 갑자기 거기에 짠 하고 나타나, 신나서 시끄럽게 떠들어 대며, 만면에 웃음을 띠고 어깨를 두드리고 다니는 것이다. 가족 친지와 개인적으로 가장 가까운 친구들만 참석하기로 되어 있는 결혼식이 한창 진행되는 중간에 초대받지 않은 손님이 밀고 들어와서, 그다음엔 결혼식 피로연 파티에 흔쾌히 합류해서 행복하게 함께 어울리며 특별 순서로 그의 유명한 아이젠슐로스 교수의 말투와 행동 흉내 내기 공연을 그들에게 선사할 것이다.

그러나 야르데나가 결혼하는 날 아침 슈무엘은 심한 천식 발작을 일으켜서 아픈 몸을 이끌고 보건소에 가야만 했는데, 거기서 천식 흡입기와 여러 가지 알레르기 약들을 처방받았지만 허사였다. 그의 상태가 악화하자 보건소에서 비쿠르 홀림 병원으로 그를 이송했다.

야르데나가 후파 아래서 결혼식을 하는 동안 슈무엘은 병원 응급실에서 시간을 보냈다. 그 후, 그녀가 첫날밤을 보내는 동안에도 한 순간도 빼놓지 않고 산소호흡기를 끼고 있어야 했다. 다음 날 그는 일어나 바로 예루살렘을 떠나기로 했다.

—03—

12월 초 예루살렘에 차가운 진눈깨비가 날리던 날, 슈무엘은 구스타프 욤토프 아이젠슐로스 교수와 (역사학 및 비교종교학과의) 다른 교수들에게 공부를 그만두겠다는 뜻을 알렸다. 와디 바깥에는 안개가 지저분한 솜처럼 군데군데 떠다니고 있었다.

아이젠슐로스 교수는 작달막하고 맥줏잔 유리같이 알이 두꺼운 안경을 쓴 체격이 탄탄한 사람이었으며 동작이 급하고 절도가 있어서 마치 벽시계 문을 열고 불쑥 튀어나오는 활기찬 뻐꾸기를 연상시켰다. 그는 슈무엘 아쉬의 소식을 듣고는 길길이 날뛰었다.

"하지만 어떻게 이러나! 도대체 왜 그러나! 갑자기 우리한테 무슨 문제가 생긴 거지? 유대인들의 눈에 비친 예수는 어떻게 하고! 정말 어디에도 견줄 수 없을 만큼 수확이 큰 밭이 틀림없이 우리 앞에 나타날 순간인데 말일세! 『게마라』[13]에! 『토세프타』에! 유대 현인들의 미드라쉬[14]에! 민간전승에! 중세 시대에! 우린 정말로 새롭고 중요한 뭔가를 막 갱신하려는 참이었다네! 대체? 어쩔 텐가? 그래도 우리 연구를 차근차근 계속 이어 가는 게 어떤가? 우리가 마음만 먹으면, 바로 당장 중도에 포기하려는 이 부정적인 생각을 재고할 수 있으리라 확신하네!"

그는 말을 하면서도 노여움이 가득 담긴 입김을 불어 가며 구깃구깃해진 손수건으로 안경을 거칠게 닦았다. 돌연 난폭함이 느껴질 정도로 거칠게 악수를 청하면서, 약간 쑥스러움이 섞인 다른 목소리로 말했다.

"그렇지만 만에 하나라도 우리가 어떤 재정적인 어려움에 직면했다면, 어디서든 차근차근 작은 도움이라도 좀 끌어올 묘수가 있지 않겠나?" 그러고는 다시 슈무엘의 손을 잡고 뼈에서 코르크 돌리는 소리가 날 만큼 아프게 악수를 했으며, 다시 분노에 차서 선언했다.

"우리는 그렇게 빨리 포기하지 않을 걸세! 예수도, 유대인도 그리고 자네 역시도! 우리는 자네 안에 내재한 자네의 의무감을 다시 찾게 할 걸세!"

아이젠슐로스 교수의 방에서 나온 다음 복도에서 슈무엘은 항상 대형 괘종시계의 스프링 달린 뻐꾸기처럼 불쑥 튀어나와 침실에서 자기 아내에게조차 습관적으로 일인칭 복수형을 써서 가르치는 어조로 말하는 구스타프 욘테프 아이젠슐로스[15] 역할을 자신이 맡았던 학생 파티가 생각나서 저도 모르게 미소를 지었다.

같은 날 저녁 슈무엘 아쉬는 갑자기 예정에 없던 이사를 하게 되어 소지품들을 저가로 판매한다는 광고지를 인쇄했는데, 플라스틱으로 만든 필립스 소형 라디오 수신기(베이클라이트사 제품), 헤르메스 베이비 타자기, 중고 전축과 클래식 음악, 재즈, 샹송들을 포함한 레코드판 스무여 장을 내놓았다. 그는 이 광고지를 카플란 건물 지하에 있는 카페테리아 계단 옆의 코르크판에 붙여 놓았다. 광고지들과 쪽지들이 겹겹이 붙어 있어서 앞서 붙어 있던 더 작은 광고지를 완전히 가리며 붙여야만 했는데, 그 푸르스름한 종이를 덮어 버리면서 슈무엘은 거기서 섬세하고 또박또박 여성스럽게 쓴 글씨를 대여섯 줄 정도 알아볼 수 있었다.

그러고는 몸을 돌려 뛰다시피 걷기 시작했는데, 그의 꼬불꼬불한 숫양 머리는 제가 자라 나온 두꺼운 목으로부터 도망이라도 치려는 것처럼, 캠퍼스 정문 앞의 버스 정류장을 향하여 앞으로 세차게 밀고 가고 있었다. 그러나 40~50발자국 정도 지나, 헨리 무어[16]가 만든 온몸을 거친 천으로 싸고 이상하게 기대앉은 철로 된 펑퍼짐한 여자의 조각을 지나갈 때쯤 불현듯 놀란 듯이 뒤돌아서서 카플란 건물 카페테리아 계단 옆에 있는 게시판으로 급히 뛰어갔다. 그의 두껍고 짧은 손가락들은 몇 분 전에 자기들이 가려 버린 광고지를 읽고 다시 또 읽기 위해 서둘러 자신의 급매 광고를 들어 올렸다.

마음 맞는 분 구함

인문학을 공부하는 미혼 남학생, 역사를 잘 알고 있으며, 상대방의 기분을 헤아리는 세심한 대화가 가능한 분. 저녁마다 다섯 시간 정도 학식이 깊고 지적인 일흔 살 장애인 남성에게 말동무를 해 주시면 무료로 숙소를 제공하고 소액의 월급도 지급함. 이 장애인은 자력으로 생활할 수 있으며 도우미가 아닌 말동무가 필요함. 개인 면접을 보려면 일요일부터 목요일 오후 4~6시 사이에 샤아레이 헤세드 마을의 하라브 엘바즈 길 17번지로 오시면 됨(아탈리야를 찾으세요). 특별한 상황으로 인해 면접에 통과한 사람은 비밀 유지 서약서를 작성해야 함.

04

샤아레이 헤세드 언덕 비탈에 있는 하라브 엘바즈 길은 '십자
가 골짜기'[17] 쪽으로 통했다. 17번지 집은 골목 맨 끝에 자리
잡고 있었는데, 당시만 해도 도시와 거주지가 거기서 끝나고
셰이크 바드르[18]라는 아랍 마을의 폐허에 이르기까지 바위투
성이 광야가 넓게 펼쳐져 있었다. 골목 마지막 집 바로 뒤에서
황폐한 도로가 자갈길로 바뀌었는데 계곡 너머로 머뭇거리며
미끄러져 이 황무지까지 이어져 내려온 것을 후회라도 하는
듯 이리저리로 구부러지면서 사람들이 사는 곳으로 돌아가
라고 부탁하고 있었다. 그리고 그사이에 비가 그쳤다. 서쪽 언
덕 위에는 벌써 황혼이 깃들고 있었는데, 향기처럼 은은하게
유혹하는 빛이었다. 멀리, 맞은편 비탈의 바위 사이로 작은 양
떼가 보였고 목동은 짙은 색 겉옷으로 몸을 감싼 채 잠깐 비가
그친 동안 구름 사이로 비치는 저녁 빛 아래 황량한 언덕에 꼿
꼿이 앉아서 예루살렘 서쪽 변두리의 끄트머리 집들을 꼼짝
도 하지 않고 바라보고 있었다.

슈무엘 아쉬는 이 집이 반지하에다, 길거리보다 낮아서, 무거운 비탈 흙 속에 거의 창문까지 가라앉은 것처럼 보였다. 골목에서 바라보면 쪼그리고 앉아 잃어버린 물건을 찾는, 어깨가 넓고 짙은 색깔의 중절모를 쓴 난쟁이와 닮아 있었다.

녹슨 철 대문은 오래전부터 찌그러져서 양쪽 경첩이 어긋나 있었으며 제 무게를 견디지 못하고 뿌리 내리듯 흙에 묻혀 있었다. 그렇게 대문은 열려 있는 것도 닫혀 있는 것도 아니었다. 옴짝달싹 못 하는 양쪽 대문 사이로 겨우 어깨를 닿게 하지 않고 지나갈 수 있을 정도의 간격만 있었다. 대문 위로는 다윗의 방패[19]가 새겨진 녹슨 철로 만든 아치형 장식이 뻗어 있었는데, 거기에 낱말 여섯 개가 납작하고 네모난 글자로 새겨져 있었다.

구원할 자가 시온에 오셔서 속히 예루살렘을 재건하기를
5674년[20]

슈무엘은 대문을 지나 크기가 서로 다른 데다 금이 간 평평한 돌 여섯 단을 내려가서, 첫눈에 그의 마음을 사로잡은 작은 뜰로 들어갔는데, 도무지 기억나지 않는 어딘가를 향한 아릿한 그리움을 일깨우는 것 같았다. 다른 안뜰에 대한 비밀스러운 잔영이, 희미한 기억의 그림자가 스쳐 지나가며 그의 마음을 혼란스럽게 했고, 오래전에, 언제 어디에서 봤는지는 모르지만 이 뜰처럼 겨울 정원이 아니라 반대로 햇살 가득한 여름

정원이었다는 것까지 어렴풋이 떠올랐다. 이 기억은 그를 슬픔과 기쁨 사이 어디쯤 있는 애달픔에 잠기게 했다. 밤의 어두움 한가운데로 들리는 한 줄기 첼로 소리처럼.

사람 키 높이로 돌담이 뜰을 빙 둘러싸고 있었고 바닥에는 세월이 표면을 얇게 갈아 회색 실그물 무늬에 불그스름한 광채를 내는 돌 타일이 깔려 있었다. 돌로 된 타일 위 여기저기에 동그란 빛줄기가 반짝였다. 오래된 무화과나무와 포도나무 덩굴이 정원 전체에 그늘을 드리웠다. 그 나뭇가지들은 너무나 빽빽하고, 서로 뒤엉켜 있어서, 지금 이미 낙엽이 질 때가 되었는데도 나뭇가지 지붕을 통해 한 줌의 금화들이 춤추며 새어 들어와 돌바닥 표면 곳곳을 비추고 있었다. 마치 여기가 돌을 깔아 놓은 안뜰이 아니라 수없이 많은 잔물결이 수면 위에 뛰노는 비밀의 연못이었던 것처럼.

뜰 담장을 따라가며 담벼락 밑과 창틀 위에는 제라늄이 작은 모닥불처럼 빨간색, 하얀색, 분홍색, 보라색과 자주색으로 타오르고 있었다. 이곳의 제라늄들은 갖가지 녹슨 냄비들과 쓸모없는 고물 주전자들 속에서 자라고 있었고, 등유 버너 구멍에서 나온 잎사귀가 양동이들과 작은 그릇들, 깡통들과 깨진 양변기 사이에서 뒤엉켜 있었는데, 이것들은 모두 흙을 채워 화분으로 쓰고 있었다. 집의 창문마다 철창살로 막아 놓았고 초록색 철제 셔터가 내려져 있었다. 담장은 거칠고 다듬지 않은 예루살렘 돌로 지어졌고, 집과 담장 너머 그 뒤쪽으로는 울창한 사이프러스 장막이 펼쳐져 있었으며, 그 저녁 빛 아래 사이프러스는 초록색이 아니라 차라리 검은색처럼 보였다.

이 모든 것들 위에 추운 겨울 저녁의 고요가 내려앉았다. 이 고요는 이리 와서 함께하자고 부르는 투명한 고요가 아니라, 무관심하며, 아주 대단히 오래되고, 등 돌리고 앉은 고요였다.

그 집의 경사진 지붕에는 기와가 덮여 있었다. 지붕 경사면 한가운데 작은 다락방이 삼각형 모양으로 솟아올랐고, 그것을 보고 슈무엘은 끝이 잘려 나간 텐트를 떠올렸다. 이 다락방에도 빛바랜 기와지붕이 덮여 있었다. 불현듯 그는 이 다락방에 들어가 살고 싶은 충동을 강하게 느꼈는데, 이 안에서 책더미와 적포도주, 난로와 겨울 이불, 전축과 레코드판 몇 장을 끌어안고 웅크리고 앉아서 집 밖으로 한 발짝도 나오고 싶지 않았다. 강의도 필요 없고 논쟁도 필요 없고 연애도 필요 없다. 이 안에 처박혀서 절대로 나오고 싶지 않았다, 적어도 밖에 겨울이 머무는 동안에는.

시계꽃[2] 덩굴이 거친 돌 표면을 날카로운 손톱으로 움켜잡은 듯 얼기설기 얽혀 가며 집 전면을 덮고 있었다. 슈무엘은 뜰을 가로지르다가 바닥에 깔린 타일 위에서 흔들리는 동그란 빛줄기와 불그스름한 돌 위에 갈라져 나간 회색 그물맥을 눈에 담으려는 듯 멈춰 섰다. 그때 그의 눈앞에는 양쪽으로 여닫는 녹색 철문이 있었는데 문에는 눈먼 사자의 머리 모양으로 장식한 문 두드리는 쇠고리가 달려 있었다. 사자의 어금니는 커다란 쇠고리를 꽉 물고 있었다. 오른쪽 문 중앙에는 글자를 도드라지게 양각으로 새긴 현판이 있었다.

주께서 지키시어 주인의 정직함을 선포하시는
예호야킨 아브라바넬의 집

이 양각 문구 밑에는 얇은 테이프 두 조각으로 붙인, 작고 가느다란 쪽지가 있었는데, 슈무엘이 카플란 건물의 광고 게시판에서 이미 보았던 것과 똑같은 손 글씨를 거기서 다시 발견했다. '마음 맞는 분 구함'이라고 되어 있던 그 공고에서 본 꼼꼼하고 부드러운, 여성이 쓴 듯한 글씨체였는데, 두 이름 사이를 접속사 없이 넓은 간격으로 떼어 놓고 있었다.

아탈리야 아브라바넬   게르숌 발드
조심—문 바로 뒤에 있는 계단이 부서졌음

05

"어서 똑바로 걸어오게. 그다음에 오른쪽으로 돌고. 불빛이 보이는 쪽으로 따라서 오면 내가 있는 곳에 도착할 걸세." 집 안쪽 깊숙이 어딘가에서 나이 든 남자의 목소리가 들렸다. 낮고 약간 재미있어하는 듯한 목소리는 다른 사람이 아니라 바로 이 손님이, 다른 시간이 아니라 바로 이 시간에 오리라 미리 예견하고 있었고, 이제 자신이 옳았다는 사실을 자축하면서 자기 예상이 맞았기 때문에 즐거워하는 것 같았다. 집 현관문은 잠겨 있지 않았다.

내려가는 계단이 아니라 올라가는 계단이 나올 것이라 생각했던 슈무엘 아쉬는, 문을 들어서자마자 중심을 잃고 비틀거렸다. 실제로 문턱 너머에 있는 것은 계단도 아니었고, 계단 대신에 나무로 만들어 흔들거리는 앉은뱅이의자였다. 손님의 발이 이 앉은뱅이의자의 한쪽 끝을 밟는 순간 지렛대처럼 들려 올라가 그 위에 무게를 실었던 사람을 거의 내동댕이칠 뻔했다. 슈무엘이 재빠른 몸놀림으로 돌바닥에 내려선 덕분에

의자 반대편이 들려 올라가 기울어져 심하게 나동그라지는
것은 겨우 모면했지만, 구불구불한 머리가 앞으로 쏟아지면
서 그의 몸은 문들이 닫혀 있어 암흑천지인 복도 안쪽으로 끌
려 들어갔다.

슈무엘은 집 안으로 들어갈수록 태아가 자기 머리로 산도
를 밀어 열며 나오듯 자신의 이마로 길을 헤치고 나아가는 것
같았고, 복도 바닥은 평평하지도 않고 가벼운 경사로를 내려
가는 듯했다. 마치 여기에 어두운 복도가 아니라 강바닥이 펼
쳐져 있는 것 같았다. 그러는 동안 그의 코에는 기분 좋은 냄
새, 방금 세탁한 빨래 냄새, 녹말풀 그리고 증기다리미로 따뜻
하게 다림질한 은은하고 청결한 냄새가 났다.

복도 끝에서 더 짧은, 또 다른 복도가 갈라져 나갔는데, 그
가 집에 들어설 때 들었던 그 재미있어하는 듯한 목소리가 약
속한 불빛이 복도 끝에서 새어 나오고 있었다. 그 불빛은 천장
이 높고 따스한, 철제 셔터가 내려졌고 석유난로가 푸른 불꽃
으로 공기를 따뜻하게 데우고 있는 서재로 슈무엘 아쉬를 불
러들였다. 유일한 전깃불은 종이 뭉치와 책 더미 위로 구부러
져 있는 작은 탁상용 전기스탠드에서 흘러나오고 있었는데,
그 책들을 밝히기 위해서 서재의 다른 모든 부분은 포기하려
는 듯 그 위를 비추었다.

그 따뜻한 빛의 동그라미 뒤편으로 책과 서류철들과 두꺼
운 공책들이 무겁게 쌓인 철제 수레 두 대가 있었고, 그 사이
에 노인이 앉아서 전화 통화를 하고 있었다. 그는 양모 담요

를 어깨 위에 펴 놓았는데 마치 탈리트[22]를 덮고 있는 것 같았
다. 그는 못생긴 편이었고, 키가 크고 몸집은 좋지만 한쪽으로
기울어진 듯했으며, 등은 굽어 있는 데다 코는 목마른 새의 부
리처럼 날카롭고 턱 선은 낫을 연상시켰다. 숱이 많고 부드러
운 백발은 흡사 여성의 머리카락 같았는데, 은빛 물이 흐르는
폭포처럼 그의 머리에서 흘러넘쳐 목덜미를 덮고 있었다. 그
의 눈은 수북이 자라서 양모로 만든 서리같이 보이는 하얀 눈
썹 밑에 숨어 있었다. 텁수룩한 콧수염 역시 눈 쌓인 언덕이었
는데, 마치 아인슈타인의 콧수염 모양 같았다. 그는 전화 통화
를 멈추지 않은 채 손님에게 예리한 눈빛을 던졌고, 예의 날카
로운 턱을 왼쪽 어깨에 비스듬하게 붙이고, 왼쪽 눈은 꼭 감은
채 오른쪽 눈은 크게 뜨고 있어서, 푸르고 둥글게 커진 눈이
비정상적으로 보였다. 그의 얼굴에는 뭔가 재미있어하는 교
활함 혹은 꼬집는 듯한 비판이 담긴 눈빛과 닮은 표정이 서려
있었고, 한눈에 자기 앞에 서 있는 젊은이의 속내를 알아보고
생각을 속속들이 들여다본 뒤 그의 의도까지 모조리 파악한
것처럼 보였다. 바로 다음 순간 그 장애인은 탐조등 같던 눈빛
을 거두면서, 손님이 도착한 것을 알고 있다는 듯 가볍게 고개
를 끄덕이고 그로부터 눈길을 돌렸다. 그러는 동안에도 전화
로 상대방과 하던 논쟁을 멈추지 않았다.

"언제나 의심하는 사람, 언제나 모든 사람이 자기에게 거짓
말을 한다고 생각하는 사람은, 평생을 끊임없이 함정을 피해
살아온 사람이 아닌가?—잠깐 실례하겠네, 지금 여기 내 집

에 배달원이 나타난 건가? 아니면 내가 부르지도 않은 일꾼이 온 건가?" 그러면서 손으로 송화기를 가렸는데, 탁상용 전기 스탠드 불빛 때문에 그 손가락들이 분홍색이 되면서 유령 손가락처럼 거의 투명해 보일 지경이었다. 문득 닳고 닳은 올리브 줄기 같던 얼굴에 그 두꺼운 콧수염 밑으로 장난기 어린 미소가 재빨리 떠올랐는데, 마치 스스로가 잡힌 줄도 모르는 방문객을 자기 손으로 사로잡은 것 같은 표정이었다.

"앉아. 여기. 기다려."

그러고 나서 송화기에서 손을 떼고 대화를 계속했는데, 숱 많고 긴 백발의 머리는 여전히 왼쪽 어깨에 기댄 채였다.

"박해받던 사람이, 자기 손으로 다른 모든 사람을 박해자로 만들었든 간에, 아니면 자기만의 끔찍한 상상력으로 음모를 꾸미는 적들이 떼를 지어 밀려온다고 믿었든 간에, 그렇게 쫓기는 사람이 되면 자신이 개인적으로 불행을 겪는 것 외에도 그에게는 일종의 윤리적 결함이 생긴다네. 쫓고 쫓기는 과정 자체에 결부된 기본적인 부정직함이 존재하지 않겠는가? 그런데 이런 사람들에게는 원래 고통이나 외로움, 각종 사고나 질병이 다른 사람들에 비해 훨씬 더 쉽게 찾아오곤 하지―우리 모두에게. 본성상 의심이 많은 자에게는 재난이 찾아오는 법이야. 의심은 산酸과 같아서, 그것을 담고 있는 그릇을 파괴하고 의심하는 자를 잡아먹는다네. 밤낮으로 주위 모든 사람으로부터 자기를 보호해야 하고, 그들의 음모에 휘말리지 않고 계책을 물리칠 방법을 고안해야 하며, 자기 발 앞에 누가 그물이라도 던져 놓았는지 멀리서부터 냄새를 맡고 알아챌 수 있는 전략을 세워야 하니 말일세—이게 바로 '피해의 아버지들'[23]이 가지는 힘이며, 소위 '사람을 세상에서 몰아내는 것들'[24]이지. 미안하지만 잠깐 실례하겠네—"

그는 다시 시체 같은 손가락으로 송화기를 가렸다. 그리고 슈무엘 아쉬를 향해 낮고, 닳아서, 조금 탄내가 나는 소리로, 비꼬는 듯 말했다.

"미안하지만 조금만 더 기다려 주시게. 그러는 동안 내가 하는 말을 듣고 있어도 무방하네만. 자네 같은 젊은이는 틀림없이 전혀 다른 행성에 살고 있겠지?"

노인은 대답을 기다리지도 않고 송화기에서 손을 떼고 자기 설교로 돌아갔다.

"그렇지만 의심이라는 것, 쫓기는 자들의 즐거움과 심지어 인류 전체를 증오하는 일이 근본적으로 전 인류를 향한 사랑보다 훨씬 덜 치명적이지. 인류애라는 말은 그 옛날 피로 물들었던 강물의 피비린내를 풍긴다네. 내가 보기에는 까닭 없는 증오가 까닭 없는 사랑보다는 덜 나쁘다네. 인류 전체를 사랑하는 사람들은, 세상의 회복[25]을 믿는 천사들[26]이며, 세대마다 우리 위에 올라서서 우리를 구원하려는 통에 그들의 손에서 우리를 구원할 자가 없으니 그들은 결국—좋아. 좋지. 자네가 옳아. 지금 거기까지 들어가지는 말게. 자네와 내가 온갖 구원과 위안에 대해 밝히는 동안, 여기 내 집에 원시인같이 수염을 기른 허름한 젊은이가, 군용 외투를 입고 군화까지 신

36

고 나타난 것 같네. 나까지 징집하기라도 하려는 걸까? 어쨌든 오늘은 여기서 마침표를 찍어야겠네. 자네와 나는 내일도 좋고 모레도 좋고 언제든지 다시 이야기를 나눌 수 있으니까 말일세. 그렇게 다시 이야기를 나누세. 꼭 다시 이야기하세. 우리는 이야기할 수밖에 없지. 우리 같은 사람이 이야기를 나누지 않는다면 뭘 하겠나? 레비아탄[27]을 사냥하겠나? 시바여왕[28]이라도 유혹하겠나? 그런데 시바여왕을 유혹한다는 말이 나와서 말인데, '사랑은 모든 허물을 가리느니라'[29]는 구절과 관련해서 나에게 개인적이고, 낭만적이지도 않고, 사실상 거의 불법적인 해석이 하나 있다네. 그렇지만 '많은 물도 이 사랑을 끄지 못하겠고 홍수라도 삼키지 못하나니'[30]라는 구절은 내게 항상 소방대원들의 재난 경보 사이렌을 떠올리게 하지. 사랑하는 제냐에게 내 이름으로 포옹과 입맞춤을 전해 주시게. 자네의 제냐에게 내 방식대로 포옹하고 입 맞춰 주라고, 공무 수행 하는 것 같은 자네 방식으로 입 맞추지 말고. 내가 그녀의 빛나는 얼굴을 매우 매우 그리워한다고 말해 주게나. 아니, 자네의 빛나는 얼굴 말고, 이 친구야, 자네 얼굴은 '이 세대의 얼굴'[31] 같지 않은가? 그래. 다음에 또 보세. 아니. 아탈리야가 언제 돌아오는지는 나도 모른다네. 그 아이는 자기 일을 하고 나도 그 아이가 하는 대로 할 뿐이지. 그래. 또 보세. 고맙네. 아멘, 그분이 원하신다면 자네 말대로 되기를."

그러고 나서 그가 슈무엘 쪽으로 고개를 돌렸을 때, 그사이 슈무엘은 조금 망설이다가 등의자에 조심스럽게 앉은 참이었는데 등의자는 그의 둔한 몸을 지탱하느라 흔들거려서 불안정해 보였다. 노인이 갑자기 큰 목소리로 말했다.

"발드!"

"네?"

"발드! 발드! 내 이름이 발드라고! 그런데 자네는 누군가? 개척자인가? 키부츠에서 온 개척자인가? 갈릴리 산지에서 일부러 여기까지 내려왔나? 아니면 반대로, 네게브 광야에서 올라왔나?"

"저는 여기 출신입니다, 예루살렘요. 그러니까―하이파 출신이지만, 여기서 공부를 하고 있습니다. 아니 그러니까, 지금 공부를 하는 건 아니고 공부를 했었죠. 지금까지는요."

"제발, 친애하는 젊은이. 공부한다는 건가 아니면 다 했다는 건가? 하이파 출신이라는 말인가 아니면 예루살렘 출신이라는 건가? 곡물 창고에서 일하다 왔나 아니면 포도주 양조장에서 왔나?"

"죄송합니다. 제가 당장 설명해 드리겠습니다."

"그런 것들 말고도 자네는, 충분히, 긍정적인 사람인 것이지? 그렇지 않나? 깬 사람이고? 진보적이고? 세상의 회복을 지지하고 윤리와 정의의 가치에 찬성하고 말이야? 모든 사람처럼 환상을 좇는 이상주의자인가? 그렇지 않나? 입을 열고 자네의 뜻을 말하게,[32] 경우에 합당한 말을.[33]"

그는 이렇게 말하고 얌전하게 대답을 기다렸는데, 머리는 왼쪽 어깨 쪽으로 기울이고, 한쪽 눈은 꼭 감은 채 다른 한쪽 눈은 크게 뜨고 있어서 마치 인내심을 가지고 막이 올라 연극이 시작하기를 기다리고 있는 듯하지만 실제로는 아무런 기대도 하지 않고 등장인물들이 무대에 올라 서로를 괴롭히는 것을 바라볼 수밖에 없는 사람 같았다. 그들은 어떻게 서로를 불행의 밑바닥으로 떨어뜨릴 것인가, 그 밑바닥이 있다면, 그리고 각각의 등장인물은 어떤 식으로 장차 자신에게 닥칠 운명적인 재난을 스스로 불러오고 있는 것일까 하고 생각하는 것 같았다.

슈무엘이 다시 대답하기 시작했다, 이번에는—좀 더 조심스럽게. 자기 이름과 성이 무엇인지 말했으며, 아니, 아니라고, 그가 아는 한 유명한 작가 샬롬 아쉬[34]와 친척 관계는 아니며, 그의 가족들은 하이파 출신의, 사무원들이나 측량 기사들이라고 말했다. 또 그는 이곳 예루살렘에서 역사학과 비교종교학을 공부하고 있고, 아니 공부를 했다고, 그렇다고 해서 그가 종교인은 아니라고 절대 아니라고, 오히려 약간 반대쪽에 가깝다고 말할 수 있다고 했다. 그런데 어쩌다 보니 다른 누구도 아닌 나사렛 예수라는 인물에…… 가롯 유다[35]에…… 그리고 예수를 거부했던 제사장들과 바리사이파 사람들의 정신세계에, 어떻게 다른 누구도 아닌 유대인들의 눈에 그 나사렛 사람이 쫓기는 자의 모습에서 그렇게 빨리 쫓는 자와 박해자의 상징으로 바뀌었는지…… 어떤 식으로든 이 모든 것이 지난 세대에 사회의 질서를 바로 세운 위인들의 운명과 연관된 것 같은…… 좋다, 어쨌든 그 이야기를 하자면 말이 좀 길어질 것 같고, 그는 방해가 되고 싶지는 않다며, 당신들이 붙인 공고를 우연히 보고 찾아왔다고, 카플란 건물 게시판에 '마음 맞는 분 구함'이라는 공고문을 붙이셨죠? 카페테리아 입구에 있는?

이 말을 들은 그 장애인이 갑자기 허리를 꼿꼿이 세우더니, 스코틀랜드풍 양모 담요를 바닥에 떨어뜨리면서 자기 의자에서 그 크고 구부러진 온몸을 일으켰는데, 상체를 몇 번이나 복잡한 동작으로 비틀고, 두 손으로 의자의 팔걸이를 꽉 쥐고, 두 다리로 일어나 기이한 각도로 섰으며, 사실 다리가 아니라 오로지 그의 팔 근육의 힘으로 의자를 꽉 붙잡고 몸무게를 지탱하고 있는 것이 두드러져 보였다. 책상 모서리에 기대어 놓은 목발은 잡으려 하지 않았다. 강인하고 구부정했고, 그럼에도 키가 커서 머리는 천장에서 내려오는 나지막한 샹들리에에 거의 닿을 것 같았는데, 그 구부정한 사람이 서 있는 모습은 오래된 올리브 그루터기처럼 보였다. 그는 뼈대가 굵고, 약간 등이 굽었으며, 거칠고, 귀가 크며, 게다가 그의 목 위로 흘러내리는 흰머리와 눈 덮인 언덕 같은 눈썹과 하얗게 반짝이는 두꺼운 콧수염 때문에—그는 거의 왕족 같은 자태였다. 슈무엘의 눈이 그 노인의 눈과 아주 잠깐 마주쳤을 때 그의 재미있어하는 목소리와 비꼬는 듯한 억양과는 대조적으로 큰 슬픔이 덮친 것처럼 구름이 덮인 파란 눈을 보고 깜짝 놀랐다.

그러고 나서 그는 두 손을 책상 표면에 의지하고 다시 자기 온 무게를 두 팔의 근육에 실으면서 엄청난 노력으로 조금씩 조금씩 책상을 따라 움직였는데, 마치 육지에 던져진 거대한 문어가 이제 경사진 해안을 따라 기어서 다시 바다로 돌아가려고 애를 쓰는 것 같았다. 그는 이런 식으로 움직여서 오직 자기 팔 근육의 힘으로 몸을 끌고 의자에서 책상 앞을 지나 겉 천을 씌워 놓은 굽힘나무 의자까지 갔는데, 그 의자는 할머니의 안락의자처럼 그를 기다리고 있었다. 책상 옆 서재 창문 밑, 거기, 책상 위에 있던 전등 불빛이 미치지 않는 곳에서, 그는 구부렸다, 비틀었다, 자기 손바닥으로 기대는 장소를 바꾸었다 하면서 복잡한 작업을 시작했고, 결국 자신의 큰 몸을 그 요람 안에 누이는 데 성공했다. 그리고 그의 비웃는 듯한 목소리가 곧 다시 터져 나왔다.

"아! 그 공고! 그래 공고가 있었지! 내가 너무 서둘러서 말했군―자, 그렇지만 실은, 그 모든 일은 자네와 그녀 사이의 문제일 뿐이지. 나는 그녀가 무슨 일을 꾸미는지 상관하지 않으니까. 그리고 당분간, 자네가 좋다면 여기 앉아서 그 아이를 하염없이[36] 기다리게나. 그런데 자네는 거기에 무슨 보물을 숨겨 놓았나? 그러니까, 자네 턱수염 밑에 말일세? 아니야. 그냥 내가 농담한 걸세. 이제부터 내가 졸더라도 너무 기분 나빠 하지 말고 이해해 주시게. 자네가 보는 바와 같이, 근육 감소증일세. 내가 퇴화해 가고 있다네. 다시 말해서 퇴화했지만, 아직 가지는 않았지. 그리고 자네, 부탁이니까 앉게, 앉아, 젊은이, 무서워할 것은 없어, 내가 자네에게 해를 끼칠 가능성은 전혀 없으니까. 앉게. 그녀가 돌아올 때까지 책이나 한두 권

41

골라서 보든가, 아니면 자네도 한숨 자 두어도 좋겠지. 자, 잠시 앉게. 앉아, 앉으래도."

그러고 나서 노인은 입을 다물었다. 아마 정말로 눈도 감았을 터인데, 그는 자기 의자 위에 누워 거대한 누에고치처럼, 새로운 곳에서 그를 기다리고 있던 그 전 것과 똑 닮은 격자무늬 모직 담요에 싸여 있었다. 그는 이내 능선이 분명하지 않은 잠잠한 언덕들로 변했다.

슈무엘은 발드 씨가 앉으라고 자꾸만 권할 때는 조용히 침묵을 지켰으나, 노인이 눈길을 한 번이라도 주었다면 자기 손님이 처음부터 계속 앉아 있었고 한 번도 거기서 일어서거나 움직이지 않았다는 사실을 알 수 있었을 것이다. 계곡, 언덕, 올리브들, 폐허와 구부러진 산길이 그려진 그림이 보였는데, 루빈[37]이라는 화가의 그림이 실린 달력이, 책상 맞은편 벽 책장들 사이에 조금 비뚤게 걸려 있었다. 슈무엘은 문득 참을 수 없는 충동을 느끼며 자리에서 일어나 비뚤어진 그림을 바로잡았다. 그리고 자기 자리로 돌아와 앉았다. 게르숌 발드는 아무 소리도 하지 않았다. 아마도 잠이 들어서 보지 못했을 것이다. 아니면 두꺼운 흰 눈썹 밑에 있는 자기 눈을 아직 완전히 감지 않고 다 지켜보고 있었지만, 슈무엘의 행동이 마음에 들었을 수도 있었다. 그래서 조용히 넘어갔다.

06

그녀는 다른 문에서 나타났는데, 슈무엘은 거기에 문이 있는지 알아차리지 못했었다. 실제로 그것은 문이 아니었고 방 한구석에 책장으로 막은 칸막이 너머의 미즈라히풍 주렴 뒤에 숨어 있는 비밀 출입구였다. 들어오자마자 그녀는 손을 뻗어 천장 등을 켰고 그 순간 서재는 온통 환한 전기 불빛으로 가득 찼다. 그림자들은 늘어선 책들 뒤로 물러가 버렸다.

　나이가 마흔다섯 정도 되어 보이는 그녀는 자세가 곧았는데 자신이 가진 여성으로서의 힘을 잘 알고 있다는 듯 가볍게 몸을 흔들며 방을 건너왔다. 발목까지 오는, 밝은 색상의 매끄러운 드레스를 입고, 부드러워 보이는 붉은색 스웨터를 걸치고 있었다. 짙은 색깔의 긴 머리는 부드럽게 흘러내려 그녀의 왼쪽 젖가슴 위에 머물고 있었다. 흘러내린 머리카락 밑으로 커다란 나무 귀걸이 두 개가 흔들렸다. 드레스는 그녀의 몸에 꼭 맞았다. 출입구에서 발드 씨가 있는 굽힘나무 의자 쪽으로 미끄러지듯 걸어가는 동안 굽 높은 구두를 신은 그녀의 발걸음은 매우 가벼웠다. 거기에 멈춰 선 그녀는 한 손을 허리에 얹고, 뒤처진 염소를 기다리는 성마른 농부 여인 같은 모습이었다. 갈색의 길쭉한 눈을 들어 자신을 보고 있는 슈무엘 쪽을 향했을 때 미소를 짓고 있지는 않았지만, 호기심으로 가득한 호감과 가볍게 놀려 주고 싶어 하는 마음이 얼굴에 퍼져 있었다. 그런데 당신은 누구세요? 무엇 때문에 왔죠? 오늘 당신이 우리를 조금 놀라게 한 거 알아요? 이렇게 묻는 것 같았다. 아직 미소를 짓지는 않지만, 미소를 지을 의사가 있으며 또 그렇게 될 거라고 말하고 싶어 하는 듯했다.

그녀가 들어서면서 제비꽃 향수 냄새가 가볍게 풍겨 왔는데, 닫힌 문들이 있는 복도를 지나왔을 때 그가 느꼈던, 빨래와 녹말풀 그리고 따뜻한 증기다리미의 좋은 냄새도 은은하게 따라온 것 같았다.

슈무엘이 사과했다.

"혹시 제가 적당하지 않은 시간에 찾아왔나요?"

그리고 재빨리 덧붙였다.

"저는 공고를 보고 왔는데요?"

그녀는 갈색 눈길을 그에게 다시 던졌고, 자신만만한 눈빛으로, 흥미롭게, 즐기듯 그의 외모를 살피다가, 눈을 빤히 쳐다보는 바람에 그는 눈길을 돌릴 수밖에 없었다. 그녀의 눈길은 헝클어진 수염 위에 한참 머물렀는데, 마치 엎드려 있는 동물을 느긋하게 바라보는 것만 같았다. 그리고 그가 아니라 발드 씨 쪽으로 머리를 끄덕였는데, 이미 끌어낸 첫 번째 결론이 옳았음을 확신한다는 태도였다. 한편 슈무엘 아쉬는 한두 번 그녀를 훔쳐보다 서둘러 눈을 피하면서 그녀의 코에서 윗입술까지 선명한 줄로 내려오는 깊은 고랑을 알아차렸다. 그가 보기에 이 고랑은 보통 사람과 비교하면 훨씬 깊었는데, 그것은―매혹적이면서도 미묘했다. 그녀는 의자 위에 쌓인 책 더미를 내려놓고 앉아서 다리를 꼬고 자기 드레스 밑단을 바로 잡았다.

그녀는 적당하지 않은 시간에 찾아왔느냐는 그의 질문에 서둘러 답하지 않고 있었는데, 마치 그 질문을 모든 측면에서 따져 본 후 책임 있고 누구나 인정할 수 있는 대답을 자기 손에 넣으려고 작정한 것 같았다. 마침내 그녀가 말했다.

"꽤 오래 기다렸겠군요. 그리고 당신네 둘은 벌써 대화를 나누었을 테고요."

슈무엘은 그녀의 목소리를 듣고 놀랐는데 촉촉하고 느릿느릿하지만, 그것은―현실적인 목소리였다. 신뢰감을 준다고 할까. 묻는 것이 아니라 그사이 스스로가 계산해서 얻은 결과를 간결하게 요약하는 것 같았다.

슈무엘이 말했다.

"남편분이 여기서 당신을 기다려도 좋다고 하셨어요. 공고에 따르면, 저는 그러니까―"

발드 씨가 눈을 뜨고 참견하기 시작했다. 그는 그녀에게 말했다.

"그 사람 이름이 아쉬אש라는군. 알레프[א][38]로 시작하는 아쉬, 그렇게 추정해야겠지.[39]"

그러고 나서 슈무엘을 보며, 인내심 많은 교사가 학생을 지도하듯 그의 말을 고쳐 주었다.

"하지만 나는 이 여성분의 남편이 아니라네. 그런 영광과 즐거움을 얻지 못했지. 아탈리야는 나의 여주인이라네."

그는 놀라 어리둥절해하는 슈무엘을 잠시 그대로 두었다가 설명을 덧붙였다.

"주인,[40] 고객이나 소비자란 뜻이 아니라 여주인이라는 뜻으로 말일세. '천지의 주재[41]이시요' 할 때처럼. '하느님 맙소사'[42] 할 때처럼. 아니면, 조금 다르긴 하지만 '소는 그 임자를 알고'[43] 할 때처럼 말일세."

아탈리야가 말했다.

"잘됐네요 계속하세요, 두 분이 원하시는 만큼. 아주 재미있으신 것 같네요."

그녀는 웃지도 않고 이 문장을 내뱉었는데, '잘됐네요'와 '계속하세요' 사이에 쉼표도 찍지 않았다. 그러나 그녀의 목소리는 이번에도 매우 따뜻했고 슈무엘에게 아무것도 부풀리지 않고 어리석은 짓을 하지만 않는다면 아직 모든 가능성이 열려 있다고 약속하는 것 같았다. 그녀는 슈무엘에게 짧은 질문 네댓 개를 던졌으며 한번은 대답이 만족스럽지 않자 좀 더 쉬운 말로 또박또박 다시 묻기도 했다. 그러고는 잠시 말이 없다가 침묵을 깨면서 여전히 몇 가지 확인해야 할 질문이 더 남아 있다고 덧붙였다.

발드 씨가 즐거운 목소리로 말했다.

"우리 손님은 틀림없이 시장하고 목도 타겠지! 그는 지금 카르멜산 꼭대기에서 우리 집까지 찾아오지 않았느냐 말이야! 오렌지 두세 개, 케이크 한 조각, 차 한 잔 정도 있다면 여기서 기적이 일어날 거야!"

"두 분이 계속해서 기적을 일으키고 있으시면 내가 가서 전기 주전자를 올려놓죠." 그녀의 입술 위에 어렵사리 떠오른 미소가 이제 그녀의 목소리에서도 묻어났다.

그녀는 말을 마치고, 자기가 들어왔던 문, 슈무엘 아쉬는 그녀가 올 때까지 있는지도 몰랐던 그 출입구로 나가서 사라졌다. 그러나 이번에, 그녀가 나갈 때는, 출입구를 가리고 있던 미즈라히풍 주렴을 그녀의 엉덩이가 헤치며 지나갔다. 그녀가 사라진 후에도 주렴은 쉽게 멈추지 않았고 자꾸 파도가 치는 것처럼 흔들리면서 물 흐르는 듯 속삭이는 듯한 소리를 내어 슈무엘은 그 소리가 너무 빨리 멈추지는 않기를 바랐다.

07

인생은 때로는 천천히 흘러가는데, 낙숫물이 졸졸 흘러내리
듯 더디게 흘러 마당 흙에 스스로 좁은 물길을 만들며 나아간
다. 이 물은 도중에 흙무더기를 만나서, 가로막혔다가, 잠시
작은 웅덩이가 되어, 머뭇거리기도 하다가, 자기 갈 길을 막아
선 흙무더기를 조금씩 허물어 버리거나 그 밑으로 흘러들어
간다. 장애물을 만난 물줄기는 갈라지고 가느다란 촉수 같은
서너 개의 물줄기가 되어 갈 길을 계속 이어 간다. 또는 중도
에 포기하고 마당 흙 속으로 스며들어 버린다. 슈무엘 아쉬는,
평생 모은 재산을 부모님이 한순간에 다 잃으셨고, 자기 학위
논문은 마무리하지 못했고, 대학에서 하던 공부는 중단한 데
다 애인은 전에 사귀던 남자 친구와 결혼해 버렸기 때문에, 이
제 하라브 엘바즈 길에 있는 집에 취직하기로 작정했다. '숙식
제공' 조건에 아주 소액이지만 월급을 지급하며, 매일 몇 시간
동안 어떤 장애인의 말벗이 되어 주면, 나머지 시간은 휴식이
었다. 그리고 여기에는 아탈리야가 있었는데, 나이가 그보다

두 배 가까이 많았음에도 불구하고 그녀가 방을 나갈 때마다 그는 좀 섭섭한 마음이 들었다. 슈무엘은 그녀가 하는 말과 목소리 사이에 어떤 간극, 또는 차이점이 느껴지는 듯했다. 그녀는 말수가 적었으며 가끔 신랄했지만, 그녀의 목소리는 따스했다.

  이틀 후 그는 텔아르자 마을에 있던 방을 비우고 나서 타일이 잘 깔린 뜰로 둘러싸이고 오래된 무화과나무와 포도나무가 그늘을 드리운 그 집으로 이사를 했는데, 그는 첫눈에 그 집에 마음을 빼앗겼었다. 이사용 종이 상자 다섯 개와 낡은 군용 배낭에 옷가지, 책, 타자기를 가져왔고, 돌돌 말아 온 포스터들에는 십자가에 달려 죽은 아들을 팔에 안고 있는 어머니의 모습과 쿠바 민중 혁명의 주인공들이 인쇄되어 있었다. 그는 팔 밑에 파테 축음기를 끼고 손에는―음반 묶음을 들고 있었다. 이번에는 현관문 앞에 있는 앉은뱅이의자가 들려 올라가지 않도록 보폭을 넓혀서 의자를 넘었다.
  아탈리야 아브라바넬은 그가 해야 할 일들의 범위와 그 집에서 일어나는 일상을 차례대로 설명했다. 그녀는 부엌에서 그의 다락방까지 올라가는 철제 나선계단을 보여 주었다. 그 계단 밑에서 선 채로, 슈무엘에게 그가 할 일들의 순서 및 부엌일과 빨래에 관련된 일과를 지시했는데, 한 손은 손가락을 벌린 채 허리에 얹고 다른 한 손은 잠시 그의 스웨터 위로 날아가서 소매 부분 양모에 붙어 있는 지푸라기인지 마른 잎을 떼어 냈다. 매우 정확하고, 현실적으로—하지만 그에게 어둡고 따뜻한 방을 상상하게 만드는 목소리로—말했다.

"자. 그러니까 이런 말이에요. 발드는 야행성 동물이죠. 언제나 정오까지 잠을 자는데 매일 새벽 늦게까지 깨어 있기 때문이에요. 당신은 매일 저녁 5시부터 10시나 11시까지 서재에 앉아서 그와 대화를 해 주시면 돼요. 그리고 이게, 대략, 당신이 해야 할 일의 전부예요. 날마다 4시 반에 저기로 가서 석유를 채우고 난로를 켜세요. 어항에 있는 물고기들에게 먹이를 주세요. 특별히 이야깃거리를 찾으려고 노력할 필요는 없어요—그가 이미 당신들이 대화를 나눌 주제를 충분히 준비하고 있을 것이고, 물론 당신도 그가 침묵하는 한 순간도 견디지 못해 끊임없이 말을 하는 부류의 사람이라는 걸 금방 알게 될 거예요. 그와 논쟁을 벌이는 것을 두려워할 필요는 없어요, 그 반대죠. 오히려 그는 누가 자기 의견에 동의하지 않을 때 완전히 살아나거든요. 마치 늙은 개가 가끔 낯선 사람이 찾아와서 자기가 화를 내며 짖어 댈 수 있는 빌미를 제공해 주기를 기다리는 것처럼, 때로는 좀 물기도 하죠. 그래도 그건, 그냥 무는 시늉일 뿐이에요. 그런데, 당신 두 사람은 얼마든지 원하는 만큼 차를 마셔도 좋아요. 여기 주전자가 있고 여기 농축액과 설탕이 있고 여기 비스킷 상자가 있어요. 매일 저녁 7시에 부엌에서 죽을 데워 그에게 가져다주세요. 은박지를 덮은 죽이 전기 음식 보온기 위에 미리 준비되어 있을 거예요. 보통 그는 자기 식사를 맛있게 후루룩 마셔 버릴 테지만, 맛만 보고 전혀 먹지 않을 때도 있으니 먹으라고 강요하지는 마세요. 나중에 그냥 쟁반을 치워도 되느냐고 묻고 그대로 부엌 식탁 위에 가져다 놓으면 돼요. 화장실은 그가 목발을 짚고 혼자 힘으로 갈 수 있어요. 10시가 되면 약을 먹어야 한다고 그에게 꼭 알려 주세요. 그리고 11시나, 아니면 11시 좀 안 돼서, 그가 밤에 마실 따뜻한 차를 보온병에 담아 책상 위에 놓고, 나가시면 돼요. 그 방에서 나온 다음에는, 잠깐 부엌에 들러서 접시와 컵을 씻어 개수대 위에 있는 건조대에 놓아두세요. 그는 대개 밤마다 책도 읽고 글도 쓰지만 아침이 되면 밤에 썼던 것들을 모두 갈기갈기 찢어 버려요. 그가 혼자 자기 방에 있을 때는 가끔씩 혼잣말하는 것을 좋아해요. 큰 소리로 자기가 쓸 말을 부르거나 스스로와 논쟁을 벌이기도 하죠. 그에게는 오랜 적수가 서너 명 있는데, 그 사람 중 하나와 몇 시간 동안 전화로 대화를 나누기도 해요. 당신이, 만약에 일하는 시간이 지났는데 그가 목소리를 높이는 것을 우연히 듣는다고 해도, 신경 쓰지 마세요. 가끔 그가 밤에 큰 소리로 우는 경우도 있어요. 그렇지만 당신이 들여다보지는 마세요. 그냥 그를 혼자 내버려 두세요. 그리고 나와 관련해서는"—잠깐 그녀의 목소리에 주저하는 듯한 틈이 살짝 열렸다가, 바로 닫혀 버렸다—"상관없어요. 이리 오세요. 보세요. 여기 가스. 여기 쓰레기통. 전기 음식 보온기. 여기 설탕과 커피. 비스킷. 과자. 말린 과일. 냉장고에 우유와 치즈가 들어 있고 과일과 채소도 조금 있어요. 여기 위에는 통조림들, 고기, 정어리, 콩과 옥수수 같은 것들이 있어요. 어떤 것들은 예루살렘 포위 당시[44]부터 우리 집에 있던 것들이죠. 이게 찬장이에요. 이것들은 전기 콘센트고요. 빵은 여기 있어요. 우리 집 맞은편에, 나이가 지긋한, 사라 데톨레도라는 이웃 여자가 있는데, 매일 정오에 발드 씨를 위해서 채식으로 식사를 가져오고 초저녁에 자기 집 부엌에서 요리한 죽을 우리 부엌 식기 보온기 위에 갖다 놓아 주세요. 돈을 받고 해 주시는 거죠. 그녀가 저녁에 부엌에 가져다 놓는 죽은 당신 몫도 포함된 거예요. 점심은 직접 해결하셔야 해요. 근처에 작은 채식 식당이 있어요, 우시슈킨 거리에요. 자 여기 빨래 바구니가 있어요. 우리 집에는 매주 화요일에 가사 도우미가 와요. 벨라예요. 괜찮으시다면 벨라가 당신 빨래도 해 주고 당신이 쓰는 윗방도 간단하게 청소해 줄 거예요. 따로 돈을 더 내실 필요는 없어요. 이유는 모르겠지만, 당신보다 먼저 여기 있었던 사람들은 벨라를 아주 무서워했어요. 왜 그랬는지는 전혀 모르겠어요. 당신 전에 살던 사람들은 아마 자기 자신을 찾고 있었나 봐요. 그들이 뭘 찾았는지는 모르겠지만 아무도 여기서 몇 개월 이상은 버티지 못했어요. 처음에는 휴식 시간 내내 저 다락방에서 지낼 수 있다는 사실이 매력적이었던 것 같은데, 나중에는 부담이 되었나 봐요. 당신도 물론 여기 혼자 지내면서 당신 자신을 찾으려고 왔겠죠. 아니면 새로운 시라도 한 편 쓰려고 왔을 수도 있고요. 살인과 고문 같은 것들은 이제 끝났다고 생각할 수도 있고 세상이 이미 제정신을 차려 고통은 완전히 사라졌으며 이제 드디어 새로운 시 한 편이 나타나기만을 애타게 기다리면 된다고 생각할 수도 있겠죠. 자기여기에는 언제나 깨끗한 수건들이 있어요. 그리고 저기가 내 방 문이에요. 당신이, 나를 찾으러 올 생각은 아예 하지 마세요. 절대로. 만약 뭔가가 필요하거나, 어떤 문제가 생기면, 작은 쪽지를 써서 여기 부엌 식탁 위에 놓아두면 내가 시간 나는 대로 당신이 필요한 것을 해결해 드릴 거예요. 너무 외로워서 아니면 다른 이유를 대면서 나를 찾아올 생각은 마세요, 당신보다 먼저 여기 왔던 사람들처럼. 이 집은 아마도 사람들을 외롭게 만드는 것 같아요. 그렇지만 그건 절대로 내 영역이 아니에요. 내가 도와드릴 수 있는 일이 아니죠. 한 가지 더 말씀드릴게요. 그가 혼자 있을 때 혼잣말을 하는 정도가 아니라 가끔 소리를 지르는 경우도 있어요. 밤중에 나를 부르거나, 이미 이 세상에 없는 사람들을 불러서, 간청하고, 애원하곤 해요. 어쩌면 그가 당신을 부를 수도 있어요. 꼭 밤에만 그래요. 당신은 신경 쓰지 않으셔도 돼요. 그저 반대쪽으로 돌아누워서 계속 잠을 청하세요. 이 집에서 당신이 해야 할 일은, 저녁 5시부터 11시까지로 딱 정해져 있고, 발드가 밤중에 지르는 고함은 당신 일에 포함되지 않아요. 가끔 여기서 일어나는 다른 일들도 마찬가지예요. 당신이 할 일이 아니라면, 무엇이든 그냥 상관하지 마세요. 아, 잊어버릴 뻔했네요. 이 열쇠들을 받으세요. 잃어버리면 안 돼요. 이게 집 열쇠고 이게 당신의 다락방 열쇠예요. 일하는 시간 외에는 언제든지 편하게 드나들어도 좋지만, 손님을 데려오시는 것만은 절대로 안 돼요. 여자 손님들도 안 되고요. 그건—안 되죠. 우리 집이 그렇게 개방적인 곳은 아니에요. 그런데 당신은요, 아쉬 씨? 밤중에 가끔 소리를 지르시나요? 잠이 든 채로 집 안을 돌아다니시나요? 아니죠? 뭐 상관없어요. 못 들은 것으로 하세요. 그리고 한 가지 더요. 여기 우리에 관해서 아무 말도 하지 않겠다는 서약서에 서명해 주셔야 해요. 어떤 상황이든 하면 안 돼요. 어떤 사항도 발설하면 안 되고요. 당신과 아주 가까운 사람들에게도 안 돼요. 그냥 당신이 우리 집에서 하는 일에 관해서는 아무에게도 이야기하지 마세요. 도저히 어쩔 수 없으면, 이 집을 봐주는 일을 맡았기 때문에 공짜로 여기 산다고 말해도 좋아요. 내가 뭐 잊어버린 것이 있나요? 혹시 당신이? 뭐 부탁하고 싶으신 거라도 있어요? 아니면 물어보실 거라도? 내가 당신을 좀 놀라게 했을지도 모르겠군요."

슈무엘은 두세 번 정도, 그녀가 자기에게 이야기를 하는 동안, 그녀의 눈 속을 슬쩍 들여다보려고 했다. 하지만 그럴 때마다 메마른 숯불 같은 경고에 부딪혀서, 황급히 눈길을 거두어야만 했다. 이번에는 포기하지 않을 작정이었다. 그는 여성들을 향해 소년처럼 따뜻하고 순진하게 미소 지을 줄도 알았고, 자기의 커다란 몸집과 구불구불한 네안데르탈인 수염에 어울리지 않게 마음에 와닿을 만큼 무기력하고, 수줍어하는 목소리로 말할 줄도 알았다. 이렇게 부끄러워하는 모습에, 격렬한 열정과 언제나 감싸고도는 슬픔을 섞어서 보여 주면, 곧잘 여성들의 마음을 훔칠 수 있었다.

"질문 하나만 해도 돼요? 개인적인 질문인데요? 괜찮을까요? 발드 씨와 당신은, 얼마나 가까운지, 그러니까 어떤 관계인가요?"

"그가 이미 대답하지 않았나요? 내가 그를 책임지고 있어요."

"그럼 하나만 더 물어봐도 될까요? 꼭 대답하지 않으셔도 돼요."

"하세요. 그렇지만 그게 오늘 마지막 질문이에요."

"아브라바넬? 어떤 왕족의 이름인가요?[45] 제가 상관할 바는 아니지만, 혹시 쉐알티엘 아브라바넬과 어떤 관계가 있으신가요? 제가 기억하기로는 여기 예루살렘에 40년대쯤 쉐알티엘 아브라바넬이란 사람이 있었죠? 유대인기구[46]의 이사였고요? 아니면 전국협의회였던가요? 제가 알기로 아마도 이스라엘 건국을 반대했던 유일한 인물이었지요? 아니면 벤구리온의 정책에만 반대했었나요? 제가 기억하고 있는 것은, 분명하지 않은데요. 법조인이었나요? 미즈라히 출신이고요? 9대째 예루살렘에 살고 있었다죠? 혹 7대였나요? 그 사람은, 제가 알기로, 한 사람으로 이루어진 야당 같은 존재였죠? 그리고 나중에 벤구리온은 그를 이사회에서 내쫓아, 더는 자기를 방해하지 못하게 만들었다죠? 혹시 제가 다른 사람과 혼동하고 있나요?"

거기에 대해서 아탈리야는 서둘러 대답하지 않았다.[47] 대답하는 대신, 그에게 나선계단을 올라가라고 눈짓했고 그가 머물 다락방 입구까지 뒤따라 올라와 서서 문설주에 몸을 기댔는데, 그녀의 왼쪽 엉덩이가 들려 올라가 둥글게 작은 언덕을 이루었고, 쭉 뻗은 팔은 맞은편 문설주를 붙잡고 있었으며, 그가 다락방에서 나선계단으로 되돌아갈 수 있는 유일한 통로를 자기 몸으로 막고 있었다. 그리고 마치 낮은 구름 뒤에서 새어 나오듯 그녀의 두 눈 가장자리에서 떠올라, 점점 그녀의 입술에 감도는 미소는, 억제되고 아픈 느낌이었지만, 그러나―슈무엘은 그 순간 이런 생각이 들었다―그 미소 속에 어떤 놀라움과 고마움에 가까운 느낌도 들어 있지 않았을까? 그러고 나서 이내 그 미소는 갇혀 버렸고 문이 쾅 닫히는 것처럼 그녀의 얼굴에서 사라져 버렸다.

그가 보기에 그녀는 아름답고 매력적이었지만, 그럼에도 그녀의 얼굴에는 뭔가 어색한, 상처 같은 것이 있어서, 창백한 연극 가면이나 무언극 배우의 하얀 얼굴이 떠올랐다. 왠지 모르게 슈무엘의 눈에는 눈물이 차올랐으며 그는 창피해서 서둘러 고개를 돌려야만 했다.

그를 등진 채, 내려가려고 철제 계단에 발을 들이면서, 그녀가 말했다.

"그 사람은 내 아버지였어요."

그리고 며칠이 지나도록 그녀를 다시 볼 수 없었다.

—08—

이렇게 슈무엘 아쉬의 삶에 새로운 장이 펼쳐졌다. 잠깐 그는 야르데나를 찾으러 달려가고 싶은 강한 충동에 사로잡혔는데 빗물이나 모으는 그녀의 남편 네쉐르 샤르쉡스키의 손에서 그녀를 한두 시간만 납치하여 현재 자신의 생활이 어떤지, 얼마나 금욕적이고, 이전의 자기 삶과는 정말 다르고, 마치 윤회하여 다른 생을 얻은 듯하다고, 열변을 토하고 싶었다. 야르데나에게 자신이 벌써 모든 단점, 무모함, 수다스러움, 남자답지 못하게 눈물을 잘 흘리는 것과 늘 성급했던 성격을 모두 극복했으며, 마침내 그녀가 선택한 남편에 뒤지지 않는 조용하고 성숙한 남자로 변했다는 것을 증명하고 싶은 마음이 간절했다.

혹은 설명하지 않고 차라리 야르데나를 끌어내어 그녀의 팔을 이끌고 여기로 데려와서 그녀 앞에 잘 다듬어진 돌 타일이 깔린 겨울 특유의 안뜰과 사이프러스와 무화과와 포도나무에 둘러싸여 어스레하게 숨어 있는 이 집을 보여 주고, 지금 그가 수염을 기른 쿠바 민중 혁명 지도자들의 초상화 그늘에서 외로움과 사색에 잠겨 사는 이 작은 다락방과, 우리가 매일 몇 시간씩 앉아서 대화를 나누는 발드 씨의 서재를 보여 준 후, 자신이 점점 인내심 있고 남의 말을 경청하는 사람이 되는 법을 배우고 있다는 사실을 알려 주고 싶었다. 그뿐만 아니라 야르데나에게 남을 가르치기 좋아하는, 키가 크고, 등이 굽었으며, 아인슈타인처럼 갈기 같은 백발과 눈이 내린 것같이 텁수룩한 콧수염을 기른 장애인과 더불어, 아름답고 냉정하며 조롱하는 듯 꿰뚫어 보는 눈길을 지녔지만, 목소리는 천천히, 가슴 깊은 곳으로부터, 따뜻하게 우러나와, 조롱하는 듯한 느낌을 상쇄시켜 버리는 여인도 소개할 수 있다면 더욱 좋을 터였다.

어떻게 야르데나가 우리를 사랑하지 않을 수 있을까?

혹시 갑자기 그 빗물 모으는 사람을 버리고 우리에게 와서 함께 살고 싶은 마음이 들지 않을까?

그러나 아탈리야가 손님을 절대 데려오지 말고 또 아무에게도 이 집에서 하는 일에 대해 말하지 않겠다는 서약서에 서명하도록 하지 않았나.

그의 눈에는 다시 눈물이 차올랐다. 그리고 그는 자기가 눈물을 흘리고 있고 또 이런 상상을 하고 있다는 사실에 화가 나서 신발을 벗고 옷을 입은 채로 침대에 들어가기로 했다. 무료한 시간이 너무 많았다. 그리고 밖에는 비바람만이 있었다. 너는 깊은 고독을 원했었지, 영감을 받기 원했었지, 조용하고 여유 있는 빈 곳을 원했었지, 자 여기서 이제 그 모든 것들이 너에게 주어졌구나. 전부 다 네 것이 되었구나. 그리고 네 다락방 천장 위에, 그러니까 네 침대 바로 위에는 하얀 칠이 점점 갈라지면서 며칠에 걸쳐서 그림이 그려지고 또 말라 가고 있지. 너는 몇 시간 동안 그렇게 누워서 갈라지는 회칠의 군도, 섬들, 암초들, 만灣들, 화산들, 빙하 계곡들을 눈으로 좇을 수 있어. 그리고 가끔 무슨 작은 벌레라도 한 마리 지나가다가 그 사이에서 꿈틀거리고 있을지도 모르지. 혹시 여기서 다시 유대인들의 눈에 비친 예수에게 돌아갈 수도 있을까? 가룟 유다에게로? 아니면 모든 혁명이 재난으로 끝나 버린 공통적인 내부 요인으로? 아주 깊이 있는 연구 논문을 써 보는 건 어때? 그것도 아니라면 반대로, 소설을 하나 써 볼래? 그리고 매일 밤, 일하는 시간이 끝나면, 차 한 잔을 들고 게르숌 발드와 놀라워하는 아탈리야와 함께 앉아서 한 장씩 그들에게 읽어 줄 수도 있잖아?

날마다 오후 4시가 조금 지나면, 슈무엘은 누웠던 자리에서 일어나, 몸을 씻고, 덥수룩한 자기 수염에 향기로운 아기 분을 조금 뿌리고, 철제 나선계단을 내려가서, 서재에 있는 석유난로를 켜고 게르숌 발드의 검은색 책상 맞은편, 미즈라히 풍으로 수놓은 쿠션이 푹신하게 깔린 등나무 의자에 앉는다. 그는 둥근 어항의 밝게 빛나는 유리 너머 자기들 자리에서 거의 움직이지 않은 채 슬픈 눈으로 자신을 바라보는 금붕어 한 쌍과 눈을 맞추고, 발드 씨가 즐겁게 연설하는 것을 매우 주의 깊게 듣곤 한다. 이따금 그는 일어나서 둘이 마실 차를 따른다. 혹은 난로 불꽃이 계속 파랗고 평온하게 타오르도록 심지를 조절하기도 한다. 가끔 창문을 열 때도 있는데, 작은 틈새만 남겨 두어 닫힌 셔터 뒤에서 비에 젖은 소나무 숲의 공기가 조금씩 안으로 스며들게 한다.

저녁 5시 그리고 또 7시와 9시에 그 노인은 자기 책상 위에 있는 작은 라디오로 뉴스를 듣는다. 그는 《다바르》[48] 신문을 정독하고 나서 슈무엘에게 그 뉴스의 이면에 무엇이 있는지 설명해 주기도 한다. 벤구리온이 다시 연합 정부를 꾸린다고 한다. 그가 마팜[49]과 아흐두트 하아보다[50]를 정부에 참여시킬지 말지. "벤구리온 같은 사람은 다시없을 거야"라고 발드는 말한다. "유대 민족은 벤구리온처럼 긴 안목을 갖춘 지도자를 만난 적이 없었어. 그 사람처럼 '이 백성은 홀로 처할 것이라. 그를 여느 민족들 가운데 하나라고 여기지 않는다'[51]라는 구절이 저주지 축복이 아니라는 점을 이해하는 사람은 많지 않아."

뉴스 방송과 방송 사이에 게르숌 발드는 여러 가지 이야기를 해 주었는데, 예를 들자면 다윈과 그의 추종자들이 얼마나 어리석은지에 대해 이렇게 말했다. "어떻게 눈이나 시신경 자체가, 무엇을 보아야 한다는 필요에 반응하며, 그들이 자연선택이라고 부르는 과정을 통해 점진적으로 생성될 수 있다는 말인가? 만약 온 세상 어디에도 눈이 없고 시신경도 없는 상태라면, 아무도 무엇을 봐야 할 필요도 없고, 또 뭔가를 볼 필요 자체를 느낄 그 누구도 그리고 봐야 할 아무것도 없지 않겠나! 아무것도 볼 수 없는 세계, 그것이 어둠이라는 사실조차 모르는 끝없이 영원한 어둠 속에서, 갑자기 어떤 세포 하나가, 아니면 어떤 세포 조직이, 무로부터 나타나서, 스스로 빛나며, 난데없이 진화를 시작하여 모양과 색깔과 공간을 보기 시작했다는 주장은 정말 터무니없는 소리가 아닌가? 교도소에서 스스로 자기 자신을 석방하는 수감자란 말인가? 보게. 그 외에도, 진화론에는 무생물의 세계의 화석화된 영원한 고요 속에서 최초의 살아 있는 세포 또는 첫 번째 성장의 씨앗이 나타나게 된 데 대한 아무런 설명이 없다네. 그리고 도대체 누가 무로부터 돌연 나타나서, 무생물 중 어떤 소외된 분자를 찾아가 영원한 고요 속에서 그만 깨어나 광합성 하기 시작하라고 가르칠 수 있겠는가 말일세, 다시 말해서, 갑자기 태양 빛을 받아서 탄수화물을 합성하고 또 그 탄수화물을 피어나고 성장하는 데 사용하기 시작하라고 말해 준단 말인가?

　자, 다윈주의자가 말한 그 어떤 변명도 고양이가 태어나는 날부터 작은 구멍을 파고 볼일을 해결해야 할 줄 알고, 그러고 나서 흙으로 덮어야 할 줄도 안다는 이 놀라운 사실을 설명하지 못한다네. 그리고 여기서 무슨 자연선택이 벌어졌다는 것인지 도무지 상상할 수도 없는 일이 아닌가? 이 복잡한 위생적인 작업을 제대로 수행할 수 없는 고양이들은 모두 후손을 낳지 못하고 이 세상에서 멸종되고, 자기 배설물을 묻을 줄 아는 고양이들의 후손들만 생육하고 번성하게 되었단 말인가?

게다가 자연선택이라는 체제의 톱니바퀴 사이에서 왜 오직 고양이만 모범적으로 청소하는 전통에 정통하게 되었을까? 개가 아니고, 소나 말도 아니고 말일세. 왜 다윈의 자연선택설은 이 세상에서 고양이만 선택해서 남겨 두려 하지 않고 다른 것들도 선택했는지, 가령, 자기 몸을 핥으며 닦을 수 있는 돼지는 어떤가? 자, 실제로 누가 위생 전문가 고양이들의 아버지의 아버지의 아버지, 곧 자기 배설물을 최초로 묻었던 자에게, 최초의 배설물 구덩이 파는 법과 그것을 흙으로 덮는 법을 가르쳤단 말인가? 이미 고대 현인들이 우리에게 부젓가락으로 만든 부젓가락[52]에 관해 가르치지 않았던가?"

슈무엘은 두텁고 하얀 콧수염 밑에서 움직이는 노인의 입술을 바라보면서, 이 사람의 말 속에 재치가 묻어 있는 유쾌함과 그의 청회색 눈에 그늘을 드리우고 있는 깊은 슬픔이 대조를 이루는 것을 거듭거듭 알아차렸다. 비극적인 두 눈이 사티로스의 얼굴 한가운데 박혀 있었다.

그 노인은, 평소처럼, 만연체로, 즐겁게 그리고 힘차게 옛날 옛적부터 기독교인들의 상상 속에서 방랑하는 유대인이라는 이미지가 불러일으켜 온 어두운 두려움에 관하여 이야기하기도 했다. "그러니까 아무나 그렇게 그냥 아침에 상쾌하게 일어나서, 이를 닦고, 커피 한 잔을 마신 후 신을 죽일 수는 없다네! 신적인 존재를 죽이기 위해서는, 그 살해자가 신보다 더 강해야 하며 또 악의적이고 더할 수 없이 사악해야 하겠지. 나사렛 예수는, 따뜻하고 사랑을 발산하는 신적인 존재였으니, 그를 살해한 사람은 당연히 그보다 더 강하고 또 교활하고 역겨운 자였겠지. 이렇게 신을 살해하는 저주받은 자들은 권력과 악이라는 무시무시한 자원을 가졌을 때만 신을 죽이는 일에 뛰어난 재능을 발휘할 수 있다네. 그리고 유대인들을 미워하는 자들의 상상 지하실 속에서 유대인들은 항상 그런 모습이었지. 우리는 모두 가룟 유다야. 거의 여든 세대가 지났지만 우리는 모두 가룟 유다에 불과해. 그렇지만 진실은, 젊은 친구, 여기 이스라엘 땅 바로 우리 눈앞에 펼쳐진 참된 진실은 그게 아니지 않나. 예전의 유대인들과 마찬가지로, 여기서 나서 자란 새로운 유대인들도 똑같이 전혀 강하지 못하고 악의적이지도 못하며 오히려 욕심 많고, 잔꾀만 부리고, 말만 많고, 겁쟁이에다 의심과 두려움에 사로잡혀 있지. 그래. 하임 바이츠만[53]이 언젠가 말했지, 절망스럽게, 유대 국가는 영원히 세워질 수 없으니 그 개념 안에 모순이 있기 때문이라고. 만약 국가를 세운다면―그 나라는 유대적이지 않을 것이며, 그것이 유대적이라면―분명히 국가가 아닐 것이라고 말일세. 우리 전통에, 이것은 당나귀를 닮은 백성이라고 기록된 바와 같지.[54]"

어떨 때는 느닷없이 철새들이 이주한다거나 바닷속 물고기 떼가 떠돌아다닌다는 이야기를 꺼내면서, 이런 동물들은 신비한 방향감각에 의지하고 있는데 과학적인 논리로는 아직 그 깊은 본질이 무엇인지 짐작하지도 못하고 있다고 말했다. 대개 그 장애인은 슈무엘과 이야기하는 동안 자기 팔을 책상 유리 위에 넓게 펴서 벌린 채 거의 움직이지 않았고, 책상 스탠드 불빛에 비친 갈기와도 같은 흰머리를 빛내며, 필요에 따라 목소리를 높이거나 속삭이듯 낮추어 가면서 자기 생각을 강조하곤 했다. 그는 손가락으로 펜이나 자를 들고 있기도 했고, 자신의 강한 손으로 공중에 갖가지 모양과 선을 그리기도 했다. 한 시간이나 한 시간 반 정도마다 자리에서 힘겹게 일어나 구부러진 몸을 자기 팔근육에 실어 책상 모서리를 따라 끌고 가서, 목발을 잡고 절며 화장실이나 책장으로 움직였다. 가끔은 목발을 쓰지 않고 강한 자기 팔 힘만으로 책상에서 굽힘나무 의자까지 몸을 끌고 가기도 했다. 절대로 슈무엘이 자기를 도와주는 것을 허락하지 않았다. 비틀거리고 절룩거리며 걸을 때 발드 씨는 마치 상처 입은 곤충이나 날개 끝이 불에 탄 거대한 나방이 꿈틀거리며 뒤틀면서 날아오르려고 헛된 노력을 계속하는 것처럼 보였다.

슈무엘은, 그의 처지에서, 자기들 두 사람이 마실 차를 따를 뿐이었다. 이따금 그는 부엌 전기 음식 보온기 위에서, 살짝 데워지고 있는, 그날 저녁 식사용 죽을 내오는 시간에 늦지 않도록 자기 시계를 힐끗 쳐다보았다. 한두 번 자기의 대화 상대를『노부인의 방문』이라는 희곡[55]이나 「알테르만[56]의 시에 관한 상념」이라는 논문[57]을 둘러싼 논란에 관심을 돌리게 하려고 시도하기도 했는데, 이 논문은 시인 나탄 자흐가 같은 시기에 발표하여 알테르만이 구사하는 이미지의 세계는 미사여구로 꾸며진 부자연스러움이 주를 이루는 것처럼 보인다고 가차 없이 비난했기 때문에 세상을 떠들썩하게 만들었다. 발드 씨는, 그의 입장에서, 이런 논란들이 꽤 심각해 보이기는 하지만, 동시에 지나치게 사악하고, 교만하며, 설익은 것이라고 보고, '나탄 이후 나탄까지 나탄 같은 자가 일어나지 않았다'는 경구[58] 하나로 회피해 버렸다. 그런데도, 슈무엘이 몇 주 전에 나온 달리아 라비코비츠[59]의 시집을 열어 서너 편 읽어 주었을 때 그 노인은 아무 말도 하지 않았다. 그저 눈 내린 자기 머리를 깊이 숙이고, 주의 깊게 들으며, 잠자코 있었다.

갑자기 그의 고개가 직각으로 꺾이는 바람에 그 시를 듣고 있던 발드 씨의 얼굴은 방바닥을 향했다. 얼마간 슈무엘의 눈에 그 사람은 교수형을 당해 목이 부러진 시체처럼 보였다.

—09—

요세푸스 플라비우스[60]는, 본명이 요세프 벤 마타티야후였는데, 우리 손에 남아 있는 유대 전통 문헌을 통틀어 예수의 존재에 관해 언급했던 첫 번째 사람이었으며, 이 나사렛 사람의 이야기를 두 가지 서로 다른 모습으로 전해 준다. 그의 책『유대 고대사』에서 벤 마타티야후는 몇 줄을 할애하여, 기독교적 색채가 분명한 이야기를 기록하고 있다. '예슈아(예수)는, 현자였고, 그를 사람이라 불러도 괜찮다면, 기적을 행하던 사람이었다. […] 그리고 많은 유대인과 다수의 그리스인도 그의 뒤를 따랐다. 그는 메시아였고, 필라투스(빌라도)가 그를 매달라는 선고를 내렸을 때 […] 사흘날에 그들은 그가 다시 살아난 것을 발견했다.' 이 간단한 묘사를 마무리 지으며, 순진하게도, 플라비우스는 다음과 같이 쓰는 것이 옳다고 느꼈던 것 같다. '[…] 오늘에 이르기까지 그의 이름으로 불리는 메시아 운동 집단이 사라지지 않고 있다.' 그렇지만 몇몇 현대 학자들은, 구스타프 욤토프 아이젠슐로스 교수를 포함해서, 요세프 벤 마타티야후 같은 유대인이 예수에 관해 이런 글을 써야겠다고 마음먹었을 가능성은 전혀 없다고 주장하고 있으며, 구스타프 욤토프 아이젠슐로스 교수의 견해에 따르면, 십중팔구, 이 기록은 오랜 세월 동안 전승되면서 기독교인들의 손에 의해 수정되어 후대에 『유대 고대사』에 삽입된, 일종의 위조 행위였다.

사실 요세프 벤 마타티야후가 예수에 관해 쓴 말은, 10세기 아랍–기독교인 작가였던 아가피우스[6]의 글에 완전히 다른 형태로 남아 있다. 아가피우스에 따르면, 요세프 벤 마타티야후는 예수를 메시아로 보지 않았으며, 그가 십자가에 매달린 뒤 사흘 만에 부활했다는 이야기도 벤 마타티야후는 실제 있었던 일이 아니라, 예수의 제자들이 믿었던 바를 객관적으로 묘사하고 있을 뿐이었다.

벤 마타티야후는 십자가 사건 이후 몇 년 지나지 않아 태어났던 사람이며, 『유대 고대사』 내용으로 보나 아가피우스가 전해 주는 내용으로 보나, 그가 쓴 예수에 관한 기록에서 가장 흥미로운 점은, 거의 동시대를 살았던 역사가의 눈에 예수의 출현이라는 사건은 너무나도 사소하고, 거의 하찮은 일처럼 여겨졌다는 것이다. 이 두 가지 판본에서 『유대 고대사』와 아가피우스의 판본 어디에서도, 벤 마타티야후는 예수의 생애, 복음, 기적, 십자가형, 부활과 그를 믿는 자들의 새 종교에 관한 이야기에 열두 줄 이상을 할애하지 않았다.

요세프 벤 마타티야후 이후 시대 유대인들의 눈에도 예수의 모습은 미미한 자리만 차지하고 있었고, 소소한 일화에 불과했다. 세대를 이어 내려오던 유대 현인 중에서 오직 극소수의 랍비들만이 여기저기, 외진 구석에, 나사렛 사람 예수를 비난하는 것 같은 모호한 암시만을 남겨 놓고 있을 뿐이어서 사실 그들은 그를 전혀 몰랐거나 완전히 다른 사람 또는 서로 다른 사람들 몇 명을 싸잡아 조롱하고 있었을 수도 있다. 유대 현인들은 대개 예수의 이름을 직접 언급하기를 꺼렸기 때문이다. 세월이 더 흐른 후대에 와서는 별명을 만들어 붙였는데, 경멸하고 배척하는 의미에서 넌지시 '그 사람'[62]이라고 불렀다.

유대 현인들의 글 두세 군데에서 이렇게 볼 수도 있고 저렇게 볼 수도 있는 좀 무시하는 듯한 표현이 몇 가지 등장하는데, 예를 들어 탄나[63] 시므온 벤 아자이[64]는 예루살렘에서 발견한 족보를 인용하면서, 거기에 **그 사람은 결혼한 여자가 낳은 사생아**라는 호칭이 기록되어 있다고 했다. 여기에는 경쟁 관계에 있는 종교의 신도들을 겨냥한 비겁한 모함이 숨겨져 있을 수도 있고, 어쩌면 누군지 모를 어떤 인물에 대한 예루살렘식 험담에 불과할 뿐이고, 이런 익명의 험담들이 지금도 예루살렘 공기 중에 떠돌아다니다가 대학 복도까지 퍼지게 된 것일지도 몰랐다.

『토세프타』의 마쎄켓 산헤드린[65]에는 우상숭배를 하자고 유혹하다가 로드에서 처벌을 받은 벤 스타다라는 이름을 쓰는 어떤 사람을 조롱하는 내용이 한 차례 나오는데,[66] 어떤 학자들은 여기서도 나사렛 사람 예수를 향한 암시를 볼 수 있다고 주장한다. 다른 부분인,『토세프타』의 마쎄켓 훌린에는, 예수 벤 판테라라는 이름으로 뱀에 물린 사람들을 치료하던 의사 한 사람이 나온다. 그러나 이 예수는 누구였으며 또 판테라는 누구인가? 이 문제는 아직 추정의 영역에 남아 있으며 그대답도 짐작 이상이 될 수 없다. 더 후대에 와서야,『얄쿠트 쉬모니 민수기 편』[67]에, 한 여자의 아들이면서도 '스스로 신이 되어, 온 세상을 현혹하고자 했던' 사람을 향한 분명한 경고가 남아 있다.

이와 함께,『바빌로니아 탈무드』에도 여러 시대에 걸쳐 기록된 세 개의 각기 다른 본문에 예수를 분명하게 비난하는 말들이 나오는데, 그를 올바른 길에서 벗어난 똑똑한 학생으로, 또는 우상숭배를 조장하던 마술사로, 또는 제멋대로 살다가 다시 종교에 귀의하려 했으나 허락받지 못한 자로 그리고 있다. 그러나 여러 세대가 흘러가면서 이 세 문단은 거의 모든 『바빌로니아 탈무드』인쇄본에서 흔적도 남기지 않고 사라졌는데, 유대인들은 기독교인 이웃들이 이런 본문을 읽고 자기들에게 무슨 짓을 할지 죽음이 두려웠기 때문이다.

피유트[68] 시인 야나이[69]는 5세기 또는 6세기경에 이스라엘 땅에 살면서, 반기독교적인 이합체시離合體詩[70]를 썼는데, '악당을 고결한 자라 말하고 / 혐오스러운 상징을 선택하고 / […] 매달린 자에게 저녁마다 호소한다' 등등, 시 전체가 그들에 대한 조롱과 조소로 가득 차 있었다.

슈무엘이 유대인들의 눈에 비친 예수에 관해 쓰다 만 논문을 서재로 가져와 게르숌 발드에게 그 꼬일 대로 꼬인 시를 읽어 주기 시작했을 때, 그 노인은 비웃으며, 불쾌한 장면을 보기를 꺼리는 사람처럼 넓고 못생긴 손으로 자기 두 눈을 가리고 화를 내면서 말했다.

"됐네, 됐어, 누가 그런 천박한 이야기를 들어 줄 수 있겠나, 나는 자네에게 유대인들의 눈에 비친 예수는 어떤 모습인지 말해 달라고 했지 온갖 어리석은 자들이 그에 관해 뭐라고 했는지 알려 달라고 부탁한 것은 아니네. 이 차는 너무 묽고, 너무 달고, 거기다가 미지근하기까지 하군. 그래, 자네는 세상에 있는 모든 결점을 이 작은 잔 속에 꼭 짜 넣고 그것도 모자라서 그것들을 모두 함께 저어 섞을 수도 있지 않나. 아냐, 아닐세, 그럴 필요 없네, 새로 차를 만들어 올 필요는 없어. 그냥 수돗물 한 잔만 가져다주고 그다음엔 좀 조용히 앉아 있어 보세. 벤 스타다가 됐건 벤 판테라가 됐건, 그들과 우리가 무슨 상관이 있단 말인가? 모두 누운 자리에서 편히 쉬시기를. 우리가 가진 것이라고는 우리 눈으로 볼 수 있는 것뿐이지 않나. 그리고 그것도, 아주 가끔씩 말이지. 이제 뉴스나 들어 보세."

10

그의 다락방은 어느 겨울의 은신처처럼, 낮고 아늑했다. 이 방은 공간이 길쭉하고 천장이 천막의 가장자리처럼 비스듬하게 경사져 있었다. 단 하나밖에 없는 창문은 집 앞을, 정원 담장과 그 너머의 사이프러스 숲, 오래된 포도나무와 무화과나무 그늘이 드리워진 돌 타일을 깔아 놓은 마당을 훔쳐보고 있었다. 잿빛 고양이 한 마리가, 수컷이 분명한 고양이가, 가끔 그곳을 지나다녔는데, 느릿느릿, 도도하게, 꼬리를 치켜들고, 부드러운 걸음걸이로 여기저기를 사뿐사뿐 다녀서, 마치 부드러운 발바닥 하나하나가 비에 젖어 반짝거리며 밝게 빛나는 돌바닥을 밟는 것이 아니라, 즐겁게, 천천히 핥는 것 같았다.

창문은 안쪽으로 깊게 들어가 있었는데 그 집 벽들이 두꺼웠기 때문이다. 슈무엘은 자신의 겨울 담요를 창가로 끌고 가서 편안한 자리를 마련해 놓고 이따금 30분이나 한 시간가량 둥지를 틀고 앉아 빈 마당을 내려다보았다. 그는 자신의 전망대에서 마당 구석에 있던 물 저장고를 발견했는데 녹슨 금속 뚜껑이 덮여 있었다. 오래된 예루살렘 집 뜰에는 으레 이런 물 저장고가 있어서 빗물을 모아 두는 데 썼지만 영국인들이 들어온 다음에는 솔로몬의 저수지[71]와 로쉬 하아인 샘으로부터 송수관을 끌어다가 예루살렘에 상수도망을 깔았다. 이런 오래된 빗물 저장고들이야말로 1948년에 심한 가뭄으로 고생하던 예루살렘의 유대인들을 구해 냈는데, 요르단강 동편 왕국의 아랍 군대가 이 도시를 포위하고 거주민들을 항복시키기 위해서 라트룬과 로쉬 하아인에 있던 모든 급수 시설을 폭파했을 때였다. 쉐알티엘 아브라바넬, 아탈리야의 아버지는, 아랍 군대들이 침략해 왔을 당시에 아직 유대인 거주지를 지휘하던 지도자 중 하나였을까, 아니면 그 전에 이미 벤구리온의 손에 의해 거주지를 통치하는 지도자직에서 완전히 쫓겨나 있었을까? 그는 무엇 때문에 쫓겨났을까? 그는 내쫓긴 뒤에 무슨 일을 했을까? 그리고 쉐알티엘 아브라바넬은, 도대체, 언제 사망했을까?

언젠가 슈무엘은 마음속으로, 국립도서관에 자리 잡고 앉아 몇 시간이고 연구해서 이 이야기의 배후에 무엇이 있는지 밝혀 봐야겠다고 결심했다.

하지만 네가 그걸 알아낸들 무슨 소용이 있겠어? 그 정보가 너를 아탈리야와 가까워지게 해 줄까? 아니면 실은 그 반대일 수도 있지, 지금도 자신의 비밀 껍데기 속에 갇혀 있는 그녀가 오히려 너에게 마음을 더 닫아 버리지 않을까?

슈무엘의 침대는 커피 탁자와, 커튼을 쳐서 분리해 놓은, 화장실과 샤워실 사이 구석에 있었다. 그의 침대 옆에는 책상과 의자와 전등이 있었고 그 맞은편에는 난로와 책장이 있었는데 히브리어-영어 사전과 아람어-히브리어 사전과 검은 천 표지에 금박으로 글씨를 새긴, 신약이 포함된 성경책이 놓여 있었고, 외국어로 된 지도책, 그리고 『하가나[72]의 역사』[73]와 『불타는 책장』[74] 몇 권도 있었다. 그 옆에는 영어로 된 고등수학 또는 수학적 논리 책이 열 권 정도 꽂혀 있었다. 슈무엘은 그중 한 권을 제자리에서 뽑아 대강 훑어보았는데, 서문의 맨 앞머리에 나오는 글조차 이해할 수 없었다. 슈무엘은 이 집 책들이 있는 선반 아랫부분에 몇 권 안 되지만 자신이 가져온 책들을 두었고 파테 축음기와 음반들도 올려놓았다. 문 뒤편에는 금속 걸이가 몇 개 박혀 있어서 슈무엘은 자기 옷들을 거기 걸어 두었다. 그리고 벽에는 쿠바 혁명의 영웅들, 피델과 라울 카스트로 형제와 그들의 친구였던 아르헨티나 출신 의사 에르네스토 체 게바라가, 빽빽하게 모여든 다른 사람들에 둘러싸여 있는 사진들을 테이프로 붙여 놓았는데, 그들도 슈무엘처럼 텁수룩한 수염을 길렀고, 모두가 허름한 군복을 입어서 마치 전투복을 입고 허리에 권총을 차고 서 있는 한 무리의 시인-몽상가들처럼 보였다. 투박하고 부스스한 슈무엘의 모습은 이 무리와 아주 잘 어울릴 것 같았다. 이들은 모두 어깨에 반자동 소총도 메고 있었다. 혁명가 중 몇 명은 먼지가 앉은 반자동 소총을 가죽끈이 아니라 거친 밧줄로 묶어서 메고 있기도 했다.

또한 슈무엘은 이 다락방 한구석에서, 1층에 있는 서재, 곧 발드 씨 방에서 보았던 것과 아주 비슷한 금속 수레를 발견했다. 그렇지만 여기, 그의 수레 위에는, 연병장에 늘어선 군인들처럼 엄격하게 줄을 맞추어 정렬한 펜들, 연필들, 공책들, 서류철들, 빈 종이함들, 종이 클립 한 줌과 고무줄 한 움큼, 지우개 두 개와 반짝거리는 연필깎이가 가지런히 놓여 있었다. 자기 방에 틀어박힌 고대의 수도사처럼, 여기서 거룩한 문서를 필사하는 데 전념하기를 바라는 것일까? 아니면 연구 논문에 깊이 몰두하기를? 예수에 관해서? 가룟 유다에 관해서? 그 두 사람 모두에 관해서? 혹시 쉐알티엘 아브라바넬과 벤구리온의 모호한 결별에 관해서?

그는 침대에 등을 대고 누워서 눈이 감길 때까지 천장의 갈라진 회칠 속에 있는 복잡한 모양들을 분리해서 맞추어 보려고 애를 썼다. 그런데 눈을 감아도 자신에게 배정된 다락방의 휘어진 경사면 천장이 떠올랐고, 이 방이 죄수가 갇힌 감방인지 아니면 병원에서 전염성이 강한 희소 병에 걸린 환자를 격리하는 독방인지 알 수 없었다.

여기에 다른 물건이 하나 더 나타났는데, 슈무엘 아쉬에게는 전혀 쓸모가 없는 것이었다. 그가 처음 다락방에 살러 들어왔을 때 이 물건이 있는지 당장 알아차리지 못했고 너덧 새 낮과 밤이 지나고 나서야, 임무를 게을리하고 어둠 속에 숨어 버린 양말 한 짝을 찾으려고 허리를 굽혀 침대 밑을 들여다보다가 발견하게 되었다. 그리고 거기에는 무책임한 양말 대신 멋진 검은색 지팡이 머리 부분에 새겨진 사악한 여우가 침대 밑 어둠 속에서 그를 향해 주둥이를 크게 벌린 채 날카롭고 반짝이는 이빨들을 드러내고 있었다.

11

매일매일 게르솜 발드는 책상 뒤에 있는 자기 의자나 누울 수 있는 긴 의자 위에 편안히 걸터앉아서 전화로 대화 상대에게 가시 돋친 강의를 쏟아 내곤 했다. 그는 자신의 견해에 인용과 암시로, 날카로운 익살과 말장난을 양념으로 곁들여서 논쟁 상대뿐만 아니라 자기 자신까지 사정없이 찔러 대었다. 그럴 때면 슈무엘은 발드 씨가 가느다란 바늘을 들고 자기와 대화하는 상대를 찔러서 상처를 내는 것처럼 보였는데, 학식이 있는 사람들만 알아듣고 상처를 입을 수 있는 모욕을 주는 것이었다. 예를 들면, 그는 이렇게 말하곤 했다. "그렇지만 무엇 때문에 자네가 예언한단 말인가, 이 친구야? 성전이 무너진 날 이후로 예언은 나나 자네 같은 자들의 어깨 위에 지워지지 않았나."[75] 혹은 "만약 자네가 나를 절구에 넣고 찧는다고 해도 나는 내 의견을 바꾸지 않을 걸세."[76] 그리고 언젠가 한번은 이렇게 말했다. "보게, 자네와 나는 말일세, 내 친구, 우리 중 누구도 유월절 『하가다』에서 토라와 관련하여 언급된 네 아들과 닮지 않았다는 건 확실하네, 특히 그 첫째 아들과는 전혀 닮지 않았다고 생각하게 된다네."[77] 그 순간 게르숌 발드의 못생긴 얼굴에서는 조롱과 악의가 뿜어져 나왔고, 그의 목소리는 이겼다고 기뻐하는 아이처럼 떨리고 있었다. 그러나 옅은 푸른빛이 도는 그의 회색 눈은 두꺼운 흰 눈썹 아래 모순을 숨기며 무심함과 슬픔을 내비치고 있어서, 그의 눈이 마치 이 대화에 전혀 관여하고 있지는 않지만 감당할 수 없는 끔찍한 일에 사로잡혀 있는 것처럼 보였다. 슈무엘은 전화선 너머의 이 대화 상대들에 관해 전혀 아는 바가 없었는데, 다만 그들은 인내심을 가지고 발드의 가시 돋친 말들을 참아 내고 슈무엘이 듣기에는 익살과 악의 사이에서 줄타기하는 그를 용서할 각오가 되어 있는 것 같았다.

다시 생각해 보면 이 대화 상대자들은, 발드가 항상 '내 친구'나 '내 좋은 친구'라고 부르는 사람들은, 여러 사람이 아니고 한 사람일지도 모르는 일이었는데, 아마 게르숌 발드와 닮지 않은 것은 아닌 어떤 사람, 어쩌면 그 사람도 자기 작업실에 갇혀 지내는 나이 든 장애인에다가, 어떤 가난한 학생이 그와 함께 살면서 그를 돌보고 있을 수도 있고—슈무엘과 똑같이—전화선 다른 편에 있는 가상의 닮은 사람이 누구일지 추측해 보려고 애쓰고 있을지도 몰랐다.

그리고 가끔 발드 씨는 침묵과 슬픔에 휩싸인 채, 스코틀랜드풍 격자무늬가 있는 양모 담요를 두르고 굽힘나무 의자에 누워, 곰곰이 생각에 잠기다가, 졸았다가, 깨었다가, 슈무엘에게 차 한 잔을 따라 달라고 부탁했다가, 또다시 자기만의 세계로 떠나곤 했다. 혼자 흥얼거리며 길게 늘어지고 불분명한 소리를 낼 때면, 그게 무슨 노래인지 아니면 강박적으로 가래를 삼키는 것인지 알 수 없었다.

매일 저녁, 7시 반, 뉴스가 끝나면, 슈무엘은 노인을 위해 이웃집 여자 사라 데톨레도가 만들어 온 그날의 죽을 데웠다. 슈무엘은 죽 위에 갈색 설탕과 계핏가루를 조금 뿌렸다. 그 죽은 두 사람이 먹을 만한 양이었다. 9시 15분에 그날의 두 번째 저녁 뉴스가 끝나면, 알약 예닐곱 개와 서로 다른 캡슐들과 수돗물을 한 잔 가득 쟁반에 받쳐서 노인 앞에 놓아 주었다.

한번은 그 노인이 눈을 들더니 슈무엘의 온몸을 위로부터 아래까지 샅샅이 훑어보고, 예의라고는 눈곱만큼도 없이 다시 뭔가 의심스러운 물건을 대하듯 쳐다보았는데, 마치 거친 손가락으로 상대방을 더듬듯이, 오랫동안, 목마른 사람처럼, 자기가 찾던 것을 발견할 때까지 계속하려는 것 같았다. 그러고 나서 입을 열어 무례한 말투로 물었다.

"아무리 그래도 자네 어딘가에 여자 친구 하나 정도는 있다고 생각해도 되겠지? 아니면 여자 친구 비슷한 거라도? 아니면 최소한 여자를 사귀어 본 적은 있지? 아닌가? 아무 여자라도 말일세? 여자가 없었나? 전혀?"

그 말을 하면서 그는 야한 농담이라도 들은 것처럼 킥킥거렸다.

슈무엘은 더듬거리며 말했다.

"예. 아니요. 있었죠. 벌써 여럿 있었어요. 그렇지만—"

"그렇다면, 그 여자는 왜 자네를 떠났나? 아닐세. 묻지 않은 것으로 하세. 그녀는 떠났네. 그럼, 그녀가 잘되기를[78] 빌 뿐이지. 벌써 우리 아탈리야가 자네를 매료시키지 않았나 싶은데. 그 아이에겐 손가락 하나 까딱하지 않고도 낯선 남자들의 마음을 사로잡는 힘이 있지. 그렇지만 그 아이는 자기 혼자 있는 것을 너무 좋아한다네. 자신에게 매혹된 남자들을 잠시 가까이하다가도 몇 주일이 지나면 아니 어떨 때는 일주일을 못 넘기고 도로 멀리하니 말이야. 내가 심히 기이하게 여기고도 깨닫지 못하는 것 서넛이 있으니, 그 모든 것 중에서 남자가 여자와 함께한 자취가 제일이지.[79] 언젠가 그 아이가 낯선 남자들이 어느 정도 낯설게 느껴질 동안에는 매력을 느낀다고 내게 고백한 적이 있네. 낯선 남자가 더는 낯설지 않게 되는 순간부터 부담을 느끼기 시작한다고 말이야. 그런데 매력적이라는 말이 무슨 뜻인지, 자네 혹시 알고 있나? 모르나? 아니, 정말 요즘은 대학에서 낱말의 어원과 변화 과정에 관해서 전혀 아무것도 가르치지 않는단 말인가?"

"저는 이제 대학에 다니지 않아요."

"그래. 정말 그렇지. 자네는 벌써 거기서 바깥 어두운 데로, 슬피 울며 이를 가는 곳으로 쫓겨났지.[80] 어쨌든, 라타크라는 낱말의 어원은 『예루살렘 탈무드』에 나오는데, 이스라엘식 아람어로, 라타카—울타리를 두른 지역이라는 말이지, 그리

79

고 여기서 매혹한다는 동사가 나왔는데, 묶다, 사슬로 묶어 두다, 쇠고랑으로 가두어 둔다는 뜻이라네. 여기서 쇠고랑은 족쇄와 비슷한 것일 거야. 아니면 고삐 같은 것이거나. 그런데 부모님은? 뭐라고? 부모님은 계시지? 아니면 예전에 계셨었나?"

"예. 하이파예요. 하다르 하카르멜[81]에 사세요."

"형제들은?"

"누나 하나요. 이탈리아에 있어요."

"그리고 자네가 말했던 할아버지는, 영국식민지경찰이셨는데 영국 군복을 입고 다니는 바람에 우리 열성분자들이 살해했다는―그 할아버지도 라트비아에서 오셨던가?"

"예. 사실 그분은 지하조직을 위해 정보를 얻어 내려고 영국식민지경찰에 지원하셨어요. 그러니까 실제로는 이중 스파이 같은 분이셨고, 당신을 살해한 사람들과 같은 단체를 위해 일하던 비밀 전사였던 셈이죠. 다른 사람들은 그분이 배신자라고 생각했지만요."

게르숌 발드는 이 말을 듣고 곰곰이 생각하는 모습이었다. 그는 물 한 잔을 달라고 했다. 창문을 아주 조금만 열어 달라고 했다. 그러고 나서 슬픈 표정으로 힘주어 말했다.

"아주 큰 실수를 저질렀군. 너무 크고 또 쓰디쓴 실수를."

"누가요? 그 지하조직이요?"

"그 여자. 자네를 떠났다는 그 여자 말일세. 자네는 혼이 깃들어 있는 젊은이[82]일세. 아탈리야가 며칠 전에 내게 말했지,

그리고 나는, 언제나처럼, 그녀가 옳다는 것을 아는데, 아탈리야가 옳지 않을 리가 없기 때문이지. 그 아이는 태어날 때부터 옳았다네. 옳은 것을 빚어서 그녀를 만들었다 할까. 그러나 항상 옳다는 것은 사실 그슬린 땅[83]이지? 그렇지 않은가?"

12

매일 아침 슈무엘 아쉬는 9시나 10시쯤 잠에서 깨곤 했는데,
다음 날부터는 7시가 되기 전에 일찍 일어나 진한 커피를 준
비해서 자리에 앉아 일하리라 스스로 거듭거듭 다짐했지만
아무 소용이 없었다.

그는 잠에서 깨더라도 눈을 뜨지 않았다. 자기 겨울 담요
를 둘둘 말고 누워서 "이제 그만 일어나, 이 게으름뱅이야, 벌
써 한낮이잖아"라고 크게 소리치며 자신과 논쟁을 시작했다.
그리고 매일 아침, "딱 10분만, 그럼 좀 어때? 네가 여기 온 이
유는 쳇바퀴를 도는 것 같던 바깥 생활에서 벗어나 좀 쉬기 위
해서지, 다시 쫓기듯 살기 위해서가 아니야"라고 말하며 자기
자신과 타협하곤 했다.

결국 기지개를 켜고, 두세 번 하품을 한 후, 억지로 몸을 끌
고 속옷만 입은 채 침대에서 일어나, 추위에 온몸을 벌벌 떨면
서, 창문으로 다가가 그 겨울날이 하루 전의 겨울날과 어떻게
달라졌는지 바라보곤 했다. 비에 젖어 반짝이는 돌 타일이 깔

린 그 집 마당, 바닥에 뒹굴고 있는 낙엽들, 물 저장고를 덮은 녹슨 금속 뚜껑, 벌거벗은 무화과나무의 모습, 이 모든 것들을 보노라면 평안함과 슬픔이 떠올랐다. 벌거벗은 무화과나무는 성경에 나오는 무화과나무를 생각나게 했는데,『마르코복음』에, 예수가 베다니아에서 나와서 나뭇잎 사이에서 먹을 만한 열매를 부질없이 찾다가, 찾을 수 없자 화가 나서 저주했고 곧 말라 죽었다던 그 나무 말이다.[84] 분명 예수는 유월절이 되기 전에는 무화과나무에 열매가 달리지 않는다는 사실을 잘 알고 있었을 것이다. 그렇다면 그 나무를 저주하는 대신에 축복하여, 작은 기적을 행하고, 그 무화과나무가 당장 열매를 맺도록 할 수는 없었을까?

슬픔은, 그 자체로, 이상하고 비밀스러운 기쁨을 가져다주었는데, 마치 어떤 사람 속에 사는 다른 누군가가 그 사람이 슬퍼하는 것을 기뻐하는 듯했다. 그는 이 기쁨에 힘을 얻어 자신의 구불구불한 머리와 수염을 수도꼭지 밑에 밀어 넣고 얼음처럼 차가운 물줄기가 그에게 마지막 남은 잠의 흔적을 벗겨 내도록 내버려 두었다.

이제 새날과 마주할 만큼 충분히 깨어났다고 느낄 때쯤, 수건을 잡아채 피부에서 한기를 벗겨 낼 것처럼 성난 듯 화난 듯 물기를 닦아 내고, 열정적으로 이를 닦고 물로 입안을 헹구고 목구멍 깊은 곳에서 나오는 거친 소리와 함께 뱉어 낸다. 그리고 나서 옷을 입고 묵직한 스웨터를 두르고, 화로에 불을 켜서 주전자를 올리고 이스라엘식 커피[85]를 준비한다. 커피가 거품을 내면서 끓는 동안 다락방의 경사진 벽 위에서 자신을 내려다보고 있는 쿠바 혁명의 영웅들에게 눈길을 던지며, "좋은 아침이야 친구들"이라고 열정적으로 말하곤 했다.

커피 잔을 오른손에 든 채, 여우 머리를 새겨 놓은 지팡이를 비스듬히 집어 들고 그 여우를 친구 삼아 다시 창가로 돌아가 조금 더 서 있었다. 만약 안개 속에서 꽁꽁 얼어붙은 수풀 사이로 고양이가 지나가기라도 하면, 지팡이를 끌어당겨 창문 유리를 두들겼는데, 이빨이 날카로운 그 여우에게 나가서 사냥하라고 부추기는 것 같기도 하고, 혹은 바깥세상을 향해 자기들 둘, 여우와 자신을, 알아봐 달라고 누군가를 보내 이 다락방에 갇혀 있는 자기들을 구조해 달라고 재난 신호를 보내는 것 같기도 했다. 가끔 그의 눈에 눈물이 차올랐는데, 밝은색 머리카락을 머리 위에 가지런히 모아 머리핀으로 고정하고, 부드러운 코르덴 치마를 입고 대학 카페테리아에 앉아 있는 야르데나가 머릿속에 떠올랐기 때문이었다. 그녀는 주위에 웃음꽃을 흩뿌리고 있었는데 옆자리에 앉아 있던 누군가가 슈무엘이 계단을 내려오는 모습이 재미있다는 듯, 수염으로 뒤덮인 그의 머리는 언제나 앞장서서 몸을 끌고 가고 다리들은 그 뒤를 쫓아가면서, 숨이 차 온몸으로 숨을 쉰다며 놀려 대고 있었다.

커피를 마신 후 슈무엘은 수염과 구불구불한 머리 위에 향기로운 아기용 분가루를 뿌리느라 지체했는데, 마치 그의 헝클어진 곱슬머리 위에 때 이른 흰머리가 덮인 것 같았고, 그러고 나서야 자기 다락방에서 부엌으로 가는 나선계단을 내려왔다. 그는 정오까지 계속 자는 게르숌 발드가 놀랄까 봐 시끄러운 소리를 내지 않으려고 조심했다. 그렇지만 동시에, 아무렇지도 않게, 헛기침을 네댓 번 해 댔는데, 이것을 핑계로 아탈리야의 관심을 끌게 되리라는 지칠 줄 모르는 희망을 품고 어쩌면 그녀가 그를 위해 자기 방에서 기꺼이 나와서 잠깐이라도 부엌을 밝게 비춰 주기를 바라고 있었다.

대개 그녀는 거기에 없었지만, 그의 코에는 그녀가 남긴 제비꽃 향수의 은은한 잔향이 느껴지는 듯했다. 또다시 그는 아침마다 찾아오는 슬픔에 사로잡혔는데, 이번에는 그 슬픔이 슬퍼하는 것 자체가 주는 기쁨으로 변하지 않고 오히려 천식 발작으로 바뀌었으며, 그는 언제나 주머니에 넣고 다니는 호흡기를 재빨리 꺼내 깊은숨을 두 번 들이마셨다. 그러고 나서 냉장고를 열고 자기가 무엇을 찾고 있는지조차 사실은 모른 채 3~4분 동안 그 속을 들여다보았다.

부엌은 언제나 잘 정돈된 데다 깨끗했고, 그녀의 컵과 접시들은 씻겨서 건조대 위에 엎어졌고, 그녀의 빵은 얇은 종이에 싸여 빵 상자에 들어 있었고, 유포油布[86] 식탁보 위에는 빵 부스러기 하나 없었지만, 급히 서둘러 나간 듯이 오직 그녀의 의자만이 식탁에서 조금 멀리 떨어져서 벽을 향해 살짝 비스듬하게 놓여 있었다.

그녀는 외출했을까? 아니면 다시 자기 방에 조용히 틀어박혀 있는 것일까?

때로는 호기심을 억누르지 못하고, 부엌에서 살금살금 복도로 나가서 그녀의 방문 앞에서 귀를 기울이기도 했다. 안에서는 아무런 소리도 들리지 않았지만, 몇 분 동안 집중하노라면 윙윙거리는 것 같은 소리나 나지막하게 바스락거리는 소리, 단조롭고 규칙적으로 바스락거리는 소리가 닫힌 문 너머에서 들리는 것 같았다. 그는 그 방 안에 도대체 무엇이 있을지 상상 속에서 그려 보려고 했는데, 몇 번이고 복도에서 한참을 서성이며 그 문이 열리기를 기다렸어도, 한 번도 거기에 초대받은 적이 없었고 슬쩍이라도 그 안을 훔쳐볼 수조차 없었던 까닭이다.

그렇게 1~2분이 지나면 그 바스락거리는 소리나 윙윙거리는 소리가 정말 그 문 너머에서 흘러나오는지 아니면 전부 자기 머릿속에서만 일어나는 일인지 또다시 알 수 없는 지경이 되었다. 손잡이를 몰래 한번 돌려 볼까 하는 유혹에 거의 넘어간 적도 있었다. 그렇지만 참고 부엌으로 돌아와, 강아지처럼 코를 벌름거리며 그녀의 향기가 남긴 희미한 잔향을 쫓아 헤맸다. 다시 냉장고를 열었고, 이번에는 오이를 하나 찾아서 껍질째 전부 먹어 버렸다.

10분가량 부엌 식탁 옆에 앉아서 《다바르》 신문을 기사 제목만 훑어보았다. 앞으로 2~3일 안에 새 정부가 취임 선서를 할 예정이다. 내각 구성에 대해서는 아직 분명하게 알려진 바 없다. 야당 당수인 베긴[87]은 이스라엘 국경 안에서는 난민 문제를 해결할 답이 없으나 이스라엘 땅 전체가 다시 하나로 통

일되면 긍정적이고 진정성 있는 해법을 찾을 수 있다고 선언
했다. 한편 츠파트[88] 시장은 그의 자동차가 도로 옆 절벽으로
굴러떨어졌으나 기적적으로 목숨을 건졌다. 전국적으로 비가
더 내릴 것으로 예상되며 예루살렘에는 눈이 약간 내릴지도
모른다.

—13—

이따금 그는 계단을 올라 자기 방으로 돌아와서, 두세 시간 정도 책을 읽으며 시간을 보냈는데 처음에는 책상 옆에서 시작했다가 침대로 옮아가 등을 대고 계속 누워 있다 보면 책이 덥수룩한 수염 위로 내려오고 창문에 부딪치는 바람과 그 집 낙숫물 홈통을 흐르는 빗물 소리에 눈이 감겨 왔다. 그 다락방은 침대에 누워서도 손을 뻗으면 손가락이 닿을 수 있을 정도로 천장이 비스듬하게 경사져 있어서 비가 자기 머리에서 불과 손가락 몇 개밖에 안 되는 거리에서 내리고 또 내린다는 생각이 들면 왠지 모르게 기분이 좋아졌다.

정오가 되면 자리를 떨치고 일어나서, 닳아 빠진 학생용 외투를 걸쳐 입었는데, 커다란 나무 단추를 밧줄 모양의 단춧구멍에 채우는 외투였다. 머리에는 샤프카[89]라고 부르는 일종의 모자를 썼다. 동유럽에서 이주해 온 피난민들이 이런 러시아식 모자를 이스라엘에 가지고 들어왔다. 비가 그친 사이에 밖으로 나가 조금씩 돌아다녔다. 새로 지은 시민문화회관 건물을 돌아가거나 동쪽으로, 슈무엘 하나기드 거리를 향해 가다가, 라티스본 수도원[90] 돌담을 따라, 예슈룬 회당 앞을 지나, 케렌 하카예메트 거리와 우시슈킨 거리를 거쳐 샤아레이 헤세드 마을로 돌아왔다. 가끔 그는 아탈리야에게 허락을 구하지도 않고, 그 여우 지팡이를 들고나와서, 걸음을 옮기면서 보도석을 두드리거나 철문을 밀어 보기도 했다. 그는 길을 걷다가 학교에서 알게 된 사람들을 마주치지 않기를, 더듬거리며 설명해야만 하는 상황이 오지 않기를 간절히 바랐는데, 마치 땅이 그를 삼킨 것처럼 갑자기 사라진 이유가 무엇인지? 그가 어디로 사라졌는지? 지금은 정확하게 무엇을 하고 있는지? 그리고 왜 유령처럼 웅크리고 겨울 거리를 이렇게 헤매고 다니는지? 그리고 은색 여우가 달린, 멋진 지팡이를 난데없이 왜 들고 다니는지? 따위의 질문에 대한 말들 말이다.

그의 입은 분명하게 대답할 아무런 말도 없었다. 변명도 할 수 없었다. 그리고 그가 자신의 새로운 일자리에 관해 아무에게 아무것도 이야기하지 않겠다고 서약서에 서명한 것도 사실이다.

그렇지만 왜 안 된다는 거지 정말로? 그는 그저 매일 몇 시간씩 나이 든 장애인의 말동무를 하고 있을 뿐인데, 그러니까—월급을 조금 받는 대신, 무료로 숙소와 식사를 제공받고 일종의 시간제 도우미 일을 하는 것이다. 게르숌 발드와 아탈리야 아브라바넬은 외부 세계로부터 정확하게 뭘 숨기려 하는 것일까? 그들이 비밀의 장막을 치는 이유가 무엇일까? 그는 호기심에 가득 차서 두 사람에게 수많은 질문을 해 대며 귀찮게 하고 싶다는 생각이 든 적이 한두 번이 아니었지만, 슬픔을 억누르는 듯한 발드 씨와 차갑게 거리를 두는 아탈리야 때문에 질문을 꺼내기도 전에 입을 다물고 말았다.

한번은 빗물을 저장하는 전문가인 네쉐르 샤르쳅스키를, 하멜레흐 조지 거리의 베이트 하마알로트 옆에서 보았다. 아니, 본 것 같았다. 자신의 샤프카를 당겨 얼굴을 반쯤 가리면서 슈무엘은 혼자 미소를 지었는데, 올겨울에는 정말 친애하는 네쉐르 샤르쳅스키가 모아야 할 빗물이 상당히 많겠다고 생각했다. 혹시 언젠가 네쉐르 샤르쳅스키가 하라브 엘바즈 길에 있는 집 마당의 금속 뚜껑으로 닫아 놓은 저장고에 물이 얼마나 모였는지 검사하려고 우리에게도 찾아오지 않을까?

또 한번은 케렌 하예소드 거리에서 구스타프 욤토프 아이젠슐로스 교수의 갈라진 턱과 정면으로 부딪칠 뻔했는데, 교수가 방탄유리처럼 두꺼운 안경을 쓰고도 멀리 보지 못하기 때문에 슈무엘 아쉬는 마지막 순간에 겨우 어느 집 마당으로 피해 숨을 수 있었다.

점심때에는 하멜레흐 조지 거리에 있는 작은 헝가리 식당에 앉아서 언제나 뜨겁고 매운 굴라시와 흰 빵 두 조각을 주문하고 후식으로 설탕에 졸여 차게 식힌 과일을 먹었다. 이따금 그는 독립공원을 빠르게 가로지르기도 했는데, 구불구불한 머리카락은 그의 수염 뒤를 쫓고, 몸은 앞으로 비스듬히 기울어져 머리를 쫓아가고, 다리들은 뒤에 남겨지는 것이 두려운

지 서둘러서 몸 뒤를 따르며, 도망치는 듯한 걸음걸이로 걷고 있었다. 물웅덩이를 무심코 밟고 지나가다 보면, 나뭇가지에서 찌르는 듯 날카로운 물방울이 그의 이마 위로 떨어졌고, 거의 뛰는 것에 가까운 걸음걸이로 걷고 있어서, 마치 누군가가 그의 뒤를 쫓아오는 것처럼 보였다. 결국에는 힐렐 거리와 만나게 되고 거기서 더 가서, 나할라트 쉬바에 들어가, 야르데나가 결혼하기 전에 살던 집 앞에 서서 가쁜 숨을 내쉬며 입구를 향해 목을 빼고 쳐다보았는데, 야르데나가 아니라 아탈리야가 거기서 갑자기 나타날지도 모른다는 생각이 들었다. 그리고 주머니에서 천식 호흡기를 꺼내어 가슴 깊숙한 곳까지 숨을 세 번 들이마셨다.

그 겨울에 예루살렘은 조용하고 깊은 사색에 잠겨 있었다. 이따금 교회 종소리가 울렸다. 가벼운 서풍이 사이프러스들을 스치고 지나가며, 나무 꼭대기를 꼬집었고 슈무엘의 심장도 꼬집었다. 때로는 따분해진 요르단 군인이 지뢰밭 너머로 그리고 이스라엘 측 도시와 요르단 측 도시 사이를 가르는 점령 지역 너머로 총을 한 발씩 쏘기도 했다. 이렇게 한 발씩 들리는 총소리는 골목에 드리운 적막함과, 슈무엘은 그 안에 무엇을 숨기고 있는지도 모르는 닫힌 건물들을 둘러싼 높은 돌 벽의 회색빛 무거움을 한층 더해 주고 있었는데, 수도원인지 고아원인지 아니면 어떤 군사 기관이 있을지도 모르는 일이었다. 이런 벽들 위에는 유리 조각들을 박아 놓았고 또 그 위에 녹슨 철 가시가 달린 철조망을 둘러친 경우도 더러 있었다.

한번은 탈비예 마을 나환자의 집[91]을 둘러싼 벽 그늘로 지나가다가 그 벽 뒤에 사는 사람들의 삶은 어떨까 자문한 적이 있는데, 어쩌면 예루살렘 변방에 버려진 자갈밭 옆 하라브 엘바즈 길 끝에 있는 마지막 집에서 천장이 낮은 다락방에, 갇혀 사는, 자기 삶과 그렇게 크게 다르지 않을 수도 있다는 대답이 떠오르기도 했다.

그는 15분 정도 배회하다가 나할라트 쉬바 마을을 지나 빙 둘러서 집으로 돌아오곤 했는데, 아그론 거리를 지나, 마침내 그 나지막한 돌집의 꼼짝 않는 철문 가까이에 도착할 즈음이면, 가쁜 숨을 내쉬고 있었고, 조금 늦게, 발드 씨의 서재에 일하러 들어갈 때도 있었다. 그는 석유난로에 연료를 채우고 불을 붙였으며, 둥근 유리 어항에 사는 금붕어 두 마리에게 먹이를 주었고, 두 사람이 마실 차를 준비했다. 그러고 나서 두 사람은《다바르》신문을 바꾸어 가며 읽었다. 겨울비가 너무 많이 와서 티베리아스에서 오래된 건물이 무너졌고 주민 두 명이 상처를 입었다. 아이젠하워 대통령은 모스크바가 꾸미고 있는 계략이 있다며 경고했다. 오스트레일리아에서는 백인들이 이주해 온 사실을 전혀 들어 보지 못한 작은 원주민 마을이 발견되었다. 그리고 이집트는 소련제 최신 무기들을 창고에 쌓고 있었다.

14

한번은 아침에 내려갔다가 부엌에서 아탈리야를 보았는데, 그녀는 유포가 깔린 식탁 옆에 앉아서 자기 앞에 펼쳐 놓은 책을 읽고 있었다. 그녀는 두 손으로 열 손가락을 모두 펴서 김이 오르는 커피 잔을 감싸 쥐고 있었다. 슈무엘은 가벼운 기침 소리를 내고는, 그녀에게 말했다.

"실례합니다. 방해하고 싶지는 않았습니다."

아탈리야가 말했다.

"벌써 방해하셨네요. 앉으세요."

그녀는 매혹적인 갈색 눈에 살짝 조롱하는 빛을 담고 그를 살펴보았는데, 자기가 가진 여성적 매력에 무척 자신이 있지만 자기 앞에 앉은 젊은 남자가 어떤 사람인지 조금 의심하는 것 같았다. 혹은 굳이 말로 하지 않아도 그에게, 자, 드디어 나를 놀라게 해 줄 뭔가가 생겼나요, 아니면 또 그냥 시간이나 때우려고 나타났나요? 하며 묻는 것만 같았다.

슈무엘은 눈을 내리깔고 부엌 식탁 밑으로 그녀의 검은색 굽 높은 구두코를 바라보았다. 거의 발목까지 내려오고 녹색 빛이 나는 양모 치맛단도. 그는 깊게 숨을 들이쉬었고 제비꽃 향기에 살짝 어지러웠다. 그러고 나서 어떻게 할까 고민하다가, 왼손으로 소금 통을 그리고 오른손으로 후추 통을 집어 들며, 말했다.

"특별한 이유가 있는 것은 아니에요. 그냥, 빵 칼을 찾으러 부엌에 내려왔고, 또……"

"벌써 자리 잡고 앉으셨잖아요. 왜 이유를 찾으셔야 하는 거죠?"

그리고 그녀는 그렇게 그를 쳐다보았는데, 아직 미소를 짓고 있지는 않지만 그녀의 눈이 이미 반짝이면서 미소가 떠오를 수도 있다는 분명한 조짐을 보였다. 그의 노력이 조금 더 필요할 뿐이었다.

그는 후추 통과 소금 통을 내려놓고, 유포 식탁 위에 놓여 있던 수첩에서 종이 한 장을 뜯어내어, 반으로 접었다. 그 접은 종이 양쪽 귀퉁이를 잡고, 한쪽은 이쪽으로 한쪽은 저쪽으로 접었다. 그 후 가장자리 선을 따라 접어서 당기고 또 접었으며 그런 식으로 처음에는 삼각형을 만들었다가 다시 사각형을 만들었고, 다시 크기와 모양이 똑같은 삼각형 두 개가 나오도록 접었으며, 다시 사각형이 되도록 접었고, 양쪽으로 당겨서 종이배를 만들어 그녀에게 내밀며 말했다.

"놀랐죠. 당신 거예요."

그녀는 생각에 잠겨서, 그의 손에서 그 배를 받아 들고 띄

94

위 보냈는데, 유포를 가로질러 소금 통과 후추 통 사이에서 안전한 항구를 발견했다. 그리고 자기 생각에 동의한다는 듯 고개를 끄덕였다. 슈무엘은 눈을 들어, 그녀의 작은 콧구멍에서 윗입술 한가운데까지 분명한 선으로 이어져 내려가며 새겨져 있는, 깊게 팬 홈을 보았다. 게다가 이제 보니 그녀의 입술이 살짝 붉은색인 것 같았는데, 립스틱을 바른 느낌은 거의 나지 않았다. 마치 그의 눈길에 대답이라도 하는 듯, 아탈리야가 잔을 들어서 남아 있던 커피를 마셨다. 그러고 나서, 지금까지 관찰했던 것들을 요약하려는 듯, 촉촉한 목소리로, 아주 천천히 연주하며, 음절들을 제 갈 길로 내보내기 전에 하나씩 쓰다듬는 것처럼 그에게 말했다.

"당신은 혼자만의 시간을 가지려고 우리 집에 오셨고 이제 3주가 지났을 뿐인데 벌써 외로움이 당신을 좀 심하게 억누르기 시작한 것 같군요."

그녀는 질문이 아니라 진단을 내리듯이 말하고 있었다. 슈무엘은 이 말들 속에서 셔터는 닫힌 채 책상 스탠드 불빛이 짙은 색의 등잔 갓 내부에서 어슴푸레하게 비치는 따뜻하고 반쯤은 어둑어둑한 그 방이 연상되는 어떤 느낌이 들었다. 그는 불현듯 온 힘을 다해 그녀의 감정을 자극하고 싶었고, 그녀의 호기심이나 놀라움이나 모성애나 심지어 조롱이라도 상관없이, 무엇보다도 이제 그녀가 일어나서 자기 방으로 사라져 버리는 것을 막고 싶은 마음뿐이었다. 혹은 더 나쁜 경우에는, 그녀가 외출할 수도 있었는데, 외출해서 저녁 늦게까지 돌아오지 않는 일도 있었기 때문이다. 몇 번은 외출해서 그다음 날 귀가한 적도 있었다. 그가 말했다.

"제가 여기 들어오기 전에 좀 어려운 시기가 있었어요. 그리고 아직 그 일이 완전히 정리되지 않았어요. 위기가 찾아왔던 거죠. 아니 더 정확하게는, 개인적인 실패지요."

이제 미소는 입술 끝에서 떨리고 있었고, 그에게 그만두라고 말하지 말라고 애원하는 듯이 보였다. 마치 그 때문에 민망해하는 것처럼. 그리고 그녀가 말했다.

"나는 이제 다 마셨어요. 당신은요? 빵 자르는 칼을 찾고 계셨죠?"

아탈리야는 그녀가 앉은 자리에서 가까운 탁자 서랍에서 길고 날카로운 칼을 꺼내어, 조심스럽게 슈무엘에게 건넸다. 그와 동시에 드디어 그녀의 미소가 떠올랐다. 이번에는 비꼬는 듯한 미소가 아니라 애정과 관대함으로 얼굴이 환하게 빛나는 미소였다.

"말해 봐요, 당신이 원한다면. 여기 앉아서 들어 드릴게요."

슈무엘은, 정신없이, 칼을 그녀의 손에서 받아 들었다. 빵 쟁반을 가져오는 것은 잊은 채였다. 그녀의 미소에 그는 어지러울 지경이 되어 입을 열고 일곱 문장이나 여덟 문장 정도 갑자기 자기를 떠난 여자 친구 야르데나에 대해 말을 했는데, 그녀가 자신에게 아무런 설명도 해 주지 않고, 따분하고 재미없는 수문학자인 그녀의 전 남자 친구와 결혼하기로 했다고 말했다. 그러고 나서 칼을 한 손에서 다른 손으로 옮겨 잡으며,

살짝 흔들어 대다가, 날이 얼마나 날카로운지 자기 손톱에 대보고는, 이렇게 말했다.

"그렇지만 여성들이 누구를 선호하는지 그 신비를 우리가 어떻게 알 수 있겠어요?"

슈무엘은 이런 말로 그녀에게, 그리고 둘 사이에 오가는 대화에 불을 지필 땔감이나, 아니면 일종의 방향 표시라도 내밀어 보려 했다.

아탈리야는 그녀의 미소를 거두어들이며 말을 끝내려 했다.

"그런 건 없어요, 여성들이 누군가를 선호하는 신비함 따위. 그런 쓸데없는 말은 어디서 들으셨죠? 나는, 그러니까 남녀가 어떻게 연인이 됐는지 모르기 때문에 연인들이 왜 헤어지는지는 전혀 모르겠어요. 그리고 그들이 왜 연인이 되었는지도요. 다시 말하지만, 당신은 여자들이 무엇을 선호하는지 내게 물을 필요가 없어요. 혹은 남자들도요. 나는 여성에 대한 통찰력이 전혀 없어서 당신에게 해 줄 말이 없네요. 혹시 발드는, 이 주제에 관해서도 그와 말해 보는 게 어때요? 그는 거의 모든 분야에서 전문가니까요."

그리고 그녀는 유포 위에서 빵 조각 네댓 개를 모아, 슈무엘이 만든 종이배 속에 넣고, 아주 조심스럽게 그를 향해 그 배를 띄워 보낸 뒤, 자기 자리에서 일어섰다. 그녀는 나이가 마흔다섯쯤 된 아름다운 여인이었고, 그녀가 일어설 때 나무 귀걸이가 가볍게 흔들렸으며, 몸에 잘 맞는 드레스를 입고 있었고, 은은한 제비꽃 향기를 살짝 흩날리며 그의 얼굴 앞을 지나갔다. 그러나 문 앞에서 그녀는 멈춰 선 채 한 손을 허리에 얹었다.

"우리가 여기서 차츰 당신을 좀 무뎌지게 만들 수도 있겠죠, 덜 고통스럽게 말이에요. 이 벽들은 고통을 삼켜 버리는 데 익숙하거든요. 내가 마신 잔은 그냥 두세요. 내가 나중에 부엌에 다시 돌아와서 씻을게요. 그렇지만 당신, 여기서 날 기다리지는 마세요. 아니 뭐 그래도 좋아요. 기다리세요, 왜 안 되겠어요, 별다른 할 일이 없으시다면. 발드는 분명 말하겠죠. 기다리는 자는 얻게 될 것이라[92]고. 얼마 동안이 될지 나는 전혀 모르겠지만요."

슈무엘은 빵 자르는 칼을 유포에 가까이 가져갔지만, 아무것도 자를 것이 없자, 마음을 바꾸어, 그 칼을 소금 통 옆에 조심스럽게 내려놓고, 말했다.

"네."

그리고 잠시 후에 고쳐 말했다.

"아니요."

하지만 그녀는 이미 거기서 사라진 후였다. 그리고 그로 하여금 자신이 그녀에게 만들어 준 종이배를 칼로 작게 조각조각 잘라 내도록 내버려 두었다.

15

9세기 중엽 무렵에, 어쩌면 그보다 더 전에, 우리에게 이름이 알려지지 않은 어느 유대인이 앉아서 예수와 기독교 신앙을 비웃는 작품을 썼다. 글을 아랍어로 쓴 것으로 보아, 저자는 분명히 이슬람 국가에 거주하고 있었을 테고, 만약 그렇지 않았다면 이런 식으로 기독교를 조롱하지는 않았을 것이다. 이 글의 제목은 '키사 무자달라 알아스쿠프'였는데, 즉 '사제의 변증에 관한 이야기'였다.[93] 이 글에는 유대교로 개종한 어떤 기독교 사제가 나오는데, 개종한 후 그는 다른 기독교인들을 향해 왜 그들의 신앙이 잘못되어 있는지를 설명한다. 무명이었던 이 저자는 기독교에 박식했고 기독교의 성경에 정통했으며, 후대 기독교 주석들도 잘 알고 있다는 점이 드러난다.

중세를 지나면서 유대인들이 이 텍스트를 아랍어에서 히브리어로 번역했는데, 이때 제목을 '사제 네스토르의 변증'이라고 붙였다. (이 이름이 네스토리우스교[94]를 암시하는 것인지, '모순'이라는 낱말 또는 '숨겨지다'라는 낱말을 변형시킨 것인지,[95] 아니면 단순히 개종한 사제의 이름이 네스토르였는지는 알 수 없다.) 세월이 흘러 여러 다른 판본들이 생겨났다. 어떤 것들은 그리스어나 라틴어 인용문들을 삽입하기도 했고, 또 어떤 것들은 스페인에서 동유럽까지 전해지며 비잔틴 국가에까지 이르기도 했다.

『사제 네스토르의 변증』은 주로 복음서들 간에 존재하는 불일치를 지적하고, 삼위일체설을 부정하며 예수의 신성神性에 의문을 제기하는 내용을 담고 있다. 이런 목적을 달성하기 위해서 저자는 다양한 방법들을 사용하는데, 어떤 것들은 서로 모순되기도 한다. 예를 들어 어떤 부분에서 예수는 온전한 유대인으로 등장하며, 율법을 충실히 지키는 유대인으로 새로운 종교를 창설하거나 신이 될 생각은 전혀 없었지만, 그가 사망한 후에 기독교가 생기면서 자신들의 필요에 따라 그의 이미지를 창조해 냈고 그를 신의 반열에 올려놓았다고 기록한다. 그러나 다른 부분에서는 예수가 태어나던 비정상적인 상황에 관해 매우 거칠고도 혐오스러운 표현을 마다하지 않고 있다. 저자는 예수가 고난을 겪고 십자가 위에서 외롭게 죽어 갔다는 사실도 조롱한다. 또 다른 부분에서는 기독교 신앙의 원리를 논박하기 위해서 논리적인 이유와 신학적인 논의를 제기하기도 한다.

슈무엘 아쉬는 이런 모순들을 주의 깊게 검토하고, 작은 쪽지에 적어서 자기 논문 목록 초본에 삽입했다. 왜냐하면 이 『변증』이라는 미심쩍은 작품을 쓴 무명의 유대인 저자는 예수가 정결하고 정직한 유대인이라고 주장했다가, 거의 동시에, 또 예수는 간음한 어머니가 낳은 사생아이기 때문에 부정할 수밖에 없다며, 이 세상에 피와 살로 태어나는 모든 다른 태아처럼, 어머니 배 속에서부터 부정해졌다고 주장한다. 그는 또 첫 번째 사람도 여자가 낳지 않았지만 누구도 그를 신의 아들이라고 보지 않으며, 에녹[96]과 엘리야도 죽지 않고 하늘로 승천했지만 그들이 신의 아들들이라고 간주하지 않는다고 주장한다. 그뿐만 아니라 엘리사[97]와 에제키엘 선지자는 많은 기적을 일으켰고 예수보다 훨씬 많은 사람을 죽음에서 살려 냈으며, 하물며 우리 랍비이신 모세의 기적奇蹟과 이적異蹟[98]까지 들먹일 필요도 없다고 주장한다. 나아가 저자는 십자가 처형 상황도 경멸하는 투로 조롱하면서, 많은 사람이 십자가 위에서 죽어 가는 예수를 무시하고 우롱하는 말을 했다고 언급한다. "너 자신을 구원하고 그 십자가에서 내려오라."[99] 그리고 마지막으로 네스토르는 성경 구절을 인용하며 나무에 달린 자는 저주를 받았다고 소리치는데, 기록되기를 '나무에 달려 하느님께 저주를 받았음이니라'[100].

슈무엘이 게르솜 발드에게 사제 네스토르의 이런 주장에 관한 이야기를 꺼내자—『예수의 역사』『나무에 달린 이야기』 그리고 다른 풍자문학 등—중세의 여러 유대 민간 문학작품을 언급했을 때처럼, 그는 그 큰 두 손으로 책상을 내려치더니 결론을 내렸다.

"추하다! 추하고 완전히 형편없어!"

게르숌 발드는 네스토르라는 사람이 실재하지 않았고 사제가 유대교로 개종한 일도 없다고 생각했으며 다만 기독교의 매력을 겁내던 머리가 나쁜 유대인들이 이런 혐오스러운 글을 창작해 내었는데, 이슬람 정권의 보호를 이용하고 자기들의 혀로 예수를 고소하여 무함마드의 옷자락 사이에 안전하게 숨으려는 의도라고 말했다.

슈무엘은 이에 반박했다. "『사제 네스토르의 변증』이라는 작품에는 기독교 세계에 관한 지식, 복음서에 대한 이해, 기독교 신학에까지 정통한 흔적이 나타나지 않습니까."

그러나 게르숌 발드는 그가 말한 전문 지식을 전혀 인정하지 않았으며, 무슨 전문 지식, 어떤 전문 지식, 아무 전문 지식도 없고 여기에는 그저 시정잡배들이 지껄이는 추하고 상투적인 말들을 묶어 놓았을 뿐이라고 했다. 예수와 그의 신도들을 미워하는 이런 유대인들의 말들은 온갖 반유대주의자들이 유대인과 유대교를 미워하며 쏟아 내던 저주받은 말들과 물방울 두 개처럼 똑 닮아 있다는 것이다.

"나사렛 사람 예수와 논쟁을 하고 싶었다면," 발드가 슬픈 표정으로 말했는데, "하수구로 내려갈 것이 아니라, 조금 수준을 높여야 할 게 아닌가. 물론 이럴 수 있고 저럴 수도 있고 심지어 예수에게 반대해도 좋지, 예를 들어―보편적인 사랑 문제가 그렇지. 정말 우리 모두가 언제나 모든 사람을 예외 없이 사랑한다는 것이 가능한가? 예수 자신이 정말 모든 사람을 언제나 사랑했을까? 예를 들어, 예수가 분노에 사로잡혀서 벌떡 일어나 환전상들의 책상을 뒤집어 버렸을 때 성전 문 옆에 앉아 있던 그 상인들을 그가 사랑했을까? 또는 '내가 세상에 평화를 주러 온 줄로 생각하지 마라, 평화가 아니라 칼을 주러 왔다'라고 선포했을 때[101] — 그의 마음속에서 보편적인 사랑의 계명과 다른 쪽 뺨을 돌려 대라는 계명은 잠깐 잊었던 것인가? 아니면 자기 제자들에게 '뱀같이 지혜롭고 비둘기같이 순결하라'고 명령했을 때[102]도 그랬을까? 특별히, 루가의 문맥을 따라 읽으면, 그의 왕국을 인정하기를 거부한 적들이 그의 앞으로 끌려오고 그가 면전에서 그들에게 사형에 처할 것이라고 말한 것[103]은 또 어떤가? 이런 순간에 사랑하라는 계명은 — 원수도 — 어디로 사라졌단 말인가? 모든 사람을 사랑한다는 사람은 사실 아무도 사랑하지 않는 것이지. 자. 이처럼, 나사렛 사람 예수와 논쟁을 할 수 있다네. 이렇게, 하수구에서 꺼내 온 상스러운 말로 하는 것이 아니라."

슈무엘이 말했다.

"이런 변증서를 쓴 유대인들은, 분명히 기독교인들의 손에 쫓기고 박해를 받던 뿌리 깊은 고통의 영향을 받아서 그랬을 겁니다."

"그런 유대인들은 말일세," 발드가 혐오하듯 비웃으며 말했는데, "그런 유대인들이, 권력과 정권을 장악하고 있었다면, 이스라엘을 미워하는 기독교인들이 유대인들을 추격했던 것과 마찬가지로, 예수의 신도들을 뒤쫓고 그들을 궤멸시킬 때까지 박해했을 걸세. 유대교와 기독교, 물론 이슬람도, 사랑과 은혜와 자비의 꿀방울을 떨어뜨리는 것은 자기들 손에 수갑, 쇠창살, 지배권, 지하 고문실과 교수대가 없을 때뿐이지. 이런 모든 종교는, 지난 세기에 태어난 수많은 종교 중에서 오늘까지도 많은 사람을 황홀하게 만들고 있는데, 모두 우리를 구원하러 와서는 얼마 지나지 않아 우리 피를 쏟게 만드는 것이라네. 나로 말하자면 나는 세상의 회복[104]을 믿지 않네. 글쎄. 그러니까 나는 어떤 형태로든 세상의 회복을 믿을 수 없다는 말일세. 내가 보기에 이 세상이 그 자체로 매우 완전하기 때문이 아니라, 그건 분명히 아니지, 이 세상은 비뚤어졌고 암울하며 고통으로 가득하지만, 회복시키겠다고 나타난 자들이 순식간에 피의 강에 빠져들기 때문에 그렇다는 말일세. 오시게, 이제 함께 차나 한잔 마시고, 자네가 오늘 내게 가져왔던 말도 안 되는 글들은 한쪽으로 밀어 놓게. 언젠가 이 세상에서 모든 종교와 모든 혁명이 사라지기만 한다면, 내가 장담하건대—마지막 하나까지, 예외 없이—이 세상에 전쟁들이 훨씬 적게 일어날 걸세. 사람이란, 이마누엘 칸트가 쓴 적이 있는데, 결국 본성상 비뚤어지고 닳아빠진 그루터기일 뿐이라고 했지. 우리가 목까지 피에 잠겨 건널 생각이 아니라면 그를 대패질할 생각도 말아야겠지. 밖에 비 오는 소리 좀 들어 보게. 이제 곧 뉴스 할 시간이군."

—16—

서재의 닫아 놓은 셔터 너머로 불어 대던 바람이 돌연 멈추고 비가 그쳤다. 깊은 고요가, 축축하게, 몰려와 도시를 가득 채우고 점점 더 어둡게 만들고 있었다. 고집스러운 새 두 마리만 자꾸자꾸 이 고요함에 방점[105]을 찍으려고 애쓰고 있었다. 등이 튀어나온, 게르숌 발드는, 자신의 굽힘나무 의자 위에 누워서, 양모 담요를 덮고 천천히 외국어로 쓰인 책의 책장을 넘기고 있었는데, 슈무엘은 책 표지에 구불구불한 금박 글자들이 새겨진 것을 알아볼 수 있었다. 책상 위의 전등은 그 장애인 주위에 노란색의 따뜻하고 둥근 빛을 비추었으며, 슈무엘은 그 바깥에 남겨져 있었다. 노인은 오늘 저녁에 벌써 전화로 정기적으로 통화하는 대화 상대자 한 명과 오랫동안의 토론을 마친 상태였다. 그는 상대방이 보인 모순투성이를 부끄러워해야 할 일이긴 하지만, 일관성이 있다는 것이 언제나 자랑스러워할 일은 아니라고, 절대로 아니라고, 강하게 주장했다.

발드와 슈무엘은 이미 둘이서 차를 마시고 더 마셨고, 슈무엘은 둥근 유리 어항에 사는 금붕어 두 마리에게 먹이도 주었으며, 동예루살렘을 다스리는 요르단 정부가 이스라엘 사람들의 행렬이 하르 하초핌[106] 위에 고립된 히브리 대학으로 건너가는 것을 지연시키기로 한 사실에 관해 이야기했다. 그들은 또 독일 전역에서 젊은 반유대주의자들이 폭력을 일삼고 있다는 소식과 베를린 시의회에서 신新나치들을 불법 집단으로 규정하기로 의결했다는 소식에 관해서도 이야기를 나누었다. 신문에 따르면, 시온주의연맹 의장인 나훔 골드만 박사는 유럽에서 유대인 기관들을 향하여 다시 급증하는 폭력 사건들의 배후에 나치 세력이 있다고 전했다고 한다. 그러고 나서 슈무엘은 부엌으로 나가면서, 비어 있는 과자 접시를 치웠고, 돌아오는 길에 노인이 남은 차 한 모금과 함께 먹을 수 있도록 오늘 저녁에 먹어야 할 약을 가져다주었다.

불쑥 그가 말했다.

"그래, 자네 여자 형제는? 그러니까 의학 공부를 하러 이탈리아로 갔다고 내게 말해 주었던 그녀 있잖은가? 자네는 그녀에게 자네의 상황을 알려 주었나?"

"제 상황요?"

"자네는 말하자면 자기 삶으로부터 숨기 위해서 우리 집으로 왔다가 여기서 사랑에 빠졌지. 사람이 사자를 피해 도망가다가 곰을 만난 셈이지. 내 젊은 친구, 자네는 영국인들이 그들의 언어로 '사랑에 빠지다'라는 멋진 표현을 고안해 낸 게 얼마나 정확한 것인지 생각해 본 적이 있나?"

"저요?" 슈무엘은 깜짝 놀랐다. "그렇지만 저는─"

"그리고 영국인들이 아직 나무 꼭대기에 살고 있었을 때, 이미 우리에게는 어느 사람보다 지혜로운 자가 있어서 사랑은 모든 죄를 덮는다[107]는 것을 알고 있었지. 말하자면─그는 사랑하기 위해서는, 죄로 물든 세상의 가장 깊은 곳으로, 가장 낮은 곳으로 굴러떨어져야 한다는 것을 사실 잘 알고 있었던 거야. 그리고 같은 책에 이렇게 기록되어 있지. '소망이 더디 이루어지면 그것이 마음을 상하게 한다.'[108] 자네 여자 형제, 그녀는 자네보다 어린가? 아니면 자네보다 나이가 많은가?"

"많아요. 다섯 살. 그리고 그녀는 아니─"

"그녀가 아니라면, 누가 그런가? 자네 같은 사람은 이런 위기 상황에서 자기 부모님께 손을 내밀지 않지. 자기 스승에게도 그러지 않고. 혹 자네를 신뢰하는 친구들은 있는가? 자네는 친구가 있나?"

그러자 슈무엘은 그만, 대화의 주제를 다른 것으로 바꾸고 싶어져서, 그의 친구들은 이제 그로부터 멀어졌다고 대답했는데, 아니 사실 자신이 그들로부터 멀어졌다고 말하는 편이 옳을 테지만, 왜냐하면 스탈린 정권이 얼마나 비틀려 있는지 드러난 이후 사회주의 운동 전체가 큰 충격에 휩싸였고, 그와 그의 친구들 사이에 돌이킬 수 없는 논쟁이 벌어졌기 때문이었다. 발드 씨가 다시 사랑과 외로움에 관한 이야기를 시작하는 것을 막기 위해서, 슈무엘은 예기아 카파임 동네의 어둠침침한 다방에서 매주 모였던 사회주의 개혁 서클이 얼마 전 논쟁이 심해져 해체되기까지의 상황에 관해 장황하게 설명했다. 그러고 나서도 그는 큰 소리로 물으며 논리를 전개해 나갔다―레닌이 뒤에 남긴 유산이 무엇이며, 스탈린이 이 유산으로 무엇을 했는지, 스탈린으로부터 그의 후계자들에게, 그러니까 말렌코프[109]와 몰로토프[110]와 불가닌[111]과 흐루쇼프[112]에게, 어떤 유산이 전해졌는지.

"과연 그곳, 소비에트 연방에 있는 한 정당이 부패하고 길을 잃었다고 해서, 우리가 원대한 사상을 펼치기를 중단하고 세상을 고치겠다는 생각을 완전히 포기하는 것이 옳을까요? 스페인에서 예수의 이름으로 종교재판을 벌였다고 해서 그의 놀라운 이미지까지 불공평하게 평가해야 할까요?"

게르숌 발드가 말했다.

"그럼 자네 누나 말고, 레닌과 예수도 말고, 자네는 이 세상에서 가깝게 지내는 사람이 아무도 없단 말인가? 개의치 말게. 내가 던지는 이런 질문에 다 대답할 필요는 없네. 자네는 세상을 고치려는 군대에 속한 용감한 병사고 나는 고장 난 세상의 일부에 불과하니까. 새 세상이 승리를 거둘 때, 모든 사람이 정직하고 솔직하며 생산적이고 강하며 평등하고 자긍심을 지니게 되면, 물론 나같이 비뚤어진 존재들은 살아남을 권리도 잃게 될 테니, 우리는 음식을 축내면서 하는 일은 없고 온갖 계책과 비웃는 말들로 끝없이 세상을 추하게 만들기 때문이지. 그러니까. 그녀마저도, 아탈리야 말일세, 당연히 그녀도 혁명이 성공한 정결한 세상에서는 불필요한 존재가 되겠지. 이 세상을 고치는 데 참여하지 않고 그저 여기저기를 싸돌아다니며, 온갖 좋은 일과 나쁜 일들을 저지르고, 도중에 순진한 자들의 마음을 괴롭히는 외로운 과부들은 그런 세상에 전혀 필요가 없을 테니까. 그런 여자들은 이런 일을 저지르고 다니면서도 부모에게서 상속받은 재산을 누리며, 게다가 국방부에서 과부들에게 지급하는 연금으로 잘 먹고 잘살고 있으니 말일세.”

“아탈리야요? 과부요?”

“그리고 자네마저도 그렇지, 이 친구야. 그 위대한 미래를 향한 혁명이 드디어 실현된 이후라면 그들은 자네 같은 사람은 전혀 필요 없고 필요성이라고는 그림자의 그림자도 찾아볼 수 없다고 생각할 걸세. 그들이 유대인들의 눈에 비친 예수라는 문제와 무슨 상관이 있겠나? 그들이 예수처럼 온갖 꿈을 꾸는 사람들과 무슨 상관이 있겠느냐고? 혹은 자네 같은 사람에게? 그들이 유대인 문제에는 관심이나 있을까? 그들이 이 세상에 있는 온갖 문제들에 관심이나 있을까? 그들 자신이 그런 모든 질문에 대한 대답이고, 그들—그들이야말로 궁극적인 감탄사가 아니던가. 그리고 내가 장담하네, 이 친구야, 잘 들으시게나, 만약 내가 우리의 고통, 자네와 나와 우리 모두가 옛날부터 겪어 온 고난과 그들이 가져올 구원이나 구속, 또는 이 세상에 있는 모든 구원이나 구속 사이에서 선택해야 한다면, 천 번을 다시 고르더라도 모든 아픔과 슬픔을 우리가 받고 세상을 고치는 일은 그들에게 주겠네. 그 사람들은 세상을 회복한다면서 언제나 학살을 주도하고, 십자군 전쟁이나 지하드[113]나 굴라크[114] 또는 곡과 데마곡[115]의 전쟁을 가져오지. 자, 내 친구, 이제, 자네가 동의한다면, 우리 둘이 작은 실험을 하나 해 보세. 우리가 자네에게 세 가지 부탁을 할 텐데, 셔터를 닫고, 난로에 석유를 보충하고, 자네와 내가 마실 차를 한 잔 더 만들어 주게. 우리가 자네에게 부탁함세—그리고 이 부탁 세 가지가 어떻게 이루어지는지 살펴보세."

17

그날 밤 그는 침대 위에서 담요를 둘둘 말고 누워 불을 끄고 눈앞 벽 위에서 번쩍이는 번개를 바라보면서 머리 바로 위 기와지붕을 쇠사슬로 두드리는 듯한 빗방울과 천둥소리를 듣고 있었는데, 왜냐하면 그 다락방은 천장이 낮고 침대가 경사면 밑에 놓여 있어서 손을 뻗으면 기울어진 천장에 닿을 수 있었고, 자신의 손가락 끝과 자연의 힘 사이를 갈라놓는 것이 회칠한 부분과 그 위 기와까지의 거리 4~5센티미터 정도뿐임을 알 수 있었기 때문이었다.

차가운 바람과 비가 가까운 곳에 있다는 생각을 하다가 그는 깊은 잠에 빠져들었지만 30분 혹은 한 시간쯤 지나 밑에서 문을 여닫는 소리나 마당을 밟는 발소리를 들은 것 같아서 잠에서 깨어났다. 그는 곧 창문으로 달려가서, 강도처럼 긴장하고, 그녀가 이 밤에 외출하는지 셔터 틈새로 훔쳐보았다. 또는 반대로, 그녀가 귀가하면서 집 문을 잠그는 소리일지도 몰랐다. 그녀 혼자일까? 아니면 혼자가 아닐까?

이런 가능성이 슈무엘로 하여금 자기 연민과 그녀를 향한 쓸쓸한 적의 같은 것이 뒤섞인 맹목적인 분노의 물결을 불러일으켰다. 그녀와 그녀의 비밀들. 그녀와 그녀의 수수께끼들. 그녀와 낯선 남자들이 이곳을 돌아다니고, 바람 불고 비 오는 밤마다 드나들었을 수도 있었다. 혹은 함께 들어오거나 돌아다니지는 않고 그녀가 그들을 찾아 몰래 빠져나갔을까?

그러나 사실 그녀가 네게 빚진 게 뭐냐? 그리고 네가 지금까지 실망했던 이야기와 사람들이 너를 떠나갔던 이야기와 야골 수문학자에 관한 온갖 이야기를 그녀에게 털어놨다고 해서 그 대가로 그녀도 네게 그녀의 개인사나 그녀의 연애사를 말해 줄 의무라도 있다는 거냐? 도대체, 왜? 네가 그녀에게 내세울 것이 뭐가 있고 그녀로부터 뭔가를 기대할 만한 어떤 자격이 있을 것이며 또 네가 여기 도착하던 날 합의했던 월급과, 그녀와 네가 동의한 빨래와 부엌에 관련된 사항들 외에 뭘 더 바라는 거냐?

그래서 그는 다시 침대로 돌아와, 담요 안에 들어가서, 빗소리에 또는 비와 비 사이에 이어지는 깊은 고요에 귀를 기울였고, 잠깐씩 잠이 들었다가, 절망 때문인지 분노 때문인지 잠에서 깨었고, 머리맡에 있는 불을 켜고, 서너 쪽 정도 책을 읽었지만 거기에 뭐가 쓰여 있는지 아무것도 이해할 수 없어서, 불을 끄고, 뒤척이다가, 욕정 때문에 생기는 고통을 담요 밑 어둠 속에서 질식시키기 위해서 애썼고, 불을 켜고, 앉아서, 이 밤에 빈 골목을 달리는 오토바이 소리를 듣다가, 그녀를 향해서, 그리고 어느 정도는 그녀가 돌보는 무례한 늙은이를 향한 분노로 증오에 흠뻑 젖어서, 일어나, 방 안을 이리저리 서성거리다가, 흔들거리는 책상 옆이나 깊이 들어가 있는 창문의 돌로 만든 창틀에 앉았는데, 그는 바로 자기 눈앞에서 그녀가 천천히 장화와 양말을 벗고 있으며, 그녀의 드레스가 조금 말려 올라가서, 어둠 속에서 그녀의 종아리 선이 하얗게 드러나고, 그녀가 빈정대는 눈빛으로 쳐다보는 모습이 선명하게 보이는 것 같았다. 네? 실례지만 뭐라고요? 내게 하실 말씀이라도 있었나요? 이번에 당신에게 부족하거나 꼭 필요한 것은 뭔가요? 외로움이 좀 심해지셨나요? 아니면 후회라도? 그는 다시 창문으로 달려갔다가, 문으로, 자기 방에 있는 작은 찬장으로 향했고, 마치 쓴 약을 삼키듯, 싸구려 보드카를 반 잔 정도 따라서 한입에 털어 넣고, 침대로 돌아왔지만, 자기 욕정과 아탈리야의 비꼬는 듯한 미소를 저주했고, 자신이 지닌 매력에 자신만만해하면서 그를 조롱하던 그녀의 갈색 눈 속에 빛나는 녹색 불꽃과 그녀의 왼쪽 가슴 위로 흘러내리는 짙은 색 머리카락도 미워했으며, 그녀가 양말을 벗은 후 드러나는 맨발과 그의 눈앞에 선명하게 드러난 무릎-무릎 그녀의 하얀 무릎들을 미워했다. 다시 빗줄기가 불타는 그의 몸 바로 위 기와지붕을 두드렸고, 바람이 그의 창문 앞에 있는 사이프러스 꼭대기를 괴롭혀서, 슈무엘은 자신의 욕정을 손가락들 사이에서 비워 낼 수밖에 없었으며 이내 수치심과 혐오의 더러운 물결에 휩싸여서 이 집을, 그 미친 늙은이와 그 과부를, 그를 무자비하게 욕보이는 바로 그 과부를 떠나리라 다짐을 했다. 바로 내일이나 모레쯤. 혹 아무리 늦어도 다음 주 초에는.

하지만 그가 어디로 간단 말인가?

아침 9시나 10시가 되어 다시 깨어나, 그는 잠을 제대로 못 자서 흐리멍덩하고 지쳐 있는데, 자기를 향한 연민 때문에 눈에 눈물이 가득했고, 자기 몸과 자기 인생을 저주하며, 그만 일어나라고 어서 일어나라고, 이 한심한 놈아, 지금 일어나지 않으면 너만 빼고 혁명이 일어날 거라고 자기 자신과의 논쟁을 벌이고, 또 10분이나, 혹 5분쯤 애원하다가, 뒤척이며 새로 잠이 들어서 다시 깨어날 때쯤이면 벌써 정오가 다 되곤 했다. 그러니까 4시 반이면 이미 서재로 출근을 해야 하는데, 그녀가, 그 검은 과부가, 만약 귀가해서 차를 마시려고 부엌에 앉아서 오늘 아침에 거기 15분쯤 머물렀다면, 너는 벌써 그녀를 놓쳐 버린 거야. 이제 제발 옷을 걸쳐 입고 이 집을 나가서 점심 식사로, 그러니까 너의 아침 식사이기도 하고 또 사실상 저녁 식사이기도 한 식사로 뭘 먹을지 찾아봐야지. 왜냐하면 저녁에 넌 그 이웃집 여자 사라 데톨레도가 돈을 좀 받고 자기 부엌에서 저녁마다 게르숌 발드에게 가져오기로 되어 있는 잼을 바른 두꺼운 빵 두 조각과 남은 죽 외에는 아무것도 먹지 못하니까, 아탈리야 아브라바넬이 미리 주선해 놓은 대로 말이야.

—18—

어느 날 저녁 게르숌 발드가 11세기 중반 아비뇽 지역에서 예루살렘을 향해 떠났던 십자군 부대가 한 행동에 관해 이야기해 주었는데, 그들은 예루살렘을 이교도들의 손에서 구원하고 그로 인해 죄를 용서받고 마음의 평안을 얻기 위해 길을 떠났다. 진군하는 길에 부대는 숲과 광야는 물론 작은 도시와 마을들, 산맥과 강을 지났다. 십자가를 앞세우고 가던 이들은 도중에 갖은 고생을 했고, 질병과 다툼과 굶주림에 시달렸으며 노상강도 패거리들뿐만 아니라 그들과 마찬가지로 십자군이라는 이름을 걸고 예루살렘으로 향하던 다른 부대들과 싸움을 벌이다가 피를 보는 일도 있었다. 도중에 길을 잃고, 전염병과 혹한과 식량 부족이 덮치고, 가슴을 찢는 향수병에 허덕인 적이 한두 번이 아니었으나, 그럴 때마다 그들의 눈앞에 예루살렘의 놀라운 모습이 나타났는데, 그것은 이 세상의 도시가 아니었으며, 어떤 사악함이나 고난도 없고 깊고 투명한 사랑과 함께 하늘의 평화가 깃들어 있는 도시였고, 전체가 자비와 은혜의 영원한 빛에 휩싸여 있는 그런 도시였다. 그렇게 그들은 길을 떠나 황량한 계곡들을 지나고, 눈 덮인 산맥을 기어오르며, 바람이 쓸고 간 들판을 건너서 아무도 살지 않고 관목들만 우거진 언덕이 이어지는 음침한 지역들을 지났다. 그들의 사기는 서서히 떨어졌고, 지치고 혼란스러워서 실망한 마음들이 진영의 주변을 갉아먹기 시작했으며, 어떤 자들은 밤을 틈타 도망하여 그들의 발걸음을 돌려 한 사람씩 집으로 돌아가고자 했고, 어떤 자들은 정신이 나갔고 또 어떤 자들은 절망이나 무관심에 빠져들었으니 그렇게 갈망하던 예루살렘은 실제 도시가 아니라 순수한 그리움뿐이었음이 날이 갈수록 드러났기 때문이었다. 그렇지만 이 십자군들은 동쪽으로, 예루살렘을 향해 행군을 계속했고, 진흙과 먼지와 눈을 밟고 지나며, 피곤한 발을 이끌고 포강의 강둑을 따라 아드리아해의 북쪽 해안을 지나서, 어느 여름날 저녁 해가 질 무렵, 높은 산들에 둘러싸인 작은 계곡에 도착했는데 그곳은 오늘날 슬로베니아라고 알려진 땅의 내륙 지역 중 하나였다. 이 계곡은 그들이 보기에 신들의 거처와 같았는데, 샘들과 목초지와 초록색 평원이 펼쳐져 있고, 상쾌한 숲과 포도원과 열매가 가득 열린 과수원이 아름답게 자라고 있었으며, 그 가운데 작은 마을이 우물과 돌로 바닥을 깐 광장을 중심으로 형성되어 있었고 경사진 지붕이 있는 곡물 창고들과 헛간들이 있었다. 양 떼는 산기슭을 타고 다니고 유순한 소들은 목초지 여기저기서 선 채로 꿈을 꾸었으며 그 사이로 거위들이 돌아다니고 있었다.

그 마을의 농부들은 평온하고 평화로워 보였고, 머리카락이 검은 소녀들은 잘 웃고 포동포동했다. 그리하여 십자가를 지고 가던 그 사람들은 서로 의논을 하여 마침내 그 복받은 계곡을 예루살렘이라고 부르기로 했으며, 거기서 그들의 고된 행군을 끝내기로 했다.

그들은 이런 이유로, 마을 집들 맞은편, 산기슭에 진영을 세웠고, 지친 말들에게 물을 먹이고 여물을 주었으며, 계곡물에 몸을 담그고, 행군의 고통에서 벗어나 그곳 예루살렘에서 푹 쉰 후 자기들 손으로 건축을 시작했다. 자기들이 쓸 작은 오두막을 20~30채 정도 지었고, 각 사람이 경작할 들판을 나누었으며, 길을 닦고, 예쁜 종탑이 있는 작은 교회도 세웠다. 시간이 지나면서 그들은 계곡 얕은 곳에 있는 동네 처녀들을 아내로 맞아들였고, 아이들을 낳았는데 그 아이들은 자라나며 요르단강에서 즐겁게 첨벙거리고, 베들레헴 숲에서 맨발로 뛰어다녔으며, 올리브산에 올라갔다가, 게쎄마니와 키드론강과 베이트 하야나이로 내려갔고 혹은 엔 게디 언덕 사이에서 숨바꼭질하며 놀았다. "그리고 그들은 오늘까지 그렇게 살고 있다네," 게르숌 발드가 말했다. "거룩한 도시와 약속의 땅에서 누리는 정결한 삶, 자유로운 삶, 다시 말해서―무고한 피를 흘리거나 배신자와 원수들에 대항하여 끊임없이 전쟁을 벌이지도 않고 말일세. 예루살렘에 살았던 그들의 삶은 각 사람이 자기 포도나무 아래와 자기 무화과나무 아래에 앉아 있는[116] 편안하고 만족한 삶이었지. 이 모든 시간이 끝날 때까지 말이야. 그런데 자네는? 어디로, 만약 떠난다면, 여기서 어디로 갈 생각인가?"

"당신은 제게 머무르라 하시는군요." 슈무엘은 문장 끝에 물음표를 달지 않고 말했다.

"자네는 그녀를 이미 사랑하고 있지 않나."

"아마도 아주 조금, 그녀의 그림자만을, 그녀가 아닌."

"자네는 원래 그림자들 사이에 살고 있지 않았던가? 종從이 그늘을 바라는 것처럼.¹¹⁷"

"그늘. 그럴지도. 예. 그렇지만 완전히 종이 된 건 아니에요. 아직은."

19

어느 날 아침 아탈리야는 슈무엘이 머무는 다락방으로 올라왔다가, 그가 유대인들의 눈에 비친 예수에 관한 논문을 완성해서 구스타프 욤토프 아이젠슐로스 교수에게 제출하려는 마음이 아직 있었을 때 준비했던 글들을 책상 옆에 앉아 뒤적거리는 것을 보았다. 그녀는 문 앞에서 한 손을 허리에 얹고, 마치 게르숌 발드의 이야기에 나온 목초지에서 거위를 지키는 목자처럼, 강가에서 자기 거위 떼를 감시하는 목자처럼 서 있었다. 그녀는 복숭아 색깔의 부드러운 면 드레스를 입었는데 앞부분에 큰 단추들이 줄지어 달려 있었다. 맨 위 단추와 맨 아래 단추는 잠그지 않은 채였다. 그녀는 목에 비단 스카프를 나비 모양으로 묶었고 허리에는 조개껍데기로 만든 버클이 달린 짙은 색깔의 허리띠를 둘렀다. 그녀는 조롱하듯이, 무슨 일이 있었느냐고, 왜 오늘은 해가 뜨기도 전에 일찍 일어났느냐고 물었다(그때 시간이 11시 15분이었다). 슈무엘은 실연을 당한 사람들은 잠을 잘 수 없다고 대답했다. 그러자 아탈리야는 사실은 그 반대라고 응수하면서, 실연을 당한 사람들은 언제나 잠의 품속으로 도망한다는 사실이 잘 알려지지 않았느냐고 말했다. 슈무엘은 잠도 역시, 다른 모든 여자처럼, 자기 보는 앞에서 문을 쾅 닫더라고 대꾸했다. 아탈리야는 바로 그래서 자기가 여기까지 올라왔다고, 그에게 문을 열어 주기 위해서, 그러니까—오늘 저녁에는 누가 와서 우리 어르신을 차로 르하비아에 있는 그의 친구들에게 모셔 갈 테니 슈무엘은 저녁에 여가를 즐길 수 있다고 알려 주러 왔다고 했다.

"그럼 당신은요? 당신도 오늘 저녁에는 자유로운가요?"

그녀는 또 그를 향해 얼굴을 돌리고는 이내 녹색으로 반짝이는 갈색 눈으로 그를 쳐다보았는데 그는 시선을 피해 바닥을 내려다볼 수밖에 없었다. 그녀는 얼굴이 몹시 창백했고, 눈빛은 그를 뚫고 지나가 그의 몸 뒤에 있는 무언가를 쏘아보는 것 같았으나, 그녀의 몸은 살아 있었고 조용한 호흡을 따라 그녀의 가슴이 오르내렸다. 아탈리야가 확실하게 고쳐 말했다.

"나는 언제나 자유로워요. 그리고 오늘 저녁에도 한가해요. 무슨 제안이라도 있는 거예요? 놀랄 만한? 내가 절대 거절할 수 없는 유혹이라도?"

슈무엘은 산책하러 가자고 제안했다. 그러고 나서 어디 식당이라도 갈까요? 아니면 극장에서 영화라도 한 편 볼까요?

아탈리야가 말했다.

"그 세 가지 제안을 받아들이죠. 꼭 당신이 제안한 순서대로는 아니지만요. 내가 당신을 극장의 이른 영화에 초대하고,

당신은 나를 식당으로 초대하고, 산책은―좀 두고 보죠. 요즘은 밤공기가 차거든요. 집까지 그냥 걸어서 돌아와도 좋겠네요. 그러니까, 우리가 서로 바래다주는 거죠. 아마 10시 반에서 11시 사이에 발드를 여기까지 데려다줄 테니까, 우리가 그보다 조금 일찍 돌아와서 그를 맞으면 되겠네요. 오늘 저녁 6시 반까지 부엌으로 내려오세요. 나도 준비를 마치고 부엌에서 당신을 기다릴게요. 그리고 혹시 내가 늦어지더라도 거기서 좀 기다려 주실 거죠? 안 그런가요?"

슈무엘은 더듬거리며 고맙다고 했다. 10분가량 창가에 서서 자신에게 닥친 행복을 실감하지 못했다. 그는 너무 흥분해서 호흡이 가빠지는 바람에 주머니에서 호흡기를 꺼내 깊게 두 번 큰 숨을 들이마셨다. 그러고 나서 창가 맞은편에 있는 의자에 앉아서 마당을 내려다보니, 마당이 창백한 햇빛을 받아 젖은 것처럼 반짝거리고 있었다. 그는 오늘 저녁에 아탈리야와 무슨 이야기를 나눌지 자신에게 물어보았다. 도대체, 그는 그녀에 관해 무엇을 알고 있단 말인가? 그녀는 마흔다섯쯤 된 과부고, 독립전쟁 당시 벤구리온에게 반대하다가 직책을 잃은 쉐알티엘 아브라바넬의 딸이고, 그녀를 '나의 여주인'이라고 부르는, 장애인 게르숌 발드와 함께, 현재 이 낡고 답답한 집에 살고 있다는 것. 그렇지만 그 두 사람은 서로 어떤 관계일까? 철문 위에는 '주께서 지키시어 주인의 정직함을 선포하시는 예호야킨 아브라바넬의 집'이라고 새겨져 있는데, 이집은 현재 그들 두 사람 중에서 누구의 소유인가? 아탈리야는, 사실 그와 마찬가지로, 게르숌 발드 집에 세 들어 사는 것일까? 아니면 발드가 아탈리야의 집에 세 들어 있는 걸까? 그리고 예호야킨 아브라바넬은 누구인가? 또 그 늙은 장애인과 이 강한 여인 사이는, 밤마다 너의 꿈속으로 침입해 오는 이 여인과는 도대체 무슨 관계란 말인가? 또한 그가 오기 전에 이 다락방에 살던 사람들은 누구고 왜 여기서 자취를 감추었을까? 그리고 왜 그가 하는 일에 관해 비밀을 지키겠다는 서약서에 서명하라고 했을까?

슈무엘은 이 질문들을 하나하나씩 다 조사해 보고 시간을 두고 이것들에 대한 완전한 해답을 찾기로 했다. 그러는 동안 그는 몸을 씻고, 얼굴에 아기용 분가루를 뿌리고, 옷을 갈아입고 구불구불한 수염을 좀 빗어 보려고 했지만 헛수고였다. 수염은 말을 듣지 않았고 빗은 후에도 여전히 제멋대로 엉켜 있었다. 슈무엘은 자기 자신에게 속삭이듯 말했다. "그만둬. 안타깝지만. 아무 의미 없어."

20

중세에 이미 여기저기에서 예수를 비방하는 이야기들이 너무 조잡하다는 유대인들의 반대 목소리가 들리기 시작했는데, 예를 들어 랍비 게르솜 하코헨[118]은 자신의 저서 『입법자의 몫』[119] 머리말에서 예수를 비방하는 말들은 '어리석고 근거 없으며 지성이 있는 사람이라면 자기 입에 그런 말을 올리는 일 자체를 부끄러워할 것'이라고 말했다(『입법자의 몫』 역시 성경에 나오는 이야기들의 신뢰성에 이의를 제기하고 있기는 하다). 랍비 예후다 하레비는 자신의 『쿠자리의 책』[120]에서, 이 책은 12세기에 쓰였는데, 기독교 현인의 입을 빌려 예수의 신적인 탄생 과정, 그의 일생과 삼위일체론이 생기게 된 경위를 언급한다. 그 기독교 현인은 이 모든 이야기를 하자르 왕의 귀에 들려주었는데, 왕이 보기에 그 이야기들이 모두 상식에서 멀리 벗어나 있었기 때문에 납득할 수 없었고 기독교 신앙을 받아들이지 않는다. 여기서 우리는, 『쿠자리의 책』에서, 랍비 예후다 하레비가 예수의 생애에 관한 이야기를 아무런 왜곡 없이, 조롱을 섞지 않고 심지어 어느 정도 설득력 있게 들리도록 진술하고 있다는 점에 주목해야 한다.

람밤은, 그 역시 12세기 사람인데,『미쉬네 토라』[121]에서 예수를 거짓 예언자로 묘사하고 있는 한편으로 기독교가 인류가 미신 숭배에서부터 이스라엘의 하느님을 믿는 신앙으로 올바른 방향으로 나아가도록 돕고 있다고 믿고 있다. 람밤은 자신의 책『예멘 사람에게 보내는 편지』[122]에서 예수의 아버지는 이방인이었고 어머니는 이스라엘 여자였으며, 예수 본인은 그의 제자들이 말하고 행한 것들이나 죽음 이후의 그의 모습에 관한 온갖 이야기들과는 아무런 상관이 없다고 진술한다. 람밤은 예수와 같은 시대에 살았던 이스라엘 현인들이 그의 죽음에 어느 정도 관련이 있었을 것이라고 주장하기도 한다.

무슬림들의 땅에 살면서 예수의 기억을 공격했던 저술가들과는 달리, 라다크(랍비 다비드 킴히)는 기독교인의 프로방스에서 활동했다. 라다크가 엮은 것으로 알려진 작품,『계약의 서書』[123]에는 기독교 세계 안에 퍼져 있던 신학적인 변증의 흔적을 찾아볼 수 있다. 기독교 현인들은 예수가 살과 피를 가진 신의 화신이라고 정의했지만, 다른 사람들은 예수가 육체가 없는 영혼이었기 때문에, 그의 어머니가 그를 임신했을 때 아무것도 먹지 않고 마시지도 않았다고 주장했다. 라다크는 이런 주장을 조롱하면서 살과 피를 가지지 않은 태아가 살과 피를 가진 여자의 몸 안에 머문다는 생각이 얼마나 모순적인

지 자세히 논의했다. '──── (예수는) 알려진 곳에서 나왔고, 다른 아기들처럼 작았으며, 똥을 누고, 다른 아이들처럼 오줌을 싸고, 자기 아버지와 어머니와 함께 이집트로 내려갈 때까지 아무런 기적을 행하지 않았으며, 그런데 거기서 지혜(=마술)를 많이 배웠고 나중에 정결하고 아름다운 땅[124]으로 돌아와서 당신들의 책들에 기록된 기적들을 행했는데, 그 모든 것이─다 이집트에서 배웠던 지혜의 힘이었다 ────'라고 라다크는 『계약의 서』에 쓰고 있다. 덧붙이기를 예수가 살과 피를 가진 존재가 아니었다면, 십자가 위에서 죽을 수도 없었을 것이다.

슈무엘은 종이 한 장을 따로 꺼내서, 이런 유대인들이 예수의 부모와 탄생, 그의 삶과 죽음을 둘러싼 초자연적인 이야기들을 대체로 인정하지 않음에도 불구하고, 그의 복음에 대해서 정신적이거나 윤리적인 모든 논쟁을 회피하려고 노력하고 있다는 점이 매우 이상하다고, 적어 놓았다. 마치 그 이적들을 부인하고 그 기적들에 반대하기만 하면 그의 복음 자체가 완전히 사라질 것으로 생각했던 듯싶었다. 그리고 이상하게도 이런 기록 중에서 가룟 유다를 언급한 사람은 아무도 없었다. 그나마 유다가 아니었다면 십자가도 없었을 테고 십자가가 없었다면 기독교가 없었을 텐데 말이다.

21

저녁 공기는 차고 메말랐으며 골목은 아무도 없이 텅 빈 채 서 있었는데, 가로등 주위를 좀 더 두텁게 감싼 우윳빛 안개가 얇은 장막처럼 드리워 있었다. 여기저기서 고양이들이 서둘러 그림자들 사이로 거리를 건너갔다. 아탈리야는 짙은 색깔 외투로 온몸을 감싸고 부드러운 그녀의 머리만 드러내고 있었다. 이에 반해 슈무엘은 자기 학생용 외투, 밧줄과 거친 나무 단추로 잠그는 낡은 외투를 입고 샤프카를 썼는데, 머리를 가리고 이마에는 그늘을 드리우고 있었다. 두터운 턱수염만 얼굴에 제멋대로 퍼져 있었다. 슈무엘은 미친 듯이 뛰는 듯 걷는 걸음걸이를 늦추어 아탈리야의 보통 발걸음에 맞추기가 아주 힘들었다. 때때로 그녀보다 앞서 나가다가 자신의 서두르는 모습이 부끄러워 잠깐 멈추어 서서 그녀를 기다리기도 했다. 그녀가 말했다.

"어디로 뛰어가는 거예요?"

슈무엘은 곧바로 사과했다.

"미안해요. 제가 혼자 걷는 데 익숙해졌나 봐요, 그리고 혼자 걸을 때는 언제나 서두르는 편이거든요."

"서둘러서 어디로 가는데요?"

"저도 몰라요. 전혀 모르겠어요. 제 꼬리를 쫓아가는 거죠."

아탈리야는 그의 팔에 팔짱을 끼면서 말했다.

"오늘 저녁은 쫓아가지 않아도 돼요. 그리고 아무도 당신 뒤를 쫓아오지 않을 거예요. 오늘 저녁에 당신은 나와 함께 걸어요. 그리고 내 걸음에 맞추어서 걸어요."

슈무엘은 그녀를 재미있게 해 주거나 즐겁게 해 주어야 한다고 느꼈지만, 빈 빨랫줄과 텅 빈 발코니들이 위에서 떠다니고 외로운 가로등 하나가 흐릿한 불빛을 밝히고 있는 텅 빈 골목의 모습이 마음을 무겁게 했고 그는 할 말을 찾을 수 없었다. 그는 마치 아직 모든 것이 열려 있다고 그녀에게 약속하는 듯 팔짱을 낀 그녀의 팔을 자신의 옆구리에 밀착시켰다. 그는 이제 그녀가 자기를 완전히 장악하고 있으며 그녀가 자기에게 요구하는 것이 무엇이든 거의 다 받아들이게 만드는 힘이 그녀에게 있다는 사실을 알게 되었다. 그렇지만 그는 지난 몇 주 동안 그녀와 마음속으로 나눠 왔던 대화를 지금 무슨 말로 어떻게 시작해야 할지 알 수가 없었다. 그녀가 오늘 저녁에는 그녀의 속도에 맞추어 가야 한다고 말했을 때 그는 그녀가 말을 걸어 주기를 기다리는 편이 나을 수도 있겠다는 생각이 들었다. 아탈리야는 조용했고, 밤의 새가 그들의 머리 바로 위로 지나가는 것을 가리킬 때나 그가 서두르다가 거의 부딪칠 뻔

127

한 폐물 더미를 조심하라고 말할 때만 한두 번 침묵을 깼다.

그러는 동안 우시슈킨 거리를 건너고 텅 빈 시민문화회관 광장 앞도 지나 시내 중심가를 향해 계속 가게 되었다. 여기저기 외투로 몸을 감싼 행인들이 스쳐 가기도 했고, 팔짱을 낀 남녀들, 그리고 얼어붙은 것처럼 천천히 움직이는 할머니 두 분도 있었다. 메마르고 살을 에는 듯한 추위였고 슈무엘은 고개를 돌려 아탈리야가 내쉬는 숨의 입김을 자기 폐 속으로 흡입하려고 노력했지만 자기 숨에 묻어 나올 입김 냄새를 믿을 수 없었기 때문에 그녀에게 가까이 다가가기가 두려웠다. 그들은 팔짱을 끼고 있었고 슈무엘은 갑자기 등에 행복의 소름이 돋는 것을 느꼈다. 여성이 자기 몸을 만지는 것은 정말 오랜만이었다. 사실 살아 있는 존재가 자신의 몸을 만지는 것 자체가 오래된 일이었다. 돌로 지은 예루살렘 건물들이 자동차 불빛을 반사해 그들에게 서늘하고 창백한 조명을 비추는 듯했다. 아탈리야가 말했다.

"당신은 내게 묻고 싶은 것이 아주 많아요. 질문으로 가득 차 있지요. 스스로 돌아보세요. 당신은 걸어 다니는 물음표처럼 보인다고요. 어쨌든 좋아요. 그만 참아요. 물어보세요. 이제 당신이 나에게 세 가지를 물어볼 권리를 드릴게요."

슈무엘이 말했다.

"우리 무슨 영화를 보러 가는 거죠?" 그리고 불쑥, 스스로 억누르지 못한 충동이 차올라서, 질문을 덧붙였다. "그런데 발드는 당신이 과부라고 하던데요?"

그 말에 아탈리야는 침착한 목소리로, 거의 부드럽기까지 한 목소리로 대답했다.

"나는 1년 반 동안 미카와 결혼 생활을 했는데, 그는 게르숌 발드의 외아들이었어요. 나중에 미카는 전쟁에 나갔다가 죽고 말았어요. 미카는 전쟁에 나가 전사하고 우리 둘만 남았죠. 그러니까 발드는 내 시아버지였어요. 나는 그의 며느리였던 거죠. 나와 당신은 지금 프랑스 영화를 보러 가는 중이고요. 장 가뱅[125]이 나오는 범죄 영화인데 오리온 극장에서 상영해요. 물어볼 게 남았나요?"

슈무엘이 말했다.

"네."

그러나 그는 말을 잇지 않고 갑자기 그녀가 움켜잡고 있던 자기 팔을 두 겹의 외투 밖으로 빼서 그녀의 어깨를 감싸 안았다. 그녀는 그가 하는 대로 내버려 두었지만 마주 감싸 안지 않았고 그에게 기대지도 않았다. 그의 심장은 그녀를 향해 달음질쳤지만 그의 말문은 막히고 말았다.

오리온 극장 안은 매우 추웠고 두 사람은 외투를 벗지 않았다. 영화를 상영한 지 3주째라서 그런지 상영관 절반은 비어 있었다. 영화 상영 전에 활동적이고, 생기 넘치고, 다부진 모습으로, 평범한 카키색 옷을 입고, 재빠르게 탱크에 올라타고 있는 다비드 벤구리온이 나오는 뉴스 영화를 보여 주었다. 그러고 나서 텔아비브 근교의 빈민촌 집들이 겨울 홍수 때문에 침수된 영상도 나왔다. 마지막으로 카르멜 여왕 선발 대회 장면이 나왔고 슈무엘은 다시 외투를 입은 그의 팔을 역시 외투를 입은 아탈리야의 어깨 위에 올려놓았다. 그녀는 아무런 반응이 없었다. 예고편과 다음 주 상영작 필름이 끝났을 때, 그녀는 자세를 고쳐 앉았고, 마치 우연인 듯, 그의 팔을 벗어났다. 장 가뱅은 아무런 희망이 없어 보일 때까지 적들에게 쫓겨 다니지만, 단 한 순간도 냉정함과 자제력을 잃지 않았다. 그에게는 역설적인 강인함, 쉽게 동요하지 않는 강인함과 더불어 회의적인 강인함이 있어서, 슈무엘로 하여금 질투심을 느끼게 했고 그는 몸을 앞으로 숙여 장 가뱅 같은 남자가 있으면 좋겠느냐고 아탈리야에게 속삭여 묻고 말았다. 그러자 아탈리야는 자기는 바라는 것이 아무것도 없다고 대답했다. 뭣 때문에요? 그녀가 보기에 대부분 남자는 유치하게 굴고 계속해서 성공과 승리에 사로잡혀 살기 때문에 그렇지 못하면 괴로워하다가 삶의 기쁨과 의미를 잃어버린다. 슈무엘은 할 말을 잃고 실망감으로 가득 찼는데 자기 옆의 이 여자가 자기를 향해 벽을 쌓고 있다는 사실을 알았기 때문이었다. 그의 생각은 갈피를 잡을 수 없었고 그는 영화 속에서 벌어지는 일에 집중할 수 없었지만, 그럼에도 불구하고 가끔 장 가뱅이 여자들을 대하는 태도에서, 특히 영화의 여주인공에게, 마치 아버지가 딸을 대하는 것처럼 살짝 놀리는 듯하지만 따스함을 잃지 않음을 알 수는 있었다. 슈무엘은 그렇게 놀리는 듯한 태도를 배우고 싶은 마음이 굴뚝같았지만 그것은 자기 성격에도 맞지 않고 그럴 능력도 없다는 것을 잘 알았다. 어둠 속에서 돌연

130

그의 눈에 연민의 눈물이 차올랐는데, 자기 자신과, 아탈리야와, 장 가뱅과, 예의 그 유치한 남자들과, 그리고 이 세상에는 다른 두 종류의 사람들이 복잡하게 섞여 산다는 사실 때문이었다. 그는 야르데나가 자기를 떠나서 그녀에게 순종적인 수문학자, 네쉐르 샤르쉡스키와 결혼하기로 했을 때 했던 말이 기억났다. "당신은 말이에요." 그녀가 그에게 이렇게 말했었다. "당신은 시끄럽게, 이리저리 뛰어다니며 긁어 대는, 흥분한 강아지 같은 부류야, 당신은 의자에 앉아 있을 때도 어떻게든 주의가 산만해져서 계속 자기 꼬리를 따라 돌고 있다고, 혹은 정반대로—온종일 침대에서 꼼짝도 하지 않고 처박혀 있어서 꼭 환기하지 않아 꿉꿉한 겨울 이불 같다니까."

그런데 그는 마음속으로 그녀의 말에 동의하고 있었다.

영화가 끝난 뒤 아탈리야는 그를 그리 비싸지 않은 식당으로 데리고 갔는데, 손님도 별로 없는 작은 미즈라히풍 식당이었다. 탁자들은 유포 식탁보로 덮여 있었다. 식당 벽면에는 바젤에서 발코니 난간에 기대서 있는 헤르츨[126]의 사진, 대통령 벤츠비[127]와 다비드 벤구리온의 사진들도 걸려 있었다. 그 밖에 성전聖殿을 상상해서 그린 그림도 있었는데, 슈무엘이 컬러사진이 있는 엽서에서 한 번 본 적이 있는, 몬테카를로의 카지노와 조금 비슷해 보였다. 액자 유리에는 파리들이 남겨 놓은 점들이 무수히 남아 있었다. 계산대에 있는 스탠드의 노란 전기 불빛이 헤르츨의 검은 수염 위에서 춤추며 깜박거렸다. 식당 천장에는 커다란 선풍기 세 대가 매달려 있었는데 그중 하나는 거미줄로 덮여 있었다. 슈무엘은 갑자기 호흡이 가빠지는 것 같아서 주머니에서 흡입기를 꺼냈다. 두세 번 숨을 들이마시자 조금 나아졌다. 아탈리야는 이번에는 커다란 나무 귀걸이 대신 종유석을 박은 우아한 은귀걸이를 하고 있었다. 두 사람은 잠깐 프랑스 영화와 미국 영화에 관해서 또 예루살렘의 밤과 텔아비브의 밤에 관해서 이야기를 나누었다. 문득 슈무엘이 말했다.

"아까, 영화관에 오던 길에, 당신이 질문 세 가지를 하라고 허락해 줬는데 저는 벌써 세 가지를 다 써 버렸군요. 혹시 한 가지만 더 물어봐도 될까요?"

아탈리야가 말했다.

"아니요. 오늘 당신에게 할당된 질문은 벌써 다 채워졌어요. 이제 내가 물을 차례예요. 말해 봐요, 당신은 아주 응석받이로 자랐죠?"

그리고 즉시 자기 스스로 대답했다.

"답하지 않아도 돼요. 대답은 군말이 될 테니까."

22

그러나 슈무엘은 입을 열어 그녀에게 자신의 어린 시절에 관해 이야기하기 시작했다. 처음에는 그녀가 지루해할까 봐 좀 망설이며 말하다가, 나중에는 다시 이야기의 앞부분으로 돌아가 열정적으로 말했는데, 숨 가쁘게, 문장에 문장을 더해 가며, 마치 한 문장을 말하던 중간에 스스로 발언권을 가로채어 처음부터 다시 시작하는 것 같았고, 자기 말을 중간에 끊고 새로운 관점에서 거듭해서 말하려는 것 같았다. 그는 하이파, 하다르 하카르멜에서 태어나 자랐으며, 더 정확하게는 키리야트 모츠킨에서 태어났고 그가 두 살쯤 되었을 때 온 가족이 그곳을 떠나 하다르 하카르멜에 싸구려 아파트를 세내어 이사했는데, 실은 그냥 이사한 것이 아니라 키리야트 모츠킨에서 살던 판잣집이 불에 타는 바람에 이사할 수밖에 없었다. 새벽 2시에 석유 등잔이 뒤집히며 집 전체가 타올랐다. 이 화재가 그의 생애 첫 기억이긴 하지만 여기서 무엇이 정확하게 그의 기억이고 무엇이 단지 기억을 기억하는 것인지 알 수 없었는데, 그의 부모님과 누나가 수년에 걸쳐 그에게 들려주었던 이야기들이 덧붙여지며 사실이 된 어둡고 혼란스러운 기억이기 때문이다. 이야기를 처음부터 다시 시작해야겠다. 그 판잣집은 그의 아버지가 1932년에 라트비아에서 이주해 왔을 때 자신의 땅에 손수 지었다. 그는 리가라는 도시 출신이었는데, 그곳 지도 제작소에 다니면서 지도 그리는 방법을 배웠다. "아버지는 스물두 살 때 그의 아버지, 그러니까 안테크 할아버지와 함께 그 땅으로 이주했는데, 할아버지는 그때 벌써 마흔다섯 살이었지만 영국인들이 그를, 할아버지를, 위임통치 정부의 사복 경찰로 받아 주었어요, 왜냐하면 할아버지는 문서를 위조하는 전문가였거든요. 바로 이 사람이 저항군들이 배신자로 오해하고 살해한 그 할아버지인데 그들은 그가 자기들을 위해서도 문서를 위조해 준다는 사실을 실제로 모르고 있었지요. 그런데 우리가 어쩌다가 안테크 할아버지 이야기까지 하게 됐죠, 조금 전까지 판잣집에 불이 났던 이야기를 하고 있었는데요. 아, 항상 이런다니까요. 제가 무슨 이야기를 시작하면 잠시 후에 다른 이야기들이 나타나서 그 이야기를 점령해 버리고, 또 그 다른 이야기들도 앞선 주제들 사이로 사라져 버리는데, 한 이야기가 그 전 이야기를 설명해 주려고 하다가 결국 모든 이야기가 흐릿하게 변해 버리죠. 우리 당신에 관한 이야기를 좀 나눌까요?"

아탈리야가 말했다.

"당신을 응석받이로 키우신 게 분명해요."

그의 부모님은 절대 그를 응석받이로 키우지는 않았고 아마 그로 인해 놀라긴 하셨던 것 같다. 그러나 슈무엘은 그녀의 말을 부인하지 않았다. 그가 종이 냅킨을 대각선으로 접어서 다시 대각선으로 접었고 그것을 반으로 접고 그 종이 양쪽 귀퉁이를 똑같이 만들어 접고 당겨서 폈더니 접은 종이 가운데서 다시 작은 종이배가 나타났으며 아탈리야의 포크에 가 닿을 때까지 식탁 위로 띄워 보냈다. 그녀는 식탁 한가운데 있던 동그랗게 말린 모양의 이쑤시개 통에서 이쑤시개 하나를 집어서 돛 중앙에 꽂아 돛대로 만들었고, 그렇게 개선된 배를 다시 식탁 너머 슈무엘의 손에 닿을 듯 말 듯, 거의 느낌이 없을 정도로, 살짝 닿을 때까지 띄워 보냈다. 그러는 동안 종업원이 나타났는데, 그는 살짝 등이 굽고, 숱 많은 콧수염과 함께, 코 위 미간에서 서로 거의 붙어 있는 눈썹이 난 청년이었으며, 아무런 주문도 하지 않았지만 그들 앞에 피타 빵[128], 테히나,[129] 후무스,[130] 올리브 열매, 피클, 고기를 채워 넣은 포도 잎 찜, 그리고 잘게 썰고 올리브기름을 뿌려서 반짝거리는 채소 샐러드를 내려놓았다. 아탈리야는 닭 꼬치구이를 주문했다. 슈무엘은 좀 망설이다가 마찬가지로 닭 꼬치구이를 주문했다. 포도주도 마시겠느냐는 그의 질문에, 아탈리야는 놀리는 듯한 미소로 대답했다. 예전에는 예루살렘에 있는 미즈라히풍 식당에서 포도주를 주문하는 일은 흔치 않았죠. 그녀는 차가운 물 한 잔만 달라고 했다. 슈무엘은 "저도요"라고 말했고, 우리는 식성도 참 비슷하다며 너스레를 떨어 보였다. 그 농담은 별로 성공적이지 못했고 그는 농담을 살려 보려고 다른 말로 다시 시도했지만 그녀는 눈가에서 시작해서 천천히 입술가로 퍼져 가는 미소를 지으면서, 그에게 애쓰지 말라고, 그럴 필요 없다고, 자기는 그냥 이대로도 즐거워하고 있다고 말했다.

그들이 하다르 하카르멜로 이사한 뒤, 그가 두 살이 되었을 때, 아버지는 정부의 토지측량 사무소에서 일하기 시작했다. 몇 년 후, 바짝 마른 헝가리 사람 라슬로 베르메시와 동업하여, 지도 제작과 항공사진을 전문으로 하는 개인 사무실을 개업했다. 하다르 하카르멜에 있던 아파트는 너무 작아서, 비좁은 방이 두 개였고 부엌은 등유 화로와 프리머스 화로[131]의 불 때문에 천장이 항상 검게 그을려 있었다. 그의 누나 미리가 열두 살이 되자 그때까지 함께 사용하던 방에서 슈무엘은 나오게 되었고 그의 침대를 꺼내어 복도에 내다 놓았다. 그는 그 침대에 등을 대고 누워서 몇 시간씩 크고 무거운 옷장 위의 거미줄을 쳐다보곤 했다. 집으로 친구를 데리고 올 수는 없었는데 그 복도가 어두컴컴하기도 했으나 사실 그는 친구가 거의 없었기 때문이기도 했다. 지금도 역시, 그는 두꺼운 턱수염 속에서 미소를 지으면서, 거의 친구가 없다고 덧붙였는데, 물론 네쉐르 샤르쳅스키라는 수문학자와 결혼하겠다고 갑자기 자기를 떠나 버린 그 여자 친구는 예외라고 말했다. 그리고 사회주의 개혁 서클에 있던 학생 여섯 명도 예외라고 할 수 있는데 그들도 두 파로, 다수파와 소수파로 갈라졌다. 서로 갈라진 이후에는 더는 아무런 의미가 없었는데, 특히 서클에 있는 유일한 여학생 두 명이 모두 다수파에 가담하기로 했기 때문이었다.

그는 아탈리야가 맞은편 식탁 위에 올려놓은 손을 보고 꿈속에서처럼 그녀를 향해 자기 손가락들을 뻗었다. 반쯤 가다가 돌아왔다. 그녀는 자기보다 나이가 한참이나 많았고 그녀 앞에서는 부끄러웠으며 또 그녀가 피식하고 웃기라도 할까봐 두려웠다. 그는 아탈리야가, 나이로 치면, 사실 자기 어머니가 될 수도 있다는 생각이 들었다. 아니면 거의 그럴 뻔했다고 해야 할지. 돌연 그는 말을 멈추었다. 자기가 아무런 이유도 없이 무리한 행동을 한다고 깨달은 것 같았다. 그의 어머니는 그가 어렸을 때 아주 가끔만 어루만져 주셨다. 어머니는 그의 말에 귀를 기울인 적도 별로 없었는데 그녀의 생각이 다른 곳에 가 있었기 때문이었다. 아탈리야가 말했다.

"지금 당신은 어떻게 이어 갈까를 고민하고 있군요. 고민하지 마세요. 그리고 계속해서 말을 하지 않아도 돼요. 그럴 필요 없어요. 오늘 저녁에는 당신이 가끔 말을 멈춘다고 해도 도망가지 않을 테니까요. 솔직히 당신이 사냥꾼이 아니어서 당신과 함께 있는 것이 꽤 즐겁군요. 커피 한잔 하시겠어요?"

슈무엘이 입을 열어, 요즘 잠들기가 어려우니 오늘 저녁에는 커피를 마시지 않겠다고 설명하다가, 갑자기 중간에 자기 말을 끊고 실은 좋다고, 왜 안 되겠느냐고, 그녀가 커피를 마시고 싶다면 자신도 커피 한 잔쯤 마시겠다고 말했다. 그의 누나, 이탈리아에서 의학을 공부하는 미리는, 저녁때 커피를 마시면 안 된다고 그를 세뇌했는데 사실 아침에도 마시지 말라고 했다. 그가 어렸을 때 그녀는 항상 무엇이 옳고 무엇이 그른지 알고 있었기 때문에 그의 두목 행세를 하곤 했다. 그녀가 아버지보다 더 많은 것을 알고 있었다. 어떤 논쟁에서든 매사 그녀가 옳았다. "그런데 왜 우리가 갑자기 미리에 관해 이야기하고 있는 거죠? 그렇지. 우리가 커피를 마시기로 했고 전 작은 잔으로 아라크[132]도 한 잔 마셔야겠어요. 당신도 한잔하시겠어요?"

아탈리야는 말했다.

"우리 커피 마셔요. 아라크는 다음번을 위해 남겨 두기로 해요."

슈무엘은 포기했다. 그가 주머니를 뒤적이는 동안 아탈리야가 계산서를 지불했다. 그러고 나서, 집으로 돌아가는 길에, 고양이 한 마리가 겁에 질린 모습으로 골목을 뛰어 가로질러서 어떤 집 마당으로 사라졌다. 짙은 안개가 거리의 가로등들을 감싸고 있었다. 슈무엘은 가끔 자기가 정말 하고 싶은 말이 아니라 쓸데없는 말들이 튀어나오곤 한다고 말했다. 아탈리야는 대답하지 않았고 문득 용기가 솟아오른 그는 그녀의 어깨에 손을 얹고 그녀의 어깨를 자기 어깨에 밀착시켰다. 두 사람은 모두 겨울 외투를 입고 있었기 때문에 그들의 접촉은 거의 접촉이라고 할 수 없었다. 아탈리야는 그의 팔을 치우지 않았고 조금 걷는 속도를 늦추었다. 슈무엘은 무슨 말을 더 해야할지 열심히 찾았지만 그녀에게 할 말이 없었다. 어둠 속에서 그의 눈길은 그녀의 얼굴을 알아보려고 애를 썼으나 가로등 빛이 비치어 생긴 부드러운 그림자가 갑자기 고요한 슬픔 속에 가라앉는 것 이외에는 아무것도 볼 수 없었다. 마침내 그는 이렇게 말했다.

"이곳은 정말 텅 비어 있군요. 겨울밤의 예루살렘은 정말 아무도 살지 않는 도시 같아요."

아탈리야가 말했다.

"그만해요. 나한테 계속해서 말할 거리를 찾느라 애쓰지 말아요. 우리는 그냥 이렇게 말없이 함께 걸을 수도 있잖아요. 이제 당신이 조용히 있을 때도 당신 목소리를 들을 수 있을 것만 같아요. 물론 당신이 조용하게 있을 때도 별로 없지만 말이에요."

그리고 나서, 집에 도착하자, 그녀가 말했다.

"즐거운 저녁이었어요. 고마워요. 안녕히 주무세요. 영화도 나쁘지 않았어요."

23

게르숌 발드가 피식 웃으며 말했다.

"옛적에 예시바 학생들은 첫날밤을 치른 신랑에게 다음 날 아침에 이렇게 묻곤 했지. '모쩨인가 마짜인가?' 만약 그가 모쩨라고 말하면 다들 그의 슬픔에 동참했고, 만약 그가 마짜라고 말하면 그와 함께 즐거워했다네."

슈무엘이 물었다.

"그게 무슨 뜻이죠?"

게르숌 발드가 그에게 설명해 주었다.

"그가 모쩨라고 말하면 이것은 '여인은 사망보다 더 쓰다는 사실을 내가 찾는다'라는 구절을 암시하고,[133] 반면 그가 마짜라고 말하면 이것은 '아내를 얻는 자—복을 찾았다'라는 구절과 연결되지.[134] 그래 자네는 어찌 되었나? 모쩨인가 마짜인가?"

슈무엘이 말했다.

"저는 여전히 알아내려 하고 있죠."

발드는 턱을 아래로 떨군 채, 결코 하지도 않은 말들을 듣는 것처럼, 그를 바라보았고 이렇게 말했다.

"잘 들으시게. 자네 자신을 위해서야. 자네, 가능하다면, 아탈리야와 사랑에 빠지지 말게. 다 소용없는 짓이야. 아니면, 내가 이미 늦어 버린 건가?"

슈무엘이 말했다.

"왜 저를 걱정하시죠?"

"아마 자네 안에 우리 마음에 와닿는 무언가를 가지고 있기 때문이겠지. 겉모양은 원시인인데 마치 누군가가 유리 덮개를 빼내어 버린 손목시계처럼 훤히 들여다보이는 영혼을 가졌으니 말일세. 만약 자네가 날 좋아해 주신다면, 우리 두 사람이 마실 차나 한 잔씩 따라 주시게나. 그러고 나서 축음기를 좀 틀어 우리 이제 멘델스존의 현악 사중주를 함께 들으세. 혹시 멘델스존의 음률 중간에 유대인의 오래된 연주에서 느껴지는 마음을 찌르는 달곰쏩쓸한 울림이, 가끔 슬며시 끼어드는 것을 알아차린 적이 있나?"

슈무엘은 게르숌 발드가 하는 말을 잠깐 곰곰이 생각해 보았다. 그는 서둘러 동의하지 않았다. 사실 그가 여기 가져온 몇 장 안 되는 음반 중에 멘델스존은 없었다. 바흐의 작품은 몇 장 있었고, 바로크 시대 음반도 서너 장 있었고, 모차르트의 레퀴엠, 포레의 레퀴엠, 재즈와 샹송 음반이 일곱 장이나 여덟 장, 스페인 내전 시대 혁명의 노래 음반이 하나 있었다. 그가 말했다.

"멘델스존. 네. 제 취향에는 지나치게 감상적인 음악이에
요."

게르숌 발드가 피식 웃었다.

"자네야말로 대단히 감상적인 젊은이가 아니었던가."

슈무엘은 그 말에 대답하지 않고 일어나서 노인을 위해 이
웃집 여자 사라 데톨레도가 준비해 놓은 죽을 데우러 주방으
로 갔다. 그는 조리용 전열판을 켜서, 그 위에 죽 냄비를 얹었
으며, 숟가락으로 살짝 저어 주었고, 3분이나 4분쯤 기다렸다
가, 숟가락 끝을 죽에 넣어 맛을 보았고, 설탕 한 숟가락을 넣
어서, 조금 더 저어 주었고, 그 위에 계핏가루를 살짝 뿌렸으
며, 전열판의 불을 껐고, 죽을 냄비에서 접시에 부어서 그 접
시를 방으로 가져왔다. 그리고 여기 그 노인 앞에 있는 책상
위에 부엌 수건을 펴서, 죽을 주고는 기다렸다. 발드 씨는 죽
을 뜨는 둥 마는 둥 했고 그동안 두 사람은 저녁 뉴스를 들었
다. 알제리에 주둔하던 프랑스 낙하산부대장, 자크 마쉬 장
군[135]이 갑자기 파리로 즉각 돌아오라는 명령을 받았다. 프랑
스 수도에는 드골 장군이 알제리의 미래와 관련된 놀라운 선
언을 하게 될 거라는 소문이 퍼지고 있었다. 마쉬 장군은 공항
에서 기자들에게 군이 2년 전쯤 알제리에서 우파 혁명이 일
어난 후 드골에게 의지하려고 한 것은 실수였을 수도 있다고
말했다.

게르숌 발드가 말했다.

"눈이 머리에 달린 사람이라면 누구든 저기서 일이 어떻게

돌아갈지 미리 알 수 있었을 걸세. 밧줄은 두레박을 따라가기 마련이지."

슈무엘이 말했다.

"수천 명이 더 죽게 될 거예요."

그 말에 노인은 대답하지 않았다. 그는 슈무엘을 바라보았는데, 왼쪽 눈은 감고 오른쪽 눈은 크게 뜨고 있어서, 마치 그 순간 슈무엘의 모습에서 무슨 새로운 점을 찾아낸 것처럼 보였다.

불현듯 슈무엘은 이 서재 공간 전체를 통틀어, 수많은 책장과 수백 권이 넘는 책 중에, 게르숌 발드의 죽은 아들이며, 외아들이고, 한때 아탈리야의 남편이었던 미카, 미카의 사진이 한 장도 없다는 것을 깨닫고 깜짝 놀랐다. 정말로 아탈리야는 자기 아버지와 닮은 구석이 있어서 그를 선택했을까? 아탈리야와 그녀의 남편은 비극적인 사건 전에는 여기 그녀의 방에서 같이 살았을까? 분명히 한때는 어머니도 있었을 테지? 미카도 아탈리야도 어머니가 있었을 것 아닌가? 슈무엘은 갑자기 어디서 용기가 났는지 입을 열어 이렇게 물었다.

"당신 아들. 미카?"

노인은 자리에 앉은 채 몸을 움츠렸고, 책상 위에 두었던 자신의 못생긴 손들을 자기 가슴에 동시에 모아 쥐었으며, 얼굴은 어두워졌고 눈을 감았다.

"그가 언제 죽었는지 여쭈어봐도 될까요? 그리고 어떻게?"

발드는 대답을 서두르지 않았다. 그의 눈은 자신의 기억력

143

을 총동원해야 하는 것처럼 계속 감겨 있어서, 대답을 하기 위해서는 온 정신을 집중해야 하는 것 같았다. 텅 빈 찻잔이 책상 위 그의 앞에 놓여 있었는데 그는 억센 손가락으로 그 잔을 쥐고 이리저리 옮겼다가 잠시 후 다시 천천히 원래 있던 자리로 돌려놓았다. 그의 목소리는 메말랐고 생기가 없었다.

"1948년 4월 2일 밤. 샤아르 하가이 전투[136]에서였지."

그러고는 입을 다물었다. 그는 그렇게 한참 동안 조용히 있었다. 문득 놀란 듯, 자기 어깨를 떨면서, 이번에는 낮고 부드러운 목소리로, 거의 속삭이듯 말했다.

"이제 자네는 어항의 고기들에게 먹이를 줘야지. 벌써 시간이 이렇게 되었군. 그러고 나면 나를 좀 혼자 놔두게. 자네 방으로 올라가게나."

슈무엘은 노인이 거의 손도 대지 않은 죽 그릇과 부엌 수건을 치웠고, 그런 질문을 해서 미안하다고 사과했고, 밤 인사를 건넨 다음, 벌써 차갑게 식어 버린 자기 죽을 먹느라 부엌에 좀 더 머물렀다가, 개수대에서 설거지하고 다락방으로 올라갔다. 그는 신발을 벗고 잠깐 침대 위에 앉아서, 벽에 등을 기대고, 왜 내일이라도 당장 일어나 작은 짐 보따리를 싸서 전혀 다른 곳으로 떠나지 않는지 스스로에게 물었다. 네게브에 있는 하레이 라몬 지역, 지금 새로 광야 도시를 건설하는 곳에 가면 야간 경비직을 찾을 수도 있지 않을까? 하라브 엘바즈 길 끝에 있는 이 집이 갑자기 감옥처럼 느껴졌고, 여기 갇혀서 하루하루 우슬초[137]에 덮여 가는 것 같았다. 궤변에다 인용구를 섞어 말하며 자식을 잃고 비탄에 젖은 장애인 노인과 자기보다 나이가 두 배는 많은 그 여자가 오늘 밤은 마법의 밧줄로 자기를 묶어 놓고 지키는 두 명의 교도관처럼 보였는데, 단지 그가 스스로 일어나서 그들이 자신을 가두어 놓은 보이지 않는 거미줄을 찢어 내기만 하면 그 마법에서 해방될 수 있을 것 같았다. 그는 이제 와서 그들 두 사람에게서 자기 부모를 대체할 수 있는 뭔가를 발견하기라도 한 걸까? 그는 영원히 자기 부모를 떠나려는 마음으로 예루살렘에 올라온 것이 아니었던가. 벌써 몇 주일째 그는 자기 또래의 젊은이와 단 한 마디의 말을 나누지 못했다. 여자와 잠자리를 한 적도 물론 없었다.

그는 자리에서 일어나, 옷을 벗고, 몸을 씻었는데, 침대에 들어가 눕는 대신 자기 겨울 담요를 두르고 30분가량 쿠션들이 깔린 창문턱에 앉아서, 돌이 깔린 안뜰을 내려다보았다. 마당은 얼어 있고 텅 비어 있었다. 하필 고양이 한 마리도 지나가지 않았다. 가로등이 비추는 희미한 불빛만이 물 저장고를 덮은 금속 뚜껑과 제라늄 화분들을 밝히고 있었다. 슈무엘은 이제 잘 시간이 되었다고 자신에게 되뇌고 10분이 채 지나지 않아 속옷 차림으로 침대로 들어갔지만, 잠은 오지 않았다. 잠 대신 자신의 어린 시절 모습들이 떠오르며 야르데나와 아탈리야에 관한 생각들과 뒤섞였다. 이 두 여자를 생각하면 화가 나고 슬퍼지면서 또 욕망으로 가득 차 맥박이 강하게 뛰었다. 그는 이리저리 뒤척이면서 잠을 이루지 못했다.

—24—

슈무엘은 부모님으로부터 한 통의 편지를 받았다. 게르숌 발드와 아탈리야 아브라바넬의 편지함에 빗물이 스며들어서, 그 습기 때문에 잉크가 용해되어 편지에 쓰인 문장 몇 줄이 약간 희미하게 번져 있었다. 그의 아버지는 이렇게 쓰셨다.

사랑하는 슈무엘. 나는 네가 학업을 중단했다는 소식을 듣고 주저앉아 슬퍼하며 지낸단다. 그간 네가 쏟아부은 노력과 재능이 수포가 되다니! 네가 처음 공부를 시작하던 시기에는 성적이 굉장히 좋았고 아이젠슐로스 교수로부터 (물론 확정적인 것은 아니었지만) 장래를 약속받기도 했었는데, 만약 네가 꾸준히 공부를 계속하고 또 몇 가지 새로운 학문적 업적을 세운다면―네가 석사 학위를 마친 후에 조교로 쓰실 수도 있다고, 다시 말해서―그렇게 학계에 첫발을 내디딜 수 있으리라고 말씀하신 적이 있지. 그런데 이제 와서, 한순간에, 네가 갑자기 박차고 일어나 그 기회를 날려 버렸다니. 나도 안다, 사랑하는 나의 슈무엘,

그렇지만 이 모든 것이 내 잘못이라는 것을. 회사가 파산하지만 않았더라면 (비열한 내 동업자 때문에 그리고 어느 정도는 내가 어리석고 안목이 없어서 일어난 일이지만) 내가 네 학비와 집세와 생활비를 뒷바라지했을 테고, 나는 네가 처음 대학에 입학했을 때처럼 그리고 이탈리아에 있는 네 누이가 공부할 수 있도록 도왔던 것처럼 너를 기꺼이 도왔을 거다. 하지만 정말 네가 지금 하는 일과 공부를 병행할 가능성이 전혀 없는 게냐? 정말 다른 방법이 없는 거냐. …[그리고 여기부터 편지가 물에 젖어 두세 줄 정도가 지워졌다.]… 공부를? 네가 받는 월급으로 네 학비와 생활비를 감당하는 것이 절대 불가능하단 말이냐? 그런데도 미리는 이탈리아에서 의학 공부를 계속하고 있고, 더는 우리가 그 아이를 도울 수 없는데도 공부를 멈추지 않았단다. 그 아이는 지금 일을 두 가지나 하고 있는데, 저녁에는 약국에서 보조로 일하고 밤에는 중앙우체국에서 전신 기사로 일하고 있다. 우리에게 편지를 썼는데, 요즘 하루에 너덧 시간밖에 잠을 자지 못하는데도, 공부를 뒷전으로 미루지 않고 이를 악물고 계속하려고 한다더라. 너도 미리를 본받을 수 없겠니? 너는, 편지에 쓰기를, 하루에 대여섯 시간씩 일하고 있다고 했지. 거기서 얼마를 받는지는 말하지 않았지만, 숙소와 식사는 고용주가 부담한다고 했지. 혹시 그 대여섯 시간 외에 몇 시간 더 다른 일을 해서, 네 학비를 마련할 수는 없을까. 그게 쉽지는 않겠지만, 너처럼 고집이 센 아이에게 그런 어려움 정도는 문제도 아니지? 네 관점에 따르면 넌 사회주의자요, 프롤레타리아다, 노동자잖니! (그런데, 너는 발드 씨와 아브라바넬 부인이 서로 어떤 사이인지 우리에게 말해 주지 않았단다. 그 사람들은 부부냐? 아니면 부녀? 너와 관련된 일은 모두 무거운 비밀에 싸여서 마치 비밀 보안 시설에서 일하고 있는 것 같구나.) 네가 지금까지 보낸 것이라고는 모든 사실을 너무 짧게 쓴 편지 한 장뿐이구나. 너는 오후 시간과 저녁에 나이 든 장애인과 마주 앉아 몇 시간 동안 대화를 나누고 가끔 그에게 책을 읽어 준다고 했지. 내가 보기에 그 일은, 이렇게 말해도 괜찮을지 모르겠지만, 별로 부담이 없고 힘들 것 같지 않구나. 네가 예루살렘에서 다른 일자리를 하나 더 찾아서 수입을 늘리는 것이 어려울 것 같지도 않고 말이다. …
[여기서 다시 편지가 물에 젖어 몇 줄이 번졌다.] 모쪼록 조심스럽게 한마디 덧붙이자면, 몇 달 안에 우리가 다시 네게 돈을 좀 보내 줄 수 있을지도 모른다. 물론 우리가 파산하기 전에 보내던 금액에 비할 수는 없겠지만, 없는 것보다는 낫겠지. 내가 네게 애원한다, 사랑하는 나의 슈무엘, 네게 간청하건대, 새 학기가 시작되고 네가 빠진 시간은 아직 몇 주밖에 안 된다. 틀림없이, 네가 조금만 노력한다면, 빠진 수업들을 따라잡고 본격적으로 학업을 계속할 수 있을 거다. 네가 정한 졸업 논문 주제, '유대인들의 눈에 비친 예수'라는 주제는 나와 너무 동떨어져 있고 내가 보기에는 이상하기까지 하다. 내가 태어난 도시 리가에서, 우리 유대인들은 언제나 십자가 형상 앞을 지날 때면 눈길을 다른 쪽으로 돌리는 것이 상례였다. 너는 언젠가 내게 편지를 보내어 네 눈에 예수는 우리 혈족의 일원이라고 말한 적이 있었

지. 사실 나는 그 말을 인정하기가 매우 어렵구나. 우리의 원수들이 그 사람의 이름으로 얼마나 많은 칙령, 얼마나 많은 박해, 얼마나 많은 학대로 우리를 괴롭히고, 얼마나 많은 억울한 피를 쏟았는데! 그런데, 슈무엘, 네가 갑자기 일어나 선을 넘어 무슨 이유에선지 장벽 건너편에, 바로 그 사람 편에 서다니. 그러나 그 이유를 이해하지 못한다고 해도 나는 네 결정을 존중한다. 마치 내가 사회주의하고는 거리가 멀고 그 제도는 사람들에게 평등을 강요하는 잔인한 시도라고 생각하지만, 사회주의 단체에서 자원봉사를 하는 너를 존중하는 것과 같다. 내가 보기에 평등은 인간 본성에 반대되는데 인간은 평등하게 태어나지 않고 오히려 서로 다르게 그리고 실제로 서로 동떨어진 상태로 태어난다는 단순한 사실 때문이지. 너와 나는, 예를 들어, 평등하게 태어나지 않았지. 네가 놀라운 재능을 가진 젊은이라면 나는 아주 단순한 사람에 불과해. 예를 들어, 너와 네 누이의 다른 점을 생각해 보렴. 그 아이는 조용하고 과묵하지만 너는 다혈질이고 감상적이지. 그렇지만 나는 정치나 그 외 다른 주제를 놓고 너와 대적할 수 없는 단순한 사람이다. 너의 열정과 헌신은 내가 물려준 것이 아니지. 너는 네가 원하는 대로 살면 돼. 언제나 네가 하고 싶은 대로 살아온 것처럼 말이다. 제발, 사랑하는 나의 슈무엘, 되도록 빨리 일자리를 하나 더 잡고 다시 공부를 시작했다는 소식을 내게 전해 주기 바란다. 학업이야말로 진정한 너의 사명이다. 그걸 배신하면 안 된다. 일해서 생계를 이어 가면서 동시에 학비까지 마련하는 일이 쉽지 않다는 걸 나도 잘

149

알고 있단다. 하지만 우리의 미리가 할 수 있다면—너도 당연히 할 수 있다. 고집은 네게 충분히 있고, 그건 아마도 네 엄마가 아니라 내게서 물려받았을 거다. 그럼 많은 사랑과 깊은 걱정을 담아 이만 줄인다. 너의, 네 아비가.

추신 : 제발 편지를 좀 더 자주 보내 주고 네가 지금 머물면서 일하는 그 집에서 어떻게 지내는지 좀 더 자세히 말해 다오.

슈무엘의 어머니가 편지지 아래에 덧붙여 몇 자 적으셨다.

나의 물리[138]. 네가 몹시 보고 싶구나. 네가 우리를 보러 하이파에 온 이후로 몇 달이 지났는지, 그리고 너는 편지도 거의 쓰지 않는구나. 도대체 왜? 우리가 뭘 잘못했니? …[여기서 또다시 편지에 스며든 물기 때문에 몇 줄이 흐릿하게 지워졌다.] 아버지는 실패하면서 큰 충격을 받으셨다. 한순간에 그는 노인으로 변해 버렸어. 거의 말도 하지 않으신다. 언제나 나와 대화를 나누는 것이 어려운 사람이었지, 물론 그 일이 있기 전에도. 이제 네가 그의 편에 서 드릴 차례가 되었으니, 최소한 편지라도 보내 드리거라. 네가 학업을 그만둔 이후로 아버지는 좀 배신당한 느낌이신 것 같다. 미리도 벌써 몇 주 동안 네게 편지를 받은 일이 없고 살아 있다는 소식을 들은 적이 없다고 썼더구나. 도대체, 무슨 나쁜 일이라도 생긴 거니? 사실대로 써서 편지를 보내 주기 바란다.

추신 : 네 아버지 모르게, 100리라[139]를 넣은 봉투를 동봉한다. 물론 큰돈이 아닌지는 나도 잘 알지만, 지금은 나한테 이것밖에 없구나. 나도 네 아버지와 같이 부탁한다. 부디 학업으로 돌아가거라. 그러지 않으면 네 평생에 후회가 남을 거다. 사랑한다. 엄마가.

25

게르숌 발드가 말했다.

"벤구리온은 가끔 남들은 보지 못하는 것들이나 많은 세월이 지나야 볼 수 있는 것들을 본다네.[140] 나는 이 세상을 고치려는 부류들과는 전혀 상관이 없으나, 그 사람만큼은 세상을 고치는 자가 아니라 오히려 위대한 현실주의자라네. 그는 역사 속에서 작은 빈틈을 발견한 유일한 사람이었고, 적절한 시점에 그 빈틈을 통해서 우리를 이주시키는 데 성공했지. 자기혼자 한 일은 아니었지. 물론 그건 아니야. 내 아들과 그 친구들이 아니었다면 우리는 다 죽었을 거야."

슈무엘이 말했다.

"시나이 작전[141] 때 당신이 말하는 벤구리온이 다 허물어져가는 두 식민 대국이었던 프랑스와 영국의 꼬리에 이스라엘을 매달았고, 그 바람에 이스라엘에 대한 아랍인들의 미움이 깊어져서 이스라엘은 세계적인 제국주의의 하수인이며, 결국 이 지역에서는 낯선 타인일 수밖에 없다고 결론을 짓게 됐죠."

발드가 말했다.

"시나이 작전 이전에도 자네가 말하는 그 아랍인들은 이스라엘에 진정한 사랑을 품은 적은 없었지. 심지어―"

슈무엘이 노인의 말을 끊으며 뛰어들었다.

"그리고 그들이 왜 우리를 사랑하겠어요? 갑자기 다른 행성에서 온 것처럼 낯선 자들이 나타나서 자기들의 땅과 토지를, 농토와 마을과 도시를, 조상들의 묘지와 자식들이 물려받을 유산을 탈취해 갔는데, 아랍인들은 있는 힘을 다해서 거기에 반대할 권리조차 없다고 생각하시는 이유가 도대체 뭡니까? 우리는 그저 이 땅에 집을 짓고 정착하려고 왔을 뿐이라고, 우리의 날들을 옛적같이 새롭게 할 뿐이라고,[142] 우리 조상의 조상들로부터 내려오는 유산을 상속하려고 왔을 뿐이라고, 기타 등등 말하지만, 이 세상에 갑자기 외국인 수십만 명이 밀려드는 것을 두 팔 벌리고 환영할 민족이 하나라도 있겠습니까, 그러고 나서 또 외국인 수백만 명이, 멀리서부터 날아와서 자기들이 가져온 거룩한 책에 따르면 이 땅이 자기들 소유라고 이상한 주장을 해 댄다면요?"

"자네가 괜찮으시다면, 지금 내게 차 한 잔 더 따라 주겠나? 그리고 자네도 한 잔 따라 마시게. 자네와 내가 차를 마시든 마시지 않든 벤구리온이 자기 신념을 바꾸게 할 수는 없지 않겠나. 아탈리야의 아버지, 쉐알티엘 아브라바넬이 48년에, 우리가 유대 국가를 세우겠다는 생각만 버리면, 영국인들을 내쫓고 아랍인과 유대인이 함께 사는 공동체를 세우는 협정을 아랍인들과 체결할 수 있다고 벤구리온을 설득하려 했지만 허사였지. 그래. 오히려 그것 때문에 영국 식민지 시대 말에 비공식적인 유대인 정부 역할을 하던 시온주의노동자협의회와 유대인기구 이사회에서 사실상 쫓겨났어. 언젠가 아탈리야에게 무슨 바람이라도 불면 마음을 열고 이런 모든 이야기를 자네에게 해 줄지도 모르지. 나로 말하자면, 그 갈등에서 아브라바넬의 비현실적인 사상 진영에 속하지 않았고 벤구리온의 무자비한 현실주의 진영에 서 있었다고, 부끄러움 없이 인정하네."

"벤구리온이," 슈무엘이 전기 주전자로 물을 끓이려고 부엌으로 나가면서 말했다. "벤구리온이 젊었을 때는 노동자들의 대표요, 민중의 지도자였을지 모르지만, 오늘날 그는 국수주의적인 민족국가의 수장이며 우리 시대를 옛적같이 새롭게 하고 예언자들의 이상을 구현해야 한다는 공허한 성경 구절을 끊임없이 청산유수처럼 내뿜고 있다고요."

그리고 부엌에서, 뜨거운 차를 따르면서, 큰 소리로 덧붙였다.

"만약 평화가 오지 않는다면, 언젠가는 아랍인들이 우리를 무찌르고 말 거예요. 그건 시간문제고 인내심의 문제일 뿐이지요. 아랍인들은 원래 시간이 끝도 없이 많고 참을성도 많긴 하죠. 그렇지만 그들도 48년에 우리에게 패배했던 모욕은 물론이고 3년 전에 우리가 영국과 프랑스와 함께 꾸몄던 음모를 절대 잊지 않을 거예요."

게르숌 발드는 슈무엘이 가져다준 차를 아주 뜨거울 때, 거의 끓는 차를 마셨지만, 슈무엘은 좀 식을 때까지 참을성 있게 기다렸다.

"언젠가, 한 1~2년 전쯤이었어요." 슈무엘이 말했다. "「힘의 한계 또는 열한 번째 군인」이라는 제목의 글을 읽었어요. 글쓴이의 이름은 이미 잊었어요. 그렇지만 그가 쓴 글의 내용은 여전히 기억하고 있어요. 스탈린이 지난 30년대 말에 핀란드를 침입했을 때, 핀란드 총사령관이며 육군 원수였던 만네르헤임[143]이 핀란드 대통령 칼리오[144] 앞에 나타나서 그를 안심시키려고 다음과 같이 말했어요. 핀란드 군사 한 명이 러시아 무지크[145] 열 명은 너끈히 무찌를 수 있습니다. 우리는 그들보다 열 배는 더 뛰어나고, 열 배는 더 영리하며, 침략을 받은 고국을 지키려는 사기가 열 배는 더 강하기 때문입니다. 칼리오 대통령은 잠깐 생각하더니, 어깨를 으쓱하면서 말하기를―자기 자신에게 한 말인지 육군 원수에게 한 말인지 모르게―누가 알겠어, 그럴 수도 있겠지, 우리 핀란드 군인들은 정말 모두 소비에트 군인 열 명보다 더 영리할 수도 있고, 그건 정말 좋은 일이지, 그런데 스탈린이 우리에게 열 명이 아니라 열한 명을 보낸다면 어떻게 하겠소? 이것이, 거기에 쓰여 있죠, 바로 이게 이스라엘이 감추고 있는 문제라고. 아랍인들은 벌써 10년이 넘도록 온종일 우리를 멸망시키겠다며 함부로 말하고 있는데, 사실 오늘날까지는 우리를 멸망시키기 위해서 자기 병력의 10분의 1도 동원하지 않았어요. 독립전쟁 때 아랍 연합국 다섯 나라는 8만 명도 안 되는 병력을 동원했 었고 60만 명 정도가 살던 유대인 거주지에서는 남녀 군인들 을 12만 명 정도 징집했었죠. 만약 언젠가 열한 번째 아랍 군 사가 온다면 어떻게 하죠? 아랍인들이 군대를 50만 명 정도 동원하면요? 아니면 100만 명? 200만 명이 오면요? 요즘 나 세르는 최신 소련제 무기를 잔뜩 갖추고, 2차전을 벌이겠다고 드러내 놓고 떠들고 있어요. 그런데 우리는 뭐죠? 승리에 취 해 있죠. 힘에 취해 있죠. 성경에 나오는 표현에 취해 있다고 요."

게르숌 발드가 말했다.

"그렇다면 나리께서는 무슨 조언을 하시겠는가? 다른 뺨이 라도 돌려 대라고?"

"벤구리온은 비동맹주의 정책을 저버리고 이스라엘을 서 방 강대국들과 종속 관계를 맺도록 해 그들의 노예로 만드는 실수를 저질렀어요, 그것도 서방 강대국 중 가장 강한 나라도 아니고 점점 쇠락해 가는 곳과―프랑스와 영국. 오늘 자 신문 에 알제리에서 또 수십 명이 죽고 다쳤다는 기사가 났어요. 그 곳에 주둔하고 있는 프랑스 군대는 반란을 일으킨 프랑스인 정착민들에게 절대로 발포하지 않기로 한 것 같아요. 프랑스 는 현재 시민전쟁에 휩쓸려 들고 있고 영국은 제국의 흔적이 스러져 가는 수치를 무릅쓰고 있죠. 벤구리온이 침몰하는 배 와 동맹을 맺어 우리를 곤경에 빠뜨렸네요. 혹시 원하신다면,

차를 더 마시는 대신에, 우리 둘이 코냑을 한 잔 마시는 건 어떨까요? 당신의 존엄하신 벤구리온을 위해? 싫으세요? 그럼 당신의 저녁 죽을 드실래요? 아직 생각이 없으신가요? 언제든 원할 때 말씀만 하시면 제가 데워다 드릴게요."

게르숌 발드가 말했다.

"고맙네. 내가 보기에 자네가 열한 번째 군인에 관해 말한 모든 이야기가 꽤 훌륭하군. 만약 그가 실제로 전쟁터에 나타난다면, 우리가 그도 물리쳐야만 하겠지. 그러지 않으면 우리가 여기 있을 수 없을 테니까 말이야."

슈무엘은 자리에서 일어나서 방 안 책장들 사이를 걸어 다니기 시작했다.

"어느 정도는 이 민족의 마음을 이해할 수 있을 것도 같은데, 몇천 년 동안 책의 힘, 기도의 힘, 계명의 힘, 학습과 복습의 힘, 종교적 헌신의 힘, 상업의 힘, 그리고 중재자의 힘을 매우 잘 알고 있었지만, 권력의 힘은 자기 등을 때리는 존재 정도로만 알고 있었지요. 그런데 갑자기 자기 손에 무거운 곤봉을 들게 되었죠. 탱크와 대포와 제트기까지. 그러니까 이 민족이 힘에 취해서 권력의 힘으로 자기가 원하는 것은 무엇이든 성취할 수 있다고 믿게 된 것이 당연할 수도 있어요. 그러니까, 당신 생각에는, 힘으로는 성취 불가능한 것이 무엇이라고 보십니까?"

"얼마나 센 힘을 말하는 건가?"

"세상의 힘을 다 합한 것만큼요. 미국과 소련과 프랑스와 영국의 힘을 합한 정도로 하죠. 이런 힘으로 성취할 수 없는 것이 뭐가 있겠습니까?"

"그런 힘이라면 자네가 생각할 수 있는 모든 것을 점령할 수 있을 것 같군. 인도에서 에티오피아까지."

"그럴 것 같겠죠. 이스라엘에 사는 유대인들이 다 그렇게 생각하고 있는데, 그것은 그 힘의 한계에 관해 전혀 알지 못하기 때문이에요. 진실로 세상에 있는 힘을 모두 합한다고 해도 미워하는 사람을 사랑하는 사람으로 바꿀 수 없어요. 미워하는 사람을 노예로 바꿀 수는 있지만, 그가 사랑하게 만들 수는 없어요. 세상에 있는 힘을 모두 합한다고 해도 광신도를 교양 있는 사람으로 바꿀 수는 없지요. 그리고 세상에 있는 힘을 모두 합한다고 해도 복수에 목마른 사람을 바꿀 수는 없지요— 친구로. 자, 바로 이것이야말로 이스라엘의 생존이 걸린 문제예요. 원수를 사랑하는 사람으로, 광신도를 온건한 사람으로, 복수하고 시비를 걸려는 사람을 친구로 바꾸는 것 말이에요. 지금 제가 우리는 군사력이 전혀 필요 없다고 말하는 것 같으세요? 그건 당치도 않아요. 그런 어리석은 생각은 상상도 할 수 없지요. 이렇게 당신과 제가 논쟁을 하는 순간에도, 지금, 이 순간부터 우리가 죽는 순간까지도, 힘은, 우리의 군사력은 언제나 중요하다는 것을 당신만큼 저도 잘 알고 있어요. 바로 그 권력의 힘이 우리가 당장 멸망하지 않도록 막아 주고 있지요. 우리에게 힘은 막는 역할을 해 줄 뿐이라는 사실을 언제나, 매 순간, 기억하기만 한다면 말이에요. 힘은 아무것도 해결하거나 해소해 주지 않아요. 얼마간 재난을 막아 줄 뿐이지요."

게르숌 발드가 말했다.

"내가 외아들을 잃은 것이 자네 생각에 절대 막을 수 없는 재난을 얼마간 막기 위해서였다는 건가?"

슈무엘은 자리에서 벌떡 일어나 두 팔을 벌려, 자기 맞은편에 앉아 있는 사람의 커다랗고, 반 정도만 깎아 놓은 머리를 가슴에 안아 주고 싶다는 생각이 들었고, 위로하는 말을 건네고 싶었다. 그러나 이 세상에 위로란 존재하지 않는다. 슈무엘은 감정을 추스르고 고통 위에 고통을 더하지 않기 위해 입을 다물기로 했다. 그에게 대답하는 대신 금붕어들에게 밥을 주려고 어항 쪽으로 다가갔다. 그러고 나서 몸을 돌려 부엌으로 갔다. 사라 데톨레도는 오늘 죽 대신에 감자와 잘게 자른 채소를 마요네즈로 버무린 샐러드를 가져왔다. 게르숌 발드는 조용히 식사했는데, 마치 오늘 저녁에 이야기할 모든 성경 구절과 인용구들을 다 써 버린 것 같았다. 그는 11시 가까이 되도록 그렇게 잠자코 있었는데, 슈무엘이 노인에게 동의를 구하지도 않고 두 사람이 마실 코냑을 작은 잔에 따랐다. 그렇게 그에게서 물러 나왔고, 남은 감자 마요네즈 샐러드를 먹었고, 설거지한 뒤 다락방으로 올라갔다. 그 아버지는 자기 책상 옆에 앉은 채였고, 종이 위에 뭔가를 적었다가, 그 종이를 구겨서, 화를 내며 휴지통 쪽으로 던져 버리고 다시 뭔가를 쓰고 있었다. 깊은 고요가 집 위에 내려앉았다. 아탈리야는 외출을

했다. 혹 외출하지 않았는지도 모른다. 어쩌면 슈무엘이 한 번
도 들어가 본 적이 없는, 그녀의 방에서 완벽하게 아무 소리도
내지 않고 앉아 있을 수도 있었다.

26

다음 날 오전 11시 반에 슈무엘은 닳아 빠진 자기 외투를 입고, 곱슬곱슬하게 헝클어진 머리를 챙이 달린 둥근 모자처럼 생긴 샤프카로 가린 채, 사냥감을 노리는 여우 머리를 새긴 지팡이를 들고 예루살렘 거리로 산책을 나섰다. 그날 아침에는 비가 내리지 않았고 찢어진 회색 구름 조각들이 바다에서 광야 쪽으로 도시의 하늘을 지나고 있었다. 예루살렘 성벽의 돌을 어루만지던 아침 햇살은 부드럽고 달콤하게 벽에 반사되고 있었는데, 비와 비 사이에 나타난 청명한 겨울날 예루살렘을 보듬는 그 햇빛은, 꿀색이었다.

슈무엘은 하라브 엘바즈 길을 올라와서 우시슈킨 거리로 나갔고, 벽에 대리석처럼 부드러운 돌을 붙여 놓은, 시민문화회관 앞을 지났고, 계속해서 시내 중심 방향으로 발길을 옮겼다. 그의 머리는 공기를 들이받으려는 듯 장애물을 헤치면서 길을 내려는 듯 앞을 향해 힘차게 밀고 나갔고, 그의 몸도 앞으로 쏠렸으며 다리들은 머리에 뒤지지 않으려고 서두르고 있었다. 그의 걸음걸이는 심지어 천천히 달리고 있는 듯 보였다. 여기에는 뭔가 우스꽝스러운 구석이 있었는데, 마치 이미 한참 동안 사람들이 기다려 주었지만 언제까지나 기다리지는 않을 장소로 서둘러 가고 있는 것 같았고, 그러면서도 늦을 테면 늦으라지 하고 말하는 것 같았다.

야르데나는 결혼하기 전부터 일하던, 신문 기사를 발췌해서 보내 주는 자기 사무실에 벌써 출근했을 테고, 지금도 하라브 쿡 거리 오래된 건물 2층에 있는 그곳, 어두운 방에 앉아서, 사무실을 찾아온 고객들에게 신문에 나온 그들의 이름을 찾아 연필로 표시를 하고 있을 것이었다. 거기서 그녀는 한두 번쯤 그녀의 네쉐르 샤르쉡스키의 이름도 발견하겠지만, 네쉐르 샤르쉡스키 본인은 지금 바다와호수물연구소의 자기 책상 앞에 앉아서, 열심히 무슨 서류를 작성하고 있을 것이며, 그의 얼굴은 언제나처럼 기분이 살짝 좋은 것 같고, 사탕이라도 빨고 있는 듯이 보일 것이다. 그런데 너만 예루살렘 거리를 헤매고 있고 너만 아무것도 하지 않고 있다. 날이 지나고, 겨울이 갈 테고, 그다음에 여름이 오고, 또다시 겨울이 오겠지만, 너는 야르데나의 기억과 아탈리야의 환상 사이에서 점점 시들어 갈 뿐이다. 밤마다 야르데나는 네쉐르 샤르쉡스키의 품에서 잠이 들고, 그녀의 따스한 밤 향기가 그들의 침대를 감싸겠지. 넌 여전히 그녀와 사랑에 빠져 있나? 색이 바래고 수치스러운 사랑을, 버려지고 차여서 아무런 갈망이 없는 사랑을? 아니면 넌 벌써 그녀가 아니라 아탈리야와 사랑에 빠졌나, 네가 인정하지도 않고 사실상 절대로 받아들일 수도 없는 그런 사랑에?

그는 마음속에 아탈리야의 왼쪽 어깨를 타고 수가 놓인 드레스 위로 흘러내리는 그녀의 길고 부드러운 머리카락을 떠올렸다. 마치 그녀 자신보다 그녀의 엉덩이가 훨씬 더 활동적으로 깨어 있어서, 내면에서 나오는 춤을 억지로 참고 있는 듯한 그녀의 걸음걸이도. 자기주장이 강한 여자이며, 비밀로 가득 차 있고, 이따금 네게 냉소적으로 대하고 초연한 관심을 보이는 여자, 네게 끊임없이 명령하는 여자, 그리고 그녀는 언제나 살짝 조롱하는 것 같은 눈빛에 연민의 조각들을 조금씩 섞어서 널 쳐다보지. 너는 그녀 앞에서 버림받은 강아지라도 된 것처럼 그 연민을 네 가슴에 담고 있지.

높디높은 곳에서 우월감에 남을 비꼬는 아탈리야가 대체 너를 뭐로 볼까? 당연히 그녀는 너를 한때 학생이었고, 연구자였으며, 버릇없고, 털이 엉클어져 몹시 꼬불꼬불한, 혼란에 빠진 청년, 자기를 좋아하면서도 그 감정을 말로 표현할 생각은 절대로 하지 못하는, 아니 감정도 아니고 그저 아이들이나 느끼는 철없는 흥분이라고 생각하겠지. 너의 존재가 그녀를 가끔 성가시게 할까? 아니면 즐겁게 할까? 성가시고도 즐거울까?

거친 콘크리트로 만든 회색 담장 위에 큰 쥐, 아마도 시궁쥐 한 마리가 움직이지 않고 가만히 있었다. 그 생명체는 마치 그에게 질문하게 해 달라고 부탁하는 듯 작고 까만 눈으로 슈뮤엘을 응시했다. 아니면 그를 시험하기라도 하는 것 같았다. 슈무엘은 멈춰 서서는, 두려워하지 말라고 내 손은 비어 있고 아무것도 숨길 것이 없다고 말하는 듯이 잠깐 쥐를 바라보았다. 둘 중 하나는, 지금 양보해야 한다는 것을, 슈무엘은 알았다. 당장 양보해야 한다는 것을. 그래서 그렇게 양보하고 돌아서서 뒤돌아보지 않고 계속해서 자기 길을 갔다. 다섯 걸음을 가다가 그는 마음이 바뀌어, 그런 자신이 부끄러워져서 되돌아갔다. 그러나 그 생명체는 사라져 버리고 없었고 담장은 텅 비어 있었다.[146]

12시 20분에 슈무엘 아쉬는 하멜레흐 조지 거리에 있는 작은 단골 식당에 들어가서 평소에 앉던 대로 구석의 식탁 옆에 자리를 잡고 앉았다. 그는 거의 매일 이 자리에서 아침 식사이기도 한 점심 식사를 해 왔다. 종업원은, 그는 식당 주인이기도 했는데, 추운 겨울날에도 이마에 땀방울들이 맺힌 얼굴이 빨간 뚱뚱하고 키 작은 헝가리 사람으로, 슈무엘은 아마 그 사람이 고혈압으로 고생하고 있으리라 짐작했고, 그는 무엇을 원하는지 묻지도 않고 따뜻하고 매콤한 굴라시가 담긴 우묵한 접시를 가져다주었다. 그는 여기 오면 언제나 예외 없이 흰 빵 몇 조각을 곁들여 굴라시를 먹었고 매번 후식으로는 설탕에 절인 과일을 먹었다.

한 번, 지난겨울에, 야르데나와 함께 여기 앉아서, 점심을 먹었고 그는 그녀와 노동자 정당인 마팜 내의 좌파 파벌이 점점 분리주의에 빠져들고 있다는 이야기를 했었다. 갑자기 그녀는 놀란 사람처럼 그를 바라보더니, 그의 팔을 잡아당겼다. 급한 몸짓으로 그를 자리에서 일으켜 세웠고, 서둘러서 계산하고, 자기 손톱을 세워 그를 세게 붙잡았는데, 난데없이 분출하지 못했던 분노로 가득한 것 같았고, 거의 강제로 텔아르자 마을에 있는 그녀의 방으로 그를 끌고 갔다. 가는 길 내내 그녀는 한 마디도 하지 않았고, 그는, 깜짝 놀란 사람처럼, 그녀가 하는 대로 순순히 끌려갔다. 그녀의 방으로 올라가자마자 그녀는 그의 어깨를 밀어붙여, 침대 위에 눕혔고, 아무런 말도 없이 드레스를 들어 올린 다음 그의 위에 올라타서 격렬하게 성관계를 했는데, 마치 그에게 복수하듯이 자기 밑에 그를 가두고, 두 번 만족할 때까지 놓아주지 않았다. 그는 옆방에 있을 집주인 아주머니가 놀라지 않도록 손으로 그녀의 입을 막고 조용하게 만들어야 했다. 그러고 나서 그녀는 옷을 입고, 수돗물을 두 컵 마시고 난 후 밖으로 나갔다.

　왜 그녀는 그를 떠났을까? 네쉐르 샤르쳅스키에게는 있고 그에게는 없는 것이 무엇일까? 그가 뭘 잘못했을까? 몸매는 포장용 상자처럼 사각형이고 언제나 복잡한 복문複文으로 말하는 것을 좋아해서 방 안에 있는 모든 사람을 지루하게 만드는 따분한 수문학자에게서 찾은 게 뭘까? 그는 가끔 이런 말을 했다. "텔아비브는 예루살렘보다 훨씬 덜 오래되었지만 더 현대적이야." "노인들과 청년들 사이에는 큰 차이가 있어." 또는 "항상 그래. 다수가 결정하고 소수는 그저 다수의 의견을 받아들여야 해." "흥분한 강아지." 그들의 마지막 대화에서 야르데나가 슈무엘을 그렇게 불렀다. 그는 속으로 그녀의 말에 동의할 수밖에 없었고 그것 때문에 갑자기 수치심과 모욕감과 더불어 깊은 상처를 받았다.

그는 자리에서 일어나, 굴라시와 설탕에 절인 과일 값을 지불했고, 저녁 신문 제목을 훑어보느라 잠시 계산대 옆에 서 있었다. 이스라엘방위군이 이스라엘-시리아 국경 남부를 정리하고 있었다. 나세르, 이집트 지도자는, 위협을 계속하고 있었지만 벤구리온도 그에게 경고를 했다. 왜 나세르가 경고하는 것은 항상 위협이라고 부르고 벤구리온이 위협하는 것은 경고라고 부르는 것일까?

그러고 나서 그는 몸을 돌려 부드러운 겨울빛으로, 소나무와 돌의 빛으로 씻긴 예루살렘 거리로 나왔다. 문득 이상한 기분이 강하게 몰려왔는데, 무엇이든 가능하며 실패한 것은 실패한 것처럼 보일 뿐 사실 아무것도 완전히 실패하지는 않았고 앞으로 다가올 일은 그가 얼마나 용기를 내느냐에 달린 것 같았다. 그래서 그는 이 순간 달라지기로 마음먹었다. 이 순간부터 그의 인생을 바꾸기로 했다. 이 순간부터는 자신이 원하는 것을 잘 알고 있으며 그것을 성취하기 위해서 물러섬이 없고 머뭇거림도 없이 분투하는 말이 없는 대담한 사람이 되기로 했다.

27

아탈리야는 슈무엘이 책상 앞 자기 의자에 앉은 채, 국립도서 관에서 빌려 온 오래된 책들 위로 몸을 구부리고 있는 것을 발견했다. 그녀는 밝은 색깔의 치마와 본인에게 좀 큰 파란색 스웨터를 입고 있었는데 뭔가 가정적인 따스함이 느껴졌다. 그녀의 얼굴은 마흔다섯이라고 하기에는 훨씬 젊어 보였고 힘줄이 돋은 손들만이 그녀의 나이를 드러내고 있었다. 아탈리야는 슈무엘의 침대 모서리에 앉더니, 벽에 등을 기대고, 살짝 다리를 꼬고, 치마를 좀 펴고는, 불쑥 그의 영역에 쳐들어온 것에 대해 사과하지도 않은 채 말했다.

"공부하시네요. 내가 방해되나요. 무슨 공부 하세요?"

슈무엘이 말했다.

"네. 당신이라면 환영이에요. 방해해 주세요. 당신이 방해해 주면 아주 좋겠어요. 저는 벌써 이 일 때문에 피곤하니까요. 사실, 전 늘 피곤해요. 심지어 잠을 잘 때도 피곤하다니까요. 당신은요? 한가해요? 함께 가볍게 산책하러 나갈까요? 바

같은 겨울철의 예루살렘에서만 볼 수 있는 정말 청명한 날이에요. 나갈까요?"

아탈리야는 초대를 무시했다. 그녀가 말했다.

"당신은 아직도 예수 이야기를 파고 있나요?"

"예수와 가롯 유다. 예수와 유대인들," 슈무엘이 말했다. "유대인들이 대대로 예수를 어떻게 보았는지요."

"도대체 그게 왜 그리 흥미로운 거죠? 유대인들이 무함마드를 어떻게 보았는지는 왜 아니죠? 아니면 붓다를?"

"그건 말이죠," 슈무엘이 말했다. "저는 유대인들이 기독교를 거절한 이유에 대해서는 충분히 이해할 수 있어요. 그렇지만 예수는 기독교인이 아니었어요. 예수는 유대인으로 태어나서 유대인으로 죽었어요. 그는 한 번도 새로운 종교를 창시해야겠다는 생각을 해 본 적이 없어요. 바울로, 다르소의 사울인, 그가 기독교를 창시했던 거죠. 예수는 스스로 분명하게 말한 적이 있어요. '나는 토라의 한 획이라도 바꾸려고 온 것이 아니다.' 만약 유대인들이 그를 받아들였다면, 역사 전체가 완전히 새로운 모습이 되었을 거예요. 교회는 세워지지도 않았을 테죠. 그리고 유럽 전체가 보다 관대하고 순화된 형태의 유대교를 받아들였을지도 모르죠. 그렇다면 우리는 포로로 잡혀가거나,[147] 쫓겨 다니며 박해[148]받거나, 약탈[149]을 당하거나, 종교재판[150]을 받거나, 피의 누명[151]을 쓰거나, 파멸[152]이나 대학살[153]을 당하지도 않았을 테고요."

"그럼 유대인들은 왜 그를 받아들이기를 거부했나요?"

168

"바로 그것이, 아탈리야, 제가 스스로에게 묻고 있는 질문인데 그 대답은 아직 찾아내지 못했어요. 그는, 우리 시대의 용어로 말하자면, 개혁적인 유대인이었죠. 또는 개혁적인 유대인이 아니라 유대 근본주의자라고도 할 수 있는데, 광신적이라는 뜻으로 근본주의자라는 것이 아니라 순수하게 뿌리로 돌아가고자 했다는 의미로 그렇다는 거예요. 그는 유대교에 덕지덕지 들러붙어 있던 온갖 제의적인 군더더기를 전부 제거하고, 제사장들이 길러 내고 바리사이인들이 덧씌운 뿌다구니 지방 덩어리들을 정화하려고 했었죠. 그러니까 당연히, 제사장들은 그를 적으로 간주했고요. 저는 가룟 유다 벤 시므온이 이런 제사장 중 하나였다고 믿어요. 아니면 최소한 그들과 가까운 관계였겠죠. 어쩌면 예루살렘 제사장들이 예수의 제자들 사이에 끼어 그들을 염탐하고 그들의 행적을 예루살렘에 보고하라고 그를 보냈는데, 오히려 그가 예수에게 빠져서 그를 끔찍이 사랑하게 되었고, 그의 제자 중에서 가장 충직한 이가 되어 사도 집단의 회계까지 맡게 되었을지도 모르죠. 언젠가, 당신이 원할 때, 제가 생각하는 가룟 유다가 전하는 복음הבשורה על פי יהודה איש קריות[154]이 무엇인지 이야기해 드리죠. 그렇지만 전 평범한 대중에 관해서는 아연해하고 있어요, 그들은 왜 그들 무리에 예수를 받아들이지 않았을까요? 그들은, 예루살렘에 살던 부유하고 살찐 제사장들의 지배하에서 신음하고 있었는데 말이에요."

"나는 '평범한 대중'이란 말을 좋아하지 않아요. 평범한 대중, 그런 건 없어요. 남자와 여자가 있고 다른 여자와 다른 남자가 있을 뿐이고 그들은 각자 이성과 감정과 성향과 서로 다른 윤리적 판단 기준을 가지고 있을 뿐이죠. 사실 남자들의 윤리적 판단이란, 만약 그런 게 존재한다면, 그건 오직 자기 본능이 잠깐이라도 만족하고 있을 때뿐이겠지만 말이죠."

"여기 당신이 제 방에 들어왔을 때 저는 앉아서 람반이 예수에 관해서 쓴 글을 읽고 있었어요. 람반, 그러니까 랍비 모세 벤 나흐만[155]은 기독교인들이 나흐마니데스라고 부르던 사람이고, 모든 세대를 아우르는 위대한 이스라엘의 현인 중 하나이며, 13세기에 살았고, 스페인 헤로나에서 태어나서 여기 우리 땅, 아크레에서 사망했죠. 그는 아라곤[156]의 왕, 야코브 1세[157]가 강제로 진행하게 한 논쟁에 관해 이야기하는데, 람반은 기독교로 개종한 유대인이며 '수도사 파울로(바울로)'라고도 부르는 파블로 크리스티아니[158]와 나흘에 걸쳐서 공개 논쟁을 벌이게 되죠. 중세에 유대인들이 강제로 참여해야 하는 공개 논쟁은 소름이 끼치고 피가 얼어붙을 것 같은 면이 있었어요. 만약 기독교인이 이기면, 유대인들의 토라가 거짓이라는 사실이 증명되어 그들이 패배했기 때문에 피로 그 값을 치러야 했어요. 그리고 만약 유대인이 이기면, 유대인들이 무례하다는 이유로 역시 피로 그 값을 치러야 했지요. 그 사제는 『탈무드』를 인용하면서 논쟁을 했는데—그가 원래 기독교로 개종한 유대인이었다는 사실을 기억하시라—『탈무드』에는 기독교를 저주하는 부분이 있을 뿐만 아니라 기독교야말로 진실한 종교이며 예수는 이미 우리 세상을 찾아왔었고 언젠가 미래에 다시 오실 메시아라는 점을 분명히 암시하고 있다고 주장했어요. 람반은 그의 글에서 본인이 이 논쟁에서 완전히 승리했다고 말하고 있는데 솔직히 이 논쟁은 최종 승자 없이 중간에 끝나 버린 것 같아요. 아마 람반은 이 논쟁에서 지는 것을 두려워한 만큼 이기는 것도 두려워했겠죠. 바르셀로나 논쟁[159]이라고 알려진 이 논쟁에서, 람반은 상식적으로 보나 자연계의 법칙으로 보나, 예수가 십자가에서 죽었다가 사흘 뒤에 다시 살아났다는 이야기를 받아들일 수 없는 것과 마찬가지로 처녀가 아이를 낳았다는 이야기를 용인할 수 없다고 주장했어요. 람반이 설명한 주된 이유는 다음과 같았죠. 메시아가 오는 순간 온 땅에서 피 흘림이 그치고 한 민족이 다른 민족에 대항하여 칼을 드는 일이 없어지며 그들이 다시는 전쟁하는 법을 배우지 않게 된다고 성경에 분명하게 쓰여 있다고 지적했지요. 그것들은 예언자 이사야가 한 말이죠. 그렇지만 예수가 살던 시대는 물론 지금까지도 각처에서 잠시라도 유혈 사태가 그친 적이 없어요. 또 『시편』에 이르기를, 메시아가 바다에서 바다까지 그리고 강에서 땅끝까지 복종시킨다고 기록되어 있는데, 그가 다스린다는 말이죠. 그렇지만 예수는 살아생전에 정부를 세운 적이 없고 사후에도 없었어요. 당시 로마가 이 땅과 온 세상을 지배했고, 지금도 기독교인들보다 무함마드를 섬기는 사람들이 더 많아요. 그리고 람반은, 기독교인들이야말로, 다른 모든 민족보다 더 많은 피를 흘리게 한다고 주장하며 자기 논증을 마무리했죠."

아탈리야가 말했다.

"이런 말들은 내가 듣기에 충분히 설득력이 있네요. 내 생각에는 당신이 말하는 람반이 결국 논쟁에서 승리했을 것 같은데요."

슈무엘이 말했다.

"아니죠. 이런 말들은 설득력이 없는데 왜냐하면 그는 복음 자체, 예수의 복음, 즉 보편적인 사랑과, 용서와, 은혜와, 그리고 자비의 복음과 연관 지으려는 어떤 암시도 담고 있지 않기 때문이에요."

"당신 기독교인이에요?"

"저는 무신론자예요. 어제 요시 시톤이라는 세 살 반짜리 어린이가 여기서 멀지 않은, 가자 거리에서, 자기의 초록색 공을 쫓아 뛰어가다가 차에 치여 죽었는데 이 사건은 신이 없다는 사실을 증명하기에 충분하다고 생각해요. 저는 단 한 순간도 예수가 신이라거나 신의 아들이라고 믿어 본 적이 없어요. 하지만 저는 그를 좋아해요. 저는 그가 사용했던 말들을 좋아하는데, 예를 들어 '네 속에 있는 빛이 어두워진다면 그 어두움이 얼마나 깊겠느냐' 또는 '내 영혼이 죽기까지 쓰디쓰다' 또는 '죽은 자들에게 그들의 죽은 자들을 묻게 하라' 또는 '너희는 그 땅의 소금이니, 소금이 그 맛을 잃으면―무엇으로 짜게 하겠느냐?' 같은 말요. 제가 열다섯 살 때, 처음으로 신약성경의 복음서들을 읽었던 그날부터 오늘까지 전 그를 사랑했어요. 그리고 가롯 유다는 그의 제자 중에서 가장 충성스럽고 헌신적인 사람이었고, 절대 그를 배신하지 않았으며, 오히려 온 세상에 그의 위대함을 증명하려 했을 뿐이라고 믿었어요. 언젠가 설명해 드릴게요, 당신이 듣기 원한다면. 혹시, 당신만 허락하신다면, 언제 저녁에 다시 한번 당신과 제가 외출을 해서 어디 조용한 곳에 함께 앉아 이야기를 나누면 좋겠네요."

그는 이 말을 하면서 눈을 들어 나일론 스타킹을 신고 다리를 꼬고 있는 그녀의 무릎을 흘깃 보았는데 치마 밑에 숨겨진 그 나일론 스타킹 끝이 고무 밴드로 되어 있을지 아니면 양말대님으로 고정되었을지 궁금하다고 생각했고, 전혀 희망이 없는데도 그녀를 향해 딱딱해진 자신의 물건을 알아채지 못하도록 허리를 굽히며 의자 위에 고쳐 앉았다.

아탈리야가 말했다.

"당신은 또 그 네안데르탈인 수염 밑으로 얼굴이 붉어져 있네요. 오늘 저녁에 당신과 나는 극장에서 새로 개봉하는 영화를 보러 갈 거예요. 이탈리아에서 만든 신사실주의 영화가 들어왔대요. 내가 당신을 초대하는 거예요."

슈무엘은, 깜짝 놀라서 온몸이 떨렸고, 중얼거리며 말했다.

"네. 고마워요."

아탈리야는 일어나서 그의 뒤로 와 섰다. 그녀는 뒤에서 차가운 두 손을 뻗어 그의 구불구불한 머리를 안았고 얼마간 가슴에 꼭 누르며 서 있었다. 그러고 나서 몸을 돌려 방을 나갔고 문을 닫지 않았다. 슈무엘은 층계를 내려가는 그녀의 발걸음 소리가 멈출 때까지 귀를 기울였다. 깊은 침묵이 집 전체에 내려앉았다. 그는 주머니에서 흡입기를 꺼내어 크게 두 번 숨을 들이마셨다.

28

저녁 무렵 그는 게르숌 발드에게 이번에는 7시 반에 나가게
해 달라고 부탁했다.

"우리는 외출을 할 거예요, 아탈리야와 저요"라고 말하고,
그는 갑자기 자기 반에서 가장 인기 있는 여학생의 뽀뽀를 받
은 어린아이처럼 얼굴 전체에서 환하게 광채를 발했다.

발드가 말했다.

"꿀이 곰을 먹는다더니." 그리고 덧붙였다. "저런. 실연당하
고 앉아 있는 꼴이라니. 아무튼 그녀가 자네 수염까지 태우지
않도록 매우 조심하게."

저녁이 되자 그는 부엌에서 조바심을 내며 그녀를 기다렸
다. 감히 그녀의 방문을 두드리지는 못했다. 부엌의 유포 식탁
보 위에는 그녀가 저녁을 먹으며 떨어뜨린 빵 부스러기들이
남아 있었다. 슈무엘은 손가락 끝에 침을 묻혀서 그 빵 부스러
기들을 하나씩 모아 개수대에 버린 뒤 개수대와 손가락을 씻
었다. 이로써 아탈리야에게 자기가 옳았음을 증명하게 되기

라도 할 것처럼. 무슨 일에 옳았느냐고? 그것에 관하여 그녀는 그에게 아무런 대답이 없었다. 그렇게 그녀를 기다리는 동안 그는 식탁 위 부엌 벽에 달린 오래된 인쇄물을 보게 되었는데, 유대민족기금에서 찍어 낸 총천연색 포스터로 강인하고 근육질인 개척자가 소매를 정확하게 네모로 각을 잡아 접고 서 있었다. 그 개척자의 윗옷 제일 위에 달린 단추가 열려 볕에 그을린 가슴과 털을 보여 주고 있었다. 개척자는 강한 두 손으로 갈색 말 또는 노새가 끄는 철제 쟁기의 손잡이를 붙들고 있었는데 그 동물은 언덕 등성이에 입을 맞추는 태양을 향하여 지평선 저 너머를 바라보고 있었다. 해가 뜨는 거야 아니면 지는 거야? 그 그림은 이 질문에 대답할 수 있는 아무런 암시도 주지 않았지만 슈무엘은 아마도 해가 지는 것이 아니라 뜨는 중이라고 짐작했는데, 그것은 '산 위로, 산 위로 비친다. 우리의 빛이, / 우리는 그 산에 그림자를 드리우리, / 어제는 우리 뒤에 남았지만 / 내일을 향한 길은 아직 많이 남았네'라는 노랫말 때문이었다. 이렇게 해가 뜬 다음에는 분명히 해가질 것이라는 생각도 들었는데, 언제나처럼, 어쩌면 벌써 저물녘이 다가와 있을지도 몰랐다. 미카 발드는 저렇게 강인하고 볕에 그을린 모습이었을까? 저 포스터에 있는 개척자와 닮았을까? 벤구리온은 우리가 모두 저 개척자와 닮아 가기를 요구하는 걸까?

슈무엘이 마음속으로 다비드 벤구리온에게 열정적인 편지를 썼던 것은 한두 번이 아니었고, 한번은 지웠다가 쓴 흔적이 가득한 초안을 작성한 적도 있었는데 그가 청년 시절에 신봉하던 사회주의와 거리를 두게 된 것이 이스라엘에 큰 재앙이라는 점을 설명했고, 폭력은 폭력을 낳고 피의 보복은 피의 보복을 낳기 때문에 보복작전[160]은 이득이 없으며 위험한 정책이라는 말도 덧붙였다. 물론 슈무엘은 이 편지를 완성하기도 전에 찢어 버렸다. 이따금 그는 생각 속에서 총리와 날카로운 논쟁을 벌이기도 했는데, 그럴 때면 사회주의 개혁 서클에서 벌이던 논쟁과 비슷하기도 했지만, 한편으로 생각 속 논쟁에서 슈무엘은 벤구리온을 이기고 설득하기를 원했을 뿐만 아니라 그를 감동시키고 심지어 그의 호감을 얻고 싶기도 했다.

아탈리야는 꼭 맞는 주황색 겨울 원피스를 입고 나타났다. 그녀는 눈에 옅은 푸른색 화장을 하고 있었다. 목에는 가는 은 목걸이를 걸고 있었다. 그녀의 입술 위에 미소가 맴돌지는 않았지만 비밀을 약속하는 어떤 미소가 있었다. 그녀는 놀라서 말했다.

"당신은 아침부터 여기 서서 기다렸나 봐요. 어제저녁부터 기다린 게 아니라면."

문득 그녀가 고통스러울 만큼 아름답고 매력적으로 보였다. 그녀가 자기에게 벽을 세우고 있다는 것은 익히 알았지만, 그럼에도 불구하고 그의 몸은 마치 그녀를 팔에 꼭 안은 것처럼 한껏 긴장하고 있었다. 그녀는 식탁 앞 그의 맞은편에 앉으며 말했다.

"안 돼요. 오늘 저녁 우리는 영화를 보러 갈 수 없어요. 하늘은 맑고 보름달이 떴잖아요. 나와 당신은 오늘 외투를 단단히 여미고 거리를 좀 돌아다니면서 달빛이 거리를 어떻게 변화시키는지 볼 거예요."

슈무엘은 즉시 동의했고, 아탈리야가 덧붙였다.

"나는 내가 예루살렘을 사랑하는지 아니면 그냥 참고 견디는지 잘 모르겠어요. 그렇지만 내가 2~3주 이상 예루살렘을 떠나 있으면 꼭 꿈속에 나타나는데, 그럴 때면 언제나 달빛에 물든 모습이지요."

슈무엘은 갑자기 평소의 자기가 아닌 것처럼 용기로 가득 차서 물었다.

"그리고 또 뭐가 꿈에 나타나죠?"

아탈리야는 웃음기 없이 대답했다.

"젊고 잘생긴 청년들요."

"저처럼요?"

"당신은 젊은이가 아니죠. 당신은 늙은 아이예요. 그런데, 혹시라도 발드에게 가져다줄 죽을 데우는 것을 잊지는 않았겠죠?"

"제가 거기에 설탕과 계핏가루까지 뿌려다 드렸죠. 그는 벌써 식사를 했고요. 다 드시지는 않았지만요. 접시에 좀 남겼는데 그건 제가 먹었어요. 지금 그는 앉아서 뭔가를 쓰고 있어요. 무엇을 쓰는지는 전혀 몰라요. 제게 한 번도 말해 준 적이 없고, 저도 물어볼 엄두를 내지 못했어요. 당신은 알고 있나요, 아탈리야? 아니면 그가 무슨 일에 열중하는지 짐작 가는 거라도 있나요?"

"아브라바넬. 미카. 전쟁. 그는 벌써 몇 년 동안 논문을, 아니면 어떤 책을, 쓰고 있는데, 쉐알티엘 아브라바넬 사건에 관한 글이거나 자기 아들의 일생에 관한 회고록이겠죠. 그는 아브라바넬이 배척당하고 추방된 사건과 자기 아들의 죽음을 연관시키고 싶어 하는지도 모르겠어요. 어쩌면 이 두 사건 사이에 어떤 연관성이 있다고 여기는 것 같아요."

"연관성요? 무슨 연관성이 있죠?"

그녀는 그것에 대해 대답하지 않았다. 그녀는 일어서서, 슈무엘에게 따라 줄지 권하지도 않은 채, 수도꼭지에서 물을 한 잔 받더니 목마른 농부처럼 소리를 내며 마셨다. 그러고 나서 주름진 손으로 입을 살짝 훔쳤는데, 그녀의 손은 그녀의 얼굴보다 더 늙어 있었다.

"자. 가요. 달이 금방 뜰 거예요. 나는 산들 사이에서 달이 떠올라 지붕들 위로 솟아오르는 광경을 보는 걸 좋아해요."

그들은 집에서 나와 어두컴컴한 뜰로 나섰는데, 나무들이 그늘을 드리우고 집 뒤에 줄지어 늘어선 키가 큰 사이프러스들 그림자까지 뜰을 어둡게 만들고 있었다. 슈무엘은 물 저장고의 철제 뚜껑을 어렴풋이 알아볼 수 있었다. 아탈리야는 그의 팔꿈치를 붙들고 잘 다듬어 놓은 예루살렘 돌이 깔린 오솔길을 따라 그를 인도해 나갔다. 슈무엘은 두툼한 자기 외투의 소매 너머로, 다섯 손가락 하나하나마다, 그녀의 손이 따뜻하게 느껴졌고 자기를 계단으로 인도하는 그녀의 힘줄이 도드라진 손 위에 자기 손을 얹고 싶은 마음이 간절했다. 그러나 그녀의 비웃음을 살 것이 두려웠다. 숨이 가빠지는 바람에 그녀의 손을 잡는 대신 주머니에서 천식 호흡기를 꺼내야만 했다. 한 번 깊게 숨을 들이쉬고 나서 숨쉬기가 편해졌고 그는 다시 호흡기를 주머니에 숨겼다.

하라브 엘바즈 길은 텅 비어 있었다. 영국 위임통치 시절에 작은 사각형 유리 조각들을 붙여서 만든 가로등이 골목을 팽팽하게 가로지르는 줄에 매달린 채 바람에 흔들렸다. 이 가로등은 바닥에 깔린 돌들 위에 끊임없이 움직이는 그림자를 그려 내고 있었는데, 마치 작은 파도처럼 불안하게 오고 가고 있었다. 바람은 서쪽에서 불어오고 있었으며, 차 한 잔만 식히려고 부는 것처럼 조용하고 부드러운 바람이었다.

슈무엘이 말했다.

"당신 아버지는 어떤 사람이었는지 말해 줘요."

아탈리야는 부드러운 목소리로 대답했는데, 거의 속삭이는 것 같았다.

"우리 지금은 말을 하지 말기로 해요. 말없이 좀 걷기로 해요. 밤의 목소리를 들어 보자고요."

하라브 엘바즈 길 끝에 이르자 갑자기 달이 기와지붕들 위로 떠올랐는데, 온통 붉은 데다 크기가 어마어마해서 정신이 나간 태양처럼 보였고 자연계의 법칙을 어기고 밤 한가운데를 찢고 나올 것 같았다. 침묵을 지키고 있자니 슈무엘은 그달을 마냥 좋아할 수만은 없었다. 아탈리야는 멈춰 서서, 마치 그가 중심을 잃을까 봐 두려워하는 듯이 자기 손으로 그의 팔꿈치를 꼭 잡고, 아주 오랫동안 그 달을 쳐다보고 있었다, 아니면 예루살렘의 돌벽들을 표백하려는 듯 그 위에서 해골처럼 창백한 빛을 붓고 있는 것 같은 희미한 달무리를 보고 있는지도 몰랐다. 불쑥 그녀가 말했다.

"사람들은 달을 레바나라고 부르지만 저 달은 전혀 하얗지 않아요.[16] 피를 뒤집어쓴 것 같아요."

그러고 나서도 그들은 조용히 나흘라오트 동네의 골목들을 따라 걸었는데, 아탈리야는 길을 인도하고 슈무엘은 반걸음 정도 뒤에서 걸어갔다. 그녀는 이미 그의 소매를 놓았지만 가끔 그를 오른쪽이나 왼쪽으로 이끌며 그의 어깨를 부드럽게 잡았다. 남자와 여자가, 서로 부둥켜안고 꼭 달라붙어 걸으면서, 그들 뒤로 따라오다가 거리 위쪽으로 지나갔다. 남자가 말했다.

"난 이해 못 해. 그럴 수야 없지."

여자가 대답했다.

"기다려 봐. 더한 것도 보게 될걸."

남자가 또 여자에게 뭐라고 말했는데 슈무엘과 아탈리야가 알아들을 수 없었지만 그의 목소리는 당황스럽고 모욕을 당한 것처럼 들렸다. 아탈리야가 말했다.

"저 깊은 침묵을 들어 봐요. 거의 돌들이 숨 쉬는 소리까지 들을 수 있을 것만 같아요."

슈무엘은 그녀에게 대답하려고 입을 열었지만, 그녀가 침묵을 깨지 말라고 부탁했던 말이 생각나서 그만두는 게 낫겠다 싶었다. 그는 입을 다문 채 계속해서 반걸음 뒤에서 그녀를 따라갔다. 갑자기 그녀가 그의 손을 잡아당겼고 그의 손가락들이 그녀의 목덜미를 얼마간 쓰다듬으며 그녀의 머리카락 밑에 걸린 은목걸이 위로 미끄러져 내렸다. 그녀의 목덜미를 쓰다듬으면서 그와 그녀의 관계는 가망이 없을 것 같다는 생각이 들자 그의 눈에 눈물이 차올랐다. 아탈리야는 어둠 속에 가려진 그의 눈을 볼 수 없었고 그녀의 걸음만 조금 천천히 늦추었다. 슈무엘은 마음속으로 생각했다. 넌 정말 어리석구나. 겁쟁이면서 바보야. 지금 그녀의 몸을 네게로 끌어당겨서, 어깨를 너의 팔로 감싸 안고 그녀의 입술에 입을 맞출 수도 있었잖아. 그러나 또 다른 내면의 소리가 경고했다. 아니야, 놀림을 당할 수도 있으니 시도도 하지 마.

그렇게 그들은 약 40~50분간 거리를 돌아다녔고, 아그리파스 거리를 건넜으며, 마하네 예후다 시장[162]을 가로질러 지나갔는데, 시장은 문이 닫힌 채 아무도 없었고 너무 익은 과일과 쓰레기와 채소들 그리고 푸줏간과 향료 가게와 어두운 가판대에서 살짝 썩은 것 같은 알싸한 냄새만 올라오고 있었다. 슈무엘과 아탈리야는 터키인들의 통치 시절부터 전면에 해시계를 설치해 놓은 건물의 맞은편에 있는 야포(요빠) 거리 광장으로 나섰다. 아탈리야는 얼마간 이 시계 건너편에 살았던 적이 있었는데, 갑자기 슈무엘이 조금 전에 던졌던 물음, 그녀의 아버지에 관한 질문에 대답했다.

"그는 자신의 시대에 속한 사람이 아니었어요. 좀 늦었든지. 좀 일렀든지. 그는 다른 시대에 속한 사람이었어요."

그러고 나서 아탈리야가 돌아섰고 슈무엘도 그녀를 따라 집으로 돌아가기 시작했는데, 이번에는 다른 골목길을 따라 걸었다. 길을 걷는 동안 "조심해요, 여기 계단이 있으니"라거나 "저 위 거리를 가로질러 걸어 놓은 빨래에서 우리 머리 바로 위로 물이 뚝뚝 떨어지겠어요"라는 말 외에는 둘 사이에 아무런 대화도 나누지 않았다. 아탈리야가 이렇게 조용히 걷기를 원했고 슈무엘은 너무 화가 나고 흥분해서 참을성의 한계에 이르렀지만 감히 그녀가 원하는 것을 거절하지 못했다. 얼마간 달은 붉은빛을 잃고, 베찰렐의 박물관 벽 위를 타고 올라가 도시 전체를 뼈만 남은 유령의 색깔로 밝혔다. 집에 돌아오자 아탈리야는 자기 외투를 벗었고 슈무엘이 자기 외투에서 탈출하는 것을 도와주었다(그가 외투를 벗을 때 실수로 자기 팔을 안감에 난 작은 구멍 속에 집어넣었기 때문이었다). 아탈리야가 말했다.

"오늘 저녁 고마워요. 즐거운 시간이었어요. 때로는 당신과 함께 있는 시간이 즐거워요, 특히 당신이 말을 하지 않을 때는요. 그리고 고맙지만, 지금 나는 아무것도 먹고 싶지 않아요. 당신이 원한다면, 냉장고에 남아 있는 것들로 요기할 것을 원하는 만큼 만들어 평소처럼 혼자서 말을 하며 드세요. 당신은 할 말이 가득한데 내가 말을 못 하게 했죠. 나는 내 방으로 가요. 잘 자요. 걱정 말아요, 우리가 오늘 저녁을 허비한 것은 아니니까요. 올라가실 때, 계단 전등 끄는 것을 잊지 마시고요."

그렇게 그녀는 굽이 낮은 신발을 신고 돌아서서 나갔고, 그녀의 머리카락은 어깨에 흘러내리고, 그녀의 주황색 원피스가 네모난 문 위에 잠시 환하게 비쳤다가 꺼졌다. 그렇지만 제비꽃 향수의 옅은 향기가 그녀 뒤에 남아 있었고 슈무엘은 자기 폐를 가득 채우려는 듯 그 향기를 들이마셨다. 그의 심장이, 이미 그가 어렸을 때부터 너무 넓다고 의사들이 진단했던 심장이 강하게 뛰었고 그는 제발 진정하기를 바라는 수밖에 없었다.

그는 빵 두 조각에 버터와 치즈를 바르고, 요구르트 병을 열고, 달걀도 하나 정도 부치기로 작정했다. 그러나 갑자기 식욕이 없어졌고 어딘가 꽉 막힌 것 같은 불편한 느낌이 들었다. 그는 자기 방으로 올라갔고, 속옷만 입은 채 침대 위에 널브러져서 한참 동안 창문 가운데 떠 있는 달을 바라다보았다. 20분쯤 지나자 생각이 바뀐 그는 다시 내려가서 옥수수 통조림과 육포 상자를 열고 열린 냉장고 앞에 서서 포크로 모두 먹어버렸는데 그의 식욕이 돌아왔기 때문이었다.

— 29 —

그는 하다르 하카르멜 골목에 있는 부모님의 작은 아파트를, 키리야트 모츠킨에 있던 오두막이 불에 타고 난 다음에 가족이 이사해 들어간 그 아파트를 생각했다. 그 아파트에는 방이 두 개 있었는데, 큰 방은 거실이자 식당 겸 부모님 침실이었고, 작은 방에는 그보다 다섯 살 위인 누나 미리가 살았다. 그의 침대는 작은 부엌으로 들어가는 입구와 화장실 입구 사이의 복도에 놓여 있었다. 그의 침대 머리맡에는 옷장으로 사용하던 갈색으로 칠한 상자가 있었는데 그에게는 숙제하는 책상이며 침대 옆 탁자이기도 했다. 열한 살 소년이었을 때 슈무엘은 마르고, 살짝 구부정하고, 크고 놀란 눈에, 성냥개비 같은 다리에 무릎은 언제나 긁힌 상처투성이였다. 세월이 지나, 군 복무를 마치고 제대한 후에야, 그는 헝클어진 머리를 길게 기르고 원시인 같은 턱수염도 길러서 좁고 길쭉한 얼굴을 그 아래에 감추었다. 그는 길고 숱 많은 머리털과 턱수염과 그 밑에 있는 어린아이 같은 얼굴을 좋아하지 않았지만, 그 야만인 같은 턱수염이 남자로서 부끄러워해야 할 무엇인가를 가려 준다고 생각했다.

그는 어렸을 때 친구가 서너 명 있었는데, 다들 반에서 약 골로 알려진 아이들이었으며, 하나는 루마니아에서 온 이민 자였고 또 하나는 말을 좀 더듬었다. 슈무엘에게는 모아 둔 우 표가 꽤 많아서 귀한 우표들을 친구들에게 보여 주면서 그 가 치나 특징은 물론 그런 우표를 찍어 낸 나라가 어떤 곳인지 설 명해 주는 일을 매우 좋아했다. 그는 아는 것이 많고 수다스러 운 아이였지만, 다른 사람들이 말을 할 때면 서너 문장이 지 나기도 전에 피곤해져서 들을 수가 없었다. 그는 이미 사라져 없어진 나라들의 우표를 특히 자랑스러워했는데, 우방기샤 리,[163] 오스트리아헝가리 제국, 보헤미아와 모라비아 같은 나 라였다. 그는 자기 친구들에게 이런 나라들을 세계지도에서 사라지게 만든 전쟁과 혁명들에 관해 자세히 설명할 수도 있 었는데, 처음에 나치에게 점령당했다가 나중에 스탈린에게 넘어간 나라들도 있었고, 유고슬라비아와 체코슬로바키아의 경우처럼 제1차 세계대전 이후 유럽에 새로 생긴 나라의 속 주가 된 나라들도 있었다. 트리니다드토바고, 또는 케냐와 우 간다와 탕가니카처럼 먼 나라들의 이름을 부를 때면 뭔지 모 를 그리움이 느껴지기도 했다. 그는 이런 먼 나라로 배를 타고 떠나서 외국 정복자들의 올무에서 독립하려는 용감한 저항군 들의 전쟁에 동참하는 상상에 빠지곤 했다. 그는 친구들 앞에 서 열광적으로 열정을 다해 이런 강의를 들려주었고, 자기가 잘 모르는 부분이 나오면 이야기를 지어내기도 했다. 그는 어떤 책이든 손에 잡히는 대로 읽었는데, 모험소설, 여행기, 추리소설, 공포 소설은 물론 아직 잘 이해할 수는 없어도 어쩐지 달콤한 느낌이 드는 연애소설들도 가리지 않았다. 게다가 아직 열두 살밖에 안 된 나이에 유대학 백과사전을 한 권씩, 한 항목씩, 순서에 따라, 전부 다 읽겠다고 마음을 먹었는데, 모든 것이 흥미롭게 느껴졌으며 무슨 말인지 이해하지 못하는 것들마저 그의 상상력을 자극했기 때문이었다. 그러나 첫 글자인 알레프 항목을 중간까지 읽다가 흥미를 잃고 포기하고 말았다.

한번은 친구 메나헴과 함께 바깥에 나간 적이 있었는데, 말을 좀 더듬는 그 친구[164]의 가족은 트란실바니아에서 왔으며, 그날 안식일 아침에 카르멜산 서쪽 경사면에 풀들이 잔뜩 자라 있는 와디 중 하나를 탐험하러 나섰다. 그들은 목이 높은 신을 신고, 모자를 쓰고 각자 막대기와 수통과 배낭을 가져왔는데, 그 안에는 천막을 칠 담요, 피타 빵, 삶은 달걀과 모닥불에 구워 먹을 감자가 들어 있었다. 5시 반쯤, 해가 뜨기 조금 전에, 둘은 길을 나섰고, 마을을 지나서, 와디로 내려갔고, 그들 중 누구도 이름을 알지 못하는 새들이 몇 마리인지 세면서 11시가 될 때까지 가파른 언덕을 올랐다. 산 바위틈에서 거친 소리로 울며 맴돌던 까마귀들만 알아볼 수 있었다. 슈무엘은 와디를 향해 거칠고 큰 소리를 몇 번 지르고 메아리가 돌아오기를 기다려 보았는데, 그의 집에서는 큰 소리를 내는 것이 금지되어 있었기 때문이었다.

11시가 되자 벌써 태양이 불타오르면서 그들의 얼굴에 내리쬐기 시작했고 두 아이는 벌겋게 달아올라 소금기가 가득한 땀에 흠뻑 젖었다. 슈무엘은 참나무 두 그루 사이의 판판한 자리를 가리키며 그곳에 멈춰서 좀 쉬자고 나중에 저기에 천막도 치고, 모닥불도 피우고 감자도 구워 먹자고 제안했다. 그는 책에서 유럽에 있는 나라에는 높이 자란 참나무들이 있다는 이야기를 읽었지만, 카르멜산 경사면에서 자라는 이 참나무들은 사실 나무라기보다 가지들이 뒤엉켜 있는 관목에 불과했으며 그늘을 거의 드리우지도 않았다. 두 아이는 천막을 세우기 위해 오랜 시간을 들여 가며 말뚝과 담요와 씨름했지만 기둥들이 땅에 박히지 않았고, 둘이 돌을 망치 대신 사용해서 순서를 바꾸어 가며 한 사람이 기둥을 붙잡고 다른 사람이 돌로 때려 보았지만 소용이 없었다. 슈무엘이 더 큰 돌을 집어 올리려고 몸을 숙였을 때 그의 가슴에서 찢어지는 듯한 비명이 터져 나왔다. 전갈이 그의 손등, 즉 손목[165]을 물었기 때문이었다. 고통은 날카롭고 타는 듯했고 그 놀라움도 그에 못지 않았다. 처음에 슈무엘과 메나헴은 무슨 일이 일어났는지 이해하지 못했기 때문에, 슈무엘은 깨진 유리 조각이 자기 살 깊숙이 박혔을 것으로 생각했고, 메나헴은 갈수록 부어오르는 그의 손을 잡고 가시나 유리 조각을 찾아서 뽑아내려 했다. 그러고 나서 메나헴은 수통을 기울여 상처에 물을 부어 보았지만 고통이 가시기는커녕 점점 더 심해졌고 슈무엘은 아파서 몸을 뒤틀며 신음했고 그래서 메나헴은 그에게 담요 위에 앉아서 기다리라고 하고 자기는 도움을 청하기 위해 달려갔다. 슈무엘은 갑자기 마른 나뭇잎들 사이를 천천히 기어가고 있는 노란 전갈 한 마리를 발견했는데, 자기를 문 전갈이거나, 아니면 다른 전갈일 수도 있었다. 그는 이제 틀림없이 죽게 되었다고 생각했고 온몸을 떨기 시작했다. 공포와 절망이 파도처럼 그를 덮쳐 와서 그는 몸을 돌려 와디 경사면을 빠르게 뛰어 내려갔는데, 펄펄 끓는 손을 다른 손으로 붙잡고, 뛰다가 비틀거리고, 뛰다가 작은 돌멩이들과 마른 가지에 발이 걸리고, 한두 번은 땅바닥에 나가떨어졌다가 금세 다시 일어나 온 힘을 다해 뛰어서, 미칠 듯이 숨을 몰아쉬고 있었고, 그의 친구 메나헴도 그를 뒤따라 달렸지만 따라잡을 수 없었는데 두려움과 고통이 슈무엘에게 날개를 달아 주었기 때문이었다.

그리고 메나헴은 어떻게 도와야 할지 몰랐기 때문에 가늘고 겁에 질린 소리로 도와 달라고 외치기 시작했는데 마치 자기가 상처를 입은 사람 같았고, 그런 모습으로 두 아이가 바위투성이인 경사면을 뛰어내렸는데, 메나헴은 뛰면서 소리를 질렀고 슈무엘은 그 앞에서 뛰어가며 점점 둘 사이의 거리를 벌리고 있었지만 그는 온몸을 떠느라고 소리를 지르지도 못했다.

결국 그들은 있는지도 몰랐던 새로 난 길을 만나서 멈추었는데, 숨을 헐떡이며 놀란 상태 그대로였다. 잠시 후에 어떤 여자가 그곳을 운전하여 지나가다가 아이들을 차에 태워서

둘 다 응급실로 데려갔고 거기서 서로 헤어졌는데, 그들은 슈무엘을 데려가서 주사를 놓았고 메나헴에게는 차가운 물 한 잔을 주었다. 주사를 맞은 슈무엘은 정신을 잃고 말았으며 그가 깨어났을 때 어머니와 아버지가 자기 위로 몸을 구부리고 거의 얼굴을 맞대고 있는 것을 보았는데 마침내 두 사람 사이에 잠깐이나마 평화로운 순간이 찾아온 것처럼 보였다. 그리고 그는 그렇게 그들에게 평화로움을 가져다준 자신이 자랑스럽다고 생각했다.

문득 그 두 사람이 허약하고 혼란스러운 것처럼 보였고 계속 겁에 질린 눈으로 그를 쳐다보고 있어서, 마치 그들은 지금 그에게 의존하고 있고 그 순간에는 그가 그 두 사람을 돌보아야 할 의무가 있는 것 같았다. 그의 손은 붕대로 감겨 있었고 통증이 좀 가시고 나자 통증 대신 기분 좋은 자만심이 그의 내부에서 차올라서 그는 "이건 아무것도 아니야, 전갈한테 물렸을 뿐이며, 이것 때문에 죽지 않아"라고 중얼거렸다. 그의 입에서 이것 때문에 죽지 않는다는 말이 나왔을 때 그는 살짝 실망스러운 느낌이 들었는데 왜냐하면 그는 벌써 부모님이 그를 애도하면서 어린 시절부터 그에게 잘못 대했던 모든 일을 후회하는 장면을 상상해 보았기 때문이었다. 한두 시간이 지나자 당직 의사는 그를 퇴원시켰고 집에 가서 푹 쉬면서, 식사는 조금만 하고 물을 많이 마시라고 일렀다. 부모님은 택시를 불렀고 먼저 메나헴을 집에 데려다주고 집으로 돌아왔다.

집에 오자 부모님은 그를 작은 방에 있는 침대, 그의 누나 침대에 뉘었고, 미리를 부엌 입구와 화장실 입구 사이 복도에 있는 슈무엘의 자리로 내보냈다. 그리고 이틀 동안 따뜻한 닭고기 수프와 닭 간 요리와 으깬 감자와 익힌 당근과 바닐라 맛 푸딩을 계속해서 가져다주었는데, 이틀이 지나자 "이제 됐다, 응석 부리는 것도 여기까지야, 오늘 밤부터 네 침대로 돌아가고 내일은 학교에 가거라"라고 말했다. 그렇게 꾸지람과 책망을 들을 차례도 돌아왔다. 그의 친구 메나헴이 병문안을 왔는데, 마치 자기가 슈무엘을 물기라도 한 것처럼, 죄책감과 부끄러움으로 가득 차서, 잡초보다 낮게 몸을 숙이고, 또 슈무엘이 진작 탐을 내던 희귀하고 비싼 우표를 선물로 가져왔는데, 어금꺾쇠 십자가와 히틀러의 모습이 그려져 있는 나치의 우표였다. 며칠이 지나자 붓기도 다 빠지고, 붕대도 풀었지만, 슈무엘은 죽음의 공포와 함께 찾아왔던 따스한 즐거움과 또 부모님과 누나가 새로 만든 그의 무덤 앞에서 애도하며 그가 어렸을 때부터 그에게 잘못했던 모든 일을 후회하던 비밀스럽고 달콤한 상상을 잊을 수 없었다. 그는 또 자기 반에서 가장 예뻤던 두 소녀, 타마르와 로니트도 기억했는데, 그 아이들 둘은 그의 비석 옆에 서서 서로 부둥켜안고 눈물을 흘리고 있었다. 그리고 누나 미리가 자기 이마와 머리를 쓰다듬던 손길을 기억했다. 그가 누나의 방에 있던 누나 침대에 누워 있을 때 누나가 몸을 숙이고 그를 쓰다듬어 주었는데, 누나는 그 전에도 또 그 후에도, 단 한 번도 그를 그렇게 쓰다듬어 준 적이 없었다. 그의 가족들은 서로가 서로를 만지는 일이 드물었다. 가끔 그의 아버지가 얼얼하도록 뺨을 때리거나, 아주 가끔 그의 어머니가 차가운 손가락으로 그의 이마를 잠깐 짚어 볼 때는 있었다. 그의 열을 재기 위해서. 그는 부모님이 서로를 만지는 모습을 본 적이 한 번도 없고, 아버지가 어머니의 조끼에서 빵가루를 떨어 준 적도 없었다. 오히려 그가 어릴 때 어머니는 언제나 어떤 모욕감에 사로잡혀 있는 것 같았고 아버지는 펄펄 끓는 분노를 억누르고 있는 것 같았다. 그의 부모님은 거의 대화를 하지 않았고, 만약 말을 했다면, 뭔가 해결해야 할 문제가 있을 때만 했다. 배관공을 부를 때. 어떤 서류를 작성할 때. 시장 볼 것이 있을 때. 아버지가 어머니에게 말을 할 때는 그의 입이 아래쪽으로 비틀어져서 마치 치통 때문에 고생하는 사람 같았다. 그는 어머니가 모욕감을 느끼는 이유와 아버지가 화를 내는 이유를 알지 못했고 또 솔직히 알려고 하지도 않았다. 그가 기억하는 한, 그가 두 살이나 세 살이었을 때부터, 그의 부모님은 서로 소원한 관계였다. 물론 그들은 절대서로 목소리를 높이는 적도 없고 그가 보는 앞에서 싸운 적도 없었다. 가끔 어머니의 눈이 붉게 충혈된 것을 본 적은 있었다. 가끔 아버지가 발코니로 나가 담배를 피우고 15분이나 20분 정도 혼자 있다가 돌아와서 자기 의자에 앉아 신문 뒤로 피한 적은 있었다. 그의 부모님은 예의 바르고 절제된 사람들이었고 어떤 이유에서건 소리를 높이지 않았다. 슈무엘은 유년 시절 내내 그리고 청소년 시절에도 그들을 부끄럽게 생각했고 무엇 때문인지 왜 그러는지도 모른 채 그들에게 화가 났었다. 그들이 나약해서? 그들이 언제나 느끼는 모욕감, 그러니까 자기 고향을 떠나와서 이방인들에게 잘 보여야 하는 이주민들의 굴욕을 보여 주는 것 같아서? 그들 안에 따뜻한 마음이 없어서 그에게 따뜻하게 대해 주지 않아서? 언제나 두 사람 사이에 도사리고 있는 절제된 증오 때문에? 그들이 인색해서? 그들은 언제나 그에게 뭔가 부족할까 봐 걱정해 주지 않으셨던가. 그들의 철저한 절약 정신에도 불구하고 그는 옷가지나 책들, 그가 모으는 우표첩이나 카탈로그가 부족한 적이 없었고, 바르 미츠바[166] 때 자전거를, 심지어 그들이 파산하기 전까지 그가 대학에서 공부하는 학비를 대 주셨다. 그런데도 그는 자기 어머니와 자기 아버지를 사랑할 수 없었다. 지난날 언제나 굴종과 쓰라린 비통함이 뒤섞여 있는 그들을 멀리할 수밖에 없었다. 그의 유년 시절과 청소년 시절 내내 그를 낮고 짜증이 나는 복도에 살게 했기 때문이었다. 언제나 집권당의 구호들을 입에 달고 살았던 아버지의 굴종과 어머니가 지키던 우울한 침묵 때문이었다. 그는 유년 시절 내내 자기 부모님을 거듭해서 배신했으며 자신을 위해 완전히 다른 부모님을 만들어 내곤 했는데, 친근하고 강하면서도, 마음이 따뜻한 부모님, 어쩌면 테크니온[167]에서 가르치는 선생님이거나, 메로메이 하카르멜에 사는 부유하고 학식 있는 분들, 재치 있고 호감과 매력이 넘치는 부모님, 그뿐만 아니라 다른 사람들에게도 존경과 사랑과 경외심을 불러일으키는 힘이 있는 사람들을 상상했다. 물론 그는 이 세상 누구와도 이런 이야기를 나눈 적이 없고, 그의 누나에게도 말하지 않았다. 그가 어렸을 때 누나는 그를 입양아라고, 주워 온 아이라고 불렀고, 사실 "우리는 너를 카르멜산 숲속에서 찾았어"라고 말하곤 했다. 그의 아버지는 가끔 그녀의 말을 고쳐 주었는데, "카르멜산 숲속이 아니지, 카르멜산 숲이라니, 우리는 얘를 항구 옆 골목에서 발견했지"라고 말하기도 했다. 그럴 때면 그의 어머니는 그렇게 된 것이 아니라면서, "그런 게 아니라 이러했어―우리 네 사람은 정말 우연히 서로가 서로를 찾았다"라고 조용히 중얼댔다. 언제나 슈무엘은 그들에게 화를 내는 자기 자신 때문에 화가 났고 언제나 숨겨진 불성실함 때문이라고 탓을 했었다. 마치 그 모든 세월 동안 자기 가족 안에 잠입해 있던 외국 스파이 같았다.

그의 누나 미리는, 예쁘고, 자세가 곧고 밤색 피부를 가진 소녀였고, 그녀가 열네 살 또는 열다섯 살이 되면서부터 주위에 깔깔대는 소녀들과 키 큰 소년들이 몰려들었는데, 그중에는 그녀보다 두 살이나 세 살이 많은 소년도 있었고 특공대 장교도 한 명 있었다.

슈무엘은 전갈에게 물린 자국을 자기 유년 시절부터 가져왔던 많지 않은 달콤한 기억 중 하나로 간직하고 있었다. 그 세월 내내 그는 우울한 복도 벽들 밑에서 밤을 보냈는데, 정전될 때 켜는 석유 등잔 때문에 그을음이 앉은 벽과 축축해서 곰팡이가 핀 낮은 천장이 그를 가두어 왔다. 그러다가 어느새 이틀이나 사흘 동안 그 벽 중 하나가 갈라지며 틈이 생기고 그

틈으로 슈무엘이 청소년 시절은 물론, 성인이 된 지금도, 그리워했던 그 무엇이 뚫고 들어오는 것 같았고, 전갈에 물린 상처가 기억날 때마다 온 세상을 용서하고 그가 살면서 만났던 모든 사람을 사랑하고픈 열망이 희미하게 가득 차올랐다.

30

화요일, 비와 비 사이, 슈무엘은 아침 9시에 일어나, 자신의 엉클어진 머리를 수도꼭지 밑에 들이밀고 차가운 물줄기가 아직도 남아 있는 깊은 잠을 쫓아 주기를 기다렸다. 그리고 나서 옷을 입고, 부엌으로 내려가, 치즈를 바른 빵 한 쪽과 진한 이스라엘식 커피 두 잔을 마셨다. 10시가 되기 전에 케렌 하카예메트 거리의 버스 정류장으로 가서 기바트 람에 있는 국립 도서관으로 향했다. 이번에는 이빨이 날카로운 여우 머리 지팡이를 방에 두고 나왔다. 키가 작은 여자 사서는, 안경을 썼고, 얼굴에서 타인에 대한 배려와 친절함이 풍겨 나왔지만 그녀의 윗입술 위쪽으로 가는 수염들이 자라고 있었는데, 그가 부탁하자 신문을 보관하는 정기간행물실로 안내해 주었다. 여기서 그는 한 달 분량씩 철해 놓은 일간지《다바르》묶음 아홉 권, 1947년 6월부터 1948년 2월까지의 분량을 신청해서 받았다. 그는 의자에 편히 앉아서, 자기 앞 책상 위에 집에서 가져온 종이 몇 장과 게르숌 발드의 책상에서 가져온 펜을 내려놓았고, 신문 묶음들을 한 부씩, 한 장씩, 넘기며 참을성 있게 살펴보기 시작했다.

정기간행물실에는 그를 제외하고 사람이 한 명 더 있었는데, 나이가 지긋하고 말랐고 염소수염을 길렀으며, 귀가 유난히 두드러져 보였고 금테 코안경을 끼고 있었다. 슈무엘은 그 사람이 눈썹이 거의 없다는 사실을 알아차렸다. 그 사람은 제목까지는 알아볼 수 없지만 아주 오래된 외국 주간지를 묶은 몹시 두꺼운 책을 훑어보는 중이었으며, 슈무엘은 그가 작은 종잇조각 위에 어떤 목록을 빽빽하게 기록하면서 끊임없이 자기 아랫입술을 씹고 있는 모습을 볼 수 있었다.

슈무엘은 반 시간 정도 지나서 드디어 시온주의노동자협의회 회원이자 유대인기구 이사회 회원이었던 쉐알티엘 아브라바넬에 관련된 작은 기사를 찾았다. 그 기사는 《다바르》신문 안쪽 면 가장자리에 숨어 있었는데 1947년 6월 18일에 아브라바넬이 UN이 이스라엘 땅[168]의 미래를 주제로 조사하기 위해서 파견한 특별위원회 앞에서 증언을 신청했다고 보도하고 있었다. 쉐알티엘 아브라바넬은 그 위원회 앞에서 유대인들과 아랍인들의 갈등 문제에 관해 소수 의견 혹은, 차라리, 개인 의견을 피력하겠다고 요청한 것이었다. 그는 평화를 정착시키기 위한 독창적인 해결책을 제시할 예정이었다. 유대인기구 이사회는 그의 요청을 거절했는데 유대인기구와 시온주의노동자협의회가 특별위원회 앞에서 서로 모순되는 여러 목소리가 아니라 한 가지 목소리를 내야 한다는 이유에서였다. 기사에는 아브라바넬이 유대인기구의 결정에도 불구하고 위원회에 참석하기를 요청할 것인지 심각하게 고려했으나, 결국 다수의 의견에 따르기로 했다고 보도하고 있었는데, 만약 그가 본인의 생각에 따라 위원회에 나타난다면 향후 유대인정착공동체[169]의 중앙위원회에서 그의 자리를 보존하지 못할 것이라는 암시를 받았는지도 모른다.

슈무엘 아쉬는 셔츠 주머니에 접어 넣어 온 종이에다 이 기사를 옮겨 적었다. 그러고 나서 9월과 10월 신문들을 더 뒤적였고, 이스라엘 땅을 두 개의 나라, 즉 유대인과 아랍인의 국가로 나누라는 UN이 보낸 권고를 자세히 읽기 위해 잠시 멈추었다가, 쉐알티엘 아브라바넬에 관한 언급을 찾으려고 계속 신문을 넘겼다. 그러나 아브라바넬이 유대인과 아랍인 여론을 염두에 두고 진행한 대중 토론이나 제안들에 관해 언급하는 기사는 전혀 없었다.

세 시간쯤 지나자 그는 갑자기 배가 고파 오기 시작했으나 그 염소수염을 기른 사람이 아직도 맞은편 책상에 앉아 계속해서 일하는 모습을 보자, 자기도 검색 작업을 늦추지 않겠다고 마음먹었다. 슈무엘은 이 결심을 한 20분 동안 유지했다. 20분이 지나자 그는 포기하고 가까운 카플란 건물에 있는 카페테리아로 나갔는데, 이곳은 아직 학생이었을 때 자주 와서 배고픔을 해결하던 카페테리아였다. 그는 예전에 친구였던 사람을 아무도 만나지 않기를 간절히 기원했다. 만약 그들이 자기에게 질문을 해 온다면, 사실 그들에게 뭐라고 대답한단 말인가?

시간은 벌써 오후 1시 반이었고 그는 황치즈 샌드위치, 요구르트와 커피 한 잔을 주문했다. 그 후에도 허기가 가라앉지 않아서, 그는 샌드위치와 요구르트를 하나씩 더 주문하고 후식으로 커피 한 잔을 더 시켰는데, 이번에는 커피와 함께 먹을 케이크도 한 조각 샀다. 그는 다 먹고 나자 의자에 앉은 몸이 축 늘어지고 눈을 껌뻑거리다가 감기게 만드는 가벼운 졸음과 씨름을 해야 했다. 그는 그렇게 카페테리아 한구석에 15분쯤 앉아 있었고, 수염 난 턱이 가슴으로 떨어져 내리자, 남은 의지력을 다 긁어모아 일어서서 정기간행물실로 돌아와 먼저 앉았던 자리에 앉았다. 그 눈썹이 없고 염소수염을 길렀으며 금테 코안경을 쓴 사람은 여전히 미동 없이 앉아서 작은 종잇조각들 위에 무언가를 빽빽하게 쓰고 있었다. 옆을 지나갈 때 슈무엘은 그 사람이 보던 주간지 제목이 키릴 문자로 되어 있고 그 사람이 기록한 문자도 러시아어라는 것을 알 수 있었다. 그러나 그는 지체하지 않고 다시 사서에게 가서 미처 살펴보지 못한 《다바르》 신문 묶음을 신청했고 먼젓번 자리로 돌아와 신문을 한 장씩 넘기며 훑어보기 시작했다.

UN이 최종 결정을 내린 11월 29일이 되기 전 몇 주일 치 신문에 이르자 그는 자기가 도서관에 왜 왔는지 거의 잊어버리고, 신문들을 한 부 한 부, 기사들을 하나하나, 열정적으로 읽어 나갔는데 마치 UN 총회에서 운명적인 결정을 놓고 논의하던 결과가 아직도 계류 중이고 부동표 하나가 그 결과를 좌지우지할 수 있을 것만 같았다. 그는 벤구리온이 역사적으로 위대하다는 발드의 관점에 대해 생각하다가 지금은 보기에 따라 양면성이 있다는 것을 알게 되었다. 4시 반이 되어서야 자기가 해야 할 일이 생각나서, 사서에게 《다바르》 신문 묶음을 반납하고, 가져온 종이들을 집어 들고, 펜은 잊어버린 채 뛰었는데, 숨을 헐떡이면서, 5시가 되기 전에 게르숌 발드의 서재에 도착할 수 있기를 바라며 버스 정류장으로 향했다. 아직 버스 정류장으로 뛰는 중이었는데 갑자기 천식 발작이 와서 뛰는 것을 멈추어야 했고, 외투 주머니에서 호흡기를 꺼내어 깊은숨을 들이마셨고 버스 정류장에 도착했을 때는 버스가 떠난 지 1분도 안 된 상황이었다. 그는 다음 버스가 올 때까지 기다려야만 했다.

그는 버스에서 내려서 집까지 남아 있는 힘을 다해서 뛰었다.

땀에 흠뻑 젖고 숨을 몰아쉬면서 5시 20분에 하라브 엘바즈 길의 마당에 돌이 깔린 집에 도착했고, 게르숌 발드는 가끔 자기 친구들과 전화로 나누던 예의 날카롭고 꼬집는 듯한 대화를 하고 있어서, 말이 끝날 때까지 기다렸다가 늦어서 미안하다고 사과했다.

"나는," 그 장애인이 말했다. "자네도 알다시피, 여기서 다른 곳으로 도망치지 않는다네. 우리 전통에, 당신의 집에 사는 자들은 복이 있나니[170]라고 기록되어 있는 것처럼 말일세. 자. 그런데 자네는, 이렇게 물어봐도 괜찮다면, 사슴이나 야생 산양이라도 쫓다가 왔는가? 자네 얼굴만 보고 판단한다면, 그 사슴은 아마 자네 손에서 빠져나가는 데 성공한 것 같군.”

슈무엘이 물었다.

“차 한 잔 드릴까요? 케이크 조각이라도요?”

“앉게, 젊은이. 곰들은 원래 천천히 걷는 법인데, 자네는 나를 만족시키려고 뛰어왔군. 뛰어와야 할 이유는 전혀 없었는데 말일세. 비알리크에 따르면 선지자 아모스가 이렇게 말했다지. ‘천천히 걸으라고 황소가 내게 가르쳤지.’[171] 나는 자네가 늦었다고 해도 자네에게 만족한다네. 꿈꾸는 사람들은 언제나 늦기 마련이지. 그렇지만 우리 전통에, 꿈 이야기를 하는 것은 헛되다[172]고 기록되어 있기도 하지.”

그러고 나서 그 노인은 다시 자기의 상대자 중 하나와 전화로 아주 오랫동안 대화를 나누었고, 인용하고, 조롱하고, 비판하고 다시 인용하기를 반복했다. 통화가 끝나자 그는 다시 슈무엘을 향해 그의 대학 은사들에 관해 물었다. 그들은 약 15분 동안 대학교수 중 하나가 젊은 여학생과 사랑에 빠졌는데, 그녀의 부모가 원래 그 교수와 오랫동안 친분이 있었다는 이야기를 했다. 발드는 소문에 관해 수다 떨기를 좋아했고 슈무엘도 싫어하지는 않았다. 그러다가 슈무엘이 불쑥 물었다.

“쉐알티엘 아브라바넬. 아탈리야의 아버지. 당신의 사돈. 그 사람에 관해서 무슨 설명을 해 줄 수 있으세요?”

발드는 깊은 생각에 빠졌다. 자기 손으로 뺨을 쓰다듬다가 마치 슈무엘의 질문에 대한 대답이 거기 기록되어 있다는 듯 자기 손을 들여다보았다. 마침내 이렇게 말했다.

"그 사람도 꿈꾸는 사람이었지. 물론 나사렛 사람 예수에게 관심이 있거나 유대인들이 예수와 어떤 관계였는지 연구한 것은 아니지만, 자기 나름대로 자기 길이 옳다고 믿었지, 예수처럼, 보편적인 사랑을, 하느님의 형상으로 창조된 모든 존재가 그의 형상으로 창조된 모든 존재를 사랑해야 한다고 말이야. 구하라 그리하면 너희에게 주실 것이요, 찾으라 그리하면 찾아낼 것이요, 문을 두드려라 그리하면 너희에게 열릴 것이니, 구하는 이마다 받을 것이요 찾는 이가 찾아낼 것이요 두드리는 이에게는 열릴 것이라.[173] 나는 말일세, 친구, 나는 모두가 모두를 사랑한다는 말을 믿지 않네. 사랑의 크기는 매우 제한적이야. 사람이 다섯 명의 남자와 여자를 사랑할 수는 있네, 혹시 열 명도, 심지어 열다섯 명도 가능할 수 있겠지. 사실상 그조차―매우 드물다네. 그러나 만약 어떤 사람이 내게 와서 자기가 제삼세계 전체를 사랑한다고, 또는 라틴아메리카를 사랑한다고, 또는 여성 인류를 사랑한다고 말한다면, 그건 사랑이 아니라 화려한 문학적 수사일 뿐이라고 하겠네. 입에 발린 말. 구호. 우리는 아주 소수의 인간만을 사랑할 수 있도록 태어났다네. 사랑은 개인적이고 특이하며 모순이 가득한 사건이어서, 우리는 자기 자신을 향한 사랑, 이기심, 탐욕, 육체적인 욕망 때문에, 사랑받는 사람을 조종하고 그를 굴복시키거나 아니면 반대로, 우리가 사랑하는 대상에게 굴복하고 싶은 갈망 때문에 다른 사람을 사랑하는 예도 적지 않고,

사실―사랑은 미움과 매우 닮아 있고 사람들이 대부분 무시하고 있지만 미움에 훨씬 가깝다네. 예를 들자면, 자네가 어떤 사람을 사랑하거나 미워할 때, 두 경우 모두 자네는 그 사람이 어디 있는지, 그가 지금 누구와 함께 있는지, 그의 기분이 좋은지 나쁜지, 그가 무슨 일을 하는지, 그는 무슨 생각을 하는지, 그가 무엇을 무서워하는지 간절히 알고 싶어 하지. 부패하고 부패한 것이 마음이며 인간이니, 누가 이를 알리요? 예레미야 선지자가 그렇게 말했지.[174] 또 토마스 만은 어딘가에 미움이란 수학의 마이너스 기호가 붙은 사랑이라고 쓴 적이 있고 말이야. 질투의 크기를 보면 사랑이 미움과 닮아 있다는 사실을 증명할 수 있는데, 질투 안에는 사랑이 미움과 함께 섞여 있기 때문이야. 『아가』를 보면, 한 구절 안에, 사랑은 죽음처럼 강하고, 질투는 스올[175]같이 잔인하다고 기록되어 있지.[176] 아탈리야의 아버지는 유대인들과 아랍인들이 상대방을 오해하던 것만 풀면 서로 사랑할 수 있다는 꿈을 꾸었지. 그렇지만 그건 잘못된 생각이야. 유대인들과 아랍인들 사이에 오해란 없고 한 번도 오해한 적이 없었다네. 그 반대지. 벌써 몇십 년 동안 그들은 서로를 충분하고 완벽하게 이해하고 있어. 아랍인들은 이 지역 출신자들이고 이 땅에 속한 사람들인데, 왜냐하면 여기가 유일하게 그들의 땅이고 그들이 갈 다른 장소는 없기 때문이야. 우리도 똑같은 이유로 이 땅에 속한 사람들이고. 그들은 우리가 절대로 이 땅을 포기하지 않으리라는 것을 알고 있고 우리도 그들이 영원히 이 땅을 포기하지 않으리라는 것을 알고 있다네. 그러니까 우리는 더할 나위 없이 분명하게 서로를 이해하고 있는 셈이지. 우리 사이에는 전혀 오해가 없고 전에도 없었다네. 아탈리야의 아버지는 이 세상에 있는 모든 다툼이 오해에서 비롯된다고 믿는 사람 중 하나였지. 가족 상담을 받고, 집단 상담 몇 번에, 선한 의지 몇 방울만 있다면—우리는 모두 금세 심장과 영혼을 나눈 형제가 될 테고 다툼은 전혀 없었던 일처럼 사라지리라 믿었겠지. 그는 다투는 당사자들이 서로를 더 잘 알게 되기만 한다면 곧 서로를 좋아하게 될 것이라고 믿었을 거야. 우리가 함께 진하고 달콤한 커피를 한 잔씩 나눠 마시고 친구처럼 대화를 나누면—당장 해가 뜨고 미워하던 자들이 눈물을 흘리며 서로의 목덜미를 끌어안게 된다는 거지, 도스토옙스키의 소설처럼. 그리고 내 자네에게 말해두는데, 이 친구야, 한 여자를 사랑하는 두 명의 사내나 한 땅을 놓고 소유권을 주장하는 두 민족은—커피를 강물만큼 나누어 마신다고 해도, 그 강은 그들의 미움을 끌 수 없고 많은 물로도 그것을 씻어 낼 수 없다네. 그리고 또 이 말도 해 두는데, 내가 지금까지 했던 모든 말에도 불구하고, 꿈꾸는 자들은 복이 있고 눈뜬 사람들은 저주를 받을 것이라네. 물론 꿈꾸는 자들은 우리를 구원하지 못하고, 그들뿐만 아니라 그들의 제자들도 그렇겠지만, 꿈도 없고 꿈꾸는 자들도 없다면 우리 앞에 도사리고 있는 저주가 일곱 배는 더 무거워질 걸세. 꿈꾸는 자들 덕분에 우리도, 눈뜬 자들도, 그들이 없을 때보다는 좀 덜 무서워하고 덜 절망할 걸세. 괜찮다면 내게 물

한 잔 따라 주시면 고맙겠네. 그리고 괜찮다면 어항의 고기들에게 먹이를 주는 것도 잊지 말고. 저 고기들이 유리 벽 너머로 방 쪽을 쳐다볼 때 실제로 무엇을 보는지 궁금하군. 책장들을 보는 건지, 창문의 사각형 빛을 보는 건지. 자네의 예수도 큰 꿈을 꾸는 자였지. 이 세상에 나타났던 꿈꾸는 자들 중에 가장 큰 자일지도 모르지. 그렇지만 그의 제자들은 꿈꾸는 자들이 아니었지. 그들은 권력을 탐내는 자들이었고 종국에는, 세상에서 권력을 탐내는 다른 자들의 종말과 같이, 피 흘리는 자들이 되었지. 부디 내게 답하려 하지 말게. 난 자네가 무슨 말을 할지 잘 알고 있고 자네의 대답을 처음부터 끝까지 또 끝에서 처음까지 읊어 줄 수도 있으니까 말일세. 자. 오늘 하루치 말은 다 한 것 같으니 이제 난 편안히 고골을 읽고 싶네. 난 2~3년에 한 번씩 고골을 다시 읽지. 그는 우리의 본성에 관해 알아야 할 것들을 거의 다 알고 있다네. 알고 웃음을 참지 못하지. 그렇지만 자네는 그의 작품을 읽지 말게. 안 되지. 자네는, 톨스토이를 읽게. 자네에게는 그가 훨씬 잘 맞아. 괜찮다면 거기 소파 위에 있는 방석을 내게 가져다주시게. 그래. 그렇지. 고맙네. 그걸 내 등 뒤에 놓아 주게. 고맙네. 자네처럼 꿈꾸는 자들에게는 톨스토이만 한 이가 없지."

그다음 날 아침에도 슈무엘 아쉬는 9시에 일어나는 데 성공했고, 10시 반에 이미 정기간행물실에 도착해서 1947년 11월 30일 자 《다바르》 신문을 찾았다. 두꺼운 글자체로 된 제목은 '머지않아 히브리 국가 설립 예정'이었고, 'UN 총회는 3분의 2 이상의 회원국이 이스라엘 땅에 자유로운 유대 국가 설립을 찬성했다'라고 전했다. 그 제목 밑으로는 이런 보도가 이어졌다. '이 땅은 두 개의 독립국가, 유대 국가와 아랍 국가로 나누어지지만, 경제협력과 공동 화폐로 연결될 것이다. 예루살렘과 베들레헴은 국제 관할권 아래에 둘 것이다.' 그리고 이 보도 다음에는 총회에서 진행한 투표에 관해 자세히 묘사하면서, 찬성한 국가, 반대하거나 기권한 국가들을 열거하고 있었다. 슈무엘은 이 기사를 읽으며 진한 감동을 받았고 눈에는 눈물이 가득 고였는데, 마치 신문에 묘사된 사건들이 바로 지금 벌어지고 있는 것처럼 느껴졌다. 그는 어제 그 사람, 눈썹이 없고 염소수염을 기르고 코안경을 쓴 사람이 앉아 있는 것을 발견하고, 호기심에 가득한 눈길을 보냈다. 그렇지만 서로 눈이 마주치자 그 낯선 사람은 얼른 눈길을 자기 종이로 낮추었고 슈무엘도 고개를 숙였다.

그가 카플란 건물에 있는 카페테리아에서 황치즈 샌드위치 세 개, 요구르트와 커피 두 잔으로 허기를 달랜 뒤 정기간행물실의 자기 자리로 돌아와 보니, 염소수염을 기른 노인 말고도, 이제 젊은 여자가 한 명 더 있었는데, 점퍼스커트에 머리카락을 땋아 동그랗게 올려서, 키부츠에서 온 개척자처럼 보이는 여자였다. 그녀는 학생인 것 같았다. 아니면 젊은 선생 같기도 했다. 그녀는 왠지 막연히 아는 사람처럼 보였다. 그는 가까이 다가가 그녀에게 고개를 숙이고 속삭이는 목소리로 혹시 도움이 필요한지 물었냐. 그 선생은 슬픈 표정으로 미소를 짓고는 역시 속삭이는 목소리로 대답했다.

"고맙지만, 전 괜찮아요."

슈무엘은 방해해서 미안하다고 작은 소리로 사과하고는 1947년 12월부터 1948년 1~2월 치《다바르》신문 묶음이 있는 자기 책상으로 돌아왔다. 시간이 다 되어 30분 정도 남았을 때 이제 자기가 할 일을 하기 위해 발드 씨 집으로 가야 할 즈음, 그는 갑자기 쉐알티엘 아브라바넬에 관련된 기사를 하나 발견했다. 이 기사도, 그 전 기사처럼, 신문 안쪽 하단, 제3면에, 모든 짐차 소유주는 '미쉬마르 하얌'[177] 사무실에 와서 등록해야 한다는 하가나의 발표를 보도하는 기사 밑에 숨어 있었다. 신문 발간일은 1947년 12월 21일이었다. 기사에는 쉐알티엘 아브라바넬 동무가 어제 시온주의노동자협의회와 유대인기구 이사회 동료들과 이견이 있어서 이 두 기관에서 맡았던 직임에서 사퇴했다고 쓰여 있었다. 그리고 사퇴한 동기가 무엇이냐고 묻던《다바르》신문 기자의 질문에 아브라바넬이 답변을 거부했다는 것도 전하고 있었다. 그 신문 기자는 그가 짧은 성명을 발표했다는 사실만 언급했는데, 그 성명에서 아브라바넬 동무는 다비드 벤구리온 동무와 다른 사람들이 선택한 정책은 필연적으로 이 땅에 사는 두 민족이 피를 흘리는 전쟁을 벌이는 것으로 귀결될 수밖에 없으며, 그 전쟁에서 누가 이길지는 전혀 예측할 수 없고, 결국 이스라엘 땅에 사는 유대인 60만 명의 생사를 걸고 벌이는 무모한 도박으로 볼 수 있다고 자신의 견해를 밝혔다. 아브라바넬은, 기사에 따르면, 이 땅에 사는 두 민족이 역사적인 협상에 성공할 수 있는 길이 완전히 차단되지 않았음을 믿는다고도 했다.《다바르》기사는, 유명한 변호사이자 중동 지역 전문가로서, 쉐알티엘 아브라바넬은 이 두 기관에서 9년 가까이 일해 왔다고 덧붙였다.

3시 반이 되자 염소수염을 기른 사내가 일어서서, 살펴보던 책을 덮고는, 키릴 문자가 가득한 종잇조각들을 모아 들고 나갔다. 슈무엘은《다바르》신문을 훑어보며 조금 더 지체했는데 실은 그 젊은 여자가 나가기를 기다렸다가 그녀가 나갈 때 함께 나가면서 가벼운 대화라도 나눌 수 있을까 기대했기 때문이었다. 그러나 4시가 가까워지고 4시 15분이 되어도 그녀는 자기 종이 위에 고개를 숙인 채 계속 앉아 있었다. 슈무엘은 자기가 해야 할 일을 기억해 내고는 자기 길로 뛰기 시작했다.

31

어느 날 아침, 두 사람이 부엌에 앉아 있을 때 슈무엘이 아탈리야와 자신의 잔에 이스라엘식 커피를 따르고 설탕을 넣어 젓다가, 문득 자기도 모르는 용기가 불끈 솟아올라 이렇게 물었다.

"당신은 뭘 하세요?"

"갈팡질팡하는 사내와 커피를 마시는 중이지요"라고 아탈리야가 말했다.

"아니, 뭘 하세요…… 평소에?"

"일하죠."

"사무실에서요? 학교에서요?"

"난 사립 탐정 사무실에서 일해요. 하지만 지금은 역할이 바뀌어서 당신이 나를 조사하는군요?"

슈무엘은 신랄한 대답을 무시했다. 호기심이 불타오르고 있었다.

"그럼 당신은 뭘 조사하죠?"

"배신, 예를 들어. 간통. 이혼 법정에서 쓸 증거들이죠."

"탐정소설처럼요? 옷깃을 세우고 색안경을 쓰고, 정부情婦를 둔 남자들이나 연인이 있는 유부녀들 뒤를 몰래 따라가서 잠입하고 추적하나요?"

"그런 것도 하죠."

"또 어떤 일을 하죠?"

"주로 미래의 동업자가 실제로 경제 사정이 어떤지 조사하죠. 혹은 투자자들의 수입원도 알아보고요. 또는 부재지주不在地主나 원거리 거주자들의 재산이 실제로 누구 소유인지 조사하기도 하죠. 누군가에 대해 뭔가 알고 싶은 거라도 있으세요?"

"네. 당신에 관해서요."

"어쩌면 우리 경쟁사에 찾아가서 내 뒤를 밟아 달라고 의뢰해야 할지도 모르겠네요?"

"그럼 그들이 절 위해 무슨 일을 찾아내 줄까요? 배신? 간통? 어딘가에 숨겨 둔 재산?"

"당신은 우리 집에서 수도사처럼 살고 싶어서 온 줄 알았는데, 당신의 상상력은 하렘[178]을 헤매고 있군요."

"당신은 저의 상상의 세계를 검열하고 싶은가 보죠?"

"검열하고 싶지는 않아요. 그렇지만 슬쩍 들여다보는 건 괜찮을 것 같네요. 당신은 좀 고아 같아요, 부모가 아직 살아 계신데도. 가끔 당신에게서 절망의 엷은 냄새가 풍길 때가 있어요. 그리고 그건 우리 발드 씨에게 필요한 성격은 아니죠. 그에게는 날카롭고 익살스럽게 반대 의견을 제시해 줄 대화 상대가 필요하죠."

"가끔 그가 전화로 싸우는 사람들은 누구죠?"

"홍수 이전부터 알고 지내던 친구 두 사람이에요. 그와 비슷한 괴짜들이죠. 고집은 세고. 아는 것은 많고. 휴화산이라고 할까. 은퇴한 다음 온종일 집에 앉아서 자기 논리를 갈고닦은 사람들이에요. 그와 좀 닮았죠. 그렇지만 그들이 훨씬 더 외로울 거예요, 왜냐하면 그 사람들은 매일 몇 시간씩 그들을 즐겁게 해 줄 슈무엘 아쉬를 고용할 형편이 못 되기 때문이죠. 솔직히 당신도 사람을 그렇게 즐겁게 해 주지는 못하지만요. 아니면 당신은 자기가 의도하지 않을 때만 다른 사람을 재미있게 해 주는지도요."

슈무엘은 고개를 숙이고 부엌 식탁보 위 자기 앞쪽에 펴져 있는 손가락을 살펴보았다. 그가 보기에 손가락은 못난 데다, 짧고 굵었다. 그러고는 아탈리야를 향해 눈을 들고 약간 망설이면서 그녀가 자기와 두 번이나 저녁에 외출했었다는 말을 꺼냈다. 사실, 두 번 다 그녀가 원해서 외출을 했었다.

아탈리야가 말했다.

"그건 알려진 사실이죠. 여자들은 가끔 길을 잃은 소년들에게 끌리거든요."

그러고 나서 그녀는 미소를 지었으나 그녀의 얼굴은 별로 즐거워 보이지 않았다.

"당신이 오기 전에 발드에게 친구가 되어 준 사람이 서너 명이 있었고 당신의 다락방에서 살았었죠. 다들 좀 특이했고 조금 외로워했어요. 아마도 이 일이 길을 잃은 젊은이들에게 잘 맞나 봐요. 그들은 모두 나보다 스무 살이나 스물다섯 살까지 어렸는데도, 어떤 방법으로든 내게 구애를 하려고 시도했지요. 당신처럼요. 외로움 때문에 온갖 이상한 일이 벌어지는 거죠. 아니면 당신들은 여기 오기 전에 있던 장소에서 그런 이상한 일들을 가져오는지도 모르죠."

"그럼 당신은요?" 슈무엘은 여전히 눈길을 못생긴 자기 손가락에 둔 채 물었다. "외로움이 당신에게는 어떤 일을 하죠?"

"나요? 당신은 벌써 몇 주째 내게서 눈을 못 떼고 있으면서 아직도 나를 전혀 이해하지 못하는군요. 당신에게 흥미롭거나 매력적으로 느껴지는 무언가가 있을지 모르지만, 그 무언가가 나는 절대로 아니에요. 이 세상은 여자들에게 관심이 있는 남자들로 가득하지만 그들이 진짜 여성에게 관심을 가지는 것은 아니니까요. 연약한 여인들은 때로 이런 남자들에게 순응하고 살아요. 나는, 어쩌다 보니, 남자가 전혀 필요 없는 사람이 되었어요. 난 혼자예요. 일하고, 책을 읽고 또 음악을 듣죠. 가끔 손님이 저녁에 나를 찾아오기도 하죠. 그리고 가끔 다른 저녁에 다른 손님이 오기도 하고요. 그들은 왔다 갈 뿐이에요. 나는 나 혼자로 충분해요. 그렇지 않았다면, 발드처럼, 나도 직업이 없는 젊은이를 하나 고용해서, 월급을 주고 하루에 여섯 시간씩 나를 즐겁게 해 달라고 했겠죠."

"그럼 당신이 혼자 방에 있을 때는요?"

"나는 거기 살죠. 그걸로 충분하고요."

"그렇다면, 왜 당신은 제게 한 번도 아니고 두 번씩이나 저녁에 외출하자고 말했죠?"

"좋아요," 아탈리야는 이렇게 말하고 일어나서 빈 커피 잔 두 개를 개수대로 가져가 그것들을 씻어 건조대 위에 뒤집어 놓았다. "좋다고요. 나와 당신은 오늘 저녁도 외출해야 하겠군요. 오늘 저녁이 아니죠. 오늘 밤에요. 오늘 밤이 아니군요. 새벽에요. 당신에게 작은 야간 탐험을 선물로 드릴게요. 혹시 숨을 줄 아세요?"

"아니요," 슈무엘이 기운 없는 소리로 대답했다. "전혀 소질이 없어요."

"우리는 구시가지 성벽 맞은편, 시온산 꼭대기 위로 떠오르는 달을 볼 수 있을 거예요." 아탈리야가 부엌문 옆에 서서, 문설주에 기대고는, 조금 높은 왼쪽 엉덩이 위에 자기의 손가락 다섯 개를 올린 채 말했다. 제비꽃 향기가 아주 미세하게 피어오르는데, 샴푸 냄새도 살짝 섞인 것 같았다.

슈무엘이 말했다.

"오늘 밤은 이미 만월이 아닐걸요."

"그럼 이지러진 달을 보면 되죠. 이 세상에 있는 거의 모든 게 이지러져 있는걸요. 우리가 손대는 거의 모든 것들은 이지러지게 되죠. 당신은, 외출 준비를 하고 새벽 3시에 부엌에서 기다리세요. 당신이 그렇게 이른 시간에 일어날 수 있다면 말이죠. 우리 함께 시온산을 올라 모아브(모압) 산지 너머에서 떠오르는 해를 봐요. 구름만 없다면요. 내가 맡은 어떤 남녀가, 둘 다 학식이 깊고, 예루살렘에서 꽤 유명한 사람들이고, 둘 다 결혼했지만 서로 부부 사이는 아닌데, 그들은 시온산 꼭대기에서 일출을 보기 위해 오늘 밤에 만나기로 했어요. 내가 그걸 어떻게 아는지는 묻지 마세요. 나는 그들이 뜨는 햇빛 속에 함께 있는 모습을 몰래 사진으로 찍어야 해요. 행운이 따라 준다면, 그들이 서로 포옹하고 있는 사진을 찍을지도 모르죠. 당신은 나와 함께 가서 내 알리바이가 돼 주는 거예요."

그녀는 나가면서, 복도에서, 슈무엘이 더는 그녀를 볼 수 없는 곳에서, 덧붙였다.

"그러니까 따뜻한 옷을 입으세요. 요즘 예루살렘의 겨울밤은 정말 추우니까요."

슈무엘은 20분 정도 더 부엌에 앉아서 자기 손가락 끝을 물끄러미 쳐다보고 있었다. 그는 오늘이 가기 전에 손톱과 코털을 자르기로 마음먹었고 오늘 아침에 샤워했지만 저녁에 샤워를 다시 한번 하기로 했다. 주머니 안에 있는 비어 가는 호흡기 대신 새 호흡기를 챙기는 것도 잊지 말아야 했다. 그는 아탈리야에게 그녀의 아버지에 대해 그리고 어쩌면 그녀의 남편에 대해서도 물어보려 했던 것이 괜찮을지 생각해 보았는데, 왠지 모르게 이런 질문들은 그녀를 화나게 만들고 그녀를 더 멀어지게 만들 것 같았다. 그러다가 자기 자신에게 말했다. 멀어지게 만든다고. 뭘 멀어지게. 어디로 멀어지게 만든다는 거야. 우리가 가깝기라도 하다는 것 같군. 그녀 입으로 오늘 밤 외출에 나를 데리고 나가는 이유는 알리바이 때문이라고 말하지 않았던가. 물론 그녀는 해도 뜨기 전에 시온산 위를 혼자 배회하는 일이 그리 편하지 않았겠지. 안전하지도 않고. 그렇다고 그녀가 나를 좋아할까? 조금은? 아니면 나를 동정하는 것일까? 아니면 전에 여기 살던 사람들 서너 명을 조종했던 것처럼 나도 조종하는 것일까? 아니면 낳아 본 적이 없는 아이처럼, 대신 나를 데리고 놀며 즐거워하는 걸까? 그러다가 불현듯, 한순간에, 이런 모든 질문은 의미가 없다는 생각이 들면서 대신 행복감이 파도처럼 그를 쓸고 지나가 그의 가슴을 가득 채웠고 그의 핏줄 속에서 피가 빨리 돌도록 만들었다. 몇 달 만에 처음으로 그는 야르데나가 떠나고 네쉐르 샤르쉡스키와 결혼하면서 느꼈던 날카로운 고통이 갑자기 약해지면서 그 행복한 힘 덕분에 조금씩 진정되는 것 같았다. 그는 자기가 차분하고, 결단력이 있으며, 심지어 남자답다는 느낌도 들었다. 그리고 자기 자신에게 소리를 내 말했다.

"그래. 새벽 3시야."

그는 부엌에서 나와 아탈리야의 닫힌 문 앞을 지나 다락방으로 올라가서 창문 앞에 잠깐 서 있다가 잠시 후 닳아 빠진 그의 외투를 입고 당장 달려들 것 같은 여우 머리를 새긴 지팡이를 들고, 수염과 이마에 아기용 분가루를 뿌리고 하멜레흐 조지 거리에 있는 헝가리 식당에서 굴라시를 먹으러 집을 나섰다. 그런데 문득, 수프를 마시고 흰 빵 조각을 거기 찍어 먹다가, 아탈리야가 새벽 3시에 기다리라고 한 장소가 슈무엘 자신의 방인지, 아니면 부엌인지, 아니면 복도인지, 아니면 혹시 그녀가 3시에 그녀의 방문을 두드리라고 했었나? 전혀 기억이 나지 않아서 불안감에 사로잡혔다. 더 심각한 문제는, 새벽 3시에 그들이 집에서 나가기로 했는지 아니면 새벽 3시까지 시온산 위에 도착해서, 이지러진 달을 보고, 해가 뜨기를 기다리다가 밀애에 빠진 남녀를 몰래 추적하기로 했는지 전혀 알 수가 없었다는 것이었다.

32

그날 밤, 게르숌 발드에게 죽을 가져다주고, 그가 다 먹을 때까지 기다렸다가, 남은 죽을 자기가 먹었으며, 숟가락과 접시를 부엌으로 가져가서 씻어 놓고, 금붕어들에게 먹이를 주고, 발드의 서재에 셔터를 닫고 자기 방으로 올라갔지만, 슈무엘은 잠자리에 눕지 않았다. 그에게는 자명종 시계가 없었고, 만약 잠이 든다면 밤에 만나기로 한 약속에 맞추어 일어나는 것이 불가능하다는 사실을 잘 알고 있었다. 그래서 그는 밤새도록 깨어 있다가 2시 반에 내려가서 부엌에서 그녀를 기다리기로 했다. 그는 자기 책상 전등에 불을 밝히고, 석유난로를 켜고 불꽃이 안정되어 난로의 오목한 금속 벽에 파란-보라색으로 필 때까지 기다렸다. 그 후 책상 앞에 앉아서 바깥에 드리운 어둠을 잠깐 바라다보았다. 발정 난 고양이들의 울음소리가 가까운 집 마당에서 들려오며 밤의 고요를 산산이 조각냈다. 밤하늘은 맑았지만 키 큰 사이프러스 그늘이 별들이 떠있는 하늘과 이지러진 달을 가리고 있었다. 슈무엘은 책을 폈

217

고, 그다음에 또 다른 책을 폈고, 잠깐 훑어보다가, 자기가 써 놓은 글을 살펴보고, 너무 문학적으로 쓴 것 같아서 이틀 전에 쓴 문단 하나를 통째로 지웠다. 그러고 나서 뭔가를 쓰기 시작했는데 펜이 말라서 안 나오는 바람에 책상 속을 뒤적거리다가 어쩌면 전에 살던 사람의 것일지도 모르는 오래된 펜을 찾아냈다. 그것은 고급 펜이었는데, 조금 무겁고, 금색 줄이 길게 새겨져 있었다. 그 펜은 그의 손가락에 따스하고 좋은 느낌을 안겨 주었다. 슈무엘은 펜을 잠깐 쓰다듬다가, 자신의 헝클어진 곱슬머리 속에 넣고는, 긁다가, 다시 쓰기 시작했다.

16세기 말부터 17세기 중반까지 베네치아에 살았던, 모데나[179] 출신의 랍비 예후다 아리에[180]는 금융업자와 상인들을 배출한 부유한 집안에서 태어났다. 그는 여러 선생님에게 토라를 배웠으나 세속 학문에도 조예가 깊었고, 스스로 '악기 연주하기, 노래하기, 춤추기, 그리고 약간의 라틴어도 배웠'고 말했다. 그는 공연과 음악에 흥미를 느껴서 희극을 몇 작품 썼고 연극과 연주회를 열기도 했다. 그가 설교할 때는 유대인들뿐만 아니라 기독교인들도 들으러 왔고, 그들 중에 일반인은 물론, 귀족들과 성직자들도 있었다. 모데나 출신 랍비 예후다 아리에의 인생에서 가장 큰 재난은 그가 도박에 중독된 것이었는데, 그 중독 때문에 그는 빵 한 조각만 남긴 채 파산하고 말았다. 그의 말년은 가난과 질병으로 점철되어 있었다.

그는 여러 번 기독교인 학자들이나 성직자들과 논쟁을 벌였고, 말년에는 기독교에 반대하는 체계적인 논쟁서『마겐 바헤레브』를 썼다(방패라는 뜻의 '마겐'은 유대교에 대한 기독교의 공격을 막고, 칼이라는 뜻의 '헤레브'는 유대인들이 기독교인들의 신앙이 얼마나 어리석은지 증명하는 것을 가리켰다). 이 책이 그 전에 쓰인 모든 다른 책들과 다른 이유는 그 안에 변증법적인 말투가 전혀 없고 기독교를 저주하거나 헐뜯는 말도 전혀 없으며 순수한 논리에 기초한 일관적인 주장을 통해 유대 신앙의 참됨을 확립하고 기독교 신앙에 포함된 내부적인 모순들을 드러내고 있다는 점에 있다. 이런 목적을 위해서 그는 신약성경을 오늘날처럼 읽었는데, 슈무엘은 자기 공책에 이것은 비판적인 읽기라고 부를 수 있다고 썼다. 랍비 예후다 아리에는 자기의 책 『마겐 바헤레브』에 담으려고 계획했던 아홉 장 중에서 다섯 장만을 완성한 뒤 사망했다. 랍비 예후다 아리에는 예수를 모든 면에서 바리사이파 유대인이었다고 말했으며, 다만 지엽적인 법규 문제에 관해서만 다수 의견과 달랐을 뿐 주요 교리를 부인하지 않았던 바리사이파 유대인이라고 서술했다. 절대로, 랍비 예후다 아리에가 강조하기를, 절대로 예수는 자기 자신을 신으로 소개하려 한 적이 없다. 신약성경 어디에서도 예수는 자신이 신적인 지위를 가지고 있다고 언급한 적이 없다는 것이다. '복음서에 남아 있는 어떤 이야기 속에도 […] 그가 자기 자신에 대해 원래 하느님이었다고 말한 곳을 찾을 수 없으며 […] 오히려, 인간이고, 타인보다 못하다고 말했다. "나는 벌레요 사람이 아니며, 사람의 비방거리요 백성의 조롱거리다." 이에 반해, 복음서에서 그는 수십 번도 넘게 자기 자신을 '사람의 아들'이라고 칭했다. 더욱이 '베드로의 발을 씻겨 주었을 때(『요한복음』 13장 4절 이하) 자기 자신에 대해 말하기를 "육체의 아들은 자기 자신을 위해 일하는 것으로 충분하지 않으며, 육체의 아들은 다른 사람들을 위해서 일해야 충분하다"라고 했다.'[181] 그렇다면, 예수는 명백하게 스스로를 '육체의 아들'이라고 칭한 셈이다.

랍비 예후다 아리에의 글은 이어졌는데, 슈무엘은 밤이 깊어 갈수록 맑은 정신으로 활력이 넘치게 그의 말들을 옮겨 적으면서, 모든 피곤함이 가셨으며, 그의 가슴은 벅차올라 자기가 기다리던 야밤의 만남을 완전히 잊을 정도였다. '당시 유대인들 사이에는 […] 몇 가지 종파가 있었다는 사실을 알아야 하는데, 모두 모세의 토라를 인정했지만 그에 대한 해석과 지켜야 할 계명들 때문에 갈라졌다. 바리사이인들과 서기관들, 그들은 미쉬나를 기록한 우리 현인들이며, 그들 외에도 사두가이인들과 보이투스 사람들[182], 이시누스(=이시이 사람들)[183] 그리고 다른 소수파들이 있었다. […] 그리고 그 모든 종파 중에서 그 나사렛 사람은 […] 우리의 현인들이신 바리사이인들을 따랐다. […] 이러한 사실은 복음서에서 그가 자기 제자들에게 했던 말을 통해 분명히 알 수 있다. "서기관들과 바리사이인들이 모세의 의자[184]에 앉았으니, 그러므로 무엇이든지 그들이 말하는 바는 행하고 지키되, 그들이 하는 행위는 본받지 말라."(『마태오복음』 23장 1~3절) 아마도 예수는 기록된 토라뿐만 아니라 구전 토라도 인정한 것으로 보인다.[185] "내가 율법이나 선지자를 폐하러 온 줄로 생각하지 말라 폐하러 온 것이 아니요 완전하게 하려 함이라."(『마태오복음』 5장 17절) 또한 그는 "천지가 없어지기 전에는 율법의 일점일획도 없어지지 않고 다 이루리라"(『마태오복음』 5장 18절)고 말했다.' 계속해서 모데나 출신 랍비 예후다 아리에는 어떻게 그리고 왜 예수가 '전략적으로' 자기 자신을 몇 번씩이나 하느님의 아들이라고 묘사했는지 설명하는데, 이것은 교육적으로 필요해서, 더 많은 사람이 그를 따를 수 있도록 취한 방법이었지, 정말 자기가 하느님의 자손이라고 생각했던 것은 아니었다는 것이다. 그 외 모든 내용은, 랍비 예후다 아리에에 따르면, 단지 '그의 사망 이후 어느 정도 시간이 흐른 뒤에 그에게 매력을 느꼈던 사람들이 고안해 낸 근거 없는 창작으로, 이 세상에서 기초적이고 순수한 지성이 있는 인간이라면 상상 못 할 그리고 지금까지 상상하지도 않는 주장'일 뿐이라고 했다.

이런 말들 옆에, 자정이 30분 정도 지났을 즈음, 감정이 격앙된, 슈무엘 아쉬는 자기 공책에 이렇게 기록했다.

가룟 유다는 기독교를 창시한 사람이다. 그는 유다 출신으로 부유한 사람이었고, 다른 사도들처럼, 갈릴리 시골 마을 출신의 어부나 농부가 아니었다. 예루살렘에 살던 제사장들은 어떤 괴짜가 갈릴리 지역에서 기적을 일으킨다는 이상한 소문을 들었는데 겐네사렛 호숫가 여기저기에서 잊힌 마을과 성읍들을 돌며 온갖 시골에 어울릴 이적들을 가지고 사람들의 마음을 홀리고 있었지만, 그 사람과 비슷하게 예언자나 기적을 일으키는 자라고 흉내를 내는 수십 명의 사람이 있는데 그들 중 대부분이 사기꾼이거나 정신 나간 자이거나 정신이 나간 사기꾼이라는 것이다. 그런데 이 갈릴리 사람은 자기를 흉내 내는 자들보다 좀 더 많은 신도를 끌어들이고 있었고, 그의 명성이 날로 높아 가고 있었다. 그래서 예루살렘의 제사장들은 유복하고, 지식인이며, 영리하고, 기록된 토라와 구전 토라에 모두 능통하며 바리사이인들과 제사장들과 가까이 지내던 가룟 유다를 선택했고, 그 갈릴리 남자를 따라 이 마을에서 저 마을로 다니는 소수의 신도 사이에 잠입하라고 보냈으며, 그들 중 하나로 위장하여, 예루살렘의 제사장들에게 이 괴짜의 정체가 무엇인지 이 사람이 특별히 위험한 인물인지 보고하도록 했다. 결국, 그 흉내쟁이 갈릴리 사람은 시골에 어울리는 온갖 이적들을 동떨어진 장소에서 그리고 배운 것 없고 온갖 마술사와 마법사와 야바위꾼들을 쉽게 믿는 시골 사람들 앞에서 행했다. 가룟 유다는 누더기를 걸치고, 갈릴리로 갔고, 예수와 그의 제자들을 찾아서 그들 사이에 끼게 되었다. 찢어진 옷과 누더기를 걸치고, 자기들의 예언자를 따라 한 마을에서 다른 마을로 여행하는 사람들 사이에서 단시간 안에 호감을 얻는 데 성공한다. 유다는 예수 본인으로부터도 매우 사랑을 받았다. 유다는 자기의 뛰어난 지성과 함께 열렬한 지지자의 얼굴을 하면서 예수에게 가장 가까운 제자 중 하나가 되었고, 신뢰받는 사람이며, 그의 지지자 중 중추 세력, 그 가난한 집단의 회계 담당자, 열두 제자의 일원이 되었다. 그들 중에서 갈릴리 사람이 아니고 가난한 농부나 어부가 아닌 유일한 사람이었다.

하지만 여기서 이야기의 흐름에 놀라운 전환점이 나타난다. 예루살렘 제사장들이 이 갈릴리 출신의 흉내쟁이와 그의 지지자들을 염탐하고 그들의 얼굴을 가린 가면을 찢어 버리라고 보낸 사람이 열렬한 신도로 변하게 된다. 예수의 인격, 그의 주위로 퍼져 나오는 따뜻하면서도 모든 것을 휩쓸어 가는 광채, 단순한 가르침들의 조합, 겸손함, 재치, 모든 사람에게 보여 주는 친밀함, 도덕적인 이상과 더불어서, 원대한 꿈, 예수가 사용하는 비유의 날카로운 아름다움이, 그가 말하는 위대한 복음의 마법과 섞여서, 논리적이고 실용적이며 의심 많은 가룟 마을 출신을 구원자와 그의 소식에 온 마음으로 중독된 제자로 변하게 만든 것이다. 가룟 유다는 그 나사렛 사람을 따르는 가장 확실하고 죽음까지 무릅쓰는 헌신적인 제자로 변했다. 이 사건이 하룻밤에 일어난 사건인지 아니면 오랜 과정을 통해 거듭나서 맺힌 열매인지―우리는 알 수 없지만, 그 질문이 사실상 중요한 것은 아니라고, 슈무엘은 자기 공책에 기록했다. 가룟 사람 유다는 기독교인 유다가 되었다. 제자 중에서도 가장 열렬한. 더 나아가 그는 이 세상에서 예수가 신이라고 온 마음으로 믿었던 첫 번째 사람이었다. 그는 예수가 무엇이든 할 수 있다고 믿었다. 그는 이쪽 바다에서 저쪽 바다까지 모든 사람의 눈이 곧 열려서 빛을 볼 것이며, 이 세상에 구원이 온다고 믿었다. 그러나 그러기 위해서는, 드넓은 세상 사람이자 홍보와 그 효과의 상관관계를 상당히 이해하고 있던 사람으로서, 유다는 그 목적을 위해 예수가 갈릴리를 떠나서 예루살렘으로 올라가야 할 필요가 있다고 생각했다. 그는 먼저 여왕을 그녀의 집에서 사로잡아야 했다.[186] 그는 예루살렘에서, 모든 백성과 온 세상 앞에서, 하느님이 하늘과 땅을 창조한 날부터 한 번도 일어난 적이 없는 기적을 일으켜야 했다. 갈릴리 바다에서 수면 위로 걸었던 예수, 죽었던 소녀와 라자로를 죽은 자들 가운데서 다시 살린 예수, 물을 포도주로 만들고 악령을 내쫓으며 그의 손이나 그의 옷깃만 만져도 병을 고치는 예수가, 예루살렘 사람 모두가 지켜보는 앞에서 십자가에 달려야 했다. 예루살렘 사람 모두가 지켜보는 앞에서 자기 몸을 끌어내어 살아서 십자가에서 내려와 그 십자가 밑에 두 다리로 땅을 든든히 딛고 아무 일 없이 건강하고 온전하게 버텨 설 것이었다. 제사장들과 일반 백성들, 로마인들과 에돔 사람들과 헬라파 사람들, 바리사이파와 사두가이파와 에세네파 유대인들, 사마리아인들과 부자들과 가난한 사람들, 유월절을 맞아 이웃 나라들과 유대 각처에서 예루살렘을 방문한 순례객 수천 명 등 온 세계가 무릎을 꿇고 자기 발에 묻었던 흙을 뒤집어쓰며 엎드려 경배할 것이다. 그렇게 하늘나라가 시작될 것이었다. 예루살렘에서. 백성과 세계가 보는 앞에서. 그리고 유월절 시작 전 금요일에. 수많은 군중이 모였을 때, 슈무엘은 이렇게 자기 공책에 기록했다.

그러나 예수는 유다의 조언을 듣고 예루살렘으로 올라가

야 할지 많이 망설였다. 그가 어린아이일 때부터 항상 마음속 깊은 곳에는 의심이라는 벌레가 살면서 그를 갉아먹고 있었다—내가 그 사람일까? 내가 정말 그 사람일까? 과연 내가 해낼까? 그리고 만약 그 목소리가 나를 함정에 빠뜨리면 어쩌지? 만약 하늘에 계신 내 아버지가 나를 시험하시는 것이라면? 나를 놀리신다면? 목적하는 바를 위해 나를 이용하고 그 비밀은 감추신다면? 여기 갈릴리에서 그분의 손으로 성취하셨던 일들을 실용적이고, 세속적이고, 헬라화된 예루살렘에서, 이미 모든 것을 보고 모든 것을 들었지만 어떤 것에도 감명을 받지 않는 믿음이 작은 예루살렘에서는 그분의 손으로도 성취할 수 없다면? 예수 자신도 어쩌면 분명한 이적이 위로부터 나타나기를, 어떤 계시나 깨달음, 자기 의심에 대한 하느님의 응답을 끊임없이 기다리고 있었을지 모른다—내가 정말 그 사람일까?

유다는 그를 놓아주지 않았다—당신이 그 사람입니다. 당신은 메시아입니다. 당신은 하느님의 아들입니다. 당신이 하느님입니다. 당신은 전 인류를 그들에게서 구원하기 위해 태어났습니다. 당신은 예루살렘에 올라가서 이적을 행하도록 하늘로부터 사명을 받았으니, 예루살렘에서 가장 큰 기적을 행하게 될 것입니다. 당신은 십자가에서 온전히 살아서 내려오게 될 것이며, 온 예루살렘이 당신의 발 앞에 엎드릴 것입니다. 로마가 당신 발 앞에 엎드릴 것입니다. 당신이 십자가에 달리는 날이 바로 이 세상이 구원받는 날입니다. 이것이 바로 하늘에 계신 당신의 아버지가 당신에게 내린 마지막 시험이고 당신은 우리의 구원자이시니 이 시험에서 승리할 것입니다. 이 시험이 끝나면 인류 구원의 시대가 시작될 것입니다. 바로 그날부터 하늘나라가 시작될 것입니다.

많은 망설임 후에 예수는 마침내 그의 제자들과 함께 예루살렘으로 올라갔다. 그러나 여기서 다시 의심이 그를 공격해왔다. 그리고 의심뿐만 아니라 죽음의 공포가 인간 예수를 덮쳤다. 인간적인, 너무나 인간적인 죽음의 공포가, 그의 마음을 가득 채웠다. '그리고 그의 영혼이 경악했고' '그에게 죽음의 올가미가 찾아왔으며' '말수가 줄어들고 마음이 녹아내려서 그들에게 내 영혼이 죽을 것처럼 쓰구나.'[187]

"당신이 하실 수 있다면," 예수는 예루살렘에서 마지막 식사를 하고 나서, "제발 이 잔을 나로부터 옮겨 주소서"라고 하느님께 기도했다. 그러나 유다는 그에게 힘을 북돋아 주며 격려했다. 물 위를 걷고 물을 포도주로 바꾸며 피부병자를 고치고 악령을 내쫓으며 죽은 자들을 살린 사람은, 십자가에서 내려오는 데 아무런 문제가 없을 것이며 온 세상이 그의 신성을 인정하게 될 것입니다. 그런데 예수가 계속 두려워하고 의심하자, 가룟 유다는 스스로 십자가 사건을 계획하기에 이른다. 물론 이런 일이 쉽지는 않았다―로마인들은 예수에게 전혀 관심이 없었는데, 왜냐하면 이 땅에는 그와 마찬가지로 예언자인 척하면서 이적을 일으키고 꿈을 꾸며 돌아다니는 자들이 수두룩했기 때문이었다. 유다가 자기 동료였던 제사장들을 설득해서 자기의 예언자를 재판에 세우도록 하는 일도 쉽지 않았다―그들이 보기에 예수는 갈릴리와 그 주위 동떨어진 지역에서 활동하던 그와 비슷한 인물들 수십 명보다 더 위험해 보이지 않았기 때문이다. 가룟 유다는 예수를 거룩한 명절 저녁에 두 명의 다른 범죄자들 사이에 십자가에 매달기 위해서 가능한 모든 수단을 동원해야 했고, 바리사이파와 제사장 중 아는 인맥을 이용해야 했으며, 그들의 마음을 돌리고, 뇌물을 바쳤을지도 모른다. 그가 은전 30세겔을 받았다는 이야기는, 다음 세대에 이스라엘을 미워하는 자들이 상상으로 창작해 낸 것이다. 아니면 유다 자신이 이야기를 온전하게 마무리 지으려고, 은전 30세겔 이야기를 지어냈을지도 모른다. 가룟 마을의 땅 부자에게 은전 30세겔이 무슨 도움이 된단 말인가? 은전 30세겔은 그 당시에 일반적인 노동자 한 사람의 임금 정도였다. 그리고 모든 사람이 다 알고 있던 자를 체포하기 위하여 도대체 누가 은전 3세겔이라도 지급하겠는가? 단 한 순간도 숨으려고 하거나 자신의 정체를 부인하려 하지 않는 사람을 붙잡으려고?

가룟 유다는 십자가의 환상을 창조하고, 기획하고, 감독하고 제작한 자였다. 그런 면에서 대대로 그를 모욕하고 조롱하는 자들이 옳았을 수도 있는데, 아마 그들이 상상했던 것보다 훨씬 더 옳았을 수도 있다. 게다가 예수가 뜨겁게 타오르는 태양 아래 십자가 위에서 몇 시간 동안 끔찍한 고통에 시달리며

227

죽어 갈 때, 모든 상처에서 피가 흘러나오고 파리 떼가 그 상처들 위로 달려들고, 그들이 그에게 식초를 먹였을 때도 유다의 신앙은 한 순간도 흔들리지 않았다—자 곧 그 일은 오고야 말 거야. 이제 십자가에 달린 신이 일어나서 못들을 떨쳐 버리고 십자가에서 내려와 놀라서 코를 땅에 처박고 엎드린 모든 백성 앞에서 말할 거야—네 이웃을 사랑하라.

그럼 예수 자신은? 제9시에, 그는 십자가 위에서 죽어 가는 순간에도, 많은 사람이 그를 비웃으며 "네가 할 수 있다면 너 자신을 구원하고 부디 십자가에서 내려오라"라고 소리치는 순간에도, 여전히 의심 때문에 고민하고 있었다—내가 정말 그 사람일까? 그러함에도, 그의 마지막 순간에도 아직 유다의 약속을 붙잡으려 애쓰고 있었을지 모른다. 남은 힘을 모두 모아 못으로 고정된 자기 손을 당기고 못 박힌 자기 다리를 당겼는데, 당겨 보고 고통을 당하고, 당겨 보고 고통으로 인해 소리 지르고, 당겨 보고 하늘에 계신 그의 아버지에게 소리치고, 당겨 보고는 죽어 가며 그에 입술 위에 『시편』에 나온 구절이, "엘리 엘리 라마 사박타니" 즉 '나의 하느님 나의 하느님 왜 나를 떠나셨습니까'라는 말이 흘러나왔다.[188] 이것은 죽어 가면서도 믿는 사람 또는 최소한 반 정도는 믿는 사람만이 자기 입술에 올릴 수 있는 말이었는데, 하느님이 그를 도우셔서 못을 빼내어 주시고, 기적을 일으켜서 온전한 몸으로 십자가에서 내려가게 해 주시리라 믿었다. 그리고 이 말과 함께 그는 살과 피를 가진 사람으로, 한 인간으로 피를 흘리고 죽어 간 것이다.

그리고 유다는, 자기 삶의 이유와 목적이 자기 눈앞에서 부서지는 것을 보면서, 자기 손으로 자신이 사랑하고 존경했던 사람을 죽였다는 사실을 깨달은 유다는, 그곳을 떠나 스스로 목을 매고 말았다. 그렇게, 슈무엘은 자기 공책에 기록했다, 그렇게 첫 번째 기독교인이 죽었다. 마지막 기독교인이. 유일한 기독교인이.

─33─

슈무엘은 문득 깜짝 놀라서 자기 시계를 들여다보았다. 아탈
리야가 새벽 3시에 부엌으로 오라고 말했던가? 아니면 자기
방문을 두드리라고 했던가? 아니면 그녀는 3시에 함께 시온
산으로 출발해야 한다는 뜻이었을까? 시간은 3시 20분이었
고 그는 서둘러서 아기 분을 이마와 얼굴과 턱수염에 뿌리고,
안감을 댄 자기의 학생용 외투를 잡아채서 입고, 샤프카를 쓰
고, 낡아서 까끌까끌한 양모 목도리를 두르고, 은여우가 장식
된 지팡이는 포기하고서, 방문은 닫지 않은 채 계단을 뛰어 내
려갔다.

그가 계단을 다 내려갔을 때 갑자기 그를 부르는 게르숌 발
드의 목소리를 들었다. 그 노인이 밤에 깨어서 혼자 서재에 앉
아 있다는 사실을 거의 잊고 있었다.

"젊은이. 잠깐 이리 들어오게. 잠깐만."

아탈리야가 자기 방에서 나왔는데, 그녀도 겨울 외투를 입
었고 검은 양모로 짠 머리쓰개를 하고 있어서 마치 나이 든 과

부처럼 보였다. 슈무엘은 눈길로, 그녀의 코에서 윗입술까지 내려오는, 깎은 듯한, 깊은 홈을 쓰다듬었다. 꿈속에서는 그 홈을 자기 입술로 부드럽게 쓰다듬었었다.

"그에게 가 봐요. 그렇지만 지체하면 안 돼요. 늦었어요."

발드는 책상 뒤에 앉아 있지 않고 굽힘나무 의자 위에 기대어 있었고, 다리에는 격자무늬가 있는 스코틀랜드풍 양모 담요를 덮고 있었다. 그는 등이 굽었으며, 곱사등이 같고, 못생겼지만 열정이 넘치는 얼굴에, 턱은 앞으로 돌출되었고, 아인슈타인 콧수염이 비웃는 것 같은 미소를 지을 듯 말 듯한 입술 위를 덮었으며, 빛나는 은발이 흘러내려 어깨에 닿아 있었다. 그는 두 손에 책을 펴서 들었고 무릎 위에는 다른 책 한 권이 놓여 있었는데, 그 책도 펼쳐서 엎어 놓은 상태였다. 슈무엘이 입구에 들어서자 게르숌 발드가 말했다.

"내가 밤에 침상에서 마음에 사랑하는 자를 찾았구나."[189]

그리고 덧붙여 말했다.

"제발 내 말을 듣게. 그녀와 사랑에 빠지지 말게."

그리고 나서 또 말했다.

"너무 늦었겠지."

또 말했다.

"가게. 그녀가 자네를 기다리네. 이렇게 나는 자네도 잃는구먼."

3시 반이 넘어서 슈무엘과 아탈리야는 바깥 어두움 속으로 나왔다. 하늘은 구름 한 점 없이 깨끗했다. 우윳빛 안개 같은 후광에 싸여, 반짝이는 큰 별들이, 반 고흐의 별들과 닮아 있었다. 마당에 깔아 놓은 타일은 초저녁에 내린 비로 젖어 있었다. 검은색 사이프러스들은 침묵하는 헌신자처럼 서쪽에서 불어오는 조용한 바람을 따라 이리저리 흔들렸는데, 폐허가 된 아랍 마을 셰이크 바드르 방향에서 불어왔다. 공기는 맑고 차가웠으며, 폐를 찌르는 매서운 공기 때문에 슈무엘은 정신이 번쩍 들었다.

슈무엘은, 언제나처럼, 그녀보다 반걸음 뒤에서 걸어가며 그녀의 등에 드리운 그림자를 볼 생각이었다. 그러나 아탈리야가 팔짱을 끼며 그를 재촉했다.

"좀 더 빨리 걸을 수 있죠? 당신은 언제나−언제나 뛰어다니면서, 오히려 서둘러야 할 때 기어 오기로 작정을 했군요. 잠자며 걷는 사람처럼요. 서둘러서 처리할 수 있는 일이 있긴 해요?"

슈무엘이 말했다.

"네. 아뇨. 가끔은요."

그러고 나서 덧붙였다.

"저도 이 시간에 혼자 거리를 배회한 적이 있어요. 얼마 전에. 야르데나가 절 떠나가 버려서 거리를……"

"나도 알아요. 네쉐르 샤르쉡스키. 빗물을 모으는 전문가요."

그녀는 이 말을 할 때 비웃는 어조가 아니라 슬퍼하는, 거의 연민이 묻어나는 말투였다. 슈무엘은 자기 팔을 안고 있는 그녀의 팔을 살짝 누르며 감사의 뜻을 표했다.

길거리는 인적도 없이 텅 비어 있었다. 여기저기에서 가끔 배고픈 고양이들이 달려서 길을 건너갔다. 여기저기에 바람에 넘어진 쓰레기통과 인도 위에 흩어진 내용물들이 보였다. 예루살렘은 조용히 꼭두새벽 시간의 어두움에 잔뜩 귀를 기울이고 있었다. 마치 이제 막 무슨─일이 벌어질 것처럼. 마치 옅은 안개에 싸인 건물들이, 마당에서 속삭이는 소나무들, 촉촉이 젖어 있는 돌담들, 서 있는 자동차들, 인도 가장자리에 줄지어 선 쓰레기통들이, 모두 깨어, 모두 서서 뭔가를 기다리는 것 같았다. 그 깊은 침묵 속에 침묵을 깨는 뭔가가 스며들어 있는지도 몰랐다. 이 도시는 잠들지 않았는데 잠든 척하고 있으며 사실 도시 전체가 한껏 긴장하면서 떨리는 속마음을 진정시키고 있는 것 같은 느낌도 들었다.

슈무엘이 물었다.

"우리가 뒤를 쫓는 그 남녀 있잖아요."

"지금은 아무 말 말아요."

슈무엘은 즉시 입을 다물었다. 그들은 케렌 하카예메트 거리를 건넜고, 유대인기구 건물의 반원형 마당을 지났으며, 하멜레흐 조지 거리 내리막길을 조금 내려와, 조지워싱턴 거리로 돌아서, YMCA 종탑 뒤를 지나 하멜레흐 다비드 호텔 쪽으로 다시 길을 건넜는데, 키 큰 수위가 제복을 입고 회전문 밖에 서서 좀 데워 볼 요량으로 발을 구르고 있었다. 그곳에서 몬티피오리 풍차와 미쉬케노트 샤아나님 건물 쪽으로 내려갔다. 야민 모세 마을[190]에 있는 길을 따라 계단을 내려가는 데 떠돌이 잡종견 한 마리가 아탈리야의 드레스 자락 냄새를 맡고 낮게 낑낑거리는 소리를 냈다. 슈무엘이 잠깐 멈춰 서서, 허리를 숙이고 그 개를 빠르게 두 번 쓰다듬어 주었다. 개는 그의 손을 핥더니 다시 낮게 낑낑거리는 소리를 냈는데, 복종하고 애원하는 기색이 가득했다. 그러더니 머리를 숙이고 그들 뒤를 따라오기 시작했는데, 꼬리를 흔들며 더 많은 사랑을 베풀어 주기를 간구하는 듯했다.

1950년대 말과 1960년대 초까지 야민 모세는 아직 가난한 동네였고 낮은 돌집들이 줄지어 서 있었으며, 몇몇 집은 지붕에 기와를 덮었고 다른 집들은 그냥 평평한 지붕이었다. 작은 마당에는 터키 지배 시절에 지었고 쇠뚜껑으로 입구를 덮은 물 저장용 구덩이가 있었다. 여기저기 녹슨 깡통으로 만든 화분에는 제라늄이 꽃을 피우고 온갖 채소 그리고 향신료 풀들이 자랐다. 집들은 모두 캄캄하고 문이 닫힌 채 서 있었다. 창살이 달린 창문에 불을 켜 놓은 집은 하나도 없었다. 다만 흐릿한 가로등만이 계단 위에 살짝 노란색이 도는 빛 조각들을 뿌리고 있었다. 꼬리를 다리 사이에 숨기고 그들 뒤에 좀 떨어져서 따라오는 개 말고 그 골목에 살아 있는 존재라고는 전혀 보이지 않았다. 슈무엘과 아탈리야는 벤 힌놈 골짜기[191]를 따라 난 구불구불한 길로 내려갔고, 슈무엘이 속삭였다.

"지금 우리는 지옥에 있어요."

아탈리야가 말했다.

234

"우리에게는 일상적인 일인데, 아닌가요?"

　그들은 구시가지 성벽 아래로 이어지는 길을 녹슨 철조망 울타리로 막아 이스라엘 쪽 예루살렘과 요르단 쪽 예루살렘 사이 국경으로 표시를 한 다음 그 중립 지역에 지뢰들을 뿌려 놓은 곳 옆을 지났다. 이제 그들은 시온산 꼭대기 쪽으로 구불구불 나 있는 오르막길에 올랐다. 이 산은 이스라엘 영토가 툭 튀어나와서 세 방향이 요르단 영역으로 둘러싸여 있는 모습이었다. 그 개는 이쯤에서 멈춰 서더니, 잠깐 망설이다가, 우울한 소리로 짖으며, 앞발로 인도 위를 몇 번 차다가, 이번에도 포기해야 한다는 사실을 받아들이고, 우울한 작별의 소리를 남기고 돌아서서 자기가 왔던 길로 돌아갔는데, 귀를 뒤로 늘어뜨린 채, 입을 조금 벌리고 소리 없이 낑낑거리며, 배는 거의 바닥에 닿을 것 같은데 꼬리를 떨어뜨리고 있었다. 냉기가 슈무엘의 낡은 외투 안쪽으로 침투하여 그의 등과 어깨에 날카로운 손톱이 파고들었다. 그는 떨고 있었다. 아탈리야는, 밑창이 평평한 신발을 신은 그녀는, 빠른 걸음으로 움직였고 그는 그 좁고 경사진 길로 끌려가면서 뒤처지지 않기 위해서 온 힘을 다해 애쓰고 있었다. 그러나 아탈리야가 그보다 더 날렵했기 때문에 어둠 속에서 그녀와 그 사이는 갈수록 벌어졌으며 슈무엘은 그녀를 놓치고 중립 지역에 맞닿아 있어 적들의 기관총 요새에 노출된 이 외딴 장소에서 길을 잃게 될까 봐 두려움에 사로잡혔다. 귀뚜라미 한 마리가 어둠 속에서 울어 대고 개구리 떼가 바위틈 사이 웅덩이에서 귀뚜라미에게 화답했다. 자기 둥지에 있다가 놀란 한 마리 밤의 새가, 올빼미일지도 모르겠는데, 갑자기 낮게 그들의 바로 머리 위로 지나갔고, 한 서너 번 날개를 치더니 사라졌다. 구시가지 성벽의 어두운 그림자는 길게 늘어지며 길을 따라 왼쪽으로 내려앉아 있었다. 버려진 벤 힌놈 골짜기 가장자리에서 자칼이 우는 소리가 길게, 가슴을 찢으며 들려왔고, 곧이어 자칼 떼가 그 소리에 대답하면서 밤의 고요를 찢었다. 개들이 짖기 시작했고 다른 개들이 대답했는데, 더 멀리 아부 투르 마을 쪽에서 들려왔다. 슈무엘은 무슨 말을 하려고 입을 열었지만 곧 그만두었다. 피곤이 쏟아졌고 가파른 언덕을 오르느라 숨이 차올랐다. 그는 천식 발작이 다가오는 것 같아서 두려웠다. 그렇지만 발작은 일어나지 않았다. 거친 양모 목도리가 그의 목과 목덜미를 찔러 댔다.

그들이 산꼭대기에 이르러, 다윗의 무덤이라고 부르는 건물 입구에 도착했을 때, 그곳에는 화려하게 장식한 천으로 덮은 오래된 관이 놓여 있었고, 믿는 사람들은 그 안에 다윗왕의 뼈가 들어 있다고 하는데, 그들 앞에 마흔다섯쯤 되고, 뚱뚱하고, 키 작은 예비군 병사가 깃을 세운 거친 군용 외투를 껴입고, 추위 때문에 털모자를 귀가 덮이게 말아 내려 쓰고서 길을 지키며 서 있었다. 이 병사는 거기에서 발을 벌리고, 오래된 체코 소총에 기대서 있었다. 그는 담배꽁초를 피우다가 슈무엘과 아탈리야를 보고는 자기 입술 사이에서 꽁초를 빼지도 않고 말했다.

"닫혔어요. 출입 금지입니다."

"왜요?" 아탈리야가 웃었다. 그 병사는 모자를 자기 귀 위로 조금 올리고 대답했다.

"닫으라는 명령이 내려왔어요. 부인. 출입 금지예요."

"하지만 우리는 거기 들어가고 싶지도 않았거든요." 아탈리야는 이렇게 말하며 슈무엘의 팔을 잡아당겼다.

슈무엘은 잠깐 망설이다가 병사에게 물었다.

"몇 시까지 보초를 섭니까?"

"30분 더 남았어요." 그 병사가 말했는데 담뱃불이 거의 입술까지 타들어 가고 있었다. 그러고는 갑자기 아무 관련도 없이 이렇게 덧붙였다.

"아무도 그걸 이해하는 사람은 없어요."

아탈리야는 아무 말도 없이 몸을 돌려, 산꼭대기에서 동쪽이 내려다보이는 쇠 난간까지, 그 중립 지역 방향으로 몇 발자국을 더 건너갔다. 그러나 슈무엘은 그 병사 곁에 조금 더 머물렀는데, 마침내 담뱃불이 그의 입술에 가 닿았다. 병사는 담배꽁초를 끄지도 않고 긴 포물선을 그리며 떨어지도록 뱉었다. 반딧불 같은 빛이 그의 머리 높이까지 날아오르다가, 기울어지면서, 땅으로 곤두박질쳤음에도 불구하고 타는 것을 멈추지 않았다. 마치 죽음을 거부하는 것 같기도 했다. 슈무엘은 거기서 몸을 돌려 끌려가듯 아탈리야 뒤를 따랐다. 그녀는 그 장소를 살폈는데, 공기 냄새라도 맡는 것 같았고, 그 건물 구석으로 옮겨 가서 별이 뜬 하늘과 띠처럼 산 전체를 감싼 옅은 안개를 볼 수 없는 석조 아치 밑에 드리운 짙은 그림자 사이로 숨었다. 슈무엘은 가까이 와서 그녀 곁에 섰고, 잠깐 망설이다가 팔로 그녀의 어깨를 안았다. 그녀는 그를 거부하지 않았다. 그녀가 침묵을 깨고 말했다.

"우리는 30분에서 한 시간 정도 시간이 있어요."

그리고 나서 속삭였다.

"지금, 만약 당신이 정말 필요하다면, 말을 좀 해도 좋아요. 그렇지만 목소리는 낮추세요."

"있잖아요. 아탈리야. 전 이렇게 생각해요."

"어떻게요?"

"당신과 저는 벌써 두 달[192]이나 한 지붕 밑에서 살고 있어요. 거의요."

"내게 무슨 말을 하고 싶은 거죠?"

"그리고 우리는 두 번 함께 외출했고요. 세 번이죠, 오늘 밤까지 계산하면."

"내게 무슨 말을 하고 싶은 거죠?"

"하고 싶은 말이 있는 게 아니고요. 묻고 있는 거예요."

"내 대답은, 아직 아니에요. 혹시 언젠가 그리될지 모르지만. 아마 절대 그러지 않을 수도 있죠."

그리고 덧붙였다.

"가끔 당신이 마음에 들기도 하지만 가끔 당신이 성가시기도 하거든요."

아침 6시에 가까워지면서 모아브 산지 위에서 빛이 비쳐

들며 여명이 밝아 왔다. 산그늘도 조금씩 밝아졌고, 하늘이 하얗게 변하며 별들은 빛을 잃었다. 그 남녀는 일출을 보러 이곳에 오지 않을 것이 분명했다. 어쩌면 애초에 그런 남녀가 없었을지도 몰랐다. 아마 그 남녀는 아탈리야가 지어낸 이야기일 수도 있었다. 다윗왕 무덤 입구에 서서 담배를 피우던 늙은 군인도 사라지고 없었다. 그는 자기 근무시간을 마치고, 마지막 담배를 한 대 더 피우고는, 자기 옷과 외투를 껴입고 털모자를 쓴 채 어느 지하 벙커에 한잠 자러 갔을 것이다. 차갑고 찌르는 듯한 동풍이 불다가 멈췄다가 다시 불었다. 아탈리야는 슈무엘에게 몇 분만 더 기다리라고 했다. 그러고 나서 그만 집으로 돌아가라고 말했다.

"그럼 당신은요?"

"난 여기 조금 더 있을 거예요. 혼자서요. 그러고 나서 출근할 거예요." 그렇게 말하고 그녀는 추위에 꽁꽁 언 그의 손가락을 잡아서 그중 두 개를 자기 입에 넣고 잠깐 물고 있다가 갑자기 그에게 말했다. "또 봐요." 그렇게 그들은 헤어졌다.

아침 7시 반에 슈무엘은, 배가 고프고 목이 마르고 몸이 꽁꽁 얼어서, 하라브 엘바즈 길 끝에 있는 집에 도착했다. 그는 부엌으로 가서 빵을 두껍게 썰어 치즈를 발라 네 조각을 먹었고, 따뜻한 차 두 잔을 마시고, 자기 방으로 올라가서, 보드카를 잔에 조금 따른 후, 한 모금에 마셨고, 옷을 벗고 잠이 들어 정오까지 잤다. 그는 정오에 일어나서, 몸을 씻고 자기 단골인 헝가리 식당으로 갔다. 이번에는 예루살렘 전체를 위협하듯 날카로운 이빨을 드러낸 여우 머리를 조각한 화려한 지팡이도 가지고 갔다.

식당에 도착해 보니 그가 늘 앉던 식탁에 다른 사람이 앉아 있었다. 젊지 않은 남녀가, 둘 다 안경을 쓰고 둘 다 외투를 덮어쓰고, 거기 앉아서 굴라시가 아니라 달걀부침과 감자를 곁들인 따뜻한 소시지를 먹고 있었다. 각자 붉은 포도주를 담은 잔을 앞에 놓고 있었고 슈무엘이 보기에 그들은 기분이 좋은 것 같았다. 이게 뭐지? 무슨 일이지? 저 두 사람은 뭐가 저렇게 좋은 거지? 자기 공을 따라 뛰어가다가 가자 거리에서 차에 치여 죽은 어린이 요시 시톤이 갑자기 살아나기라도 했단 말인가?

그는 입구에서 잠깐 또는 두 번 망설이며, 식당을 나갈까 생각해 보았지만, 배가 너무 고파서 결국 포기하고 다른 식탁에 앉았는데, 자기 자리를 차지한 남녀에게서 되도록 멀리 떨어져 있었다. 그 식당 주인은, 유일한 점원이기도 했는데, 그리 깨끗하지 않은 하얀 앞치마를 두르고 수염도 대강 깎은 얼굴을 하고, 10분쯤 뒤에 그에게 다가와 의견을 묻지도 않고 굴라시와 하얀 빵 몇 조각을 식탁 위에 내려놓았다. 또 후식으로 설탕에 졸여 식힌 사과를 한 접시 가져왔다. 그리고 슈무엘은 잠도 못 자고 밤을 지새운 탓에 식사가 끝났는데도 그 자리에 엎드린 채로 30분 정도 졸고 말았다. 시온산 꼭대기에서 해가 뜨던 광경은 지금 그에게 마치 꿈만 같았다. 그리고 사실 해돋이 광경뿐만 아니라 지난 몇 주 동안의 일들이 모두 꿈결 같았는데 자기가 깨어 있는 꿈을 꾸다가, 이제 깨어나서 자기가 옳았다는 것을 알게 된 것 같았다.

—34—

내 동생아,

오늘 밤 로마에는 눈이 살짝 내렸지만, 찻길에 인도에 그리고 기념비에 닿기도 전에 녹아 버렸구나. 안타까워. 난 아직 눈 쌓인 로마를 본 적이 없어. 내가 도시를 쏘다닌다는 건 아니야. 벌써 3년 반 동안 여기 살면서 아직 아무것도 보질 못했거든. 온종일 공부를 하거나 실험실에 처박혀 시간을 보내고, 저녁에는 약국에서 보조원으로 일하고, 밤마다―네 시간씩 우체국에서 일해. 두 직장에서 버는 돈으로는 내 학비를 내고, 벨기에에서 온 신경과민인 여학생과 함께 쓰는 방 임대료를 내고, 하루에 두 번 간단하게 식사하며 먹는 빵, 우유, 채소, 스파게티 또는 쌀과 블랙커피 한 잔을 사는 것도 빠듯해.

아빠가 그 나쁜 놈과의 재판에서 지고 우리 샤하프 회사가 파산한 이래로 너도 쉽지 않은 생활을 하고 있다는 걸 알고 있어. 너는 내게 거의 편지를 쓰지 않지만, 그쯤은 나도 알아. 지난 두 달 동안 네가 쓴 것이라고는 고작 아주 짧은 편지 두 통이었고, 너는 대학을 휴학했고 예루살렘에 있는 어떤 오래된 집에서 일하면서 머물고 있다고 했지. 야르데나가 결혼했다는 소식도 두 줄정도 있었고. 네 편지에 외로움이라는 말은 한 번도 등장하지 않았지만 네가 쓴 낱말마다 외로움의 냄새가 배어 있어. 너는 어렸을 때도 거의 언제나 외톨이였지. 네 우표 더미에 파묻혀 있거나 혼자 건물 지붕 위에 올라가 앉아서 몇 시간씩 꿈을 꾸곤 했지. 벌써 여러 해 동안 나는 너와 너에 관한 대화를 나누려고 노력 중인데, 너는 그때마다 회피하며 나에게 벤구리온이나 십자군 전쟁에 관한 이야기를 늘어놓았어. 대화가 아니었지. 강의한 거지. 난 야르데나가 너를 네 껍데기에서 꺼내 주기를 바랐었는데. 그렇지만 그 껍데기 또한 너의 일부겠지.

나는 네가 예루살렘의 어둡고 다 쓰러져 가는 어느 집 지하실에 사는 걸 상상해 봤는데, 네가 모시는 그 장애인은, 분명히 병적으로 귀찮게 굴고 변덕이 심한 데다, 정신이 없는 늙은이여서, 온종일 우표를 사 오라고 신문이나 자기 파이프에 넣을 담배를 가져오라고 네게 심부름을 시켜 대고, 그렇게 너는 매일 온종일 그를 돌보고(아침부터 저녁까지? 아니면 혹시 밤중에도?) 그나 그의 가족들은 네가 자기들 집에 살 수 있도록 편의를 봐주었다는 이유로 눈곱만한 월급만 주고 말이야. 네가 사는 그 집은 그 추운 예루살렘 겨울을 나기에 적당히 따뜻하기라도 한 거니?

몇 주 전까지만 해도 난 네가 야르데나와 결혼하기를 바라고 있었는데, 사실은 나도 그 아이에 관해 좀 걱정이 되는 점이 있었어. 한번은, 2년 전에, 아직 아빠가 방학 때 내가 이스라엘에 갈

243

여비를 마련해 주실 수 있었을 때, 내가 예루살렘으로 널 만나러 갔었지—기억나니?—그리고 너희 집, 텔아르자 마을에 있는 네 방에서, 야르데나를 만났었지. 그 아이는 너와 달라 보였고 두 영혼이 서로 극과 극으로 다른 것 같았어. 꼭 나쁜 쪽으로 다르다는 말은 아냐. 너는 언제나처럼 너였는데 그녀는 정말 발랄하고, 시끄럽고, 거의 어린아이 같았지. 너는 앉아서 공부하고 그녀는 네 맞은편에 앉아 하모니카를 연주하고 있었는데 사실 그녀는 하모니카를 불 줄도 몰랐었지. 너는, 언제나처럼, 저녁 9시만 되면 피곤해서 자고 싶어 했지만, 그녀는 억지로 너를 끌고 자기와 함께 시내로, 극장으로, 카페로, 함께 알고 지내는 친구들의 방으로 나가고 싶어 했지. 그런데도 내가 보기에 두 사람은 꽤 잘 어울렸어. 혹시 그녀가 네 안에서 좀 다르고, 자유롭고, 인생을 사랑하고, 심지어 즐길 줄 아는 물리를 천천히 꺼내 줄지도 모른다고 생각했어. 어쩌면.

왜 헤어졌니, 너와 야르데나는? '그녀의 전 남자 친구에게 돌아가서 그와 결혼하기로 했다'라는 게 도대체 무슨 말이니? 무슨 일이 있었던 거니? 서로 싸웠니? 혹시 네가 그녀를 배신이라도 한 거니? 야르데나가 같이 살고 싶어 했는데 네가 거절했니? 그 아이가 너와 결혼하자고 했니? 아니면 네가 그녀와 관계를 끊고 너의 그 끝없는 외로움 속으로 돌아가고 싶다고 했니? 그 아이도 공부를 그만두었니? 그리고 솔직히, 그녀가 뭘 어쨌는지는 나랑 아무 상관도 없어. 나와 상관이 있는 것은—네가, 다시 너의 외로운 섬으로 돌아갔다는 사실이야. 그리고 학사 학위를 우수한 성적으로 마치고 석사 공부를 시작하려던 네가 스스로 학자의 길을 버리기로 했다면? ─예를 들어, 하이파로 돌아간다거나, 거기서 너와 어울리는 직업을 찾아보거나, 부모님 가까이에 살면서, 새로운 친구도 만나고 옛날 친구들도 다시 만날 수는 없었니? 야르데나가 했던 것처럼?

물리, 나는 네가 열한 살 내가 열여섯 살이었을 때 너랑 나 둘만 텔아비브에 놀러 갔던 일을 기억해. 엄마가 내게 돈을 주면서 즐겁게 놀다 오라고 하셨지. 그때만 해도 아빠는 샤하프 회사를 운영하며 벌이가 나쁘지 않으셨어. 아빠도 우리 등을 떠밀며, 갔다 오라고 하셨지. 텔아비브에 비하면 우리 하이파는 졸음이 오는 작은 동네에 불과했어. 오늘 밤 마지막 버스를 타고 하이파로 돌아오면 돼. 아니 집에 돌아오지 마. 텔아비브에 사는 이디트 이모네에 가서 자고 와. 내가 전화해 놓을게. 이모는 너희 둘이 자고 간다고 하면 좋아할 거야.

네가 내 뒤를 따라 하다르 하카르멜에서 하이파에 있는 터미널로 가는 버스에 오르던 모습을 기억하고 있는데, 넌 카키색 짧은 바지에다, 네가 항상 가지고 다니는 주머니칼을 허리띠에 매달고, 샌들을 신고, 엄마가 햇볕 때문에 꼭 가져가라고 했던 카키색 템벨 모자[193]를 쓰고 있었지. 난 네 짧은 그림자가 벽에 드리우던 것도 기억나는데, 왜냐하면 넌 항상, 벽에 붙어서 걸었기 때문이지. 창백하고, 말이 없고, 자기 안에 갇힌 아이. 내가 네게 텔아비브까지 버스를 탈지 기차를 타고 갈지 고르라고 묻자 너는 말했지, 그게 뭔 상관이야? 그러고 나서 말했지. 누나가

245

원하는 대로 해. 너는 깊은 생각에 빠져 있었던 거지. 그냥 생각이 아니고, 내가 보기에, 너는 나에게 털어놓고 싶지 않았던 고집스러운 생각 하나가 있었던 거야. 아무에게도 털어놓고 싶지 않았던.

가는 길에 (결국 우리는 기차를 타고 갔지) 내가 너도 좀 신이 나야 하는 거 아니냐고 말했어. 텔아비브에 놀러 가는 날이고, 용돈도 두둑이 받았고, 우리는 부자야, 우리는 뭐든지 할 수 있는데, 넌 뭘 고를 거야? 동물원에서? 바닷가에서? 야르콘강에서 배를 타 볼까? 텔아비브 항구에 구경 갈까? 그 모든 제안에 대해 네가 대답했지. 그래. 좋아. 네가 골라야 한다고 내가 재촉을 했고, 최소한 뭐부터 시작할지 고르라고 하니까, 네가 대답했어. 상관없어. 그리고 갑자기 스위스 예비군이 군대를 소집하는 방식에 관해서 열변을 토하기 시작했어, 우리가 따라 하는 방식이라고.

그게 너의 슬픔이야. 너도 가끔은 지치지 않는 수다쟁이가 될 때가 있고, 심지어 열정적으로 즐겁게, 한 편의 연설이나 강의도 하지만, 언제나 연설이나 강의일 뿐이지. 대화하지 않아. 절대로 남의 말을 듣는 법이 없지.

나는 너와 달라. 난 언제나 여자 친구가 두세 명 있어. 하이파에서도 난 남자 친구가 있었어. 그리고 그 아이와 헤어지고 나서 또 다른 남자 친구가 있었지. 아하론이라고. 너도 기억할 거야. 보이스카우트 리더였지. 그리고 지금, 로마에서도, 나는 누군가가 있어. 밀라노에서 태어나서 자란 청년이고, 스페인어에서 이탈리아어로 문학작품을 번역하는데, 에밀리오라고, 나이가 서른여덟 살에 이혼한 남자니까 사실 청년은 아니지, 나보다 일고여덟 살은 많지. 열 살짜리 딸도 하나 있는데, 소피아라고, 우리는 소냐라고 부르는데, 이제 나와 친해져서 자기 엄마보다 더 따르는 것 같아. 그 애 엄마는 볼로냐에 사는데 가끔만 연락을 해. 소냐는 나를 미리가 아니라, 마리라고 불러. 에밀리오만 정확하게 나를 미리라고 부르는 걸 고집하고 있지. 카라 미리.[194] 그는 한 손으로 내 목뒤를 쓰다듬고 다른 손으로 소냐의 목뒤를 쓰다듬지. 마치 우리 둘을 이어 주는 것 같아.

내가 공부도 하고 일도 하다 보니, 네게 말했듯이, 일도 두 가지를 하니까 우리는 주말밖에는 만날 시간이 없어. 에밀리오는 집에서 일하는데, 자기가 편한 시간에, 대개 아침 일찍 일해. 그는 나와 매일 만날 수 있다면 아주 좋아할 테고, 소냐도 내가 집을 합쳐서 함께 산다면 행복해할 거야. 그렇지만 그들은 로마 반대편 끝자락에 살고 있어서, 대학에서 너무 멀고, 약국이나 우체국에서도 멀어. 그리고 나는 학교 공부와 실험실 실습은 물론 생계를 위해 직장 두 곳을 다니느라 정신이 없지. 토요일 저녁이 돼야만 나는 에밀리오네에 가서 그와 작은 소냐와 일요일 저녁까지 함께 지내. 일요일이면 난 언제나 새벽 4시에 일어나서 두 사람이 일주일 동안 먹을 요리를 해. 그러고 나서 우리 세 사람은 그의 집 근처에 있는 공원에 나가거나 강에서 배를 잠깐 타고, 가끔 날씨가 좋으면, 버스를 타고 교외로 나가서 소나무 숲과 오래된 집 그늘에서 소풍을 즐기지.

일요일 저녁이면 에밀리오와 소냐는 내가 밤에 일하는 약국까지 나를 바래다주고 우리 셋은 아주 오랫동안 포옹을 하고 헤어지곤 해. 주중에는 거의 저녁마다 전화로 연락을 하지. 내 방에는 전화가 없지만, 약국 주인이 자기 전화를 쓰도록 허락해 줬거든.

에밀리오는 내가 돈이 없어서 내 힘에 부치는 일을 한다는 것을 잘 알고 있어. 그는 왜 우리 부모님이 내 학비를 대 줄 수 없게 되었는지도 알아. 그는 내가 하루 벌어서 하루를 산다는 사실을 잘 알고 있지. 그래서 자기가 번역을 해서 버는 돈이 그리 많지는 않지만, 적은 돈이라도 나를 돕고 싶다고 몇 번이나 말했어. 나는 거절했고 또 거절했고 심지어 그에게 화를 좀 낸 적도 있어. 내가 왜 거절했는지는 나도 몰라. 내가 왜 화를 냈는지는 더 모르겠어. 내가 거절해서 그 사람도 기분이 상한 것 같지만 그가 자기 감정을 말로 표현하지는 않았어. 너처럼. 나는 그의 관대함을 사랑해. 내 생각에 남자가 가장 매력적으로 보일 때, 가장 남자다워 보일 때는 그가 관대함을 보일 때인 것 같아. 그리고 물리 너도 그곳에서 번역 일을, 에밀리오처럼, 아니면 개인교습 같은 일을 찾을 수 있지 않을까? 엄마도, 아빠도 그리고 나도 물론, 네가 공부를 그만둔다는 말을 듣고 크게 실망했어. 나는 언제나 너를 생각할 때 학생으로, 학자로, 연구자로, 지식인으로, 선생으로, 그리고 언젠가는 존경받는 교수가 될 거라고 상상했어. 왜 이 모든 것을 포기한 거니? 왜 갑자기 그 자리를 박차고 일어나서 모든 것을 등 뒤로 던져 버렸니? 아빠가 파산

248

한 것이 유일한 이유니?

내게 돈이 좀 있다면 지금 당장 의학 공부를 잠깐 멈추고, 2~3주 동안 이스라엘에 가서, 예루살렘으로 너를 찾아가, 네가 스스로 판 그 무덤에서 너를 꺼내고, 내 모든 힘을 다해 너를 끌어다가, 직장을 잡아 준 다음 다시 공부를 시작하게 했을 거야. 너는 지금까지 한 학기만 빠진 상태지. 아직 그 정도는 따라갈 수 있어. 그때, 우리가 텔아비브로 놀러 가서, 네가 열한 살이고 내가 열여섯 살이었을 때, 우리는 온종일 거리를 돌아다녔지, 상점 진열창들은 거의 쳐다보지도 않고, 그 덥고 습한 날 땀을 뒤집어쓰고, 탄산음료를 두 번 사 마시고, 아이스크림을 두 번 사먹고, 흑백으로 나오는 프랑스 영화가 시작한 다음 중간쯤에 들어갔다가, 마지막 버스보다 훨씬 전에 하이파로 돌아왔었지. 이디트 이모네에서 자고 오지 않았지. 내가 너에게 도대체 원하는 게 뭐냐고 물었는데, 물리, 너는 이런 게 다 무슨 소용이 있는지 알고 싶다고 말했던 것을 기억해. 그날 우리가 나누었던 유일한 대화였지. 아마 우리는 탄산음료나 아이스크림 같은 다른 것에 관해서도 무슨 말을 좀 했겠지만, 나는 네가 말한, 나는 무슨 소용이 있는지 알고 싶다던 그 문장 하나만 기억해. 이제 드디어 물리 너도 존재하지 않는 진실을 찾는 일을 그만두고 네 인생을 살기 시작해야 할 때가 된 것은 아닐까.

네 안에 벌을 받아야 할 무언가가 있는 거니? 그렇지만 무엇 때문에 너는 너 자신에게 그렇게 심한 벌을 주고 있니? 내게 편지를 좀 써. '나는 잘 지내고 있어 예루살렘은 겨울이야 나는 하루에 몇 시간씩 어렵지 않은 일을 하고 나머지 시간에는 책도 읽고 글도 쓰며 지내.' 뭐 이렇게 네댓 줄만 쓰지 말고. 그게 네가 지난번 편지에서 말한 전부야. 진짜 편지를 써서 보내려무나. 빨리 써서 보내. 미리.

35

봄날 같은 예루살렘의 겨울 아침, 푸른빛으로 씻어 내리고 송
진과 젖은 흙 향기에 담갔다가, 새들의 노래를 두른 날, 슈무
엘 아쉬는 아침 9시가 조금 지나서 일어나, 몸을 씻고, 아기
분을 턱수염과 정수리에 좀 뿌리고, 부엌으로 내려가 커피를
마시고 딸기 잼을 바른 빵 네 조각을 먹고, 자기 외투를 입고,
모자와 여우 머리를 조각한 지팡이는 놔두고, 버스를 두 번 갈
아타면서 국립기록보관소로 향했다. 그는 서두르는 걸음걸이
로 계단을 대각선으로 올랐고, 구불구불하며 헝클어진 채 자
라난 머리를 자기 몸과 다리들보다 앞세워 힘차게 앞으로 내
밀고, 현관을 빠르게 가로지르면서 일하는 사람이 있는지 찾
았다. 안내 창구에 젊고, 밝은색 머리에, 입술에는 진한 빨간
색을 바르고 목 부분이 넓게 드러난 셔츠를 입은 여자가 있었
다. 그녀는 눈을 들어 그를 보고, 원시인 같은 그의 모습에 좀
놀랐지만, 뭘 도울지 물어 왔다. 슈무엘은, 계단을 뛰어 올라
오느라 숨을 몰아쉬면서, 입을 열어 그녀에게 오늘이야말로

1년 중 가장 아름다운 날일 거라고 말했다. 그러고 나서 이런 날 사무실에 앉아 있는 것은 범죄행위라고도 했다. 도시를 벗어나서, 산으로, 계곡으로, 숲으로 가야 한다고 말했다. 그녀가 그의 말이 옳다고 말했을 때, 그는 부끄러워하는 미소를 지으며 자기와 함께 나가겠느냐고 제안했다. 바로 지금요. 그러고는 자기가 여기 어디 앉아서 몇 시간쯤 시온주의노동자협의회 문서와 유대인기구 이사회의 회의록을 1947년 중반부터 1948년 겨울이 끝날 때까지 좀 살펴볼 수 있을지 물었다.

그가 목이 말라 보였는지, 안내원은 물 한 잔 마시겠느냐고 물었다. 슈무엘은 그녀에게 고맙다며, "네"라고 말했지만, 곧 마음을 바꾸어, "아니요, 고맙습니다. 시간이 아깝네요"라고 말했다. 그녀는 어리둥절하지만 사람 좋아 보이는 미소를 지으며 말했다.

"여기서 우리는 아무도 서두르지 않아요. 이곳에는 시간이 멈추어 있거든요."

그러고 나서 지하층에 있는 샤인델레비츠 씨의 사무실로 가 보라고 그를 보냈다.

샤인델레비츠 씨는, 윗옷의 목 단추를 열어 놓은 키가 작고 활력이 넘치는 사람으로, 밝은색 흰머리가 원형극장처럼 검게 타고 잡티가 많은 대머리를 두르고 있었는데, 자기 책상에 낡고 크고 무거운 타자기를 마주하고 앉아서, 손가락 하나로, 한 글자 한 글자를 마음속에 새기는 것처럼, 뭔가를 엄청나게 느린 속도로 치고 있었다. 그 사무실에는 창문이 없었고, 지하실이었는데, 흐릿한 노란색 전등 불빛이 덮개 없는 전구 두 알에서 그에게로 쏟아지고 있었다. 그래서 그 남자의 그림자와 슈무엘의 그림자가 서로 다른 두 벽 위에 드리웠다. 슈무엘 쪽 벽에는 헤르츨, 하임 바이츠만과 다비드 벤구리온의 사진들이 걸려 있었고 샤인델레비츠 씨 뒤쪽 벽에는 커다란 총천연색 이스라엘 지도가 걸려 있었는데, 1949년에 생긴 휴전선이 굵은 녹색 선으로 표시되어 예루살렘시를 둘로 나누고 있었다.

슈무엘은 자기가 찾는 자료를 그에게 다시 요청했다. 샤인델레비츠 씨는 그를 오래 바라보더니 얼굴에 천천히 관대한 아버지 미소가 번졌는데, 마치 이상한 요청에 놀랐지만 당혹스러움을 누르고 요청한 사람의 무지함을 용서하는 듯한 미소였다. 그는 헛기침하고, 잠시 멈추었다가, 천천히 자신의 낡은 타자기로 두 글자를 더 치고, 슈무엘을 응시하고서, 되물었다.

"선생님은 연구원이세요?"

"네. 아뇨. 그렇다고 해 두죠. 저는 건국 결정에 앞서서 벌어진 의문의 여지에 관심이 있어요."

"그리고 선생님은 누구를 위해 연구를 하고 계신가요?"

슈무엘은, 이런 질문을 전혀 예상하지 못했고, 잠시 혼란스러워하다가 망설이며 대답했다.

"저 자신을 위해서요."

그리고 갑자기 용기가 나서 덧붙였다.

"모든 시민이 문서들을 살펴보고 국사國史에 관해 공부할 권리가 보장되어야 하는 것 아닌가요?"

"그럼 선생님은 어느 회의록을 보기를 원하세요?"

"시온주의노동자협의회. 유대인기구 이사회. 47년 중반부터 48년 봄까지요."

그러고는 묻지도 않았는데 덧붙였다.

"저는 건국 결정에 앞서서 벌어진 원론적인 논쟁에 관심이 있어요. 만약 실제로 정말 그런 논쟁이 있었다면요."

샤인델레비츠 씨는 돌연 충격을 받은 사람처럼, 몸을 앞으로 숙였는데, 마치 누가 그에게 은밀한 잠자리 습관에 대해 털어놓으라고 한 것 같았다.

"그렇지만 선생님 그건 불가능해요. 그건 결단코 가능하지 않아요."

"그건 왜죠?" 슈무엘은 정중하게 물었다.

"두 가지 요청을 한꺼번에 했으니, 두 가지 대답을 한꺼번에 얻게 된 거지요."

방으로 쉰쯤 된 미즈라히 여인이 조용히 들어왔는데, 검은색 긴 원피스를 입고, 마르고 어깨가 구부정한 여인이, 펄펄 끓는 차가 담긴 찻잔을 쟁반에 들고 있었다. 그녀는 한 잔을 샤인델레비츠 씨 앞에 놓았다. 그 사람은 정중하게 그녀에게 감사를 표했고 자기 손님에게 물었다.

"차라도 한잔 하시겠어요? 여기서 빈손으로 나가지 않으시려면요."

슈무엘이 말했다.

"감사합니다."

"감사하며 '네'라는 건가요? 감사하지만 '아니요'라는 건가요?"

"감사하지만 '아니요'입니다. 이번에는 사양합니다."

그 여자가 자기 쟁반을 챙겨서, 양해를 구하고는 방에서 나갔다. 샤인델레비츠 씨는 자기가 말을 멈추었던 곳부터 다시 시작했는데, 낮은 목소리로, 비밀을 털어놓는 사람처럼 말했다.

"시온주의노동자협의회 관련 자료는, 일단 여기에 없습니다, 선생님. 그것은 시온주의 문서 보관소에 있습니다. 그러나 그곳에도 연설문 속기록 외에는 아무것도 없을 텐데, 왜냐하면 그 기관 회의는 원래 일반 대중에게 공개되었기 때문입니다. 유대인기구 이사회의 회의록과 비공개회의의 회의록에 대해 말하자면, 그것들은 기밀 자료입니다. 그리고 그 자료는 공문서관리법과 국가기밀관련법에 따라 앞으로 40년 동안 기밀문서로 남게 됩니다. 만약 그래도 좋으시다면," 그는 미소도 짓지 않고 덧붙였는데, "40년 뒤에 제게 다시 오시면 되고, 혹시 그 무렵에는 생각이 바뀌어 저와 차 한잔 마시고 싶어질지도 모르죠. 그때까지 포르투나사社의 차[195]가 식지 않았다면 좋겠군요."

그는 자기 자리에서 일어나서, 손을 내밀었는데, 다른 이의 불행에 고소해하고 좋은 기분이 드는 것을 겨우 감추면서 미

255

안하다는 듯 덧붙였다.

"여기까지 오시게 해서 정말 미안합니다. 전화만 하셨어도 제가 거절의 뜻을 알려 드릴 수 있었을 텐데. 자, 거기 선생님 앞에 우리 전화번호가 있으니 적어 두셔서 40년 뒤에는 먼저 여기에 전화를 해 보고 헛걸음하지 않도록 하십시오."

슈무엘은 자기에게 내민 손을 잡아 흔들고 몸을 돌려 나왔다. 그가 문 앞에 다다랐을 때 샤인델레비츠 씨의 얇은 목소리가 그를 불러 세웠다.

"선생님이 정말 알고자 하시는 바는. 모든 사람이 하나같이 건국을 원했고 모든 사람이 하나같이 그것을 힘으로 지켜 내야 한다는 것을 알고 있었다는 것이지요."

"쉐알티엘 아브라바넬도요?"

"그렇지만 그는," 그가 말하고 입을 다물었다. 손가락으로 타자기에 글자 하나를 더 치고, 마른 목소리로 덧붙였다.

"그렇지만 그는 배신자였지요."

36

아침 10시에 부엌에서 아탈리야가 말했다.

"한밤중부터 그가 아파요. 밤새도록 그를 보살폈어요. 이제 나는 나가 봐야 하니까 당신이 조금 있다가 그의 두 번째 침실에 들어가 보도록 하세요. 당신은 아직 그의 두 번째 침실에 한 번도 들어가 본 적이 없죠. 그는 온몸이 땀에 흥건히 젖어서 몇 시간에 한 번씩 파자마를 갈아 입혀야 해요. 수분을 보충시키기 위해서 꿀과 레몬을 한 숟가락 넣은 차를 마시게 해 주시고요. 코냑을 조금 넣어도 괜찮아요. 그가 침대에서 내려오기 어려워하면, 가끔 그의 몸 밑으로 환자용 변기를 밀어 넣어 주어야 하고 나중에 화장실에서 그것을 비운 다음 씻어 주세요. 이번에는 당신이 그의 몸에 손을 대야만 할 거예요. 그는 이미 나이가 많은 사람이라 좀 불쾌하고 불편할지도 모르겠어요. 당신을 여기 데려온 이유는 그와 대화도 나누고 필요로 할 때 그를 돌보기 위해서지, 당신이 편하기 위해서는 아니니까요. 그리고 손 씻는 것과 그의 이마에서 젖은 수건 갈아

주는 것을 잊지 마세요. 오늘은 절대로 그가 말을 못 하게 계
속해서 말을 못 하게 해 주세요. 그 반대로 해 주세요. 당신이
말을 하세요. 연설하세요. 뭘 좀 읽어 주시든가. 강의하세요.
그는 목에 염증이 생겼거든요."

그는 지독한 겨울 독감에 걸렸다. 노인은 열이 오르고, 목
은 쉬고, 눈에서는 눈물이 흐르고, 폐에는 가래가 가득 찼고,
가끔 마른기침을 해 댔다. 그의 귀는, 아탈리야가 솜으로 막아
놓았는데도, 통증이 심했는데, 특히 왼쪽 귀가 그랬다. 처음
에는 그도 농담하려고, "에스키모들이 늙은이들을 눈 속에 버
리는 것은 정말 정당한 일이야"라고 말했다. 그러고 나서 갑
자기 인용구들이 생각났는지 자기를 '부서진 그릇'[196]이라고,
'깨진 토기'[197]라고, '질병이 무엇인지 아는 사람'[198]이라고 불
렀다. 체온이 40도에 가깝게 오르자 그의 익살스러움은 자취
를 감추었다. 그는 우울함에 잠겼고, 눈길을 거두고 암울한 침
묵 속에 빠져들었다.

의사가 다녀갔다. 환자의 가슴과 등을 들추고 소리를 들어
보고, 페니실린을 주사하고, 침대에 누울 때 베개를 많이 받치
고 상체를 높여 주어서 폐렴이 생기지 않도록 주의하라고 했
다. 그는 또 APC 알약[199]을 하루에 몇 번씩 복용할 것과 기침
을 막는 시럽을 마시고, 귀에 넣는 물약을 사용하고 레몬과 꿀
을 넣은 따뜻한 차를 많이 마시라고 조언했으며, 네, 물론, 코
냑을 조금 타도 괜찮다고 말했다. 그리고 슈무엘에게 두 번째
침실 난방을 따뜻하게 하라고 지시했다.

"젊지 않은 사람은, 특히 건강이 그리 썩 좋지 않은 사람은 건강한 것처럼 보일 때도, 합병증이 생기지 않도록 조심해야 합니다." 의사가 말했는데, 그는 프랑크푸르트 근처 작은 마을에서 온 것처럼 조금씩 말을 더듬었고 배가 많이는 아니지만 사각형으로 튀어나왔으며, 삼각형으로 접은 하얀 손수건이 그의 양복 상의 가슴 주머니에 꽂혀 있고, 안경 두 개를 줄로 묶어서 매달았는데, 그의 손은 너무 작아서 작은 소녀의 손 같았다.

그렇게 슈무엘 아쉬는 처음으로 발드 씨의 두 번째 침실에 들어가게 된 것이었다. 그는 벌써 두 달이 넘게 다락방에 살고 있었지만, 아직 한 번도 자기 고용주의 두 번째 침실에 들어가 본 적이 없었고, 아탈리야의 방에도 들어가지 못했으며, 지상층 복도를 따라가면 항상 문이 잠겨 있는 또 다른 방, 서재 맞은편 방에도 아직 못 들어가 봤다. 슈무엘은 그곳이 고故 쉐알티엘 아브라바넬의 방이었을 것이라고 짐작하고 있었다. 이 방 세 개는 지금까지 그의 영역 밖에 있었다. 슈무엘에게 허락된 공간은 그가 일하는 서재, 아탈리야와 나누어 쓰는 부엌, 그리고 그의 다락방뿐이었다. 하라브 엘바즈 길 비탈에 있는 이 집은 영역이 아주 정확하게 구분되어 있었다.

그날 아침에, 처음으로, 슈무엘은 발드 씨의 병 때문에 그 노인의 개인 방에 들어갈 수 있었는데, 그의 침대맡에 몇 시간 동안 앉아 그가 잠들 때까지 『예레미야』를 여러 장 읽어 주었다. 환자는 가끔 깨서 젖은기침 발작을 심하게 했다. 슈무엘은 그의 등을 받치고 찻숟가락에 코냑을 약간 넣어 레몬과 꿀을 탄 뜨거운 차를 담아 그의 입술에 대 주었다. 그것이 처음으로 슈무엘이 발드 씨와 접촉한 때였다. 맨 처음에는 억지로 그 노인을 만져야만 했는데, 뒤틀리고 정맥이 비쳐 보이는 그 몸을 보고 혐오스럽거나 거부감이 생길 거라고 예상했기 때문이었다. 막상 손을 대고 만져 보니, 놀랍게도, 덩치가 큰 몸은 따뜻하고 매우 다부지게 느껴졌는데, 마치 그의 장애에도 불구하고 어쩌면 오히려 장애가 있었기 때문에 단단한 어깨뼈와 강한 등 근육을 가지게 된 것 같았다. 슈무엘은 그 따스함과 탄탄함에 기분이 좋아졌고 노인의 파자마 윗도리를 갈아입힐 때 드러난 어깨 위에 자기 손을 올려놓기도 했으며, 살짝 거친 피부 위에 자기 손가락 끝을 대고 조금은 필요 이상으로 그러고 있었는지도 몰랐다.

노인이 잠들자 슈무엘은 일어나 잠시 방을 둘러보았다. 두 번째 침실은 좁은 편이었고, 서재보다 매우 작았지만 슈무엘의 다락방보다는 컸다. 여기에도, 서재처럼, 방의 두 벽면을 차지한 책장에 책이 가득 꽂혀 있었고 바닥에서 천장까지 뻗어 있었다. 그런데 서재에는 히브리어와 아랍어 외 서너 가지 다른 언어로 쓰인 학술 서적이 있었고, 사회과학과 유대학, 중동학, 역사학과 수학과 철학 그리고 카발라 책 몇 권과 천문학 책 몇 권이 있었고, 여기 두 번째 침실의 책장은 소설책으로 가득했는데, 대부분 독일어와 폴란드어와 영어로 된 책들이었으며, 그중 많은 책이 18세기와 19세기와 20세기 초반의 것들이었다. 『미하엘 콜하스』[200]부터 『율리시스』에 이르기까지, 하이네부터 헤르만 헤세와 헤르만 브로흐[201]까지, 독역판 세르반테스부터 역시 독일어로 된 키르케고르와 무질[202]과 카프카까지, 아담 미츠키에비치[203]와 율리안 투빔[204]부터 마르셀 프루스트를 망라했다.

그 방 책장 옆에는 게르슘 발드의 좁은 침대, 매우 낡고 무거운 옷장, 환자의 침대 머리맡에 놓인 좁은 탁자, 탁자보가 깔린 둥근 탁자가 있고 그 위에 보랏빛 떡쑥무리꽃이 담긴 화병이 놓여 있었다. 그 탁자 가까이, 양옆에는, 똑같은 의자가 두 개 놓여 있었다. 다리를 식물 모양으로 조각해서 만든 오래된 나무 의자였다. 수놓은 방석을 의자의 좌석마다 깔아 놓았다. 방석 하나하나에 연한 갈색 실로 꼬아 만든 술 장식이 늘어져 있었다. 그 의자들은 책장, 둥근 탁자와 나이트 스탠드로 이어지는 똑바른 직선들의 단조로움과 대조를 이루었다. 그것들 외에 탁자 옆 바닥에는 갈색 전등갓을 쓴 전등이 겨울빛, 따뜻하고 부드러운 불빛을 저녁 시간 내내 방 안 가득 뿌려 주며 서 있었다. 책장들 사이에는 호두나무로 만들어진 것 같고, 반짝거리는 청동 추가 달린 아주 오랜 세월을 거쳐 온 벽시계가 있었다. 그 시계추는 소리 없이 느리게 왔다 갔다 움직였다. 마치 자신에게 싫증이 나 있는 듯했다. 그리고 방 한구석에는 석유난로가 있었는데, 부릅뜬 푸른 눈을 닮은 불꽃이 밤낮으로 조용히 타고 있었다.

그가 서재에 있을 때는 책상에서 굽힘나무 의자로 옮겼다가 다시 돌아올 때 언제나 목발 없이 자기 어깨와 팔 근육의 힘으로만 다니기를 고집했었는데, 침대 머리맡에는, 서랍장에 기대어, 그 장애인이 방에서 방으로 또는 자기 방에서 바로 옆 화장실로 이동할 때 사용하는 목발 한 쌍이 놓여 있었다.

침대 맞은편, 그 위에 누운 사람 맞은편, 유일하게 비어 있는 벽에서, 슈무엘은 소박한 나무 액자에 넣어 놓은 그리 크지 않은 사진을 보았다. 그 사진은 그가 방에 처음으로 들어오면서 가장 먼저 눈길이 갔던 물건이지만, 왠지 모르게 서둘러서 눈을 돌리게 만드는 무엇이 있었다. 그 후에도 자꾸만 그 사진으로 가는 시선을 돌리다 보니, 그의 마음속에는 두려움과 수치심과 질투심 같은 서로 모순되는 감정들이 일어났다. 사진에는 마르고, 머리 색이 옅은, 조금 허약해 보이는, 젊은 남자가 있었는데, 그의 얼굴선은 길쭉하고 내성적으로 보였으며 그의 눈길은 부끄러운 듯도 하고 남을 부끄럽게 만드는 듯도 한 것이, 그의 눈이 일부러 사진기의 렌즈를 피하는 것 같았다. 그의 눈이 자기 내부를 향하고 있는 것 같았다. 한쪽 눈썹이 들려 있는 모양이 마치 의심스러워하는 것처럼 보였는데, 바로 그 들려 있는 눈썹이 그 젊은이와 그의 아버지가 유일하게 닮은 부분이었다. 그는 이마가 넓었고 옅은 머리카락은 그의 머리를 덮었는데 오랫동안 이발을 하지 않은 것 같고 맞바람이 강하게 부는데 야외에서 사진을 찍은 것 같기도 했다. 사진에서 그는 구겨진 카키색 윗옷을 입었는데, 당시 유행하던 대로 윗옷 단추를 가슴까지 풀어 헤치지 않고 목 부분까지 잠그고 있었다.

　게르솜 발드는 침대 위에서, 아들의 사진을 마주하고, 등을 베개 더미에 기대어 앉아 있었다. 슈무엘이 조금 전에 갈아입혀 준 밝은 줄이 있는 갈색 플란넬 파자마를 입고, 회색 목도리를 목에 두르고 갈기 같은 흰머리를 맨 위에 있는 베개에 흐트러뜨린 채 앉아 있었다. 슈무엘의 눈길이, 벽에 걸린 사진을 향하고 있다는 사실을 눈치채고, 묻지도 않았는데, 그는 조용한 목소리로 말을 꺼냈다.

　"미카."

　슈무엘이 중얼거리며 말했다.

　"죄송합니다."

　그리고 곧 고쳐 말했다.

　"정말 죄송합니다." 그의 눈에 눈물이 차올랐다. 그는 노인이 알아채지 못하도록 자기 얼굴을 돌렸다.

　게르솜 발드는 눈을 감고 쉰 목소리로 말했다.

　"내가 영원히 보지 못할 손주의 아비지. 그리고 그 아이도 고아였어. 내 밑에서 엄마 없이 컸으니까. 그의 어머니는 그 애가 겨우 여섯 살 때 죽었어. 나 혼자 그를 키웠지. 내가 직접 그를 데리고 모리야산으로 데려간 셈이야."

　그리고 잠깐 침묵을 지키다가 목소리가 아니라 입술로 말했다.

　"1948년 4월 2일. 밥 알와드 전투에서."

　갑자기 그의 얼굴이 일그러졌고 그가 속삭이듯이 덧붙였

다.

"그 아이는 제 어미를 참 많이 닮았었지, 내가 아니고. 열 살이 되던 때부터 내 좋은 친구였어. 나는 그 애보다 더 가깝게 지냈던 친구가 없었어. 그 아이와 나는 몇 시간씩 이야기를 나눌 수도 있었고 또 전혀 말을 하지 않아도 좋았지. 우리에게는 별 차이가 없었으니까. 그리고 가끔은 내가 이해할 수 없었던 것들, 고등수학, 형식논리학 같은 문제에 관해 설명해 주기도 했었지. 가끔은 나를 놀리면서, 성경과 역사를 가르치는 늙은 선생이라 했고, 그제의 사람이라고 부르기도 했어."

슈무엘이 다시 중얼거렸다.

"당신의 아픔에 동참합니다."

그리고 곧 고쳐 말했다.

"아니요. 아픔에 동참한다는 것은 불가능해요. 그런 건 없어요."

게르숌 발드는 잠잠했다. 슈무엘은 탁자 위에 있던 보온병에서 꿀과 레몬을 넣은 차 한 잔을 따라서, 코냑을 조금 섞어 그에게 주었고, 그 노인의 등을 받치고 잔을 그의 입술에 가까이 가져다 대며 APC 알약을 먹였다. 게르숌 발드는 차를 두세 모금 마시고, 알약을 삼키고, 슈무엘의 손을 밀어내며 잔을 물렸다.

"아홉 살 때, 병에 걸리는 바람에, 몸에서 콩팥을 제거했지. 47년 말에 그는 징집위원회에 가서 그들을 속였어. 전쟁 전야에 혼란과 무질서가 판을 치던 시절 징집위원회 사람들을 속이는 것은 그리 어렵지 않았을 거야. 오히려 그들은 속는 걸 기뻐했지. 아탈리야는 그에게 가지 말라고 말했지. 절대 가면 안 된다고. 조롱하듯 그를 마당에 뛰어나가 카우보이와 인디언 놀이를 하는 아이라고 불렀지. 우스꽝스럽다고도 했어. 그녀는 남자들이란 전부 우스꽝스러운 존재라고 생각하지. 그녀가 보기에 남자들은 전부 청소년기를 벗어나지 못했거나 앞으로도 절대 벗어나지 못할 것 같은 존재거든. 쉐알티엘도 그에게 가지 않겠다고 맹세하라고 했었어. 쉐알티엘은 몇 번이나 그 전쟁이 순전히 벤구리온의 광기이며 이 민족 전체의 광기일 뿐이라고 말했어. 사실상 두 민족의 광기였지. 그는 양측의 젊은이들이 모두 무기를 땅에 내던지고 싸우는 것을 거부해야 한다고 생각했어. 쉐알티엘은 최소한 일주일에 두 번은 그의 아랍인 친구들에게 자기 마음을 터놓고 이야기하러 가곤 했지. 심지어 47년 가을, 피 흘리는 전투가 시작되어, 검문소들이 생기고, 저격수들의 총탄이 빗발쳐도, 자기 친구들을 만나러 가기를 멈추지 않았어. 이웃 사람들은 그가 아랍인을 사랑한다고 조롱했지. 그를 무에진[205]이라고 불렀어. 그를 하지 아민[206]이라고 불렀지. 그리고 그를 배신자라고 부르는 사람도 있었는데, 왜냐하면 그는 아랍인들이 시온주의에 반대하는 것도 어느 정도 인정했고 아랍인들과 친하게 지냈기 때문이었어. 그런데도 그는 언제나 고집스럽게 자기 자신을 시온주의자라고 불렀고 심지어 자기야말로 민족주의에 도취하지 않은 소수의 진짜 시온주의자들 중 하나라고 주장했지. 그는 자기가 아하드 하암[207]의 마지막 제자라 자부했어. 그는 어린 시절부터 아랍어를 알았고 구시가지에 있는 찻집에서 아랍인들에게 둘러싸여 앉아서 몇 시간이고 이야기하기를 좋아했어. 그는 무슬림 아랍인들은 물론 기독교인 아랍인들하고도 아주 깊은 우정을 나누었지. 그는 좀 다른 길을 제시했어. 그에게는 다른 제안이 있었어. 나는 그와 논쟁을 벌이곤 했지. 난 이 전쟁이 우리 전통에 기록된 대로 결혼식장에 있던 신랑도 참여해야 할 신성한 전쟁[208]이라는 내 생각을 굽히지 않았어. 내 아들, 미카는, 내 유일한 아들, 미카는, 자기 아버지가 신성한 전쟁이라고 말하지만 않았어도 그 전쟁에 나가지 않았을지도 몰라. 나는 그 아이가 어렸을 때부터 텔하이의 수호자들[209]과 윙게이트의 야간중대[210]와 노트림[211]과 마카베오[212]가 지금 다시 살아나야 한다는 이야기를 들려주면서 그를 길렀어. 내가 그를 훈련한 거야. 그리고 나만이 아니었지. 우리가 모두 그랬어. 그의 유치원 보모들. 교사들. 그와 동갑이었던 친구들. 소녀들. 그때는 모두가 충성스럽게 '날 부르는 소리를 내가 따라갔지'라고 되뇌었지. 그는 자기를 부르는 소리를 듣고 일어나 가 버렸어. 나 자신도 그 목소리의 일부였던 거지. 이 땅이 다 같이 그 목소리를 내고 있었던 거야. 자기를 묻을 구덩이를 뒤에 두고 물러서는 민족은 없지.[213] 우리의 등 뒤에는 벽이 막고 서 있다고. 그는 떠났고 나는 남았지. 아니지. 내가 남은 게 아니지. 미카가 없으니 나도 이미 없어졌어. 나 좀 보게. 자네 앞에 앉아 있는 사람은 산 사람이 아니야. 수

다쟁이 시체가 자네 앞에 앉아 수다를 떨고 있어."

노인이 다시 기침을 심하게 해 댔고, 그르렁그르렁 가래 끓는 소리를 냈고, 가래 기침 때문에 거의 숨이 막혀서, 뒤틀린 몸을 누운 자리 위로 구부렸으며 머리를 벽에 대고 약하게 자꾸 부딪치기 시작했다.

슈무엘은 서둘러 그를 제지했다. 그의 등을 몇 번 두드려 주고 차를 몇 모금 더 마시도록 도와주었다. 그 노인은 목이 메어, 구겨진 손수건에 가래를 뱉어 냈다. 1~2분이 지나면서 슈무엘은 기침과 가래 끓는 소리의 가면 뒤에서 그 사람이 짓눌리고 목메는 듯한 소리로 속으로 흐느끼며, 딸꾹질까지 하고 있다는 것을 알아차렸다. 그다음에 그는 화가 난 것처럼 조금 전에 침을 뱉은 손수건으로 자기 눈을 닦아 내고 나서, 자기를 질책하며 중얼거렸다.

"날 용서하게 슈무엘."

두 달쯤 전에, 슈무엘 아쉬가 이 집에 온 날 이래로 노인이 그의 이름을 부른 것은 이번이 처음이었고, 그에게 미안하다고 말한 것도 처음이었다.

슈무엘이 부드럽게 말했다.

"좀 쉬세요. 말씀하지 마시고요. 흥분하시는 것은 좋지 않아요."

노인은 머리를 벽에 찧는 것을 멈추고 약하게 흐느끼기만 했는데, 자꾸만 흐느끼는 모습이 겉으로는 딸꾹질하는 것처럼 보였다. 슈무엘은 그렇게 그를 바라보다가, 마치 조각가가 조각하다가 중간에 지쳐서 그만두는 바람에 턱이 날카롭게 앞으로 튀어나온 듯한 헝클어진 하얀 콧수염이 달린 그의 울퉁불퉁한 얼굴이 얼마나 소중한지 그 순간 갑자기 깨달았다. 그 노인이 못생기기는 했지만, 그 못생긴 얼굴이 흥미롭고 매력 있어서, 너무 못생기다 못해 어떤 아름다움이 느껴지는 것 같았다. 그는 그를 위로해 주고 싶은 강렬한 충동에 사로잡혔다. 그의 주의를 고통에서 딴 데로 돌리는 것이 아니라, 사실 이 세상에 그의 주의를 고통에서 딴 데로 돌릴 방법도 없겠지만, 오히려 그 반대로, 그것을 받아서, 그 고통의 일부를 자기에게로 강하게 당겨 오고 싶었다. 커다랗고, 깊이 팬, 그 노인의 손이 담요 위에 놓여 있었고, 슈무엘은, 부드럽게, 머뭇거리며, 그 위에 자기 손을 올려놓았다. 게르숌 발드의 손가락들은 크고 따뜻하여 슈무엘의 차가운 손을 포옹하듯 감쌌다. 2~3분 정도 노인의 손이 청년의 손가락들을 감싸 쥐고 있었다. 그 침묵의 끝에 발드가 말했다.

"나도 사람들이 1948년 전쟁의 사상자들은 헛되이 죽지 않았다고 말하는 것을 알고 있네. 사실 나도 항상 그렇게 말해 왔고, 모두 그렇게 말했지. 자. 내가 어떻게 그렇게 말하지 않을 수 있단 말인가? 나탄 알테르만은 이렇게 썼지. '천 년에 한 번은 우리의 죽음이 의미가 있을지도.'[214] 그러나 나는 갈수록 이 말을 되뇌기가 힘이 드네. 쉐알티엘의 유령이 이 말들을 내 목에 박아 넣고 있어. 쉐알티엘은 자기 생각으로는, 이 세상에서 죽는 모든 사람은, 전사한 사람들뿐만 아니라 사고나 질병 때문에 죽은 사람도, 심지어 제명을 다하고 죽은 사람도, 죽은 사람들은 모두 하나같이, 고대부터 오늘까지, 모두 헛되이 죽은 것 같다고 말하곤 했지."

비틀린 얼굴에 깊이 팬 주름의 산들과 계곡들 사이에서, 두꺼운 하얀 눈썹 밑에서, 작고 쏘는 듯한 파란 눈빛이 슈무엘에게 날아와 꽂혔다. 그리고 덥수룩한 콧수염 밑에서 그의 윗입술이 떨리고 있었다. 마치 끔찍한 통증에 시달리는 것처럼, 한순간에 게르숌 발드의 얼굴이 일그러졌지만, 그 고통 속에서 미소 아닌 미소가 퍼져 나갔다. 그 표정은 그의 입술 위가 아니라 그의 눈가에만 퍼지고 있었다.

"제발 내 말을 들어 보시게, 젊은이. 나도 어쩔 수 없이 자네를 좀 좋아하게 되었다고 말할 수도 있겠군. 종종 자네는 자기 등 껍데기가 있는 곳으로 가는 길을 잃은 거북이 같아."

저녁때쯤 슈무엘은 비바람을 맞으며 케렌 하카예메트 거리와 이븐에즈라 거리 모퉁이에 있는 약국에 가서 게르숌 발드의 호흡을 편안하게 해 줄 전기 가습기를 사 왔다. 그리고 자기가 쓸 휴대용 호흡기도 새로 샀다. 돌아오는 길에 난로에 넣을 석유도 한 통 사고, 코냑 메디시날이라는 싸구려 코냑도 한 병 사 왔다.

게르숌 발드의 방에 돌아왔을 때 그 노인은 담요를 둘둘 말고 누워 거의 콧구멍까지 당겨 올려서 덮고 있었다. 그의 호흡이 좀 편해진 것 같았다. 슈무엘은 가습기를 설치하고 전기를 연결했다. 곧 그 기계는 낮은 소음을 내며 방에 짙은 안개를 퍼뜨리기 시작했다. 불쑥 노인이 말했다.

"슈무엘, 제발 내 말을 들어 보시게, 조심하게, 그녀와 사랑에 빠지지 말게. 자네는 그럴 만한 힘이 없어."

그리고 덧붙였다.

"여기에 자네보다 앞서 내 동무가 되어 준 청년들이 서너 명 더 있었어. 그들 대부분이 사랑에 빠졌고 그녀도 그중 한두 명은 불쌍히 여겨 하루나 이틀 밤 정도 함께 지낸 것 같아. 그러고 나서 그녀는 그들을 내보냈지. 결국 모두 실연을 당한 채 떠나야 했어. 그러나 그녀의 잘못은 아니야. 참으로 아니지. 그녀를 탓할 수는 없어. 그녀에게는 어떤 따뜻한 차가움이, 어떤 거리감이 있어서, 나방이 불빛을 향해 이끌리듯 자네들을 잡아끄는 것 같아. 그래서 나는 자네가 종종 안쓰러워. 자네는 아직 좀 어린아이 같지 않나."

37

아탈리야가 방문을 두드리지도 않고 들어왔다. 그녀가 그 노인이 마지막으로 했던 말을 들었는지 못 들었는지 슈무엘은 알 수 없었다. 그녀는 이웃집 여자, 사라 데톨레도 부인이 만든 죽을 가져왔고, 노인의 침대에 앉아, 그의 머리에 베개를 고쳐 베어 주었으며, 슈무엘에게 그의 등을 받쳐 달라고 부탁하고 그에게 죽을 대여섯 숟가락 정도 떠먹였다. 그렇게 그들 세 사람은 몇 분 동안 앉아 있었는데 머리를 가까이 대고 있어서 거의 서로 닿을 듯했다. 마치 세 사람이 어떤 진귀한 물건을 가까이에서 살펴보려고 몸을 앞으로 숙이고 있는 것 같았다. 슈무엘은 눈길을 돌리다가 누구보다 더 깊이 패어 있는 홈을, 그녀의 콧구멍과 윗입술 사이에 뻗어 있는 홈을 바라보게 되었다. 그의 내부에서 강렬한 욕망이 불붙어 타오르며, 그 홈이 나 있는 길을 손가락으로 부드럽게 만져 보고 싶었다. 그런 후에 그 노인은 고집스러운 아이처럼 입술을 꼭 다물고 더는 먹기를 거부했다. 그녀는 그에게 더 이상 권하지 않고 접시와 숟가락을 슈무엘에게 건네며 말했다.

"부엌에 갖다 놓으세요. 그러고 나서 서재에서 나를 기다리세요."

그는 돌아서서 부엌으로 갔는데, 선 채로 남은 죽을 다 먹었고, 냉장고에서 요구르트 병을 꺼내서 다 먹어 치우고 올리브를 한 줌 먹고 오렌지를 먹고 나서 접시와 병을 씻고, 숟가락을 씻은 다음, 그 세 가지를 잘 닦아 서랍과 찬장에 넣어 두었다. 야르데나가 그를 버리고 떠난 이후로 느껴 보지 못한 어떤 따스함이 지금 그의 몸 전체에 감돌았다.

그녀는 이미 서재에서 그를 기다리고 있었다. 노인의 굽힘나무 의자에 비스듬히 누워서 슈무엘에게 책상 뒤쪽에 있는, 발드 씨의, 등받이가 높고 천을 씌운 의자에 앉으라는 몸짓을 했다. 슈무엘은 슬프고 부끄러워하는 아몬드 모양의 눈으로 그녀를 소심하게 바라보았다. 아탈리야는 짙은 빨간색 모직 바지에다 그녀의 초록빛이 감도는 갈색 눈에 어울리는 녹색 스웨터를 입고 있었다. 초록빛을 띤 불꽃이 섞인 갈색 눈이었다. 그녀는 무릎을 모으고, 다리 양쪽으로 내려서 굽힘나무 의자 위에 올려놓은 두 손에 기대어, 편안하게 있었는데, 완전히 마른 체격은 아니었지만 목이 가는 편이었다.

"당신들은 미카에 대해 이야기했어요"라고 그녀가 입을 열었다. 그녀는 무엇을 묻는 것이 아니라 못을 박으려는 혹은 이의를 제기하려는 듯했다. "당신과 발드 둘이서 그에 관해 이야기했어요."

"그래요." 슈무엘이 인정했다. "미안해요. 제 잘못이에요. 제가 액자 안에 있는 얼굴에 관해 물었고 그것 때문에 그가 고통스러워했어요. 아니 제가 묻지 않았을지도 몰라요. 아마 그가 먼저 자기 아들에 대해 말하기 시작했을 거예요."

"미안해하지 말아요. 괜찮아요. 그는 온종일, 몇 주를, 몇 달을 말하고 말하고, 연설하고, 논쟁하는데, 사실 그는 아무 말도 하지 않죠. 만약 이번에 어떻게든 당신이 그에게 뭔가를 말하게 했다면……"

그녀는 그 문장을 끝맺지 않았다. 슈무엘은 전에 없던 용기가 솟아나서 불쑥 말했다.

"당신도 별로 말하지 않잖아요, 아탈리야."

그리고 그가 질문해도 되는지 덧붙여서 물었다.

아탈리야는 고개를 끄덕였다.

슈무엘은 미카가 몇 살에 죽었는지 물었다. 그녀는 그 질문에 대한 정확한 대답이 무엇인지 확신이 없는 것처럼, 혹은 그 질문이 너무 사적인 질문인 것처럼, 잠시 망설였다. 작은 침묵 후에 그가 서른일곱 살이었다고 말했다. 그리고 다시 침묵했다. 슈무엘 역시 말하지 않았다. 그녀가 자신에게 말하는 것처럼, 조용히 말하기 시작할 때까지.

"그는 수학자였어요. 학술지에 수리논리학 분야의 논문들을 발표했었죠. 히브리 대학 역사상 가장 젊은 교수로 임명될 예정이었어요. 다른 사람들과 마찬가지로 이곳에 언제나 휘몰아치고 있는 광기에 전염되어 어느 날 갑자기 흥분해 일어

273

나서 도살장으로 뛰어갔죠. 다른 모든 양 떼와 함께 일어나서 갔어요."

슈무엘은 게르숌 발드의 의자에 앉아, 그 책상 앞에서, 그의 두 손을 책상 위에 올려놓고 있었는데 손가락들이 너무 짧아서, 마치 한 마디가 모자란 것처럼 보였다. 돌연 숨이 가빠지는 것 같았지만 호흡기가 든 주머니에 손을 넣지 않고 참았다. 아탈리아는 그를 비스듬히 쳐다보고 있었는데, 굽힘나무 의자에서, 밑에서 위로 올려다보며, 입술 사이로 낱말들을 뱉어 내듯 말했다.

"당신들은 국가를 원했죠. 독립을 원했고요. 깃발들과 제복들과 화폐들과 북들과 나팔들을. 당신들은 무고한 피를 강처럼 흐르게 했어요. 한 세대를 전부 희생시켰어요. 아랍인들 수십만 명을 자기들 집에서 내쫓았어요. 히틀러를 피해 살아남은 사람들이 가득 타고 온 배를 항구에서 곧장 전쟁터로 보냈어요. 이 모든 일이 여기에 유대 국가를 세우기 위한 것이었죠. 그래서 무엇을 얻었는지 보세요."

슈무엘은 깜짝 놀랐다. 얼마 후에 예의를 차리며 더듬더듬 말했다.

"유감이지만 저는 당신의 의견에 전적으로 동의할 수는 없을 것 같아요."

"당신은 당연히 동의하지 않겠죠. 왜 동의하겠어요? 당신도 그들 중 한 사람인데. 당신은 혁명가이며, 사회주의자, 반역자일지 몰라도, 그래도 그들 중 하나일 뿐이에요. 미카도 하룻밤 새에 그들 중 하나가 되었죠. 그런데, 미안하지만, 당신은 도대체 어떻게 전사하지 않은 거죠?"

"저는 그 전쟁에 나가기에는 너무 어렸어요. 그때 열세 살이었으니까요."

아탈리야는 물러서지 않았다.

"그다음에는 어떻게 전사하지 않은 거죠? 보복작전은요? 시나이 작전은요? 다양한 습격들은요? 국경 너머에서 수행하는 특수 작전들은요? 훈련 중에 일어나는 사고들도 잦았는데요?"

슈무엘은 얼굴이 붉어졌다. 그는 조금 망설이다가, 고백했다.

"저는 전투병이 아니었어요, 천식도 있고 심장비대증도 있어서요." 갑자기 그의 눈에 눈물이 가득 찼지만 슈무엘은 우는 것이 창피해서 아탈리야에게 감추려고 애를 썼다.

"미카는 콩팥이 하나밖에 없었어요. 그가 아홉 살 때 네비임 거리에 있는 하다사 병원에서 수술해서 왼쪽 콩팥을 떼어 내 버렸거든요. 그는 장애인이었어요. 자기 아버지처럼요. 그는 의료 진단서를 조작했고 자기 아버지의 서명도 조작했어요. 그는 그들을 속였고 그들은 기꺼이 속아 준 거죠. 모든 사람이 속았던 거예요. 다른 사람을 속인 자들도 사실 속은 거라고요. 발드도요. 양 떼 전체가 속았어요."

슈무엘이 소심하게 대꾸했다.

"당신은 48년에 우리에겐 선택의 여지가 없었다고 생각하지 않으세요? 우리가 막다른 골목에 몰려 있었다고 생각해 본 적은 없어요?"

"아니요. 당신들은 막다른 골목에 몰려 있지 않았어요. 당신들이 벽이었죠."

"당신은 지금 당신 아버지가 평화로운 방법으로 생존할 수 있다고 진심으로 믿었다고 제게 말하려는 건가요? 아랍인들을 설득해서 이 땅을 나누어 가질 수 있었다고요? 좋은 말로 국가를 세울 수 있었다고요? 당신도 그렇게 믿으세요? 그때는 심지어 진보주의 세계도 유대인을 위한 국가 건설을 지지했었어요. 심지어 공산주의 국가들도 우리에게 무기를 제공했어요."

"아브라바넬은 국가에 열광하지 않았어요. 전혀. 어디서든지. 그는 민족국가들 수백 개로 갈라져 있는 이 세상에 크게 감명을 받지 않았어요. 마치 동물원에 칸칸이 나뉘어 있는 우리처럼요. 그는 이디시어²¹⁵를 몰랐고, 히브리어와 아랍어를 할 줄 알았고, 라디노²¹⁶와 영어와 프랑스어와 터키어와 헬라어를 말할 수 있었지만, 이 세상에 존재하는 모든 국가에 관해 굳이 이디시어로 '고임 나헤스'라고 말했죠. 이방인들의 즐거움이라고. 국가란 그가 보기에 모두 유치하고 철 지난 개념이었어요."

"그는 아마도 순진한 사람이었나 봐요? 꿈꾸는 사람이었나요?"

"꿈꾸는 사람은 아브라바넬이 아니라, 벤구리온이었죠. 벤구리온과 그의 뒤를 따라간 모든 양 떼들은 하멜른의 피리 부는 사나이를 따라가는 것 같았어요. 도살장으로. 학살로. 추방으로. 두 공동체 사이에 영원히 없어지지 않을 증오를 향해 나아간 거예요."

슈무엘은 천을 씌운 발드 씨의 의자가 불편한지 이리저리 자세를 바꾸었다. 그는 아탈리야가 한 말들이 제멋대로이고, 위협적이고, 머리카락을 곤두서게 만드는 것처럼 느껴졌다. 잘 알려진 대답, 게르솜 발드가 했던 대답이 그의 혀끝에서 맴돌았지만, 말이 되어 나오지 못했다. 모든 민족국가들이 동물원의 우리와 비슷하다는 그녀의 생각을 듣고 그는 아탈리야와 그녀의 아버지를 인간들이 서로가 서로를 맹수처럼 대하는 장소에 던져 넣고 싶은 충동이 생겼는데, 어쩌면 정말 그들을 우리에 따로 가두어 두어야 할지도 몰랐다. 그러나 그는 아탈리야가 전쟁 때문에 과부가 되었다는 사실을 스스로 상기시키며, 조용히 넘어가기로 했다. 그녀와의 말싸움에서 이기는 것보다, 한 순간만이라도, 그녀의 몸을 자기 팔로 안아 보고 싶은 마음이 훨씬 더 강했기 때문이었다. 그는 마음속으로 역사라는 폭포를 혼자 자기 손으로 막으려고 헛되이 애쓰는 그녀의 아버지를 그려 보려 했다. 어떻게 유대 국가를 믿지 않는 사람이 자신을 시온주의자라고 부르고 시온주의노동자협의회와 유대인기구 이사회에 몇 년 동안 앉아 있을 수 있었을까? 마치 그의 생각을 읽고 있다는 듯 아탈리야가 조롱과 슬픔이 섞인 목소리로 말했다.

"그가 하루아침에 그런 생각을 하게 된 것은 아니에요. 36년에 있었던 아랍 반란,[217] 히틀러, 저항군들, 학살, 유대인 저항군들의 보복 행위들, 영국인들이 설치한 교수대, 그리고 특히―그의 아랍인 친구들과 나누었던 수많은 대화를 통해서, 사실 여기에 두 공동체가 살아갈 충분한 공간이 있으며 그렇게 나란히 또는 하나 안에 다른 하나가 국가라는 틀 없이 공존하는 편이 낫겠다는 생각을 하게 된 거죠. 혼합된 공동체로, 아니면 하나가 다른 하나의 미래를 위협하지 않는 두 공동체가 어우러져 공존하는 거예요. 그렇지만 물론 당신이 옳을지도 몰라요. 당신들 모두가 옳을 수도 있죠. 그가 정말 순진한 사람이었을지도 모르고요. 당신들이 여기서 했던 모든 일이 결국 그대로 일어나게 되고, 수만 명이 학살을 당하고 수십만 명이 추방을 당하게 되는 것이 나았을지도 모르죠. 결국, 여기에 유대인들이 사는 거대한 난민촌 하나와 아랍인들이 사는 거대한 난민촌 하나가 생겼을 뿐이에요. 이제부터 아랍인들은 날마다 패배자가 당하는 재앙을 살아야 하고 유대인들은 밤마다 보복을 당할까 봐 떨며 살아야 해요. 이렇게 사는 것이 그들 모두에게 좋은가 보죠. 두 민족이 증오와 독에 잡아먹힌 후 둘 다 복수와 정의라는 훈장을 달고 전쟁을 마쳤으니까요. 복수와 정의가 가득 차 흐르는 강물들이 됐죠. 그렇게 정의가 넘쳐 나다 보니 온 땅이 묘지로 덮이고 가난한 마을들이 수백 개씩 폐허가 되어 지워지고 사라져 갔어요."

"그것에 대한 대답이 있어요, 아탈리야. 그렇지만 말하지는 않겠어요. 당신에게 상처를 주게 될까 봐 두려워요."

"나요," 아탈리야가 말했다. "이제 다시는 나에게 상처를 줄 수는 없어요. 장갑을 뚫고 들어오는 포탄이라면 모를까."

그녀는 그렇게 말하며 벌떡 일어났고, 힘들게 네 걸음을 옮겨 서재를 가로질러 가서 창가에 섰다.

"그들이 그를 죽인 거예요." 그녀가 갑자기 말했는데, 슬픔이나 증오가 아니라 오히려 분노에 도취한 것 같은 흥분한 목소리였다. "서른일곱 살에 그는 스텐 기관총과 수류탄 몇 개를 받아 예루살렘으로 가는 수송 행렬을 호위하러 파견됐어요. 1948년 4월 2일이었죠. 예루살렘으로 올라가는 길은 깊은 골짜기 속으로 구불구불하게 나 있었고, 계곡 양쪽 위에서, 아랍인들은 수송 행렬을 향해 총을 쏘았어요. 이미 해 질 무렵이 가까웠던 것 같아요. 수송대 장교들은 어두워지면서 계곡 안 좁은 길에 갇히게 될까 봐 두려워했죠. 군인들 몇 명이 방탄 장치를 한 트럭에서 내려서 아랍인들이 길을 막으려고 쌓아 놓은 돌들을 치우려고 나섰어요. 다른 사람들은, 미카도, 언덕을 뛰어올라 집에서 만든 수류탄으로 저격수들의 진지를 공격해 파괴하려고 했고요. 이 공격은 격퇴당하고 말았어요. 날이 어두워지면서 그들은 후퇴해야 했는데, 부상자들과 전사자들을 등에 메어 끌고 갔어요. 그렇지만 부상자와 전사자를 모두 데려올 수는 없었지요. 수송 행렬이 이미 예루살렘에 가까이 왔을 때 누군가가 미카의 실종을 알아차렸죠. 다음 날 새벽 분대가 언덕의 경사지를 수색하러 나갔어요. 그의 전우들은, 대부분 그보다 열 살이나 열다섯 살쯤 어린 친구들이었죠. 그들은 그를 찾을 때까지 오전 내내 언덕을 찾고 또 찾았어요. 그는 혼자 밤새도록 거기서 죽어 가고 있었을지 모르죠. 구원을 청하고 있었을지도. 혹시 배에서 피를 흘리면서도 그 언덕 경사면을 기어서 큰길 쪽으로 나오려고 애를 썼을 수도 있었겠죠. 아니면 그의 동료들이 후퇴하자마자 아랍인들이 그를 바로 발견했을 수도 있고요. 그들은 그의 목을 베어 죽였고, 그의 아랫도리를 벗겼고, 성기를 잘라서 입에 처넣었어요. 그들이 그를 거세하기 전에 죽였는지 아니면 그 후에 그랬는지는 영원히 알 수 없어요. 그 질문에 대한 답은 없어요. 그들이 그 질문을 내 자유로운 상상의 세계 속에 영원히 남겨 둔 거죠. 내가 밤에 무슨 생각을 해야 할지 절대로 고민하지 않도록 말이에요. 밤이면 밤마다. 물론 그들은 내게 이런 말을 해 주지 않았죠. 그들은 내게 아무 말도 해 주지 않았어요. 아무것도요. 그런데 우연히 알게 되었죠. 그가 죽은 지 대략 1년이 지난 후 그의 친구 중 하나가 갈릴리에서 일하다가 사고로 죽었는데 그가 남긴 일기를 받아 읽게 되었어요. 바로 거기서, 그 일기에서, 그들이 어떻게 바위틈에서 미카를 발견했는지 열 마디도 안 되는 글을 찾았어요. 그리고 그 후로 나는 그 사람만 보이고, 언제나 그가 보이고 또 보이는데, 하반신은 벌거벗었고, 그의 목은 베이고 그의 성기는 잘려 입술 사이에 꽂혀 있죠. 나는 매일 그가 보여요. 매일 밤. 매일 아침. 눈을 감으면 그가 보여요. 눈을 떠도 그가 보여요. 그리고 나는 이제 더는 할아버지가 될 수 없는 노인 두 명과 계속 여기 살았고 그들 둘을 계속 돌보았어요. 그 밖에 무슨 다른 일이 남았겠어요? 남자를 사랑하는 일은 불가능해요. 벌써 몇천 년 동안 온 세상이 당신들의 손안에 있었는데 당신들은 세상을 아주 끔찍한 곳으로 바꾸어 버렸어요. 도살장으로요. 이제 당신들을 이용하기만 할 거예요. 가끔은 당신들을 동정하거나 당신들을 좀 위로하려고 노력할 수는 있겠죠. 무엇에 관해서? 나도 모르겠어요. 아마도 당신들의 장애를 위로해야 하겠죠."

슈무엘은 입을 다물고 있었다.

"아브라바넬은 2년이 지난 후에 죽었어요. 혼자서 여기 다른 방에서 죽었어요. 미움을 받고 비방을 당하며 죽어 갔죠. 모든 사람이 경멸하는 사람으로요. 자기 자신이 보기에도 그랬을지 모르죠. 그의 아랍인 친구들은 모두 새로 생긴 국경 너머에 남겨지거나 카타몬과 아부 토르와 바카에 살던 사람들은 자기 집에서 쫓겨났어요.[218] 유대인 친구들은 더는 남아 있지 않았어요. 그는 배신자였으니까요. 미카의 죽음과 아브라바넬의 죽음 사이, 약 2년 동안 우리는 여기에 살았어요. 아브라바넬, 게르숌 발드 그리고 나, 우리끼리요, 우리 세 사람만, 아무도 없이, 우리만요. 잠수함 안에 사는 것처럼. 나와 내가 영원히 가지지 못할 아이의 할아버지 두 사람. 발드는 모든 면에서 아브라바넬과 대립했고, 극과 극으로 그와 대립했지만, 그들이 논쟁을 벌이는 일은 더는 없었어요. 한 번도. 미카의 죽음이 그들 두 사람의 입을 완전히 다물게 했어요. 한순간에 모든 설명이 바닥나 버렸어요. 말문이 막혀 버렸어요. 그들 두 사람 사이에 침묵이 감돌았고 그들과 나 사이에도 마찬가지 였어요. 발드는 물론 그 침묵 때문에 고통스러웠겠죠. 그는 말하기를 좋아하고 쉴 틈 없이 말을 해야 하는 사람이니까요. 그러나 아브라바넬은 그게 편했을 거예요. 나는 그들을 돌보면서 매일 몇 시간씩 슈트라우스 거리에 있던 부동산 중개인 사무실에 일하러 나갔었죠. 어느 날, 저녁 7시 뉴스가 끝난 얼마 후에, 아브라바넬이 혼자 부엌에 앉아, 커피를 마시며 언제나처럼 신문을 읽고 있었어요. 저녁마다 그는 혼자 부엌에 앉아, 커피를 마시면서 신문을 읽곤 했으니까요. 갑자기 그의 머리가 떨어지며 커피 잔에 부딪쳐 잔을 엎었어요. 그의 안경 오른쪽 알이 소총 총알에 눈을 맞은 것처럼 깨졌어요. 신문이 탁자 위로 그의 가슴 위로 그의 무릎 위로 그리고 바닥 위로 흐르고 있던 커피에 전부 젖었어요. 나는 그를 그렇게 발견했어요. 커피, 신문, 깨진 안경, 꽃무늬 유포 식탁보 위에 놓인 얼굴, 마치 그는 부엌 식탁 위에서 잠깐 잠이 든 것 같았고 다만 그의 이마와 머리카락이 커피에 젖어 있을 뿐이었죠. 난 아브라바넬의 사상으로부터 뭔가 이어받은 것도 있지만 솔직히 그를 사랑하지는 않았어요, 아마 내가 아직 어린 여자아이였을 때를 제외하고는요. 그는 정말 올곧은 사람이었고 꽤 용감하고 독창적이었지만, 결코 아버지가 되기를 원치도 않았고 어떻게 해야 하는지도 몰랐고, 사실 남편인 적도 없었어요. 한번은 내가 네 살이었을 때, 그가 나를 마하네 예후다 시장에 있는 가게에 놓고 간 적이 있는데, 왜냐하면 그는 어떤 기독교 사제와 논쟁에 빠져 있었고 그 논쟁을 이어 가기 위해서 그 사제와 함께 야포 거리를 걸어 내려갔고 계속해서 그와 함께 하하바쉼 거리까지 갔던 거죠. 또 한번은 내 어머니에게 화가 나서 2주 동안 집에서 나가는 것을 금지했고 그래서 그녀의 신발 세 켤레를 숨긴 적도 있어요. 한번은 그녀가 부엌에서 포도주 한 잔을 마시면서 그의 그리스인 친구와 함께 큰 소리로 웃고 있는 것을 보았어요. 그래서 그녀를 다락방에 가두었죠. 그는 고독한 사람이었고, 자기중심적이며 질투가 심한 사람이었어요. 광적인 사람. 걸어 다니는 느낌표. 가족이란 그에게 걸맞지 않았죠. 어쩌면 그는 수도사가 돼야 했을 사람이에요."

38

예수와 그의 제자들은 모두 유대인의 자식인 유대인들이었다. 그러나 기독교인 대중의 상상 속에서, 그들 가운데 유대인으로—그리고 유대 민족 전체를 대표하는 사람으로—각인된 유일한 사람이 있었으니 그는 가롯 유다였다. 제사장 한 무리와 성전 경비대가 예수를 체포하러 왔을 때 다른 모든 제자는 놀랐고 목숨을 잃을까 두려워하며 사방으로 혼비백산하여 흩어져 버렸지만 오직 유다만이 그 자리에 남아 있었다. 아마 그는 예수의 용기를 북돋우어 주려고 입을 맞추었을지도 모른다. 혹시 그 간수들을 따라 자기 스승을 잡아가던 장소까지 동행했을 수도 있다. 베드로도 그곳에 갔었지만, 새벽이 밝아오기 전에 베드로는 예수를 세 번이나 부인했다. 유다는 그를 부인하지 않았다. 이 얼마나 역설적인가, 슈무엘은 자기 공책에 이렇게 적었다, 처음이자 마지막 기독교인, 한 순간도 예수를 떠나지 않고 그를 부인하지 않았던 유일한 기독교인, 예수가 십자가에 달려 있던 마지막 순간까지 그가 하느님이라고 믿었던 유일한 기독교인, 끝까지 예수가 온 예루살렘 앞에서 그리고 온 세계 앞에서 틀림없이 일어나 십자가에서 내려오리라 믿었던 기독교인, 예수와 함께 죽었고 그가 떠난 이후에 더 살려고 하지 않았던 유일한 기독교인, 예수가 죽었을 때 자기 가슴이 무너져 내렸던 유일한 사람, 다름 아닌 바로 그 사람이 다섯 대륙에 사는 수억 명의 사람들의 눈에는 수천 년에 걸쳐 가장 전형적인 유대인이라고 간주되었다. 가장 혐오하고 가장 경멸하는 사람. 배신의 화신이며 유대교의 화신이고 유대교와 배반이 무슨 관련이 있는지 보여 주는 화신이었다.

계속해서 슈무엘은 자기 공책에 적어 나갔는데, 현대에 와서, 역사가 하인리히 그레츠[219]는 예수가 여자가 낳은 자 중 유일하게 '살아 있을 때보다 죽은 후에 더 활동이 많았다고 말해도 과장이 아닌 자'라고 썼다. 슈무엘은 이 말 가장자리에 휘갈겨 쓴 필체로 덧붙였다. 사실이 아님. 예수가 유일하지 않았음. 가룟 유다도 그가 살아 있을 때보다 죽은 후에 더 활동이 많았음.

그는 겨울밤 자신의 다락방에 홀로 있는데, 머리에서 바로 가까운 천장 경사면 위로 비가 세차게 끊임없이 내리면서 그 집 낙숫물 홈통을 연주하고, 서풍이 불어 사이프러스들은 휘청거리고, 절망에 빠진 밤의 새가 갑자기 날카로운 소리로 울어 대고, 슈무엘은 책상에 구부리고 앉아, 가끔 책상 위 자기 앞에 열어 놓은 싸구려 보드카를 병째로 크게 한 모금씩 마시며, 공책에 뭔가를 열심히 쓰고 있었다.

유대인들은 거의 아무도 유다에 관해 말하지 않았다. 아무 곳에서도. 어떤 말도 없었다. 십자가를 조롱하던 때에도, 또 복음서에 따르면, 사흘 정도가 지나 일어났던 부활을 조롱하던 때에도, 그를 언급하지 않았다. 유대인들은 어느 시대에 살았든, 기독교에 대항하는 글을 썼던 사람들까지도, 유다에 관해 언급하기를 매우 두려워했다. 그레츠나 클라우스너[220]처럼, 예수가 유대인으로 태어나서 유대인으로 죽었으며 에세네파 사람들과 가깝게 지내고 죄인들과 세리들과 창녀들과 어울린다고 제사장들과 토라 선생들에게 미움을 받았다고 썼던, 그 유대인 저자들조차 가룟 유다에 관해서는 아무 말도 하지 않고 지나갔다. 심지어 예수는 사기꾼이며, 교활한 마술사이고 로마 군인의 사생아라고 생각하던 유대인들조차 유다에 관해서는 모두 어떤 말도 꺼렸다. 그를 부끄러워했다. 그를 부인했다. 그들은 지난 여든 세대 동안 증오심과 혐오감을 강물처럼 흐르게 했던 그 사람에 관한 기억을 그의 유령을 불러오기를 두려워했는지도 모른다. '흔들지 말고 깨우지도 말지어다.'[221]

슈무엘은 최후의 만찬을 그린 유명한 그림들 속에 유다가 어떤 모습으로 등장하는지 잘 기억하고 있었다. 뒤틀리고 끔찍한 존재가 잘생긴 사람들만 앉아 있는 식탁 끝에 벌레처럼 움츠리고 앉았는데, 머리카락 색이 밝은 사람 중에 혼자 검은 머리이며, 코는 구부러지고 귀는 너무 큰 데다, 이는 누렇고 썩었고, 그의 사악한 얼굴 위에 욕심 많고 비열한 표정이 쏟아져 있었다.

그곳, 골고타에, 유월절 첫날 저녁이기도 했던 금요일에, 모여 있던 사람들은 십자가에 못 박힌 이를 조롱하고 있었다. "너 자신을 구원하고 십자가에서 내려오라." 그리고 유다도 그에게 애원하고 있었다. "내려오세요, 랍비여. 지금 내려오세요. 바로 지금. 시간이 늦어져서 사람들이 흩어지기 시작했어요. 내려오세요. 더는 지체하지 마세요."

정말로, 슈무엘은 공책에 썼다. 정말로 믿는 사람 중에서 어떻게 자기 스승을 30세겔이라는 헐값에 팔아넘긴 이가 너무 슬픈 나머지 곧장 일어나서 스스로 목을 맬 수 있었을지 의문을 가졌던 사람이 하나도 없었을까? 다른 제자 중에 아무도 나사렛 사람 예수와 함께 죽지 않았다. 유다가 그 메시아가 죽은 뒤에 더는 살기를 원치 않았던 유일한 사람이었다.

그렇지만 슈무엘은 자기가 본 어느 글에서도 그 사람을 변호하려고 아주 미미한 노력이라도 하는 자를 본 적이 없는데, 사실 그 사람이야말로 만약 그가 없었다면 십자가도 없었고 기독교도 없었으며 교회도 없었을 것이고, 그가 없이는 그 나사렛 사람도 갈릴리 변방에서 와서 기적을 일으키고 설교를 하던 시골 사람들 수십 명[222]과 마찬가지로 사람들의 마음속에서 잊혔을 것이다.

자정이 지나서 슈무엘은 나무 단추를 밧줄 모양의 단춧구멍에 채우는 낡은 학생용 외투를 입고, 머리에 샤프카를 쓰고,

자기 턱수염과 뺨과 이마와 목에 아기들이 쓰는 탤크 분을 좀 뿌리고, 여우 머리가 달린 지팡이를 들고 부엌으로 내려왔다. 그는 갑자기 늦은 밤의 배고픔이 몰려와 빵을 한 조각 두껍게 썰어서 치즈를 발라 먹고, 마침내 기분 좋게 피로해질 때까지 텅 빈 거리를 쏘다니러 나갈 생각이었다. 어쩌면 부엌에서 아탈리야를 만나게 되기를 몰래 마음속으로 바랐을지도 모른다. 혹시 그녀도 잠을 이룰 수 없었을까? 그러나 부엌은 텅 비고 어두웠으며 슈무엘이 불을 켰을 때 살찐 갈색 바퀴벌레 한 마리만 그를 피해서 부엌을 비스듬히 가로질러 냉장고 밑으로 도망가는 것을 볼 수 있을 뿐이었다. 도대체 왜 도망가는 건데, 슈무엘은 재미있다는 듯 말했다, 난 너를 만질 생각도 없는데, 내가 너에 대해 무슨 반감이 있겠니? 네가 나에게 무슨 짓을 했길래? 그리고 내가 너보다 나은 것이 뭐길래?

그는 냉장고를 열었고 채소 몇 가지, 우유병과 하얀색 생치즈 상자가 있는 것을 보았다. 그 치즈를 손가락으로 듬뿍 퍼서 빵 조각 위에 놓았고 턱수염에 빵 부스러기가 들러붙는 것도 신경 쓰지 않고 입에 넣고 씹었다. 일부러 빵 부스러기를 타일 바닥에 좀 떨어뜨렸는데, 아침에 바퀴벌레가 먹을 식사였다. 그리고 나서 냉장고 문을 닫고, 발끝으로 살금살금 복도를 가로질러 걸었는데, 왜냐하면 게르숌 발드, 병에서 회복 중인 그가 혹시 깨어 서재의 책상 옆에 앉아 있거나 자기 굽힘나무 의자 위에 기대앉아 있을지도 모르기 때문이었다. 그러던 중에도 닫혀 있는 아탈리야의 방문 너머에서 무슨 소리가 나는지

들어 보려고 잠깐 멈춰 섰다가, 아무런 소리도 들리지 않았기에 집에서 어둠 속으로 나와 문을 잠갔고 여우 머리 지팡이로 안뜰에 덮인 타일들을 짚어 보았다.

비가 완전히 그치지 않고 조금씩 잦아들며 가는 이슬비가 되어 내렸다. 바람도 가라앉았다. 골목 안에는 깊은 침묵이 가득했다. 공기는 차고 맑아서, 유리 같았고, 그의 폐를 씻어서 깨끗하게 만든 공기가 그의 머리에서 싸구려 보드카의 잔향까지 청소해 주었다. 창문들과 블라인드들이 모두 닫혀 있어서 어떤 창문에서도 아무런 빛이 새어 나오지 않았다. 영국 위임통치 시절에 설치한 낡은 가로등, 네모난 유리 조각들을 이어 붙인 전등이 빛은 아주 조금 밝히면서 안절부절못하고 길과 벽 위에서 움직이는 수많은 그림자를 뿌려 대고 있었다. 슈무엘은 앞으로 걸어갔는데, 머리는 내밀고 몸은 머리에 끌려가며 다리들은 뒤처지지 않으려고 애쓰는 걸음걸이로, 하라브 엘바즈 길을 올라와서 우시슈킨 거리 쪽으로 움직였다. 거기서 몸을 돌려 나흘라오트 쪽으로 걸었는데, 몇 주 전 저녁에 아탈리야와 함께 산책했던 경로와 비슷했다. 그는 그때 그 산책에서 둘 사이에 감돌던 침묵이 생각났고 현재 그녀가 했던 말들, 그러니까 미카의 죽음과 그녀가 절대로 아빠라고 부르기를 원치 않았고 언제나 그들의 성姓을 불렀던 그녀 아버지의 죽음에 관한 상념에 빠졌다. 아브라바넬. 그는 겨우내 이 집에서, 죽음의 냄새가 가득한 곳, 집주인의 유령과 고장 난 기계식 인형처럼 쉴 새 없이 연설하고 연설을 하는 노인과 모든 남성을 혐오하며 스스로를 가두어 버린 여인 사이에서 자기가 도대체 무엇을 하는 것인지 자신에게 물었다. 비록 아주 가끔 그녀의 동정심이 문득 일어날 때도 있지만. 그리고 자기는 자진해서 은둔 생활을 하는 거라고 대답했다. 야르데나가 그를 떠나 네쉐르 샤르쉡스키와 결혼해 버렸을 때, 또 학업을 중단했을 때 이미 그렇게 하기로 했던 것처럼 말이다. 그리고 여기 그는 지금까지 자기 결정을 훌륭히 지켜 내고 있다. 그렇지만 네가 정말 은둔 생활을 하고 있냐? 다락방에 문을 닫고 앉아 있을 때도 네 마음은 언제나 아래층에, 부엌에, 아탈리야의 닫힌 문지방 위에 가 있잖아.

추위에 꽁꽁 얼고, 비쩍 마르고, 굶어서 배가 쏙 들어가고, 갈비뼈가 앙상하게 드러난 길고양이 한 마리가 꼬리를 다리 사이에 말아 넣고, 쓰레기통 두 개 사이에 웅크리고 서서 반짝이는 눈으로 슈무엘을 바라보고 있었는데, 온몸을 잔뜩 긴장시킨 채, 언제라도 도망칠 준비를 하고 있었다. 슈무엘은 멈춰 서서, 그 고양이를 바라보는데 갑자기 동정심이 가득 차올랐다. 이 동정심은 운명이 불행을 안겨 준 사람을 대할 때 가끔 그를 엄습해 오던 것으로, 거의 한 번도 행동으로 옮겨 본 적이 없는 동정심이기도 했다. 그는 마음속으로 고양이에게 이렇게 말했다. 너도 내게서 도망치지는 말아 줘. 나와 너는 좀 닮았지. 우리 둘 다 어둠 속에서 이 보슬비를 맞으며 홀로 서서 이제 뭘 해야 할지 묻고 있잖아. 우리 둘 다 어떤 온기를 찾아다니고 있고 그것을 찾으면서도 움찔하며—물러서지. 그가 조금 더 다가서며, 지팡이를 앞으로 내밀었지만, 고양이는 쓰레기통 사이 자기 자리에서 물러서지 않았고 오히려 털을 곤두세우며 등을 둥글게 말고 이빨을 드러내면서 소리 없는 경고를 하는 듯 연달아 숨을 두 번 내쉬었다. 어둠 속에서 난데없이 총소리 같은 것이 어렴풋이 들렸고, 그다음에 훨씬 더 가까운 곳에서, 날카로운 총소리들이 일제히 들리면서 정적을 깨뜨렸다. 슈무엘은 그 총소리가 어디서 들려오는지 알 수 없었다. 요르단 측 예루살렘은 이스라엘 측 예루살렘을 삼면에서 둘러쌌고 요새처럼 만든 초소들이 설치되어 있었는데, 국경을 따라 가시철조망 울타리가 길게 쳐져 있고, 콘크리트를 부어 벽을 세우고 지뢰밭을 설치해 놓았다. 가끔 요르단 저격수들이 지나가는 사람들을 쏘기도 했고 국경 양쪽에 설치된 초소들 사이에 30분이나 한 시간씩 표적 없는 총질이 오가기도 했다.

일제히 들리던 총격이 지나가고 예루살렘 위에는 다시 겨울밤의 고요가 내려앉았다. 슈무엘은 길 위로 몸을 구부리고, 손을 내밀어 고양이를 불러 보려 했다. 그런데 놀랍게도 그 고양이는 도망치기는커녕 그를 향해 조심스럽게 서너 발자국 다가섰고, 미심쩍은 듯이 공기 냄새를 맡았으며, 그 콧수염은 전등 불빛 아래서 가늘게 떨렸고, 그 눈은 무서운 악마의 빛처럼 번쩍거렸으며, 꼬리는 위로 곧게 세웠다. 부드럽고 유연한 발걸음은 춤추는 듯했는데, 마치 이 비쩍 마른 고양이는 골목을 홀로 헤매는 낯선 사람을 가까이에서 살펴보려는 것 같왔다. 어쩌면 낯선 사람의 손에서 먹이를 받아먹던 법을 아직 잊어버리지 않았는지도 몰랐다. 슈무엘은 빈손이라서 미안한 마음이 들었다. 그는 냉장고 안에서 딱딱하게 변한 하얀 치즈가 생각났고 몇 조각 들고나오지 않은 것을 후회했다. 나오기 전에 달걀이라도 삶아서 껍질을 벗겨 가져왔으면 지금 굶주림에 허덕이는 이 길고양이에게 줄 수 있었잖아.

"가진 게 아무것도 없네. 미안해," 슈무엘은 낮은 목소리로 사과했다. 그렇지만 고양이는 그 말에 별 감흥이 없었고 오히려 허리를 굽히고 있는 슈무엘에게 좀 더 가까이 다가와서 그가 내민 손가락 끝 냄새를 맡았다. 실망하고 떠나가는 대신에 고양이는 머리 한쪽을 그가 내민 손가락 끝에 비벼 대며 가슴을 에는 짧은 울음소리를 냈다. 슈무엘은, 몹시 당황하고 놀랐지만, 그 고양이가 계속해서 비벼 댈 수 있도록 손가락을 편 채로 내밀고 있었다. 그러다가 갑자기 용기가 나서, 지팡이를 인도 아스팔트 위에 내려놓고 다른 손으로 고양이의 머리와 등을 쓰다듬었고 부드럽게 목과 귀밑을 간질였다. 그 고양이는 회색과 흰색이 섞인, 그리 크지 않고, 거의 새끼에 가깝고, 만지는 느낌이 정말 부드럽고 따뜻하고 폭신폭신했다. 슈무엘이 손으로 쓰다듬어 주자 고양이의 목에서 낮고 고르게 가르랑거리는 소리가 흘러나왔으며 계속해서 자기에게 내민 손가락에 뺨을 비벼 댔다.

잠시 후에는 그 고양이가 구부린 슈무엘의 다리에도 두 번 정도 몸을 비볐고, 다시 한번 낮고 약하게 우는 소리를 내고는, 마음을 바꾸어서, 몸을 돌려 뒤도 돌아보지 않고 멀어져 갔고, 부드럽고 탄력 있는 표범의 걸음으로 쓰레기통 사이를 지나 사라졌다.

슈무엘은 계속해서 길을 걸어갔고, 마하네 예후다를 건너서, 마코르 바룩 마을을 지났는데, 그곳 돌벽 위에는 랍비들과 회당 관리인들이 붙인 벽보들이 펄럭거리고 있었고, '우리는 심하게 부서져 버렸다' '내 기름 부은 자에게 손대지 마라' '부정선거 참여 금지' '시온주의자들이 히틀러가 하던 행위를 계속한다, 그 이름이 지워지기를![223]'이라고 쓴 저주와 거부와 욕설들이었다.

그의 발걸음은 사회주의 개혁 서클 시절에 들르던 카페가 있는 예기아 카파임 동네 골목으로 그를 이끌었는데, 그 카페는 프롤레타리아가 모이는 장소로 서클 회원 여섯 명이 탁자 두 개를 붙여 앉았고, 한두 탁자 너머로 기술자들, 미장이들, 전기 기사들, 인쇄공들, 배관공들이 몇 명씩 모여 있었으며, 그들과 직접 대화를 나누지는 않았지만, 가끔 회원 중 하나가 그들에게 담뱃불을 빌리곤 했다.

카페에 도착했을 때, 문이 닫히고 녹슨 쇠창살로 잠겨 있는 것을 보고, 슈무엘은 마치 땅에 심어진 것처럼 그 자리에 서서 도대체 거기서 무엇을 하는 건지 자신에게 물었다. 그리고 아탈리야가 몇 시간 전에 던졌던 질문을 문득 자신에게 묻게 되었다.

너도 왜 전사하지 않은 거지?

그는 고개를 숙여 손목시계를 내려다보았다. 1시 10분. 살아서 돌아다니는 것이라고는 그 마을에 아무것도 보이지 않았다. 희미한 불빛이 비치는 창문이 하나 있어서 그는 젊은 유대 학교 학생이 거기 앉아서 『시편』 구절을 낭송하고 있는 모습을 상상해 보았다. 마음속으로 그는 그 학생에게 말했다. 나와 너, 우리 둘이 크기를 잴 수 없는 무언가를 찾고 있구나. 그것은 정해진 크기가 없으니 우리가 아침까지 그리고 다음 날 밤이 올 때까지 그리고 우리가 죽는 날까지 매일 밤 그리고 심지어 우리가 죽은 다음까지 찾는다고 해도 그것을 발견하지 못할 거야.

집으로 돌아오는 지크론 모세 거리 오르막길에서 슈무엘은 미카 발드의 죽음에 관해 생각했는데, 그 뛰어난 수학자는 아탈리야와 결혼했고 아마 그녀를 사랑했고 그녀도 그를 사랑했을 텐데, 분명 아탈리야가 냉소적인 사람으로 변하기 전이었을 것이다. 아내와 장인이 그 전쟁 자체에 반대했고 국가 건립에 반대했으며 저주받은 것처럼 보이는 전쟁에 그가 지원하는 것을 극구 반대했는데도 불구하고, 그는 자기 아버지처럼 장애인이었고 어렸을 때 신장 하나를 몸에서 제거했는데도 불구하고, 이 모든 것에도 불구하고 그는 독립전쟁을 위해 자원입대했다. 그리고 그날 밤, 1948년 4월 2일 밤에, 그는 어느 언덕 비탈을 뛰어오르며 돌격을 감행했다. 슈무엘은 자기 생각 속에서 그 부상당한 남자를 그려 보려고 노력했는데, 팔마흐[224] 출신 소년이 아니라 서른일곱 살이 넘은 유부

294

남을, 물론 가장 건장한 사람은 아니었을 테고, 누가 알아, 혹시 나처럼 천식 환자였을지도, 속도를 내서 언덕을 오르기는 어려운 사람이었을 것이다. 그의 동료들은 그가 뒤에 혼자 남겨졌다는 것을 눈치채지 못하고 어둠 속에서 산 경사면을 돌아 내려가 길 위에 막혀 서 있는 행렬로 후퇴했다. 그는 적군들이 들을까 봐 소리를 지를 수 없었던 걸까? 그는 정신을 잃었던 걸까? 아니면 혹시 남은 힘을 다 짜내어 기어서, 언덕 밑으로, 길가 행렬이 있는 쪽으로 내려오려 했을까? 아니면 정반대로, 그는 너무 끔찍한 고통에 소리를 지르고 부르짖다가 오히려 그 부르짖는 소리 때문에 아랍 병사들이 어둠 속에서도 그를 찾아낸 걸까? 그리고 그를 찾았을 때, 그는 그들에게 말을 걸어 보려 했을까? 그들의 언어로? 그는 자기 장인처럼 아랍어를 알았을까? 그는 그들에게 끝까지 저항했을까? 그는 자기 목숨을 구걸했을까? 물론, 그는 다른 모든 사람처럼, 그 전쟁에서, 처음 몇 달 동안은, 양측이 모두 포로를 거의 사로잡지 않는다는 사실을 알고 있었을 것이다. 위협적이고 절망적인 공포 속에서 그는 그들이 자기 바지를 벗겼을 때 그에게 무슨 짓을 하려고 했는지 이해했을까? 그의 동맥 속에서 피가 얼어붙었을까? 보슬비는 그치고 찬 공기가 썩어 가는 낙엽 냄새와 함께 살을 에고 젖은 땅은 예루살렘 공기 속에 서 있었지만, 슈무엘은 온몸을 떨면서 자기 성기를 방어하기라도 하려는 듯 손을 바지 위에 올려놓고 발걸음을 재촉했다. 너도 왜 전사하지 않은 거지?

다비드카 광장에 도착하기 조금 전에 전조등을 번쩍이는 경찰차 한 대가 끼익 소리를 내며 그의 옆으로 멈춰 서더니 창문이 열리고 강한 루마니아 말투로 콧소리가 섞인 고음의 목소리가 그에게 물었다.

"어디로 가십니까, 선생님?"

"집에 가요"라고 슈무엘이 말했는데, 그날 밤에 그만 돌아다닐 것인지 사실 결정하지 못한 상태였다. 원래 그는 힘이 다빠질 때까지 거리를 헤매고 다닐 계획이었다.

"신분증요."

슈무엘은 지팡이를 쥔 손에서 다른 손으로 넘기고, 외투 단추를 추위에 언 손가락으로 풀고 윗옷 주머니를 뒤졌고 그다음에는 다른 쪽 주머니를 그다음에는 바지 뒷주머니를 그리고 드디어 자기 신분증 표지를 꺼내어 루마니아 출신 경찰에게 내밀었다. 그때만 하더라도 신분증은 파란색 수첩을 두꺼운 종이에 묶어 놓은 모양이었다. 그는 계속해서 뒤지며 주머니들을 밖으로 뒤집어 보았고 그중 한 주머니 깊숙이에서 신분증을 찾았다. 그 경찰은 자동차 천장에 달린 작은 불을 켜고, 신분증을 살펴본 뒤 슈무엘에게 신분증 표지와 신분증을 되돌려 주었다.

"길을 잃으셨습니까?"

"왜요?" 슈무엘이 물었다.

"신분증에는 선생님이 텔아르자에 사신다고 쓰여 있으니까요."

"예. 아니요. 제가 요즘 머무는, 머무는 게 아니고 일하는 곳은 하라브 엘바즈 길이에요. 샤아레이 헤세드 마을요."

"일한다고요? 이 시간에요?"

"그게 말이죠." 슈무엘이 대답했다. "저는 그곳에서 일하면서 숙박도 해결하고 있어요. 그러니까, 숙식이 월급에 포함된 셈이지요. 그건 중요하지 않고요. 좀 복잡해요."

"술 드셨습니까?"

"아니요. 예. 어쩌면 조금요. 사실 나오기 전에 몇 모금 마시기는 했어요."

"이렇게 추운 밤 이런 시간에, 선생님은 정확히 어디를 가려고 나오셨는지, 알 수 있을까요?"

"그냥요. 돌아다니는 거예요. 머리를 좀 식히려고요."

그렇지만 경찰은 이미 지루해지려고 했다. 그는 운전대 뒤에 앉은 동료에게 뭐라고 말했고, 그러고 난 후 창문을 닫으면서 슈무엘에게 말했다.

"이런 시간에 혼자서 거리를 돌아다니는 것은 건강에 그리 좋지 않아요. 갑자기 감기에 걸릴 수도 있으니까요. 아니면 늑대를 만나거나."

그리고 이렇게 덧붙였다.

"자, 이제 여기서 곧바로, 딴생각 말고 곧바로, 집으로 가세요. 지금은 정직한 사람들의 시간이 아니에요. 오늘 밤 우리 눈에 더는 띄지 않도록 아주 조심해 주세요."

얼고, 젖고 피곤한 채로 슈무엘 아쉬는 2시가 조금 넘어서 하라브 엘바즈 길에 있는 집으로 돌아왔다. 그는 발끝으로 서서, 아무 소리도 내지 않고 들어왔는데, 노인이 자기가 들어오는 소리를 듣지 못하도록 하기 위해서였다. 그러고 나서 불현듯 그 사람이 여전히 좀 아파서 죽은 아들의 사진 맞은편에 있는 침대 위에서 벌써 잠이 들었을 것 같다는 생각이 들었다. 그래서 그는 부엌에 불을 켜고, 자기 바퀴벌레를 찾으려고 둘러보았으나, 바퀴벌레는 벌써 잠자리에 든 것 같았고, 슈무엘은 빵에 잼을 발라 먹고 올리브도 몇 알 집어 먹고 온몸이 꽁꽁 얼어 뭔가 뜨거운 것이 마시고 싶었지만 따뜻한 차를 준비하기가 귀찮아서 물 한 잔을 마셨다. 그러고는 다락방으로 조용히 올라왔고, 난로에 불을 붙이고, 외투를 벗고, 신발을 벗고, 보드카 병을 들고 길게 세 모금을 더 마시고, 옷을 벗고 자기의 긴 플란넬 속옷을 입고 난로 앞에 잠깐 서 있었다. 불쑥 자신에게 말했다. 그래 봐야 도움이 되지 않을 거야. 자기도 무슨 뜻으로 이런 말을 했는지 이해할 수 없었지만, 그 말들이 그를 좀 진정시켰고 그는 침대로 올라갔으며 그 순간 호흡이 가쁘지 않았지만, 발작이 찾아올까 봐 두려워서 천식 호흡기로 숨을 두 번 들이마셨다. 그 후에는 담요를 뒤집어쓰고 머리를 베개에 대자마자 바로 잠이 들었다. 불 끄는 것과 난로를 끄는 것도 잊고 보드카 병을 마개로 닫는 것도 잊어버렸다.

다음 날 그는 11시에 일어났고, 옷을 입고, 그의 지팡이를 들고, 정신이 몽롱하고 아직 취한 상태로, 하멜레흐 조지 거리의 헝가리 식당에 굴라시와 사과 절임을 먹으러 나갔다. 사실 그는 아침에 일어나자마자 병자의 두 번째 침실에 들어가서 필요한 것이 없는지 물어보았어야 했다. 그를 씻기고. 땀에 젖은 파자마를 갈아입혀 주어야 했다. 그에게 차를 따라 주고. 숟가락으로 먹여 주고. 알약을 가져다주고 베개들을 정돈해 주어야 했다. 그러나 그가 여기 도착하던 날, 아침 시간에는 그 노인이 언제나 잠을 잔다고 들었기 때문에 그는 외출하면서 그 일을 하지 않았다. 그 이유 말고도 당연히 아탈리야가 한두 번 병자의 방을 들여다보았을 것이고, 아니면 가사 도우미 벨라가, 아니면 혹시 이웃 여자 사라 데톨레도가 들여다봤을 수도 있었다. 그렇긴 해도 네가 그에게 들러서 혹시 네 도움이 필요한지 살폈어야 했어. 혹시 그 노인이 일어나 앉아서 너만 기다리고 있었을 수도 있잖아. 혹시 그가 밤새도록 잠도 자지 않고 누워서 네게 해 주고 싶은 새로운 말들을 찾아냈을 수도 있어. 혹시 그는 아침에 자기 아들에 대해서 네게 뭔가 더 말해 줄 게 있었는지도 몰라. 어떻게 그를 내버려 둘 수 있어. 지금, 헝가리 식당에서, 뜨거운 김이 나는 굴라시 접시 위에서, 슈무엘은 마음속 깊은 곳에서 미안한 마음이 들었다. 그리고 자기 자신에게 말했다. 너무 늦었어.

—39—

2월 중순쯤 게르숌 발드가 건강을 되찾았다. 그렇지만 성가신 마른기침만은 그를 놓아주지 않았다. 그는 오후 5시가 되면 다시 목발을 짚고 두 번째 침실에서 서재로 절름대며 걸어갔고, 거기서 슈무엘은 그와 함께 밤 10시나 11시까지 앉아 있었다. 자기 아들에 관한 이야기는 더는 꺼내지 않았다. 그러나 어떤 역설적인 상황이 되어 그가 자기 왼쪽 눈썹을 추켜세울 때면 슈무엘은 미카와 그가 겪은 외로운 죽음이 얼마나 무서웠을지 떠올렸다. 게르숌 발드와 슈무엘은 함께 뉴스를 들었다. 그 무렵 프랑스가 처음으로 터뜨린 원자탄[225]에 관해 이야기를 나누었다. 수에즈 운하에서 자유롭게 항해할 권리에 대해 그리고 벤구리온이 나세르의 위협은 모두 허풍이라고 발표했던 것에 관해 이야기했다. 그런 다음 슈무엘은 자기 다락방으로 올라갔고 노인은 남아서 자기 책과 종이 뭉치들과 함께 새벽 5시나 6시까지 깨어 있었다. 오전 내내 발드는, 이제는 슈무엘이 가끔 드나들도록 허락을 받았던, 침대 머리맡에 벗어 놓고 온 안경을 가져온다든가 켜 놓은 라디오를 끄기 위해서 들어가기도 했던, 두 번째 침실에서 잠을 잤다.

고열에 시달리다, 발드가 슈무엘에게 자기 아들이 죽은 이야기를 해 준, 그때 그 저녁 이후로, 두 사람의 관계에 변화가 생겼다. 정신을 못 차릴 정도로 떠들어 대던 그 노인이 조금 진정된 것 같기도 했다. 여전히 이따금 날카롭게 말을 자르고 말장난을 하고, 농담하고, 성경 구절들을 뒤틀고, 우간다 문제[226]나, 젊은이들의 행태에 비교할 때 나이가 든다는 것이 무엇인지 열정적인 강연으로 슈무엘을 가르치곤 했다. 가끔은 자기 대화 상대 중 하나와 전화로 30분가량 이야기를 나누기도 했다. 농담하고. 인용하고. 날카로운 지적들을 주고받으면서. 그러나 요즘 그는 한 시간이나 두 시간 동안 아무런 말도 없이 침묵을 지키기도 했다. 그는 책상 옆에 있는 가죽을 씌운 의자에 앉거나 굽힘나무 의자에 기대앉아서, 스코틀랜드 풍 격자무늬가 있는 담요를 덮은 채, 책을 읽었는데, 그의 두꺼운 안경은 콧잔등 위를 약간 미끄러져 내렸고, 하얀 콧수염은 가늘게 흔들렸으며, 그의 작은 파란 눈은 줄을 따라 달렸고, 눈썹 한쪽은 살짝 치켜 올라갔으며, 책을 읽을 때 입술도 따라 움직였고, 숱이 많은 은색 머리털이 못생긴 그의 얼굴에 묘한 매력을 더하고 있었다. 그는 마치 은퇴한 교수, 자기 서재에 앉아 조용히 연구하는 교수를 닮아 있었다. 가끔 그들은 《다바르》신문 낱장을 바꿔 가며 읽기도 했다. 저녁 9시에 두 사람은 뉴스를 들었다. 슈무엘은 게르숌 발드 맞은편 손님용

의자에 앉아, 신약성경이나 텔아르자 마을에 있던 자기 방에서 함께 가져온 책들, 그러니까 유대인과 나사렛 예수 사이의 관계에 관한 책들을 보는 시간을 제외하면, 그해 겨우내 읽다 말다 하던 『찌클락의 나날들』을 읽었다. 그보다 조금 더 빨리, 5719년[227]에, 솔로몬 체이틀린[228]이 히브리어로 『나사렛 예수 유대인들의 왕』이라는 제목의 책을 출간했다. 그리고 모리스 골드스타인이 영어로 쓴 책 『유대 전통 속의 예수』가 있었고, 그의 스승인 구스타프 욤토프 아이젠슐로스 교수가 발표한 논문 복사본들도 있었다. 이 책들과 논문 중 어느 것도 가롯 유다에 관해서는 그의 배반과 관련된 통상적인 말들 외에는 별다른 언급이 없었고 수많은 일반 기독교인들이 보기에 배신자 유다는 모든 나라와 모든 세대를 아울러 전체 유대인들을 대표하는 전형적이고 혐오스러운 인물로 여겨졌다.

깊은 침묵이 서재에 내려앉아 있었다. 가끔 밖에서, 비가 잠시 그친 사이에, 아이들이 노는 소리가 멀리서부터 들려왔다. 이따금 석유 방울이 서재 구석에 서 있는 난로 안쪽 관을 타고 졸졸 흐르는 소리가 들리면서 기분 좋게 따스한 기운이 퍼졌다. 책상에서 굽힘나무 의자로 그리고 굽힘나무 의자에서 다시 책상으로 그 노인은 혼자 힘으로, 목발도 없이, 오로지 팔 근육과 어깨의 힘으로만 앞길을 헤쳐 나가고 있었다. 절대로 슈무엘이 그를 돕지 못하게 했다.

그러나 날이 가면서 달라지기 시작했다. 노인은 슈무엘이 그의 어깨를 살짝 부축하거나 등 뒤의 베개들을 바로잡아 주는 것은 허락했다. 그가 굽힘나무 의자 위에 기대앉아 있을 때 슈무엘이 스코틀랜드풍 격자무늬 양모 담요를 부드럽게 덮어주기도 했다. 독감은 나았지만, 여전히 한 시간에 한 번씩 그에게 레몬즙 조금과 꿀하고 코냑을 약간 섞은 따뜻한 차를 가져다주었다. 자기가 마실 차도 만들어 달콤하게 꿀을 넣었다. 한번은 책에서 눈을 뗀 그 노인의 목소리가 완전한 침묵을 깨고 들려왔는데, 마치 끊임없이 자기 자신과 어떤 대화를 나누고 있었던 듯이 이렇게 말했다.

"그들은 모두 그가 미쳤다고 생각했어. 여기저기서 그를 욕하고 비방했고, 그를 배신자라고 불렀고, 아랍인들을 사랑하는 자라고 불렀고, 심지어 그의 할아버지 중에 베들레헴 출신 아랍인 정원사가 있다는 소문이 예루살렘에 파다했지만, 아무도 그와 논쟁을 하려고 하지는 않았어. 마치 그가 자기 의견을 말하는 것이 아니라 그의 목구멍에서 어떤 유령이 말하는 것처럼 말이야. 마치 그가 말하는 진실은 반대할 가치도 없다는 듯이 말이야."

"지금 아탈리야의 아버지에 관해 말씀하시는 건가요?"라고 슈무엘이 물었다.

"다름 아닌 바로 그 사람이지. 나 자신도 그와 논쟁을 하지 않겠다고 결정했었으니까. 우리는 생각이 너무 동떨어져 있었어. 그는 아침마다《다바르》신문을 읽었고 다 읽은 후에는 여기로 들어와서 조용히 내 책상 위에 놓아두었지. 우리는 '실례합니다' '고맙습니다' '죄송하지만 여기 이 창문 좀 열어 주

303

시겠습니까' 같은 말 외에는 아무런 대화도 나누지 않았어. 한 두 번은 예외적으로 그가 침묵을 깨고 초기 시온주의 운동가들이 대대에 걸쳐 수많은 유대인의 마음속에 계승되어 오던 종교적이고 메시아적인 에너지를 의도적으로 이용했고, 원래 세속적이고 실용적이고 근대적인 기초 위에 서 있던 정치적 시온주의 운동의 필요에 따라 그 에너지를 동원했다고 나에게 말했지. 그러나 언젠가는, 말했지, 그 골렘[229]이 장차 자기를 만든 자에게 반란을 일으킬 것이라고—종교적이고 메시아적인 에너지, 초기 시온주의 운동가들이 세속적이고 실제적인 투쟁에 이용하려던 그 비이성적인 에너지는 언젠가 폭발하게 될 것이고, 결국에는 초기 시온주의 운동가들이 여기에 성취하고자 했던 모든 것들을 휩쓸어 버릴 것이라고 했지. 그는 더 이상 시온주의자가 되기를 포기했기 때문에 시온주의노동자협의회에서 사퇴한 것이 아니라 모든 사람이 하나같이 길을 벗어나서, 눈을 감은 채 벤구리온의 광기에 휩쓸려 들어갔고, 선을 넘어서 하룻밤 새에 자보틴스키[230] 지지자, 아니면 슈테른[231] 지지자로 변했다고 생각했기 때문에 그리한 거야. 그리고 사실상 그는 자기 스스로 사퇴한 것도 아니고 쫓겨났었지. 시온주의노동자협의회는 물론 유대인기구 이사회에서도 쫓겨났어. 그들은 하루 만에 벤구리온의 책상 위에 사직서를 제출하든지 아니면 공식적으로 해임당하든지 둘 중 하나를 선택하라고 그를 몰아붙였지. 그 두 기관에서 만장일치로 결정한 해임이었고, 수치스러운 해임이었어. 그는 자기 입장을 조목조목 밝히는 사직서를 썼지만, 그 편지는 묻혀 버리고 말았어. 어떤 신문사도 그 편지를 실어 주려 하지 않았어. 그의 해임에 관해서는 완벽한 침묵이 유지되었지. 그래. 그들은 그가 자살하기를 기대했는지도 몰라. 아니면 이슬람으로 개종을 하거나. 아니면 이 땅을 버리고 떠나거나. 7년 전에 내가 아탈리야를 시온주의 문서 보관소에 보내서 그 편지가 있는지 아니면 최소한 그 편지의 사본이라도 찾아보라고 한 적이 있어. 그녀는 빈손으로 돌아왔지. 그들은 그 편지가 극비 사항으로 분류되어 있다거나, 아니면 분실되었다고 말하지도 않았고, 오히려 뻔뻔스럽게도 그런 편지는 존재하지도 않았고 기록된 적도 없다고 주장했어. 납덩이가 거대한 물속에 가라앉는 것과 같았지. 독립전쟁이 끝나고 2년 후에 그는 이 집에서 죽었어. 부엌에서 홀로 죽어 갔지. 어느 날 아침 혼자 앉아서, 언제나 그랬듯이, 신문을 읽다가 마치 유포 식탁보에서 뭔가 보기 싫고 쓸데없는 얼룩을 지우려던 것처럼 식탁 위로 몸을 굽히다가 앞이마를 부딪치며 죽었어. 그는 죽음을 맞았을 때 아마 이 땅에서 가장 외롭고 미움받는 사람이었을 거야. 그의 세계가 자기 눈앞에서 파괴되었으니. 벌써 여러 해 전에 그의 아내는 그를 떠났고, 그의 딸은 절대로 그를 아빠라고 부르지 않았지. 언제나 그를 아브라바넬이라고 불렀어. 만물보다 더 거짓되고 아주 썩은 것은 사람의 마음이니, 누가 그 속을 알 수 있습니까, 라고 예레미야 선지자가 말했지. 가끔은 우리 모두 마음속에 몰래 다른 아버지를 간직하고 있지 않던

가. 쉐알티엘이 죽은 후 아탈리야는 그의 방에 있는 목록들, 논문들, 원고들을 샅샅이 뒤졌어. 그녀는 장롱들을 모두 뒤지고, 서랍들을 모두 뒤집어엎었지만, 아무것도 찾지 못했어. 그녀에게 이 집과 탈피오트 마을에 있는 땅과 자기가 저축해 놓은 돈을 물려줄 것이며, 단호한 말투로 나도 남은 삶 동안 여기서 더 살 수 있도록 해 주라고 부탁하던 유서 외에는 종이 한 장도 없었어. 아마 자기 손으로 모든 종이를 없앤 것 같아. 자기의 개인적인 문서들을 말이야. 예루살렘과 베들레헴, 라말라, 베이루트, 카이로, 다마스쿠스에서 유명했던 아랍인 인사들과 주고받은 귀한 편지들을 말이지. 아니, 그것들을 태우지는 않았어. 아주 작은 조각들로 갈가리 찢어서 여러 날에 걸쳐 변기에 던져 넣고는 변기 물을 내린 것 같아. 아탈리야가 보관하고 있고, 몇 년 전에, 내게 한 번 보여 준 적이 있는 유서 말고는 아무것도 뒤에 남기지 않았는데, 난 그 유서 마지막 부분에 쓰여 있던 말들을 기억한다네. '이 모든 것들은 맑은 정신으로 쓰고 서명했고, 어쩌면 이곳 예루살렘에 아직 유일하게 남아 있는 맑은 정신으로.' 그녀는 그를 부엌에서 발견했는데, 신문이 그 앞에 펼쳐져 있었고, 커피는 신문 위에 쏟아져 있었으며 그는 이마를 식탁 위에 대고 엎드려 있어서 마치 그 고집 센 사람이 기어코 우리 모두에게서 등을 돌리기로 한 것 같았지. 자네는 내게 그가 어떤 사람인지 묘사해 보라고 했었지. 더는. 나는, 묘사까지 할 기운이 없네. 자네에게 이렇게는 말할 수 있지. 그는 키가 작고, 갈색 피부이며, 둥글고 검은

306

테의 안경을 꼈고, 언제나 회색이나 짙은 푸른색 양복을 아주 점잖게 차려입고, 하얀 손수건을 삼각형으로 접어 가슴 주머니에 꽂고 다녔어. 그는 짧고 잘 다듬은 검은색 콧수염을 기르고 꿰뚫어 보는 듯한 검은 눈을 가지고 날카로운 눈초리로 바라봤기 때문에 그의 얼굴 앞에서 우리는 언제나 눈을 내리깔곤 했지. 그에게선 언제나 면도 후에 바르는 고급 화장수 냄새가 풍겼어. 그의 손은 아담하고 예뻤던 것으로 기억하는데, 남자 손 같지 않고 매우 아름다운 여인의 손 같았지. 우리 사이에 점점 더 이견의 골이 깊어졌음에도 불구하고 그는 내게 형제와 같았어. 잃어버린 형제, 저주받은 형제, 길을 잃은 형제, 하지만 형제는 형제였지. 우리 아이들이 결혼한 다음에, 이 집에서 살라고, 나를 이리로 데려온 것도 그 사람이었는데, 그는 대화할 상대가 필요했던 것 같아. 젊은 부부와 함께 살다가 홀로 남겨지게 될까 봐 두려웠는지도 모르지. 혹시 우리가 모두 함께 때가 되면 여기에서 손주들을 키우기를 마음속으로 바라고 있었을 수도 있고, 우리 모두 한 지붕 아래서, 이전 세대에 살던 예루살렘 가족처럼 말이야. 여기 이 집에서 어렸을 때 자기가 자라났던 그 가족, 예호야킨 아브라바넬 가정처럼 말이지. 그는 미카와 아탈리야가 아기를 갖기 힘들어하고 있다는 사실을 몰랐지."

슈무엘이 물었다.

"그러니까 그 비극이 일어난 다음에 다시는 그와 논쟁을 하지 않기로 작정을 하셨다는 말이지요. 그렇지만 그와 논쟁하고 싶지 않았던 진짜 이유는 뭐죠? 당신은 논쟁을 좋아하고 또 논쟁하는 방법도 잘 아시잖아요. 혹시 그의 마음을 조금 움직일 수 있었을지도 모르고요. 아니면 최소한 그의 외로움을 조금 달래 줄 수도 있었겠죠. 당신의 외로움도 좀 달래면서요."

"우리 사이는 너무 멀었어," 게르숌 발드가 말했고 자기 콧수염 밑에서 씁쓸하게 웃었다. "그는 아랍인들과 갈등을 일으켜서는 시온주의의 이상을 실현할 수 없다는 자기 의견을 굳게 신봉했고, 그리고 나는, 40년대 말에, 이미 그런 갈등을 이겨 내지 않으면 그것을 성취하는 것이 불가능하다는 점을 이해하고 있었지."

"그럼 아탈리야는요? 그녀도 자기 아버지와 비슷한 의견이었나요?"

"그녀는 자기 아버지보다 더 급진적이지. 그녀는 내게 이스라엘 땅에 유대인들이 존재한다는 사실 자체가 부당하다고 말하기도 했어."

"만약 그렇다면, 그녀는 왜 일어나 이곳을 떠나지 않는 거죠?"

"나도 모르지," 게르숌 발드가 말했다. "나도 뭐라고 대답해야 할지 모르겠어. 그 비극적인 사고가 일어나기 벌써 전부터 그녀에게 거리감이 느껴졌지. 그럼에도 불구하고 우리는 서로 잘 맞아, 그녀와 내가. 시아버지와 며느리 같은 관계라기보다는, 아마, 습관들이 쌓이고 쌓여 서로 간에 작은 갈등도 생기지 않는 오래된 부부처럼 말이야. 그녀는 나를 돌보고 나는 그녀를 자유롭게 놓아두지. 그래. 자네는 특히 그녀가 나와 대화하는 일을 면하게 해 주려고 여기 있는 거야. 자네에게, 자네보다 먼저 있었던 사람들처럼, 여기서 보수를 지급하는 이유는 사실 자네가 있어서 대화하고 싶어 하는 내 욕구를 자네를 향해 배출할 수 있게 해 주려는 거지. 그렇지만 이제 대화를 하고 싶어 하는 욕구도 점점 나를 버리고 있어. 얼마 지나지 않아 자네는 잠재적으로 일자리를 잃는 고통을 느끼게 될거야. 차 한 잔 다음에 또 차 한 잔, 알약 한 움큼 다음에 또 알약 한 움큼, 그리고 우리 사이에 침묵이 계속되겠지. 거대한 물속에 잠긴 납덩이처럼. 이제 자네가 내게 유대인들의 눈에 비친 예수에 관해 더 이야기해 줄 텐가? 쫓겨 다니던 유대인들이 자기들과 피와 살을 나누었지만 그들을 쫓는 자들이 구원자와 구세주로 삼기로 한 그 사람에 대하여 겁쟁이처럼 등 뒤에서 욕하기 위해 몇 세대에 걸쳐 지어낸 모략과 비뚤어진 말[232]을 내게 이야기해 준 지 꽤 됐지.”

슈무엘은 갑자기 자기 손가락들을 갈색이고 핏줄이 솟아 있는 게르숌 발드의 손 위에 올려놓고, 그대로 둔 채 말했다.

“약 30년 전에 아하론 아브라함 카바크[233]가 나사렛 예수에 관해서 소설을 쓰고 ‘좁은 길’이라는 제목을 붙였지요. 조금 피곤한 소설이에요. 지나치게 감상적이기도 하고요. 거기서 카바크의 예수는 이 세상에 자비와 은혜를 가져다주려는 부드럽고 약한 유대인으로 그려져요. 그러나 카바크는 예수와 그의 제자 가룟 유다를 사랑과 분노, 끌림과 거부가 뒤얽힌 관계로 그리고 있어요. 카바크의 유다는 꽤 반항적인 사람이에요. 카바크도 다른 모든 사람과 마찬가지로 시각장애인이었던 거죠. 그의 눈도 가려져 있었어요. 그도 유다가 가장 열렬한 신도였다는 사실을 보지 못했어요."

"눈은," 게르숌 발드가 말했다. "영원히 떠지지 않아. 거의 모든 사람은 출생부터 죽음까지, 눈을 감고, 자기들 삶의 길을 건너가지. 자네와 나도, 친애하는 슈무엘. 눈을 감고 있네. 만약 단 한 순간만이라도 우리 눈이 떠진다면, 우리 속에서 크고 끔찍한 비명이 터져 나오고 우리는 소리를 지르고 지르며 한순간도 멈출 수 없을 거야. 그러니까 만약 우리가 밤낮으로 소리를 지르고 있지 않다면 우리 눈이 감겨 있다는 증거지. 이제 자네는 자네 책을 읽고 우리 조용히 앉아 있어 보세. 오늘 저녁 우리는 충분히 대화했네."

40

다음 날 오전 11시 반, 그가 헝가리 식당으로 나가기 전에, 아탈리야가 그의 방문을 두드렸다. 그녀는 발목까지 오는 길고 검은 치마와 가슴 선이 드러나는 딱 달라붙는 빨간 스웨터를 입고, 볼이 좁고 굽이 높은 하이힐을 신고 있었다. 목에는 스웨터에 어울리는 하얀색으로 뜬 양모 목도리를 감고 있었다. 표정이 없는 그녀의 얼굴, 높은 이마, 녹색이 섞인 갈색의 따뜻한 눈, 가늘고 휘어진 눈썹, 그녀의 콧구멍과 윗입술 사이에 깊이 패어 있는 홈 그리고 그녀의 어깨 위로 흘러내리는 짙은 색 긴 머리는 슈무엘이 보기에 아름답지만 범접할 수 없게 느껴졌다. 특히 아주 가끔만 미소를 짓는 꼭 다문 입술 가장자리에 씁쓸함을 감추고 있었다. 그녀는 제비꽃 향수의 향기와 더불어 녹말풀 그리고 증기다리미 냄새의 옅은 기운을 수도사들 방 같은 슈무엘의 방에 가져왔고 그는 자기 폐 깊숙이 그 냄새를 들이마셨다. 잠깐 그녀는 문가에 똑바로 서서 방 안으로 들어오지 않고 슈무엘이 자기 다락방 벽을 장식하려고 붙여 놓은 수염을 기르고 무장한 쿠바 혁명가들의 모습들을 바라보았고, 또 십자가에 달렸던 자가 십자가에서 내려진 후 어머니 품속에 누워 있는 그림도 바라다보았다.

그녀는 부탁하러 왔다. 그녀는 오후 3시에, 벤 예후다 거리에 있는 카페 아타라[234]에서, 탐정 사무실 일 때문에, 정신이 완전히 불안정하고, 오후 시간이 되면 이미 취해 있을 때가 많은 사람과 만나야 했다. 그래서 이 약속에 남자와 함께 나가는 게 좋겠다는 생각이 든 것이다. 아탈리야가 남자라는 말을 입에 올렸을 때 두 사람 모두 미소를 지었다.

슈무엘이 오후 3시에, 30분 정도 시간을 내서, 카페 아타라에서 그녀와 함께 히람 네후슈탄이라는 시인을 만나 줄 수 있을지? 그는 대화에 낄 필요가 없고 사실 그 자리에 머물면서 차나 커피 한 잔을 마시는 것밖에는 아무 일도 할 필요가 없을 것이다. 만약 그가 거절한다면, 만약 그가 바쁘다거나 그 약속에 참석하고 싶은 생각이 없다면, 그녀는 물론 그의 상황을 이해할 것이며 그의 의견을 존중할 것이다. 그러나 그가 거절할 리는 없었다.

슈무엘이 요청했다.

"그 네후슈탄 씨에 관해 좀 더 이야기해 주세요. 만약 극비 사항이 아니라면요. 당신과 관련된 다른 모든 일처럼요."

"히람은 모종의 시인이죠. 잘 알려진 시인은 아니고 소수만 아는 시인이랄까. 왕년에 레히 부대의 일원이었어요. 약 10년 전에, 국가가 세워진 다음에도, 한자리를 차지하지 못했죠. 많은 레히 출신들이 그랬던 것처럼요. 그는 여러 가지 일에 종사했는데, 관광 안내인, 도서 번역가, 온갖 소책자를 자비로 출판하는 작가이기도 하죠. 2년 전에 그는 저항군 생활을 함께했던 엘리야 슈바르츠바움이라는 건설업자에게 돈을 빌렸는데, 이제 와서 그 돈을 갚지 않겠다고 하면서 자기는 그런 대출을 받은 적도 없다고 잡아떼고 있어요. 슈바르츠바움은 보증인이나 계약서도 없이, 함께 무기를 들었던 동료로서 우정의 악수를 믿고 돈을 빌려주었기 때문에, 그에게서 돈을 받아내기가 간단하지는 않을 거예요. 우리 사무실에서는 벌써 몇주째 부드러운 말과 좀 덜 부드러운 말로 슈바르츠바움에게빌린 돈을 돌려주라고 한때 용사였던 그 시인을 설득하고 있어요. 오늘 당신과 내가 다시 시도해 볼 거예요.”

슈무엘이 말했다.

“앉으세요. 왜 문간에 서 있어요?” 그는 그 방에 있는 유일한 의자를 가리켰다. 그는 침대 끝에 앉아서 그녀가 풍기는 옅은 향기를 폐 깊숙이 들이마시고 있었다. “만약 계약서도 없고 다른 문서도 없다면, 혹시 그 시인이 옳을지도 모르잖아요? 어쩌면 그는 돈을 빌리지 않았고 당신의 의뢰인이 지어낸것일 수도 있죠.”

아탈리야가 말했다.

“그는 돈을 빌렸어요. 확실해요. 우리는 증인도 확보하고있거든요. 에스더 레비라고 회계를 맡아 보던 여자가 있는데의뢰인이 그에게 지폐를 건넬 때 카페 아타라에 함께 있었어

313

요. 네후슈탄은 그녀를 완전히 잊어버렸지만, 나는 오늘 우리가 만날 때 그녀도 데려가기를 바라고 있어요. 그녀도 좀 특이한 여자라고 할 수 있는데, 그녀의 특이한 점은 아무것도 잊어버리지 않는다는 거예요. 아무것도요. 그녀는 정확하게 기억해요, 말한 그대로, 10년도 더 전에 누가 누구에게 무슨 말을 했는지 다 기억하고 있어요. 그리고 이건 정말 끔찍한 저주일지도 몰라요. 어쩌면 당신은 그녀와 말이 좀 통할지도 모르겠네요. 레히 저항군들은 그 여자가 가끔 자기 브래지어 안에 수류탄을 숨겨 왔다고 말하곤 했죠."

"그녀가 오늘 모임에 나올 때는 브래지어에 폭탄을 넣고 오지 않았으면 좋겠군요"라고 슈무엘이 말하면서, 폭탄과 브래지어에 대한 시시한 농담을 던졌고, 이렇게 덧붙였다.

"좋아요. 3시에 카페 아타라에서. 거기서 봐요. 혹시 당신의 부자 의뢰인이 저에게도 돈을 좀 빌려줄지 모르겠네요."

그리고 묻지도 않은 말을 또 덧붙였다.

"당신도 잘 알잖아요. 전 당신이 제게 원하는 일이라면 언제나 뭐든지 할 거예요."

"왜 그런 거죠?"

슈무엘은 이 질문에 대한 답을 찾을 수 없었다. 그는 곧 자기 눈에 눈물이 차오를 것처럼 느꼈고 서둘러서 눈길을 돌려 아탈리야가 알아채지 못하게 했다. 슈무엘은 가끔 눈물을 흘리곤 했는데, 다른 사람에게 동정심을 느끼거나 자기 연민에 빠질 때였다. 그렇지만 이번에는 도대체 누구 때문에 동정심

314

이 일어났는지 알 수가 없었다. 갑자기 평소와 다르게 용기가 치솟아, 눈은 아직 벽을 향한 채 그가 말했다.

"전 당신과 제가 친구가 되는 것은 어떨지 제안하고 싶었어요. 그러니까…… 친구는 아니고요. 친구라는 낱말은 우리 사이에 이루어질 수 없는 어떤 관계를 암시할지도 모르겠네요. 벗이랄까요."

그는 곧 부끄럽고 창피해져서 서둘러서 자기 말을 고쳤다.

"우리가 타인이 아니라는 거죠. 완전히 타인은 아니잖아요. 우리는 올겨울 내내 여기 한 지붕 아래서 우리 셋만 살고 있어요. 그러니까 아무래도 당신과 제가—"

그러나 그는 이 문장을 어떻게 마무리 지어야 할지 알지 못했다. 제멋대로 자란 턱수염 밑으로 얼굴이 붉어졌고, 그는 눈을 내리깐 채 입을 다물었다.

아탈리야가 말했다.

"감정들. 당신보다 먼저 저 노인의 친구가 되어 주러 왔던 사람 두 명도 감정이 풍부한 사람들이었죠. 난 감정적인 사람들 때문에 좀 피곤한 상태예요. 내가 보기에 모든 감정은 쓸모가 없고 불행한 결말을 가져올 뿐이에요. 감정을 포기하고 나면 삶이 훨씬 더 단순해질 수 있어요. 그렇지만 내가 슈무엘, 당신을 교육할 의무는 없죠. 어쨌든 당신은 내가 참아 낼 수 있는 정도고, 대부분은요, 그리고 가끔은 그것보다 좀 더 나가는 순간들도 있다는 것으로 만족하면 될 거예요."

이것은 그녀가 그의 이름을 처음으로 불러 준 순간이었다.

2시 반쯤에, 그러니까 헝가리 식당에서 굴라시와 사과 절임을 먹고 와서 오후에 잠깐 쉬었다가, 슈무엘 아쉬는 일어나서, 다른 셔츠로 갈아입고 그 위에 황토색에 가까운 찢어진 스웨터를 입었다. 스웨터 위에는 커다란 나무 단추를 밧줄 모양의 단춧구멍에 채우는 외투를 입었고, 샤프카를 썼고, 턱수염과 목과 이마에 아기용 분을 뿌렸고, 호흡기가 주머니에 들었는지 확인했고, 카페 아타라로 걸어가려고 나섰다. 그가 자기의 온 무게를 그 집 출입구에 있는 나무 계단, 그러니까 그 문턱 앞에 놓아둔 임시 계단 위에 실었을 때, 그 계단이 시소 한쪽에 갑자기 무게를 실은 것처럼 들려 올라갔고, 슈무엘은 거의 내동댕이쳐질 뻔했다. 그렇지만 마지막 순간에 두 손으로 벽을 짚으면서 무게중심을 잡을 수 있었다.

히람 네후슈탄 시인은, 키가 작고 마르고 머리카락이 딱 붙어 있는 사람이었으며, 구레나룻을 길게 기르고, 권투 선수처럼 코가 부러졌으며 이마는 반듯하고 높았고 기름진 곱슬머리 한 가닥이 이마 한가운데 풀로 붙인 것처럼 들러붙어 있었는데, 자리에서 일어나지도 않고 말했다.

"당신은 벌써 날 잊었을지 모르지만 나는 당신을 똑똑히 기억하고 있어요. 당신은 슈무엘 아쉬가 맞지요. 당신은 항상 사회주의 개혁 서클 모임에 참석했었어요. 나도 한 번 예기아 카파임 마을의 카페 로트에서 있었던 당신들 모임에 나갔었어요. 거기에 뭐 그리 새로운 점이 많았던 것은 아니었고, 당신들의 사회주의는 반은 볼셰비키식이고 반은 쿠바식이었지요.

사실 나도 어느 정도는 사회주의자고 또 조금은 개혁주의자 이기도 하지만, 당신들과 달리 나는 확실히 히브리식 사회주의자[235]예요. 히브리식, 유대식이 아닌. 난 유대인들과는 아무런 관계를 맺고 싶지 않아요. 유대인들은 다 죽은 목숨이니까요. 그런데 당신이 도대체 오늘 여긴 어쩐 일로 오셨을까? 신랑 측인가요 아니면 신부 측인가요?"

그에게서 시큼한 냄새가 풍겨 왔고, 그의 입안에는 앞니 하나가 없었다.

"나는," 슈무엘이 더듬거리며 말했다. "난 아탈리야 아브라바넬 씨의 벗이에요. 벗은 아니고. 아는 사람. 또는 이웃이죠."

아탈리야가 말했다.

"내가 그를 초대했어요. 우리 사이에 증인이 있으면 좋겠다고 생각했거든요. 한 5분만 더 기다리다가 에스더 레비가 나타나지 않으면 우리끼리 본론으로 들어가기로 해요."

그들은 카페 아타라의, 분리된 곳, 연기로 뿌연 파빌리온의 꼭대기 층에 앉아 있었다. 그곳에는 커피와 과자와 담배 냄새가 젖은 모직 외투 냄새와 겨울 체취에 섞여서 감돌고 있었다. 그 파빌리온에는 창문이 전혀 없었고, 공기는 연기로 가득 차서 탁했다. 주변 탁자에는 꽤 잘 알려진 예루살렘 인사들 몇몇이 둘러앉아 있었다. 거기에 역사를 가르치는 나이 든 강사가 있었는데, 슈무엘이 작년에 그의 세미나에 참석했었지만 그는 슈무엘 아쉬를 알아보지 못했다. 또 여자 두 명이 있었는데, 한 명은 몸집이 큰 여당 국회의원이었고, 다른 한 명은《다바르》신문 기자였다. 그들은 우유를 탄 차를 마시며 사과 케이크를 크림과 함께 먹고 있었다.

그 여자 국회의원이 말했다.

"의문의 여지가 있습니다. 절대로 그런 일을 조용히 넘길 수는 없어요."

그 여기자가 대답했다.

"물론 저도 그들을 두둔하려는 것은 아니고, 심지어 1밀리미터도 그러고 싶지 않으니, 오해는 마시고요, 저도 그들을 정당화할 타당한 이유가 있는 것은 아니지만, 그럼에도 불구하고 좀 동정하는 마음이 들기는 합니다. 우리는 원칙과 이념 외에 이 세상에 동정심을 위한 자리도 조금 있어야 한다는 사실을 잊은 지 오래되었지만 말이에요."

"그 동정심은, 실비아, 절대로 원칙과 이념을 대신할 수 없습니다. 조심하세요, 당신 잔 밑에 차가 조금 쏟아져 있어요."

세 번째 탁자 옆에는 유명한, 젊지 않은 화가가 앉아 있었는데, 그의 얼굴에는 마마딱지가 있고 눈썹은 두껍고 숱이 많았으며, 빨간 비단 손수건을 목에 두르고, 세계대전이 일어나기 전에 유럽 카페에서 그랬던 것처럼 나무 막대기로 만든 신문철에 묶어 놓은 신문을 읽고 있었다. 하얀 상의를 입은 종업원이 탁자들 사이를 돌아다니다가 아탈리야가 부르자 곧 그들의 탁자로 와서, 하얀 천을 팔에 건 채, 고개를 숙여 인사하고는 오스트리아 빈 억양으로 말했다.

"안녕하세요, 숙녀와 신사분들. 오늘 여러분께 무엇을 드릴까요? 온갖 종류의 고급 케이크들이 준비되어 있습니다. 저는 초콜릿 타르트를 추천해 드립니다."

아탈리야는 자기와 슈무엘이 마실 진한 블랙커피를 주문 했고 반면에 그 시인은 이번만은 어쩔 수 없다는 듯 한숨을 쉬 면서, 이를 악물고, 코냑 한 잔을, 아주 작은 잔으로, 손가락 두 께밖에 안 되는 잔이라고 하며 주문했다. 그리고 꼭 외국에서 만든, 그러니까 국내에서 생산하는 오줌 물이 아니라, 진짜 코 냑을 가져오라고 말했다. 그러고 나서 담배 한 개비에 불을 붙 였고, 깊게 서너 번 빨고는, 그것을 재떨이에 비벼 껐고, 자기 손가락 끝 냄새를 맡아 보더니, 다른 담배에 불을 붙이면서 말 했다.

"좌우간에 우리가 오늘 여기에 모인 이유나 압시다. 매니 페스토를 새로 작성하려는 거요? 선언서에 서명하려는 거요? 한 예닐곱 명이 참석하는 집회를 계획하려는 거요?"

아탈리야가 말했다.

"벌써 알고 계시잖아요. 엘리야 슈바르츠바움 때문이죠."

시인은 어리둥절한 표정으로 그녀를 바라보았다. 그는 아 직 3분의 1도 피우지 않은 담배를 꾹꾹 비벼 껐고, 담뱃갑에 서 다른 담배를 하나 더 꺼내 들어 아탈리야와 슈무엘에게 같 이 피우자고 권하지도 않고, 두 콧구멍으로 담배 연기를 기둥 처럼 내뿜었고 갑자기 가래 기침 같은 웃음을 터뜨렸는데, 그 것은 적개심이 가득한 웃음이었고, 가까운 탁자에 앉은 사람 들도 연기구름에 싸여 있는 그를 놀란 눈빛으로 쳐다보았다.

"첫째," 그가 말했다. "나는 엘리야 슈바르츠바움에게 한 푼도 꾼 적이 없어요. 그런 자에게 돈을 빌리지는 않아요. 그는 정말 역겨운 잡니다. 온갖 공터나 창고 거래에 붙어먹고 사는 형편없는 유대인 중개상이오. 둘째, 이미 당신에게 최소한 두 번은 말했을 텐데, 내가 돈이 생기면 갚을 거예요. 돈이 좀 생기면 말이오. 그럼 어떻게 나한테 돈이 생기게 될까요? 그 엘리야란 자는 코에 난 털보다 훨씬 더 돈이 많아요. 솔직히 내가 오늘 여기 나온 것은 당신들 덕에 대출을 조금, 그러니까 3개월 동안, 5천 리라 정도 빌릴 수 있을까 해서예요. 내가 이자도 주겠다고 그에게 말해 주시오. 심지어 복리로 말이오."

아탈리야가 말했다.

"이전에 빌린 돈부터 이야기해 보죠. 우리는 증인이 있어요. 에스더 레비 씨요. 당신은 그녀의 존재를 잊어버렸지만 2년 전 엘리야가 당신에게 현금으로 돈을 건넬 때 그녀도 당신들과 여기 카페 아타라에 있었어요. 우리가 당신을 법정에 데리고 간다면 에스더 레비가 당신에 관해 증언해 줄 거예요. 우리가 그렇게 만들 거고요."

"당신," 난데없이 그 시인이 슈무엘에게 말했다. "당신은 왜 그렇게 아무 말도 없이 앉아 있는 거요. 당신이 나에 대한 둘째 증인이 될 셈인가요? 증인 두 명이 없으면 그들은 날 고소할 수도 없어서요? 당신은 분명히 사회주의자잖아요. 아니면 이젠 아닐 수도 있지만. 당신도 한때 피델 카스트로의 사회주의자였잖아요. 그렇다면 여기에 정의는 어디 있는지, 어떻게 그리고 왜 나 같은 가난한 시인이 엘리야 슈바르츠바움 같은 혐오스러운 흡혈귀에게 돈을 주어야 하는지 설명 좀 해 보시오."

종업원이 돌아와서 히람 네후슈탄에게 코냑 한 잔을 그리고 아탈리야와 슈무엘에게 블랙커피를 주었다. 커피 잔 옆에는 작은 우유병도 내려놓았다. 그러고 나서 생크림을 얹은 사과 케이크를 추천하고 싶다고 예의 바르게 물었다. 아니면 초콜릿 과자라도, 생크림과 함께? 아니면 달콤한 조각 케이크라도?

아탈리야가 정중하게 그 세 가지 제안을 모두 거절했고, 종업원에게 고맙다고 한 후 말했다.

"에스더 레비가 오지 않는군요. 그렇지만 법정에는 분명히 그녀를 데리고 갈 거예요. 에스더는 당신의 부모가 당신에게 에디슨 극장 뒤에 있는 골목 지하의 창문이 없는 단칸방을 물려주었다는 이야기도 해 주었어요. 당신은 그 아파트를 당신의 은신처라고 한다면서요. 법원에서 그 방을 압류하기를 원하시는 것은 아닐 거예요. 거기서 나오면 어디로 가시겠어요?"

히람 네후슈탄은 불붙은 담배를 재떨이 테두리 위에 올려놓았고, 담배가 거기 있는 걸 잊어버렸고, 새 담배를 꺼내 불을 붙이고는, 으르렁거리듯 말했다.

"내가 어디로 갈까. 내가 어디로 갈까. 나는 지옥에나 가겠지요. 어차피 난 이미 오래전부터 지옥으로 가는 길이었으니까. 이미 많이 왔어요. 이미 거의 다 왔어."

그가 벌떡 일어서더니 말했다.

"그만들 해요. 나도 참을 만큼 참았어요. 난 이제 가야겠소. 지금 당장 간다고요. 난 더는 당신들과 함께 앉아 있고 싶지 않아요. 난 다시는 당신들과 이야기하고 싶지 않다는 말이오. 당신들은 잔인한 사람들이오. 잔인함이야말로, 숙녀와 신사 여러분, 인류가 받은 저주예요. 우리는 에덴동산에서 그 사과 때문에 쫓겨난 게 아니에요, 그 빌어먹을 사과요, 사과 하나가 모자라든 하나 더 있든 누가 신경이나 쓴답디까, 우리는 그 멍청한 사과 때문에 에덴동산에서 쫓겨난 게 아니고, 잔인함 때문에 쫓겨났소. 오늘날까지 우리는 모두 그 잔인함 때문에 여기저기로 항상 쫓겨 다니고 있어요. 당신 두 사람은 그 혐오스러운 의뢰인에게 가서 그의 돈은 이자에 이자가 붙어서 돌아올 거라고 말씀하시오. 그에게 일흔일곱 배로 돌아온다[236]고, 동전과 지폐가 가득한 자루째로 돌아온다고, 돈벼락으로 돌아온다고, 그렇지만 나로부터는 아니에요. 그 돈은 아주 빨리 그에게 돌아올 거요. 가진 것 없는 사람들의 손이 아니라 부자들의 손에서 그에게 돌아올 거요. 그건 그렇고, 사실 나도 잔인한 사람이오. 그걸 부인하지는 않겠소. 잔인하고 옹졸하며 명예를 좇는 바람에 지금까지 이리저리로 쫓겨 다닌 사람이에요. 쓸모없는 인간이죠. 그건 분명해요. 그렇지만 3천 리라! 엘리야 슈바르츠바움! 3천 리라라면 그 벌레 같은 자는 아무 문제 없이 구두닦이에게 팁으로 줄 수도 있어요. 그렇지만 나

322

는 여기 이 오줌 물 같은 코냑 값으로 낼 3리라도 없다고요. 어쨌든 난 이제 일어나 가야겠소, 나처럼 예민한 사람은 사악한 사람들 곁에 한순간이라도 더 머물면 안 되니까. 당신," 그는 갑자기 슈무엘을 향해 고개를 돌리고 다시 그렇게 끈적끈적하고 징그럽게 웃었다. "당신, 잘 들어, 당신 이 여자를 조심하는 게 좋을 거야. 만약 벌써 그녀에 빠지기라도 했다면, 신께서 당신 영혼을 불쌍히 여기시기를 바랄 뿐이오. 나는 이제 가야겠소. 나는 여기서 아무 볼일이 없어요. 어차피 모두 날 잊었으니까. 당신들도 모두 지금 이 순간 날 완전히 잊어 주면 좋겠소. 나를 영원히 잊고 우리는 끝났소."

그리고 그는 작별 인사도 없이 몸을 돌려 비틀거리며 계단을 내려갔는데 아탈리야와 슈무엘은 위에서 그가 입구 옷걸이에 걸려 있는 외투들을 뒤적거리다가, 마침내 외투 더미에서 어떤 영국 군인이 오래전에 썼을 것처럼 보이는 찢어진 비옷을 꺼내, 몸에 두르고, 이츠하크 벤츠비 대통령 사진을 향해 손을 흔들어 인사하고는 비에 젖고 추운 거리로 휘청거리며 나서는 것을 보았다.

41

슈무엘과 아탈리야는 그 시인이 제 갈 길을 가고 난 뒤에도 서
로 마주 보며, 빈 잔을 앞에 놓고 앉아서, 하르 하초핌과 전쟁
때문에 학교 건물과 단절되어 버린 대학에 관해서 이야기했
다.[237] 슈무엘은 게르숌 발드와 일을 시작할 시간이 한 시간도
채 남지 않았다는 사실이 기억났다. 그는 아탈리야에게 그 말
을 해야 했다. 더는 미루지 말고, 지금 그녀에게 그 말을 해야
했다. 그렇지만 그녀에게 뭐라고 해야 한단 말인가? 그는 건
성으로 미소를 지으면서, 그녀 앞 탁자 위에 놓인, 그녀보다
훨씬 늙은 여자의 손처럼, 핏줄이 서 있고, 피부는 갈색 반점
들로 얼룩져 있는, 그녀의 손에 시선을 고정한 채, 낮은 목소
리로 그녀에게 말했다.

"오늘 저녁에 우리 만날까요? 극장에 갔다가 당신이 좋아
하는 식당에서 식사하는 건 어때요? 발드 씨는 원래 끝나는
시간보다 두 시간 일찍 절 보내 주실 거예요."

"말 좀 해 봐요," 아탈리야가 말했다. "예루살렘에 당신 나

이와 비슷한 아가씨들이 벌써 다 사라졌나요?"

슈무엘이 반발했다. 그도 사실 나이가 들 만큼 든 남자였다. "그래서 뭐요?" 그가 물었고, 잠시 망설이다가, 말했다. "우리 둘 다 좀 외롭다는 건 마찬가지잖아요."

"당신은 자진해서 외로움을 추구하고 있잖아요. 외롭게 혼자 지내려고 우리 집에 온 거 아니에요?"

"저는 여자 친구가 저를 떠나 전 남자 친구와 결혼해 버리는 바람에 온 거죠. 우리 아버지가 재판에서 져서 파산하게 되었고 제 학비를 대 주실 수 없어서 왔고요. 아울러 제가 쓰기 시작한 논문이 벌써 몇 달 동안 진전이 없었기 때문이기도 하죠. 그런데도 만약 그들이 예수를 거부하지 않았다면, 지금 세상은 어떻게 변했을지, 유대인들은 어떤 모습으로 살아갈지 끊임없이 묻고 있긴 하지만요. 전 예수를 로마인들에게 넘긴, 그러니까 30세겔 때문에 말이죠, 그 사람에 관해 자꾸만 생각하고 있으니까요. 말해 줘요, 당신이 보기에 그 말이 논리적인가요? 30세겔 때문에요! 유다처럼 부유한 사람이, 가롯 마을에 토지와 유산이 있었을 사람이 말이에요. 혹시 그 당시에 30세겔이 얼마나 되는 돈이었는지 아세요? 아주 적은 돈에 불과해요. 보통 노예 한 사람 값이에요. 제가 예수와 유대인들에 관해 무슨 생각을 하고 있는지 듣고 싶으세요? 오늘 저녁에 제가 써 놓은 글을 좀 읽어 드릴까요?"

그녀는 그의 제안을 무시했다. 손가락이 기다란 손으로 그들 사이에 끼어 있는 연기를 흩어 버렸다. 그녀는 종업원을 불러서, 슈무엘이 지갑을 꺼냈는데도 불구하고, 커피와 코냑 값을 치르며 영수증을 가져다 달라고 했다. 그는 동작이 어설프고 느려서 그녀보다 먼저 계산을 할 수 없었다. 그녀는 그럴 필요가 없다고, 돈 낭비라며, 이런 적은 비용은 어차피 그녀가 일하는 탐정 사무실에서 지불하는 거라고 말했다.

"사실 내가 당신이 우리 집에서 하는 일에 대해 지급하는 보수는 너무 적어요. 푼돈일 뿐이죠. 말해 봐요, 당신은 발드와 함께 앉아 있는 시간이 조금이라도 즐겁나요? 혹시 그가 홍수처럼 말을 쏟아 놓는 중에 가끔 1~2분 정도 의미가 있는 말을 할 때도 있나요? 당신이 그를 이해해 주어야 해요. 아들이 죽은 다음에 그에게 남은 거라곤 말들뿐이니까요. 그리고 사실 당신도 말을 좋아하는 사람이지요. 당신이 우리 집에서 맡은 이 일은 당신에게 아주 잘 맞아요."

아탈리야는 종업원이 가져다준 영수증을 접어 넣었고 두 사람은 나가려고 일어섰다. 카페 아타라의 2층에서 내려갔고, 입구 옆의 돌아가는 옷걸이에 걸린 외투들을 찾고 나서, 슈무엘이 아탈리야가 외투를 입는 것을 도와주려 했다. 그러나 그의 행동이 너무 굼떠서 그녀가 자기 외투를 그의 손에서 끌어당겨 빼앗아서, 재빠르게 입고, 단추를 채우고, 그리고 나서 몸을 돌려 슈무엘이 옷 입는 것을 도와주었는데, 그가 자기 팔을 소매 속으로 밀어 넣지 않고 소매 밑으로 터진 구멍에 넣는 바람에 손이 걸려서 팔을 꿸 수가 없었기 때문이었다. 갑자기, 그들이 아직 카페 입구에 서 있을 때, 그가 샤프카를 쓰고 있는 동안, 아탈리야가 그의 턱수염에 붙은 빵 부스러기라도 털어 내려는 것처럼, 그녀의 손가락으로 빠르고 날아가듯 가벼운 움직임으로 그의 뺨을 쓰다듬으며, 말했다.

"가끔 당신이 참 안쓰러워 보여요. 나는 심장이 없는 사람인데도 불구하고 말이에요."

그 순간 슈무엘은 얼굴에 덥수룩한 수염을 기른 것을 후회했다.

거기서 나와서 그들은 함께 하라브 엘바즈 길을 향해 걷다가, 아탈리야가 전화를 걸어야 한다고 했기 때문에 공중전화 옆에 멈춰 섰다.

"날 기다릴 필요는 없어요. 그 노인에게 어서 가 보세요. 가세요. 그가 앉아서 당신만 기다리고 있을 거예요."

"여기서 당신을 기다릴게요." 슈무엘이 말했다.

5~6분이 지난 뒤에 아탈리야가 공중전화에서 나왔고 슈무엘을 향해 드물게 보여 주는 미소를 보냈는데, 눈가에서 시작해서 입가로 번지는 엷은 미소였다. 그녀는 그의 팔을 잡고, 가볍게 누르면서, 말했다.

"좋아요. 오늘 저녁에 당신과 함께 있을게요. 시온산에서 야간 매복을 하자는 건 아니고 식당이나 영화관에 가자는 것도 아니고 당신이 물론 알지 못하는 곳이에요. 핑크의 바.[238] 핑크에 관해 들어 본 적 있어요? 거기서 밤마다 베르무트[239] 한 잔이나 위스키 한 잔을 놓고 기자들과 외국 작가들, 연극배우들, 여러 나라에서 온 영사들, 변호사들, UN군 장교들, 결혼한 남녀들이 자기 배우자가 아닌 사람들과 함께 와서 서로 만나고, 가끔은 젊은 시인들도 한둘쯤 여자 친구들을 데리고 그곳을 구경하기도 하고 다른 사람에게 보이기 위해서 나타나죠. 나는 오늘 저녁에 한두 시간 정도 거기 앉아서, 어떤 중요한 사람을 지켜봐야 해요. 그냥 지켜만 보는 거예요. 그 이상은 아니고요. 당신이 그토록 간절히 원한다면, 내가 지켜보는 동안, 나와 함께 유대인과 예수와 가롯 유다에 관해 이야기하실 수 있어요. 다는 아니어도 최소한 그 시간 중 얼마 동안은 경청하겠다고 약속할게요, 물론 내 눈은 좀 바쁘게 움직이겠지만."

그리고 덧붙였다.

"우리는 부부가 되는 거죠. 턱수염과 덥수룩한 머리 때문에 당신은 나이를 가늠하기가 어려워요. 사람들은 당신이 나의 동반자라고 생각할 거예요. 그리고 사실 그렇게 생각하는 것이 당연하죠. 오늘 저녁에 당신은 나의 동반자가 되는 거예요."

슈무엘이 말했다.

"당신에게 할 말이 있어요. 그건 말이죠, 밤에 몇 번이나 당신 꿈을 꾸었어요. 당신과 또 당신 아버지에 관한 꿈이었어요. 당신의 아버지는 신문에서 보았던 알베르 카뮈와 좀 닮았더군요. 꿈속에서 당신은 꿈 밖에서보다 훨씬 더 닿을 수 없는 사람이었어요."

"닿을 수 없는 사람," 아탈리야가 말했다. "정말 진부하군요."

 "그러니까," 슈무엘이 설명하려 했지만, 뭐라고 해야 할지 말을 찾지 못했다.

 "당신보다 먼저 다락방에 살던 사람들도 내게 꿈 이야기를 하기 시작했었죠. 그러더니 어느 날 우리를 떠나 버렸어요, 한 사람씩 차례로. 좀 있으면 당신도 우리를 떠날 거예요. 낡고 어두운 집에서 수다쟁이 노인과 사람을 비참하게 만드는 여자와 함께 사는 단조로운 생활이 당신처럼 젊은 청년에게 맞지 않는 거죠. 당신은 좋은 생각이 아주 많잖아요. 놀라운 생각들로 가득하고요. 만약 게으름을 극복하는 데 성공한다면, 언젠가 당신은 책을 저술할 수도 있을 거예요. 조금 있으면 당신은 살아 있다는 증거를 찾으러 다른 곳으로 갈 수도 있죠. 공부를 다시 시작할 수도 있고요. 아니면 하이파로 돌아가게 될까요, 아빠와 엄마에게로?"

 "요즘 네게브에 신도시를 짓고 있어요, 마크테쉬 라몬[240] 가장자리에요. 당신들에게 오기 전에 그곳으로 갈까 생각한 적이 있는데, 거기서 저를 야간 경비원이나 창고지기로 받아 주지 않을까 하고 바랐어요. 그렇지만 아니에요. 전 당신들이 저를 쫓아낼 때까지 여기 당신 집에 머무를 거예요. 아무 데도 안 갈래요. 전혀, 그리고 싶은 생각이 없어요. 이렇게 말해도 좋을지 모르지만, 제 의지가 사라져 버렸어요."

 "그렇지만 왜 우리 집에 머물러야 하죠?"

 슈무엘이 있는 용기를 전부 끌어모아서 중얼거리며 말했

다.

"당신은 알고 있잖아요, 아탈리야."

"그건 안 좋게 끝날 거예요." 그들이 그 집 문에 도착했을 때 아탈리야가 말했고 열쇠를 자물쇠 구멍에 넣어 돌렸다. "여기 이 계단 조심해요. 살짝 밟아야 해요. 오늘 밤 10시에 핑크의 바에 와도 좋아요. 그렇지만 거기까지 혼자 찾아와야 해요. 나는 거기서 당신을 기다릴게요. 그곳은 하멜레흐 조지 거리 모퉁이의 하히스타드루트 거리, 텔오르 극장 맞은편, 협동조합 식당 맞은편에 있어요. 그 전에 아무것도 드시지 마세요. 당신이 우리 집에서 언제나 먹는 남은 음식 대신 내가 오늘 밤에는 진짜 저녁 식사에 당신을 초대할 거예요. 걱정하지 마세요. 그것도 사무실에서 내는 거니까요."

슈무엘은 그 집 냄새를, 방금 세탁한 빨래 냄새와 은은한 세제 향, 녹말풀 그리고 증기다리미로 다림질한 온기에 노년의 체취가 살짝 어우러진 냄새를 폐 속에 깊숙이 들이마셨다. 그는 자기 방으로 올라와서, 외투와 샤프카를 침대 위에 던져 놓고, 오랫동안 오줌을 누었고, 볼일을 다 마치기도 전에 서둘러서 물을 내렸고, 기침을 했고, 다시 한번 물을 내렸는데, 그러는 동안 아탈리야와 대화를 나누며 닿을 수 없는 사람이라는 말을 꺼냈던 자신을 질책했다. 그다음에 서재로 내려갔고, 목발을 비스듬하게 굽힘나무 의자에 기대어 놓고, 책상 앞에 앉아 있는 게르숌 발드를 발견했다. 그 노인은 책을 보고 있었고, 지운 자국이 가득한 종이 위에 목록들을 휘갈겨 쓰고 있었는데, 두텁고 하얀 콧수염은 족제비같이 입 위에 뻣뻣하게 곤두서 있었으며, 눈이 내린 두꺼운 눈썹은 구름 같기도 하고 담요 같기도 했고, 그의 입술은 소리 없이 움직이고 있었다. 그 순간 슈무엘은 노인이 매우 가깝게 느껴졌다. 마치 어린 시절부터 그를 알아 왔고 또 그를 사랑해 온 것처럼. 그러나 문득그 긴 겨울 저녁들을 보내며 그들이 끊임없이 이어 갔던 그들 사이의 대화는 정말로 그들 두 사람이 해야 할 이야기에서 매우 거리가 먼 것 같다는 생각이 들었다.

—42—

"그들은 그를 배신자라고 불렀지," 발드가 말했다. "왜냐하면 그가 그동안 늘 아랍인들과 친하게 지냈기 때문이야. 그는 카타몬으로 세이크 자라로 라말라로 베들레헴으로 베이트 잘라로 그들을 찾아다녔으니까. 그들을 여기 자기 집에서 재우는 일도 많았지. 각양각색의 아랍 기자들이 이곳에 찾아오곤 했네. 온갖 수완가들. 협회 간부들. 교사들. 그를 배신자라고 불렀던 또 다른 이유는 그가 47년과 48년에도, 독립전쟁 전투가 한창이었을 무렵에, 유대 국가를 만들기로 한 결정은 비극적인 실수라고 계속해서 주장했기 때문이었지. 그래. 그는 이렇게 말하곤 했었는데, 차라리, 패망하는 영국 위임통치 대신 국제 위임통치나 미국이 주도하는 임시정부가 세워지는 것이 훨씬 나을 뻔했다고도 했다네. 그가 말하기를, 아마도, 유대인 학살 때문에 살 곳을 잃고 유럽 전역으로 퍼진 난민촌에 머무는 사람들 거의 10만여 명이 이스라엘로 이주할 수 있도록 허락을 받을 테고, 미국인들도 그 사람들이 한꺼번에 이주하는 방안에 찬성하고 있으므로, 그렇게 되면 유대인 정착촌은 65만 명에서 75만 명까지 인구가 증가할 것이라고 했네. 그렇게 해서 갈 곳을 잃은 유대인들이 당장 겪고 있는 괴로움은 해결될 것이었지. 그러고 나서 우리가 잠깐 숨 고르기를 하는 것이 좋겠다는 거였어. 말하자면 아랍인들이 차차, 한 10년이나 20년에 걸쳐서, 우리가 이 땅에 살게 되었다는 사실을 소화할 시간을 주자는 것이었다네. 그러는 동안에 우리가 히브리 국가를 주창하며 깃발을 흔들지 않는다면 상황이 안정될 수도 있다는 거야. 아브라바넬은 주장하기를, 아랍인들이 기존 시온주의 운동 자체, 즉 주로 해안 지방을 따라 작은 도시 몇 개와 마을 몇십 개 정도가 생기는 것을 반대하는 것이 아니라며, 그들의 반대는 유대인들의 힘이 점점 커지는 상황과 유대인들의 야망이 점점 커지는 것을 두려워하기 때문에 생기는 거라고 말했다네. 그는 수년 동안 이 땅에서 또는 주변 나라에서 그의 친구들과 나누었던 대화를 통해 아랍인들이 보기에 유대인들은 학식, 기술, 교활한 술수와 동기부여 면에서 우위에 있는 것으로 그려지며, 이러한 유대인들의 우세한 지위가 아랍인들의 생활 전반에 걸쳐 나타나고 결국 그들을 지배하게 될까 봐 두려워하고 있다고 결론을 내렸네. 그는 언제나 이렇게 주장했지. 아랍인들이 작은 시온주의자 태아 때문이라기보다는 그 안에 웅크리고 있는 파괴적인 거인 때문에 두려워하는 것이라고 말일세."

"무슨 거인요," 슈무엘이 낮은 목소리로 말했다. "그건 완전히 농담이죠. 우리는 그 사람들에 비하면 바다의 물방울 하나에 불과하잖아요."

"아랍인들이 보기에는 그렇지 않다고 했어, 아브라바넬의 주장으로는. 아랍인들은 유대인들 몇 명이 여기 온 이유가 유럽에서 자기들을 쫓던 자들을 피해서 살 작은 피난처를, 한 줌의 땅을 찾고 있을 뿐이라는 시온주의자들의 감언이설을 한순간도 믿지 않았다고 했네. 한때 이라크의 총리였던, 아드난 파차치[241]라는 사람이 47년에 만약 팔레스타인에 사는 유대인들이 100만 명에 이르면 그들을 막아설 사람은 팔레스타인에 아무도 없을 것이라고 말했지. 그리고 그들의 인구가 200만 명이 된다면 중동 지방 전체에서 그들을 막아설 사람이 아무도 없을 것이라고. 그들이 300만 또는 400만 명이 된다면, 이슬람 세계 전체가 힘을 합쳐도 그들을 당해 내지 못할 것이라고 했다네. 이러한 두려움들은, 쉐알티엘 아브라바넬은 말했지, 새로운 십자군들에 대한 공포심, 유대인들이 가진 사악한 능력에 관한 미신적인 믿음, 유대인들이 성전산 위에 있는 모스크를 허물어 버리고 그 대신 자기들의 성전을 세우고 나일강부터 유프라테스강까지[242] 이르는 유대인 제국을 건설하려는 계략을 숨기고 있을지 모른다는 아랍인들의 두려움인데, 이것들 때문에 유대인들이 해안 지방과 중앙 산악지대 산기슭 사이에 한 줌의 땅을 점령하는 것이 점차 현실로 드러나자 그들이 격렬하게 반대하는 것이라고 했네. 쉐알티엘 아브라바넬은 우리가 인내심을 가지고, 선의를 통해, 아랍인들과 대화를 포기하지 않으려는 노력으로, 공동으로 참여하는 노동조합을 건설하고, 유대인 정착촌에 아랍인 거주를 허용하고, 우리 학교와 대학교에 아랍 학생들 입학을 허용하고, 그리고 무엇보다—유대인 군대와 유대인 정권 그리고 유대인들에게, 오직 유대인들에게만 소속된 통치기관을 갖춘 독립적인 유대 국가를 건설해야 한다는 가식적인 생각을 버린다면, 이러한 아랍인들의 분노를 아직은 가라앉힐 수 있다고 믿었네."

"그의 이상은," 슈무엘이 슬프게 말했다. "누구나 마음으로는 매우 동조하고 싶게 만드는 그 무엇이 있기는 하지만요, 그것은 솔직히 지나치게 달콤한 이상에 불과해요. 저는 아랍인들이 장차 유대인들이 가지게 될 힘 때문에 두려워한다기보다는, 현재 유대인들이 취약하다는 사실을 이용해야겠다는 데 더 유혹당한다고 생각해요. 우리 이제 차 한 잔씩 마실까요? 비스킷도 몇 개 가져올까요? 그리고 당신은 조금 있다가 물약과 알약 두 개를 먹어야 해요."

"그들은 그를 배신자라고 불렀어," 발드는 차를 마시자는 제안을 무시하고 말을 이어 갔다. "왜냐하면 30년대 중반에 여기에 독립적인 유대 국가를 세울 희박한 기회가 열렸고, 물론 그 땅의 아주 작은 부분뿐이었지만, 그 미미한 기회라도 생겼다는 사실이 많은 사람의 마음을 어지럽혔기 때문이지. 나도 그랬으니까. 아브라바넬은, 그로선, 어떤 형태의 국가도 신뢰하지 않았다네. 두 민족이 구성하는 국가도 믿지 않았어. 아랍인들과 유대인들이 함께 참여하는 나라도 마찬가지였지. 온 세계가 국경선과 철조망으로 막은 울타리, 여권, 깃발, 군대와 독립적인 화폐제도를 통해 수백 개의 국가로 갈라져야 한다는 생각 자체가, 그가 보기에는 구태의연한 데다 제정신이 아니고, 원시적이고, 무자비한 것이었고, 이미 한물가서 이른 시일 안에 이 세상에서 사라질 것이라고 여겼지. 그는 나에게도 말하기를, 이제 곧 이 세상에서 모든 나라가 사라질 것이고 그 대신 서로 다른 언어를 말하는 공동체와 공동체가 통치권과 군대와 국경선이라는 위험한 장난감들과 온갖 살상 무기들을 버리고 함께 나란히 한데 어우러져 살게 될 텐데, 당신들이 이곳에 피와 불[243]로, 영원히 계속될 전쟁을 치르며 작디작은 나라를 하나 더 세우려고 이리 뛰고 저리 뛰는 이유가 무엇이냐고 물었어."

"그가 자기 생각을 지지하는 사람들을 모으려고 시도했나요? 어떤 조직을 통해서? 신문에 글을 썼나요? 대중 연설을 한 적이 있나요?"

"시도는 했었지. 작은 규모의 모임들. 아랍인 사이에도 있었고 유대인 사이에서도 있었지. 그는 최소한 한 달에 두 번은 라말라와 베들레헴, 야포와 하이파 그리고 베이루트를 방문했다네. 그는 개인 집에서 이루어지는 모임, 그러니까 독일에서 이주한 학자들이 르하비야 마을 집 거실에서 모이는 곳에도 참석했어. 그래. 그는 거기서도 이 땅에 아랍 국가도 유대 국가도 세우려 하지 않는 것이 좋겠다고 주장했다네. 덧입히

기를, 우리 여기서 서로의 곁에서 그리고 서로의 안에서, 유대인들과 아랍인들, 기독교인들과 무슬림, 드루즈인[244]들과 체르케스인[245]들, 그리스인들과 가톨릭과 아르메니아인들, 이웃해 있는 공동체들이 그들을 서로 가로막는 장애물 없이 살아 봅시다. 그러는 동안에 시온주의자들이 이 땅 전부를 유대교로 개종시키려고 야심에 찬 계략을 세웠다고 보았던 아랍인들의 공포도 차차 사라질 수 있습니다. 우리의 학교에서는 아이들이 아랍어를 배우고 그들의 학교에서는 아이들이 히브리어를 배우게 될 것입니다. 혹시 일이 더 잘 풀리면, 공동으로 운영하는 학교들로 발전시켜 봅시다라고 말했다네. 30년 동안 영국인들이 분할통치라는 정책으로 키워 온 갈등이 결국에는 끝나게 될 거라고. 그런 식으로, 하루나 1년 만에는 아니겠지만, 아브라바넬은 신뢰의 첫 싹들이 심지어 아랍인들과 유대인들 사이에 개인적 우정이라는 싹이 돋아날지도 모른다고 믿었다네. 그리고 사실, 그런 싹들은 영국 위임통치 시절에 하이파, 예루살렘, 티베리아스, 야포 등지에서 벌써 나타나고 있었지. 많은 아랍인과 유대인들이 사업을 하면서 서로 관계를 맺었고, 자주 서로의 집에 방문하기도 했네. 아브라바넬과 그의 친구들처럼 말이지. 이 두 민족은 서로 간에 공통점이 정말 많지 않나. 유대인들과 아랍인들은, 서로 다른 두 가지 방법으로, 역사 속에서 기독교 유럽의 희생 제물이었어. 아랍인들은 식민지 제국들에 굴복하고 나서 압제와 착취를 당했고, 유대인들은 대대로 굴욕, 박해, 추적, 추방, 악행을 당하다가, 결국 세계 역사에 전례가 없는 민족 대학살까지 당했지. 기독교 유럽의 희생 제물이 된 두 민족이 서로 동정하며 이해할 수 있는 깊은 역사적 기초가 정말 없느냐고, 쉐알티엘은 말했어."

"그 말은 제 마음에 드네요." 슈무엘이 말했다. "약간 순진하고. 낙관적이지만요. 스탈린이 민족문제에 관해서 했던 말과는 정반대고요. 그렇지만 흥미롭군요."

그는 자리에서 일어났고, 전깃불을 켰고, 창문마다 돌며 경첩이 삐걱거리는 소리를 내는 블라인드를 닫았다. 그가 블라인드를 안으로 잡아당기려고 창문을 열었을 때 목구멍과 폐를 찌르는 듯한 차갑고 메마른 예루살렘 공기가 서재 안으로 흘러들었다. 슈무엘은 주머니 안에 든 호흡기를 손으로 더듬어 찾았지만 사용하지 않고 참았다. 게르숌 발드는 계속해서 말했다.

"아브라바넬은 만약 영국 위임통치가 끝날 때 유대인들이 독립된 유대 국가를 선포하겠다고 고집을 피운다면, 바로 그날 그들은 아랍 세계 전체, 아마 무슬림 세계 전체와 피를 부르는 전쟁을 시작하는 것이라고 경고했네, 유대인 50만 명 대 무슬림 수억 명이 싸우는 거지. 그 전쟁에서, 아브라바넬은 예상했지, 유대인들이 절대 승리할 수 없으리라고. 혹시 기적이라도 일어나서 그들이 아랍인들을 한 번, 두 번, 세 번, 네 번까지 이기는 데 성공한다고 하더라도, 결국 이슬람이 우세하게 될 거라고 했지. 그 전쟁은 몇 세대를 걸쳐서 계속될 텐데, 유대인들이 이길 때마다 유대인들의 사악한 재주와 그들의 십자군 같은 야망 때문에 아랍인들의 두려움이 깊어지고 배로 늘 거라고 말이야. 이런 이야기나, 그와 비슷한 말들을, 쉐알티엘은 바로 이 방에서 내게 들려주곤 했었지. 그 모든 일이 일어나기 전에. 4월 2일 밤에 예루살렘 산지에서 내가 유일한 아들을 잃기 전에 말일세. 그는 창문 옆에 서서, 어두운 바깥쪽을 등지고 대개 얼굴은 내가 아니라 화가 루빈이 그린 저 그림을 향하고 말했었지. 그는 그 그림에 있는 풍경을 매우 사랑했다네. 갈릴리 산지와 골짜기 비탈들 그리고 카르멜산을 사랑했고, 예루살렘과 광야와 슈펠라 지역이나 산기슭의 작은 아랍 마을들을 사랑했어. 그는 키부츠에 있는 잔디밭과 카수아리나 나무[246]들과 빨간 기와지붕이 있는 유대인 마을들도 사랑했지. 아무런 모순도 느끼지 않으면서 말이야.

미카와 아탈리야가 결혼하고 나서 몇 주일이 지났을 때, 46년이었지, 어느 날 저녁 쉐알티엘이 가자 거리에 있는 작은 내 아파트에 나타나서 여기 이 집에 와서 자기들과 함께 살자고 제안했지. 우리가 모두 함께 살 만큼 공간이 충분하다고 말했어. 왜 자네만 혼자 살아야 한단 말인가? 그때 나는 르하비아 중학교에서 중견 교사로 역사를 가르쳤다네. 그리고 사실, 은퇴할 때가 다 되어 가고 있었지. 그때 미카와 아탈리야는 자네가 머무는 다락방에 살았었네. 이 서재는 쉐알티엘 아브라바넬의 서재였어. 나는 여기로 이사하면서 침실에 있는 소설책들만 가져왔지. 그는 이곳 서재에서 서성거리며, 왔다 갔다,

이 벽에서 저 벽으로, 창문에서 방문으로, 방문에서 부엌 입구에 달린 주렴으로, 좁고 빠른 걸음걸이로 걸어 다녔고, 자기의 다수 공동체의 환상을 내게 펼쳐 보이곤 했네. 그는 국가라면, 어떤 국가든지, 포식자 공룡이라고 불렀다네. 한번은 유대인 기구 건물에서 다비드 벤구리온과 벤구리온 사무실에서 일하는 다비드 레메즈[247]와 30분 동안 삼자 대화를 나눈 후 몹시 화가 나서 돌아와 내게 말했지―그가 이야기할 때 그의 목소리가 떨렸던 것을 지금도 기억하네―그 키도 작고, 이따금 목소리는 히스테릭한 여자 같은 자가 거짓 메시아가 돼 버렸어. 샤브타이 츠비[248]처럼. 야콥 프랑크[249]처럼. 그리고 그자가 우리 모두를, 유대인들, 아랍인들, 그리고 사실상 온 세계를 끝없이 계속되는 살육의 재앙으로 몰아넣고 말 거네. 그리고 또 내게 말했지. 벤구리온은 살아생전에, 아니면 아주 가까운 미래에, 유대인들의 왕이 될 거야. 하루살이 왕. 거지 왕.[250] 거지들의 메시아. 그렇지만 앞으로 올 세대들은 그를 저주하게 될 걸세. 그는 자기보다 더 신중한 동료들을 직접 자기 뒤로 쓸어 모았네. 그들에게 다른 불[251]을 놓은 셈이지. 쉐알티엘은 말하곤 했네, 실제 인류의 재난은, 쫓기고 압제당하던 사람들이 해방되고 당당히 일어서기를 갈망하는 것이 아니라고. 아니지. 가장 사악한 것은 압제를 당하는 사람들이 실은 마음속으로 자기들을 압제하는 자들을 압제하는 자가 되기를 몰래 꿈꾸는 일이라고 했어. 쫓기는 자들이 쫓는 자들이 되고 싶어 한다는 거지. 종들이 주인이 되는 날을 꿈꾼다고 했어. 『에스델』에 나오는 것처럼."

게르숌 발드는 잠시 말을 멈추었다가, 슬픈 목소리로 덧붙였다.

"그건 아니지. 절대로 그렇지는 않네. 나는 한 순간도 그렇게 믿은 적이 없어. 심지어 나는 그를 조롱하기까지 했지. 한 순간도 나는 벤구리온이 아랍인들의 주인이 되려 한다고 생각해 본 적이 없어. 쉐알티엘은 마니교[252] 세상 속에 살았던 거야. 그는 일종의 이상적인 에덴동산을 세워 놓고 맞은편에 게힌놈을 그렸던 거지. 그러니까 그들은, 그들 나름대로, 그를 배신자라고 부르기 시작했네. 그가 큰돈을 받고 자기 자신을 아랍인들에게 팔아 버렸다고 말했지. 그를 아랍인들의 사생아라고 말하기도 했네. 히브리어 신문들은 그를 조롱하며 무에진이나 셰이크[253] 아브라바넬 또는 심지어 이슬람의 검이라고 부르기도 했다네."

"그래서 당신은요?" 어항 속 금붕어들에게 먹이를 주는 것도 잊고 노인이 저녁에 먹어야 할 약을 가져다주는 것도 잊을 만큼 흥분해서, 슈무엘이 물었다. "당신은 그와 싸우지 않았나요?"

"나는," 게르숌 발드는 한숨을 내쉬었다. "한때는 나도 그와 격정적으로 논쟁을 하기도 했지만, 나는 힘없는 자[254]일 뿐이지. 4월 2일 저녁까지는 그랬었지만. 그날 밤에 우리 사이에서 모든 논쟁이 사라져 버렸다네. 그 재앙이 논쟁을 없애 버렸지. 어차피 이 땅에서 그의 의견이 실현될 가능성은 전혀 없었

341

으니까. 아랍인들은 우리가 유대 국가 건설을 포기한다고 하더라도 여기에 우리가 있는 것을 용인하지 않으리라는 사실을 우리는 이미 모두 목격했으니까 말일세. 심지어 우리 중에서 온건주의자들도, 아랍인들의 입장에 틈새라곤 없으며 타협할 기미의 기미조차 없다는 것을 한낮 태양의 그림자의 그림자처럼 분명하게 알 수 있었다네. 그리고 나는 이미 죽은 사람이었지."

"전 그때 그저 열세 살 먹은 어린아이였어요," 슈무엘이 말했다. "소년단 소년이었죠. 다른 모든 사람처럼 저도 우리가 소수의 옳은 사람들이고, 반대로 그들은, 아랍인들은 사악한 다수라고 믿었어요. 그들이 우리가 발붙이고 있는 조각만 한 땅을 강제로 빼앗으려 한다고 의심 없이 믿었죠. 아랍 세계 전체가 유대인들을 파멸시키거나 쫓아내려고 결단하고 있다고요. 금요일 오후에 모스크 첨탑에서 들리는 무에진의 목소리도 마찬가지였어요. 사실 하이파, 우리 동네에서는, 제가 어렸을 때 아랍인 손님들이 하다르 하카르멜에 있던 우리 아버지의 작은 측량 사무실 샤하프 주식회사에 찾아오곤 했었지만요. 때때로 부동산 업자들, 빨간 타르부시[255] 모자를 쓰고, 멜빵에다 양복을 입은 에펜디[256]들이 배 위로 옆 주머니에 들어 있는 금시계에 연결된 금줄을 주렁주렁 늘어뜨리고 우리 사무실에 들어오기도 했지요. 그들은 리큐어와 다과를 대접받으며 아버지와 그의 동업자와 함께 여유롭게, 편안하게, 격식을 차린 예의 바른 영어나 프랑스어로 대화를 나누었어요. 그들은 저녁에 부는 바닷바람이나 그해 올리브 수확이 참 좋다는 이야기를 했죠. 우리, 그러니까 제 아버지와 어머니 그리고 누나와 저를 알렌비 거리에 있는 집으로 초대해서 맛있는 음식을 대접한 적도 있어요. 일하는 사람들이 커피와 진한 아랍식 차, 땅콩과 호두와 아몬드와 할와[257]와 바클라바[258]를 담은 쟁반을 자꾸만 가져왔어요. 그들은 함께 담배를 피우고, 또 피워 대며 정치는 전혀 필요가 없고 우리 모두에게 슬픔과 피해만 가져올 뿐이라는 데 동의했었죠. 정치가 없었다면 그들은 평화롭고 아름답게 살 수 있을 거라고요. 그러던 어느 날 유대인들의 버스가 공격을 당하기 시작하고, 유대인 군사들이 하이파만灣 근처 마을에 피 뿌리는 보복 공격을 강행했으며, 수많은 아랍인이 흥분해서 공장에서 일하는 유대인 노동자들을 살해했고, 또다시 보복 행위가 이어졌으며, 유대인과 아랍인 저격수들이 지붕 위에 모래주머니로 장애물을 쌓고 지키기 시작했고, 아랍인 마을과 유대인 마을 사이에 있는 교차로에는 요새처럼 지은 초소들과 검문소들이 들어섰어요. 그리고 1948년 4월, 영국인들이 떠나기 한 달 전쯤에, 하이파에 살던 아랍인들 수만 명이 여객선과 어선 선단에 올라 그 많은 사람이 모두 레바논으로 도망갔어요. 마지막 날까지도 하이파의 유대인 지도자들은 그들에게 남으라고 종용하는 전단을 뿌렸죠. 물론 로드나 그 외 다른 곳에서 우리는 그들에게 남으라고 권유하기는커녕 그들을 죽이고 쫓아냈지만요. 우리가 살던 하이파에서도 그런 전단은 아무 소용이 없었어요. 아랍인들은 이미 죽음의 공포에 사로잡혀 있었으니까요. 학살당할지도 모른다는 두려움이 그들을 휩쓸었죠. 그들 사이에는 유대인들이, 여기, 계곡 건너편에, 이 집에서 그리 멀지 않은 곳에 있었던, 아랍 마을 데이르 야신 거주자들을 죽인 것[259]처럼 그들을 모두 학살할 거라는 소문이 쫙 퍼져 있었어요. 하룻밤 사이에 하이파에 살던 아랍인 거주자들은 대부분 사라졌죠. 요즘도 저는 가끔 새로 온 이주민들이 들어찬 아랍 마을들을 지나가거나, 하이파에 남기로 한 아랍인들 수천 명이 계속 사는 골목을 초저녁에 돌아다닐 때면, 그때 일어났던 일들이 꼭 일어났어야 했는지 저 자신에게 물어보곤 해요. 아버지는, 그가 보기에, 그건 어쩔 수 없는 일이었다고 지금까지 주장하세요. 독립전쟁은, 우리 아니면 그들이, 죽느냐 사느냐를 결정하는 전면전이었고, 군사들 두 부대가 싸우는 전쟁이 아니라 두 지역 주민들이 서로 싸우는, 거리와 거리, 마을과 마을, 이 집 창문과 그 맞은편 집 창문이 싸우는 전쟁이었다고 하세요. 제 아버지는 이런 전쟁, 그러니까 일반 시민들이 싸우는 전쟁에서는, 언제나 그리고 어디서나 한 지역 주민 전체의 뿌리가 뽑히기 마련이라고 하시죠. 똑같은 일이 그리스와 터키 사이에서 일어났고요. 인도와 파키스탄 사이에서. 폴란드와 체코슬로바키아하고 독일 사이에서도 그랬죠. 전 그가 하는 말들을 자주 들었고, 또 어머니 의견도 들었는데, 모든 것이 이 땅을 주겠다고 두 번 약속하고 이 민족과 저 민족이 서로 다투는 상황을 즐겼던 영국인들 잘못으로 일어났다고 하셨죠. 한번은 아탈리야가 제게 자기 아버지는 이 시대에 속한 사람이 아니라고 말했었죠. 혹시 너무 늦게 태어났다거나. 아니면 너무 일찍 태어났다고요. 어쨌든 우리가 사는 시대에 속하지 않았다는 거죠. 그는, 그리고 그와 마찬가지로 벤구리온도, 둘 다 매우 큰 꿈을 가진 사람들이에요. 저는, 저한테는, 가끔 빈틈이 보이지만요. 그 빈틈에 관한 생각은 아마도 당신이 제게 영향을 좀 미친 것 같아요. 오늘 저녁 우리가 나눈 대화 덕분에 뭔가를 의심하는 법을 좀 배운 것 같군요. 아마 그것 때문에 전더는 진짜 혁명가는 못 되고 카페의 혁명가 정도만 될지도 모르겠어요. 이제 부엌에 가서 우리가 먹을 죽을 데워야겠어요. 오늘 저녁에는 좀 일찍 가도록 허락해 주세요, 아탈리야가 제가 한 번도 가 보지 못한 어떤 클럽인지 바에서 저녁 식사를 하자고 초대했거든요.”

슈무엘은 게르숌 발드의 셔츠 위에 격자무늬 부엌 수건을 펴서, 그 수건 가장자리를 노인의 깃 밑으로 끼워 넣었으며, 설탕과 계핏가루를 조금 뿌린 따뜻한 죽을 그에게 주었고, 아탈리야가 핑크에서 만나기 전까지 아무것도 먹지 말라고 명령했는데도 불구하고 자기를 위해 빵 두 조각에 마가린과 치즈를 발라 준비했다. 허기가 그보다 강했기 때문이었다.

게르숌 발드는, 슈무엘이 가져다준 죽을 먹으면서 말했다.

“나는 벤구리온이 역사 속에 존재했던 유대인 지도자 중 가장 위대하다고 생각하네. 다윗왕보다 더 위대하지. 온 세계 역사를 통틀어서 가장 위대한 정치인 중 하나일 걸세. 그는 눈이 맑고 열린 사람이어서 벌써 오래전부터 아랍인들은 결코 이 곳에 우리를 받아들이는 데 기꺼이 동의하지 않을 거라는 점을 보았지. 그리고 우리와 땅은 물론 권력을 나누어 가지는 데도 동의하지 않으리라고 말이네. 그는 자기 동료들보다 훨씬 전부터 우리가 노력 없이 아무것도 거저 얻을 수 없다는 것을, 어떤 입에 발린 말로도 우리를 사랑하도록 아랍인들의 마음을 바꿀 수 없다는 것을, 그리고 아랍인들이 우리를 여기서 쫓아내려고 일어서는 날 어떤 외부 세력도 우리를 지키러 오지 않을 것을 잘 알고 있었다네. 벌써 30년대에, 쉐알티엘 아브라바넬이 사랑하고 친애했던 그의 친구들, 아랍인 지도자들과 만나 길고 긴 대화를 나눈 끝에, 벤구리온은 우리가 스스로 성취하지 않은 어떤 것이 자비롭게 우리에게 주어지는 일은 없으리라는 결론에 도달했네. 내 아들 미카도 그것을 알고 있었기 때문에 밤마다 텔아르자 숲속에 나가서 무기 다루는 훈련을 했었지. 우리 모두가 알고 있었어. 내가 몰랐던 것은 그게 내 아들이었다는 거지. 내 아들이 그렇게 되리라고는 짐작하지 못했어. 그런 생각을 하고 싶지도 않았지. 그는 이미 소년이 아니라고, 나 자신에게 말했었지, 그는 서른일곱 살이고 교수가 될 사람이라고. 때때로, 그 비극이 일어나고 몇 주가 지났을 때, 아무런 말도 하지는 않았지만, 쉐알티엘 아브라바넬이 침묵 속에서 여전히 그 모든 일이 일어날 가치가 있었다고 믿는지 나에게 묻는 말을 듣는 것 같았다네. 쉐알티엘이 절대 묻지 않은 그 물음이 칼이 되어 자꾸만 내 목을 찌르는 것처럼 나에게 상처를 남겼어. 그 후로 우리는 서로 대화를 나누지 않았다네. 나도 그 사람도. 우리는 입을 닫아 버렸지. 모든 것이 빛바랬어. 아주 가끔, 지붕의 기와를 고치는 일이나 전기 냉장고를 살 때만 빼고는. 이제 이 접시와 숟가락만 부엌 개수대에 넣어 주게나. 씻거나 정리할 생각은 말고, 서둘러서 그녀의 치맛자락을 쫓아 뛰어가 보게. 나는, 내가 보기에는, 자네가 그녀 뒤를 쫓아다녀 봤자 좋은 일은 없으리라 생각하지만 말일세. 자네는 그녀의 짝이 될 운명이 아니고 그녀는 자네와 짝이 될 운명이 아니야, 그리고 사실 그녀는 이미 이 세상 누구의 짝이 될 운명도 아니지. 그녀는 자기 삶의 마지막 날까지 혼자 살게 될 걸세. 내가 죽은 뒤에도 이 빈집에서 혼자 살겠지. 외간 남자가 들어올 수는 없어.[260] 아니면 왔더라도 다음 날 쫓겨나거나, 혹은 얼마 지나지 않아 그렇게 되고, 자기가 왔던 그대로 쫓겨나겠지. 자네도 곧 쫓겨날 테고, 난 자네도 잃어버리게 될 거야. 서두르게. 제일 좋은 옷으로 차려입고 길을 나서야지. 내 걱정은 말게. 나는 새벽이 올 때까지 내 책들과 공책들과 함께 여기 더 앉아 있다가, 나 혼자 힘으로, 침대까지 굴러갈 테니까. 가게, 슈무엘. 그녀에게 가 봐. 이미 자네는 더는 선택할 여지도 없지 않나."

347

43

그러나 슈무엘 아쉬는 그날 저녁 아탈리야와 만나기로 약속
한 장소에 나타나지 않았다. 그가 예의 미친 듯한 걸음걸이로
집을 나서는 길에, 헝클어진 머리에 샤프카를 쓰고, 외투 단추
를 목까지 꼭 채우고, 바지 단추는 하나가 떨어진 상태로, 그
집 현관에 있는 나무로 만든 임시 계단을 밟다가 갑자기 중심
을 잃었다. 중심을 잃은 정도가 아니라 몸무게를 전부 실어서
그 계단 끝을 밟는 바람에 그것이 지렛대처럼 들려 올라갔고
그는 뒤로 벌렁 나자빠졌다. 그는 나뒹굴면서 등을 벽에 세차
게 쿵 하고 부딪쳤고, 머리가 다른 벽에 부딪쳤다가 다시 바닥
타일에 부딪쳤고, 마지막에는 그의 왼쪽 발이 몸 밑에 깔려 비
틀린 채로 등을 바닥에 대고 넘어졌다. 날카로운 통증이 그의
발목을 찔러 왔다. 처음에는 발목 통증보다 두개골이 훨씬 더
아픈 것 같았다. 샤프카는 벗겨져서 복도로 내려가는 길에 굴
러가 있었다. 슈무엘은 등을 바닥에 대고 누워 손을 머리털 아
래로 밀어 넣었고, 따뜻한 피가 흘러나와 웅덩이처럼 고이는

것을 손가락 끝으로 느낄 수 있었다. 한동안 그렇게 미동도 없이 누워 있다가 자기가 웃고 있다는 것을 문득 알아차리고 놀랐다. 웃으면서 동시에 신음하고 있었다. 고통스러움에도 불구하고, 넘어진 것이 마치 자기가 아니라 다른 사람에게 일어난 일처럼, 또는 아주 놀랍고 재미난 장난이라도 한 것처럼 우습기도 했다. 그가 헛되이 몸을 일으켜 보려고 최소한 무릎으로라도 일어서 보려고 했을 때 멀리서 게르숌 발드의 목발 부딪치는 소리가 들려왔다. 그 노인은 자기 방에 있다가 뭔가가 땅에 떨어져 부딪치는 소리를 듣고, 절뚝거리며 서둘러 복도로 나왔다가, 뒤틀린 몸뚱이, 헝클어진 머리털에서 흘러나와 바닥 위에 작은 개천처럼 흐르는 피, 그리고 꺾인 발목을 한눈에 알아보았다. 그는 뒤로 돌아, 목발을 짚고 황급히 자기 책상으로 갔고, 마겐 다비드 아돔[261]에 전화를 걸어 구급차를 불렀다. 그러고 나서 다시 절름거리면서 복도로 나와, 목발 하나에 몸무게를 실으며 무거운 몸을 구부렸고, 주머니에서 격자무늬 손수건을 꺼내어, 피를 흘리는 슈무엘의 머리에 가져다 댔다. 그리고 그가 말했다.

"이 집은 자네에게 정말 재수가 없는 곳이야. 솔직히 우리 중 누구에게도 행운을 주지 않았지."

슈무엘이 웃었다.

"지금부터 저도 목발이 필요하게 됐어요. 아니면 휠체어를 쓰든지요. 여기 목발 네 개가 생기겠네요." 그러나 그의 웃음은 곧 일그러졌고 고통스러운 신음으로 바뀌었다.

20분쯤 뒤에 면도를 안 하고 하얀 위생복을 입은 구급 의료사가 키가 작고 피부가 거무스름하고 동작이 빠른 들것을 메는 사람 두 명을 데리고 도착했는데, 그 두 사람은 마르고 서로 닮아서 쌍둥이 같았지만, 그중 한 사람은 부자연스러울 정도로 팔이 길었다. 그리고 두 사람이 모두 대머리였지만, 그 팔이 긴 사람은 대머리 왼쪽에 부풀어 오른 무사마귀가 있었다. 들것 메는 사람들은 슈무엘을 들것에 누였다. 그들은 거의 아무런 말도 하지 않았다. 구급 의료사는 몸을 굽히고 엄지와 검지로 슈무엘의 팔목을 잡고 맥박을 쟀고, 작은 가위로 그의 곱슬한 머리털을 조금 잘라 냈고, 소독한 후 작은 거즈 조각들과 반창고로 그의 머리에 피가 나는 상처를 막았다. 그리고 슈무엘이 넘어지면서 나무로 만든 임시 계단을 뒤집어 버렸기 때문에, 들것 메는 사람들은 그 들것을 대각선으로 들어 올리고 복도에서 문 앞쪽의 지면으로 타고 올라가야 했다. 먼저 들것의 발치를 그 높은 지면에 걸쳐 놓고, 무사마귀가 난 사람이 복도에서 문 앞쪽 평지로 올라가서 들것을 문턱 쪽으로 끌어당겼다. 그러는 동안 그의 동료가 뒤집혀 있던 나무 계단을 가져다 놓고 환자 머리 쪽에 있는 두 손잡이를 잡아 들것을 올려서 두 사람이 함께 작은 정원으로 들고나왔고 부서진 현관문 너머로 그리고 엔진이 계속 돌고 있고 뒷문을 정원 문을 향해 열고 서서 불빛을 깜박이는 구급차 안으로 옮겨 실었다.

가는 길에 구급 의료사는 슈무엘의 머리를 하얀 붕대로 감았는데 곧 피가 퍼지면서 얼룩이 생겼다. 10시가 되기 몇 분

전에 그를 야포 거리에 있는 샤아레이 쩨데크 병원 응급실로 데려갔다. 그들은 고통을 줄여 줄 약을 주사했고 그의 발목 사진을 찍었는데 작은 금이 갔지만 부러지지는 않았기 때문에 금 간 곳을 석고로 고정하고 경과를 살펴보기 위해서 정형외과 병동에 입원시켰다.

아침 7시에 아탈리야가 왔는데, 푸른색 스웨터와 진한 파란색 치마를 입고 붉은색 모직 목도리를 했으며, 커다란 나무 귀걸이가 그녀의 귓불에서 흔들리고 있었고, 그녀의 머리카락은 왼쪽 어깨 위로 흐르면서 소라고둥처럼 생긴 작은 은핀을 반쯤 가리고 있었다. 그녀는 잠깐 병실 입구에 서서 안에 있는 침대 여덟 개를 한눈에 훑어보았는데, 양쪽에 네 개씩이고, 그중 두 개는 비어 있었다. 그녀의 눈길이 슈무엘과 마주쳤을 때도 그녀는 서둘러 그에게 다가오지 않았고, 문 옆에 조금 더 남아 서서 지금까지 자기가 알지 못했던 새로운 면을 찾은 것처럼 그를 바라보았다. 아몬드 모양을 한 선하고 수줍어하는 그의 눈이 그녀의 모습을 투항하듯 약하게 어루만졌고, 약간은 그녀의 마음에 와닿는 것 같았다. 슈무엘은, 왼쪽에서 세 번째 침대에, 이불을 덮고, 누워 있었다. 깁스한 다리는 밖으로 나와서 높이 매달려 있었다. 그녀가 다가왔을 때 그는 눈을 감았다. 아탈리야가 몸을 굽혀서, 부드럽게 이불을 바로잡아 주고 그의 뺨을 따라 자란 수염을 가볍게 두 번 쓰다듬어 주었다. 그녀는 그의 이마를 감아 놓은 붕대를 만져 보고 자기 손가락 사이로 그의 곱슬한 머리털을 헝클어뜨렸다.

그가 눈을 떴고, 그를 쓰다듬던 그녀의 손을, 그녀의 얼굴이나 몸보다 훨씬 늙어 보이던 그 손을 조심스레 어루만졌으며, 미소를 지으려 했다. 그러나 그의 얼굴에는 고통스럽고 응석을 부리는 표정이 떠올랐다.

"많이 아파요?"

"아니요. 거의 아프지 않아요. 네."

"진통제는 받았어요?"

"뭔가 주기는 했죠."

"도움이 안 됐나요?"

"아니요. 거의 안 되죠. 조금요."

"내가 가서 이야기할게요. 금방 당신에게 도움이 될 만한 약을 줄 거예요. 그동안 마실 거라도 드릴까요? 물 마실래요?"

"신경 쓰지 마세요."

"드려요 말아요?"

"신경 쓰지 마세요. 고마워요."

"당신 발목에 금이 갔다고 하더군요."

"어젯밤에 절 기다렸나요?"

"거의 자정까지요. 당신이 약속을 잊어버린 줄 알았어요. 잊어버렸다고 생각한 것은 아니고. 당신이 잠들었을 거라고 생각했죠."

"잠들지 않았어요. 당신에게 뛰어갔죠, 늦을까 봐 겁이 나서, 그리고 계단에서 나동그라졌고요."

"너무 흥분해서 뛰어나왔다고요?"

"아니요. 아마 그랬을지도. 네."

아탈리야는 차가운 손을 붕대를 감은 슈무엘의 이마에 올려놓았고 자기 얼굴을 그의 얼굴에 가까이 대서 잠깐 슈무엘은 희미한 제비꽃 향기와 그녀의 숨결을 느낄 수 있었는데, 치약 냄새와 부드러운 샴푸 냄새가 섞여 있었다. 그런 뒤에 일어서서 그의 고통을 덜어 줄 진통제를 요청하려고 의사나 간호사를 찾으러 나갔다. 그녀는 그렇게 느껴야 할 아무런 이성적인 이유가 없었지만 그가 다친 것이 자기 책임이라는 생각이 들었다. 어쨌든 의사들이 회진을 마치고, 오후쯤 그를 퇴원시켜 줄 때까지 그의 곁에 남아 있기로 했다. 마르고 키가 크고 머리를 작은 쌈지 모양으로 목뒤로 모아 올린 간호사가 와서 슈무엘에게 알약과 물 한 잔을 주었고 10시에 물리치료사가 와서 그에게 목발 사용하는 방법을 가르쳐 줄 예정이며, 그다음에 퇴원할 수 있다고 말했다. 그는 불현듯 어린 시절, 전갈에게 물린 다음, 입원했던 하이파에 있는 병원이 생각났다. 그리고 어머니가 자기 이마를 만지던 차가운 손의 감촉이 기억났다. 그는 손을 뻗어 아탈리야의 손을 더듬어 찾아서는 잡고 자기 손가락을 그녀의 손가락에 깍지로 끼었다.

아탈리야가 말했다.

"언제나 당신은 뛰어다녀요. 왜 당신은 언제나 뛰는 거죠. 뛰지만 않았다면, 거기 복도에서 나뒹굴지는 않았을 텐데요."

슈무엘이 말했다.

"아탈리야 당신을 향해 뛴 거예요."

"당신은 뛰어올 필요가 없었어요. 내가 핑크의 바에서 지켜봐야 했던 사람은 그곳에 나타나지도 않았어요. 나 혼자 자정이 다 될 때까지 앉아서 당신을 기다렸지요. 젊은 남자 둘이, 한 명씩 차례로, 내 옆에 다가와서 관심을 끌어 보려 했는데, 한 명은 어떤 여배우의 추문을 들먹였고 다른 한 명은 비밀 정보 요원의 무용담을 늘어놓더군요. 그렇지만 둘 다 쫓아 버렸어요. 그 사람들에게 나는 여기서 누군가를 기다리는 중이고 혼자 조용히 기다리고 싶다고 말해 주었죠. 진 토닉을 마시고, 땅콩과 아몬드를 먹으면서 계속 당신을 기다렸다고요. 내가 왜 그렇게 당신을 기다렸는지는 나도 모르겠어요. 당신이 길을 잃었을 수도 있다고 확신했기 때문에 그렇게 기다렸는지도 몰라요."

슈무엘은 그 말에 대답하지 않았다. 그녀의 손가락을 감싸 잡은 자기 손가락을 좀 더 꼭 쥐면서 할 말을 찾아보았다. 그러나 아무런 말을 찾지 못했기 때문에, 자기가 잡고 있던 그녀의 손을 입술 쪽으로 가까이 끌어당겨 그녀의 손가락들을 자기 입술에 댔는데 입을 맞춘 것은 아니고 살짝 닿았거나 아니면 쓰다듬듯 했다. 그리고 금방 그만두었다.

10시가 되기 조금 전에 키가 작고, 통통하고, 가죽을 벗긴 고기처럼 얼굴이 시뻘건 사람이 들어왔다. 그는 꾸깃꾸깃한 하얀 가운을 입고, 헐렁한 검은 키파[262]를 숱이 적은 머리에 머리핀으로 헐겁게 고정하고 있었다. 그 남자는 슈무엘을 침대에서 일으켜서, 한쪽 발로 서게 했고, 목발을 어떻게 사용하

354

는지 가르치기 시작했다. 슈무엘은 게르숌 발드를 관찰할 기회가 많아서 그랬는지, 목발 손잡이들을 겨드랑이에 고정하고, 가로대를 단단히 쥐고 깁스를 한 발을 공중에 조금 든 채 침대들 사이 통로를 조심스럽게 걸어가는 방법을 어렵지 않게 배웠다. 아탈리야와 그 물리치료사가 그를 양쪽에서 부축해 주었다. 15분 정도 지나자 그는 자기의 수호천사 두 명의 도움을 받아 방을 나가서, 목발을 짚고 복도 끝까지 걸어갔다가, 재빨리 정형외과로 돌아올 수 있게 되었다. 그러고 나서 잠깐 쉬었다가 한 바퀴를 더 돌려고 나갔고, 이번에는 혼자 갔다 왔다. 아탈리야는 두 발자국 뒤에서 따라갔고 만약의 경우에 그를 부축해 주려고 준비하고 있었다. 슈무엘이 말했다.

"이것 봐요. 저 혼자 걸어 다닐 수 있어요."

그러고 나서 이렇게 말했다.

"몇 주만 지나면 다시 일할 수 있을 것 같아요."

아탈리야가 대답했다.

"전혀 문제없어요. 당신은 오늘 저녁부터 당장 일을 하게 될 테니까요. 당신들 두 사람은 평소처럼 서로 마주 보고 앉아서, 그 노인은 계속해서 말을 하고 당신은 물론 모든 말에 반대하게 될 거예요. 내가 당신들을 위해서 죽과 차를 준비하고 당신 대신 금붕어 먹이도 줄게요."

아탈리야가 부른 택시를 타고 하라브 엘바즈 길로 돌아온 뒤, 그녀는 슈무엘의 코르덴 바지 왼쪽 부분을 가위로 잘라서 그가 깁스한 다리 위로 입을 수 있게 도와주었다. 그러고 나서 그녀는 그를 서재로 데려와, 게르숌 발드의 굽힘나무 의자 위에 눕혔고, 차 한 잔과 치즈 바른 빵 한 조각을 가져다주었으며, 옆방 문을 열어 환기를 시키고 슈무엘이 머물 수 있도록 준비하러 갔는데, 그 방은 지상 층에 항상 잠겨 있던 방, 슈무엘이 한 번도 들어가 보지 못한 방, 그녀의 아버지의 방이었다. 그녀는 좁은 소파 위에 시트를 깔고 담요와 베개를 놓았다. 그가 깁스를 하고 있는 동안에는 자기가 머물던 다락방에 올라갈 수 없었기 때문이었다. 아브라바넬의 집에 도착하던 날부터 슈무엘은 잠겨 있던 이 방에 들어가 보고 싶었다. 거기에 뭔가 엄청난 계시가 기다리고 있을 것만 같았다. 아니면 어떤 영감이. 마치 그 방이 이 집의 봉인된 심장 같았다. 자 이제, 지난밤에 일어났던 사고 때문에, 그 방문이 그의 앞에 열린 것이다. 그는 마음속으로 여기서 오늘 밤에 어떤 꿈을 꾸게 될지 궁금해했다.

44

그는 쉐알티엘 아브라바넬의 것이었던 소파에 등을 대고 누워서, 깁스한 발을 세 겹 쌓아 올린 베개 위에 높이 걸치고 있었는데 깁스 아래쪽 끝 열린 부분으로 분홍색 발가락들이 머리를 내밀고 있었다. 하얀 붕대를 감은 헝클어진 머리는 다른 베개 두 개를 베고 있었다. 옷은 깁스한 다리가 들어가도록 아탈리야가 잘라 준 코르덴 바지와 게르숌 발드가 입던 줄무늬 파자마 윗도리를 입었다. 그는 지나치게 단 토피[263]를 빨고 있었고 가슴에는 책을 펼친 채 엎어 놓았는데, 그가 별로 읽고 싶어 하지 않던 『찌클락의 나날들』이었다. 녹아내린 양초의 밀랍 냄새와 말린 꽃 냄새가 은은하게 그 방의 공간에 들어차 있었다. 그는 그 냄새가 어디서 나는지 도무지 알 수 없지만 잘 알지 못하는 그 냄새가 참 좋았다. 슈무엘은 그 낯선 냄새, 오래된 촛농과 마른 꽃 냄새를 자기 폐 깊숙이 들이마셨고, 과연 이것이 여러 해 동안 꼭 닫아 놓은 방들이 풍기는 냄새인지, 아니면 몇 년 전 긴 겨울밤에 실제로 여기에 켜 놓았던 양초 냄새인지, 아니면 여기서 정말 외롭게 말년을 보낸 쫓겨나고 미움받던 사람의 체취가 남은 것인지 자신에게 물어보았다. 닫아 놓은 블라인드 틈 사이로 햇빛이 비스듬히 비치면서 방 안으로 수만 개의 작은 먼지 알갱이들이 어지럽게 떠다녔고 마치 흐르는 은하수 속에서 조명으로 빛나는 밝은 세계처럼 보였다. 잠깐 슈무엘은 수만 개의 빛나는 먼지 알갱이들 가운데, 다른 수많은 것들과 전혀 다르지 않은 하나에 시선을 멈추고, 그것이 떠다니는 궤도를 추적하려고 노력했다. 그러나 금방 놓쳐 버렸다. 슈무엘은 그 방 안에 그리고 그 소파에 누워 있는 것이 편했고, 그 편안한 느낌이 몸에 스며들고 퍼지면서 어린 시절 하이파에 살 때 병이 나서, 그가 좋아하지 않았던 그 집에서, 습기로 얼룩진 벽들 사이로, 침대가 놓인 어두운 복도에서, 침대에 누워 있었던 고독한 날들이 생각났다.

쉐알티엘 아브라바넬은 쫓겨난 다음에 무슨 일을 했을까? 예루살렘이 포위됐을 때, 포격을 당하고, 집마다 전투를 치르며, 구시가지의 유대인 구역이 함락되고, 물이 부족하며, 사람들이 기름, 연료, 분유나 달걀가루, 밀가루를 타려고 줄을 섰을 때 그는 뭘 했을까? 그는 자기 자신을 위해 무슨 목록이라도 작성했을까? 회고록이라도? 예언이라도? 그는 분노한 자기 딸과 다시 가까워지려고 시도했을까? 그는 전선 너머 아랍 측 예루살렘에 사는 자기 친구들과 간접적으로나마 관계를 유지하려고 노력했을까? 그는 자기 의견을 임시정부에 전달

할 어떤 문서라도 작성해 놓았을까? 전투가 어떻게 진행되고 있는지 주의 깊게 관찰하고 있었을까? 정말 그는 여기에 틀어박혀서 스스로를 가두고 그때 라마트 간 언덕 위의 작은 사무실에서 이 피비린내 나는 전쟁을 지휘하고 있던 그의 철천지원수 다비드 벤구리온을 밤낮으로 생각했을까?

그 벽들과 천장은 빛바랜 하얀색이었는데 거의 회색으로 변한 지경이었다. 방 천장에는 전등이 달리지 않았고 빛은 오직 옆에 있는 전등 두 개에서 흘러나왔는데, 하나는 슈무엘이 누운 소파 머리맡 벽에 고정되어 있고 다른 하나는 쉐알티엘 아브라바넬이 일하던 탁자 위에 구부려져 있는 금속 전등 갓에서 나왔다. 이 탁자는, 게르숌 발드의 책상과 달리, 완전히 비었고 치워져 있었다. 어떤 책이나, 어떤 공책, 어떤 신문, 어떤 종잇조각도, 그 위에 놓여 있지 않았다. 펜이나, 연필, 자, 고무줄 상자, 압정 또는 클립도 없었다. 아무것도 없었다. 거기에는 오직 구부러진 금속관 머리에서 돋아난 전등만 반원형 금속 갓에 덮인 채 켜져 있었다. 그리고 그 탁자 위는 먼지 한 톨 없이 깨끗했는데, 슈무엘은 일주일에 한 번 이 집을 청소하는 여자가 이 잠겨 있는 방에도 들어왔었는지, 아니면 아탈리아가 직접 들어와서 몇 개 없는 가구들 위에 앉은 먼지를 때때로 떨었을지 자신에게 물어보았다.

검은색이고 구부러진 그 탁자에는 얇고 구불구불한 다리가 달려 있었고, 뒷벽은 높고 양쪽 벽은 대각선 모양으로 비스듬했다. 그리고 이 벽들은 서랍들과 온갖 작은 칸들과 비밀스러운 공간들로 가득 차 있었다. 슈무엘은 수년 전에, 하이파에 살던 어린 시절, 아랍인 친구들 집에서 이런 탁자들을 세크리테르[264]라는 이름으로 불렀던 것이 어렴풋이 기억났다. 그 세크리테르라는 낱말 때문에 갑자기 심장이 조여 오는 느낌이 들었고, 어렸을 때 아버지와 함께 초대를 받아 레몬주스와 너무 달콤하고 잇새에, 혀 밑과 목구멍에 한 시간은 들러붙어 있는 사탕을 대접받았던 알렌비 거리의 부유한 아랍인 유지들의 집들이 그리워졌다.

그 세크리테르 외에 그리고 아탈리야가 슈무엘을 눕히고 발을 높이 괴어 놓은 소파를 제외하고, 그 방에는 등받이가 곧은 검은색 의자 두 개, 잠겨 있는 무거워 보이는 옷장, 프랑스어, 아랍어, 히브리어, 헬라어 그리고 영어로 쓰인 오래되고 두꺼운 책들이 서른 권이나 마흔 권 정도 꽂혀 있는 책꽂이가 세 개 있었다. 슈무엘이 누워 있는 소파에서는 그 책들 등에 쓰인 글자를 알아보기 어려웠지만 가까운 시일 안에 전부 다 살펴보겠다고 자신에게 약속했다. 그리고 세크리테르 서랍 속도 몰래 들여다보기로 마음먹었다.

유리를 끼운 검은 액자 속 유대 광야 경치를 잔잔하게 그린 그림 두 점이 슈무엘이 누운 소파 윗벽에 걸려 있었다. 하나는 바람에 씻긴 황량한 언덕이 먼 산들을 배경으로 서 있었고, 다른 하나에는 물에 휩쓸리던 관목들 몇 그루가 자라나 있는 와디 위로 어두운 동굴 입구가 보였다. 세크리테르 뒤쪽 벽에는 매우 크고, 오래된 지중해 동부 해안 지도가 붙어 있었다.

그 지도 머리에는 프랑스어로 제목이 쓰여 있었다. '동방(레반트)[265] 나라들과 그 주변 지역'. 제목 밑으로는 시리아와 레바논, 키프로스, 이스라엘[266]과 트란스요르단[267], 이라크, 이집트 북부와 사우디아라비아 북부가 펼쳐져 있었다. 이스라엘과 트란스요르단 지역 위에는 '팔레스티나'라는 글자가 함께 휘날리고 있었고, 괄호 안에는 '거룩한 땅'이라는 말도 적혀 있었지만, 레바논 지역 위에는 프랑스어로 '대大레바논'이라고 쓰여 있었다. 대영제국의 영향력 아래에 있는 지역은 키프로스섬 대부분과 함께 분홍색이었고, 프랑스의 영향력 아래에 있는 지역은 밝은 파란색으로 표시되었다. 지중해와 홍해는 짙은 청색으로 칠해 놓았다. 터키는 초록색 그리고 사우디아라비아는 노란색이었다.

그 방에 있는 유일한 창문에는 블라인드가 내려져 있었고, 창문은 닫혀 있었으며, 심지어 그 위에 두꺼운 갈색 천으로 만든 커튼을 쳐 놓았다. 바로 그 커튼들 사이 벌어진 틈으로 그리고 블라인드의 틈으로 햇빛 한 줄기가 방 안에 대각선으로 뚫고 들어와 빛줄기를 따라 수천 개의 반짝이는 먼지 알갱이들을 춤추게 만들고 있었다. 이 빛줄기가 그의 눈길을 강하게 끌었다. 아직 발목과 머리가 지끈거리며 아팠지만 슈무엘은 어떤 달콤한 편안함이 자기를 감싸는 것을 느꼈고, 마치 그토록 그리던 집에 돌아온 것 같은 느낌, 자기 부모님의 집이 아니고 어렸을 적 내내 잠이 들던 그 어두운 복도가 아니고, 언제나 바라던 그 집, 한 번도 가 본 적이 없는 그 집, 진짜, 자기 집에 돌아온 느낌이었다. 이 집을 향해 그는 평생 걸어왔다. 일자리를 얻어 보려고 그가 처음으로 하라브 엘바즈 길에 있는 이 집에 왔던 날부터 지금까지 이런 깊은 평화를 느낀 적이 없었다. 마치 처음부터 그는 지난 몇 주일 동안 언젠가 몸이 아프면 이 방에 들어와, 이 소파 위에 눕게 되기를, 옆에서 비추는 전등 두 개 밑에서, 동방 나라들과 그 주변 지역이라고 쓰인 프랑스 지도 맞은편에 그리고 먼지들이 서로 멀어지면서 반짝이고 다시 합쳐졌다가 끊임없이 어지럽게 맴도는 햇빛 아래 눕게 되기를 남몰래 바라고 있었던 것 같았다.

아탈리야가 조심스러운 발걸음으로 그 방에 들어와서, 침대 위로 몸을 굽히고 그의 등을 받치고 있는 베개들을 바로잡아 주었다. 그녀는 그의 옆 소파 구석에 자리를 잡고 앉아서 김이 오르는 걸쭉한 야채수프를 가득 담은 우묵한 접시를 내밀었다. 매일 해 왔듯이, 이웃 여자 사라 데톨레도가 이 수프를 발드 씨의 점심으로 준비를 했을 테지만, 이번에는 아탈리야가 두 사람분을 준비해 달라고 부탁했다. 그녀는 슈무엘의 턱수염과 가슴 위에 수건을 펴고는 숟가락으로 그에게 수프를 먹여 주기 시작했다. 슈무엘이 깜짝 놀라 전혀 그럴 필요가 없다고 자기가 충분히 혼자서 먹을 수 있다고 말했지만, 그녀는 뜻을 굽히지 않았다.

"당신은 항상 턱수염과 파자마 윗도리에 음식을 떨어뜨리잖아요."

그리고 그녀가 덧붙였다.

"마지막 몇 달 동안은 그도 내가 먹여 주곤 했어요. 여기 이 방에서요. 침대에서는 아니고 저 책상 옆에서. 우리는 저 의자 두 개를 놓고 매우 가까이 앉아서 내가 그에게 수건을 깔아 주고 한 숟갈씩 그에게 떠먹여 주었죠. 그는 이렇게 걸쭉하고, 매콤한 맛을 낸 수프, 완두콩 수프, 강낭콩 수프, 호박 수프를 아주 좋아했어요. 아니요. 그는 삶의 마지막 날까지 장애인은 아니었어요. 몸이 마비되거나 망령이 들지도 않았어요. 그저 너무 쇠약해지고 무관심해져서 자기 세계 속에 사셨을 뿐이에요. 그는 거의 끓는 것 같은 뜨거운 수프를 좋아했기에 처음에는 이런 뜨거운 수프를 가져다주기만 했고, 그릇을 책상 위에 놓아두고 나갔다가 15분쯤 후에 돌아와서 빈 그릇을 들고 나갔어요. 그런데 마지막 몇 달 동안 그는 내가 그와 함께 방에 남아서 식사를 하라고 권하고 또 식사하는 동안 짧은 이야기라도 해 주지 않으면 식사를 하지 않으셨죠. 그는 이야기와 전설이라면 뭐든지 좋아했어요. 그 후에는 내가 옆에 머물면서 이야기를 해 주는 것으로는 충분하지 않은 시간이 왔고, 그는 음식에 손을 대지 않고 앉아서 내 이야기만 들었지요. 내가 한 숟갈씩 그의 입에 넣어 줄 때까지 말이죠. 식사를 마친 다음 내가 수건으로 그의 입을 닦아 주고, 30분이나 한 시간 정도 더 옆에 앉아서 그 전에 갈릴리로 여행 갔던 일이나 내가 읽은 책 이야기를 해 드렸어요. 내가 벌써 말했지만 나는 아주 어린 아이였을 때를 빼면 그를 사랑한 적이 없는데, 정작 마지막에, 그가 그렇게 아이로 변해 가면서, 우리 사이에 어떤 뒤

늦은 친밀감이 싹트기 시작했어요. 그는, 평생 날카롭게 논리적으로 말하던 사람이었는데, 짧고 정제된 문장을 낮고 열정적인 목소리로, 그는, 격렬한 논쟁을 할 때도 절대로 목소리를 높이지 않는 사람이었고, 다른 사람들의 의견은 알지도 못하고 듣고 싶어 하지도 않아서, 단 한 번도 내 어머니나 내가 하는 말을 들어 준 적이 없었는데, 그가 자기 인생의 마지막 몇 달 동안은 거의 말을 하지 않았어요. 어쩌면 그가 드디어 다른 사람의 말에 조금씩 귀 기울이기 시작했는지도 모르죠. 가끔은 이 작은 방을 빼고 사실상 이 집 전체를 우리에게 양보한 것처럼 발드에게 양보하기 전까지 자기가 쓰던 서재에 게르숌 발드와 함께 앉아 있었어요. 30분이나 한 시간씩, 그들은 서재에 둘이 앉아서, 발드는 거의 아무 말을 하지 않고 아브라바넬도 입을 다문 채 발드가 하지 않은 말들을 듣곤 했죠. 자기 손가락들 사이에 종이 클립을 잡고 하염없이 구부렸다가 다시 곧게 폈다가 했고요. 아니면 정말은 말을 듣지 않았을 수도 있어요. 그때 그가 들었는지 멍하게 응시만 하고 있었는지 알 수는 없었지요. 나와 발드 외에는 아무도 그의 방에 들어가지 않았어요. 절대로요. 손님도, 아는 사람이나 일꾼들도 들어가지 않았어요. 벨라만, 그 청소하는 여자만, 일주일에 한 번씩 유령처럼 조용하게 방들을 돌아다녔지요. 우리는 모두 그 여자를 좀 무서워했던 것 같아요. 사라 데톨레도는 자기 부엌에서 만든 고깃덩어리가 든 수프와 죽을 가져왔고, 가끔 과일이나 채소도 좀 가져다주었죠. 그를 찾아오는 손님은 없었

364

어요. 이웃들이 문을 두드리는 경우도 없었어요. 미카가 죽임을 당한 다음 며칠 동안 저녁마다 위로하러 찾아와서 잠깐 서재에 앉아 침묵을 깨려고 최선을 다하던 대여섯 명을 제외하면, 아무도 우리를 한 번도 찾아오는 일이 없었어요. 며칠이 지나자 조문객들도 사라졌죠. 그들 뒤에 문이 닫혀 버렸어요. 그러고 나서 우리는 몇 년 동안 우리끼리 살았어요. 어떤 사람도 배신자와 연락을 하며 지내고 싶어 하지 않았어요. 그 자신도 특별히 누구와 연락을 취하고자 하지 않았고요. 두세 번 정도 국경 너머에서 편지가 온 적은 있었고, 베이루트나 라말라에서, 또 유럽에서 보낸 편지가 이런저런 사람의 손을 거쳐 도착하기도 했었죠. 그는 굳이 이런 편지에 답장하지 않았어요. 한번은 유명한 프랑스 기자가 전화했었고, 아랍 문제에 대해 우호적이라고 알려진 진보적인 인사였는데, 이곳을 방문해서 의견을 나누고 몇 가지 질문을 하고 싶다고 했었어요. 그는 물론 아무런 대답도 듣지 못했지요. 사실 나는 그 기자에게 아브라바넬이 더는 언론과 회견을 하지 않는다는 답장을 쓰려고 했었는데, 그냥 두고 그 편지에 답을 하지 말라는 말만 들었어요. 그는 인생 말년에 스스로 자처한 가택연금 속에서 살았던 거죠. 한 번도 마당 바깥으로 나간 적이 없었어요. 식료품점도, 신문 가판대에도 가지 않고, 초저녁에 골목 끝에 있는 들로 산책을 하는 일도 없었어요. 나는 그가 자기 자신에게 벌을 주고 있다고 생각했는데 내가 틀렸어요. 그는 자기 자신이 아니라 이 세상에 벌을 주고 있었던 거예요. 그는 나나 발드에

365

게 한 번도 건국에 대해서 입을 열지 않았어요, 예를 들면 말이죠. 전쟁에서 이긴 것에 대해서도 그렇고요. 아랍인들을 쫓아낸 것도 그렇죠. 아랍 국가들과 유럽에서 수많은 이민자가 몰려오기 시작했다는 이야기도 나눈 적이 없어요. 새로 생긴 국경에서 벌어지는 유혈 사태도 마찬가지였어요. 마치 이 모든 일이 다른 행성에서 벌어지는 것 같았어요. 딱 한 번, 저녁 무렵에, 그가 침묵을 깨고 부엌 식탁 옆에서 발드와 내게 말했어요. 당신들도 이제 곧 보게 될 거요. 이 모든 일은 기껏해야 몇 년 이상 버티지 못할 거야. 아주 길게 잡아 두세 세대 정도. 더는 아니지. 그리고 그렇게 그는 다시 입을 다물었어요. 내가 보기에 게르숌 발드는 그가 한 모든 말들에 대해 받아치고 싶은 욕구가 끓어넘치는 듯 보였지만, 생각을 바꾸어 침묵을 선택했었죠. 아침에 아브라바넬은 소파에 앉아 15분 정도 신문을 읽었고 아무 말도 없이 내게 넘겨주었고, 그럼 내가 읽고 발드에게 가져다주고는 했어요. 그러고 나서 한 시간이나 한 시간 반 정도 자기 방에서 아니면 물 저장고 옆 마당에서 걸어 다녔지요. 그러다가 피곤해지면 의자를 가지고 나와 마당에 있던 무화과나무 그늘 포장된 부분에 앉아 쉬었어요. 해가 하늘에서 움직이는 만큼 그늘을 따라 의자를 조금씩 옮겨가면서요. 그는 정오에 수프 한 접시를 먹고는 한두 시간 누워서 쉬었어요. 그리고 일어나면 이 책상 옆에 앉아 뭔가를 쓰곤 했죠. 아니면 읽든가요. 날이 어두워질 때까지 번갈아 가며 읽다가 쓰다가 했죠. 저녁이 되면 책상에 있는 전등불을 켜고 조금 더 읽고 때때로 작은 종이쪽지 위에 짧은 목록 같은 것을 썼어요. 그렇지만 그가 죽은 다음에 우리는 아무것도 찾지 못했어요. 종이쪽지 하나 없었죠. 공책도 없었어요. 나는 서랍들과 선반 책꽂이에 있는 책들의 책장 사이를 찾아보았지만 소용이 없었어요. 아니에요, 그는 자기 종이들을 태우지 않았어요. 집이나 마당 어느 곳에서도 뭔가를 태운 흔적을 찾지 못했거든요. 아닐 거예요. 그는 전부 아주 작게 찢어서, 날마다, 변기 물과 함께 내려 버린 것 같아요. 그도 그렇고 발드도 뭔가를 써서 없애 버리고 또 써서 또 없애 버리고는 했죠. 당신도 그런가요? 아닌가요? 이 집에서 나만 빼고는 모두 뭔가를 쓰더군요. 당신보다 먼저 다락방에 살던 사람들도 뭔가를 쓰려고 했던 것 같아요. 여기 이 벽들 속에, 아니면 바닥 밑에 뭔가가 있을지도 모르겠어요. 나만 아무것도 쓰지 않아요, 벨라에게 주는 쪽지 빼고는. 그가 죽은 다음에 나는 이 방을 잠그고 잠긴 채 놔뒀었는데 어제 당신 때문에 열기로 했어요. 당신이 가까운 시일 안에 다락방에 올라갈 수는 없을 테니까요.”

그렇게 말하며, 그녀는 소파 구석에서 일어섰고 슈무엘을 얇은 담요로 덮어 준 다음 빈 수프 접시를 들고 그 방에서 나갔다. 그녀가 나가면서 말했다.

“혹시 뭐가 필요하면, 큰 소리로 나를 부르세요. 내가 부엌이나 내 방에 있어도 당신 목소리를 들을 수 있으니까요. 이 집 벽들은 아주 두껍지만 내 청력이 아주 좋거든요.”

슈무엘은 등을 대고 누워서 빛줄기가 기울 때까지 반짝거리는 먼지 기둥을 쳐다보고 있었고, 빙빙 돌며 빛을 발하며, 수많은 세계로 가득한 실내의 은하수가 그의 눈앞에서 사라져 갔다. 차갑고 조용하게 어두움이 방을 가득 채웠다. 그는 눈을 감았다.

그가 다시 정신을 차리고 눈을 떴을 때는 이미 저녁 시간이었다. 아탈리야가 책상 전등을 켰는데 소파 머리맡에 있는 불은 켜지 않고 놓아두었다. 방은 그림자로 가득했다. 그녀는 그의 등 뒤에 베개 세 개를 받치고 그를 바로 앉혀 주었고, 그의 배 위에 치즈를 바른 빵 한 조각과 잘게 썬 야채샐러드, 삶은 달걀과 검은 올리브 몇 알을 얹은 쟁반을 올려 주었다. 슈무엘이 이번에는 맛있게 먹었고 아탈리야는 이번에도 그의 옆 침대 가장자리에 앉아서 그가 먹는 올리브 열매를 하나씩 세기라도 하듯이 그를 쳐다보고 있었다. 잠깐 아몬드 모양인 그의 눈이 갈색과 초록색이 섞인 그녀의 눈을 만났고, 그의 눈빛에 그녀의 마음에 가닿는 진심과 감사의 뜻이 비쳤다. 이번에는 그녀가 음식을 먹여 주지 않았다. 그는 자기의 욕망이 차오르는 모습을 그녀가 알아챌까 봐 두려워서 담요로 자기 몸을 잘 덮었다. 그가 식사를 마치자 그녀가 쟁반을 치웠고, 남은 음식을 들고, 아무 말도 없이 방을 나갔고, 4~5분이 지나지 않아 비눗물이 가득 든 그릇과 목욕용 스펀지와 수건을 들고 돌아왔다. 슈무엘은 사양하면서 이럴 필요는 없다고 자기도 침대에서 내려가서 목발을 잡고 화장실까지 갈 수 있다고 말했는데, 벌써 두세 번은 혼자 화장실에 갔었기 때문이었다. 그러나 아탈리야는 이런 그의 말을 무시하고, 차가운 손으로 빠르게 그의 이마를 짚어 보더니, 그에게 방해하지 말라고 말하고, 슈무엘이 발드 씨에게 빌린 파자마 윗도리를 벗겼고, 이어서 망설임도 없이 그가 입은 코르덴 바지를 건강한 다리와 깁스한 쪽을 차례로 벗겼고, 거기서 멈추지 않고 한 번에 속옷까지 벗기는 바람에 그는 벌거벗고 놀란 채 한 손으로 성기를 가리고 침대 위에 누워 있었다. 그녀는 손을 둥글게 문지르며 그의 몸을 씻기기 시작했고, 처음에 너무 놀라고 부끄러운 순간들이 지나가자 그도 기분이 좋아지기 시작했다. 먼저 그녀는 그의 어깨와 털이 수북한 가슴을 문질러 씻었고, 그에게 똑바로 앉으라고 명령한 후 비눗물이 흥건한 스펀지로 그의 등과 허리를 힘차게 씻었고, 다시 그를 눕혀서 배와 덥수룩한 음모를 세게 문질렀고, 그의 손을 한쪽으로 치운 다음 한 마디 말도 없이 눈썹 하나 까딱하지 않고 비누 스펀지로 반쯤 발기된 성기를 감싸서 닦았고, 오래 지체하지 않고 계속해서 가랑이를 문지른 다음 그의 건강한 다리를 씻었고 깁스 끝으로 튀어나온 분홍색 발가락들을 하나씩 씻어 주었다. 다 씻긴 후 그녀는 그의 온몸을, 이마부터 발가락까지, 두껍고 거친 수건으로 빠르게 닦았고, 그는 자기가 어린아이였을 때 겨울밤 목욕을 하고 난 뒤 수건으로 감싸 주던 생각이 나서 기분이 매우 좋았다. 그는 온몸을 웅크리고 부끄러움에 눈을 감았다. 왜냐하면 필사적으로 노력했는데도 불구하고 지금 그의 성기가 들려 올라와 그의 배 아랫부분에 자란 털들 사이에서 일어나 있었기

369

때문이었다. 아탈리야는 비눗물이 든 그릇을 챙기고, 수건을 접고, 젖은 스펀지는 그릇 안에 담근 후 바닥에 내려놓았고, 슈무엘에게 몸을 숙여서, 자기 입술로 그의 이마를 살짝 스치며 손을 뻗어 잠깐 그의 성기를 만졌다. 거의 만졌는지 만지지 않았는지 모를 정도였다. 그러고 나서 그를 담요로 덮어 주고, 불을 끄고, 방에서 조용히 나가면서 자기 뒤로 문을 닫았다.

45

그다음 날 슈무엘 아쉬는 서너 번 정도 일어나서 목발을 짚고 절룩거리며 화장실에 갔는데 부엌을 지나가면서 물 석 잔을 마시고 잼을 바른 두꺼운 빵 한 조각을 먹고 다시 절며 침대에 돌아와서 눕자마자 거의 바로 다시 잠들었다. 통증은 누그러졌지만 끈질기게 이어졌다. 그는 잠이 든 상황에서도 어렴풋이 고통을 느꼈는데, 그의 몸이 아직 그에게 화를 내는 것 같았다. 그렇지만 이 고통 때문에 기분이 좋기도 했는데, 그는 자기가 고통을 당하는 것이 당연하고 또 이 고통은 합법적으로 그에게 내려진 아주 정당한 벌이라고 느꼈기 때문이었다. 그는 깨어 있든 깨어 있지 않든 긴장한 채 아탈리야가 오늘도 자기에게 와서 음식을 먹여 주고 씻겨 주기를 기다렸다. 그러나 아탈리야는 오지 않았다.

오후 5시가 되자 게르숌 발드가, 요란스럽게 방에 들어오면서 그를 깨웠는데, 문을 밀어 열고 기침을 하고 목발 소리를 내면서 들어와서, 등받이가 높은 검은 의자 중 하나에 퍼질러 앉았고, 자기 목발을 슈무엘의 목발 옆 세크리테르에 기대어 놓고는, 자기들 둘 사이에 역할이 바뀌었다며 농담을 했다. "이제부터 자네가 환자고 나는 자네를 즐겁게 해 주려고 자네의 말동무가 되어 주는 사람일세." 흰머리는 전등 불빛에 반짝였고 아인슈타인 같은 콧수염은 그 자체가 생생히 살아 있는 듯이 그가 말할 때마다 떨렸다. 그는 덩치가 크고 몸이 비틀려 있어서, 어떤 자세로 앉든지 편안해 보이지 않았는데, 좌석은 너무 낮거나 너무 높기 마련이었고, 그의 몸은 끊임없이 앉은 자세를 바꾸라고 요구했으며, 넓적하고 강한 그의 손들은 안식을 찾을 수 없었다. 그는 입을 열어 행인과 역할을 바꾸었던 어떤 왕의 이야기를 길게 늘어놓다가, 슈무엘이 넘어진 것은 아탈리야에게 친절한 배려를 받아 보려는 눈에 뻔히 보이는 계략이었다고 놀렸으며, 오히려 그녀가 보여 준 배려는 겉치레일 뿐이라고 말했다. 그러고 나서 아탈리야가 이 방을 닫아걸어 놓아서 벌써 여러 해 동안 자기의 목발이 쉐알티엘 아브라바넬의 비밀 장소에 들어와 본 적이 없다고 덧붙였다.

슈무엘보다 먼저 다락방에 와서 살던 세 사람은, 게르숌 발드의 말에 따르면, 이 방 안을 한 번도 들여다보지 못했을 것이라고 했다. 아탈리야의 방도 물론이고, 비록 그들 세 사람이, 각자 자기 나름대로, 그녀 뒤를 따라다니며 기적이 일어나기를 끊임없이 바랐지만 아무런 일도 일어나지 않았다고도 말했다. 그 후 게르숌 발드의 즐겁던 기분이 한순간에 사라졌고, 그의 눈길이 쏘는 듯 반짝이다가 슬픔을 절제하는 것처럼 바뀌었으며, 슈무엘이 '배신자'라는 호칭은, 사실 영광스러운 훈장으로 보아야 한다고, 몇 분 동안 이야기하도록 내버려 두었다. "프랑스에서 얼마 전에 프랑스령 알제리 지지자들 덕분에 드골이 대통령에 당선되었는데, 이제 그는 자기 손으로 알제리에서 프랑스 지배를 접고 아랍인 대중에게 완전한 독립을 주기로 했어요. 그러자 어제 그를 열광적으로 지지하던 자들이 오늘은 그를 배신자라고 부르며 암살하겠다고 위협하고 있지요. 예언자 예레미야도 예루살렘 군중의 눈과 왕가의 눈에 배신자로 보였어요. 탈무드의 현인들도 엘리샤 벤 아부아[268]를 파문하며 그를 '다른 이'라고 불렀고요. 그렇지만 적어도 그 책에서 그의 가르침과 그의 이름을 지우지는 않았죠. 노예 해방자, 에이브러햄 링컨도 그의 반대자들에게 배신자라고 불린 적이 있어요. 히틀러를 암살하려고 했던 독일 장교들은 배신이라는 죄목으로 총살을 당했고요. 역사 속에는 때때로 자기 시대보다 너무 앞서 태어난 용감한 사람들에게 배신자나 광인이라는 낙인을 찍은 예가 많이 있어요. 헤르츨도 오토만이 다스리는 이스라엘 땅에 유대 민족이 들어가기 어렵다는 사실을 알고 이스라엘 땅이 아닌 곳에 국가를 세울까 고려했다는 이유로 배신자라고 불렸었죠. 심지어 다비드 벤 구리온도, 12년 전에 이 땅을 두 나라, 유대 국가와 아랍 국가로 나누는 데 동의했다는 이유로 많은 사람이 배신자라고 불렀었고요. 제 부모님과 누나도 제가 학업을 중단했기에 가족을 배신했다고 지금 절 비난하고 있어요. 사실 그들은 자기들이 생각하는 것보다 훨씬 더 옳을 수도 있어요. 왜냐하면 저는 학업을 중단하기 훨씬 전부터 그들을 배신했기 때문이죠. 어렸을 때부터 전 다른 부모님이 있었다면 하고 꿈을 꾸면서 그들을 배신했었어요. 변화할 준비가 되어 있는 사람," 슈무엘은 말했다. "그 안에 변화할 의지가 있는 사람은, 어떤 변화도 인정할 수 없고 변화가 생기는 것을 죽을 만큼 무서워하며 변화를 이해하지 못하고 변화를 혐오하는 사람들 눈에 언제나 배신자로 간주될 수밖에 없어요. 쉐알티엘 아브라바넬은 아름다운 꿈을 꾸었고, 그의 꿈 때문에 그들이 그를 배신자라고 부른 거예요."

슈무엘이 입을 다물었다. 그는 문득 자기 할아버지, 그러니까 자기 아버지의 아버지이며 1932년에 라트비아에서 이주해 왔던 안테크 할아버지가 생각났는데, 그는 온갖 문서를 위조하는 데 재능이 있었기 때문에 영국인들이 그에게 사복 경찰 일자리를 주었었다. 제2차 세계대전 때 그는 영국인들에게 위조된 나치 문서를 수십 장씩 만들어 주었고 영국 요원들과 스파이들이 이 문서들을 들고 적들의 국경 너머에서 활동했다. 사실 안테크 할아버지는 유대 저항군 중 한 단체에 비밀 정보를 제공하기 위해서 영국 사복 경찰로 지원했고 저항군들을 위해서 문서를 위조해 준 일도 적지 않았다. 그렇지만 1946년에 그가 속한 저항군 사람들이 그를 살해했는데 왜냐하면 그가 영국인과 내통하는 이중 스파이라고 의심을 했기 때문이었다. 슈무엘의 아버지는 오랜 세월 동안 안테크 할아버지가 뒤집어쓴 배신이라는 오명을 씻기 위해 노력해 왔다. 슈무엘은 낯선 사람들이 그가 하는 말을 엿들을까 봐 두려워하듯 목소리를 낮추어 말했다.

"가룟 유다의 입맞춤, 역사상 가장 유명한 입맞춤은, 당연히 배신자의 입맞춤이라고 할 수 없죠. 최후의 만찬을 마친 예수를 체포하라고 성전 제사장들이 보낸 무리는 가룟 유다가 그들을 위해 자신의 스승을 알려 줄 필요가 전혀 없었으니까요. 바로 며칠 전에 성전에 들이닥친 예수는 분노에 가득 찬 채, 온 백성이 보는 앞에서, 환전상들의 탁자들을 뒤집어엎었거든요. 벌써 온 예루살렘이 그를 알고 있었죠. 더구나, 그들이 그를 잡으러 왔을 때 그는 도주하려 하지 않았고 조용히 일어나 스스로 간수들과 마주 섰고 기꺼이 그들과 함께 갔으니까요. 유다의 배신은 그 간수들이 오고 그가 예수에게 입을 맞추었을 때 벌어진 것이 아니에요. 그의 배신은, 만약 그가 예수를 배신했다면, 예수가 십자가 위에서 죽었을 때 일어났어요. 바로 그 순간에 유다가 자기 신앙을 잃었던 거죠. 그리고 자기 신앙을 잃은 그는 더 살아 있을 이유도 잃어버렸던 거고요."

게르숌 발드가 앞으로 몸을 조금 숙이면서 말했다.

"내가 아는 모든 언어에서, 그리고 내가 알지 못하는 언어에서도 유다라는 이름은 배신자와 동의어가 되었다네. 그리고 유대인이라는 말과도 동의어가 되었을 걸세. 수백만 명에 이르는 일반 기독교인들의 눈에 모든 유대인과 유대 민족은 배신이라는 병원체에 감염된 셈이지. 한 50년 전, 내가 아직 빌나[269]에서 젊은 학생이었을 때, 바르샤바로 가는 기차를 타게 되었는데, 기차 이등칸, 내 맞은편에 검은색 예복과 밝은 하얀색 두건을 쓴 수녀 두 명이 앉았었지. 한 명은 나이가 많고 엄한 표정에, 다리는 넓적하고 남자처럼 배가 나온 사람이었지만, 그녀의 동행은 젊고 사랑스러웠으며 부드러운 표정이었는데, 그녀는 커다란 눈을 크게 뜨고 밝은 푸른색의 눈빛으로, 맑은 눈빛으로, 그리고 순수함과 동정심과 정결함만 가득한 눈빛으로 나를 쳐다보고 있었다네. 그 젊은 수녀는 마치 어느 시골 교회에 있는 성모의 그림 같았는데, 여자라기보다는 소녀에 가까운 성모의 모습이었어. 내가 주머니에서 히브리어 신문을 꺼내서 펼쳐 읽기 시작했을 때, 나이 든 수녀가 깜짝 놀라고 실망한 어조의 격식을 차린 폴란드어로 말했네. '하지만 어떻게 이럴 수가 있나요? 선생님이 유대인 신문을 읽으시다니요.' 나는 유대인이고 머지않아 폴란드를 떠나서 예루살렘에 살러 갈 거라고 즉시 대답했지. 그 젊은 동행자는 맑은 눈에 갑자기 눈물이 가득 차올라서 나를 쳐다보았고, 입을 열어 종소리 같은 목소리로 부드럽게 나를 책망했네. '하지만 그분은 아주, 아주 사랑스러운 청년이었는걸요. 그들이 어떻게 그분에게 그런 일을 할 수가 있었죠?' 나는, 내 본심은, 그녀에게 십자가 사건이 있었던 날 바로 그 시간에 나는 공교롭게도 치과 의사와 약속이 있었다고 대답하고 싶은 마음을 몹시 어렵게 참았다네. 자네는 마음잡고 앉아서 자네의 연구 논문을 마무리해야 하네, 그리고 언젠가 책 한 권을 아니면 두 권 정도를 써야 할 걸세. 하나는 가룟 유다에 관해서 그리고 다른 하나는 유대인들의 눈에 비친 예수에 관해서 말일세. 그러고 나면 유대인들의 눈에 비친 유다 차례도 오지 않겠나?"

슈무엘은 누워 있는 자세를 바로잡았고, 조심해서 깁스한 다리를 바로 했고, 머리 아래에 있던 베개 하나를 끌어당겨 두 다리 사이에 끼워 넣었다. 그러고 나서 말했다.

"1921년에 나탄 비스트리츠키라는 이름으로 더 잘 알려진 나탄 아그몬[270]이라는 작가가 드라마 작품을 발표했는데, 그러니까 일종의 극본으로 '나사렛 출신 예수'라는 제목이었죠. 비스트리츠키의 이야기에서 최후의 만찬 날 밤에 유다는 대제사장 가야파의 집에서 돌아왔는데, 거기서 제사장들이 예수를 죽이기로 했다는 사실을 알게 돼요. 유다는 예수에게 자기와 함께 가자고, 바로 그날 밤에 일어나서 예루살렘으로부터 도망가야 한다고 간청했어요. 그렇지만 비스트리츠키의 예수는 도망가기를 거절했고 그의 영혼이 고달파서 차라리 죽기를 바란다고 말해요. 그는 유다에게 자기를 배반해서 죽도록 도와 달라고, 그리고 자기는 메시아인 척, 유대인들의 왕인 척 가식적으로 행동했다고 증언하라는 임무를 맡기죠. 이런 말을 들은 유다는 '두려워서 그에게서 물러섰고' '경악스러움 때문에 자기 손을 빼고' 그리고 예수를 '뱀…… 당신은 비둘기 모습을 한 뱀'이라고 불렀어요. 예수는 그에게 '그렇다면 날 밟아라'라고 대답했지요. 그러자 유다는 굳은 표정으로 예수에게 '그렇게 신성한 척하지 마시오'라고 책망했고, 자기 스승을 향해 이런 끔찍한 임무를 자기에게 맡기지 말아 달라고 애원했어요. 그렇지만 예수는 완강했어요. '나는 십자가에서 죽고자 하니 자네가 나를 넘겨주기를 명한다.' 유다는 거절하죠. 그는 등을 돌려 자기 고향으로 도망가려고 예수를 떠나요. 그러나 자기 의지보다 강한 어떤 내부의 힘이 마지막 순간에 그가 왔던 길을 되돌아가게 했고, 그는 자기 스승의 발치에 무릎을 꿇고, 그의 손과 발에 입을 맞추고, 어쩔 수 없이 자기에게 맡겨진 그 끔찍한 임무를 받아들이죠. 그 배신자는, 이 작품에 따르면, 아주 충성스러운 제자예요. 그가 예수를 쫓는 자들의 손에 넘겼을 때 그는 자기 스승이 맡긴 역할에 순종하고 있었을 뿐이에요."

게르솜 발드가 피식하고 웃었다.

"만약 빌라도가 예수의 오른쪽 십자가에 그 착한 도둑을 매다는 대신 그의 오른쪽에 유다를 못 박으라고 명령했다면, 기독교인들에게 있어 유다는 성인의 반열에 올랐을 것이고, 십자가에 달린 가롯 유다의 조각상이 수만 개의 교회를 화려하게 장식했을 것이며, 수백만 명의 기독교인 아기들이 유다라는 이름으로 불리고, 교황들도 그 이름을 자처했을 걸세. 그렇지만, 내가 장담하는데, 가롯 유다건 가롯 유다가 아니건, 이 세계에서 유대인들에 대한 증오는 사라지지 않았을 걸세. 사라지지도 않고 줄어들지도 않았을 거야. 유다가 있건 없건 간에, 유대인은 믿는 자들의 눈앞에서 계속해서 배신자 역할을 맡았을 걸세. 기독교인들은 한 세대가 가고 다음 세대가 와도 언제나 우리를 십자가 사건이 있기 전에 '그를 죽여라, 그를 죽여라, 그의 피 값은 우리와 우리 자손들에게 돌릴지어다'[271]라고 외치던 군중으로 기억할 걸세. 그리고 내가 자네에게 말해 두는데, 슈무엘, 우리와 무슬림 아랍인들 사이에 벌어지는 다툼은 역사 속에서 아주 작은 일화, 아주 짧고 지나가 버릴 일화에 불과하다네. 그것은 앞으로 50년이나 100년 또는 200년쯤 지나면 아무도 기억하지 않는 이야기가 될 테지만, 우리와 기독교인들 사이에는 훨씬 더 깊고 어두운 문제가 있어서 앞으로 100세대가 지나도 계속될 걸세. 그들이 엄마 젖을 먹는 아이 때부터 아직도 이 세상에 신을 살해한 자들이, 또는 신을 살해한 자들의 자손들이 활보하고 있다고 가르치는 한, 우리가 편히 쉬는 일은 없을 걸세. 자네는, 인제 보니, 벌써 자네의 목발을 자유자재로 사용하는 것 같군. 얼마 지나지 않아 자네와 내가 함께 다리 여덟 개로 춤을 출 수 있겠어. 그러니까 내일부터는 하던 대로, 오후 시간에, 서재에서 내가 자네를 기다리지. 이제 나는 나를 미워하는 친애하는 사람 중 하나에게 전화를 걸어서 숯불 위에 앉혀[272] 보아야겠네, 그리고 그 다음에 자네가 나와 함께 앉아서 자네는 세상의 회복이나, 피델 카스트로나 장폴 사르트르나 중국의 위대한 붉은 혁명에 관해 강의를 해 주고, 그럼 나는, 늘 하던 대로, 내가 보기에 이 세상은 고쳐질 수 있는 게 아니라[273]고 좀 비웃어 주겠네."

—46—

그러던 어느 날, 하늘은 낮고 어두운 구름으로 덮인 안식일에 하라브 엘바즈 길 끝 집들은 모두 빽빽한 사이프러스 담장들 사이에서, 지하실처럼 그늘에 감추어져 있는데, 슈무엘 아쉬는 아침 9시에 다락방으로 가는 나선계단을 오르려고 시도하고 있었다. 그는 목발들을 계단 밑에 놓아두고, 깁스한 발이 다음 계단에 걸리지 않게, 무릎을 구부려서, 자기 앞으로 내민 채, 두 손으로 난간을 단단히 붙잡고는 한 발로 한 계단에서 그 위에 있는 계단으로 뛰어오르려고 했다. 그러나 서너 계단을 올라가서 갑자기 천식 발작이 오는 바람에 숨을 쉴 수가 없었다. 그는 포기하고, 셋째 계단에 앉아 2~3분 동안 쉬었다가, 다시 한 발로 껑충껑충 계단 아래까지 뛰어 내려왔다. 그는 거기 있던 자기 목발을 집어서 그것들에 의지하여 지상 층에 임시로 머무는 방으로 절뚝거리며 돌아갔고, 소파 위에 몸을 던진 다음 호흡기로 폐에 가득 숨을 들이마셨다. 15분 정도 그렇게 누워서 마음속으로 쉐알티엘 아브라바넬과 논쟁을 벌였다. 왜 하필 아브라바넬이 보기에 유대인들은 세계 곳곳에서 유일하게 그들만의 나라를, 고향을, 자기 정체성을 누릴 자격이 없는 민족이었을까, 그리고 자기 조상들의 땅 중 작은 부분을, 벨기에보다 작고, 덴마크보다도 더 작은, 아주 작은 나라마저도, 그리고 그 땅의 3분의 2가 황량한 광야인 나라를 가질 수 없단 말인가? 유대인들에게는 이 세상 끝까지 져야 할 사악한 형벌이라도 선고되었을까? 우리는 죄를 지었기 때문에 우리 땅으로부터 추방되었을까? 유대인들은 신을 살해한 자들이기 때문인가? 정말 아브라바넬도 유대인들이 그리고 유대인들만 영원한 저주를 받았다고 생각했을까?

그리고 설령 모든 민족국가는 재앙이고 전염병이라는 쉐알티엘 아브라바넬의 견해가 옳다고 해도, 설령 민족주의라는 전염병이 빠르게 사라져 버릴 것이고 이 세상에 있는 모든 나라가 대체되고 없어질 것이라는 그의 말이 옳다고 하더라도, 마침내 국가들이 사라진 세계라는 이상이 성취될 때까지는, 적어도 민족들이 저마다 자기 창문에 창살을 그리고 자기 문에 빗장과 자물쇠를 채우고 사는 동안에는―유대 민족에게도 창살과 빗장이 있는 작은 집이 있어야 당연한 것이 아닌가, 모든 다른 민족들처럼? 게다가 특히 바로 몇 년 전에 이 민족의 자손 중 3분의 1이 단지 집이 없고 자물쇠가 달린 문이 없고 자기들만의 땅 한 조각이 없었기 때문에 학살을 당해야 했다면? 또한 그것이 자신들을 지킬 군대나 무기가 없었기 때문이라면? 마침내 모든 민족이 일어나서 자기들 사이를 가르는 담을 허무는 날이 온다면—물론, 당연히, 우리도 기꺼이 우리 사이와 우리 주변에 쌓은 벽을 헐고 기쁨과 즐거움으로 모든 이들이 참석하는 축제에 함께 참여할 것이다. 그렇다고 하더라도, 신경과민다울 정도로 신중해서, 아마도 이번에는 이 세상에서 우리가 자물쇠와 창살을 포기하는 첫 번째 사람들이 되지 않을 것이다. 이번에는 이 세상에서 세 번째, 우리 이웃 중에서 네 번째가 될지도 모른다. 만일을 위해서. 슈무엘은 마음속에서 아탈리야의 아버지와 논쟁을 계속했는데, 그리고 만약 우리가 모두처럼 된다고 가정한다면, 이 세상에서 역사적으로 유일하게 그들의 집이었던 이스라엘 땅이 아니라면 이 세상에 유대인들의 땅은 어디에 있는가라는 질문이 생긴다. 두 민족이 우정과 협력 속에서 나란히 살아갈 공간이 충분한 땅인가. 그리고 언젠가 두 민족이 인도주의적 사회주의라는 깃발 아래서 경제적으로 서로 협력하며, 연방제 협정을 맺고, 모든 인간 개인을 올바르게 대하며 살아갈 수 있을까?

그는 이 생각이 떠오르자마자 곧 아탈리야에게 말해 주고 싶었고, 벌떡 일어나서 목발을 잡고 서둘러서 부엌 쪽으로 절뚝거리며 가면서 그녀의 이름을 두세 번 불렀지만, 아탈리야는 그곳에 없었고, 자기는 청력이 아주 좋다고 그에게 약속했는데도 불구하고 그가 부르는 소리를 듣지도 못했다. 슈무엘은, 물 한 잔 따라 마시려고 개수대 방향으로 절며 가다가, 갑자기 식탁 모서리에 부딪쳤고, 목발 하나를 놓쳤으며, 거의 쓰러져 넘어질 뻔했다. 마지막 순간에 가까스로 찬장 옆면을 붙들며 몸의 중심을 잡았지만 그러다가 잼이 가득 든 병과 절인 오이가 가득 든 병을 끌어당겨 바닥에 떨어뜨리고 말았고 그 내용물이 깨진 병 조각들과 함께 부엌 바닥 위에 흩어지고 쏟아졌다. 그는 왼손으로 조리대 모서리를 부여잡고, 목발 하나에 의지하고서, 깁스를 한 발이 바닥에 닿지 않게 몸을 굽혀서 오른손으로 유리 조각들을 모으고 바닥을 더럽힌 것들을 치우려고 했다. 그러나 몸을 굽히던 그는 중심을 잃었고, 기대고 있던 목발이 바닥에 쏟아져 있던 끈적끈적한 잼 때문에 미끄러지면서, 슈무엘은 옆으로 넘어지며, 바닥에 굴렀고, 넘어질 때 어깨를 개수대 옆 대리석 모서리에 세게 부딪치고 말았다.

이 일이 일어난 것은 아침 시간이었다. 그 노인은, 매일 아침 그랬듯이, 깊은 잠에 빠져 있었다. 마침내 자기 방에서 나타난 것은 아탈리야였는데, 파란색 플란넬 실내복 가운을 입었고 막 감은 그녀의 짙은 머리털은 젖어서 아직 김이 피어오르고 있었다. 그녀는 두 손으로 슈무엘의 등과 온몸을 어루만지면서, 그를 잡아당겨 앉혔고, 슈무엘은 서둘러서 자기는 괜찮다고, 이렇게 넘어진 정도로는 전혀 다치지 않고 뼈도 부러지지 않는다고 말했다. 잠시 후에 말을 바꾸면서 목뒤의 통증을 호소했다. 그녀는 몸을 숙이며 그를 당겨서 건강한 발로 일어서게 도와주었고 그의 팔을 자기 어깨에 두르고, 그렇게, 그가 자기 무게를 온전히 그녀에게 내맡긴 채 한쪽 발로 뛸 수 있게 부축해서, 그를 방으로 인도했고 자기 아버지의 침대 위에 눕혔다. 그러고 나서 그녀가 뱉은 문장 끝에는 물음표가 달리지 않았다.

"내가 당신을 어떻게 해야 할까요."

그리고 이렇게 말했다.

"우리가 학생을 한 사람 더 고용해야 할까 봐요, 이제부터 당신들 둘을 모두 돌볼 수 있게요."

슈무엘이 너무 창피해서 아무 말도 하지 않자, 또 이렇게 덧붙였다.

"당신은 또 더러워졌잖아요. 보세요. 온통 잼을 뒤집어썼어요."

그녀는 방을 나가서 사라졌다가 3~4분 뒤에 돌아왔는데 슈무엘의 다락방에서 내려오면서 깨끗한 속옷들과 소매가 긴 신축성 좋은 합성섬유 셔츠와 품이 넓은 바지와 낡은 회색 스웨터를 들고 왔다. 그녀는 책상 서랍에서 커다란 가위를 꺼냈고 자기가 가져온 깨끗한 바지의 왼쪽 가랑이를 길게 쭉 잘라서, 깁스한 다리 위에 입을 수 있게 만들었다. 그러고 나서 슈무엘 위로 몸을 굽혀서 며칠 전에 그를 씻기려고 방에 왔을 때처럼 그의 옷을 전부 벗겨 버렸다. 그가 손으로 부끄러운 곳을 가리려고 했을 때, 아탈리야는 성질 급한 여의사가 어린아이를 다루는 것처럼, 단호하게 그 손을 치워 버리고, 메마른 목소리로 말했다.

"날 방해하지 말아요."

슈무엘은 아주 어린 시절에 언제나 그랬던 것처럼, 그의 어머니가 목욕탕에서 그를 씻겨 줄 때 비누가 눈을 따갑게 할까 봐 두려워서 그랬던 것처럼 자기 눈을 질끈 감았다. 그러나 이번에는 아탈리야가 비눗물에 적신 수건을 가지고 오지 않았고 그의 몸을 씻어 주지도 않았는데 털이 덥수룩한 그의 가슴을 서너 번 천천히 쓰다듬고 입술을 손가락으로 어루만지고는 잠깐 멀어졌다가 그에게 말했다. "지금은 아무 말도 하지 마세요. 아무런 말도." 그녀는 침대에서 베개를 가져다가 그들 바로 맞은편 책상 위에서 그들을 쳐다보고 있는 그녀 아버지의 사진을 덮어 가렸고, 파란색 플란넬 가운을 풀어서 발치에 떨어뜨렸으며, 슈무엘은 눈을 뜰 용기를 내기도 전에 그녀의 따뜻한 몸이 다가와 그의 몸을 감싸는 것을 그리고 그녀의 손가락이 아무런 준비도 없이 그를 붙잡아 안으로 이끄는 것을 느꼈다. 그런데 슈무엘은 벌써 몇 달 동안 여자와 접촉한 적이 없었기 때문에 시작하기도 전에 모든 것이 끝나고 말았다.

몇 분 동안 그녀는 그와 함께 누워서, 마치 구불구불한 털 속에서 잃어버린 무언가를 찾는 듯이 손으로 그의 턱수염과 가슴 털을 어루만졌다. 잠시 후 손을 빼서, 바닥에서 플란넬 가운을 집어 들고 목부터 발목까지 감싸 입었고, 가운 끈을 허리에 꼭 묶어서 고정했다. 그리고 나가서 목욕통과 스펀지와 수건을 들고 돌아왔고 재빠른 손길로 슈무엘을 씻기고 옷을 입혔으며 그를 담요로 잘 덮어 주고 어깨와 발까지 잘 가려 주었다. 마지막으로 몸을 돌려 좀 전에 자기 아버지의 사진을 묻어 둔 베개를 치웠다. 쉐알티엘 아브라바넬은 깊은 생각에 잠긴 채 평온해 보였다. 그녀는 그 사진에 눈길 한 번 주지 않고 커튼을 치고 불을 끄고 방을 나가면서 문을 닫았다.

슈무엘은 두 눈을 감은 채 누워 있었다. 그러다가 퍼뜩 놀라서, 벌떡 일어나 자기 목발들을 찾았고 서둘러서 그녀 뒤를 따라 부엌으로 나왔다. 그는 무슨 말이라도 해서, 아탈리야가 자기들 둘에게 강요한 강압적인 침묵을 깨야 할 것 같은 느낌이 들었지만, 무슨 말을 해야 할지 전혀 알 수가 없었다. 물이 끓는 동안 아탈리야는 나가서 고무 밀대와 바닥 닦는 걸레와 쓰레받기를 가지고 돌아왔다. 그녀는 부엌 바닥을 깨끗이 훔치며 닦았다. 그러고 나서 고인 물에 손을 헹구고 커피 두 잔을 따랐다. 그녀는 커피 잔을 자기들 앞 식탁에 내려놓으면서 눈을 들어 당혹스럽게 슈무엘을 바라보았는데, 마치 자기 의사와 상관없이 알지도 못하는 사람들의 아이를 기를 책임을 떠맡은 듯 그리고 그 아이에게 동정심을 느끼긴 하지만 어떻게 대해야 할지 전혀 모르는 듯한 표정이었다. 슈무엘은 그녀의 손을 끌어와서 손가락에 깍지를 끼고 자기 입술에 가져다 대었다. 아직 무슨 말을 할지 찾지 못한 상태였다. 아직도 쉐알티엘 아브라바넬 방에서 일어났던 그 일이 정말로 일어났었는지 완전히 믿을 수 없었다. 그는 자기 몸이 몹시 흥분해서 서두르다가 잘하지 못했던 것과 그래서 그녀를 즐겁게 해 주지 못한 것이 부끄러웠고 수치스러웠다. 그 일은 너무 짧은 순간에 왔다가 사라졌고, 그렇게 짧은 순간에 그녀는 벌써 그로부터 멀어져서 플란넬 가운으로 몸을 감싸 버렸다. 그 순간 슈무엘은 그녀를 팔에 안고 다시 한번 사랑을 나누고 싶었고, 당

386

장, 여기 부엌 바닥에서라도, 아니면 서서, 대리석 조리대에 기대서, 그녀가 아버지의 방에서 자기에게 베푼 은혜에 대한 무엇이라도 갚아 주고 싶은 마음이 얼마나 간절한지 증명하고 싶었다. 아탈리야가 조용히 말했다.

"이 사람 좀 보라지."

그리고 그녀가 덧붙였다.

"그런 환상이 있다지요, 어떤 여자가 충격에 빠진 소년에게 첫 번째 경험을 하게 해 주기로 하고 나중에 그가 바치는 수줍으면서도 열정적인 감사의 표시를 충분히 거두어 간다는 이야기요. 언젠가 여자가 어떤 소년에게 첫 번째 경험을 하게 해 주면 그 대가로 에덴동산에 가게 된다는 말도 어디서 읽었던 것 같아요. 당신은 아니죠, 당신은 아니에요, 당신이 여자 친구가 있었다는 것은 나도 잘 알고 있으니까요. 아니면 여자 친구들이든지. 나는 어떤 에덴동산에도 가지 않아요. 나는 그곳에 전혀 관심이 없으니까요."

슈무엘이 말했다.

"아탈리야."

그리고 나서 그가 말했다.

"저는 당신이 원하는 것은 무엇이든 될 수 있어요. 숫총각. 수도사. 기사. 굶주린 야만인. 시인."

그리고 자기가 한 말들 때문에 놀라서, 고쳐 말했다.

"여기에 온 첫날부터 저는—"

그러나 아탈리야가 그의 말을 잘랐다.

"됐어요. 조용히 해요. 이제 그만 말해요."

그녀는 커피 잔들을 집어다가 개수대에 놓고는 조용히 부엌을 나갔는데 이번에는 그녀가 남기고 간 제비꽃 향기 외에 다른 종류의 새롭고 아찔한 잔향이 남아 있었다. 슈무엘은 거기 15분 정도 더 앉아서, 정신을 차리지 못할 정도로 흥분해서, 자기가 누군지도 알 수가 없었다. 네가 일어났다고 생각하는 그 일은, 그는 자신에게 말했다, 네 상상 속에서 일어난 거야. 너는 그냥 꿈을 꾼 거야. 그 일은 실제로 일어나지 않았어.

그는 목발을 집어 의지하고 특히 조심해서 쉐알티엘 아브라바넬의 방으로 돌아갔다. 그는 거기에 한 발로 서서 동방 나라들의 지도를 잠시간 멍하니 쳐다보았다. 뒤이어 그의 눈길은 사진 속 콧수염을 기른 사람의 부드럽고 생각이 깊어 보이는 얼굴에 머물렀는데 무슨 이유에서인지 알베르 카뮈의 초상화를 연상시켰다. 이윽고 창문으로 다가가 커튼을 걷고 블라인드를 열어 비가 그쳤는지 내다보았다. 비는 분명히 그쳤지만 강한 서풍이 창문 유리를 때리고 있었다. 이 창문에서 서쪽으로는 바람 맞은 빈 들만 펼쳐져 있었다. 자, 이제 일어나서 이곳을 떠날 때가 됐어. 그 있던 자리도 알지 못할 거라는 성경 구절[274]이 이 집 사람들 모두에게 적용된다는 걸 너도 알잖아, 살든지 죽든지. 그리고 너보다 먼저 다락방에 살던 사람들이 어떻게 그만두었는지도 알고 있잖아. 네가 그들보다 나은 것이 뭐야? 이번 겨우내 네가 이 세상을 바꾼 게 뭐가 있어?

문득 그는 아탈리야 때문에 가슴이 아팠는데, 그녀가 부모를 잃은 것과, 그녀의 외로움과, 언제나 그녀 주위를 감도는 냉기와, 어두운 밤에 혼자 산비탈에서 어린양처럼 살해된 그녀의 연인과, 그녀가 낳을 수 없게 된 그 아이와, 다만 몇 주만이라도 이미 죽어 그녀 안에 묻힌 것을 조금이라도 그의 힘으로 되살릴 수 없었다는 것 때문에.

그 빈 들 끝에는 버려진 아랍 마을 셰이크 바드르가 어둠 속에 비에 젖고 부서져 내리면서 폐허로 서 있었는데, 여기에는 벌써 10년 가까이 거대한 공연장이 세워지고 있었다. 건설 공사는 시작되었으나 중간에 건물이 버려졌고 또 조금 짓다가 버려진 지 시간이 꽤 지났다. 그곳에는 회색 구조물이 있었는데, 완성되지 않은 채, 비를 맞으며, 벽이 올라가다가 중간쯤에 무너졌고 널찍한 계단들은 비에 노출되어 있으며 짙은 색깔의 콘크리트 기둥들로부터 녹슨 철근이 죽은 자들의 손가락처럼 삐져나와 있었다.

문을 닫기 직전, 안식일과 유월절이 시작되기 얼마 전, 그는 텅 빈 여관에 홀로 앉아 있었다. 그의 앞에는 포도주 한 잔과 소스를 끼얹은 양고기 한 접시가 식탁에 놓여 있었지만, 그는 어제저녁부터 아무것도 먹지도 마시지도 않았는데도 불구하고, 고기에도 포도주에도 손을 대지 않았으며 임신한 젊은 그 여자가 가져다 놓은 깨끗이 씻은 과일도 건드리지 않았다. 그는 그녀를 흘깃 쳐다보았고, 보자마자 가난하고, 키 작고 곰보인 이 여자는 이 세상에 친척도 친구도 아무도 없다는 것을, 그리고 아이를 가진 것도 어느 가을밤에 여기를 지나가던 어떤 나그네나 손님 중 하나, 아니면 이 여관의 주인 때문이라는 것을 알아챘다. 몇 주일 후에, 산통이 찾아오면, 그녀는 여기서 바깥 어둠 속으로 쫓겨날 것이며 하늘에서나 땅에서나 그녀를 구원할 자는 아무도 없을 것이다. 그녀는 어둠 속에서 아이를 낳게 될 것이며, 어디 인적이 드문 동굴 안에서 박쥐와 거미들 사이에서, 들짐승처럼 혼자 피를 흘리며 뒹굴 것이다.

그러고 나서 그녀와 그녀의 아이는 음식을 먹지 못해 배를 곯을 테고 만약 그녀가 다시 어떤 여관에서 종으로 일할 기회를 얻지 못한다면 결국 길거리에서 싸구려 창녀가 될 터였다.[275] 세상에서 자비는 없어져 버렸다. 세 시간 전에 예루살렘에서 은총이 죽었고 자비가 살해되었으며 이제 이 세상은 텅 비어 버렸다. 이 생각이 벌써 아홉 시간 동안[276]이나 부르짖으며 한 순간도 그의 귀에서 멀어지지 않고 계속 울려 댔고 이제 저녁이 되어 텅 빈 여관에 앉은 뒤에도 여전히 그를 놓아주지 않았다. 그는 멀리 계곡과 언덕을 넘어오는 통곡과 고통스러운 신음을 끊임없이 듣고 있었는데, 그의 살갗과 머리털과 폐와 내장으로 그 소리를 들었다. 마치 그 부르짖음이 아직도 계속되면서 그곳 십자가 처형장에서 흘러나오고 있는데 오직 자기만 외면하고 일어나서 성 바깥으로, 이 외딴 여관으로, 도망쳐 나온 듯했다.

그는 나무 의자 위에 구부정하게 앉아, 벽에 등을 대고, 눈을 감고서 그날 저녁은 사실 덥고 습했음에도 불구하고 덜덜 떨고 있었다. 작은 개 한 마리가 길에서부터 그를 따라와서 식탁 밑 그의 발치에 엎드려 있었다. 그 개는 바짝 마르고, 털이 듬성듬성 빠지고, 색깔은 밝은 갈색이었고, 등에는 상처가 벌어져서 진물이 흘렀으며, 평생 굶주림과 외로움과 낯선 이들의 신발에 걷어차이는 데 익숙한 개였다. 여섯 시간 동안[277] 십자가에 달려 있던 자는 부르짖고 흐느끼기를 멈추지 않았다. 죽음의 시간이 길어질수록 그는 울면서 소리를 지르고 극심한 고통에 비명을 질렀으며 자꾸만 자꾸만 자기 어머니를 불렀고, 가늘고 찌르는 소리로 부르고 또 불렀는데, 그 목소리는 심하게 다치고 혼자 들판에 버려져서 갈증으로 바짝 마르고 작열하는 태양 아래 마지막 남은 피를 흘리고 있는 어린아이의 우는 소리였다. 그 비명은 절망적이었고, 커졌다가 잦아들었다가 다시 커지면서 심장을 얼게 만드는 소리로 어머니, 어머니, 하며 불렀고, 그러고 나서 고통 때문에 울부짖다가 다시 어머니를 불렀다. 그리고 다시 찌르는 소리로 슬피 울다가 가늘게 흐느꼈으며, 이어지고, 점점 더 가늘어지다가, 생명이 끊어질 듯한 통곡이 터져 나왔다.

십자가에 달린 다른 두 사람은 가끔만 부르짖을 뿐이었다. 그중 하나는 배 속 깊은 곳에서 나오는 것처럼 낮게 신음을 내었다. 그리고 때때로 둘 다 고통에 못 이겨 앙다문 잇새로 신음을 냈는데, 왼쪽에 못 박힌 자는 30분이나 한 시간에 한 번 정도 무슨 소리인지 모를 비명을 질렀고, 길고 잦아들지 않는, 깊은 곳에서 나오는 비명, 도살당하는 짐승이 내뱉을 법한 비명을 내었다. 신이 난 파리들이 검은 구름을 이루며 십자가에 달린 그들 세 사람을 둘러쌌는데 그들의 피부에 들러붙어 있다가 못 박힌 상처에서 흘러내리는 피에 게걸스럽게 옮겨 붙었다.

가까운 나뭇가지 위에는 수많은 검은색 맹금류 새들이, 큰 것도 있고 작은 것도 있고 부리가 구부러져 있고 목에 털이 없으며 깃털이 단단한 새들이 조바심을 내며 모여 앉아 기다리고 있었다. 때때로 이런 새 중 하나가 목뒤에서 나오는 날카로운 소리로 울었다. 이따금 새들 간에 분노에 찬 다툼이 벌어지기도 했고 화가 나서 서로의 살을 쪼아 대었으며 깃털 뭉치가 빠져서 뜨겁고 마른 바람에 날렸다.

오후가 되면서 해가 녹은 납처럼 십자가들과 구경꾼들 위로, 그리고 지표면 위로 쏟아져 내렸다. 하늘은 낮고 먼지가 가득 끼어 있었으며, 지저분하고, 갈색과 회색 중간쯤 되는 색깔이었다. 지면에는 사람들이, 어깨에 어깨를, 허리에 허리를 맞대고 빽빽하게 모여 있었다. 그곳에 모인 사람들은 서로 옆 사람과 끊임없이 대화했고 가끔 목소리를 높여서 멀리 서 있는 다른 사람과 소리치며 말하기도 했다. 십자가에 달린 사람들을 동정하는 사람들도 있었고 그중 하나나 둘만 동정하기도 했으며 반대로 그들의 불행에 고소해하는 사람들도 있었다. 죽어 가는 자들의 친척들과 친구들은 작은 무리를 지어 모여 서서, 서로에게 기대거나, 포옹하고, 흐느끼며, 어쩌면 그 때까지도 기적을 기대하고 있었을 것이다. 여기저기 사람들 사이를 쇠로 만든 쟁반을 든 행상들이 돌아다니면서 과자, 음료수, 말린 무화과, 대추야자, 과일즙을 사라고 소리를 높이고 있었다. 호기심에 들뜬 이들은 사람들을 밀치며 앞자리로 나와서, 가까이에서 십자가에 달려 죽어 가는 자들을 더 잘 보고, 가까이서 그들의 비명과 신음과 탄식을 더 잘 들으면서, 근거리에서 십자가에 달린 자들의 일그러진 얼굴과 제자리에서 빠져나올 것만 같은 그들의 눈, 피가 흐르는 상처, 피에 절어 있는 낡은 천 조각을 더 잘 살펴보려 했다. 어떤 사람들은 큰 소리로 십자가에 달린 사람 하나를 다른 사람과 비교하기도 했다. 그런 사람들과 달리 팔꿈치로 밀며 뒤로 빠져나가는 사람들도 있었는데, 이미 충분히 봤다고 생각하고 서둘러 자기 집으로 돌아가 다가오는 명절을 준비하려는 듯했다. 그 앞에 모인 사람 중에는 음식과 음료수를 가져와서 즐겁게 먹고 마시는 자들도 많았다. 앞줄로 밀고 나온 자들은 길거리 흙바닥 위에 앉아, 긴 겉옷을 여미고, 다리를 포개고, 어떤 이들은 옆 사람의 어깨에 기대었으며, 수다를 떨거나, 농담하거나, 챙겨 온 음식을 조금씩 먹거나, 십자가에 달린 세 사람 중에서 누가 먼저 숨이 끊어질 것인지 큰 소리로 내기를 걸고 있었다. 그리고 그 군중 가운데는 소리를 질러 대는 너덧 사람이 있어서 계속해서 가운데 십자가에 달린 자를 조롱하고 놀려 대었다. 그의 아버지는 어디에 있는가, 왜 그의 아버지는 그를 도우러 오지 않는가, 그리고 고통을 당하던 온갖 다른 이들을 구원해 주던 그가 왜 정작 자기 자신은 구원하지 않는가? 왜 그는 마침내 일어나 십자가로부터 내려오지 않는가?

호기심 때문에 나왔던 사람 중 일부는 벌써 실망하거나 피곤해져서 흩어지기 시작했다. 여기저기서 구경꾼들이 이미 충분히 보았고 이제 사면赦免도 없고 기적도 없고 십자가에 달린 세 사람이 죽어 가는 고통스러운 장면이 다르게 바뀔 것 같지도 않자 군중 사이에서 한 무리-두 무리가 빠져나갔다. 남자들과 여자들이 늘어선 십자가에 등을 돌렸고, 천천히 언덕을 내려가서 집으로 돌아가기 시작했다. 시간은 점점 흘러서 늦은 시각이 되어 가고 저녁이 내리면 안식일과 명절이 시작될 터였다. 작열하던 열기가 식으면서 호기심과 흥분마저 수그러들었다. 모든 사람이, 십자가에서 죽어 가던 세 사람과 호기심 많은 사람과 로마 군인들과 제사장들이 보낸 심부름꾼들, 모두가 군중의 발밑에서 피어오르는 자욱한 먼지구름과 섞인 끈적끈적한 땀에 젖어 있었다. 이 재색 먼지가 불타는 공기를 가득 채우고 있어서, 숨을 쉬기가 힘들었고 모든 광경이 잿빛으로 보였다. 특히 반짝반짝 빛나는 강철 헬멧과 금속 갑옷을 입은 로마 군인들은 땀을 줄줄 흘렸다. 키가 작은 제사장 두 명이, 똑같이 몸집이 비대한 두 사람이 군중으로부터 몇 발자국 떨어진 곳에 서 있었고, 가끔 한 사람이 몸을 굽혀 다른 사람의 귀에 뭐라고 속삭이면 다른 하나는 천천히 고개를 끄덕였다. 그중 하나는 이따금 하품을 했다.

그리고 그곳에, 가운데 있는 십자가 바로 밑에, 절망에 빠진 여인 너덧 명이 머릿수건을 쓰고 서로에게 붙어 서서, 어깨를 마주 대고 기댄 채, 흡사 포옹한 것 같았지만, 그들의 손은 그들의 몸 옆으로 힘없이 늘어져 있었기 때문에 포옹을 한 것은 아니었다. 그중 한 여인이 간간이 팔을 들어 나이 든 여인의 어깨를 감싸 안았고 그녀의 뺨을 쓰다듬었으며 손수건으로 그녀의 이마를 닦아 주었다. 그 나이 든 여인은 그 자리에 화석이라도 된 것처럼 서 있었고, 마치 마비가 온 것처럼, 무의식적으로 자기 몸을 살며시 더듬었는데, 십자가에 달린 자의 살에 못이 박힌 부분과 같은 곳을 만지고 있었다. 이와 달리 젊은 여인은 끊임없이 울고 있었는데, 조용하며 높낮이가 없이 차분한 울음이었다. 그녀는 눈을 뜬 채 무표정한 얼굴로 울고 있어서, 마치 그녀의 얼굴은 그녀의 눈이 눈물을 흘리고 있는지 전혀 모르는 것 같았다. 그녀의 입술은 살짝 벌어져 있었고 그녀의 손은 깍지를 낀 모습이었다. 그녀는 눈을 커다랗게 뜨고 십자가에 달린 남자로부터 잠시도 눈길을 떼지 못했다. 그에게 남은 생명이 전부 그녀의 눈길에만 달린 것처럼. 그녀가 찰나라도 그로부터 눈을 돌리면 그의 숨이 끊어질 것처럼.

그곳에 서 있던 키 큰 남자는, 다른 군중과는 조금 달라 보였는데, 갑자기 걸음이 옮겨지며 그 여인들 쪽으로 끌려가는 것처럼, 마치 다리들이 스스로 그를 그녀들에게 인도하는 것처럼 느껴졌지만, 그는 자기 몸을 제어했고 대중의 가장자리 자기가 있던 곳에 멈추어 서서, 이전에 어느 십자가형이 끝나고 남아 있던 오래된 십자가의 부서진 나무 기둥에 기대었다. 기적이, 그 남자는 전혀 의심할 여지 없이, 이제 곧 일어날 것이라고 믿었다. 바로 지금. 언제 어느 때라도. 자 지금, 지금, 당신의 이름이 거룩해지고, 이 세상에 속하지 않은 당신의 나라가 올 것이다.[278]

타는 듯한 그 시간들 내내, 아직 그의 피가 그의 상처에서 계속 흘러내리고, 흘러서 다 빠져나가는 동안, 가운데 십자가에 달린 자는 그의 어머니를 향해서 신음했다. 그는 점점 꺼져

가는 눈으로 머릿수건을 쓴 여인들 가운데서 그녀가 자기 발치에 움츠리고 서서 그녀의 눈으로 자신의 눈을 찾고 있는 것을 정말 보았을지도 모른다. 아니면 벌써 그의 눈은 감겼고 마음속으로만 보고 그녀를 다시는 볼 수 없었을지도, 그녀뿐만이 아니라 다른 여인들도 모든 군중도 볼 수 없었을지도 모른다. 그 여섯 시간 내내[279] 십자가에 달린 자는 단 한 번도 자기 아버지를 부르지 않았다. 자꾸만 자꾸만 어머니 어머니 울부짖었다. 몇 시간 동안 그녀를 향해서 울부짖었다. 그리고 제9시[280]가 되어서야, 마지막 순간에, 거의 숨이 끊어질 때가 되자, 태도를 바꾸어 갑자기 자기 아버지에게 부르짖었다. 그러나 마지막으로 부르짖었을 때도 그는 자기 아버지를 부르지 않고 나의 하느님 나의 하느님 왜 나를 버리시나이까[281] 하면서 중얼거렸을 뿐이었다. 유다는 이 말로 그들 두 사람의 생명이 끝났다는 것을 알았다.

십자가에 달린 다른 사람들, 그 죽은 자의 좌우에 달린 자들은, 불타는 태양 밑 자기 십자가 위에서 한 시간 이상 더 견디며 죽어 가고 있었다. 못을 박은 상처에는 녹색 빛이 도는 살찐 파리들이 윙윙거리며 구름처럼 모여 있었다. 오른쪽 십자가에 달린 자가 심한 욕으로 저주를 했고 죽어 가는 입술 위로 하얀 거품이 부글부글 끓어올랐다. 그러나 왼쪽 십자가에 달린 자는 이따금 낮고 절망에 찬 고통스러운 비명을 지르다가, 조용해지는가 싶으면, 다시 비명을 질렀다. 오직 가운데 십자가에 달린 자에게만 진정한 평안함이 찾아왔다. 그의 눈은 감겼고, 고문에 지친 머리는 가슴 위로 떨어졌으며, 마른 몸은 축 늘어지고 허약해 보여서 어린 소년의 시체 같았다.

그 사람은 십자가에서 죽은 세 사람을 내려 그들의 시체를 옮길 때까지 기다리지 않았다. 십자가에 달린 자 중 마지막 사람이 저주와 함께 숨을 거두자마자 몸을 돌려 그곳을 떠났고, 피곤과 더위와 배고픔과 목마름을 느끼지 못하고, 생각이나 그리움도 없이, 자기가 평생 품었던 모든 것을 잃은 채, 성벽을 돌아서 걸었다. 그의 다리는 아주 가볍게 움직이고 있었다, 드디어 어깨에서 무거운 짐을 내려놓기라도 한 것처럼. 밝은 갈색 개 한 마리가, 털이 듬성듬성 빠지고, 다리가 휘었고, 등에 난 상처에서 진물을 흘리면서, 길에서 그에게 따라붙어서 애원이라도 하는 듯 그의 주위를 뛰어다녔다. 그 사람은 자기 봇짐에서 치즈 한 조각을 꺼내어 허리를 굽히고 그 개 앞에 놓아 주었는데, 녀석은 신이 나서 전부 한입에 삼켜 버리고는 거친 소리로 두어 번 짖었고 계속해서 그 사람 뒤를 뛰어서 따라왔다. 그 나그네의 발이 인도하는 대로 걷다 보니, 그의 고향 가룟으로 가는 길에 있는 오래된 여관이었다. 여관 입구에서 그 사람은 다시 한번 개 위로 몸을 굽혔다. 그는 머리를 두 번 쓰다듬고 속삭이듯 말했다. 가거라, 개야, 가거라, 누구도 믿지 말거라. 그 개는 돌아서서 고개를 숙이고 꼬리를 다리 사이로 늘어뜨리고 그곳에서 떠나 멀리 가는 것 같더니, 얼마 후에 생각을 바꾸었는지 거의 배를 땅에 붙이고 안으로 들어와서 그 사람의 식탁 밑으로 기어들었다. 그곳에 엎드려서 아무 소리도 내지 않고 조심스럽게 머리를 자기에게 호의를 베푼 사람의 먼지 덮인 샌들에 기대기만 했다.

내가 그를 죽였어. 그는 예루살렘으로 오고 싶어 하지 않았는데 내가 그를 억지로 예루살렘으로 끌고 왔지. 여러 주 동안 나는 그의 마음에 호소했었지. 그는 의심과 두려움에 사로잡혀 있었고, 자꾸만 내게 물었고 또 다른 제자들에게 물었지, 자기가 정말 그 사람인지? 그는 끊임없이 망설였어. 자꾸만 위로부터 징표를 구했지. 자꾸만 절실하게 징표가 하나 더 필요하다고 느꼈어. 마지막 징표 하나만 더. 그런데 나는, 그보다 나이도 많고 그보다 침착하고 그보다 세상살이에 대해서도 더 잘 아는데, 나는, 망설이던 순간에 그의 눈은 내 입술만 바라보았고, 난 그에게 말하고 또 말했지. 당신이 그 사람입니다. 그리고 당신이 그 사람인 걸 당신도 잘 알고 있습니다. 우리 모두 또한 당신이 그 사람임을 압니다. 그리고 난 아침저녁으로 또 그다음 아침저녁에도 말했지, 예루살렘에서 꼭 예루살렘에서만 가능하다고, 그래서 우리는 예루살렘으로 가야 한다고. 나는 일부러 그가 시골에서 베풀었던 기적들의 가치를 축소해 말했고, 그의 기적들에 관한 소문들이 갈릴리 마을들을 돌아다니며 손을 대 환자들을 치료하고 온갖 기적을 일으키는 많은 자에 관한 다른 소문들과 두루뭉술하게 섞이도록 놔두었어. 소문들은 그렇게 몇 주일 동안 언덕 사이로 불어대다가 잦아들어 버렸지.

그러나 그는 예루살렘에 가려고 하지 않았어. 내년에, 그가 말했지, 내년쯤에 가자고. 유월절이 되어 갈 즈음에 내가 그를 그 도시로 거의 강제로 끌고 와야 했지. 자꾸만 그는 우리에게 예언자들을 죽이는 예루살렘이 자기를 비웃고 조롱할 거라고 말했어.[282] 또 한두 번은 예루살렘에서 죽음이 자기를 기다리고 있다고 말했지. 자기 자신이 죽는다는 것 때문에 무서워서 벌벌 떨고 있었어, 보통 사람이 자기가 죽을까 봐 두려워하는 것과 똑같이, 자기 마음속으로는 너무 잘 알고 있었지만 어쩔 수 없었어. 그는 무슨 일이 자기를 기다리는지 다 알고 있었지. 그렇지만 언제나 알고 있었던 그 사실을 받아들이기 싫어서, 자기는 그저 이 마을에서 저 마을로 다니면서 복음을 전하고 이적을 보이며 사람들의 마음을 어루만지는 갈릴리의 치료사로 계속 남아 있을 수 있게 해 달라고 날마다 기도하곤 했던 거야.

내가 그를 죽였어. 내가 억지로 그를 예루살렘으로 끌고 왔으니까. 사실, 그가 스승이었고 난 그의 제자 중 하나였지만, 그런데도 그는 내 말을 들었지. 망설이는 자들과 의심하는 자들이 확신에 가득 찬 자들과 어떠한 의심도 없는 자들이 결단하면 언제나 따르는 것처럼 말이야. 나는 언제나 교묘하고 계산적인 방법으로 그가 나 때문이 아니라 스스로 결정했다고 느끼도록 만들었기 때문에 내 말을 듣는 일도 많았지. 다른 이들 역시, 그의 제자들, 그의 그림자를 좇는 자들, 그의 말이라면 목마른 자가 물을 마시듯 하는 자들, 그들 역시 내가 말하는 대로 했는데 왜냐하면 내 생각은 그들의 생각에 비하면 미미한 메아리에 불과하다고 그들이 느끼게 만드는 방법을 잘 알고 있었기 때문이지. 내가 자기 중에서 가장 나이도 많고, 이 세상이 돌아가는 이치에 관해 경험이 많으며, 거래하는 데 능숙하기 때문이라면서 돈 꾸러미도 내 손에 맡겼는데, 내가 그들 중에서 강단이 있었기 때문이고 어떤 노련한 자들도 절대 날 속이거나 구렁텅이에 빠뜨리지 못할 것이라는 사실을 인정했기 때문이지. 우리가 길로 다니다가 관원들을 만나기라도 하면 대변인은 항상 나였어. 그들은 갈릴리 바닷가에 살던 시골 사람들이었지만 나는 예루살렘에서 그들에게 내려갔으니까. 그들은 가난한 자들의 자식들로 가난했고, 환상을 보고 꿈을 꾸는 자들이었지만, 나는 집들과 밭들과 과수원들은 물론 가룟 제사장들과 함께 일할 명예로운 자리도 남겨 두고 온 사람이니까. 그들에게 있어 나는 그들을 책망하고 그들의 속임수를 드러내며, 그들이 사기꾼에다 흉내나 내는 자들임을 고발하려고 내려간 예루살렘이었지. 그렇지만 정말 발람[283]처럼 내가 그들을 축복하고 그들과 한통속이 되어 그들처럼 낡은 옷을 입고 그들과 함께 거친 빵을 먹고 그들처럼 맨발로 다니며 다리에 상처를 입고 그들처럼 믿게 되었어. 아니, 그들보다 더 진심으로 구원자가 나타났다고 믿게 되었고, 이 외롭고 내성적인 청년이, 이 부끄럼 많고 겸손한 청년이, 어떤 목소리를 들으며, 자기의 깨끗한 마음속에서 놀라운 비유들을 꺼내고, 마치 맑은 샘물처럼 자기 안에서 솟아 나오는 분명한 복음을, 듣는 이의 마음을 모두 앗아 가는 복음을, 사랑과 연민의 복음, 양보와 기쁨과 믿음의 복음을 전하는, 이 바싹 마른 청년이 정말 하느님의 유일한 아들이고 그는 드디어 이 세상을 구원하기 위해서 우리에게 왔으며 이제 그가 여기 우리 중에 정말 우리 중 하나가 되어 걷고 있지만 사실 우리 중 하나는 아니고 영원히 그럴 수 없는 분임을 믿게 되었지.

그는 언제나 예루살렘을 두려워했고 심지어 메스껍다고 생각했어. 성전과 그 제사장들과 그 바리사이인들과 사두가이인들과 그 현인들과 부자들과 권력자들을 말이야. 그건 분명히 시골 사람이 품을 만한 두려움, 부끄럼 많은 청년의 공포, 그곳에서 그들이 자기 얼굴 위에 덮은 수건[284]을 찢을까 봐, 자기를 물어뜯고 비웃을까 봐, 그리고 현인들과 그 땅의 부자들이 예리한 눈길로 자기를 벌거벗겨 알몸으로 만들까 두려워하는 마음이 점점 조여 오고 있었어. 예루살렘은 벌써 자기 같은 사람들을 수십 명씩 보았을 테고 입술에 지루한 듯 미소를 띤 채 흘깃 쳐다보고는 다음 순간에 어깨를 으쓱대며 자기에게 등을 돌릴 테니까 말이야.

그리고 우리가 예루살렘에 왔을 때 내가 거의 내 손으로 그를 위해 십자가형을 준비했지. 난 타협하지 않았어. 나는 고집을 세우며 확고한 신념을 가지고, 종말의 때가 바로 문 앞까지 다가와 있다는 신앙으로 불타고 있었어. 예루살렘 사람은 누구도 그를 십자가에 달아야겠다고 생각하지 않았지. 아무도 그를 십자가에 매달 이유를 찾지 못했기 때문이야. 무슨 이유로? 하느님에게 취해서 복음을 전하고 시장 어귀에서 기적을 일으키는 시골 사람들은 날마다 외딴 지방에서 그 도시로 흘러들었어. 제사장들이 보기에 갈릴리에서 온 이 청년은 낡은 누더기를 걸치고 나타난 또 한 명의 기이한 설교자에 불과했지. 그리고 로마인들이 보기에는 다른 모든 유대인과 마찬가지로 하느님 병에 걸린 미친 거지일 뿐이었지. 나는 네 번이나 '다듬은 돌로 지은 회의실'[285]로 찾아갔고, 이 예언자는 다른 예언자들과는 다르며, 갈릴리 전역이 그의 마법에 매료되어 가고 있고, 내 눈으로 그가 죽은 자들을 어떻게 살리는지 보았고 내 눈으로 그가 물 위를 걷는 것과 악령들을 내쫓는 것과 물을 포도주로 바꾸고 돌을 빵과 물고기로 바꾸는 것을 보았다고, 대제사장과 현인들 앞에 서서 그들이 마음속으로 이해할 때까지 말을 하고 또 해야 했지. 난 심지어 로마인들에게, 군인과 경비대에게, 총독의 고문들에게 찾아가서, 그들 앞에 서서, 유창한 능변가의 자질을 발휘하여, 이 여린 사람이 사실은 반란의 진원지가 될 수 있으며, 로마의 통치에 대항하는 사람들에게 영감의 원천이 될 수 있다는 생각을 로마인 지배자들에게 심어 주는 데 성공했지. 결국 그들은 별로 달갑게 여기지 않았지만, 지나친 열의 없이, 내 제안을 받아들이기로 했어. 그들이 정말로 내가 말하는 청년이 다른 자들보다 위험하다고 설득되었다기보다는 그저 십자가에 달릴 사람이 하나 더 늘든 하나 줄든 전혀 무관심했기 때문일지도 모르지. 그러니 그의 몸에 박힌 못들은 모두 내가 박은 거야. 그의 정결한 몸에서 흘러내린 핏방울은 모두 내가 쏟아 버린 것이야. 그는 처음부터 자기 힘이 어디까지 미치는지 정확하게 잘 알고 있었는데 나는 몰랐었지. 나는 그가 자기 자신을 믿었던 것보다 훨씬 더 그를 믿었어. 내가 그에게 새 하늘과 새 땅을 약속하도록 밀어붙였어. 이 세상에는 없는 나라를. 구원을 약속하라고. 영생을 약속하라고. 그렇지만 그는 조금 더 땅 위를 돌아다니면서, 환자들을 치료하고 배고픈 자들을 먹이며 사람들의 마음에 사랑과 연민의 씨를 뿌리고 싶어 했지. 그 이상을 원치 않았어.

나는 그를 내 목숨처럼 사랑했고 나는 그를 완벽하게 믿었지. 그것은 단지 자기보다 훌륭한 동생을 사랑하는 맏형의 사랑이 아니었고, 단지 여린 청년을 향해 품는 나이 지긋한 연륜 있는 남자의 사랑이 아니었으며, 단지 자기보다 위대한 젊은 제자를 사랑하는 스승의 사랑도 아니었고, 충성스러운 신도가 기적과 이적을 일으키는 자를 향해 품는 사랑은 더더욱 아니었어. 아니야. 나는 그를 하느님처럼 사랑했어. 그리고 사실 나는 내가 하느님을 사랑했던 것보다 그를 더 많이 사랑했어. 그리고 사실 나는 어린 시절부터 하느님을 사랑한 적이 없었지. 심지어 그를 혐오했어. 질투하고 복수하고 원한을 품는 하느님이며, 아버지들의 죄를 아들들에게서 찾고, 잔인하고 분노하며 억울해하고 보복하며 유치하고 피 흘리기를 좋아하는 하느님을. 그러나 그의 아들은 내가 보기에 사랑이 넘치고 자비롭고 용서하며 동정심이 많고 또, 자기가 원할 때는, 재치 있고, 신랄하며, 가슴이 따뜻하고 재미있는 사람이었지. 그는 내 마음속에서 하느님의 자리를 물려받았던 거야. 그는 나에게 있어서 하느님이었어. 나는 죽음도 그에게 손을 대지 못할 거라고 믿었지. 나는 바로 오늘 예루살렘에서 가장 위대한 기적이 일어날 거라고 믿었어. 그 기적이 일어나면 이후로는 이 세상에서 죽음이 사라질 최종적이고 궁극적인 기적 말이야. 이후로는 더는 아무런 기적도 필요 없는. 이후로 하늘나라가 도래하고 사랑만이 이 세상에 차고 넘치는 그런 기적 말이야.

나는 얼굴이 곰보인 임신한 여종이 내 앞에 가져다준 고기 접시를 개 먹이로 식탁 밑에 내려놓았다. 포도주는 식탁 위에 그대로 남겨 놓았다. 난 일어서서 주머니에서 우리의 돈 꾸러미를 꺼냈고 일견 거칠다 싶은 동작으로 한 마디 말도 주고받지 않고 그 젊은 여인의 품에 던져 주었다. 그렇게 그곳을 나왔고 벌써 해가 지기 시작하는 것을 보았다. 그 잔인했던 빛이 마치 신념을 잃고 망설임에 시달리는 것처럼 점점 약해지고 있었다. 가까운 언덕들이 내게는 텅 비어 보였고 그 길도 지평선 끝까지 텅 빈 채 먼지만 쌓여 있었다. 고통스럽고 가느다란 그의 목소리가, 상처를 입고 저 혼자 들에 버려져서 고통을 받으며 죽어 가는 아이의 목소리가, 엄마, 엄마, 하는 신음이 내 귀에서 멈추지 않고 내가 여관에 앉아 있을 때도 그리고 길을 계속 가려고 나왔을 때도 울려 왔다. 나는 그의 선한 미소가 그리웠고 플라타너스나 포도나무 그늘에 편하게 앉아서 우리에게 이야기하면서 때때로 자기 입에서 나온 말들 때문에 자기 자신도 놀라던 모습이 그리웠다.

길 양쪽으로 올리브 과수원과 무화과나무와 석류나무들이 늘어서 있었다. 지평선 끝에 멀리 보이는 산머리 위로 가벼운 안개가 떠다녔다. 과수원 안은 서늘하고 그늘져 있었다. 어떤 과수원 안에서 돌을 파고 만든 우물에 나무로 만든 도르래를 얹어 놓은 것도 보였다. 갑자기 나는 그 우물을 향한 커다란 사랑으로 가득 찼다. 그 우물이 모든 목마른 자에게 물을 나누어 주면서 영원히 마르지 말았으면 하고 나는 바랐다. 나는 잠깐 길에서 벗어나, 우물로 가까이 갔고, 두레박에 담긴 맑은 물을 한 모금 마신 다음, 그 도르래 위에서 밧줄을 풀어 내 팔에 감았다. 그러고 나서 나는 계속 길을 걸었다.

과수원과 포도원들 너머로, 나지막한 언덕들이 눈이 닿는 곳 끝까지, 밀밭과 보리밭으로 푸르게 펼쳐져 있었다. 이 들판은 너무나 크고 돌보는 사람이 없는 듯했다. 그렇게 크고 그렇게 버려져 있다니, 그 방대함과 버림받은 모습에 조금은 내 마음이 가벼워지는 것 같았다. 온종일 내 귀를 울려 대던 그 찢어지는 듯한 비명도 잦아들었다. 그 순간 내게 분명한 영감이 하나 떠올랐는데, 이 모든 것들이, 이 산들, 물, 나무들, 바람, 땅, 어슴푸레한 저녁이 앞으로 아무것도 달라지지 않고 세대를 지나 다음 세대까지 계속되리라는 사실을 마음속으로 깨달았다. 우리 입에서 나오는 모든 말들은 왔다가 가겠지만 이 모든 것들은 지나가지도 않고 꺼지지도 않고 언제나 이렇게 계속될 것이었다. 그리고 만약 언젠가 변화가 일어나더라도, 그것은 아주 가벼운 변화에 불과할 것이다. 내가 그를 죽였다. 내가 그를 십자가 위에 매달았다. 내가 그의 살에 못을 박았다. 내가 그의 피를 쏟게 만든 것이다. 며칠 전에, 우리가 예루살렘으로 가던 길에서, 이런 언덕 경사면에서, 그는 문득 허기를 느꼈다. 그는 한 무화과나무 앞에 멈추어 섰는데, 열매가 익기 여러 날 전부터 잎들이 일찍 무성해지는 그런 종류의 나무였다. 그리고 우리도 그를 따라 멈추어 섰다. 그는 두 손으로 나뭇잎들 사이를 더듬으며, 먹을 만한 열매를 찾았고, 아무 열매도 찾지 못하자 거기 서서 갑자기 무화과나무를 저주했다. 그 순간 그 나무의 모든 잎사귀가 시들어 떨어지고 말았다. 나무줄기와 가지들만 벌거벗고 죽은 채 남아 있었다.[286]

그는 왜 그 나무를 저주했을까? 그 나무가 그에게 무슨 나쁜 짓을 했던가? 그 무화과나무는 아무런 잘못이 없었다. 이 세상에 있는 어떤 무화과나무가 유월절이 되기 전에 열매를 내거나 맺을 수 있단 말인가. 만약 그가 무화과를 먹고 싶었다면, 돌들을 빵으로 물을 포도주로 바꾼 것처럼, 자기가 원하는 기적을 하나 일으켜서, 아직 제철이 되려면 많은 날이 남았지만, 그 무화과나무가 그를 위해서 이른 열매를 내도록 만든다고 해도 누가 못 하게 말렸겠는가? 그는 왜 그 나무를 저주했을까? 그 무화과나무가 그에게 무슨 죄를 지었단 말인가? 어떻게 자기 입에 담겼던 복음을 잊어버리고 갑자기 혐오스럽고 잔인한 말들로 채울 수 있었는가? 거기서, 바로 그 무화과나무 밑에서, 그 순간에, 나는 내 눈을 크게 뜨고 그도 결국은 우리와 똑같은 인간임을 보았어야 했다. 우리 중에 가장 위대하고, 우리보다 훌륭하며, 우리와 비교할 수 없을 정도로 깊이가 있지만, 그러나 살과 피를 가진 존재라는 것을. 바로 그 장소에서 나는 온 힘을 다해 그의 옷자락을 붙잡고 그와 우리가 모두 발길을 돌려야만 했다. 그 순간에 그 자리에서 온 길을 되짚어 갈릴리로 돌아가야 했다. 예루살렘으로 가지 말았어야 했다. 당신은, 절대로 예루살렘으로 가면 안 됩니다. 그들이 예루살렘에서 당신을 죽일 것입니다. 우리는 갈릴리 사람들입니다. 우리는 거기로 돌아가서 이 마을 저 마을을 떠돌며, 밤이 오면 어디든 그날 찾은 곳에서 잠을 자고, 당신은 최선을 다해서 불쌍한 사람들을 위로하고 사랑과 은혜의 복음을 전파하면, 우리는 우리의 날이 올 때까지 당신 뒤를 따르겠습니다.

그러나 나는 무화과나무가 받은 저주를 무시했다. 나는 고집스럽게 그를 예루살렘으로 인도했다. 그리고 이제 저녁이 내렸고 안식일과 명절이 왔다. 나에게 온 것은 아니다. 이 세상이 비어 버렸다. 어둑어둑한 마지막 빛이 언덕마루를 쓰다듬고 있는데 저 빛은 우리가 어제 그제 보았던 저녁 빛과 다르지 않다. 바다에서 불어오는 이 바람도 어제저녁 우리에게 불어오던 바람과 거의 비슷하다. 온 세상이 비어 버렸다. 어쩌면 아직 몸을 돌려 그 여관으로 돌아갈 수도 있고, 임신한 얼굴이 곰보 자국으로 덮인 못생긴 여종에게 돌아가서, 그녀에게 자비를 베풀고, 그녀의 배 속에 있는 아이의 아버지가 되어 그녀와 그 아이와 내 생의 마지막 날까지 함께할 수도 있다. 떠돌아다니는 개를 데려다 기를 수도 있을 것이다. 그러나 그 여관은 이미 문이 잠겼고 어두웠으며 살아 있는 영혼은 아무도 없었다. 어두워진 하늘에 첫째 별이 나타났고 난 그것에게 속삭이며 별아, 믿지 마, 하고 말했다. 그러고 나서, 구불구불한 길을 지나자, 그 죽은 무화과나무가 나를 기다리고 있었다. 나는 서서 조심스럽게 가지들을 하나하나 살펴보고, 쓸 만한 가지를 찾은 다음 그곳에 밧줄을 묶는다.

─48─

그들이 우연히 부엌에서 마주치는 일도 있었는데 그녀는 오 믈렛을 치즈와 파슬리와 함께 튀기고 빵을 썰고 그의 앞에 있 는 식탁 위에다 채소 몇 가지와 칼과 접시를 놓아 주고 샐러드 를 만들게 했다. 그는 채소들을 썰었고 가끔 바지 위에 토마토 즙을 튀기거나 자기 손가락을 베기도 했다. 한번은 그가 샐러 드에 소금 대신 하얀 설탕을 뿌리려는 것을 그녀가 막기도 했 다. 슈무엘은 그녀에게 무슨 일이 있었는지 에둘러서 상기시 켜 줄 어떤 기회를, 가능성이 아무리 희박하다 할지라도, 그런 기회를 찾으려고 했다. 그러나 아탈리야는 잡히지 않았다.

"오늘 아침에 입은 그 초록색 드레스가 당신에게 잘 어울려 요. 그 목걸이도요. 그리고 그 스카프도."

"그런 것들 대신 당신 셔츠나 좀 살펴보지 그래요. 단추를 두 개나 밀려서 채웠어요."

"제 생각에는 저와 당신이 대화를 좀 해야 할 것 같아요."

"우리가 대화하고 있는 것 아닌가요."

"목걸이와 단추에 대한 이 대화가 우리 둘을 어디로 데려가 줄 수 있을까요?"

"어디로 데리고 가야 하나요? 강의를 시작하지만 말아요. 당신의 강의는 발드를 위해서 남겨 두세요. 당신은 그에게만 서로 강의를 쏟아 내세요. 잠깐만요. 내 말에 대답하지 마세요. 그 노인이 아침 내내 자면서 기침을 했어요. 그런데 어떻게 당신이 그 목발들을 짚고서 가끔이라도 그에게 차를 따라 줄 수 있겠어요?"

"저도 알아요. 전 짐이 될 뿐이죠. 내일이나 모레쯤 자유롭게 해 드릴게요. 누군가를 보내서 제 물건들을 가져갈 수 있도록 조치할게요."

아탈리야는 나붓나붓한 두 손가락을 그의 목덜미에 올려 놓으며 서두를 필요는 없다고 대답했다. 이틀 후면 그들이 깁스를 탄력 붕대로 바꾸어 줄 테고 또 며칠 후면 그는 목발이 필요 없게 될 것이었다. 아니면 얼마 동안 목발 하나는 있어야 할까?

"저는 아직도 몇 개월 전에 당신이 대학교에 있는 카플란 건물 구내식당에 붙였던 공고를 거의 외우고 있어요. 절 여기로 데려왔던 그 공고 말이에요. 거기에 같은 공고문을 새로 붙이지 그러세요. 그럼 다음에 오는 사람을 위해 다락방을 비워 드릴 텐데요?"

"당신 대신 올 사람은 샐러드에 설탕을 뿌리지 않으면 좋겠군요. 우리는 벌써 당신에게 약간 익숙해졌나 봐요."

"그렇지만 저는 절대로 당신에게 익숙해지지 않을 거예요 아탈리야. 그리고 잊지도 않을 거예요."

"내가 사라 데톨레도에게 부탁해서 앞으로 며칠 동안, 당신이 깁스를 하고 있는 동안에는, 오후와 저녁 시간에 두세 번 정도 우리 집에 들러 달라고 했어요. 그녀가 당신들 둘을 위해서 차를 준비하고 7시에서 8시 사이에 죽을 가져다줄 거예요. 그녀가 부엌에서 설거지도 해 주고 어항 속의 금붕어들에게 먹이도 주기로 했어요. 매일 집에 가기 전에 블라인드도 내려 줄 거고요. 물론 당신은 2~3주가 지나면 우리를 잊을 거예요. 모든 사람이 잊어버려요. 이 도시에는 아가씨들이 넘치고요. 당신에게 다른 여자들이 생기게 될 거예요. 젊은 여자들. 당신은 부드럽고 관대한 청년이에요. 그리고 여자들은 그런 성격을 좋아해요, 그런 성격을 가진 남자를 찾기는 정말 어려우니까요. 그때까지 당신이 할 일은 오후와 저녁 시간에 발드와 함께 앉아서 이야기를 나누는 것 하나뿐이에요. 어떤 주제에 관해서도 그에게 동의하지 않도록 노력하시고요. 그가 매일 몇 시간만이라도 깨어서 정신을 차릴 수 있게 토론과 논쟁에 불을 지펴 주세요. 온 힘을 다해 나는 그마저 꺼지지 않도록 애쓰고 있어요. 난 이제 가야 해요. 당신은 조용히 앉아서 식사를 마치도록 하세요. 서둘러 어디론가 갈 생각 마세요. 당신이 내 앞에 앉아서 한 순간도 당신 자신을 동정하는 걸 멈추지 않는 모습을 한번 보세요. 자기 연민은 이제 충분해요. 자비로움이라고는 너무 부족한 이 세상에서 그걸 낭비하지 말아요."

　그렇게 그녀는 입을 다물고, 마치 다시 평가하는 것처럼 날카로운 눈빛으로 그를 쳐다보았다. 그리고 갑자기 웃으며 말했다.

　"앞으로 숱한 여자들이, 그 헝클어진 수염과 절대로 빗질을 할 수 없이 꼬불꼬불한 곱슬머리를 한 당신을 사랑하게 될 거예요. 갈퀴로도 그 수가 감당이 안 될걸요. 언제나 정신이 없고 항시 사람의 마음을 살짝 꼬집는 듯 동정심을 일으키고 사실 꽤 사랑스럽기도 해요. 사냥꾼이 아니죠. 전혀 교만하지 않고, 짜증을 내지 않고, 심지어 자기 자신을 그렇게 사랑하지도 않죠. 그 외에도 당신은 내가 좋아할 만한 면이 하나 더 있어요. 당신은 모든 것이 이마에 다 쓰여 있죠. 비밀이 없는 아이예요. 항상 이런저런 사랑을 쫓아다니지만, 실은 전혀 쫓아다니지 않을 뿐만 아니라 당신은 잠에서 깨어나려고 애쓸 필요도 없이 언제나 눈을 감은 채 사랑이 당신을 찾아와서 소중히 대해 주기를 기대하고 있지요. 내 눈에는 꽤 사랑스러워요. 지금 예루살렘은 목소리가 굵고 팔뚝이 굵은 남자들로 가득한데 모두가 예외 없이 팔마흐나 미쉴라트[287]에서 싸웠던 전쟁 영웅들이고, 지금은 다들 대학에 다니면서, 뭔가를 배우고, 뭔가를 쓰고, 뭔가를 연구하면서, 학과에서 학과를 전전하고, 그런 사람 중 얼마는 벌써 선생이 되었죠. 그리고 대학에 들어가지 않은 자들은 모두 공무원이 되어, 온갖 비밀스러운 거래에 간여하고, 외교사절로 온 세상을 여행하고 있어서, 모두 너에게 할 이야기가 있다고 들떠 있고, 극비에 속하는 일들을, 그들이 주인공 역할을 맡아서 간여했던 비밀스러운 나랏일들을, 모든 아가씨에게 이야기하고 싶어서 들떠 있어요. 마치 그 순간에 어느 언덕 꼭대기에 있는 군대 초소에서 막 내려온 듯이 길 한복판에서 달려드는 사람들도 있어요. 그들은 벌써 10년은 여자를 보지도 만지지도 못했던 것 같아요. 당신이 그런 사람들과 전혀 닮은 구석이 없다는 점은 꽤 내 마음에 들어요. 아직 조금은 잠이 덜 깬 듯하고 조금은 딴 곳에 있는 듯한. 그 그릇들은 그냥 개수대에 놓아두세요. 오늘 사라 데톨레도가 와서 부엌일을 모두 정리해 줄 거예요."

그날 밤 11시 30분에, 그가 침대에서 잠깐 책을 읽다가 피곤해서 눈이 벌써 가물가물할 즈음, 그녀가 문을 여닫는 것을 듣지도 못했는데 이미 맨발로 그의 옆에 와 있었고 그는 갑자기 깜짝 놀라 재빨리 담요로 자기 몸을 덮었다. 가로등에서 나와 블라인드 틈새로 스며든 어렴풋한 빛 속에서 그녀는 먼저 책상으로 가서 그 어두운 얼굴로 침대를 바라보고 있는 그녀의 아버지 사진을 다시금 돌려놓았다. 그러고 나서, 아무런 말도 없이, 담요를 치워 버리고 그의 옆에 앉아서 몸을 숙이고 자기 온 손가락으로 털이 무성한 그의 가슴과 배와 넓적다리를 쓰다듬었고 손으로 그의 그곳을 감싸 줬다. 그가 뭐라고 속삭이려 하자 그녀는 손으로 그의 입을 막았다. 그러고는 자기 두 손으로 그의 두 손을 가져다 가슴 위에 하나씩 얹고 자기 입술을 그의 입술이 아닌 이마로 가져가서 혀로 그의 얼굴

위를 그리고 꼭 감겨 있는 그의 눈 위를 가볍게 맴돌았다. 천천히 그리고 부드럽게 마치 잠결인 것처럼, 그녀는 그를 한 걸음씩 인도했다. 하지만 그날 밤 그녀는 그의 흥분이 가라앉자마자 일어나서 그를 떠나지 않았고 미지의 땅에 온 손님처럼 그를 인도했으며, 인내심을 가지고 그의 손가락들을 자기 손가락들 사이에 끼우고 자기 몸을 알게 해 주었고, 그녀의 기쁨에 기쁨으로 보답하는 방법을 가르쳤다. 그녀는 잠깐 그의 옆에 움직이지 않고 누워 있었는데, 그녀의 숨소리가 느리고 평온해서, 그는 그녀가 침대에서 잠이 든 줄 알았다. 그러나 그녀는 "잠들지 마세요"라고 속삭였고 다시 그의 몸 위에 올라타고 앉아서, 그가 꿈속에서만 보았던 것들을 해 주었는데, 이번에는 그도 그녀의 몸을 행복하게 해 주는 데 성공했다. 새벽 1시에 그녀는 그의 곱슬머리를 쓰다듬고 손가락 하나로 부드럽게 그의 입술을 어루만진 다음 일어났고 "다른 어떤 사람들보다 당신을 기억할 것 같아요"라고 속삭였으며 다시 자기 아버지의 사진을 책상 위 제자리에 세워 놓고 잠옷 가운을 펄럭이면서 그곳을 빠져나가 아무 소리도 내지 않고 자기 뒤로 문을 닫았다.

다음 날 아침 8시 반에 그녀는 다시 방에 들어왔다. 이번에는 검은 치마에다 몸에 딱 달라붙고 목 부분이 높은 붉은색 스웨터를 입었는데 그 위로 얇은 은목걸이를 걸고 있었다. 그녀는 그가 옷 입는 것을 도와주었고, 그가 절룩거리면서 화장실에 갈 때 어깨를 부축했으며, 그가 소변을 보고 이를 닦고 수염을 물로 적신 뒤 그 위에 아기용 탤크 분을 뿌릴 때까지 문 뒤에서 기다렸다. 그가 나왔을 때 빠르게, 날아가는 것처럼, 입을 맞추었고, 지난밤에 있었던 일에 관해서는 한 마디도 없이 뒤돌아 자기 갈 길을 가 버렸고 부드러운 제비꽃 향기만 아련하게 남겨 두었다. 그는 거기 얼마 동안 계속 서 있었는데, 어쩌면 그녀가 돌아와서 무슨 설명을 해 주기를 기다린 것인지도 모른다. 아니면 그녀의 콧구멍에서 윗입술까지 매력적으로 깊게 파인 그 홈에 입을 맞추지 못한 것을 후회했을 수도 있었다. 결국에는 자기가 미소를 짓는다는 사실을 느끼지도 못한 채 잠깐 미소를 지었다. 그리고 몸을 돌려 절면서 노인을 기다리기 위해 서재로 가서, 주머니에서 호흡기를 꺼내어 길게 들이마시고 숨을 멈추었고, 그 약을 자기 폐 속에 가두었다가, 길게 숨 한 번에 뱉어 내었다. 그사이 책장에서 요세프 요엘 리블린이 히브리어로 번역한 『천일야화』 책을 뽑아 반 시간에서 한 시간 정도 읽었다. 그는 자기 생각 속에서 이 책과 『아가』[288]를 비교해 보고 또 그 두 이야기와 아벨라르와 엘로이즈의 이야기[289]를 비교해 보고는, 언젠가 그녀에게 최소한 아름다운 연애편지 한 장 정도는 쓸 수 있을지 자문했다. 그는 눈물 때문에 목이 메어 왔다.

그날 오후 내내 게르숌 발드는 굽힘나무 의자 위에 누워 있었는데, 못생긴 손들을 마치 낡을 대로 낡은 도구 두 개처럼 의자 팔걸이에 얹어 놓았으며, 숱이 많고 하얀 콧수염이 가끔 전등 불빛 속에서 떨려서 그 노인이 아무 소리도 없이 자기 자신과 속삭이면서 말을 하는 듯했다. 그러나 그가 말을 시작하자, 언제나처럼, 그의 목소리에는 비웃음기가 서려 있어서, 자기가 말을 하면서 동시에, 그 말을 경멸하면서, 완전히 부정하려는 것 같았다.

"요세프 클라우스너의 견해에 따르면, 나사렛 예수는 기독교인이 아니었으며 오히려 온전한 유대인이었다네. 그는 유대인으로 태어나서 유대인으로 죽었고 새 종교를 창시할 계획은 전혀 없었지. 바울로, 다르소의 사울인, 그 사람이야말로 기독교의 아버지라네. 예수 본인은 많은 사람의 마음을 깨우고 정결하게 만들며 도덕적으로 타락한 유대인들, 한편으로는 사두가이인들과 바리사이인들을 그리고 다른 한편으로 세리와 창녀들을 회개시켜서 깨끗했던 그 첫 샘물로 돌아오게 하려 했다네. 자 자네는 벌써 몇 주일 동안 매일매일 내 앞에 앉아서, 세대마다 지혜롭다고 자부하는 유대인이 나타나서 어떻게 그에게 돌을 던졌는지 계속 이야기를 해 주었네. 그 이야기에 나오는 돌들은 대부분 경멸스럽고 겁 많은 돌들이었으며, 그의 출신이나 탄생 과정에 대한 온갖 험담들 그리고 그의 치유나 이적들에 대한 옹졸한 반론들뿐이었네. 어느 날 자네가 마음잡고 앉아서 이런 한심한 유대인들에 관해 글을 써서 그들이 편협했다고 비난해 주게. 그리고 가롯 유다의 이야기, 그들이 예수에게 했던 것처럼, 옹졸하게 왜곡시켰던 그에 관한 이야기도 거기 넣고 말일세. 사실 그가 없었다면 교회도 없고 기독교도 없었을 테지. 자네와 그녀 사이에 관해서는 난 아무 말도 하지 않겠네. 지금 그녀는 자네에게 은혜를 좀 베풀고 있지. 그녀를 믿으면 안 되네. 아니면 믿어 보게. 자네 뜻대로 하게. 여기 자네보다 먼저 있었던 사람들은 누구나 그녀에게 눈독을 들였었고 그녀도 가끔 응한 적이 있으며 그들 중 몇 명에게 두세 밤 정도 허락한 적이 있을지도 모르지만 결국 그들을 다 제 갈 길로 내보냈다네. 이제 자네 차례가 되었군. 솔직히 나는 아직도 매번 다시 깜짝 놀란다네. 남자가 젊은 여인을 만나는 방식과 젊은 여인이 남자를 만나는 방식 중에는 수치로 계량화할 수 없는[290] 그 무엇이 있다네. 그러나 나 같은 사람이 변화무쌍한 여자의 마음에 관해 뭘 알겠나? 종종 이해가 되기도—하지만 아니지. 아무 말도 말아야지. 조용히 넘어가는 것이 낫겠네."

이틀 뒤에 아탈리야가 슈무엘을 택시에 태워 병원으로 데려갔고, 그곳에서 그들이 엑스레이 사진을 찍고 그의 다리에서 깁스를 제거한 뒤 그 자리에 탄탄한 탄력 붕대를 감아 주었다. 그는 자기가 넘어진 사건에 관해 농담하면서 시시한 말장난을 하려고 했다. 아탈리야가 그의 말을 잘랐다.

"이제 그만해요. 그건 웃기지 않아요."

잠시 후에 슈무엘이 다시 입을 열어 로스차일드와 거지 이야기[291]를 그리고 벤구리온이 내세에서 스탈린을 만나는 이야기를 그녀에게 들려주려고 했다. 그녀는 조용히 들었다. 머리를 두어 번 끄덕였다. 그러고 나서 차가운 손가락을 그의 손에 얹고 가장 조용한 목소리로 말했다.

"슈무엘. 됐어요."

그리고 그녀가 말했다.

"우리는 벌써 당신에게 거의 익숙해졌어요."

오랜 침묵 끝에 그녀가 덧붙였다.

"지금 그 방이 편하면, 당신이 그곳에 며칠 더 머물러도 난 상관없어요. 다리가 회복될 때까지요. 당신이 준비되었을 때 쪽지를 써서 부엌 식탁 위에 남겨 주시면 내가 가서 위와 아래에 있는 당신 물건들을 꾸리는 것을 도와드릴게요. 아브라바넬의 방은 텅 비어서 어둡고 잠겨 있을 때만 기분이 좋아요. 그의 사진이 밤낮으로 어둠 속에서 벽들을 보고 말하고 있을 때 말이에요. 내가 어렸을 때부터 그 방은 내겐 언제나 수도원의 어두운 굴 같았어요. 아니면 유치장. 지하 감옥. 내겐 형제도 자매도 없었어요. 내가 무슨 이야기 하나 할게요. 당신이 꼭 들어 줄 필요는 없어요. 그렇지만 당신은 들어 주기 위해서 우리 집에 있는 거죠. 들어 주는 대가로 당신에게 월급을 주는 것이고요. 내가 열 살짜리 어린 소녀였을 때 내 어머니는 우리를 떠나 아브라바넬 가문과 친분이 있고 대여섯 가지 언어로 시를 읊기 좋아했던 어떤 그리스 상인을 쫓아 알렉산드리아로 떠나갔어요. 그가 와서 머물렀던 적도 여러 번 있었어요, 위층 다락방에. 나는 항상 그리 젊지 않았던 그 그리스 사람이 아브라바넬에게만 관심이 있고 내 어머니나 나에게는 아무 관심도 없다고 확신했었죠. 그는 물론 매우 예의가 바른 사람이었고, 언제나 그녀의 손에 입을 맞추었으며, 가끔 향수

419

를 한 병씩 가져왔고, 내게는 베이클라이트로 만든 인형을 가져왔는데, 시폰 드레스를 입고 배 부분에 작은 단추가 달린 인형이 단추를 누르면 울기도 했어요. 또 웃기도 하고요. 그러나 그는 한 번도 내 어머니나 나와 대화를 나누려고 지체하지는 않았어요. 아브라바넬하고만 몇 시간씩 이야기했죠. 때때로 그 두 사람은 낮은 목소리로 논쟁하기도 했어요. 때로는 그 방에 앉아서 밤늦은 시간까지 담배를 피우면서, 시를 읽고 그리스어로 대화를 하기도 했어요. 새 커피를 부탁할 때만, 그 그리스 사람은 부엌에 들어와서 잠깐씩 머물면서 내 어머니와 프랑스어로 속삭이곤 했죠. 가끔은 그 사람 때문에 그녀[292]가 웃음을 터뜨리기도 했어요. 그녀는 웃기를 좋아했는데 우리 집에서 웃음은 매우 드문 손님이었기 때문에 나는 그녀를 보고 깜짝 놀랐어요. 어느 날 저녁 내가 부엌문에 서 있었는데 우연히 그녀의 손이 그의 어깨 쪽에 얹혀 있는 것을 보았어요. 그해 겨울 그는 포도주 한 병을 가져왔죠. 그러던 어느 날, 아브라바넬은 베이루트에 갔고 나는 학교에서 여행을 갔을 때, 그녀는 아침 일찍 일어나, 가방을 싸서 그 그리스 사람을 찾아 알렉산드리아로 떠났어요. 그는 대단한 미남은 아니었지만 그의 눈은 가끔 웃음과 재치로 반짝였어요. 그녀는 부엌에 자신에게는 선택의 여지가 없었다는 편지를 하나 남겼는데, 어떤 인간도 선택의 여지는 없다고, 우리는 모두 우리를 멋대로 움직이는 힘에 좌지우지된다고, 썼어요. 그녀의 편지는 그 외에도 내가 기억할 수 없는 여러 다른 감정들을 묘사하고 있었는데 이 역시 기억하고 싶지 않아요. 그녀가 떠나고 난 뒤 아브라바넬은 저 방을 자신의 유배지로 바꾸어 버렸죠. 그는 내게 강의를 하려고 할 때만, 나를 불러서 자기 옆에 앉히지 않고 자기 맞은편, 책상 너머에 앉게 했죠. 그는 한 번도 내게 질문을 한 적이 없어요. 아무런 질문도 하지 않았어요. 단 하나도. 한 번도. 학교에서 하는 공부에 관해서나, 친구들에 관해서, 어제 내가 어디 갔었는지, 내게 뭐가 필요한지, 내가 그리워하는지, 어젯밤에 잘 잤는지, 엄마 없는 아이로 사는 것이 힘들지 않은지. 내가 돈을 달라고 하면, 그는 묻지도 않고 곧장 주었죠. 그러나 한 번도 그가 가는 모임에 날 데려간 적이 없어요. 나와 함께 극장이나 카페에 가자고 초대한 적도 없어요. 내게 이야기를 해 준 적도 없어요. 나와 함께 장을 보러 간 적도 없어요. 내가 혼자 시내에 나가서 새 옷을 사 입어도, 그는 한 번도 알아본 적이 없어요. 내 여자 친구가 놀러 오기라도 하면 그는 자기 방에 들어가 있었죠. 내가 병이 나서 아프면 의사를 부르거나 사라 데톨레도에게 집에 와서 좀 도와 달라고 불렀어요. 한번은 그에게 아무런 말도 없이 이 집을 떠난 적이 있죠. 그에게 아무런 쪽지도 남기지 않았어요. 친구 집에서 닷새인가 엿새 동안 잠을 잤죠. 내가 돌아왔을 때 그는 나를 쳐다보지도 않은 채, 조용히 말했어요, 무슨 일이지, 어제 너를 보지 못했잖아. 어제 어디 갔었니? 또 한번은 내가 다음 월요일에 열다섯 살이 된다고 그에게 알려 주었어요. 그는 몸을 돌려서 책장에서 뭔가를 찾았죠. 한참 동안 그는 그렇게 서서, 나를 등지고, 책들을 뒤적였어요. 그러다가 드디어 책 한 권을 뽑아서 내게 선물로 주었는데, 번역된『동양 시詩 선집』으로, '사랑하는 아탈리야에게 이 책이 우리가 어디에 살고 있는지 네게 설명해 주기를 바라며'라고 헌정사가 쓰여 있었어요. 그리고 나를 자기 맞은편 소파에 앉히고 자기는 책상이 그와 나 사이를 갈라놓도록 자기 의자에 앉아 과거에 무슬림과 유대인들은 황금기를 구가했다고 길게 강의를 늘어놓았어요. 나는 고맙다는 말 외에 아무 말도 하지 않았죠. 나는 그 책을 들고나와서 내 방으로 갔고 내 뒤로 문을 닫았어요. 그런데 왜 내가 갑자기 당신에게 아브라바넬에 대한 옛이야기를 하는 거죠? 이제 며칠 후면 당신도 우리를 떠날 텐데. 이 방의 문은 다시 잠기고 블라인드는 내려지겠죠. 이 방은 언제나 잠겨 있어야 옳아요. 아무에게도 이 방이 필요 없어요. 당신도 부모님을 사랑하지 않는 것 같던데. 당신도 일종의 사립 탐정이에요. 그리고 당신도 이미 내게 거의 아무것도 묻지 않아요."

──── 49 ────

며칠이 지나자 슈무엘은 더 이상 목발이 필요 없게 되었고 그가 처음 왔을 때 다락방 침대 밑에서 발견한 여우 머리를 조각해 넣은 지팡이의 도움만 가끔 받는 것으로 충분했다. 그는 다시 혼자서 한두 시간에 한 번씩 게르숌 발드에게 차를 가져다주고, 금붕어에게 먹이를 주고, 저녁이 되면 전등을 켜고, 부엌에서 잔을 씻을 수 있게 되었다. 표면적으로는 모든 것이 원래대로 돌아온 것 같았지만, 슈무엘은 이 집에서 지낼 자신의 날들이 이제 다 지나서 벌써 끝났다고 마음으로는 알고 있었다.

그녀는 그보다 먼저 일하던 사람들에게도 내쫓기 전에 다락방에서 데리고 내려와 자기 아버지의 잠긴 방을 두세 밤 동안 열어 주었을까? 그녀는 그들을 위해서도 잠깐 동안 자기 아버지 사진을 돌려놓거나 베개 밑에서 질식시켰을까? 그는 감히 묻지 못했고 아탈리야는 말하지 않았다. 그러나 그녀는 가끔 그를 어처구니없다는 듯 애정 어린 표정으로 바라보았고 마치 이렇게 말하듯 미소를 짓곤 했다. 섭섭해하지 마요.

두 사람이 부엌이나 복도에서 만나기라도 하면 그녀는 다리는 좀 어떠냐고 물었다. 그는 거의 나았다고 말했다. 그는 다친 다리가, 자기에게 조금 더 말미를, 며칠은 더, 길게 잡아도 일주일 정도 더 준다고 생각했다. 그가 다락방으로 돌아갈 가능성에 대해서는 아무런 말이 없었다. 설령 그가 혼자 절면서 그곳으로 올라갈 수 있었다 하더라도, 그녀가 쉐알티엘 아브라바넬의 방을 비우고 다락방으로 돌아갈 때가 되었다고 그에게 말해 주었다면 얼마나 좋았을까. 그러나 그녀는 말하지 않았다.

그는 대부분의 아침 시간을 부엌 식탁에 홀로 앉아, 빵에 잼을 발라 씹어 먹으면서, 여린 파란색 꽃들이 그려진 유포 위에 자기 손가락 끝으로 아무런 의미 없는 선들을 그렸다. 슈무엘은 이 꽃들의 이름이 무엇인지 알지 못했다. 문득 그는 단한 번도 그녀에게 꽃다발을 가져다줄 생각을 못 한 것이 미안해졌다. 아니면 향수라든가. 또는 그녀의 목에 두를 스카프라도. 또는 우아한 귀걸이를. 그렇게 그녀를 한두 번은 놀라게해 줄 수 있었을 텐데. 그녀에게 시집을 사 준다든가. 그녀의 드레스를 칭찬한다든가. 다시는 그녀를 위해 작은 종이배들을 접지 못할 것이며 그것을 아침 식사 식탁 위에 깐 이 유포너머 그녀에게로 띄우지 못할 것이다. 다시는 밤에 그녀를 따라 배고픈 고양이들이 어슬렁대는 예루살렘 골목들 미로 사이를 헤매고 다니지 못할 것이다.

아침 내내 그는 쉐알티엘 아브라바넬의 세크리테르 앞에 앉아 야르데나와 네쉐르 샤르쉡스키에게 보낼 긴 편지를 썼다. 그는 그들에게 자기가 여기 있으면서 겪었던 일을 말해야겠다는 생각이 들었고 그와 아탈리야 사이에 있었던 일도 살짝 언급하면서 자랑하고 싶었는지도 몰랐다. 그러나 편지를 쓰는 도중에 아무 소용이 없다는 것을 깨달았다. 그리고 이 집에서 일어나는 일에 관해 아무에게도 말하지 않겠다고 약속했다는 사실도 생각났다. 그는 그 편지를 잘게 찢어서 변기에 던져 넣고 물을 내렸고 그 대신 누나와 부모님께 편지를 쓰기로 했다. 그는 앉아서 그들에게 무슨 말을 해야 할지 궁리하다가 피곤해졌고 절면서 부엌으로 갔으며, 혹시 우연히 아탈리야를 만날 수 있지 않을까 기대했다. 아탈리야는 부엌에 오지 않았다. 일하러 갔을지도 몰랐다. 아니면 혼자 자기 방에 앉아서 책을 읽거나 조용한 음악을 듣고 있을 수도 있었다. 그는 검은 빵 두 조각을 두껍게 썰어서 치즈를 발랐고 하나씩 하나씩 크게 베어 물며 먹어 치우고 블랙커피로 후식을 대신했다.

그러고 나서도 오랫동안 부엌에 앉아서 유포 위에 떨어진 빵 부스러기를 하나씩 모았고 그것들을 눌러서 납작한 덩어리로 만들었으며 그 덩어리를 쓰레기통에 던졌고 마음속으로 다락방 벽 위에 걸어 놓은 포스터들, 쿠바 혁명 지도자들의 그림들을 굳이 떼어 가지 않기로 결정했다. 그는 자기 뒤에 오는 사람을 위해 그 지도자들이 벽 위에서 휘날리도록 남겨 둘 것이다. 그리고 거기에 마리아가 십자가에 달렸던 자신의 아들을 안고 있는 복제화도 놔두어야겠다고 생각했는데, 그 그림이 갑자기 너무 다정해 보이기도 했고 수많은 통통하고 작은 천사들이 그 주위를 날아다니는 모습이 장식되어 있기 때문이었다. 마치 그 고통을 벌써 용서했다는 듯.

아직 그는 여기를 떠나 어디로 갈 수 있을지 도무지 몰랐지만, 어린 시절부터 붙들고 있던 생각들이 갈수록 희미해지는 느낌이 들었는데, 자기 눈앞에서 사회주의 개혁 서클 회원이 줄었고 자기가 쓰던 유대인들의 눈에 비친 예수에 관한 논문도 너무 복잡해졌으며 예수와 유대인들에 관한 그 오래된 이야기는 아직도 끝나지 않았고 가까운 시일 안에 끝날 기미도 보이지 않아 논문을 어떻게 끝낼 수 있을지 모르는 것처럼 말이다. 이 이야기에는 끝이 없다. 이제 모든 것이 다 소용없고 아무런 의미도 없고 또 없었다는 사실을 마음속에서 깨닫고 있었다. 그의 내부에서 이 지하실 같은 집을 나가 탁 트인 곳으로, 산이나 광야로, 또는 바다를 향해하고 싶은 욕망이 깨어나고 있었다.

한번은, 초저녁 때쯤, 자기 학생용 외투를 두르고, 단추를 채우고, 깃을 세우고, 벌써 제멋대로 자라서 외투 깃까지 흘러 덮고 있는 곱슬머리 위에 샤프카를 쓰고, 여우 머리를 조각한 지팡이를 가지고 절룩거리며 골목으로 나갔다. 영국 위임통치 시절에 설치한 희미한 가로등이 벌써 켜져 있었고 그 등 밑으로 약한 불빛과 수많은 그림자를 드리웠다. 밖에는 아무런 인기척이 없었지만 창문마다 희미한 불들이 켜져 있었

426

고 골목 서쪽 끝에는 아직 황혼의 흔적이, 쏟아진 포도주처럼 핏빛 보라색으로 반짝이는 얼룩들이 붉은빛 천막 위에서 서서히 죽어 가고 있었다. 슈무엘은 골목을 조금 걷다가, 가로등의 희미한 불빛 아래서 눈에 힘을 주고 이웃집 현관에 붙은 집주인들의 이름을 읽어 보려고 애를 썼다. 그러다가 마침내 파란 명패에 검은색 글씨로 쓴 사라와 아브람 데톨레도의 이름을 작은 도기陶器 문패 위에서 발견하는 데 성공했다. 그는 잠깐 망설이다가 문을 두드렸다. 그는 사라 데톨레도가 집을 방문할 때 잠깐씩 만난 적이 있었지만, 예의상 건넨 몇 마디 말이외에는 그녀와 대화를 해 본 적이 없었다. 키가 작고, 몸집이 크고, 넓적하지만 다부지고, 머리는 대장장이의 모루처럼 사각형인 그녀의 남편이 문을 조금 열고 자기 앞의 어둠 속에 서 있는 낯선 남자를 미심쩍은 듯이 쳐다보았다. 슈무엘은 자기소개를 하고 약간 망설이며 죄송하지만 데톨레도 부인에게 드릴 말씀이 있다고 부탁했다.

아브람 데톨레도는 대답하지 않았다. 그는 문을 닫고 들어가서 잠깐 동안 집 안에서 누군가와 속삭이는 것 같았다. 그러고 나서 돌아와 문을 살짝 열고 조금 더 기다려 달라고 말했다. 그리고 다시 고개를 돌리더니 슈무엘이 목소리를 들을 수 없었던 누군가와 다시 상의했다. 이윽고 그가 말했다.

"들어오시오. 계단 조심하고."

그리고 거친 목소리로 물었다.

"뭐 마실 거라도?"

그러고 나서 또 말했다.

"사라는 곧 나올 거요."

그는 슈무엘에게 포도주 색깔인 낡은 방석 두 개를 깔아 놓은 의자에 앉으라고 하고, 양해를 구하며 방에서 나갔지만, 슈무엘은 그 사람이 가까운 곳, 복도에 머물러 서서, 어둠 속에서 계속해서 자기를 감시하고 있을 것만 같았다.

천장에 매달린 샹들리에가 그 방을 어둡게 비추었으며 노란색 전등 두 개가 밝혀져 있었다. 전등이 하나 더 있었지만 타 버린 상태였다. 그가 앉은 의자 말고도 방에는 낡은 의자가 두 개 더 있었는데, 각각 다르게 생겼고 그의 의자와도 비슷하지 않았으며, 색이 바랜 낮은 소파, 석유난로, 구부러진 다리가 달린 둔탁한 옷장, 검은색 식탁, 그리고 벽에 못 두 개를 박아서 줄 두 개로 달아맨 선반이 하나 있었다. 그 선반 위에는 책등에 글씨가 금박으로 빛나는 경전들이 열 권이나 스무 권 정도 줄지어 꽂혀 있었다. 식탁 한가운데 있는 청록색 꽃병에도 금색 장식이 있었고 그 조잡한 꽃병 양쪽에는 넓적한 손잡이가 두 개 달려 있었다. 방구석에는 색깔이 짙고 광을 내지 않은 커다란 나무 상자가 있었는데, 옷장에 자리가 없어 넣지 못한 침구나 옷이나 다른 물건들이 들어 있을 것 같았다. 그 상자 위에는 대여섯 가지 색깔로 수를 놓은 천이 펼쳐져 있었다.

10분쯤 지나자 사라 데톨레도가 들어왔는데, 펑퍼짐한 실내용 드레스를 입고, 머리와 어깨를 짙은 색깔의 숄로 감싸고

428

실내화를 신고 있었다. 그녀는 의자에 앉지 않고 복도와 방 사이 어두운 공간에 서서, 등을 벽에 기대고는, 혹시 무슨 좋지 않은 일이라도 일어났는지 서둘러서 물었다. 슈무엘은 아무 일도 일어나지 않았다고, 정말 다 괜찮다고 대답하고, 이런 시간에 와서 번거롭게 해 드려서 미안한데, 데톨레도 부인께 질문을 드리고 싶다고 양해를 구했다. 그녀가 그 집의 전前 주인, 아브라바넬 씨를 알고 있었는지, 그리고 그는 어떤 사람이었는지?

사라 데톨레도는 침묵을 지켰다. 그녀는 고개를 몇 번, 천천히 끄덕였는데, 자기 자신의 생각에 동의한다는 것 같기도 하고 이미 벌어져서 되돌릴 수 없는 일에 대해 안타깝게 여긴다는 것 같기도 했다.

"그는 아랍인들을 사랑했어요." 그녀는 마침내 슬프게 말했다. "그는 우리를 사랑하지 않았어요. 아마 아랍인들이 그에게 돈을 줬을 거예요."

조금 더 짧은 침묵을 지킨 후에 그녀가 덧붙였다.

"그는 아무도 사랑하지 않았어요. 그는 아랍인들도 사랑하지 않았죠. 아랍인들이 모두 도망칠 때, 그리고 우리가 그들이 도망가는 것을 도왔을 때, 그는 자기 집에만 머물러 있었어요. 그는 그들과 함께 떠나지 않았어요. 그는 아무도 사랑하지 않았어요. 더 계실 건가요? 커피 한 잔 드시겠어요?"

슈무엘은 고맙지만 사양하겠다고 하고 일어서서 문을 향해 나왔다. 사라 데톨레도가 말했다.

"내일 오후에 내가 음식을 가지고 댁에 갈 거예요. 어떻게 발드 씨 댁은 방문하는 사람이 하나도 없데요? 어떻게 그럴 수가 있지요? 친척도 없대요? 친구들은요? 학생들은요? 그는 정말 좋은 사람인데 말이에요. 아주 유식한 사람이죠. 학식이 높고. 그의 아들이 전쟁에서 죽었죠, 불쌍한 것, 외아들이었는데, 그래서 그 아가씨 외에는 그에게 아무도 안 남았어요. 이제 그리 아가씨도 아니죠. 아브라바넬 씨의 딸 말이에요. 그녀는 그 아들의 아내였지만, 고작 1년뿐이었어요. 아니면 1년 반 정도. 그녀에게도 아무도 남지 않았어요. 당신은 공부하는 학생인가요?"

슈무엘은 한때 학생이었지만 지금은, 가까운 시일 내에, 일자리를 알아보려고 하는 중이라고 설명했다. 그는 그 집을 나서기 전에 또 이렇게 말했다.

"고맙습니다. 미안합니다. 실례할게요."

그 넓적한 난쟁이 집주인이 어두운 복도에서 서둘러 쫓아나오더니 슈무엘을 문까지 배웅해 주었다.

"내 처가 이제 당신들 집에 그만 갔으면 하더군. 그녀도 이제 그렇게 젊지 않으니까. 그리고 당신네들 사는 집이, 내 생각에는, 불운을 가져오는 것 같소."

15분 정도 슈무엘은 그 가로등 밑에 더 서 있었다. 그는 기다렸다. 누구를 기다리는지 그도 알지 못했다. 그리고 그러는 동안 그렇게 서서 기다리는 일이 전혀 이상한 게 아니라고, 많은 사람이 하루하루 살아가면서 무엇을 누구를 기다리는지도 모르고 항상 기다린다고 마음속으로 생각했다. 이런 상념에 잠겨 절뚝거리며 집으로 돌아왔고 서둘러 서재로 가서 노인에게 혹시 무언가 필요한 것이 없는지, 차나, 비스킷이나, 아니면 오렌지 껍질이라도 벗겨 주기를 원하는지 물었다.

게르숌 발드가 말했다.

"그녀에게는 방에 작은 라디오가 있다네. 외출하지 않는 밤에 그녀는 음악 방송을 듣지. 아니면 주파수를 바꾸어 가며 아랍어 채널에서 방송하는 프로그램을 듣기도 하지. 그녀는 아버지에게 어느 정도 알아들을 수 있을 만큼의 아랍어를 배웠지만 유대인과 아랍인이 우정을 쌓을 수 있다는 그의 꿈은 물려받지 않았어. 그에게서 그의 분노만 물려받은 것 같아. 분노와 수치심을. 어쩌면 그 대신 그녀에게 다른 꿈이 있을지도 모르지. 혹시 자네는 이미 알고 있나? 그는 인생 말년에, 이 집에 칩거하던 그 시절에, 더는 두 민족 사이에 우정을 다져야 한다는 이상에 관해 말하기를 그만두었어. 한번은 자기가 젊었을 때, 우리가 모두 믿었던 것처럼, 유대인들이 아무도 쫓아내지 않고 부당한 일은 전혀 저지르지 않고 이스라엘 땅에 집을 지을 수 있으리라 온 마음을 다해 믿었다고 말한 적이 있다네. 그래. 그렇지만 20년대에 벌써 그런 가능성을 의심하기 시작했고 30년대에 와서는 이 두 민족은 충돌하는 방향으로 빠르게 전력 질주했고, 결국 둘 중 하나만이 살아남는 피 흘리는 전쟁을 하게 되었음을 깨달았지. 패배한 자들은 여기 남아 있을 수 없을 테고. 그러나 그는 젊은 시절에 품었던 견해를 서둘러 버리지는 않았어. 몇 년 동안 자기의 의심을 삼켰고 계속해서 변두리를 헤매고 다니며 점점 더 모든 사람이 시온주의 운동 단체의 예루살렘 스파라드파의 고귀한 대표자가 하기를 바라는 말들만 했었지. 때때로 이웃하고 있는 민족들과 대화를 하자고 하기도 했어. 때때로 폭력적인 방법을 경고하기도 했고. 그렇지만 그가 했던 이런 말들은 아무런 관심을 얻지 못했다네. 다른 사람들은 가끔 복잡한 아랍 문제와 연루된 어려움이 쉐알티엘 아브라바넬에게 어떤 정서를, 아마도 스파라드식 정서를 불러일으킨다는 사실을 무심하게 그리고 심지어 다소 지루하게 받아들였지. 그의 생각은 벌써 그의 모든 동료에게서 멀어진 후였어. 그는 여전히 여기에 자기들 집을 세우려는 유대인들의 노력이 정당하다고 믿었지만, 그 집은 유대인들과 아랍인들이 공유해야 한다는 결론에 도달했었지. 40년대에 와서야 그는 유대인기구 이사회와 시온주의노동자협의회 모임에서 가끔 그의 예외적인 목소리를 내기 시작했어. 47년에, 그가 갑자기 일어나서 단독으로 UN의 영토 분할안과 이스라엘 독립안에 반대한다는 의견을 내어놓았을 때는, 몇몇 사람이 그를 배신자라고 부르기 시작했다네. 그들은 그가 제정신을 잃었다고 생각했지. 결국 그에게 두 시간을 주고 사퇴를 하든지 해임을 당하든지 선택하라고 했어. 사직서를 내고 난 뒤 그는 완전히 입을 다물었어. 단 한 번도 공적인 자리에서 단 한 마디도 발언하지 않았어. 수치스러움을 수의壽 衣처럼 두르고 살았지. 그는 자기 말을 듣는 사람이 없다는 사실을 이해한 거야. 이 나라를 건국하던 저녁들과 독립전쟁을 치르던 시기에 사람들이 그의 견해에 귀를 기울일 가능성은 전혀 없었지. 그때 우리는 이미 다가오는 전쟁에 우리가 죽느냐 사느냐가 걸려 있으며 만약 우리가 패한다면 우리 중 아무도 살아남지 못하리라는 사실을 잘 이해하고 있었어. 4월 2일 내 유일한 아들 미카가 살해되었지. 하나밖에 없는 내 아들이 살해됐어. 미카. 벌써 10년이 넘도록 나는 뜬눈으로 밤을 지새우고 있다네. 밤이면 밤마다 그들이 와서 그 소나무 숲 경사진 바위투성이 밭에서 그를 죽이곤 해. 그때부터 우리 셋은 여기 이 관 속에 감금당했고 그때부터 우리는 갇혀 있지. 요르단이 예루살렘을 포위한 몇 달 동안 저 두꺼운 돌담이 총알과 대포알로부터 우리를 보호해 주었어. 가끔 아탈리야만 혼자서 집에서 나가 석유 수레나 얼음 수레 앞에 줄을 섰고 또 우리를 위해서 배급표 수첩을 들고 식료품을 나누어 주는 긴 줄에 서 있었지. 전쟁이 끝난 다음에도 그는 계속해서 집 안에 갇혀서, 바깥세상을 향한 모든 연락을 끊었고, 편지에는 답장하지 않았고, 전화는 받지 않았고, 아침마다 자기 방에서 신문을 읽었고, 나와 자기 딸에게만 예기치 않은 순간에 새로 세운 나라에 대해 크게 실망했다고, 그가 보기에 이 나라가 군사력이라는 종교에 푹 빠져 있고, 승리에 취하여 얄팍한 민족주의의 기쁨을 먹고 있다고 말했었지. 벤구리온은 메시아 콤플렉스를 앓고 있고 전에 그의 동료였던 자들은, 모두 약해 빠진 족속에다 시종들의 무리라고 보았어. 그는 몇 시간씩 방에 틀어박혀서 뭔가를 쓰기도 했어. 거기서 뭘 썼는지는 나도 몰라. 그는 아무것도 남겨 놓지 않았지 아직도 이 집 공간에 가득 차 있는 절망과 슬픔의 냄새 외에는. 그 절망과 슬픔의 냄새는 아직도 이 방들을 떠나지 못하는 그의 유령인지도 모르지. 곧 자네도 떠나고 나는 그녀[293]와 남게 되겠지. 그녀는 물론 자네 자리를 채울 어떤 별난 청년을 다시 찾아낼 테고. 그녀는 언제나 누군가를 찾아내고, 언제나 그를 혼란스럽게 만들고, 가끔은 그녀도 그런 상황에 응하는 듯하지만 결국 여기서 내보낼 거야. 가끔 손님들이 그녀를 방문하기도 하지만 밤에 왔다가 밤에 가 버리지. 대개 나는 듣기는 하지만 본 적은 없어. 왔다가 가는. 왜냐고? 그거야 내가 말할 수 없지. 아직 그녀가 구하는 것을 찾지 못했을 수도 있고,[294] 아니면 아무것도 찾지 않지만 벌새가 꿀을 찾아 이 꽃에서 저 꽃으로 날아다니듯 옮겨 다니는 것인지도. 그 반대일 수도 있지. 언제나 끊임없이 애도하느라고, 한두 밤을 함께 지낼 남자 짝을 찾았을 때조차 애도하고 있는지도 모르지. 누가 알겠는가. 수천 년 동안 우리는 여자란 우리와 완전히 다르고, 모든 면에서 다르고, 완벽하게 다르다고 우리 자신을 가르쳐 왔으니까. 우리가 좀 과장했던 걸까? 아닌가? 자네가 머지않아 자네의 길을 가고 나면 나는 여기서 가끔은 자네를 그리워하겠지, 주로 빛이 빠르게 스러지고 저녁이 뼛속으로 스며들 무렵, 우리가 함께했던 시간을 말일세. 나는 이별과 이별 사이를 살고 있군."

50

3월이 시작되자 겨울비가 그쳤다. 공기는 아직 차고 건조해서, 유리 같았지만, 아침마다 하늘이 점점 밝아지면서 진한 하늘색이, 환히 빛나며, 도시 위로 산들과 계곡들 위로 펼쳐졌다. 하라브 엘바즈 길에 있는 사이프러스들과 돌담들은 먼지를 다 씻어 내고 서 있었고 스스로 내부로부터 정확하고 날카로운 빛을 발하는 듯 보였다. 마치 오늘 아침에 새로 창조된 것 같았다. 조간신문 1면에는 모로코, 아가디르시市에서 강진이 일어났고, 인명 피해가 수천 명에 달한다는 보도가 있었다. 게르숌 발드는 말했다. "삶은 지나가는 그림자야. 죽음도 지나가는 그림자고. 고통만 지나가지 않아. 계속되고 계속되지. 언제까지나."

거리 끝에는 얕은 와디가 흘렀는데, 아직도 몇몇 빗물 웅덩이가 남아 있었다. 와디 너머 멀리 텅 빈 밭들과 버려진 언덕 경사면 여기저기에 고집스럽게 올리브가 한 그루씩 외로이 자라고 있었다. 멀리서 봤을 때 이 올리브들은 벌써 식물의 왕국을 떠나서 정물들의 세계에 동참한 것 같았다. 밭과 언덕은 겨울이 끝나면서 짙은 녹색 융단으로 덮였고 곳곳에 시클라멘과 아네모네와 양귀비 같은, 비가 피워 낸 꽃들이 점점이 알록달록했다. 멀리 버려진 아랍 마을 셰이크 바드르의 폐허가 보였다. 그 마을의 폐허 위로 고대의 용龍처럼 짓다가 만 거대한 공연장의 둔탁한 그림자가 올라서 있었는데 반쯤 세워진 벽들 사이로 녹슨 철제 구조물이 얇고 구부러진 손가락들처럼 튀어나와 있었다.

저녁 무렵이 되면 짙고 낮은 구름이 돌아와 예루살렘의 하늘을 무겁게 내리누를 때도 있었고, 마치 겨울이 후회하며 돌아와 도시 위에 누워 있는 것 같았지만, 아침이 되면 그런 구름이 다 흩어져 버리고 모든 첨탑과 돔 위에, 포탑과 성벽 위에, 구불구불한 골목들 위에, 철문들 위와 돌계단 위와 물 저장고 위에 다시 맑은 하늘색이 펼쳐졌다. 비는 예루살렘에서 멀리 떠나고 물웅덩이들만 흩어져 남았다. 유리 끼우는 사람, 소파 천갈이 하는 사람과 행상²⁹⁵이 또다시 이 거리에서 저 거리로 지나다니며 쉰 목소리로 선전을 해 대었다. 마치 이 세 사람이 도시에 닥칠 전염병이나 화재를 경고하기 위해 보내진 것 같았다. 창문들과 베란다 난간에는 제라늄 꽃들이 불타고 있었다. 나무 꼭대기는 새들이 우는 소리로 가득해서 이 새들이 세상을 떠들썩하게 할 소식을 이 도시 전역에 급하게 알려야 할 의무를 떠맡기라도 한 듯했다.

어느 날 아침 아탈리야가 문도 두드리지 않고 어두컴컴한 자기 아버지의 방으로 들어왔다. 그녀는 슈무엘에게 오래되고 빛바랜 카키색 군용 배낭을 가져와서 침대 위에 내려놓았다. 슈무엘은 그 군용 배낭이 한때 미카의 것이었을 거라고 짐작했다. 그러다가 그것이 자기 배낭이며, 겨울이 시작할 무렵 소지품과 몇 권 안 되는 책들을 여기로 가져올 때 썼던 것임을 퍼뜩 기억해 냈다. 아탈리야가 말했다.

"당신 다리가 벌써 거의 나았군요."

그녀는 묻는 것이 아니라 단정하는 것처럼 이 말을 했다. 그리고 덧붙였다.

"난 당신을 도와주러 왔어요. 당신 혼자서는 짐을 쌀 수 없을 테니까요."

그러더니 이미 그의 다리가 거의 회복되어 혼자서도 소지품들을 가져올 수 있었는데도 불구하고, 자기가 다락방으로 두 번씩이나 올라갔다 내려왔다 하면서 거기서 그의 옷들과 책들을 가지고 왔다. 그녀의 도움 없이도 혼자 할 수 있는 일을 왜 굳이 사서 하느냐고 묻자, 이렇게 대답했다.

"당신이 조금 더 쉬었으면 해서요."

슈무엘이 말했다.

"벌써 석 달 이상 난 여기서 쉬기만 한걸요."

그러자 그녀가 말했다.

"당신이 우리 집에 더 있었다간 완전히 화석으로 변해 버릴 뻔했죠. 우리처럼요. 당신 머리 위에 우슬초가 자랄 뻔했어요. 당신도 여기서 이렇게 나이가 들어 버렸네요."

그리고 덧붙였다.

"석 달이면 충분해요. 당신은 젊은이들 사이에서 살아야 해요, 청년들, 아가씨들, 학생들, 포도주, 파티, 그런 생활을 즐겨야죠. 아마 여기 있었던 기간은 당신에게 정말로 꼭 필요했던 휴식 시간이었겠지만 겨울 한 철이면 족해요. 겨울은 지났어요. 곰은 이제 깨어나야 해요."

"곰은 꿀을 잊지 못할 거예요."

"온 세상에 꿀이 가득 차 있어요. 그리고 전부 당신을 기다리고 있고요."

그는 문득 그녀를 포옹하고 그녀의 몸을 자기 몸에 밀착시켜서 마지막으로 한 번만 더 그녀의 가슴이 자기 가슴에 눌리는 감촉을 느끼고 싶은 나머지 그녀의 어깨를 잡으려고 손을 뻗을 뻔했다. 그러나 내면의 목소리가 그는 손님이고 그녀는 그의 집주인임을 상기시켜 주었다. 그래서 감정을 억제하고 눈물을 참아 목구멍 뒤로 넘기느라 거의 눈물이 차오를 뻔했다. 그렇기는 하지만, 그는 이제 곧 일어나 이곳을 떠난다는데 모순 없는 막연한 행복을 느꼈다.

슈무엘의 옷가지들, 책들과 세면도구들이 소파 위에 무질서하게 쌓여 갔다. 외투와 모자도 거기 있었고, 공책 몇 권과 판지 파일 몇 개도 있었다. 아탈리야는 허리를 숙이고 그것들을 모두 군용 배낭에 집어넣을 수 있게 그를 도와주었다. 그녀가 갑자기 자기 아버지의 책장으로 몸을 돌리더니 거기서 헤브론 유리로 만든 고상한 푸른색의 작은 병을 집었는데, 아브라바넬의 아랍인 친구 중 누군가가 선물로 가져왔을 수도 있었지만, 그녀는 재빠른 솜씨로 그 병을 신문지 몇 장으로 돌돌 싸더니, 군용 배낭 속 그의 옷들과 속옷들 사이에 집어넣고는, 말했다.

"작은 선물이에요. 내가 드리는. 가는 길을 위해서요. 그래 봐야 당신은 깨뜨리겠지만. 아니면 잃어버리든가. 아니면 누구에게 받았는지도 잊어버리겠지요."

그리고 그녀는 계속해서 배낭 안에 남은 그의 옷가지들과 종이들과 타자기까지 꼭꼭 눌러 넣었다. 그러나 그녀는 짐을 싸다 말고 몸을 일으키더니 불쑥 말했다.

"휴식. 부엌으로 오세요. 이제 당신과 내가 10분 동안 앉아서 함께 커피를 마실 거예요. 나는 식탁에 앉아 있을 테니 당신이 커피를 따라서 내게 가져다주세요. 심지어 당신이 종이배를 하나 더 접을 수 있게 해 드릴게요. 이 세상에서 누구도 당신과 겨루어서 이길 수 없는 한 가지가 있다면 그건 종이배 접기예요. 당신은 빵에 잼이나 치즈를 발라서 먹어도 좋아요, 나를 떠날 때 배고프지 않도록 말이에요."

슈무엘이 중얼거렸다.

"전 여기 왔을 때보다 더 배가 고픈 채로 당신을 떠나게 될 거예요."

아탈리야는 그 암시를 무시하기로 했다. 그녀가 말했다.

"내 생각에는 그래도 당신이 여기서 사는 몇 달 동안 뭔가를 좀 쓰기는 했던 것 같아요. 여기서 나를 빼고는 모든 사람

439

이 온종일 앉아서 뭔가를 쓴단 말이에요. 절대 쓰는 것을 멈추지 않죠. 여기는 벽 속에 뭔가 그런 게 있나 봐요. 아니면 바닥 틈에요."

"당신 아버지가 쓴 것을 읽기 위해 저는 많은 대가를 치렀어요."

"그는 우리에게 아무것도 남기지 않았어요. 마지막에 그는 용의주도하게 모든 종이를 없애 버렸거든요. 자기 인생을 지워 버리기라도 할 것처럼요."

"당신은 보게 될 거예요, 언젠가는 그에 관해서 글을 쓰는 사람들이 좀 더 생길걸요. 그를 연구할 거고요. 누군가가 그를 기억하고, 아마 몇 년 지나지 않아, 누군가 문서 보관소를 뒤져서 그의 이야기를 밝혀낼 거라고 전 믿어요."

"그렇지만 아무런 이야기도 없었는걸요. 그는 아무런 일도 하지 않았어요. 그가 몇 번 말을 좀 한 적이 있지만, 그것 때문에 그들이 그를 모든 직책에서 쫓아냈고, 수모를 당한 그는, 그때부터 집 안에 틀어박혀서, 언제나 침묵을 지켰어요. 그게 다예요. 정말 아무런 이야기도 없었어요."

슈무엘이 말했다.

"숨쉬기가 좀 불편하네요. 미안해요. 호흡기가 필요할 것 같아요. 그런데 그게 어디 있는지 전혀 모르겠어요. 우리가 벌써 그것을 짐 속에 넣었던가요?"

아탈리야가 일어나서 부엌에서 나갔다가 2~3분 후에 돌아와서 그에게 호흡기를 건넸고 조용한 목소리로 말했다.

440

"이곳의 공기는 당신에게 좋지 않아요. 언제나 닫혀 있으니까요. 숨이 막힐 만도 하죠."

그녀는 그 말과 함께 선 채로 남은 커피를 다 마셨고, 잔을 개수대로 가져가 그것을 씻어서, 닦아 찬장에 올려놓았고, 그의 등 뒤로 다가와서 아이들 장난처럼 두 손으로 그의 눈을 잠깐 가렸다.

"이렇게, 눈을 가린 채로, 당신은 여기 내 집에서 겨우내 살았던 거예요."

문간에서 그녀가 말했다.

"나도 얼마나 눈을 가린 채로 살고 싶었는지 몰라요. 적어도 가끔만이라도. 적어도 잠 못 이루는 밤만이라도. 적어도 남자가 나를 만질 때만이라도. 당신은 우리에게 편지를 쓸 필요도 없고 전화도 하지 마세요. 그럴 필요 없어요. 새 장을 여세요."

슈무엘 아쉬는 홀로 남아 부엌 식탁 옆에 앉아 있다가, 아직 호흡기를 손에 쥔 채로, 그녀가 그에게 여기를 떠나 어디로 가는지 어디 갈 데는 있는지 전혀 물으려 하지 않았다는 사실을 깨닫고 잠시 놀랐다. 혹시 묻는 것을 잊어버렸을지도. 혹시 알고 싶지 않았을지도. 마치 길을 가다가 길고양이를 쓰다듬어 주려고 그냥 몸을 숙였던 것처럼, 쓰다듬어 주는 그녀의 손 밑에서 고양이가 가르랑거리기 시작했을 때는 잠깐 마음이 쓰여서 치즈 조각이나 소시지를 꺼내어 그 앞에 놓아 주었고 머리를 두어 번 쓰다듬어 주었지만 어차피 그녀는 혼자이기에 몸을 돌려 자기 갈 길을 가 버린 것처럼.

그는 잼을 바른 두꺼운 빵을 세 조각이나 먹어 치우고 스웨터에 얼룩을 남긴 다음에야, 잔과 접시를 개수대에 내려놓고 마지막으로 그것들을 씻었다. 그리고 짐 싸던 일을 마무리하러 갔다.

그는 그와 발드 두 사람이 헤어질 때 무슨 말을 해야 할지 도무지 알 수가 없었지만, 그 노인이 아침잠에서 깨어난 다음 작별 인사라도 나누려면 쉐알티엘 아브라바넬의 방에서 기다려야 되겠다고 생각했다. 그러고 나서 그는 군용 배낭을 등에 지고 길을 나설 것이다. 확실히 자기 길을 나설 것이었다. 한 순간도 더 지체하지 않을 것이다. 여우 머리를 조각한 지팡이는 허락을 구하지 않고 떠나는 길에 가져갈 것이다. 그녀도 그 노인도 이 지팡이가 필요 없다. 최소한 그는 작은 기념품 하나가 생기게 되겠지. 그는 여기서 석 달 동안 살았고, 겨울이 시작할 때부터 끝날 때까지, 그들이 준 소액의 용돈은 아마 앞으로 서너 주 정도 겨우 먹고살 정도 될 것이었다. 그럼 최소한 지팡이라도 가져가야지. 완전히 빈손으로 여기를 떠날 수는 없지 않은가. 이 지팡이는, 마땅히 자기 것이라고, 느껴졌다.

그의 옷가지들, 책들, 공책들, 일체의 세면도구는 이미 아탈리야가 군용 배낭을 가져와서 억지로 그 안에 밀어 넣었다. 그런데도 그는 뭔가가 빠진 것 같은 느낌이 강하게 들어 선 채로 뭘 잊어버린 걸까, 그리고 저 위 다락방에 남아 있는 물건이 더 있을까 자신에게 물었다. 그는 자기의 오래된 방에 올라가서 아탈리야가 거기서 자기 물건을 모두 가져왔는지 살펴보고, 그러는 김에 다음에 올 사람을 위해서 다락방 벽에 남겨두기로 한 포스터들과 복사한 그림과 작별을 해야겠다고 생각했다.

그가 짐 싸는 일을 마무리하는 동안 게르숌 발드가 나타났다. 그는 어깨로 문을 밀어서 열고, 방 한가운데까지 절뚝이며 들어와서, 자기 목발을 꽉 잡고 움직이지 않고 거기 섰는데, 그의 몸이 실제로 차지하는 부피보다 훨씬 더 크게 그 방의 공간을 가득 채우고 있었다. 그의 눈길은 슈무엘이 아니라 소파 위 가득 차 있는 군용 배낭을 노려보고 있었다. 몸집이 크고 구부정한 사람이었고, 어깨는 넓으며, 그의 머리는 조각하다가 만 것처럼 이상했고, 그의 몸은 사나운 겨울바람을 수년에 걸쳐서 맞아 온 오래된 나무 같았으며, 넓적한 그의 손은 목발 손잡이를 꽉 붙들었고, 그의 구부러진 매부리코는 반유대주의 삽화에나 등장하는 사악한 유대인의 용모에 걸맞았으며, 하얗게 센 그의 머리는 목뒤를 흘러내려 거의 어깨까지 닿았고, 흰 턱수염은 꼭 다문 입술 위에 두껍게 자라 있었으며, 그의 작고 파란 눈들은 당신이 눈을 돌려 외면할 수밖에 없을 정도로 당신을 날카롭게 꿰뚫어 보았다. 슈무엘은 갑자기 목이 메어 이 외로운 사람을 향한 마음을 주체할 수 없었다. 그는 적당한 말을 찾았지만 결국 이 말밖에 못 했다.

"제발 저에게 화를 내지는 마세요."

너무 창피하고 슬퍼서 이렇게 덧붙여 말했다.

"당신에게 작별 인사를 하려고 왔어요."

하지만 그는 절대로 오지 않았다. 그 반대였다. 노인이 먼저 목발에 의지한 채 슈무엘과 작별 인사를 하려고 아브라바넬의 방으로 온 것이다.

게르숌 발드는 어휘들을 사랑했고 언제나 풍부하게 그리고 아무런 망설임 없이 사용하던 사람이었다. 그러나 이번에 그는 이렇게만 말했다.

"난 벌써 아들 하나를 잃었네. 이리 오게 젊은이. 내게 가까이 와 주게. 조금 더 가까이 오게. 조금만 더." 그리고 그 무거운 머리를 숙여서 슈무엘의 이마에 그 강하고 차가운 입술로 입을 맞추었다.

51

그는 하라브 엘바즈 길에 있는 집에서 나오면서 흔들거리는 그 나무 계단을 아주 조심해서 밟아야 한다는 사실을 기억했다. 그는 자기 뒤로 철문을 닫으면서 그 문을 쳐다보기 위해 잠시 멈춰 섰다. 문은 양쪽으로 녹색 철제 문짝이 두 개 있고 눈먼 사자의 머리 모양으로 장식한 문 두드리는 쇠고리가 달려 있었다. 오른쪽 문짝 한가운데 글씨를 양각으로 조각한 현판이 있었다. '주께서 지키시어 주인의 정직함을 선포하시는 예호야킨 아브라바넬의 집'. 그는 자기가 오던 날, 이 문 앞에 서서 잠깐 문을 두드릴지 아니면 마음을 바꾸어 돌아갈지 망설였던 기억이 났다. 순간 그는 어떻게 다시 그 집으로 돌아갈 수 있는 길은 없을까 자신에게 물었다. 지금은 아니지. 지금은 아니야. 혹시 언젠가. 몇 년쯤 지난 다음. 혹시 그가 가룟 유다의 복음서를 쓰게 되면 그 후에. 그는 문 옆에서 2~3분 정도 기다렸는데, 아무도 그에게 돌아오라고 부르지 않을 것을 잘 알고 있었음에도 불러 주기를 기다렸다.

멀리 셰이크 바드르 폐허 쪽에서 개들이 희미하게 짖어 대는 소리 말고는 아무런 소리도 들려오지 않았다. 슈무엘은 문을 등지고 돌 타일들을 깔아 놓은 마당을 가로질러서 거리로 나왔는데, 어차피 언제나 반쯤은 닫혀 있고 반쯤은 열려 있는 녹슨 문을 닫으려 하지 않았다. 이 문은 벌써 여러 해 동안 그 자리에 그렇게 박힌 채로 있었다. 그 문을 고칠 사람은 아무도 없다. 아마 이제 다시는 그것을 고칠 아무런 이유도 없을 것이다. 그 문이 그 오랜 세월 동안 그렇게 박혀 있었다는 사실 자체가 슈무엘 자신이 옳았다고 뭔가 은연중에 인정해 주는 것 같았다. 그렇지만 무엇에 대해 옳았단 말인가? 그에 대해 대답은 할 수 없었다. 그는 문 위로 아치형 철제 구조물이 있고 거기에 여섯 마디 말이 새겨진 것을 보았다. '구원할 자가 시온에 오셔서 속히 예루살렘을 재건하기를 5674년'.

그는 중앙 버스 정류장으로 가는 길 내내 군용 배낭을 한쪽 어깨에 메고 다른 쪽 손에 지팡이를 쥐고 걸었다. 짐이 무겁기도 하고 다리가 조금씩 아프기도 해서 천천히, 조금씩 절면서 움직였고, 때때로 군용 배낭을 어깨에서 어깨로 그리고 지팡이를 손에서 손으로 옮겨 잡았다. 베찰렐 거리 모퉁이에서 그는 갑자기 그의 스승인 구스타프 욤토프 아이젠슐로스 교수가 한 손에는 사무용 가방을 들고 다른 한 손에는 오렌지가 가득 든 그물주머니를 들고 맞은편에서 오는 것을 보았다. 그는 젊지 않은 어떤 여자와 대화를 하는지 아니면 논쟁을 하느라 몰두해 있었는데 슈무엘은 그녀 역시 자기가 아는 사람 같았지만 그녀를 어디서 알게 되었는지는 도무지 기억해 낼 수 없었다. 그렇게 망설이는 바람에 그 두 사람이 이미 눈앞을 지나가고 난 다음에야 비로소 그는 자기 스승에게 인사를 해야겠다는 생각이 들었다. 그는 마음속으로 알이 두꺼운 안경을 쓴 교수님은 당연히 큰 군용 배낭 밑에 깔린 그를 알아보지 못했을 거라고 스스로에게 말했고, 설령 알아보았다 하더라도, 솔직히 자기들 둘이 지금 서로에게 무슨 말을 할 수 있었을까? 유대인들이 대대로 나사렛 예수를 어떻게 보아 왔느냐고? 유다가 그를 어떻게 보았는지? 사실상 이 주제가 단 한 사람에게라도 어떤 유용함을 가져다줄 수 있을까?

버스 정류장에서 그는 잘못된 매표소 줄에 서서 10분 정도를 기다렸다. 그의 차례가 됐을 때 매표원이 그 매표소는 여행 허가서가 있는 군인들과 예비군 차출증이 있는 시민들만 이용할 수 있다고 알려 주었다. 슈무엘은 사과하고, 다른 매표소 앞에서 15분 이상 더 기다렸는데, 잠시 그의 부모님이 계신 하이파로 바로 가는 것이 더 낫지 않을지 자신에게 물었다. 지금은 그의 누나가 로마에 있으니 시꺼멓게 그을린 복도에서 잘 필요도 없을 것이다. 이번에는 그들이 해안 경치가 내려다보이는 예쁜 창문이 있는 미리의 방을 그에게 줄지도 모른다. 그러나 그의 부모님은 지금 그에게 타인처럼, 마치 그 두 사람은 희미한 기억의 그림자처럼 느껴졌고, 이 겨울에 그는 그 늙은 장애인과 과부인 여인에게 입양되었고 이제부터 그들에게만 속한 것 같았다.

그는 버스표를 사고 난 다음에야 브엘세바로 가는 다음 버스가 한 시간 후에 출발한다는 것을 알게 되었다. 그는 오른손을 자유롭게 사용하기 위해서 군용 배낭과 지팡이를 왼쪽 어깨에 멨다. 매점에서 그는 소금을 뿌린 베이글 두 개를 샀고 탄산음료 한 잔을 마셨는데 불현듯 게르숌 발드에게 전화를 해서 그에게 당신은 소중한 사람이라고 말해야 한다는 생각이 다급하게 들었다. 비록 이렇게 멀리 떨어져서, 전화를 통해서라도, 이 말 두 마디를 발음하는 데 성공할 수 있을까? 그가 그 노인의 비꼬는 눈빛 하나로 너덜너덜해지지는 않을 테지만 말이다. 아탈리야가 직접 수화기를 들면 그는 부끄러운 줄도 모르고 오늘 안으로 다시 그의 다락방으로 돌아가게 허락해 달라고 그녀에게 애원하며 오늘부터 앞으로 뭐든지 다짐하겠다고 온갖 말로 약속을 할 것이다. 그러나 오늘부터 앞으로 뭘 어떻게 하겠다고 할지 전혀 아무런 생각이 떠오르지 않았다. 그는 수화기를 벽에 붙어 있는 걸이 위 제자리에 되돌려 놓으려고 했다. 그러나 그것을 거는 대신 몸을 돌려 자기 뒤에서 참을성 있게 기다리며 서 있던 마르고 창백한 군인에게 넘겨주었다.

그가 다리 사이에 군용 배낭을 끼고 먼지가 쌓인 긴 의자에 앉아서 플랫폼 사이를 뛰어다니는 수많은 무장한 군인들을 보고 있는 동안, 슈무엘은 이 빈 시간을 이용해서 다만 몇 줄이라도 기록해 놓아야겠다는 생각이 들었다, 잊지 않도록. 그러나 그는 주머니에서 공책도 펜도 찾지 못했다. 그래서 기록

448

을 하는 대신 마음속으로 총리이자 국방부 장관인 벤구리온에게 보내는 짧은 편지를 작성했다. 그러고 나서 그 편지를 구겨 버리고 어떤 자그마한 여군에게 잠깐만 자기 물건들을 지켜 달라고 부탁했고 다시 매점으로 가서 탄산음료를 한 잔 더 마시고 베이글을 두 개 더 샀는데, 하나는 자기가, 가는 길에 먹으려고, 그리고 다른 하나는 그사이 자기 물건을 지켜 준 여군에게 주려고 샀다.

슈무엘 아쉬는 오후 3시에 브엘세바로 가는 에게드 버스[296]를 타고 예루살렘을 떠났다. 몇 달 전에 그는 마크테쉬 라몬 가장자리 광야에 새로 마을을 지을 거라는 소식을 들었다. 그 새로운 마을에 그가 아는 사람은 아무도 없었다. 그는 그곳에서 자기의 군용 배낭과 지팡이를 내려놓을 장소를 찾고 건축 현장의 야간 경비원이나, 초등학교의 하급 직원이나, 어쩌면 도서관의 사서 또는 사서 보조 일자리라도 찾을 생각이었다. 그곳에도 분명히 작은 도서관 하나 정도는 지을 것이다. 도서관이 없는 마을은 없으니까. 만약 도서관이 없으면, 문화회관이라도 있을 것이었다.

그렇게 머리를 누일 구석을 찾은 다음에는 마음잡고 앉아서 부모님과 누나에게 편지를 써야 할 테고 그들에게 그의 인생이 어디로 굴러가고 있는지 설명해야 할 것이다. 어쩌면 야르데나에게도 그리고 어쩌면 하라브 엘바즈 길에도 몇 줄을 쓸지 모를 일이다. 그들에게 무슨 말을 쓸지는 전혀 알 수 없었지만, 새로운 장소에 가면 그동안 자기가 도대체 무엇을 찾고 있었는지 깨닫게 되기를 바랐다.

그러는 동안 그는 버스 맨 뒤에, 빈 좌석 한가운데에 혼자 앉아 있었다. 그는 커다란 군용 배낭을 절대로 승객 좌석들 위에 있는 짐칸에 밀어 올릴 수 없어서 그것을 쩍 벌린 자기 허벅다리 사이에 누르고 있었다. 슈무엘은 여우 머리를 조각한 지팡이만 짐칸에 올려놓을 수 있었고, 그 위에 외투와 샤프카를 놓았는데, 여행을 마치고 버스에서 내릴 때가 되면 그것들을 잊어버릴 것을 확실히 알고 있었지만 어쩔 수 없었다.

버스는 야포 거리 끝의 쓸쓸해 보이는 돌집들을 뒤에 남기고, 도시를 빠져나가는 길에 있는 주유소와 기바트 샤울로 가는 갈림길 앞을 지났고, 잠시 후에는 산들 사이로 나왔다. 순식간에 따스한 행복감의 물결이 슈무엘을 씻어 내렸다. 빈산들의 경치, 젊은 숲들과 그 모든 것들 위로 펼쳐진 거대한 하늘을 보니 드디어 아주 긴 잠에서 깨어나는 것 같은 느낌이 들었다. 마치 지난 겨우내 독방에 외롭게 갇혀서 지내다가 이제 자유를 찾아 나온 것 같았다. 그러고 보면 사실 지난겨울뿐만이 아니고 하라브 엘바즈 길에 있는 집뿐만이 아니었다. 그가 예루살렘에서 공부하던 날들이 모두, 캠퍼스, 도서관, 카페테리아, 세미나실들, 전에 살던 텔아르자의 방, 유대인들이 본 예수와 유다가 본 예수, 그를 재미있지만 좀 황당하고 주위를 어지럽히는 자기가 맡은 애완동물처럼 대하던 야르데나, 그리고 그녀가 찾아낸 부지런한 수문학자 네쉐르 샤르쉡스키, 이제 곧 일어날 재난을 기다리는 것처럼 자기 속으로 움츠러

450

드는 이 도시 전체, 암울한 반구형 돌 지붕들이 있고 눈이 먼 거지들이 있고 어두운 지하실 입구에 작은 의자들을 놓고 햇볕 아래 모여서 몇 시간 동안 움직이지도 않고 앉아 있는 쪼글쪼글한 종교인 할머니들이 있는 예루살렘이 전부 다 그랬다. 구부정한 그림자들처럼 뛰다시피 지나다니며 회당의 어둠 속을 향해서 이 골목에서 저 골목으로 왔다 갔다 스쳐 가는 탈리트를 두른 채 기도하는 사람들. 모두가 이 세상을 고칠 사람들이고 모두가 끊임없이 다른 친구가 말하는 중간에 끼어드는, 두꺼운 터틀넥 스웨터 차림의 학생들로 메워진 카페의 그 낮은 천장을 채우던 짙은 담배 연기. 돌 건물들 사이 버려진 빈터마다 쌓여 있는 쓰레기와 많은 폐품 더미들. 수도원들과 교회들을 에워싼 높은 돌벽들. 이스라엘 측 예루살렘을 삼면에서 둘러싸서 요르단 측 예루살렘과 분리하고 있는 줄지어 선 방어벽과 철조망 장벽과 지뢰밭들. 밤마다 들려오는 총성들. 언제나 그곳에 쭈그려 앉아 괴롭히는 목을 조여 오는 그 절망.

그는 예루살렘을 그대로 남겨 두고 매 순간 시간이 지날수록 그곳으로부터 멀어지고 있다는 느낌이 참 좋았다.

버스 창문 밖으로는 산 경사면이 초록색으로 내달리고 있었다. 이 땅에 봄이 왔고, 들꽃들은 길가에서 봉오리를 피워 올렸다. 그 도시 바깥에 펼쳐진 산지는 광활하게 열려 있고, 그 옛날부터, 무심하게, 거대한 평온함에 싸여 있는 것처럼 보였다. 창백한 낮달이 저 위 조각구름들 사이로 떠가면서, 버스 창문을 떠나지 않았다. 그렇지만 너는 네가 뜰 시간도 아닌데 여기서 뭘 하고 있느냐고, 슈무엘은 이 달 때문에 마음속으로 놀랐다. 샤아르 하가이에서 길은 숲이 우거진 언덕들 가운데 어느 언덕 위로 구불구불하게 나 있었는데, 12년 전 봄에, 미카 발드가 홀로, 바위들 틈에서 기절할 때까지 밤새도록 피를 흘리다가 죽어 갔을 것이며, 피를 너무 많이 흘린 나머지 아침이 밝을 무렵 죽어서 버려졌을 것이었다. 그의 죽음으로 난 그 집에서 이번 겨울을 선물로 받았다, 그의 아버지와 그의 아내의 품 안에서. 그가 바로 내게 이 겨울을 선물한 사람이다. 그리고 난 그것을 낭비해 버렸다. 그곳에서 나는 자유 시간과 고독을 즐길 시간이 얼마든지 있었는데도 불구하고.

버스는 하르토브 교차로 매점 옆에서 휴식을 위해 10분 동안 정차했다. 슈무엘은 오줌을 누러 내렸다가 베이글을 또 샀고, 탄산음료도 한 잔 더 마셨다. 공기는 따뜻하고 습기가 가득했다. 하얀 나비 두 마리가 춤을 추면서 서로를 쫓았다. 슈무엘은 자꾸자꾸 이 봄 향기를 들이마셨고, 깊은숨으로, 그의 폐에 한가득 채우다가, 조금 어질어질하기까지 했다. 그가 자리에 앉으려고 돌아왔을 때 새로운 승객들이 버스에 올라탄 것을 알게 되었다. 근처 마을 사람들. 그들 중 몇몇은 작업복을 입었고 봄이 시작된 지 이틀이나 사흘밖에 안 되었는데도 벌써 햇볕에 탄 것처럼 보였다. 어떤 사람들은 작업 도구들이나 살아 있는 닭들과 달걀과 집에서 만든 치즈가 담긴 바구니를 들고 있었다. 그의 바로 앞자리에는 젊은 여성 두 명이 슈무엘이 알아들을 수 없는 언어로 활기차고 즐겁게 대화를 나

452

누고 있었다. 버스 앞쪽에는 단체 학생들이거나 여행을 마치고 돌아가는 청소년 운동의 회원들이 앉아 있었다. 소년들과 소녀들은 큰 소리로 군가와 캠프파이어에서 부르는 노래들을 불렀다. 운전사는, 나이가 많고 통통하며 구겨진 카키색 옷을 입었는데, 그 역시 노래를 함께 따라 불렀다. 그는 한 손으로 운전대를 잡고 다른 손으로 차표 천공기를 박자에 맞추어 자기 앞에 있는 계기판에 두드렸다. 창밖으로 전쟁이 끝난 뒤에 모조리 새로 지은 마을들이 차례로 지나갔다. 하얀 벽에 붉은 지붕들을 이고 마당에는 어린 사이프러스들이 있으며 외양간과 닭장으로 쓰는 양철 임시 건물들이 길게 늘어선 마을들이었다. 마을과 마을 사이에는 눈이 닿는 곳까지 과일나무 과수원과 아직 어린 밀과 보리와 토끼풀과 자주개나리들이 자라는 들판이 넓게 펼쳐져 있었다.

버스는 카스티나 교차로에서 다시 한번 휴식을 위해 10분 동안 멈춰 섰다. 사람들이 오르내렸고 슈무엘도 내려서 벤진이 타는 냄새가 자욱한 먼지투성이 플랫폼들 사이를 어슬렁거렸다. 잠시 그는 누군가가 이런 장소에서 벌써 오래전부터 자신을 기다리고 있었고 심지어 그가 늦은 것 때문에 기막혀하며 변명하든지 아니면 사과를 하기 바라는 것 같다는 생각이 들었다. 그는 매점에서 석간신문을 샀지만 읽지는 않았다. 신문을 보는 대신 눈을 들어 그 창백한 달이 아직도 그를 따라오고 있는지 살펴보았다. 저 달은 예루살렘에 속했고 그곳에 남아야 하며 그의 뒤를 따라오는 것을 그만두어야 한다는 생각이 들었기 때문이다. 그러나 그 달은 계속해서 조각구름들 사이를 떠다니고 있었고 조금 더 창백해졌을 뿐이었다. 운전사가 승객들을 다시 모으기 위해서 경적을 울렸다. 슈무엘은 자리로 돌아갔는데 창문 밖을 지나가며 산기슭까지 뻗어 있는 과수원과 과일나무들로부터 눈을 뗄 수 없었다. 모든 것이 그를 행복하게 만들었고 모든 것이 그의 마음을 따뜻하게 해 주었다. 길 양쪽으로 유칼립투스들이 심겨 있었는데, 적군의 비행기가 길을 지나는 차들을 보지 못하도록 막는 군사적인 목적이었다. 남쪽으로 내려갈수록 새로운 마을은 줄어들어서, 라키쉬 지역 마을들 정도가 보였고, 드넓은 밭들이 길을 따라 뻗어 있었으며 낮고 아무것도 없는 언덕들로 천천히 바뀌기 시작했다. 겨울비 덕분에 이 언덕들도 초록색으로 칠해져 있었지만 그 초록빛은 곧 스러질 것이며 몇 주가 지나지 않아 이 언덕들은 황량하고 햇빛에 타 버린 모습으로 돌아가 서있을 테고 열풍에 시달린 가시 돋친 관목들만 날카롭게 갈아놓은 손톱들처럼 거기에 매달려 있을 것을 슈무엘은 알았다.

버스가 초저녁 무렵 브엘세바 정류장에 도착했을 때 슈무엘은 읽지도 않은 신문을 자리에 남겨 두었고, 군용 배낭을 어깨에 짊어졌으며, 위 짐칸에서 자기 외투와 지팡이와 모자를 챙겼고, 탄산음료를 한 잔 사서 거의 단숨에 마셨으며, 마크테쉬 라몬 가장자리에 있는 새로운 마을로 가는 버스가 언제 어디서 출발하는지 알아보러 갔다. 안내 창구에서 미츠페 라몬으로 가는 마지막 버스가 이미 출발했으며 다음 버스는 이튿

454

날 아침 6시에 출발한다는 말을 들었다. 그는 아직 뭔가 물어볼 말이 더 있다는 것을 알았지만, 도대체 그것이 무엇인지 생각이 나지 않았다. 그래서 몸을 돌려 살짝 절면서 그곳을 떠났고, 군용 배낭은 왼쪽 어깨에, 외투와 지팡이는 오른쪽에 들고, 정류장을 떠나 거의 알지 못하는 이 작은 도시를 조금 돌아다녔다. 새로 낸 길들 끝으로는 넓고 황량한 광야가 내다보였다. 낮고 평평한 모래언덕들 위에는, 여기저기에, 양과 염소를 치는 베두인[297] 목동들의 검은 천막들이 흩어져 있었다.

그는 발길 닿는 대로 이 거리에서 저 거리로 돌아다녔는데, 모두가 서로 닮아 있었고, 보기 흉한 주택가들, 줄지어 선 같은 규격의 구역들, 벗겨진 회칠, 3층이나 4층 정도로 길쭉하게 지은 상자 모양의 건물들이 밤이면 밤마다 더 낡아 가고 있었다. 마당에는 고철 덩이와 부서진 오래된 가구들이 쌓여 있었다. 어느 마당에는 좀 메마른 무화과나무 한 그루가 자라고 있었는데, 무화과를 좋아하던, 슈무엘은, 잠시 그 나무 옆에 멈춰 서서 일찍 달린 열매가 두세 개 정도 있을지 찾아보았다. 그렇지만 열매는 없었고 있을 수도 없었으니 초봄에는 어떤 무화과나무도 익지 않은 열매를 내지 않으며, 때는 아직 유월절 명절이 오기 전이기 때문이었다. 슈무엘은 그 무화과나무에서 잎사귀만 하나 땄고 계속해서 자기 짐을 들고 천천히 경사진 골목을 걸었다. 건물들 앞에 있는 인도를 따라 쓰레기통들이 줄지어 나와 있었는데, 대부분 뚜껑이 없었다. 좁은 길에서 꼬마들이 소리를 지르며 자기들에게서 도망치는 노란색

455

고양이 뒤를 쫓았고, 그 고양이는 그 마을 건물들을 떠받치고
있는 커다란 콘크리트 기둥들 밑 어두운 곳으로 사라졌다. 가
시나무와 잡초들이 마당마다 무성했다. 여기저기에 찌그러진
고철 덩이들이 녹슬어 가고 있었다. 창문 블라인드는 대부분
내려져 있었고 이런 집 건물 현관에 있는 계단마다 오래된 자
전거와 몇 대의 유모차들이 사슬로 묶여 있었다.

2층 창문에 다채로운 색깔의 여름 드레스를 입은 젊고 아
름다운 여인이 나타나서, 몸을 반쯤 밖으로 내밀고, 그녀의 탄
탄한 가슴을 창문틀에 누른 채, 풀어 헤친 긴 머리를 늘어뜨리
고, 젖은 셔츠를 빨랫줄에 널었다. 슈무엘은 밑에서 그녀를 쳐
다보았다. 그녀는 상냥하고, 부드럽고, 다정해 보였으며 낯선
사람에게도 친절할 것만 같았다. 그는 그녀에게 다가가서, 그
녀의 양해를 구한 뒤, 조언을 청하기로 했다, 그가 어디로 가
야 할지, 그가 무엇을 해야 할지. 그러나 그가 아직 적당한 말
들을 찾고 있는 동안 그녀는 셔츠 너는 일을 마쳤고 창문을 닫
고 사라져 버렸다. 슈무엘은 텅 빈 거리 한가운데 자기 자리에
계속 서 있었다. 그는 어깨에서 군용 배낭을 내렸다. 그는 그
것을 먼지 앉은 아스팔트 위에 놓았다. 그 군용 배낭 위에 외
투와 지팡이와 모자도 조심스럽게 올려놓았다. 그리고 서서
자기 자신에게 물었다.

주석

1 팔레스타인을 다스리던 영국 식민지 정부가 퇴진한 후, 이스라엘
과 주변 아랍 국가들이 1947년 11월부터 1949년 7월까지 벌인
전쟁을 가리킨다. 이스라엘 사람들은 이 전쟁을 '독립전쟁'이라
부르고, 아랍-팔레스타인인들은 '재앙'이라 부른다. 이 전쟁으로
약 75만 명의 아랍-팔레스타인인들이 고향을 떠나야만 했다.

2 현대 이스라엘 국가로 이주한 유대인 중에서 중동 지방 출신자들
을 '미즈라히'라고 부른다. 주로 이라크, 이란, 시리아, 바레인, 쿠
웨이트, 아제르바이잔, 우즈베키스탄, 쿠르디스탄, 아프가니스탄,
인도, 파키스탄에서 이주한 사람들이다. 경우에 따라 예멘이나 북
아프리카에서 온 사람들을 포함시키기도 한다.

3 1958년 S. 이즈하르(작가이자 정치인이었던 이즈하르 스밀란스키
의 필명)가 발표한 소설. 이스라엘 독립전쟁에 참여했던 군인들
의 심리 상태를 세밀하게 묘사한 작품이다. 이즈하르는 이 소설로
1959년 이스라엘상을 받았다.

4 다비드 벤구리온(1886~1973). 이스라엘의 정치가이자 초대 총
리. 시온주의자로 팔레스타인 현지에서 유대인의 단합을 이끌어
내는 역할을 했으며, 이스라엘 건국의 아버지로 불린다.

5 표트르 알렉세예비치 크로폿킨(1842~1921). 제정러시아의 공작 가문 출신 지리학자이며 무정부주의자이자 철학자이다. 공산주 의적 무정부주의를 지지했고 볼셰비키의 독재에 반대했다. 그의 사상은 대표적인 19세기 후반 러시아 무정부주의로 여겨진다.

6 세르게이 겐나디예비치 네차예프(1847~1882). 제정러시아의 혁 명가. 직업 혁명가 당의 조직을 꾀하는 등 혁명을 위해 수단과 방 법을 가리지 않은 것으로 유명하다. 동지를 살해하고 망명했으나, 후에 체포되어 옥사했다. 표도르 미하일로비치 도스토옙스키의 소설 『악령』(1873)은 이 사건을 취재한 것이다.

7 열다섯 개의 말을 주사위로 진행시켜서 먼저 전부 자기편 진지에 모으는 쪽이 이기는 반상盤上 놀이. 기원전 3000년경부터 메소포 타미아 지역에서 널리 행해졌다. 아랍어로 '셰쉬베쉬'라고 한다.

8 1956년 2월에 열린 이 대회에서 이오시프 스탈린을 향한 개인숭 배와 그의 독재를 비판한 니키타 흐루쇼프의 '비밀 연설'이 문제 가 되어 본격적인 스탈린 격하 운동 또는 탈스탈린화 정책이 시작 되었다. 흐루쇼프는 스탈린이 숙청한 수많은 희생자의 결백을 인 정했으며, 그의 연설 내용은 결코 신문에는 발표되지 않았으나 꼬 리에 꼬리를 물고 퍼져 나갔다. 112번 주석 참조.

9 5세기에 성 스테파노의 유골을 안치하여 예루살렘 정교회 총대 주교 요한 2세가 세운 비잔틴 바실리카 '하기아 시온'은 6세기 마 다바 지도에도 나온다. 7세기 사산조 페르시아에 의해 파괴되었 다가 12세기 '시온산 성모 수도원'으로 지어진 후 다시 파괴되고, 1617년 예수회에 흡수 병합되었다. 오늘날의 건물은 같은 자리에 1899년 쾰른 대주교 관구의 하인리히 레나르트가 설계하여 세운 것이다. 성모영면 성당이 자리한 시온산 주변에는 예수가 최후의 만찬을 한 곳으로 알려진 '마르코의 다락방'과 '다윗왕의 무덤'이 가까이 있어, 종종 이스라엘의 반기독교 과격파 종교인들로부터 공격의 대상이 되기도 한다.

10 아브라함이 아들 이사악을 번제물로 바치려 했다(히브리성경 창
세기 22장 1~19절)는 성전산의 서쪽 벽을 가리키며 보통 '통곡의
벽'이라고 부르는 곳이다. 유대인들에게 매우 중요한 성지이지만,
이 당시에는 요르단이 관리하던 동예루살렘 지역에 있었다.

11 히브리어로는 '예후다'. 35번 주석 및 38장 45장 참조.

12 유대인들은 결혼식 때 '후파'라는 천막을 치고 그 밑에서 예식을
거행한다. 그러므로 '후파를 세우다'라는 것은 결혼식을 비유적으
로 가리키는 표현이다.

13 유대인 구전 중에서 율법을 정리한 『미쉬나』를 후대 랍비들이 해
석하고 설명한 주해집. 한편 『미쉬나』에 포함되지 않은 법규들을
논의한 책이 『토세프타』이다. 『탈무드』가 『미쉬나』보다 후대에
기록되었으므로, 『탈무드』에서는 『미쉬나』와 『토세프타』 양쪽을
다 인용하고 있다.

14 주로 히브리성경의 이야기 부분을 설명한 랍비들의 저작을 이르
는 말이다.

15 교수의 이름은 원래 '구스타프 욤토프 아이젠슐로스'인데, 여기서
슈무엘이 자기 스승을 흉내 내면서 그 이름을 살짝 바꾸어 '구스
타프 욘테프 아이젠슐로스'라고 말했다는 의미이다.

16 1898~1986 영국의 조각가. 유럽의 조각 전통에 거부감을 느낀
그는 원시미술에서 조각의 이상적인 모델을 발견했으며, 추상적
형태의 예술적 가능성과 조각 재료의 고유한 물질성을 탐구했다.
특히 '어머니와 아이들' '기댄 인물' 등은 무어가 반복해서 다루었
던 주제들이다.

17 11세기에 세워진 '십자가 수도원'이 있는 서예루살렘의 골짜기.
이곳의 나무를 베어 예수가 못 박힐 십자가를 만들었다는 신앙에
근거하여 4세기 콘스탄티누스 대제 때 봉헌된 곳으로, 지금은 이

골짜기 주변에 예루살렘 히브리 대학교 기바트 람 캠퍼스, 이스라엘 박물관, 국회의사당 등이 자리하고 있다. 또한 오늘날 르하비아라 불리는 이 지역에는 이스라엘 청년 종교운동 단체인 브네이 아키바 본부가 있다.

18 오스만 제국 시대부터 아랍-팔레스타인인들이 살았던 서예루살렘 언덕에 있는 마을. 영국 통치 시절 발발한 전쟁 때 유대인 군사 집단인 하가나의 명령에 따라 주민을 멸절, 추방시키고 마을은 파괴되었다. 1948~1951년 유대인 임시 묘지가 세워졌으며, 전후 상당수의 군인 무덤은 국립묘지에 해당하는 헤르츨 언덕으로 이장되었으나 여전히 수백 개의 시민의 무덤이 남아 있다. 1949년 이후 기바트 람이라 명명한 구역에 편입되었고, 이곳에는 오늘날 예루살렘 히브리 대학교 캠퍼스, 이스라엘 최고법원, 히브리어 아카데미 등이 자리하고 있다.

19 '다윗의 별'(✡)로도 불리며 고대 이스라엘을 상징하던 촛대, 사자, 나팔 등과 함께 현대 이스라엘의 표식으로 쓰인다.

20 유대력에 따르면 천지창조의 해인 기원전 3761년부터 계산하여 5674년은 1913년 가을부터 1914년 봄을 가리킨다.

21 '수난의 꽃passionflower'이라고도 불린다.

22 유대인 남자들이 기도할 때 어깨에 걸치는 커다란 숄.

23 피해를 초래하는 요인들을 가리키는 어구로, 다른 사람이나 가축을 공격하는 소, 막아 놓지 않은 구덩이, 이웃의 집으로 옮겨 붙는 불, 이웃에게 손해를 끼치는 가축 이 네 가지가 여기에 속한다. (히브리성경 출애굽기 21장 28~36절, 22장 4~5절/미쉬나, 바바 캄마 1, 6/바빌로니아 탈무드, 바바 캄마 2, 6:62b/예루살렘 탈무드, 바바 캄마 2, 5)

24 미쉬나(아봇 4, 21)에 나오는 '랍비 엘레아자르 하카파르는 질투

와 욕망과 명예는 사람을 세상에서 몰아내는 것들이라고 말했다'의 인용.

25 티쿤 하올람עולם תיקון העולם. 정통파 유대교에서 이 용어는 '모든 우상 숭배가 제거된 세상'을 기대하는 신앙을 표현할 때 쓰인다. 미쉬나(기틴 4, 2)와 카발라 문학 등에서 처음 언급되며, 근대에 이르러 개인이나 사회에서 하느님의 거룩한 뜻(법)이 회복(구현)되기 위한 유대인의 도덕적, 영적, 물질적 책임을 강조하는 의미로 사용된다. '원칙이나 법이 통치하는 세상' '교정된 세계' '개량된 사회' '개혁된 세상' 등으로도 번역할 수 있다. 이 혁신 사상은 신약 성경의 '하느님의 나라', 토머스 모어의 유토피아 사상, 이마누엘 칸트의 영구평화론, 나아가 카를 마르크스의 혁명 사상과도 부분적으로 맞닿아 있다.

26 히브리성경 시편 78장 25절에 나오는 '아비림אבירים'은 우리나라에서는 '권세 있는 자들'(개역개정 성경) 혹은 '천사들'(한글 킹제임스 성경)로 번역되었다.

27 우리나라 성경에서는 주로 '리워야단'으로 표기된다. 성경에 나오는 신화적인 생물이며, 보통 바닷속에 사는 괴물로 여겨진다. (히브리성경 욥기 3장 8절, 41장 1절/아모스 9장 3절/시편 74장 14절, 104장 26절/이사야 27장 1절)

28 히브리성경 열왕기상 10장 1~10절에 등장하는, 솔로몬왕을 만나러 에티오피아에서 온 전설적인 인물.

29 히브리성경 잠언 10장 12절 '미움은 다툼을 일으켜도 사랑은 모든 허물을 가리느니라'의 인용.

30 히브리성경 아가 8장 7절 '많은 물도 이 사랑을 끄지 못하겠고 홍수라도 삼키지 못하나니, 사람이 그의 온 가산을 다 주고 사랑과 바꾸려 할지라도 오히려 멸시를 받으리라'의 인용.

31 바빌로니아 탈무드(산헤드린 11, 97a)의 '이 세대의 얼굴은 개의 얼굴과 같다'를 인용한 것으로 이는 부도덕한 세대를 개탄하는 뜻이다. 여기서는 친구가 못생겼다고 비꼬기 위해서 사용했다.

32 바빌로니아 탈무드(베라콧 3, 22a)에 나오는 구절로, 랍비 예후다 벤 베세이라가 토라를 우물거리며 읽는 학생에게 분명한 목소리로 읽으라면서 하는 말이다.

33 히브리성경 잠언 25장 11절 '경우에 합당한 말은 아로새긴 은쟁반에 금사과니라'의 일부인데, 누구나 알아들을 수 있는 합리적인 말의 가치를 강조하는 것이다.

34 '숄렘 아쉬'라고도 불리는 폴란드 출신의 유대인 소설가이자 극작가(1880~1957). 이디시어로 작품 활동을 했으며, 현대 이디시 문학사에서 손꼽는 최초의 작품인 『신의 기도』(1919)와 희곡 『복수의 신』(1907)을 썼다.

35 히브리어로는 '케리오트 사람 예후다'. 예후다, 즉 유다는 '예후디', 곧 '유대인' 일반, '유대 민족 전체'를 일컫는 단어이기도 하다. 따라서 '예수를 팔아넘긴 가롯 유다'는 다시 말해 '유대 민족 전체가 예수를 배신했다'라는 의미로도 읽힌다. 예수 자신은 물론이고 예수의 제자 전원이 유대인이었음에도, 이는 거의 2,000년간 기독교와 유대교 사이의 종교적 쟁점이었다. 38장 45장 참조.

36 히브리어를 직역하면 '부끄러울 때까지'라는 뜻으로 히브리성경에서는 '그들이 오래 기다려도 왕이 다락문을 열지 아니하는지라'(판관기 3장 25절)라고 했다. 또 '무리가 그로 부끄러워하도록 강청하매 보내라 한지라'(열왕기하 2장 17절)라고 했는데, 언제 올지는 알 수 없는 상황에서 '어찌할 바를 모르며 기다리는' 상태를 나타내는 어구이다.

37 레우벤 루빈(1893~1974). 루마니아 태생의 이스라엘 화가로, 이스라엘 최초의 루마니아 대사를 역임했다. 조화와 풍요, 낙원을

연상시키는 비옥한 땅, 과일, 여성과 아이들을 주로 화폭에 담았
으며, 유대인으로서의 정체성을 표현한 것으로 유명하다. 1973년
이스라엘상을 받았다.

38 히브리문자의 첫 글자.

39 아인[ע]으로 시작하는 '아쉬 עשש'는 히브리어로 '옷좀나방'인데 붕
괴나 쇠퇴, 쇠락을 상징한다. 히브리성경 이사야 51장 8절에 '옷
같이 좀이 그들을 먹을 것이며 양털같이 좀 벌레가 그들을 먹을
것이나 나의 공의는 영원히 있겠고 나의 구원은 세세에 미치리라'
고 기록되어 있다.

40 코나קונה. 이 단어는 일반적으로 현대 히브리어에서 어떤 상품을
구매하는 '고객'이나 '소비자'를 가리키는데, 히브리성경에서는
하느님을 부르는 관용적인 표현으로 쓰이기도 한다.

41 '천지의 주재'는 히브리성경에서 하느님을 부르는 호칭 중 하나이
다. 창세기 14장 19절에 '그가 아브람에게 축복하여 이르되 천지
의 주재이시요 지극히 높으신 하느님이여 아브람에게 복을 주옵
소서'라고 기록되어 있다.

42 히브리어로 맹세할 때 하는 말로 '하느님 맙소사'라는 것은 '(만약
내가 어떤 일을 하지 않는다면) 주님께서 나에게 이러한 일을 금지
하시기를'이라는 뜻이다.

43 히브리성경 이사야 1장 3절 '소는 그 임자를 알고 나귀는 그 주인
의 구유를 알건마는 이스라엘은 알지 못하고 나의 백성은 깨닫지
못하는도다 하셨도다'의 인용.

44 이스라엘 독립전쟁 때를 말한다면 1948년 5~6월경이다.

45 아브라바넬אברבנאל 가문은 중세 이베리아반도에서 가장 오래되
고 유명한 유대 가문 중 하나이며, 성경 시대 다윗 왕가의 후손으
로도 알려져 있다. 그들 가족은 세비야, 코르도바, 카스티야, 칼라

타유드 등지에 살았다. 문자적으로 아브אב(아버지), 라반רבן(제사
장), 엘אל(하느님)의 합성어이다.

46 전 세계의 유대인들이 유대 민족과 문화유산과 영토에 애착심을
    가지게 하고 유대인의 미래와 이스라엘이 더 번영하도록 노력하
    는 비영리단체이다.

47 아브라바넬의 딸 아탈리야는 히브리성경(열왕기하 11장 1~16
    절/역대기하 22장 10절~23장 15절)에 나오는 남왕국 유다를 통
    치한 유일한 여왕으로서 자신의 정적—선왕의 왕자들조차—을
    멸절시켰으나, 훗날 제사장 무리가 일으킨 쿠데타에 의해 살해된
    인물과 이름이 같다.

48 영국 위임통치 시절(1917~1948)부터 발행되었던 이스라엘의 일
    간지(1925~1996)로 노동조합과 노동당을 대변하는 신문이었다.
    '다바르'는 히브리어로 '말씀'이라는 의미이다.

49 이스라엘 건국 시기에 창당한 마팜(1948~1997)은 '노동자연합
    당'의 히브리어 약칭으로 오늘날 메레츠당의 전신이다. 시온주의
    와 함께 마르크스주의를 이념으로 내세웠으며, 아랍 세계와의 대
    결보다는 공존을 강조했다.

50 직역하면 '노동 연합'이라는 뜻으로 영국 위임통치 시절부터 시작
    된 이스라엘 정치 운동(1919~1968)이다. 유사한 정치 세력들과
    이합집산을 이어 가며 오늘날 노동당으로 진화했다.

51 여기 인용된 히브리성경 구절은 민수기 23장 9절로, 선지자 발람
    이 이스라엘 백성을 저주하러 왔다가 축복하는 장면을 통해 이스
    라엘의 유일성을 강조한다.

52 랍비들은 이 세상 모든 것을 하느님이 창조하셨다는 교리를 증명
    하기 위해서 히브리성경에 언급되지 않은 특정한 물품들을 안식
    일이 되는 날 저녁에 창조하셨다고 주장했다. 그중에 '부젓가락으

로 만든 부젓가락'(미쉬나, 아봇 5, 6)이 포함되어 있는데, 부젓가락을 만들기 위해서는 뜨거운 철을 잡는 부젓가락이 있어야 하므로 최초의 부젓가락은 어떻게 만들었는지를 묻고 있다.

53 1874~1952 시온주의 지도자였으며 유대인기구 의장을 거쳐 이스라엘 국가의 초대 대통령을 역임(1949~1952)했다. 원래는 화학자로, 그가 개발한 아세톤은 이스라엘을 건국하는 데 큰 보탬이 되었다.

54 바빌로니아 탈무드(키두쉰 3, 68a)에 나오는 구절이다. 탈무드는 외국인 어머니가 낳은 자식은 어머니를 따라 이방인이 된다고 하면서 히브리성경 창세기 22장 5절('내가 이 아이와 저리로 가서, 예배를 드리고 너희에게로 함께 돌아올 터이니, 그동안 너희는 나귀와 함께 여기에서 기다리고 있거라')을 인용한다. 그러나 여기서 발드는 유대인들은 선조와 신세대가 다를 바가 없다고 말하는 데 이 구절을 사용하고 있다.

55 스위스의 극작가 프리드리히 뒤렌마트가 1956년 발표한 희곡. 세계적인 대부호인 노부인이 쇠락한 도시를 찾아와 막대한 기부금을 약속하며 그 대신 도시 주민들에게 단 한 명의 살해를 요구한다는 내용으로, 돈 앞에서 무너지는 인간상을 그린 작품이다.

56 나탄 알테르만(1910~1970). 이스라엘의 시인, 극작가, 기자, 번역가이다. 폴란드 바르샤바에서 태어났으나 텔아비브로 이주했고, 1938년부터 시집을 발표하며 낭만주의적이고 운율을 중시하는 현대 히브리어 문학 전통을 세워 나갔다. 공식적인 직함을 맡은 적은 없지만, 이스라엘 건국 시기에 사회주의적 시온주의 운동에 깊이 관여했다.

57 현대 히브리 문학에 지대한 영향을 미친 시인 나탄 자흐(1930~2020)가 1959년 잡지 《아흐샤브》에 기고한 글로, 운율을 지나치게 강조하는 당시 시온주의 시인들의 관행을 비판하고 새로운 운

문 전통을 창조한 것으로 평가받는다. '아흐샤브'는 히브리어로 '지금'이라는 의미이다.

58 랍비 모세 벤 마이몬(모세스 마이모니데스)을 높이기 위해 '모세 부터 모세까지 모세 같은 자가 일어나지 않았다'라고 했던 말을 따온 것이다. 121번 주석 참조.

59 1936~2005 이스라엘의 시인, 번역가, 평화운동가.

60 ?37~?100 로마 제국 시대의 정치가이자 역사가. 예루살렘에서 요세프 벤 마타티야후란 이름을 받고 태어났으나 로마군에 항거 하다 체포되어 투항한다. 로마로 이주하여 요세푸스 플라비우스 로 이름을 바꾸어 유대 역사가로 활동했다. 오늘날까지 정통 유대 교도들에게 배신자로 평가되나, 그리스어로 쓴 『자서전』 『유대 전 쟁사』 『유대 고대사』 등 중요한 저작을 남겼다.

61 ?~?942 본명은 마흐부브 이븐꾸스탄틴이며, 히에라폴리스(현재 시리아의 만비즈 지역)의 멜키트 그리스 가톨릭교회 주교였다. 아 랍어로 쓴 역사책을 남겼다.

62 번역 과정에서 이와 관련하여 작가 아모스 오즈와 직접 나눈 이메 일 대화에서 그는 'אותו האיש'(오토 하이쉬)는 예수의 이름을 언급 하는 것조차 꺼리던 유대 사회에서 경멸적인 방법으로 예수를 부 르던 호칭이었으며, 동시에 오랜 기간 기독교 국가로부터 억압받 던 상황 속에서 문제 발생을 피하기 위한 수단으로 유대인들끼리 예수를 부르던 일종의 암호 같은 것이었다고 설명해 주었다. 또 고대 히브리어의 'אותו האיש'란 '내가 말하는 그가 누군지 네가 아 는, 그 사람'이라는 뜻이라고 풀어 주면서, 현대 히브리어의 'ההוא האיש'(하후 하이쉬)나 'האיש'(하이쉬)와 같은 표현과 개념적인 차 이가 없다고 답해 왔다. 결국 '그 사람'으로 번역하는 것이 무난하 겠다는 조언까지 친절하게 해 주었다.
영역판에서는 기록말살형damnation memoriae('기억이여 저주를 받을지어다')을 추가하고 있는데, 이는 로마의 원로원에서 반역자나 국가의 명예를 훼손한 자들에게 처했던 형벌로서, '그 사람'에 관한 기록, 문서, 그림, 조각은 물론 사람들의 기억에 남은 추억과 흔적조차 모두 지워 버릴 것을 요구한 형벌과 연관 짓고 있다. 따라서 '그 사람'은 애초에 존재하지 않았던 사람처럼 취급되고, '그 사람'의 이름을 공개 석상에서 언급하는 행위조차 허용되지 않았음을 강조한다. 그러나 히브리 문헌이나 전통에서 이름을 언급하지 않는 것이 저주가 된다는 개념이 있었는지는 확실하지 않다.

63 고대 유대 현인 중 10~220년 사이에 활동한 랍비를 가리키는 호칭으로, 복수형은 탄나임이다. 탄나임의 의견은 주로 『미쉬나』에 기록되어 있다.

64 시므온 벤 아자이는 2세기 초 이스라엘의 야브네에서 활동한 탁월한 탄나 중 하나로 꼽힌다(바빌로니아 탈무드, 산헤드린 1, 17b 등). 벤 아자이의 스승 중에는 예호슈아 벤 하나니아가 있었는데, 그는 당대 최고의 랍비로 꼽히던 아키바에 필적할 만한 학문과 재능을 가진 자였다(네다림 10, 74b). 하지만 벤 아자이는 아키바와도 동료이자 사제 관계를 맺고 있었다고 알려진다.

65 『미쉬나』와 『토세프타』와 『탈무드』 등 유대 전통 문헌들은 크게 여섯 세데르(질서, 체제)로 나뉘고 각 세데르는 여러 마쎄켓(논문)으로 나뉜다. 예를 들어 본문에 나오는 산헤드린은 『토세프타』 안에 세데르 네지킨 안에 마쎄켓 산헤드린이라는 이름으로 실려 있으며, 관례적으로 세데르 이름은 생략하고 마쎄켓 이름만 언급한다.

66 산헤드린 7, 67a.

67 히브리성경에 관한 고대 유대 전통과 중세 랍비들의 가르침들을 엮어서 13세기 즈음 랍비 시므온이 펴낸 미드라쉬 모음집 중 민수기 편.

68 고대 유대인들이 주로 예배 시간에 낭송하기 위해서 쓴 운문.

69 5~6세기경 이스라엘 땅에 살았던 시인으로, '피유트의 아버지'라
고 불렸다. 피유트뿐만 아니라, 히브리성경에 관련된 제의시祭儀詩
와 기도문들을 남겼다.

70 시 형식의 한 종류로서 각 연의 첫 글자에 자음이 순서대로 오도
록 지은 운문이나 각 구의 첫 글자를 조합하면 다른 뜻의 말이 나
타나는 형식의 시를 말한다. 예를 들면, Ἰησοῦς Χριστός, Θεοῦ
Υἱός, Σωτήρ(하느님의 아들이자 구세주이신 예수 그리스도)'에서
각 단어의 첫 글자를 따 조합하면 이크수스ΙΧΘΥΣ, 즉 '물고기'라
는 뜻이 된다. 일본에서도 오리쿠[折句]라고 하여 마찬가지로 시
의 용법 중 하나로 쓰이고 있다.

71 베들레헴 남서쪽 약 5킬로미터 떨어진 팔레스타인 마을 알카데
르에 위치한 세 개의 커다란 물 저장소. 가로 118미터, 세로 179
미터, 깊이 8~16미터로 약 290,000세제곱미터의 물을 보관할 수
있다. 이 저수지는 기원전 100~기원후 30년 사이에 건설되었으
며, 총길이 약 80킬로미터의 여러 송수로를 통해 예루살렘과 헤
로디온에 물을 공급했다. 영국 위임통치 시절에는 펌프를 사용하
여 예루살렘에 물을 공급했으며, 1967년까지 쓰였다. '솔로몬의
저수지'라는 명칭은 히브리성경(전도서 2장 6절)에 솔로몬이 '나
무들이 자라나는 숲에 물을 대려고 여러 곳에 저수지도 만들어
보았다'라는 구절과 요세푸스의 『유대 고대사』(8, 186)가 언급한
'솔로몬이 왕비들을 위해 물이 풍부한 에탐 샘에 저수지를 만들어
한 번에 천 명이 목욕할 수 있도록 했다'라는 기록을 근거로 붙여
졌다.

72 이스라엘이 영국 식민지였을 때 유대인 거주자들이 조직한 시온
주의 군사 조직이다. 이스라엘 건국과 함께 '이스라엘방위군IDF
(Israel Defense Forces)' 설립의 토대가 된다.

73　역사가 벤치온 디누르를 중심으로 편찬한 현대 이스라엘의 국방사로, 유럽에서 팔레스타인으로 온 제1차 이주(알리야)로부터 독립전쟁과 이스라엘 국가 성립까지 유대인들이 벌였던 무력 투쟁의 역사를 담았다. 1954년에서 1972년에 걸쳐 모두 여덟 권으로 출간되었다.

74　이스라엘 건국과 그 후 일어났던 전쟁 중에 사망한 이들이 남긴 시, 소설, 악보, 그림, 사진, 일기, 편지, 목록, 자서전 등을 모아서 1952년 국방부에서 발간한 책이다.

75　탈무드(바바 바트라 1, 12b)의 '성전이 무너진 날 이후로 예언을 예언자들로부터 빼앗아 어리석은 자들과 아이들에게 주었다'를 인용한 것으로, 예언을 하려는 발드의 친구가 어리석거나 어린아이처럼 철이 없다고 책망하는 말이다.

76　히브리성경 잠언 27장 22절 '미련한 자를 곡물과 함께 절구에 넣고 공이로 찧을지라도 그의 미련은 벗겨지지 아니하느니라'에 나오는 어구.

77　유대인 가정에서 유월절 제의를 진행할 때 『하가다』라는 예배서書를 사용하는데, 유월절이라는 명절이 어떤 일을 기념하는지 설명해 주는 부분에서 서로 다른 아들 네 명이 언급된다. 현명한 아들, 사악한 아들, 어리석은 아들, 그리고 묻는 방법을 모르는 아들. (최창모, 『유월절 기도문』, 보이스사, 2000. 참조)

78　이 어구를 직역하면 '그녀에게 (향수가) 뿌려지기를'이 된다. 이는 유대 랍비들의 창세기 해석인 『창세기 랍바』(85, 3)를 인용한 것인데, 누군가 어떤 행동을 이미 했거나 어떤 결정을 내렸다면 자기가 선택한 길에 만족하기를 바란다는 뜻이다.

79　히브리성경 잠언 30장 18~19절 '내가 심히 기이히 여기고도 깨닫지 못하는 것 서넛이 있나니, 곧 공중에 날아다니는 독수리의 자취와 반석 위로 기어 다니는 뱀의 자취와 바다로 지나다니는 배

의 자취와 남자가 여자와 함께한 자취이며'의 인용.

80   '바깥 어두운 데 쫓겨나 거기서 울며 이를 갈게 되리라.' (신약성경 마태오복음 8장 12절, 22장 13절, 25장 30절)

81   카르멜산 북부 산지 경사면의 산 정상과 해변 중간 정도에 있는 상업 중심지로 하이파 항구가 내려다보인다.

82   바알 네페쉬 בעל נפש. 직역하면 '혼의 주인'이다. 바빌로니아 탈무드(닛다 2, 16b)의 '바알 네페쉬는 남편이 되면 [(부정한?) 아내를] 버리지 않는다'라는 구절에서처럼 '결연한 사람' '완전론자' '대담한 사람' '동정심이 있는 사람' '감정이 풍부한 사람' '신실한 사람' 등의 의미로 사용된다.

83   전쟁에서 적에게 유용하게 사용될 가능성이 있는 모든 것을 파괴하는 전략인 '초토화焦土化'는 아무것도 남기지 않으려고 들판을 태운다는 데서 나온 말로, 히브리어로는 '그슬린 땅'으로 표현된다. 발드는 아탈리야가 그 전에 경험했던 일들 때문에 아무런 감정도 남기지 않고 태워 버린, 메마른 땅과 같은 상태임을 강조하고 있다. 히브리성경 이사야 35장 7절에서 언급한 광야의 자연조건을 의미하는 '메마른 땅'과의 연관성은 적어 보인다.

84   신약성경 마태오복음 21장 18~22절/마르코복음 11장 12~14절, 20~25절.

85   카페 보츠 קפה בוץ. 직역하면 '진흙 커피'이다. 이민 사회인 이스라엘에서 유대인들이 마시는 커피는 다양하다. 원두커피를 갈아 여러 향신료를 넣어서 풍미를 더하는데, 주로 긴 손잡이가 달린 주전자에 직접 끓인다. 일반적으로 터키식 커피나 아랍 커피, 또는 블랙커피라고도 부르며, 여기에 생강을 조금 넣어 끓여 마시는 것도 즐긴다.

86   물기가 스며들지 않도록 한쪽에 기름 막을 입힌 천. 당시 식탁보

로 많이 사용했다.

87 메나헴 베긴(1913~1992). 이스라엘 정치인으로 보수 정당 '리쿠드'를 창당했고 여섯 번째 이스라엘 총리(1977~1983)로 일했다. 이스라엘 건국 이전에는 시온주의 무장 집단 '이르군'을 이끌며 영국 식민지 정부에 저항했고, 건국 후에는 '헤루트'(자유당)를 이끌며 야당 지도자로 자리를 굳혔다. 1977년 선거에서 승리하여 총리가 된 후, 이듬해 이집트 안와르 사다트 대통령과 역사적인 평화협정을 체결했으며, 이 공로로 베긴과 사다트는 1978년 노벨 평화상을 수상했다. 점령 지역에 정착촌을 건설하기 시작했고, 팔레스타인해방기구PLO를 견제하기 위하여 레바논 전쟁을 일으켰다.

88 이스라엘 북부 갈릴리 산간 해발 900미터에 자리하고 있으며, 16세기 이래로 유대교 신비주의 전통인 카발라의 중심 도시이다. 예루살렘, 헤브론, 티베리아스와 함께 유대교 4대 성지로 꼽힌다.

89 러시아식 털모자. 머리 위로 말아 올려 묶을 수 있는 귀덮개가 달렸다.

90 예루살렘 르하비아 지역에 있는 기독교 수도원. 1874년, 유대교에서 예수회로 개종한 유대계 프랑스 수도사 마리알폰스 라티스본(1814~1884)이 건립했다. 라티스본은 1855년 예루살렘으로 건너와 유대인을 기독교로 개종시키기 위해 노력했으며, 유대인 아이들을 위한 고아원을 운영하기도 했다.

91 1887년 모라비아형제회에서 나환자를 돌보기 위해 세웠고, 1950년에 유대민족기금에 매각했다. 2000년까지 의료 시설로 운영되었으나 환자들은 차차 전문적인 병원으로 옮겨 갔고, 현재는 베찰렐 예술 및 디자인 학교의 작품 전시관으로 사용되고 있다.

92 예후다 하레비의 시 「시온 네가 묻지 않았나?」의 시구이다.

93 여러 별칭과 판본을 낳은 『사제의 변증에 관한 이야기』는 유대인
　이 창작한 반기독교 작품 중 가장 오래된 글로 간주된다. 히브리
　어로 쓰였으나 실제 기록 언어는 유대-아랍어이다. 원저자는 알
　수 없는데 900년경 히브리어로 번역하면서 '사제 네스토르의 변
　증'이라 명명함으로써 이 책의 저자가 마치 네스토르인 것처럼 잘
　못 알려지는 계기가 되었다.

94 네스토리우스가 창시한 기독교의 한 파. 그리스도의 신성과 인성
　의 불일치를 주장하여 이단시되었으나 교리는 페르시아를 거쳐
　인도와 중국에까지 퍼졌다. 당나라의 '경교'가 바로 이것이다.

95 히브리어로 '모순'은 '스티라', '숨겨지다'는 '니스타르'이므로 네
　스토르와 비슷하게 들린다.

96 아담의 7대손. 신앙심이 깊어 하느님과 동행한 것으로 성경에 기
　록되어 있다.

97 엘리야의 제자이며 후계자. 논리적 예언자로 이교도의 신 바알의
　예언자를 국내에서 추방하여 엘리야의 사업을 성취하였다.

98 히브리성경(신명기 26장 8절 등)에서 자주 나오는 어구로, 우리말
　성경에서는 주로 '이적異蹟과 기사奇事'로 번역된다.

99 신약성경 마태오복음 27장 40절/마르코복음 15장 30절 참조.

100 히브리성경 신명기 21장 22~23절 참조.

101 신약성경 마태오복음 10장 34절 참조.

102 신약성경 마태오복음 10장 16절 참조.

103 신약성경 루가복음 21장 10~19절 참조.

104 25번 주석 참조.

105 자음으로만 구성된 히브리문자는 단어 밑에 단어의 발음과 의미
　를 보다 명확하게 하도록 모음 부호에 해당하는 방점을 찍는데,

이를 묘사하는 것이다.

106 스코푸스산을 이른다. 히브리어로 '하르 하초핌'. 예루살렘 북동부에 있는 해발 826미터의 언덕이며 키드론 계곡을 사이에 두고 예루살렘 구시가지를 조망하고 있다. 1948년 아랍-이스라엘 전쟁 이후에 요르단이 다스리던 동예루살렘 지역 중에서 UN이 보호하는 이스라엘의 고립 영토로 인정받았고, 이 상황은 1967년까지 지속되었다. 하르 하초핌 위에는 예루살렘 히브리 대학교 캠퍼스가 있어서, 당시 유대인들은 서예루살렘에서 이곳까지 왕래하는 데 요르단 정부의 허가가 필요했다.

107 히브리성경 잠언 10장 12절 '미움은 다툼을 일으켜도 사랑은 모든 죄를 가리느니라'의 일부를 인용했는데, 우리말 성경에서는 '죄'를 '허물'로 번역했다.

108 히브리성경 잠언 13장 12절 '소망이 더디 이루어지면 그것이 마음을 상하게 하거니와 소원이 이루어지는 것은 곧 생명나무니라'의 인용.

109 게오르기 막시밀리야노비치 말렌코프(1902~1988). 소비에트 연방의 정치인. 스탈린의 심복으로, 스탈린 사후 그의 뒤를 이어 소련의 최고 지도자가 되었다. 니키타 흐루쇼프를 후계자로 지명했으나, 후에 니콜라이 불가닌, 뱌체슬라프 몰로토프 등과 니키타 흐루쇼프를 실각시키려다 정치국에서 사직당했다.

110 뱌체슬라프 미하일로비치 몰로토프(1890~1986). 제정러시아의 언론인, 혁명가이자 소비에트 연방의 정치인, 외교관이다. 레닌에 반기를 들고 스탈린의 정치적 동지로 자리 잡았으며, 스탈린의 오른팔로 활약했다. 스탈린 사후, 스탈린 격하 운동을 추진했던 니키타 흐루쇼프와 대립하다가 좌천되었다.

111 니콜라이 알렉산드로비치 불가닌(1895~1975). 소비에트 연방의 정치인. 스탈린에 충성을 다해 대숙청을 무사히 넘기고 승진했다.

스탈린 사후, 니키타 흐루쇼프와 연합하여 게오르기 말렌코프와 권력투쟁을 벌였고, 이후에는 뱌체슬라프 몰로토프가 주도한 반 흐루쇼프 운동에 참여하다가 실각했다.

112 니키타 세르게예비치 흐루쇼프(1894~1971). 제정러시아의 혁명 가, 노동운동가이자 소비에트 연방의 정치인이다. 스탈린주의를 비판하였고 대외적으로는 미국을 비롯한 서방 국가와의 공존을 모색하였다. 그의 탈스탈린화 정책과 반스탈린주의 정책은 공산 주의 국가들에 폭넓은 충격과 반향을 불러일으켰다. 8번 주석 참조.

113 아랍어로 '고투' 또는 '분투'를 가리킨다. 예를 들어 라마단 기간 중 해가 떠 있을 때는 식욕을 억제하고 금식하는 것도 지하드라고 부를 수 있다. 그러나 정치적으로는 이슬람의 질서를 완성하는 거 룩한 전쟁 즉 성전聖戰을 의미하기도 한다.

114 러시아어로 '국가보안국 교정노동수용소의 주 관리 기관'의 약 자인데, 원래는 러시아 정부 기관의 명칭이었지만 시간이 가면서 '강제 노동'의 대명사로 쓰이게 되었다.

115 히브리성경 에제키엘 38장 2절 '인자야, 너는 마곡 땅에 있는 로 스와 메섹과 두발왕 곡에게로 얼굴을 향하고 그에게 예언하여'를 인용하면서 언어유희를 즐기고 있다. 여기서 곡은 사람 이름이고 마곡은 그가 지배하는 땅 이름이다. 그런데 발드는 마곡이라는 지 명에 '데'를 첨가하여 데마고그demagogue 즉 '대중 선동가'와 연 결 짓고 있다. 이 단어의 어원인 그리스어 데마고고스δημαγωγός 는 민중을 의미하는 데모스δῆμος와 지도자를 뜻하는 아고고스 ἀγωγός의 합성어로 대중들의 편견과 무지를 악용하여 자신의 정 치적 목적을 이루려는 선동 정치가를 의미한다. 고대 아테네에서 부터 등장한다.

116 히브리성경 미가 4장 3~4절 '그가 많은 민족들 사이의 일을 심판

하시며, 먼 곳 강한 이방 사람을 판결하시리니, 무리가 그 칼을 쳐서 보습을 만들고, 창을 쳐서 낫을 만들 것이며, 이 나라와 저 나라가 다시는 칼을 들고 서로 치지 아니하며, 다시는 전쟁을 연습하지 아니하고, 각 사람이 자기 포도나무 아래와 자기 무화과나무 아래에 앉을 것이라. 그들을 두렵게 할 자가 없으리니, 이는 만군의 여호와의 입이 이같이 말씀하셨음이라'의 인용.

117 히브리성경 욥기 7장 1~2절 '이 땅에 사는 인생에게 힘든 노동이 있지 아니하겠느냐? 그의 날이 품꾼의 날과 같지 아니하겠느냐? 종은 저녁 그늘을 바라고, 품꾼은 그의 삯을 기다리나니'의 인용.

118 ?960~?1040 11세기 프랑스 태생의 아슈케나지(유럽에 거주하는 유대인) 랍비로서 훗날 아내와 아들들이 그의 뜻에 반하여 기독교로 개종한 것으로 알려졌다.

119 유대법 관련 주석서이다.

120 1140년경 스페인의 유대 철학자이자 시인인 랍비 예후다 하레비가 쓴 유대 변증서 중 가장 유명한 책이다. 역사적인 논쟁의 여지가 있다손 치더라도, 유대교로 개종한 전설적인 하자르의 왕에게 유대인 랍비가 유대교 전통을 설명하는 내용이다. 본래 이 책은 '품위 있는 종교를 뒷받침하는 논박과 증명의 책'이라는 제목으로 아랍어로 쓰였으며, 유다 벤 사울 이븐티본을 포함한 여러 학자들에 의해서 히브리어로 번역되었다.

121 람밤은 랍비 모세 벤 마이몬을 간단하게 줄여서 부르는 이름이며, 보통 마이모니데스라는 이름으로 알려져 있다. 그의 저서 『미쉬네 토라』는 유대법 전통 전체를 포함하는 방대한 법률 해석서이다.

122 람밤이 예멘(데만)에 메시아라고 자처하는 자가 일어나 잘못된 가르침을 펼치고 있는 상황을 경계하기 위해서 기록한 편지이다.

123 프로방스 출신의 중세 랍비이자 성경 주석가, 언어학자이자 문법
학자인 라다크, 즉 랍비 다비드 킴히가 쓴 변증서로, 토라를 부인
하는 사람들에게 토라의 도덕적 덕목이 얼마나 믿음직스러운가
를 논증하기 위해서 충성스러운 유대인과 이교도 사이의 대화 형
식을 취하고 있다.

124 에레츠 하츠비אֶרֶץ הַצְּבִי. 직역하면 '아름다운 땅'이며 이스라엘 땅
을 가리키는데, 아름다울 뿐만 아니라 '찬란하게 빛나고 사랑스러
운 땅'이라는 뜻이다. 히브리성경 다니엘 11장 16절 '오직 와서 치
는 자가 자기 마음대로 행하리니 그를 당할 사람이 없겠고, 그는
영화로운 땅에 설 것이요, 그의 손에는 멸망이 있으리라'에 나오
는 어구이다.

125 1904~1976 프랑스의 배우이자 군인이다. 유성영화와 더불어 배
우로 데뷔한 가뱅은 프랑스 영화의 황금기인 1930년대부터 쥘리
앵 뒤비비에, 장 르누아르, 마르셀 카르네 등 명감독의 대표적 작
품에 빠지지 않고 출연했다. 비평가 앙드레 바쟁이 '동시대 영화
의 비극적 영웅'이라고 불렀던 그는 프롤레타리아 노동자, 탈영
병, 혹은 어떤 식으로든 실추한 인물상을 연기하며 독일 점령기
프랑스인의 모든 투쟁과 희망을 스크린에 담아낸 국민 배우였다.
주요 작품으로 〈망향〉(1937) 〈위대한 환상〉(1937) 〈안개 긴 부
두〉(1938) 〈야수 인간〉(1938) 〈새벽〉(1939) 〈암흑가의 두 사람〉
(1973) 등이 있으며, 프랑스 문화에 이바지한 공로로 레지옹 도뇌
르를 수훈했다.

126 테오도어 헤르츨(1860~1904). 오스트리아헝가리 제국의 유대계
헝가리인 언론인. 시온주의의 주창자로, 이스라엘에서는 다비드
벤구리온, 하임 바이츠만과 함께 국부로 칭송받는다. 연령대에서
도 헤르츨이 벤구리온, 바이츠만보다 앞선 인물이었고, 두 사람은
헤르츨의 후계자 격이나 마찬가지였다. 전 세계에 흩어진 유대인
의 귀향을 이뤄 내고 민족 국가의 기틀을 닦았다는 점에서 모세와

비견된다는 시각도 있다. 동포들의 귀향을 이끌었지만, 정작 본인은 그 전에 객지에서 세상을 떠난 것까지 닮아 있다.

127 이츠하크 벤츠비(1884~1963). 역사가이며 독립운동가였고 이스라엘의 제2대 대통령(1952~1963)을 역임했다. 1948년 이스라엘 건국 때 독립선언문에 네 번째로 서명한 인물이다.

128 밀이나 호밀로 구운 지중해식의 납작한 빵으로, 가운데가 주머니처럼 비어 있어서 고기나 채소를 넣어 먹을 수 있다.

129 지중해, 캅카스, 중동, 북아프리카 지역에서 널리 애용하는 소스로, 깨와 다른 향신료를 함께 갈아 만들어서 걸쭉하며, 빵에 찍어 먹거나 요리에 첨가한다. 영어권에서는 '타히니'라고 한다.

130 지중해와 중동 지역에서 대중적인 인기를 누리는 소스로, 주로 병아리콩에 테히나, 올리브기름, 레몬즙, 소금, 마늘 등을 넣어서 갈아 만드는데, 지역에 따라 다양한 향신료를 첨가하기도 한다.

131 높은 압력으로 등유를 뿜어 불을 피우는 최초의 화로로 1892년에 스웨덴 발명가 프란스 빌헬름 린드크비스트가 개발했으며 대중적인 인기를 얻어 세계적인 화로가 되었다.

132 포도와 아니스 씨앗으로 만든 희고 반투명한 알코올 농도 40~63퍼센트의 증류주로 서아시아와 지중해 동부 해안 지역 사람들이 주로 마시는 전통주이며, 보통 물을 섞어 희석하면 뿌옇게 변한다.

133 히브리성경 전도서 7장 26절 '마음은 올무와 그물 같고 손은 포승 같은 여인은 사망보다 더 쓰다는 사실을 내가 알아내었도다'에 나오는 구절로, 여기서 '알아내다'라고 번역된 히브리어 동사(현재형)가 '찾는다'란 의미의 모쩨מוצא이다.

134 히브리성경 잠언 18장 22절 '아내를 얻는 자는 복을 얻고 여호와께 은총을 받는 자니라'에 나오는 구절로, 여기서 '얻다'라고 번역

된 히브리어 동사(과거형)가 '찾았다'란 의미의 마짜אצמ이다.

135 1908~2002 프랑스의 군인. 제2차 세계대전, 제1차 인도차이나 전쟁, 알제리 전쟁, 수에즈 위기 등 수많은 전쟁에 참여했는데, 1955~1956년 낙하산부대를 이끌고 알제리 반군을 진압하는 과정에서 공개적으로 고문을 한 일로 후에 국제사회의 비난을 받는다. 2000년 세계 최대의 인권 단체인 국제앰네스티는 그에 대한 처벌을 프랑스 정부에 요청했으나 거절당했다.

136 히브리어로 샤아르 하가이, 아랍어로 밥 알와드는 텔아비브-예루살렘 고속도로의 예루살렘 23킬로미터 지점에 있는 가파른 바위 절벽 사이의 계곡을 가리키는 지명이다. 1947~1948년 전쟁 당시 이 계곡에서 팔레스타인 민병대와 유대인 하가나 여단 간의 치열한 전투가 벌어져 쌍방의 희생이 컸다. 오늘날까지 일부 흔적을 찾아볼 수 있다.

137 중동 지역과 유럽 남부, 카스피해 주변에서 서식하는 허브과의 초본식물로서 보통 키가 30~60센티미터, 가지의 너비가 2~2.5미터 크기로 자란다. 방부와 기침에 효과가 있으며, 거담제로도 쓰인다. 히브리성경 시편 51장 7절 '우슬초로 나를 정결하게 하소서 내가 정하리이다'에도 나온다.

138 '물리'는 슈무엘이라는 이름을 간단히 줄이고 뒤에 소유격 어미를 붙인 애칭으로 '나의 슈무엘'이라는 뜻으로 쓰인다.

139 리라는 이스라엘에서 1952년부터 1980년까지 사용했던 화폐단위이다. 1980년 2월부터는 세겔 하다쉬를 쓴다.

140 단행본에는 없는 문장이 전자책에 들어가 있는데, 문맥상 이 문장을 넣어 주는 편이 의미를 분명하게 해 주는 것으로 여겨져 넣어서 번역했다. 이에 관하여 오즈에게 문의하려던 참에 그가 세상을 떠났다는 소식을 들었다. (2018년 12월 28일)

141 1956년 프랑스와 영국과 이스라엘이 국유화된 수에즈 운하 운영
    권을 차지하려고 이집트를 침공한 사건. 유럽에서는 수에즈 위기
    나 제2차 중동전쟁으로, 아랍권에서는 삼자 침공으로, 이스라엘
    은 시나이 전쟁이라고 부른다. 이들 3국은 침공에는 성공했으나
    UN의 제재로 철수했으며, 당시 이집트 대통령 가말 압델 나세르
    (1917~1970)는 범汎아랍주의를 주창하고 아랍 민족주의를 이념
    으로 한 권력 기반을 구축하는 계기로 삼았다.

142 히브리성경 애가 5장 21절 '여호와여 우리를 주께로 돌이키소서.
    그리하시면 우리가 주께로 돌아가겠사오니 우리의 날들을 다시
    새롭게 하사 옛적 같게 하옵소서'의 일부.

143 칼 구스타브 에밀 만네르헤임(1867~1951). 핀란드의 군인이자
    정치인. 제2차 세계대전 당시 핀란드 방위군 총사령관, 제6대 대
    통령(1944~1946)을 역임했고 전쟁 원수 칭호를 받았다. 핀란드
    의 건국, 러시아와 독일 등 외세 열강으로부터 독립을 지켜 낸 데
    있어 만네르헤임이 기여한 바는 달리 견줄 데가 없으며, 오랫동안
    근대 핀란드의 국부라고 칭송받아 왔다. 2004년 핀란드의 한 설
    문 조사에서 만네르헤임이 전 역사를 통틀어 가장 위대한 핀란드
    인으로 뽑혔다.

144 퀴외스티 칼리오(1873~1940). 핀란드의 정치인. 총리를 4회, 의
    회의장을 6회 역임하고 제4대 대통령(1931~1937)으로 일했다.

145 러시아어 무지크는 토지와 함께 매매된 봉건시대 최하위 계급의
    농민, 즉 농노를 일컫는 말로서 비유적으로 노예(같은 사람)를 의
    미한다. 1861년 알렉산드르 2세가 농노 해방령을 공표했다.

146 여기서도 단행본과 전자책 간에 차이를 보인다. 전자책의 텍스트
    는 다음과 같다. '거친 콘크리트로 만든 회색 담장 위에 바싹 마른
    길고양이 한 마리가 깜짝 놀라서 아니면 호기심 때문인지 아무런
    두려움도 없이 서서 슈무엘을 바라보고 있었다. 슈무엘이 중얼거

렸다. "고마워. 너도 좋은 아침." 그리고 그 동물의 등을 쓰다듬으려고 조심스럽게 손을 뻗었다. 놀랍게도, 고양이는 펄쩍 뛰지도 않고 그에게서 도망을 치지도 않았으며 그의 손가락들 밑으로 몸을 웅크리면서 작고 불안하게 우는 소리를 냈는데, 마치 슈무엘을 동정하는 듯했다. 잠시 후 그는 생각을 바꾸어 고양이의 따스한 등을 쓰다듬던 손가락들을 거두고, 등을 돌려 천천히 점잖은 걸음걸이로 그곳을 떠났다.'

이 대목은 두 여자 사이에서 방황하는 슈무엘의 상태를 암시하는바, 두 텍스트 사이의 차이가 선명하다. 저자가 살아 있었다면 왜 원고를 수정했는지 꼭 물어보고 싶었던 대목이다. 아모스 오즈의 작품에 고양이는 자주 등장한다. 쥐의 등장은 아마 여기가 처음이다. 따라서 역자가 보기에 이 대목에서도 전자책 쪽이 더 잘 어울린다. (최창모, 「현대 히브리 문학의 고양이 모티프/이미지 연구—아모스 오즈의 『나의 미카엘』을 중심으로」, 《외국문학연구》 52(2013), Pp.291-323. 참조)

147 바빌론과 로마에 의한 멸망에서 비롯된 유대인들의 포로 생활과 이산離散, 즉 디아스포라를 의미한다.

148 나라를 잃고 약 2,000년간 전 세계를 떠돌아다니며 유대인들이 겪은 추방과 차별, 억압과 고난을 총칭한다.

149 19세기 말에서 20세기 초에 러시아에서 유대인들을 학살하고 유대인들의 재산을 약탈하던 사건들을 통틀어 이른다.

150 중세 가톨릭교회에서 이단심문의 목적으로 시행한 종교재판을 일컫는데, 특히 15세기 말 스페인에서 유대인들을 학살하고 유대인들의 재산을 약탈한 사건을 가리킨다.

151 중세 유럽에서 유대인들의 재산을 빼앗거나 유대교를 탄압하기 위해서 유대인들이 기독교인들을 살해했다는 누명을 뒤집어씌운 명예훼손 사건들을 가리킨다.

152 본래는 기원전 2세기 셀레우코스 왕국의 안티오코스 4세가 예루
살렘에 제우스 신전을 짓고 헬라화 정책을 펼치기 위해 유대교의
율법을 파괴하라는 법령을 포고한 사건(마카베오상 1장 41~50
절)을 가리키는 단어인데, 종종 일신교와 다신교 사이의 충돌로
이해된다. 여기서는 포괄적으로 유대교에 대한 일체의 파멸 행위
를 이른다.

153 나치의 유대인 대학살(홀로코스트)을 의미한다.

154 이 소설의 원제이기도 하다. '예수 그리스도께서 가룟 사람 유다
와 나누신 계시에 대한 비밀스러운 이야기'로 시작되는 『유다복
음서』는 예수와 가룟 유다 사이에서 이루어진 대화 형식으로 기
록된 영지주의(육체와 정신을 나누는 급진적인 이원론으로, 인간
이 어떤 신비로운 지식을 통해 육체를 벗어남으로써 신과 같은 영적
인 존재가 될 수 있다는 종파) 복음서 중 하나이다. 이 책은 '유다의
예수 배반'이 사실은 예수가 인류 구원이라는 지상 과업을 완성
하기 위해 유다와 미리 모의한 것으로 쓰고 있다. 『유다복음서』는
180년대에 이레나이우스 주교가 『이단 논박』을 통해 이단서라고
경고한 바 있다. 현재 4세기에 쓰인 콥트어 문서로 남아 있는데,
이 사본은 1976년 이집트의 한 골동품 시장에서 발견되었으며,
2006년 전미지리학회에 의해 일부 복원되어 영어, 프랑스어, 독
일어 등 세계 주요 언어로 동시에 공개되었다.

155 1194~1270 스페인 카탈루냐의 헤로나에서 태어나 십자군 전쟁
이후 파괴된 예루살렘 유대 공동체 재건 운동에 중요한 역할을 담
당했던 중세 유대인 대학자, 스파라드(이베리아반도를 기원으로
하는 유대인) 랍비, 철학자, 의사, 카발라 신비주의자, 성경학자이
다.

156 스페인 북동부의 프랑스와의 국경 지방으로 세 개 도(우에스카,
사라고사, 테루엘)가 여기에 속한다. 12세기 말경 무슬림을 완전
히 재정복했던 아라곤 왕국의 영토였으며, 오늘날 사라고사는 아

라곤주 사라고사도의 도청 소재지이다.

157 히브리어로 '야코브 1세'라고 불린 아라곤 왕국의 군주, 정복왕
     차이메 1세(1208~1276)는 70년 가까이 권좌를 지키며 아라곤과
     바르셀로나의 영토를 넓혔다.

158 13세기 스페인 태생의 유대인으로 기독교로 개종한 뒤 도미니크
     수도회 수사라는 지위를 이용해서 유럽에 사는 다른 유대인들을
     기독교로 개종시키는 일을 했다.

159 1263년 7월 20~24일에 행해진 기독교와 유대교 대표들 사이의
     공개 논쟁으로, 예수가 메시아인지 아닌지, 성경에 따르면 메시아
     가 신인지 인간인지, 그리고 진짜 믿음을 가진 자가 유대인인지
     기독교인인지에 관해 토론했다. 교회의 지도자들과 기사들이 참
     석한 가운데 아라곤의 왕 차이메 1세 앞에서 유대교에서 기독교
     로 개종한 도미니크회 수도사 파블로 크리스티아니와 중세 유대
     교를 이끌던 람반(모세 벤 나흐만) 사이에서 벌어졌다. 바르셀로
     나에서 유대인들은 기독교인들과 마찬가지로 자유롭게 자신들의
     견해를 피력할 수 있는 자유가 주어졌으나, 이 논쟁은 결국 탈무
     드와 랍비 문서들을 불태우고 유대인에게 폭력이 행사되는 계기
     가 되었다.

160 1950~1960년대에 아랍인들이 시리아, 이집트, 요르단으로부터
     이스라엘로 침투해 들어와 시민들과 군인들을 공격할 때마다 정
     부는 이에 상응하는 보복 공격을 감행했는데, 이 작전의 목적은
     미래의 공격을 억제하고 예방하는 데 있었다.

161 히브리어로 '달'은 '야레아흐'인데, '레바나' 즉 '하얀 것'이라고도
     한다.

162 예루살렘 서북쪽 야포(요빠) 거리 북쪽에 있는 전통 시장이다. 19
     세기 말에 중산층 거주지로 건설되었으나, 20세기로 넘어오면서
     노동자층이 모여들었고 시장이 형성되었다.

163 현재의 중앙아프리카 공화국이 프랑스 식민지였을 때 사용하던 이름이다.

164 단행본에서는 '소년'으로, 전자책에는 '말더듬이 소년'으로 나온다. 여기서는 전자책을 따랐다.

165 베쇼레쉬 하아마בשורש האמה. 직역하면 '아마의 뿌리'인데, 히브리어 '아마'는 팔꿈치에서 가운뎃손가락 끝까지의 길이에 해당하는 큐빗(대략 45센티미터)을 가리킨다. 영역판에는 at the base of the middle finger라고 되어 있으며, 우리말로는 편의상 '손목'이라 번역했다.

166 '계명의 아들'이라는 뜻으로 유대인 소년이 13세가 되면 토라의 계명을 지킬 의무가 있음을 확인하는 성인식이다.

167 이스라엘 하이파시 카르멜산 위에 위치한 연구 중심의 공과대학으로 1924년에 설립되었다. 개교 과정에 알베르트 아인슈타인이 깊이 관여했으며, 치열한 논란 끝에 모든 강의를 독일어 대신 (당시 아직 이스라엘 국어로 자리 잡지 못한) 히브리어로 진행하기로 했다.

168 에레츠 이스라엘ארץ ישראל. 영역판에서는 '팔레스타인'이라고 옮겼다. 정확히 말하면 이스라엘이 아직 독립하기 이전이므로, 영국 식민지청이 칭한 대로 이 지역을 '팔레스타인'이라 부르는 게 중립적이다. 아모스 오즈 자신은, 당시 대부분의 시온주의자 유대인이 부른 대로, 이 지역을 '에레츠 이스라엘' 즉 '이스라엘 땅'이라 불렀다.

169 시온주의 운동으로 팔레스타인 땅에 들어온 유대인의 정착을 돕기 위해 설립된 단체. 영역판에서는 Jewish community in Palestine이라고 옮겼다.

170 히브리성경 시편 84장 4절의 인용.

171 현대 히브리 시의 개척자이자 민족 시인으로 일컬어지는 하임 나흐만 비알리크(1873~1934)의 시 「선지자여 어서 도망쳐라」에 나오는 구절이다. 이 시는 히브리성경 아모스 7장 12절 '선지자야, 사라져라! 유다 땅으로 도망가서, 거기에서나 예언을 하면서, 밥을 빌어먹어라'를 본떠 지었다.

172 히브리성경 즈가리야 10장 2절 '드라빔 우상은 헛소리나 하고, 점쟁이는 거짓 환상을 본다. 그들은 꾸며 낸 꿈 이야기를 하며, 헛된 말로 위로하니, 백성은 양 떼같이 방황하며, 목자가 없으므로 고통을 당한다'를 토대로 유대 전통 문헌(바빌로니아 탈무드, 베라콧 9, 56b 등)에서는 꿈과 해몽에 관해 이야기한다.

173 신약성경 마태오복음 7장 7~8절의 예수의 가르침을 인용하고 있다.

174 히브리성경 예레미야 17장 9절 '만물보다 거짓되고 심히 부패한 것은 마음이라. 누가 능히 이를 알리요'의 인용.

175 히브리성경에서 죽음이 머무는 어두운 곳(신명기 32장 22절)을 일컫는 말로 '게헨나' '게힌놈'과 같은 뜻으로 사용되며, 그리스어로는 '하데스'(지하 세계)라 번역되었다. 191번 주석 참조.

176 히브리성경 아가 8장 6절 '사랑은 죽음처럼 강한 것, 사랑의 시샘은 저승처럼 잔혹한 것'의 인용.

177 이스라엘 건국 이전에 유대인 인구가 많았던 하이파, 텔아비브, 츠파트, 예루살렘을 중심으로 자원봉사자들이 주축이 된 지방자치 기구이다. 각 거주지마다 지부를 두고 공동체의 질서를 유지하고 주민을 보호하는 일을 했으며, 건국 이후에도 일부 유지되었다.

178 무슬림 가족 중 여성을 남성의 눈에 띄지 않도록 보호하기 위해 마련한 '불가침의 격리된 특별한 장소'를 일컫는 말.

179 이탈리아 북부 에밀리아로마냐주의 도시. 포 강 유역 평원의 남쪽
에 위치한다. 기원전에 건설된 오래된 도시이며, 중세부터 본격적
으로 발전하기 시작했다. 1175년에는 모데나 대학교가 설립되어
중세 문화의 중심지로 번영했다. 11세기의 대성당은 1997년 유
네스코 세계문화유산으로 지정되었다.

180 레온 모데나 또는 예후다 아리에 미모데나(1571~1648). 스페인
박해 때 추방되어 이탈리아에 들어와 살게 된 이민자의 아들로 이
탈리아 베네치아에서 태어난 유대학자이다. 그는『자서전』과 함
께『마겐 바헤레브』등의 저서를 남겼는데,『마겐 바헤레브』는 기
독교 도그마(교리)에 대한 변증서로서 히브리성경 해석과 예수에
관한 유대인의 관점을 잘 드러낸다.

181 이 구절은 우리말로 '인자人子는 섬김을 받으러 온 것이 아니라
섬기러 왔으며'(신약성경 마태오복음 20장 28절/마르코복음 10장
45절)라고 번역되었다.

182 보이투스 사람들은 사두가이파와 관련된 유대교의 한 종파이다.
그러나 이들에 관해서는 신약성경에는 언급된 바가 없으며, 요세
푸스의『유대 고대사』(18, 1 등)와 탈무드 이후 시대에 기록된 랍
비 문학(요마 1, 19b 등)이 전부이다.

183 이시이 사람들은 에세네파를 가리키는데, 이들은 자발적으로 가
난하게 살고, 날마다 정결례를 행하며, 금욕 생활을 하던 유대교
종파이다. 사해 지역의 쿰란에 거주하던 공동체와 관련이 있는 것
으로 본다.

184 제2차 성전시대의 일부 유대교 회당에는 모세의 토라를 읽고 해
석할 수 있는 권한과 권위를 가진 서기관이 앉는 '모세의 의자',
일종의 '명예의 자리'가 따로 있었다.

185 유대교 전통에 따르면, 기록된 토라 즉 히브리성경의 모세 오경
과, 기록되지 않고 세대에서 세대로 전해져 내려오는 구전 토라를

구별하는데, 200년경 랍비 예후다 하나시(?135~?217)가 집대성한 미쉬나와 미쉬나에 대한 주석을 담은 게마라를 구전 토라라고 부른다. 미쉬나와 게마라는 훗날 두 개의 탈무드(바빌로니아 탈무드와 예루살렘 탈무드)의 토대가 되었다.

신약성경에 따르면, 사두가이파 유대인들은 '기록된 토라'만을 인정하고, 바리사이파 유대인들은 '구전 토라'도 '기록된 토라'와 똑같이 그 권위를 인정함으로써 적지 않은 갈등이 있었음을 내비친다. 예수의 입장('그래서 바리사이파 사람들과 율법학자들이 예수께 물었다. "왜 당신의 제자들은 장로들이 전하여 준 관습을 따르지 않고, 부정한 손으로 음식을 먹습니까?"' 마르코복음 7장 5절)과 사도 바울로의 언급('사두가이파 사람은 부활도 천사도 영도 없다고 하는데, 바리사이파 사람은 그것을 다 인정하기 때문이다.' 사도행전 23장 8절)에서도 둘 사이의 차이를 확인할 수 있다.

186　대중 선동의 필요성을 의미하는 것으로 보인다. 영역판에서는 번역하지 않았다.

187　이 문장은 예수의 게쎄마니에서의 마지막 기도(신약성경 마태오복음 26장 36~46절)에 나온다.

188　히브리성경 시편 22장 1절.

189　히브리성경 아가 3장 1절 '나는 잠자리에서 밤새도록 사랑하는 나의 임을 찾았지만, 아무리 찾아도 그를 만나지 못했다'의 인용.

190　1892~1894년에 걸쳐 영국의 은행가 모지스 몬티피오리 재단이 기금을 모아 세운, 예루살렘 구도시가 내려다보이는 첫 신시가지이다. 신시가지의 발달은 1860년대에 이미 예루살렘 구도시에 인구밀도가 높아지고 위생 시설 등이 열악해지자, 유럽에서 온 유대인 이민자들에게 쾌적한 주거 공간을 제공하고자 시작되었는데, 미쉬케노트 샤아나님에 세워진 방 한 개 반짜리 집 스물여덟 채의 두 줄 아파트가 그 첫 번째 결실이었다. 당시만 해도 구도시 성벽

바깥에 거주하는 것은 안전상의 이유로 꺼리던 일이었다. 풍차는 가난한 유대인들을 위해 방앗간과 직물 공장으로 재정 지원을 할 목적으로 지어졌다.

191 예루살렘 구도시 서쪽 계곡을 '게이 벤 힌놈'이라고 부르는데, 후대에 이 말이 '게힌놈'으로 짧아지면서 지옥을 가리키는 '게헨나'가 되었다.

192 전자책에는 '석 달'로 되어 있다.

193 이스라엘 소년들이 흔히 쓰던, 둥글고 챙 없는 모자. 20세기 초 유대인들이 팔레스타인으로 이주해서 건국 때까지 야외에서 많이 착용했기 때문에, 당시의 분위기에 대한 국가적 상징이기도 하다. '템벨'은 히브리어로 '순진한' '얼간이'라는 뜻이다.

194 Cara Miri. 이탈리아어로 '친애하는 미리'라는 뜻이다.

195 스코틀랜드 식물학자이자 식물 채집가 로버트 포천(1812~1880)이 영국 동인도회사에 고용되어, 1848년에 중국으로부터 차나무와 재배 기술을 몰래 훔쳐 들여와 인도 다르질링 지역에서 재배하여 만든 최고급 차이다.

196 이 표현은 바빌로니아 탈무드(홀린 1, 14b)에 나온다.

197 정확하게 이 표현이 나오는 것은 아니지만, 토기가 깨진 상황을 다루는 법 규정은 미쉬나(켈림 2, 1)에 나온다.

198 이 표현은 히브리성경 이사야 53장 3절 '그는 사람들에게 멸시를 받고, 버림을 받고, 고통을 많이 겪었다. 그는 언제나 병을 앓고 있었다. 사람들이 그에게서 얼굴을 돌렸고, 그가 멸시를 받으니, 우리도 덩달아 그를 귀하게 여기지 않았다'에 나온다.

199 아스피린, 페나세틴, 카페인이 모두 들어 있는 해열제나 진통제를 말한다.

200 독일이 낳은 가장 위대하고 대담하고 야심 찬 작가 하인리히 폰 클라이스트(1777~1811)가 1810년에 발표한 소설. 실화를 바탕으로 한 『미하엘 콜하스』는 한 정직한 사람이 부당한 누명을 쓴 뒤 범죄자와 살인자가 되어 가는 과정을 그린 작품이다. 콜하스는 법이 자신을 지켜 주지 못한다면 스스로 법을 집행하는 수밖에 없다고 결심하고 군대를 일으켜 직접 복수를 감행한다. 2013년 마스 미켈센 주연으로 영화화되었다.

201 1886~1951 유대계 오스트리아 작가. 20세기 초 유럽의 선구적인 작가들을 논할 때, 브로흐는 제임스 조이스, 앙드레 지드, 토마스 만, 로베르트 무질 등과 함께 결코 빼놓을 수 없는 작가이다. 특히 브로흐는 예술 작품을 아인슈타인 이후의 물리학 이론에 비견할 만한 지적 수준으로 끌어올리려는 야심 찬 시도를 했다. 브로흐의 대표 장편소설인 『몽유병자들』과 『베르길리우스의 죽음』은 이러한 시도의 산물이다. 젊은 나이에 기독교로 개종했으나, 말년에는 그 일을 후회했다.

202 로베르트 무질(1880~1942). 오스트리아의 작가. 그의 평생의 역작 『특성 없는 남자』(1930, 1933, 1943)는 주인공 울리히의 눈을 통해 본 오스트리아헝가리 제국의 도덕적 및 지적 쇠퇴를 다루고 있다. 20세기에 발표된 가장 중요한 독일어 근대주의 소설이자 20세기 유럽 문학을 대표하는 걸작으로 평가받는다.

203 1798~1855 폴란드의 낭만주의 시인이자 극작가. 지그문트 크라신스키, 율리우시 스워바츠키와 함께 폴란드의 3대 민족 시인으로 꼽히는 인물이다. 제정러시아에 대항해 학생 비밀결사를 조직하여 애국적 혁명운동에 참여했고 이탈리아 독립운동을 돕기 위해 폴란드 의용군을 조직하기도 했다. 나폴레옹 군대의 러시아 침공이라는 역사적 사건과 리투아니아의 아름다운 자연을 배경으로, 당시의 폴란드 귀족의 생활을 그린 『판 타데우시』(1834)는 조국을 그리워하는 미츠키에비치의 심정이 반영된 불후의 걸작이

다.

204 1894~1953 유대계 폴란드 시인. 급진적인 자유주의 지식인으로서 현실과 밀착된 시를 제창, 예리한 풍자시, 청신하고 자유로운 서정시를 발표했다. '언어의 마술사'로 불릴 만큼 풍부한 표현력으로 뛰어난 작품을 많이 남겼는데, 망명 중에 쓴 애국 서사시『폴란드의 꽃』(1940~1944)이 유명하다.

205 이슬람 관습에 따라 모스크의 예배를 인도하는 사람 또는 기도 시간을 알리는 사람을 가리킨다.

206 무함마드 아민 알후세이니(?1897~1974)를 가리킨다. 1920년대에 반영反英, 반프랑스, 반유대주의 투쟁을 지도했고, 팔레스타인이 UN에 의해 분할되자, 가자 지구의 팔레스타인 공화국 임시정부의 지도자가 되었다. 제2차 세계대전 때 강력한 반유대주의를 제창한 나치와 적극적으로 연계하여 팔레스타인 독립운동에 활력을 불어넣으려 했다.

207 제정러시아 출신의 유대인 저술가 아셰르 츠비 히르슈 긴스베르그(1856~1927)의 필명으로 '백성 중 하나'(히브리성경 창세기 26장 10절)라는 의미이다. '문화적 시온주의'의 창시자로 유대 민족의 정신적이고 문화적인 중심으로서의 팔레스타인을 건설할 것을 주장했으며, 단순한 정치적 조직으로서의 유대인 국가의 실현을 지향하는 테오도어 헤르츨 같은 '정치적 시온주의자'들과 대척점에 있었다. 러시아 시온주의자들에게 큰 영향을 미쳤다.

208 종종 '성전聖戰', 거룩한 전쟁으로 번역되는데, 히브리어로는 '미츠바 전쟁'이다. 법(할라카)에 따라 의무적으로 참여해야 할 전쟁을 일컫는다. '결혼식장에 있는 신랑도 참여해야 할 신성한 전쟁'이라는 어구는 미쉬나(소타 8, 7)에 나오며, 이 외에 탈무드(바빌로니아 탈무드, 소타 10, 2/예루살렘 탈무드, 소타 8, 10 등)에서는 여호수아의 영토 정복 전쟁을 '성전'의 한 예로 인용한다. 이는 아

랍어 '지하드'와 통한다. 113번 주석 참조.

209 식민지의 갈등을 두고 영국군이 주춤하는 사이에 아랍인과 베두
인족들이 유대인 거주지를 공격했고, 1920년 갈릴리 북부 텔하이
에서 유대인들과의 전투가 벌어졌다. 이 전투는 본격적인 아랍-
이스라엘 갈등의 시작점으로 간주된다.

210 1936~1939년 아랍 반란 때, 아랍군을 제압하기 위해서 1938년
영국군과 유대인이 함께 참여해서 창설한 특수부대를 야간중대
라고 불렀으며 오드 윙게이트 대위(1903~1944)가 이끌었다.

211 아랍 반란 때, 유대인 거주지를 보호하기 위해서 영국 식민지 정
부가 창설한 유대인 경찰대이다. 제2차 세계대전 이후, 노트림은
이스라엘방위군 내의 군 경찰의 핵심이 되었다.

212 셀레우코스 왕국의 안티오코스 4세에 대항하여 반란을 일으켜
예루살렘을 수복하고, 하스몬 왕조(기원전 142~기원전 63)를 세
워 독립 왕국을 다스렸다. 마카베오에 대해서는『마카베오상』과
『마카베오하』에 나온다. 63년 로마에 의해 팔레스타인이 복속된
이후 1948년 이스라엘이 건국될 때까지 유대인들은 독립국가를
갖지 못한다. 152번 주석 참조.

213 1938년에 발표된 군가 제목으로 나탄 알테르만이 작사하고 다니
엘 삼부르스키(1909~1977)가 작곡했다.

214 시인 나탄 알테르만은 이스라엘의 독립전쟁을 '전쟁범죄'로 규정
하고 벤구리온을 비판한 바 있다. 하지만 1967년 전쟁 이후, 그는
'이스라엘의 완전한 땅의 회복 운동'에 참여하여 '어떤 정부도 이
땅 전체를 포기할 권리가 없다'고 선언했고, 아모스 오즈는 본질
적으로 '해방'은 사람에 적용되는 것이지 땅(먼지와 돌)의 정복과
상관이 없는 것이라며 '중동은 두 민족의 전장이 될 운명'이라고
비판함으로써 두 사람은 운명적으로 갈라서고 말았다. 오늘날까
지 '생존과 번영'이냐 '평화와 공존'이냐 하는 논쟁은 계속되고 있

다. 56번 주석 참조.

215 중세 독일어와 히브리어와 아람어를 혼합해서 만든 언어로, 유럽 중부에 살던 아슈케나지 유대인 공동체를 중심으로 사용되었다.

216 고대 스페인어와 히브리어를 혼합해서 만든 언어로, 스페인에 살던 스파라드 유대인들이 주로 사용했다. 스페인에서 쫓겨난 유대인들이 아프리카와 아시아로 이주하면서 널리 파급되었다.

217 1936~1939년에 아랍인들이 조직적으로 영국 식민지 정부를 공격하며 시작되었는데, 반란이 지속되면서 민족 간의 갈등으로 번져 사망자가 영국인이 200여 명, 유대인이 400여 명, 아랍인이 약 5,000명에 이르렀다.

218 카타몬은 예루살렘 남서부, 아부 토르는 예루살렘 구시가지 남부, 그리고 바카는 아부 토르 남부에 있는 거주지의 지명이다. 이 지역은 크게 보아 예루살렘의 유대인 지역으로 분류되었기 때문에, 그곳에 살던 아랍인들은 아랍인 지역으로 추방당했다.

219 1817~1891 프러시아에서 태어난 유대인으로 브로츠와프 유대학교에서 가르쳤으며, 방대한『유대인의 역사』(1853~1876)를 썼다. 유대인 관점에서 유대인의 포괄적인 역사를 쓴 최초의 역사가이고, 유대교 신학 전통주의와 개혁자유주의 사이의 중재 역할을 하려 했다.

220 요세프 클라우스너(1874~1958). 유대 역사가이며 히브리 대학의 유대 문학 교수였고,『유대학 백과사전』책임 편집인이었다. 1949년 초대 이스라엘 대통령 선거에 나갔다가 하임 바이츠만에게 패했으며, 아모스 오즈의 종조부(큰할아버지)이다.『나사렛 예수』(1921)『현대 히브리 문학사』(1932)『예수에서 바울로까지』(1942)『이스라엘의 메시아사상』(1954) 등 많은 저작을 남겼다.

221 이 문장은 히브리성경에 여러 번 등장한다. (아가 2장 7절, 3장 5

절, 8장 4절)

222 요세푸스의 『유대 고대사』(18, 1)에 따르면, 예수 시대 로마와 맞서 싸우던 자칭 메시아라는 이가 여럿 활동했는데 '갈릴리의 유다'가 대표적이다. ('그 후 호적할 때에 갈릴리의 유다가 일어나 백성을 꾀어 따르게 하다가 그도 망한즉 따르던 모든 사람들이 흩어졌느니라.' 신약성경 사도행전 5장 37절)

223 '그 이름이 지워지기를'이라는 표현은 유대 민족의 적을 언급할 때 이름 뒤에 붙이는 저주의 말이다.

224 1941년에 창설된 이스라엘의 '전투부대'를 칭하는 말로, 영국 식민지 시대 하가나의 엘리트 전투력의 핵심이었다. 독립전쟁 당시 약 2,000명이 넘는 전투 여단은 육해공 작전에 투입되어 전투력을 과시했다. 독립 후 이스라엘방위군이 창설되면서 해산했다.

225 프랑스는 알제리 전쟁 중 1960년 2월 13일에 사하라 사막에서 처음으로 원자탄 실험을 했다.

226 1903년 영국 정부가 시온주의 지도자에게 당시 자국의 식민지였던 아프리카의 우간다 땅에 독립국가(이스라엘)를 세우라고 제안한 일을 일컫는다. 우간다는 풍부한 자원을 가진 데다 설탕 및 면의 생산지로서 유럽인들에게는 아프리카의 노른자라고 여겨지던 곳이었다. 영국으로서는 아프리카 식민지에 출중한 인력이 필요할 때였다. 그러나 1905년 7월 바젤에서 열린 제7차 시온주의 총회에서 우간다 제안이 공식적으로 부결되었다. (최창모, 『이스라엘사』, 대한교과서, 2005, 359~365쪽. 참조)

227 유대력으로 5719년은 1958년 9월부터 이듬해 10월까지이다.

228 솔로몬 잘만 체이틀린(?1886~1976). 러시아 출신의 유대 역사가이자 탈무드 학자. 제2차 성전시대사에 정통했으며, 『제2차 성전시대의 유대 국가 흥망사』와 『누가 예수를 못 박았나?』 등의 저서

를 남겼다.

229 유대 민담에 나오는 존재로, 돌이나 점토를 사용해서 겉모습이 분명히 드러나지 않는 존재를 만든 후 이를 매개로 마법을 통해 생명을 부여하게 된다. 이렇게 살아 있는 존재가 된 골렘은 이야기에 따라 유대인이나 비유대인 편에 서기도 하고, 악당이 되거나 희생자가 되기도 한다. 히브리성경 시편 139장 16절 '나의 형질이 갖추어지기도 전부터'에서는 '나의 형질'로 등장한다. 16세기 '프라하의 대왕'이라 일컬어지던 랍비 유다 뢰브 벤 베찰렐(?1512~1609)이 창조한 유명한 골렘 설화가 있는데, 골렘은 본디 유대인들을 보호하기 위해 창조되었으나 점차 흉포한 성향으로 변해 가면서 모든 것을 파괴하기에 이르렀다. 교육심리학 용어인 '골렘 효과' 즉 교사가 학생에 대해 부정적인 기대를 갖고 있을 경우 학습자의 성적이 떨어진다는 이론의 유래가 되기도 했다. 영역판에서는 '프랑켄슈타인의 괴물'이라고 옮겼다.

230 제에브 자보틴스키(1880~1940). 러시아계 유대인 시인, 웅변가, 군인. 수정주의적 시온주의 운동의 지도자였고, 제1차 세계대전 당시 영국 위임통치 정부와 연결된 유대인 군단과 이르군을 창설했다. 그는 대영제국의 도움으로 근대 유대 국가 건설을 목표로 활동했으며, 독립 후 이스라엘 우파를 이끌었다.

231 아브라함 슈테른(1907~1942). 제정러시아령 폴란드 출신의 이스라엘 시인이자 혁명가. 유대인 무장 단체 '이르군'의 지도자 중 하나였으며, 여기서 갈라져 나온 시온주의 무장 단체 '레히'를 창설했다. 영국군을 팔레스타인에서 폭력으로써 몰아내고 유대인의 무제한적 이주를 통해 전체주의 히브리 공화국을 설립하는 것을 목적으로 삼았다. 문학적으로는 블라디미르 마야콥스키의 영향을 많이 받았다.

232 히브리성경 잠언 4장 24절 '구부러진 말을 네 입에서 버리며 비뚤어진 말을 네 입술에서 멀리하라'의 인용.

233 1880~1944 리투아니아 출신의 유대 작가이자 번역가로, 히브리어 소설의 선구자 중 한 명이다. 나사렛 예수의 생애를 그린 『좁은 길』(1937)을 비롯하여, 여러 세대의 유대인 대가족을 다룬 3부작 「어느 가족 이야기」(미완) 등의 작품을 남겼다. 이 3부작의 첫 소설 『공허 속에서』가 1943년 비알리크 문학상을 수상했다.

234 카페 아타라는 독일에서 팔레스타인으로 이주한 사업가 베른하르트 그륀스판(1877~1951)이 아들 하인츠(1910~1975)와 함께 1938년에 예루살렘 중심가 벤 예후다 거리 7번지에 개업했는데, 베를린, 프라하, 파리 등 유럽식의 커피에 팔레스타인식 향을 가미해 내놓은 메뉴로 금세 명성을 얻었다. 영국의 고위 관리와 부인들을 비롯하여 하가나와 이르군과 슈테른 부대의 대원들이 드나들면서 서로 간의 대화를 엿들었으며, 예술가와 시인 및 정치가들의 아지트가 되었다. 단골손님 중에는 훗날 이스라엘 수상이 된 메나헴 베긴도 있었고, 카페의 탁자에서는 여러 문학작품이 쓰였다. (아모스 오즈의 『나의 마카엘』『사랑과 어둠의 이야기』 등 여러 작품에서도 이곳은 자주 등장한다.) 슈트루델이나 치즈 케이크를 곁들인 커피가 일품이었다. 안타깝게도 1996년 하인츠 그륀스판의 손자는 도심의 비싼 임대료를 감당하지 못하고 58년간의 역사를 뒤로한 채 카페의 문을 닫았다.

235 '히브리식 사회주의'란 가나안주의라고도 불리는 히브리 문화 운동으로, 팔레스타인의 유대인들 사이에서 1939년 시작되어 1940년대에 절정을 이룬다. 이 운동의 본래 명칭은 '젊은히브리인연맹'으로 유럽의 극우 혁명주의자 시온주의에 뿌리를 두고 있다. 회원 대부분이 이르군이나 레히의 일원이었다. '가나안'은 히브리어를 사용하는 고대 문명 중 하나인데, 이들은 고대 히브리 문명을 재건하고, 자신들을 그 뿌리와 연결하려 했다. 한편으로 아랍인들을 향해 군사행동을 감행하면서도 다른 한편으로 중동의 아랍인들을 끌어안고 찬란했던 고대 문명으로 돌아가려 했다.

1943년 유대-팔레스타인 시인 요나탄 라토쉬(1908~1981)는 「젊은 히브리인에게 보내는 편지」에서 첫 번째 선언문을 발표했다. 그는 젊은 유대인들에게 늙은 종교인 유대교로부터 자신을 절연시키고, 유대교와 히브리 민족의 정체성과 관계를 끊으라고 요구하면서, '기름진 초승달'만이 진정 이 민족의 고향이라고 천명했다. 이들은 유대인들이 건설해야 할 나라는 유대교에 뿌리를 둔 '유대 국가'나 '유대인의 이스라엘'이 아니라, 가나안 땅과 히브리어에 기반을 둔 '히브리 국가'여야 한다고 주장했다. 다시 말해서 그들이 주장하는 이스라엘은 유대교의 이스라엘이 아닌, 고대 근동의 문화에 기반을 둔 가나안이다. 한마디로 범凡셈족 연합국가를 제창한 것이었다.

가나안주의는 정치적으로 큰 영향력을 갖지는 못했다. 그러나 이스라엘 예술, 문학, 정치사상 등 지적 세계에 큰 영향을 끼쳤다. 이츠하크 단치게르(1916~1977)의 조각 작품 〈니므롯〉(1939)은 이들의 시각표상이었으며, 소설가 베냐민 탐무즈(1919~1989), 작가이자 조각가 아모스 케난(1927~2009) 등이 합류했다. 많은 비판에도 불구하고, 팔레스타인에 새로 정착한 이들이 디아스포라의 문화와 관습에서 벗어나 새로운 사상과 세계를 꿈꾸었다는 점에서 '가나안주의'는 새롭게 조명되어야 할 것이다. (최창모, 『중동의 미래 : 이스라엘과 팔레스타인』, 푸른사상사, 2015, 364~365쪽. 참조)

236 히브리성경 창세기 4장 24절 '카인을 해친 벌이 일곱 곱절이면, 라멕을 해치는 벌은 일흔일곱 곱절이다' 참조.

237 하르 하초핌의 히브리 대학교와 하다사 병원을 오가는 동예루살렘의 길은 좁고 위험했다. 아랍 마을 셰이크 자라를 통과해야 했기 때문이다. 출퇴근하는 사람들은 물론 이곳으로 공급되는 물자와 음식물 수송은 모두 영국군의 호위를 받으며 이루어지고 있었다. 1948년 4월 13일, 이곳으로 향하던 버스가 아랍군의 공격

을 받아 78명의 의사, 간호사, 학생, 환자, 교수 등이 희생되면서, 1967년까지 하르 하초핌의 히브리 대학 캠퍼스와 하다사 병원은 폐쇄된 채 출입이 금지되었다. 106번 주석 참조.

238 1932년 모세 핑크가 예루살렘 하멜레흐 조지 거리와 만나는 하히 스타드루트 거리 2번지에 개업한 고급 술집으로, 유명한 작가와 음악가들, 외교관과 정치인들이 모이는 곳이었다. 마르크 샤갈, 레너드 번스타인, 아이작 스턴, 모세 다얀, 골다 메이어, 이츠하크 라빈, 시몬 페레스, 폴 뉴먼, 커크와 마이클 더글러스 부자 등이 종 종 찾았다. 2005년 73년의 역사를 뒤로하고 문을 닫았다.

239 이탈리아 토리노에서 18세기 중반부터 생산된 여러 식물 성분(뿌리, 껍질, 꽃, 씨, 허브, 향신료 등)이 첨가된 약용 음료로, 주로 칵테일용으로 쓰이는 일종의 달고 건조한 백포도주이다.

240 네게브 광야, 브엘세바 남쪽 85킬로미터 정도에 있는 세계 최대의 '침식 협곡'으로, 절벽처럼 움푹하게 파인 지형이 길이 40킬로미터, 너비 2~10킬로미터, 높이 약 500미터 정도로 펼쳐져 있다.

241 1923~2019 이라크와 아랍에미리트 연합국의 정치인이자 외교관. UN 이라크 대사(1959~1965, 1967~1969)를 지냈다. 1971년 아부다비로 망명했다가 2003년 미국의 이라크 침공 이후 과도정부를 이끌 원로로 추대되었으나, 이라크 임시정부의 대통령 역할은 거부했다.

242 히브리성경 창세기 15장 18절 '바로 그날, 주께서 아브람과 언약을 세우시고 말씀하셨다. "내가 이 땅을, 이집트 강에서 큰 강 유프라테스에 이르기까지를 너의 자손에게 준다"' 참조.

243 히브리성경 요엘 2장 30절 '그날에 내가 하늘과 땅에 징조를 나타내겠다. 피와 불과 연기구름이 나타나고'에 나오는 어구이다.

244 이슬람교 시아파에서 갈라져 나온 드루즈교를 신앙하는 아랍인

으로 주로 아랍어를 사용한다. 전체 인구(약 130만 명)의 절반가량이 시리아의 하우란에 살고 있으며, 레바논에 약 22만 명, 이스라엘에 약 14만 명, 요르단에 약 3만 명이 산다. 중동 지역 외에도 베네수엘라에 12만 명, 미국에 4만 명, 캐나다와 호주에 각각 2만여 명이 거주한다.

245 북캅카스 일대에 거주하는 체르케스 원주민들로 19세기 러시아와 전쟁(1817~1864) 중에 난민이 되어 당시 오스만 제국 영토에 뿔뿔이 흩어져서 소수민족으로 살게 되었다. 오늘날 체르케스인은 러시아 외에 터키, 요르단, 시리아, 이라크, 이란, 레바논, 세르비아, 이집트, 팔레스타인에 거주한다.

246 참나무목 나무로서 인도, 남아시아, 서태평양 등지에서 약 17종가량 서식하고 있다. 키가 35미터 정도 자라며, 쐐기풀 모양의 작은 꽃이 핀다.

247 1886~1951 이스라엘 독립선언문 작성에 참여한 정치인이며, 최초의 교통부 장관이었다.

248 1626~1676 스파라드 랍비였고 카발라 신봉자였으며, 본인이 유대인들이 기다리던 메시아라고 주장했다.

249 1726~1791 리투아니아계 유대인 종교 지도자로, 자신이 본인이 메시아라고 주장했던 샤브타이 츠비의 환생이라고 주장했다. 한편, 2018년 노벨문학상 수상자인 폴란드 작가 올가 토카르추크가 2014년에 발표한 『야고보서』는 역사소설가로서의 역량을 입증한 작품으로, 18세기 폴란드-리투아니아 공화국 시대에 메시아를 자처하며 유대교와 기독교, 이슬람교를 통합하려 했던 유대인 야곱 프랑크와 그 주변 인물들의 삶을 추적한다. '일곱 국경과 다섯 언어, 그리고 세 개의 보편 종교와 수많은 작은 종교들을 넘나드는 위대한 여정'이라는 부제처럼 유럽에서 잊힌 역사의 단면을 재조명했다.

250 멜렉 에비욘מלך אביון. 아슈케나지 회당에서 유대력에 따라 새해를 축하하며 읽는 기도문 중에 멜렉 엘리욘מלך עליון(높으신 왕)이라는 말이 나오는데, 여기서는 이에 반대되는 존재를 부르는 호칭이다.

251 히브리성경 레위기 10장 1~2절 '아론의 아들 가운데서, 나답과 아비후가 제각기 자기의 향로를 가져다가, 거기에 불을 담고 향을 피워서 주께로 가져갔다. 그러나 그 불은 주께서 그들에게 명하신 것과는 다른 금지된 불이다. 주 앞에서 불이 나와서 그들을 삼키니, 그들은 주 앞에서 죽고 말았다'에 나오는 어구이다. 여기서는 벤구리온의 '민족주의적 급진주의'의 씨앗이 초래할 비극적인 미래를 예견한 말로 이해된다.

252 페르시아의 예언자 마니가 창시하고, 3~7세기 아람어를 사용하는 메소포타미아를 넘어 동아시아 일대에 퍼져 나간 영지주의 계통의 종교. 이들은 역사를 선과 악, 빛과 어둠의 이원론적 싸움으로 보았다.

253 아랍어로 '존경받을 만한 지위'를 나타내며 족장, 추장, 왕족을 가리킨다. 종교적으로 권위 있는 학자나 장로를 뜻하기도 한다.

254 '나는 힘없는 자'라는 표현은 아슈케나지 회당에서 새해나 속죄일에 기도 인도자가 기도문 낭송을 시작할 때 읊는 문구이다.

255 아랍어로는 타르부시, 터키어로는 페스라 불리는 차양이 없는 원통형 모자. 오스만 시대에는 모든 성인 남자의 표준 복장으로 제정하여 무슬림의 상징으로 삼았다. 유럽인에게 타르부시는 곧 '오리엔트'의 특징으로 인식되었다.

256 오스만 시대에 지체 높은 관리나 학식 있는 학자를 부를 때 사용한 경칭으로 '나리'나 '어른'에 해당한다.

257 서아시아, 북아프리카, 중앙아시아, 남아시아, 동유럽 등에서 먹

는, 잘게 갈아 낸 곡식이나 견과류를 으깨어 기름과 설탕으로 굳혀서 만든 달콤한 후식 또는 간식이다.

258 히브리어로 '달콤한 것'이라고 되어 있으나, 문맥상 터키를 비롯한 근동, 발칸, 남아시아 등지에서 애용하는 단 과자인 바클라바로 번역했다. 유프카(얇은 밀가루 반죽)에 호두, 피스타치오, 아몬드, 개암 등을 넣고 설탕 시럽이나 꿀로 맛을 낸다.

259 데이르 야신은 예루살렘 근처에 있던 아랍 마을로, 1948년 4월 9일 시온주의 군사 조직인 이르군과 레히가 예루살렘을 향한 진입로를 확보하기 위해서 이곳을 공격했고, 거주자 600여 명 중 150~250여 명을 사살했다. 230번 231번 주석 참조.

260 이 문장은 '외부인은 들어오지 못한다'라고 직역할 수 있는데, 이는 이스라엘 사회의 일원이 될 수 없는 사람(신명기 23장 1~3절)을 설명하는 내용과 연결되며, 동시에 아들 없이 남겨진 여자는 외부인에게 줄 수 없다는 규정('형제들이 함께 살다가, 그 가운데 하나가 아들이 없이 죽었을 때에, 그 죽은 사람의 아내는 딴 집안의 남자와 결혼하지 못한다.' 신명기 25장 5절)을 암시하는 것처럼 들리기도 한다.

261 '붉은 다윗의 별'이라는 뜻으로 이스라엘 국영 응급 의료 재난 사고 구급차 서비스이며 동시에 혈액은행이다. 긴급 번호는 101번. 이스라엘은 2006년 이후 국제적십자위원회의 회원국이 되었다.

262 주로 종교적인 유대인 남자들이 정수리에 살짝 얹고 핀으로 고정하는 작고 둥근 모자를 일컫는다.

263 캐러멜 설탕이나 당밀을 버터와 섞어 끓여 만든 사탕이며, 땅콩이나 아몬드, 건포도 등을 넣기도 한다.

264 경첩이 달린 받침대가 있는 책상.

265 레반트Levant는 '(해가) 떠오르다' 즉 동쪽에서 해가 떠오른다는

뜻의 프랑스어에서 유래했는데, 아랍어 알마슈리크와 같은 뜻으로서 역사-지리학적으로 동지중해, 본래 '서아시아'를 지칭한다. 원래 13~14세기 이탈리아 베네치아의 해상무역 상인들이 동지중해 일대(오늘날 그리스, 아나톨리아, 시리아-팔레스타인, 이집트 등)를 레반테라 부른 데서 비롯되었다. 무슬림 국가들에서 이 용어는 시리아-팔레스타인과 이집트를 일컫는 말로 사용되다가 1581년 오스만 시대 영국이 이 지역의 상권을 독점하기 위해 레반트 회사를 설립하고 제1차 세계대전 이후 프랑스가 통치하던 시리아와 레바논을 레반트라 불렀다. 이때부터 레반트라 함은 곧 시리아, 레바논, 팔레스타인, 이스라엘, 요르단 및 키프로스를 일컫는 용어로 사용되었다.

266 영역판에는 '팔레스타인'이라고 되어 있다.

267 요르단이 영국의 위임통치령이었던 때의 이름.

268 70년을 전후하여 예루살렘에서 태어나서 활동했으나 동시대 랍비들에게 이단적인 사상을 가진 자로 취급받았으며, 후대 탈무드 시대(6세기)에 오면 그의 이름을 언급하는 것조차 꺼려 '다른 이'라는 호칭으로 부르는 관습이 생겼다.

269 리투아니아의 수도 빌뉴스의 옛 이름. 19세기 말에 커다란 유대인 공동체가 존재했었다.

270 1896~1980 본명은 나탄 비스트리츠키로, 러시아 출신의 이스라엘 극작가이자 번역가이다. 1920년 팔레스타인으로 이주한 그는 1922년부터 1952년까지 유대민족기금 임원으로도 일했다. 희곡 『가룟 유다』(1930)와 폴란드 출신의 유대인 작곡가 알렉산데르 탄스만(1897~1986)의 오페라 〈샤브타이 츠비〉의 대본(1936)이 유명하다. 메시아사상은 그의 작품의 중심 주제이다. 248번 주석 참조.

271 신약성경 마태오복음 27장 25절의 인용.

272 이 격언의 기원은 잘 알지 못한다. 다만 최초로 등장하는 기록이 1565년으로 거슬러 올라간다는 점에서 가톨릭교회의 가르침에 반하는 이단이나 마녀에게 행하던 고문의 일종으로 숯불을 손에 움켜쥐게 하여 무고 여부를 결정하는 관습에서 비롯된 것으로 추정된다. 신약성경 로마서 12장 20절 '네 원수가 주리거든 먹이고 목마르거든 마시게 하라 그리함으로 네가 숯불을 그 머리에 쌓아 놓으리라'에서는 원수를 되레 선으로 갚아 부끄럽게 하라는 의미로 쓰인다.

273 25번 주석 참조.

274 이 표현은 히브리성경 시편 103장 16절 '바람 한 번 지나가면 곧 시들어, 그 있던 자리조차 알 수 없다' 및 욥기 7장 10절 '그는 자기 집으로 다시 돌아오지도 못할 것이고, 그가 살던 곳에서도 그를 몰라볼 것입니다'에 나온다.

275 이 부분은 예루살렘의 멸망에 관한 예언자 에제키엘의 우화寓話를 연상시킨다―주께서 나에게 말씀하셨다. "사람아, 너는, 예루살렘 사람들에게 그들이 얼마나 역겨운 일을 저질렀는지를 알려 주어라. 이렇게 말하여 주어라. '나 주 하느님이 예루살렘을 두고 말한다. 너의 고향, 네가 태어난 땅은 가나안이고, 네 아버지는 아모리 사람이고, 네 어머니는 헷 사람이다. 네가 태어난 것을 말하자면, 네가 태어나던 날, 아무도 네 탯줄을 잘라 주지 않았고, 네 몸을 물로 깨끗하게 씻어 주지 않았고, 네 몸을 소금으로 문질러 주지 않았고, 네 몸을 포대기로 감싸 주지도 않았다. 이 모든 것 가운데서 한 가지만이라도 너에게 해 줄 만큼 너를 불쌍하게 여기고 돌보아 준 사람이 없다. 오히려 네가 태어나던 바로 그날에, 사람들이 네 목숨을 천하게 여기고, 너를 내다가 들판에 버렸다. 그때에 내가 네 곁으로 지나가다가, 피투성이로 버둥거리는 너를 보고, 피투성이로 누워 있는 너에게, 제발 살아만 달라고 했다. 그러고서 내가 너를 키워 들의 풀처럼 무성하게 했더니, 네가 크게 자

라 보석 가운데서도 가장 아름다운 보석처럼 되었고 네 유방이 뚜렷하고, 머리카락도 길게 자랐는데, 너는 아직 벌거벗고 있었다. 그때에 내가 네 곁으로 지나가다가 너를 보니, 너는 한창 사랑스러운 때였다. 그래서 내가 네 몸 위에 나의 겉옷 자락을 펴서 네 벗은 몸을 가리고, 너에게 맹세하고, 너와 언약을 맺어서, 너는 나의 사람이 되었다. 나 주 하느님의 말이다. 내가 너를 목욕을 시켜서 네 몸에 묻은 피를 씻어 내고, 기름을 발라 주었다. 수놓은 옷을 네게 입혀 주었고, 물개 가죽신을 네게 신겨 주고, 모시로 네 몸을 감싸 주고, 비단으로 겉옷을 만들어 주었다. 내가 온갖 보물로 너를 장식하여, 두 팔에는 팔찌를 끼워 주고, 목에는 목걸이를 걸어 주고, 코에는 코걸이를 걸어 주고, 두 귀에는 귀걸이를 달아 주고, 머리에는 화려한 면류관을 씌워 주었다. 이렇게 너는 금과 은으로 장식하고, 모시옷과 비단옷과 수놓은 옷을 입었다. 또 너는, 고운 밀가루와 꿀과 기름으로 만든 음식을 먹어서, 아주 아름답게 되고, 마침내 왕비처럼 되었다. 네 아름다움 때문에 네 명성이 여러 이방 나라에 퍼져 나갔다. 내가 네게 베푼 화려함으로 네 아름다움이 완전하게 된 것이다. 나 주 하느님의 말이다. 그런데 너는 네 아름다움을 믿고, 네 명성을 의지하여, 음행을 하였다. 지나가는 남자가 원하기만 하면, 누구하고나 음행을 하여, 네 이름을 그의 것이 되게 하였다. 너는 네 옷을 가져다가, 가지각색의 산당들을 꾸미고, 그 위에서 음행을 하였다. 이런 일은 전에도 없었고, 앞으로도 없을 것이다. 너는, 내가 네게 준 나의 금과 은으로 만든 장식품들을 가져다가 남자의 형상들을 만들어 놓고, 그것들과 음행을 하였다. 너는, 수놓은 옷을 가져다가 그 형상들에게 입혀 주고, 내가 준 기름과 향을 그것들 앞에 가져다 놓았다. 또 너는, 내가 너에게 준 음식, 곧 내가 너를 먹여 살린 고운 밀가루와 기름과 꿀을 그것들 앞에 가져다 놓고, 향기 나는 제물로 삼았다. 네가 정말로 그렇게 하였다. 나 주 하느님의 말이다. 또 너는, 우리 사이에서 태어난 아들들과 네 딸들을 데려다가, 우상들에게 제물로 바쳐 불사

르게 하였다. 너의 음욕이 덜 찼느냐? 네가 내 아들딸마저 제물로
바쳤다. 또 네가 그들을 불 속으로 지나가게 하였다. 너는, 피투성
이로 버둥거리던 때와 벌거벗은 몸으로 지내던 네 어린 시절을 기
억하지 않고, 온갖 역겨운 일과 음행을 저질렀다.'"(히브리성경 에
제키엘 16장 1~22절)

276 단행본에는 '일곱 시간', 전자책에는 '아홉 시간'으로 되어 있는
데, 세 시간 전에 예수가 운명했고 십자가에 매달린 것이 여섯 시
간 동안임을 생각하면 현시점은 예수가 십자가에 매달린 이후 아
홉 시간이 경과한 쪽이 맞는다. 277번 주석 참조.

277 복음서에 따르면 '제3시'(오전 9시)에 십자가에 못 박혀(마르코복
음 15장 25절) '제9시'(오후 3시)에 운명하셨으니(마르코복음 15
장 33~37절) 십자가에 매달려 있던 시간은 총 여섯 시간이 된다.

278 이 표현은 주기도문의 첫 구절에 나온다. (마태오복음 6장 9~10
절/루가복음 11장 2절)

279 원문은 '일곱 시간'으로 되어 있으나 이는 오류로 보이는바 '여섯
시간'으로 정정하여 번역했다. 277번 주석 참조.

280 이 시기에는 로마식 시간 계산법에 따라 낮을 새벽 6시부터 세었
다. 그러므로 '제9시'는 현대의 15시, 즉 오후 3시를 가리킨다. 신
약성경 마르코복음 15장 33~37절 참조.

281 이 표현은 히브리성경 시편 22장 1절에 나오며, 예수가 십자가에
서 인용하여 말하고 있다. (마태오복음 27장 46절/마르코복음 15
장 34절)

282 이 말은 신약성경 마태오복음 23장 37절과 마르코복음 13장 34
절에 나온다.

283 히브리성경 민수기 22~24장에서 이스라엘을 저주하러 왔다가
축복했던 예언자. 51번 주석 참조.

284 히브리성경 출애굽기 34장 33절 '두 돌판을 들고 시나이산에서
내려온 모세는 얼굴에서 광채가 나서 수건을 써야 했다' 참조.

285 탈무드에 따르면 '다듬은 돌로 지은 회의실'은 제2차 성전 뜰에
있던 사무실 여섯 개 중 하나로 현인들이 재판을 열기 위해 모이
던 산헤드린의 회의실이다(바빌로니아 탈무드, 산헤드린 10, 88b).
산헤드린은 23명 또는 71명의 의원이 모인 고대 이스라엘의 최고
의회를 일컫는다.

286 84번 주석 참조.

287 지대가 높고, 전략적으로 중요하고, 비교적 쉽게 방어할 수 있으
며, 주변 환경을 용이하게 관찰할 수 있는 전략 요충지. 이스라엘
독립전쟁이 벌어지던 시기에 국경을 지키기 위해서 참전군이 건
설했던 거주지를 가리키며, 주로 언덕 위에 자리 잡은 키부츠들이
많았다.

288 히브리성경에 나오는 사랑의 시로 솔로몬과 술람 아가씨 사이의
사랑을 묘사했다.

289 중세의 스콜라철학자이자 신학자인 피에르 아벨라르(1079~1142)
와 그의 제자이자 연인이며 나중에 수녀가 된 엘로이즈의 사랑은
인류사의 가장 비극적인 이야기 가운데 하나이다. 이들의 이루지
못한 사랑의 애틋한 사연을 기록한 열두 통의 라틴어 서간집이 있
다.

290 '수치로 계량할 수 없는 것들'이라는 표현은 미쉬나(페아 1, 1)에
나온다. '수치로 계량할 수 없는 것들은 다음과 같다. 페아(씨앗),
첫 열매들, 절기의 제물, 자비로운 행위, 토라 공부. 이런 것들은
이 세상에서 그 열매들을 먹을 수 있지만, 그 중요성이 오는 세상
에서도 남아 있는 것이 있다. 부모 공경, 자비로운 행위, 사람과 동
료 사이에 평화를 가져다주는 것. 그런데 토라 공부는 이런 모든
것들과 [그 중요성이] 같다.'

291 독일-유대계 혈통의 국제적 금융 재정 부호 가문인 로스차일드
와 관련한 여러 가지 농담 중 하나로 대략의 이야기는 이렇다. 어
느 날 두 유대인 거지가 구호품을 구걸하기 위해 로스차일드의 집
을 찾아갔다. 한 거지가 다른 거지에게 말했다. "네가 안으로 들어
가면 난 바깥에서 기다리마." 한 거지가 안으로 들어가서 로스차
일드의 비서를 만나 딱한 사정을 이야기했다. 비서는 서류를 내밀
며 작성하라고 했고, 작성한 서류와 함께 그를 다른 비서에게로
보냈다. 여러 사무실과 사무실을 지나 드디어 비서실장에게 이르
렀다. 그러나 거지는 비서실장으로부터 "오늘은 구호의 날이 아
닙니다"라는 말을 듣고 바깥으로 쫓겨났다. 다른 동료 거지가 물
었다. "뭘 좀 얻었냐?" 거지가 대답했다. "물론 아무것도. 하지만
내 생애 처음으로 로스차일드 가문이 이 같은 시스템을 갖고 있다
는 걸 얻지 않았나?"

292 아탈리야는 의도적으로 '어머니'라 부르고 있지 않다. 모성母性 결
핍은 작품 전체에서, 그리고 아모스 오즈의 문학 세계에서 매우
중요한 부분이다. 오즈의 어머니는 그가 열다섯 살 때 자살했다.

293 여기서 '그녀'가 '아탈리야'를 가리키는지 아브라바넬의 '유령'을
지칭하는지는 불분명하다. 히브리어로 '유령'은 여성명사이므로
문법적으로도 어울리기 때문에 더욱 그렇다. 영역판에서는 단지
with her라고 옮겼다.

294 히브리어에서는 '마짜מצאה'(found, 찾았다)와 '메하페스מחפש'(look
for, 구하다)를 구별하지만, 우리말에서는 잘 구별이 안 된다. 133
번 134번 189번 주석 참조.

295 알테 자아칸האלטע זאכען. 이 말은 이디시어로 '오래된 물건'이라는
뜻인데, 중고 전기 제품이나 작은 가구나 주방 기구를 사고팔며
돌아다니는 행상 또는 보부상을 부르는 별명이다.

296 에게드 버스 회사는 1933년부터 여러 지역 버스 회사들을 인수

하여 이스라엘 전국을 연결하는 가장 큰 회사로 성장했는데, 현재 이스라엘 대중교통의 약 35퍼센트를 담당하고 있고, 피고용자가 약 6,500명, 버스가 약 2,950대로, 하루에 승객 90만 명 정도가 이용한다.

297 역사적으로 북아프리카, 아라비아반도, 이라크와 레반트 지역에 두루 분포하여 사는 부족 전통을 지닌 아랍계 유목민을 지칭한다. 아랍어 '바다위', 즉 '사막 거류민'에서 유래했는데, 일부 기독교 인 베두인을 제외하고는 대부분이 무슬림이다. 오늘날 이스라엘 영토 내 베두인들은 주로 브엘세바 근처 네게브 사막에 거주하며, 통계에 따르면 이스라엘 독립 당시 약 65,000~90,000명이던 이들은 현재 약 125,000명가량 된다. 1954년 이래 이들은 이스라엘 시민권을 갖고 있다.

감사의 말

『유다』를 쓰면서 나는 아비그도르 쉬난이 편집한 『그 사람—유대인들이 예수에 관해 말한다 מספרים יהודים—האיש אותו על ישו』의 도움을 많이 받았는데, 이 책은 1999년 예디오트 아하로노트-시프레 헤메드에서 출판되었고, 유키 브란데스가 편집한 「유대교 지금 여기」 총서의 하나였다.

아울러 나는 솔로몬 잘만 체이틀린의 『나사렛 예수 유대인들의 왕 "הנוצרי" מלך היהודים זמנו משפטו וצליבתו』(예루살렘/텔아비브, 1959, 히브리어)과 모리스 골드스타인의 『유대 전통 안에서 본 예수 Jesus in the Jewish Tradition』(뉴욕, 1950, 영어)의 도움을 받았다.

아모스 오즈

507

옮긴이의 말

스물아홉 살에 발표한 초기 대표작 『나의 미카엘』(1968) 이래, 일흔다섯 살에 쓴 사실상 아모스 오즈(1939~2018)의 마지막 소설이 된 『유다』(2014)에는 '실수와 욕망, 실패한 사랑과 답 없이 여기 남겨진 어떤 종교적 문제가 담겨 있다.'(11쪽)

이 이야기에는 두 개의 줄기가 이중나선a double helix 구조로 맞물려 있다. 하나는 이스라엘 역사에 드러난 예수에 대한 유대인의 시선과 가룟 유다의 배신이요, 다른 하나는 현대 이스라엘 건국 과정에서 숨겨진 다비드 벤구리온에 대한 쉐알티엘 아브라바넬의 배신이다. 2,000년의 시차를 둔 두 인물 사이를 연결하는 고리에는 나이도 다르고 성性도 다르고 삶의 경험도 다르고 이념도 다른, 3세대에 걸친 세 명의 등장인물, 즉 슈무엘 아쉬, 게르숌 발드 그리고 아탈리야 아브라바넬이 자리한다. 실의에 빠진 감수성 풍부한 스물다섯 살의 청년 아쉬와 결혼 생활 1년 반 만에 과부가 된 베일에 싸인 냉담한 마흔다섯 살의 아탈리야 사이의 아슬아슬한 '사랑과 욕망'은 소설 전체의 흐름을 전혀 지루하지 않게 해 주지만, 사실 '배신'이라는 묵직한 주제는 젊은 슈무엘과 일흔 살의 늙은 장애인 발드의 고대와 현대를 넘나드는 긴장감 넘치는 대화와 토론을 통해 무르익는다.

작품의 무대는 1959년 말부터 1960년 초에 걸친 예루살렘, '은총이 죽고 자비가 살해된' 둘로 갈라진 도시의 차가운 겨울이다.

두 배신자의 이야기 — 누가 배신자인가?!

이중나선 구조의 첫 번째 줄기는 '유대인들의 눈에 비친 예수'와 **가룟 유다의 배신**에 맞춰져 있다. 작가가 가룟 유다에 주목하는 까닭은 히브리어로 '케리오트(가룟) 사람 예후다'의 예후다(유다)는 '예후디(유대인)' 혹은 '암하예후디(유대 민족)'를 일컫는 단어와 관련되기 때문이다. 따라서 '유다가 예수를 팔아넘겼다'라는 의미는 자연스럽게 '유대인 또는 유대 민족 전체가 예수를 배신했다'라고 읽힌다. 예수 자신은 물론 예수의 모든 제자가 분명히 유대인이자 유대인의 자식이었음에도, 유다만이 거의 2,000년간 기독교와 유대교 사이에서 벌어진 반유대주의의 쟁점에서 중심인물이 되었다. 기독교인 대중의 상상 속에서, 그들 가운데 유대인으로 — 그리고 유대 민족 전체를 대표하는 사람으로 — 각인된 유일한 사람이 바로 가룟 유다였다. 결과적으로, 유다=유대인=배신자라는 등식이야말로 '평범한 대중'의 눈에 모든 유대인과 유대 민족을 배신이라는 병원체에 감염시킨 셈이다.

하지만 이 소설에서 가룟 유다는 '첫 번째 기독교인'이자 '마지막 기독교인'이요 '유일한 기독교인'으로 불린다.(229쪽) 이 부분이야말로 이 소설의 가장 논쟁적인 지점이다.* 오즈는, 아쉬와 발드의 논쟁적인 대화와 토론 과정을 통해서, '유대인들의 눈에 비친 예수'에 관한 연구사—고대사에서부터 중세사를 거쳐 현대 연구자들에 이르는 여러 주장을 총망라한—를 아우르는 방대한 학술 자료를 제공한다. 유대 역사가 요세푸스(1세기), 탈무드(5세기), 시인 야나이(6세기), 유대교로 개종한 사제 네스토르(9세기), 랍비 게르숌 하코헨(11세기),

---

* 아모스 오즈는 세상을 뜨기 두 달 전 암으로 투병하면서 가진 마지막 인터뷰에서 "이 작품을 쓸 때 주저하지 않았나?"라는 질문에 이렇게 대답했다. "절대적으로. 작품을 쓸 때는 물론 작품을 쓴 후에도 여전히 걱정하고 있다. 단지 이 대목 때문만은 아니다. 이 작품은 아이디어 소설이다. 그것은 멸종 위기에 처한 동물과 같다. 최근 아이디어 소설을 쓰는 작가는 많지 않다. 유행이 지난 것 같다. 내 책은 추운 겨울, 세 명이 한 방에 앉아, 차를 마시며, 서로 논쟁하는 이야기다. […] 이념이 꼭 대화를 척살한다고는 생각하지 않는다." 인터뷰 말미의 '건강 상태에 관한 소문'에 관해서도 이 말만 남겼다. "나는 좋지 않다. 그러나 나는 싸우는 중이다." (Gili Izikovich, "When Tolstoy wrote to Amos Oz", Haaretz.com, 2018.10.18. 참조)
작품의 구성plot상 사건이나 상황, 동기 사이의 전개 과정에서 이야기나 묘사나 서사를 중시하는 상황 소설novel of situations과 달리, 아이디어 소설novel of ideas은 딜레마나 성격의 심리적 영적 국면을 더 중요하게 다룬다. 종종 철학적 소설philosophical novel의 한 갈래로 이해된다.

랍비 예후다 하레비와 람밤과 라다크(12세기), 랍비 예후다 아리에(16세기), 그리고 20세기 이 분야의 탁월한 연구자들인 요세프 클라우스너와 잘만 체이틀린과 모리스 골드스타인과 나탄 아그몬과 아브라함 카바크까지. 그러나 특이하게도 이런 기록 중에서 가룟 유다를 언급한 사람은 아무도 없었다. 아무 곳에서도, 어떤 말도 없었다. 유대인들은 어느 시대에 살았든, 기독교에 대항하는 글을 썼던 사람들까지도, 유다에 관해 언급하기를 매우 두려워했다. 심지어 예수는 사기꾼이며 교활한 마술사이고 로마 군인의 사생아라고 생각하던 유대인들조차 유다에 관해서는 하나같이 어떤 말도 꺼렸다. 그를 부끄러워했다. 그를 부인했다. '그들은 지난 여든 세대 동안 증오심과 혐오감을 강물처럼 흐르게 했던 그 사람에 관한 기억을 그의 유령을 불러오기를 두려워했는지도 모른다.'(286쪽)

하지만 아모스 오즈는, 두려움 없이, 가룟 유다를 이렇게 불렀다. '한 순간도 예수를 떠나지 않고 그를 부인하지 않았던 유일한 기독교인, 예수가 십자가에 달려 있던 마지막 순간까지 그가 하느님이라고 믿었던 유일한 기독교인, 끝까지 예수가 온 예루살렘 앞에서 그리고 온 세계 앞에서 틀림없이 일어나 십자가에서 내려오리라 믿었던 기독교인, 예수와 함께 죽었고 그가 떠난 이후에 더 살려고 하지 않았던 유일한 기독교인, 예수가 죽었을 때 자기 가슴이 무너져 내렸던 유일한 사람, 다름 아닌 바로 그 사람이 다섯 대륙에 사는 수억 명의 사람들의 눈에는 수천 년에 걸쳐 가장 전형적인 유대인이라고

조토 디본도네, 〈붙잡히는 예수(유다의 입맞춤)〉(1304~1306)

간주되었다. 가장 혐오하고 가장 경멸하는 사람. 배신의 화신이며 유대교의 화신이고 유대교와 배반이 무슨 관련이 있는지 보여 주는 화신이었다.'(284~285쪽)

아모스 오즈는 묻고 있다. 과연 유다는 배신자인가?! 유다는 자신의 길을 뚜벅뚜벅 걸어갔을 뿐인데. 유다야말로 가장 믿음직한 예수의 제자가 아니었을까? 배신이란 충성과 헌신, 확신과 신념의 한 형태가 아닐까? 작가는 '답 없이 남겨진 어떤 종교적 물음'을 유다의 독백(47장)에 이렇게 담고 있다.

내가 그를 죽였어. […] 난 타협하지 않았어. […] 나는 그를 내 목숨처럼 사랑했고 나는 그를 완벽하게 믿었지. 그것은 단지 자기보다 훌륭한 동생을 사랑하는 맏형의 사랑이 아니었고, 단지 여린 청년을 향해 품는 나이 지긋한 연륜 있는 남자의 사랑이 아니었으며, 단지 자기보다 위대한 젊은 제자를 사랑하는 스승의 사랑도 아니었고, 충성스러운 신도가 기적과 이적을 일으키는 자를 향해 품는 사랑은 더더욱 아니었어. 아니야. 나는 그를 하느님처럼 사랑했어. 그리고 사실 나는 내가 하느님을 사랑했던 것보다 그를 더 많이 사랑했어. […] 그는 나에게 있어서 하느님이었어. 나는 죽음도 그에게 손을 대지 못할 거라고 믿었지. 나는 바로 오늘 예루살렘에서 가장 위대한 기적이 일어날 거라고 믿었어. 그 기적이 일어나면 이후로는 이 세상에서 죽음이 사라질 최종적이고 궁극적인 기적 말이야. 이후로는 더는 아무런 기적도 필요 없는. 이후로 하늘나라가 도래하고 사랑만이

이 세상에 차고 넘치는 그런 기적 말이야.(399~405쪽)

이중나선 구조의 두 번째 줄기는 **쉐알티엘 아브라바넬의 배신**에 맞춰져 있다. 고대 이스라엘 왕족의 후예로 알려진 아브라바넬은 유대인기구의 이사였고 이스라엘 건국을 반대한 유일한 인물이었지만, 사실 그는 이스라엘 현대사에서 거의 감추어진 인물이다. 그는 당시 '다윗왕보다 더 위대한' 지도자로 추앙받던 시온주의자 벤구리온의 정책에 정면으로 맞선 '한 사람으로 이루어진 야당 같은' 존재였다. 벤구리온이 그를 이 사회에서 내쫓아, 더는 자기를 방해하지 못하게 만들었다. 그리고 자신만의 국가를 세웠다.

아브라바넬은 팔레스타인 땅에서 '영국인들을 내쫓고 아랍인과 유대인이 함께 사는 공동체'를 꿈꾼 사람이었다. 그는 유대인들과 아랍인들이 상대방에 대한 오해만 풀면 서로 사랑할 수 있으리라는 꿈을 꾸었으며, 적어도 한쪽이 다른 한쪽의 미래를 위협하지 않고 두 공동체가 어우러져 공존하는 것이, 어차피 같은 땅에 살아야 할 운명을 가진 두 민족이 더는 누가 이길지 전혀 예측할 수 없는 피 흘리는 전쟁을 하는 것보다 훨씬 더 현명한 선택일 것이라는 신념을 갖고서, 평화공존을 위한 역사적인 협상을 성공적으로 이끌기 위해 아랍인들과 자유롭고 폭넓게 교류하면서 '개인적 우정'을 쌓아 갔다.

또한, 그는 국가에 열광하지도 않았고, '마치 동물원에 칸칸이 나뉘어 있는 우리처럼' 수백 개로 갈라져 있는 민족국가의 세상에 감명을 받지도 않았다. 그가 보기에 국가란 모두 유치하고 철 지난 개념일 뿐이었다. 더구나 오직 유대인들만을 위한 국가를 건설해야 한다는 생각으로는 아랍인들의 분노를 가라앉힐 수 없을 뿐만 아니라, 이는 필연적으로 두 민족이 증오와 복수라는 이름의 영속적이고 비극적인 전쟁으로 귀결될 수밖에 없다고 내다보았다. 그는 이 땅에 아랍 국가도 유대 국가도 세우려 하지 않는 것이 좋겠다고 주장했으며, 유대인들과 아랍인들, 기독교인들과 무슬림이 서로의 곁에서 그리고 서로의 안에서, 그들을 서로 가로막는 장애물 없이 사는 세상을 꿈꾸었다.

아브라바넬은 세상의 힘을 다 합한 만큼의 힘—미국과 소련과 프랑스와 영국의 힘을 모두 합한 정도, 인도에서 에티오피아까지 점령할 수 있을 것 같은—으로도 진실로 미워하는 사람을 노예로 바꿀 수는 있지만 사랑하는 사람으로 바꿀 수 없고, 광신도를 교양 있는 사람으로 바꿀 수는 없고, 복수에 목마른 사람을 결단코 친구로 바꿀 수는 없다는 신념을 가진 자였다. 힘은 아무것도 해결하거나 해소해 주지 않으며 다만 얼마간 재난을 막아 줄 뿐.

그는 순진한 사람이었을까? 꿈꾸는 사람이었나? 현실을 전혀 이해하지 못한 달콤한 이상주의자였을까? 아브라바넬은 고독한 사람이었고, 어쩌면 수도사가 돼야 했을 사람이었다. 그는 이 시대에 속한 사람이 아니었으며, 혹시 너무 늦게 태어났다거나 아니면 너무 일찍 태어난, 어쨌든 우리가 사는 시대에 속하지 않은 사람이었다.

1948년 4월, 아브라바넬의 사위이자 발드의 외아들, 아탈리야의 남편 미카가 예루살렘 근처 한 계곡에서 벌어진 '신성한 전쟁'에서 아랍인에게 붙잡혀 비참하게 죽은 이후, 아브라바넬은 '스스로 자처한 가택연금 속에서' '잠수함 안에 사는 것처럼' 깊은 침묵 속에 살다가 2년 후 예루살렘 서쪽 한 모퉁이 돌집에서 죽었다. 모두에게 미움을 받고 비방을 당하며, 모든 사람이 경멸하는 사람으로 죽어 갔다. 사람들은 그를 배신자라고 부르기 시작했고, 어떤 이는 그가 큰돈을 받고 스스로를 아랍인들에게 팔아 버렸다고 말했고, 다른 어떤 이는 그를 '아랍인들의 사생아'라고 조롱했다. 그의 유대인 친구들은 더는 남아 있지 않았다, 그는 배신자였으니까. 그의 아랍인 친구들은 모두 국경 너머로 자기 집에서 쫓겨났다.

아모스 오즈는 다시 묻고 있다. 과연 누가 배신자인가?! 만약 아브라바넬이 배신자라면, 역사에 등장하는 수많은 위인 역시 배신자란 말인가? 예레미야도? 엘리샤 벤 아부야도? 에이브러햄 링컨도? 드골도? 이스라엘 현대사에서조차 이츠하크 라빈이나 시몬 페레스나 베긴이나 사다트도 자신의 겨레로부터 배신자라 불리지 않았던가?* 세상은 충신忠信과 배신背信으로 나뉘는 것이 아니라, 서로 다른 종류의 '배신자들'

---

* 오즈가 한 인터뷰에서 말했듯이 "삶 자체가 배신이다. 부모의 꿈으로 태어나 살면서 어쩔 수 없이 현실과 타협하며 첫 꿈의 고결함대로 살 수 없는 것이 인생 아닌가. 타협이란 배반의 한 형태다."

로 나뉘는 것은 아닐까? 역사를 통틀어 시대를 너무 앞서 태어난 용감한 사람들에게 배신자나 광인(기이한 사람)이라는 낙인을 찍었던 예는 많다. 배신자란 '세상의 회복', 즉 더 나은 세상을 꿈꾸며 이를 지상에 구현하려 했던 모든 천사의 다른 이름이었다. 작가는 이렇게 답하고 있다.

> 변화할 준비가 되어 있는 사람, [···] 그 안에 변화할 의지가 있는 사람은, 어떤 변화도 인정할 수 없고 변화가 생기는 것을 죽을 만큼 무서워하며 변화를 이해하지 못하고 변화를 혐오하는 사람들 눈에 언제나 배신자로 간주될 수밖에 없어요. 쉐알티엘 아브라바넬은 아름다운 꿈을 꾸었고, 그의 꿈 때문에 그들이 그를 배신자라고 부른 거예요.(374쪽)

발드와 슈무엘의 대화와 논쟁

이중나선 구조 사이를 연결하는 첫 번째 역할은 슈무엘과 발드의 지칠 줄 모르는 대화와 논쟁이 효과적으로 수행한다. 슈무엘 아쉬는 사랑에 실패했고 연구에 진척도 없고 아버지가 사업에 실패하신 후로 경제적 상황까지 악화하여, 석사 학위 과정을 중단한 채 일자리를 찾던 중, 대학 카페테리아 게시판에 붙은 구인 공고—인문학을 공부하는 미혼 남학생, 역사를 잘 알고 있으며, 상대방의 기분을 헤아리는 세심한 대화가 가능한 분. 저녁마다 다섯 시간 정도 학식이 깊고 지적인 일흔 살 장애인 남성에게 말동무를 해 주시면 무료로 숙소를 제공하고 소액의 월급도 지급함. 이 장애인은 자력으로 생활할 수 있으며 도우미가 아닌 말동무가 필요함.(26쪽)―를 보고 찾아간 곳이 아탈리야의 집이다. 슈무엘은 손님을 절대 데려오지 말고 또 아무에게도 이 집에서 하는 일에 대해 말하지 않겠다는 서약서에 서명하고 입주한다.

스물다섯 살의 청년 슈무엘 아쉬는 다부진 몸매에 어깨는 넓었고, 목은 짧고 굵었으며, 손가락도 그래서 마디 하나가 모자란 것 같았고, 수염은 늘 헝클어져 있었다. 몸을 앞으로 숙이고 걷는 걸음걸이는 뛰듯 빨라서 늘 그의 다리가 온 힘을 다해 머리를 쫓는 몸을 따라가는 것처럼 보였다. 자기 연민으로 가득 찬 소심한 성격에 쉽게 눈물이 차오르는 감상적인 사회주의자이며, 만성피로에 시달리는 천식 환자에다 그의 열정은 '흥분한 강아지처럼' 쉽게 달아올랐다가 빠르게 실망하곤 했다. 하지만 모든 것이 이마에 다 쓰여 있는 그는 '비밀이 없는 아이'였다.

아탈리야의 낡은 집에는 오래된 무화과나무와 포도나무 덩굴이 정원 전체에 그늘을 드리우고 있으며, 담장은 거칠고 다듬지 않은 예루살렘 돌로 지어졌고, 집과 담장 너머 뒤쪽으로는 울창한 사이프러스 장막이 펼쳐져 있으며, 이 모든 것들 위에 추운 겨울 저녁의 고요가 내려앉아 있다. 이 고요는 무관심하며, 대단히 오래되고, 등 돌리고 앉은 고요였다. 집 안에서 들려오는 소리는 늘 아무도 들을 수 없는 침묵뿐이었다.

죽음의 냄새가 가득한 무덤 같은 이 집에는 '학식이 깊고 지적인' 일흔 살의 장애인 게르숌 발드가 과부가 된 자신의 며느리 아탈리야와 함께 살고 있었는데, '그는 못생긴 편이었고, 키가 크고 몸집은 좋지만 한쪽으로 기울어진 듯했으며, 등은 굽어 있는 데다 코는 목마른 새의 부리처럼 날카롭고 턱 선은 낫을 연상시켰다. 숱이 많고 부드러운 백발은 흡사 여성의 머리카락 같았는데, 은빛 물이 흐르는 폭포처럼 그의 머리에서 흘러넘쳐 목덜미를 덮고 있었다. 그의 눈은 수북이 자라서 양모로 만든 서리같이 보이는 하얀 눈썹 밑에 숨어 있었다. 텁수룩한 콧수염 역시 눈 쌓인 언덕이었는데, 마치 아인슈타인의 콧수염 모양 같았다.'(34쪽)

발드는 늘 상대방을 가시 돋친 듯 날카롭게 꼬집고, 수많은 고전을 줄줄 꿰고 있어 종횡무진 인용하고, 익살과 말장난, 조롱과 비판을 양념으로 곁들여 자유롭게 논쟁할 줄 아는 능력의 소유자였다. 익살과 악의 사이에서 줄타기하는 그의 말은 학식이 있는 사람들만이 알아듣고 상처를 입을 수 있는 모욕을 주는 것이었다. 아탈리야의 시아버지인 발드는, 자신의 사돈 아브라바넬과는 달리, 인류애나 보편적인 사랑을 믿지 않았으며, 심지어 '인류 전체를 증오하는 일이 근본적으로 전 인류를 향한 사랑보다 훨씬 덜 치명적'이라고 주장하는 사람이다. 또, 발드는 한 여자를 사랑하는 두 명의 사내나 한 땅을 놓고 소유권을 주장하는 두 민족이 커피를 강물만큼 나누어 마신다고 해도, 그 강은 그들의 미움을 끌 수 없다고 보았다. 하지만 그의 외아들 미카가 전쟁에 나가 죽자 대화와 논쟁도 따라 죽고, 이 집에 사는 모두는 완전히 입을 다물었다. 모두의 말문이 막혀 버렸고, 깊은 침묵이 집 전체에 내려앉았다.

발드는 모든 면에서 아브라바넬과 대립했고, 극과 극으로 그와 대립했지만, 그들이 논쟁을 벌이는 일은 더는 없었어요. 한 번도. 미카의 죽음이 그들 두 사람의 입을 완전히 다물게 했어요. 한순간에 모든 설명이 바닥나 버렸어요. 말문이 막혀 버렸어요. 그들 두 사람 사이에 침묵이 감돌았고 그들과 나 사이에도 마찬가지였어요.(281~282쪽)

발드와 슈무엘, 둘 사이의 대화는 처음에는 화자와 청자로 나뉘어 있다가 나중에는 견해 차이로 인한 논쟁으로 번지기 일쑤였다. 대화의 주제는 유대인들에 눈에 비친 예수나 유다에 대한 기독교인의 시선, 이스라엘 건국 과정에 등장하는 복잡한 정치적 이념 갈등 등 드러내 놓고 진지하게 다루는 문제들뿐만 아니라, 외부 세계로부터 숨겨진 비밀의 장막에 둘러싸인 아브라바넬과 미카의 삶과 죽음, 침묵 속에 감추어진 수수께끼 같은 민감한 가족사도 아우른다. 끊임없는 긴 대화와 논쟁의 과정은 둘 사이를 '어쩔 수 없이' 이해하고 좋아하도록 이끌지만, 서로 '닿을 수 없는' 간격이 좁혀진 것은 아니었다.

그 순간 슈무엘은 노인이 매우 가깝게 느껴졌다. 마치 어린 시절부터 그를 알아 왔고 또 그를 사랑해 온 것처럼. 그러나 문득 그 긴 겨울 저녁들을 보내며 그들이 끊임없이 이어 갔던 그들 사이의 대화는 정말로 그들 두 사람이 해야 할 이야기에서 매우 거리가 먼 것 같다는 생각이 들었다.(331쪽)

노인과 청년, 민족주의자와 사회주의자, 현실주의자와 이상주의자 간의 대화와 논쟁은 항상 깨어질 듯 부서질 듯 긴장감 넘치게 진행되지만, 작가는 둘 사이에서 쉽사리 한쪽 편을 들거나 값싼 타협을 끌어내기보다는 격렬한 논쟁 속에서도 균형 감각을 잃지 않고 아슬아슬한 평화를 유지해 나간다. 둘 사이에는 늘 따뜻한 차 한 잔이 놓여 있다.

슈무엘과 아탈리야의 사랑과 욕망

이중나선 구조 사이를 연결하는 두 번째 역할은 슈무엘과 아탈리야의 조마조마한 사랑과 욕망이 효과적으로 수행한다. 지나치게 소심하고 감상적인 슈무엘은 아탈리야의 관심을 끌게 되리라는 지칠 줄 모르는 희망을 품고 조심스럽게 접근하여 때로 동정심을 불러일으키지만 대개는 허탕만 친다. 슈무엘은 아탈리야의 차가운 무관심과 조롱하는 듯한 갈색 눈동자 속에 빛나는 녹색 불꽃과 그녀의 왼쪽 가슴 위로 흘러내리는 짙은 색 머리카락조차 미워했는데, 그의 노력이 전혀 소득이 없었던 것은 아니다. 함께 영화관에도 가고, 몇 차례 팔짱을 끼고 시내를 걷고, 식당에서 같이 식사도 했다. 그럴수록 아탈리야가 자기를 향해 벽을 쌓고 있다는 사실과 마주한다.

그는 마음속에 아탈리야의 왼쪽 어깨를 타고 수가 놓인 드레스 위로 흘러내리는 그녀의 길고 부드러운 머리카락을 떠올렸다. 마치 그녀 자신보다 그녀의 엉덩이가 훨씬 더 활동적으로 깨어 있어서, 내면에서 나오는 춤을 억지로 참고 있는 듯한 그녀의 걸음걸이도. 자기주장이 강한 여자이며, 비밀로 가득 차 있으며, 이따금 네게 냉소적으로 대하고 초연한 관심을 보이는 여자, 네게 끊임없이 명령하는 여자, 그리고 그녀는 언제나 살짝 조롱하는 것 같은 눈빛에 연민의 조각들을 조금씩 섞어서 널 쳐다보지. 너는 그녀 앞에서 버림받은 강아지라도 된 것처럼 그 연민을 네 가슴에 담고 있지.(163쪽)

한편, 아탈리야의 남편 미카 발드는 촉망받던 뛰어난 수학자였는데, 아내와 장인 아브라바넬이 그토록 반대했던 '저주받은 것처럼 보이는 전쟁'에 지원했다. 그는 자기 아버지처럼 장애인이었고 어렸을 때 신장 하나를 제거했는데도 불구하고, 독립전쟁을 위해 자원입대했다. 야간전투에서 실종된 미카는 그다음 날 아침 이런 상태로 발견되었다.

그들은 그의 목을 베어 죽였고, 그의 아랫도리를 벗겼고, 성기를 잘라서 입에 처넣었어요. 그들이 그를 거세하기 전에 죽였는

지 아니면 그 후에 그랬는지는 영원히 알 수 없어요.(280쪽)

아탈리야는 남자를 사랑하는 일이 불가능한 여자였다.

아탈리야가 열 살 어린 소녀였을 때, 그녀의 어머니는 집을 떠나 아브라바넬 가문과 친분이 있고 대여섯 가지 언어로 시를 읊기 좋아했던 어떤 그리스 상인을 쫓아 알렉산드리아로 떠나갔다. 그녀(어머니)는 부엌에 '선택의 여지가 없었다'는 편지를 남겼는데, '어떤 인간도 선택의 여지는 없다'고, '우리는 모두 우리를 멋대로 움직이는 힘에 좌지우지된다'고 쓰여 있었다. 아탈리야의 아버지는 정말 올곧은 사람이었고 대단히 용감하고 독창적이었지만, 결코 아버지가 되기를 원치 않았거니와 어떻게 해야 하는지도 몰랐고, 사실 남편인 적도 없었으며, 그녀는 그런 아버지를 사랑하지 않았다. 아탈리야는 어려서 깊은 정서적 상처를 입었고, 어른이 되어서는 전쟁 과부가 되었다.

아탈리야는, 어느 정도 아버지 아브라바넬의 사상으로부터 이어받은 것도 있지만, 본래 자기 아버지보다 더 급진적인 여성이었다. 팔레스타인 땅에 유대인들이 존재한다는 사실 자체가 부당하다고 말할 정도로. 하지만 그날 이후, 아탈리야는 이제 더는 할아버지가 될 수 없는 두 명의 노인과 함께 은둔자, 즉 '스스로를 가두어 버린 여인'으로 살면서 그들을 돌보았다. 그러나 한 지붕 아래에 사는 모두는 침묵했다. 전쟁이 모두의 말을 앗아 갔다. 오직 국외자局外者인 슈무엘만이 예루살렘의 두꺼운 돌벽에 갇힌 이들 사이를 오가며, 이성적인 대화와 인간적인 연민으로 그들 사이를 연결해 주는 유일한 사람이다. 그가 여기서 보수를 받는 이유는 기실 무엇인가 대화하고 싶어 하는 욕구와 욕망을 그를 향해 배출할 수 있게 한다는 데 있다.

그날 밤 11시 30분에, 그가 침대에서 잠깐 책을 읽다가 피곤해서 눈이 벌써 가물가물할 즈음, 그녀가 문을 여닫는 것을 듣지도 못했는데 이미 맨발로 그의 옆에 와 있었고 그는 갑자기 깜짝 놀라 재빨리 담요로 자기 몸을 덮었다. 가로등에서 나와 블라인드 틈새로 스며든 어렴풋한 빛 속에서 그녀는 먼저 책상으로 가서 그 어두운 얼굴로 침대를 바라보고 있는 그녀의 아버지 사진을 다시금 돌려놓았다. 그러고 나서, 아무런 말도 없이, 담요를 치워 버리고 그의 옆에 앉아서 몸을 숙이고 자기 온 손가락으로 털이 무성한 그의 가슴과 배와 넓적다리를 쓰다듬었고 손으로 그의 그곳을 감싸 쥐었다. 그가 뭐라고 속삭이려 하자 그녀는 손으로 그의 입을 막았다. 그러고는 자기 두 손으로 그의 두 손을 가져다 가슴 위에 하나씩 얹고 자기 입술을 그의 입술이 아닌 이마로 가져가서 자기 혀로 그의 얼굴 위를 그리고 꼭 감겨 있는 그의 눈 위를 가볍게 맴돌았다. 천천히 그리고 부드럽게 마치 잠결인 것처럼, 그녀는 그를 한 걸음씩 인도했다. 그러나 그날 밤 그녀는 그의 흥분이 가라앉자마자 일어나서 그를 떠나지 않았고 미지의 땅에 온 손님처럼 그를 인도했으

525

며, 인내심을 가지고 그의 손가락들을 자기 손가락들 사이에 끼우고 자기 몸을 알게 해 주었고, 그녀의 기쁨에 기쁨으로 보답하는 방법을 가르쳤다. 그녀는 잠깐 그의 옆에 움직이지 않고 누워 있었는데, 그녀의 숨소리가 느리고 평온해서, 그는 그녀가 침대에서 잠이 든 줄 알았다. 그러나 그녀는 "잠들지 마세요"라고 속삭였고 다시 그의 몸 위에 올라타고 앉아서, 그가 꿈속에서만 보았던 것들을 해 주었는데, 이번에는 그도 그녀의 몸을 행복하게 해 주는 데 성공했다. 새벽 1시에 그녀는 그의 곱슬머리를 쓰다듬고 손가락 하나로 부드럽게 그의 입술을 어루만진 다음 일어났고 "다른 어떤 사람들보다 당신을 기억할 것 같아요"라고 속삭였으며 다시 자기 아버지의 사진을 책상 위 제자리에 세워 놓고 잠옷 가운을 펄럭이면서 그곳을 빠져나가 아무 소리도 내지 않고 자기 뒤로 문을 닫았다.(414~415쪽)

3개월이라는 시간은 두 사람, 세 사람, 아니 '살과 피를 가진' 사람이 사람을 이해하기에 너무나 짧았으며, 이들 모두의 사랑은 예루살렘의 겨울만큼이나 냉담한 것이었다. 3월이 시작되자 예루살렘의 차가운 겨울비가 그쳤다. 슈무엘은 '여기 왔을 때보다 더 배가 고픈 채로' 아탈리야 곁을 떠나야만 했다. 그녀의 부드러운 제비꽃 향수의 향기만 아련하게 남겨 둔 채. 발드는 종종 슈무엘에게 이렇게 충고했다. "자네, 가능하다면, 아탈리야와 사랑에 빠지지 말게. 다 소용없는 짓이야. 아니면, 내가 이미 늦어 버린 건가?"(41쪽)

슈무엘은 버스를 타고 예루살렘을 떠나 남쪽 사막을 향했다. 그는 예루살렘—언제나 그곳에 쭈그려 앉아 괴롭히는 목을 조여 오는 그 절망—을 그대로 남겨 두고 그곳으로부터 멀어지고 있다는 느낌이 참 좋았다. 그는 자유를 찾아 사막에 홀로 표류漂流하며, 예수처럼 혹은 유다처럼, 아직은 철 이른 메마른 무화과나무 아래에서 열매를 구했으나 얻을 수 없었다. 그는 어디로 가야 할지, 아는 바가 없었다.

영원한 노벨문학상 후보, 잠들다

1967년 6일전쟁 이후, 오즈는 지속해서 소위 '두 국가 해결책two-state solution'을 주장하며 이스라엘과 팔레스타인 간의 갈등을 종식시키고자 애썼다. 국가평화안보위원회에 위원으로 활동했고(1967), 평화 활동가로 '샬롬 아흐샤브Peace Now'를 결성하고(1977) 이끌었다. 그러나 2000년 이후, 이-팔 갈등이 더없이 극으로 치닫고 상호 보복과 살상이 한계를 넘어 계속되자 일체의 정치적 발언을 중단하고, 작품 활동에만 몰두했다. 8미터 높이에 700킬로미터의 분리 장벽이 두 진영 사이에 가로놓인 그즈음, 인터뷰에서 오즈는 이렇게 말했다. "나는 이스라엘을 사랑한다. 그러나 아주 많이 좋아하지는 않는다." 작가이자 노동자이며 평화 활동가로서 그는 글로써 행동하는 '침묵하지 않는 작가'였다.

아모스 오즈는 숱한 문학상을 휩쓸었다. 비알리크문학상

(1986), 이스라엘문학상(1998), 괴테문학상(2005), 아그논문학상(2006), 프란츠카프카상(2013), 박경리문학상(2015), 그리고 톨스토이문학상(2018)까지. 그러나 끝내 그에게 노벨문학상은 주어지지 않았다.* 2018년 5월, 아모스 오즈의 딸 파니아 오즈잘츠베르거(이스라엘 하이파 대학교 교수)는 자신의 트위터에 '아모스 오즈와 노벨문학상에 대하여'라는 제목의 글을 올려 큰 파문을 일으켰다.

> 그는 [상을 받으려고] 꿈꾸지 않으며, [노벨문학상 수상을] 시도하지 않는다. 그는 오래전에 그런 일은 일어나지 않을 것을 알고 있었다. 그는 자신의 제비뽑기로 행복하다.** 오즈만이 아니라, 이스라엘이 비과학 분야에서 노벨상을 받을 확률은 낮다. 만약 오즈가 시온주의와 이스라엘의 존재 정의를 부인한다면, 가능성이 있다. 그러므로 그것은 불가능하다.

2018년 노벨문학상은 심사위원의 성 추문으로 취소, 이듬해로 연기되었다. 아모스 오즈는 그해 12월 28일, 79세를 일

---

* 작가는 번역의 중요성을 강조하면서 역자에게 언젠가 (노벨문학상을 받으면) 전 세계 30여 개 언어로 자신의 소설을 번역해 온 번역자들을 예루살렘에 초청해서 '번역자 포럼'을 열고 싶다고 이야기한 바 있다. 언어 사이의 차이와 간격을 대화와 토론을 통해 어떻게 좁혀 나갈 수 있을지 모색함으로써 결국 인간 소통 부재의 현실을 넘어서고자 함이라 말했다.

** 이 어구는 미쉬나(피르케이 아봇 4, 1)에 나오는 '누가 부자인가? 자신의 제비뽑기로 행복한 자다'에서 따왔다. 제비뽑기는 일종의 '운運'을 일컫는 말이다.

기로 영면했다. 이로써『유다』는 그의 마지막 소설이 되고 말았다. 그는 상을 타려고 조국을 배반하지 않았다. 하지만 그도 자신의 사람들로부터 '배신자'로 불렸다. "우리는 모두 가룟 유다야. 거의 여든 세대가 지났지만 우리는 모두 가룟 유다에 불과해."(63쪽) 그가 남기고 싶은 마지막 말이었을까?!

이 작품을 번역하는 동안 나는 참 행복했다. (47장을 번역할 때는 이틀이나 펑펑 눈물을 쏟기도 했다.) 20여 년 전 겁 없이『나의 미카엘』을 시작으로 몇 권의 오즈의 소설을 번역해 본 적이 있는 나는, 그 작업이 얼마나 지난한 과정인지 익히 잘 알고 있던 터라 출판사로부터『유다』번역을 제안받고 한 치의 망설임도 없이 거절했다. 그런데 잊을 만하면 전화를 걸어와 재고해 줄 것을 절실하게 청해 왔다. 심약한 나는, 2015년 10월 오즈가 박경리문학상 수상자로 방한했을 때, 그와 함께 DMZ를 방문하고 돌아오는 차 안에서 그가 내게 조용히 했던 말이 떠올랐다. "초이,『유다』는 내가 정말 오랫동안 구상하며 쓴 소설이야. 충분히 문제적인 작품이야. 관심을 가져 봐." 은근한 압력이었을까? 마지막이 될 거라는 암시였을까? 이렇게 해서 이 작품은 은퇴를 앞둔 내게도 마지막 번역서가 되었다. 번역이 절반가량 진행될 때까지 틈틈이 작가와 나눈 여러 차례의 이메일 대화를 잊을 수 없다. 여전히 번역이 어렵고 서툴기만 한 내가 완역完譯을 앞두고도 물어 확인하고 싶은 것들이 아직도 참 많은데, 더는 물을 수조차 없다. 슈무엘이 떠나고, 뒤이어 오즈도 떠났다. 이제 여기 '남겨진 질문'에 대한 대답은 응당 독자들의 몫이 되었다.

히브리어 판본은 『הבשורה על פי יהודה』(Keter, 2014)로 하고, 일부 텍스트의 차이―왜 차이가 발생하는지 나는 알지 못한다―가 발견되는 전자책 판본(2016)을 참조했다.

2020년 초겨울, 연구실에서
최창모

아모스 오즈 연보

1939(0세) 5월 4일, 영국 위임통치령 팔레스타인의 예루살렘에 있는 케렘 아브라함 마을의 공동주택 아파트에서 예후다 아리에 클라우스너와 파니아 무스만의 외아들로 태어난다. 아모스 오즈의 부친은 당시 폴란드의 일부였던 빌나(현 리투아니아 빌뉴스)의 대학에서 폴란드어와 세계문학으로 학사 학위를 받고 스코푸스산에 있는 예루살렘 히브리 대학교에서 석사 학위를 받았다. 『나사렛 예수』『예수에서 바울로까지』 등의 저작으로 세계적 명성을 얻은 히브리 문학의 대가인 종조부 요세프 클라우스너가 그즈음 이곳의 히브리문학과 학과장으로 있었으나 구설수에 오르는 것을 경계하여 조카를 조교로 임명하지 않았다. 그 때문에 오즈의 부친은 학계에 자리 잡지 못하고 예루살렘 히브리 대학교 기바트 람 캠퍼스 안에 있던 국립도서관 사서직에 정착했다.
아모스 오즈의 모친은 당시 폴란드의 일부였던 리우네(현재는 우크라이나의 도시)에서 제분소를 운영하던 부잣집의 세 자매 중 가운데 딸로 태어났으나 대학에 입학할 무렵 유대인 차별이 심해져서 프라하 카렐 대학교로 유학을 떠났다. 그러나 부모가 1930년대에 대공황으로 사

업에 실패하고 1933년 나치가 집권하자 예루살렘으로
이주하는 바람에, 카렐 대학을 마치지 못한 채 따라와서
예루살렘 히브리 대학교를 졸업한 후, 역사나 문학을 준
비하는 학생들에게 개인 교습을 했다.

1944(5세)   오즈의 집에는 책이 많았는데 생활은 늘 곤궁하여 식료
품이 필요할 때면 부친이 장서를 일부 들고나가 헌책방
에 팔아서 비용을 조달했다.

오즈의 부모는 평소 러시아어나 폴란드어로 대화를 나누
었으나, 오즈에게는 오로지 히브리어만을 가르쳤고 말하
게 했다. 오즈의 부모 세대에만 해도 히브리어가 모어인
이들이 없었으나, 1881년 팔레스타인으로 이주한 (현대
히브리어의 아버지이자 히브리어 사전을 편찬한) 엘리에
제르 벤 예후다의 국어 사용 운동과 시온주의를 신봉하
는 이스라엘 사람들의 피나는 노력 끝에 1922년 히브리
어는 유대 국가의 국어로 공식 선포되었다.

1947(8세)   11월 29일, UN 총회에서 유대 독립국과 아랍 독립국 창
설을 위한 팔레스타인 분할안이 채택된다.

1948(9세)   5월 14일, 오스만 제국의 위임을 받아 30년간 위임통치
하던 영국군이 팔레스타인 지역에서 철수하고 이스라엘
은 독립을 선언한다. 초대 대통령은 하임 바이츠만, 초대
총리는 다비드 벤구리온이었다.

5월 15일, 제1차 중동전쟁(1948년 아랍-이스라엘 전쟁)
발발.

건국 이후의 이스라엘에는 우파와 좌파 세력이 있었다.
우파는 대이스라엘Greater Israel 정책, 즉 히브리성경 시대
의 유대와 사마리아 지역을 전부 수복하고, 팔레스타인
현지에 살고 있는 아랍인들은 원래 사우디아라비아 출신
이었으므로 그 지역으로 돌아가야 하며, 유대인 외의 민

족은 모두 이교도이고, 국가와 정부도 유대교 율법에 입각하여 민주주의보다는 성경 다윗왕 시대의 군주제가 더 적절하다고 보는 정치 세력이다. 반면에 좌파는 시온주의와 세속주의에 입각하여 자유민주주의와 성경의 가르침이 양립할 수 있으며, 이스라엘 국가는 아랍인들은 물론이고 전 세계 사람들과 평화공존 해야 한다고 보는 정치 세력이다.

1951(12세) 1월 6일, 모친이 편두통, 불면증, 심한 우울증으로 텔아비브에 살던 세 살 위의 언니 하야의 집에 정양하러 갔다가 수면제 과다 복용으로 깨어나지 못하고 사망한다. 이 사건은 아모스 오즈의 문학 세계에 결정적인 영향을 준다. 오즈는 이 일에 대하여 1966년 노벨문학상을 수상한 이스라엘 작가 S. Y. 아그논의 소설 『그녀의 삶이 혈기 왕성했을 때』의 시작 부분에 나오는 첫 문장을 자주 인용했다. '어머니는 혈기 왕성할 때 돌아가셨다. 서른 살이었던 어느 날 나의 어머니는 죽음에 이르렀다. 그녀 삶의 나날들은 짧고 불행했다. 하루 종일 그녀는 집에 앉아 있었고 결코 집 밖으로 나가지 않았다. 침묵이 흐르는 우리 집은 슬픔에 빠져 있었다.'
파니아는 서른여덟 살이었고 죽기 2년 전부터 불면증과 편두통으로 창문 옆에 의자를 가져다 놓고 바깥을 멍하니 내다보는 날이 많았으며, 잠들지 못하는 밤이 오는 것을 두려워했고, 밤중에는 쉴 새 없이 책을 읽으면서 거의 자지 않았다.

1953(14세) 부친 재혼.

1954(15세) 예루살렘을 떠나 키부츠 훌다로 들어간다. 성姓도 클라우스너에서 오즈(히브리어로 '힘'이라는 의미)로 바꾼다. 키부츠행은 부친에게 반발하려는 의도도 있었으나 부친

을 향한 외가의 비난을 감당하기 어려웠기 때문이다. 외가는 모친의 죽음이 부친의 탓이라고 여겨서, 그 후 부친과 일체의 연락을 끊었다. 오즈의 두 이모(하야와 소니아)는 파니아가 죽은 것은 순전히 그 남편 탓이라고 하면서, 새 여자를 아내로 들이더니 오즈를 대놓고 거지꼴로 만들고 있다고 비난했다. 두 이모는 오즈의 부친을 이기적이고 약간은 독재적인 남자라고 생각했다. 오즈는 이런 가족적 환경을 싫어했다.

부친은 처음에는 오즈의 키부츠행에 반대했으나, 오즈가 학교 공부를 게을리하고 성적이 자꾸 떨어지면서 태만한 자세를 보이자 하는 수 없이 허락한다. 오즈는 후일 왜 텔아비브에 가지 않고 키부츠로 갔느냐는 질문을 받고서 "텔아비브는 과격한 곳이 아니잖아요. 그 당시 과격한 생활을 할 수 있는 곳은 키부츠밖에 없었습니다"라고 대답했다. 키부츠는 이스라엘 정부가 운영하는 일종의 집단 농장으로 철저한 공동체 생활을 요구하는 곳이다.

1955(16세)   부친이 계모와 함께 런던으로 이주한다. 부친은 런던 대학교에서 박사 학위를 받아 이스라엘에서 교수 자리를 얻을 생각이었다. (부친이 런던에 머무는 동안 이복 남매 마르가니타와 다비드가 태어난다.)

1956(17세)   10월 29일, 이스라엘이 시나이반도를 침공하여 제2차 중동전쟁(수에즈 위기)이 발발한다.

1957(18세)   키부츠 훌다의 회원이 된다. 이후 1986년 키부츠를 떠날 때까지 훌다에 거주한다.

1958(19세)   조모 슐로미트 사망.

1959(20세)   9월, 암 오베드 출판사의 대중문고에서 미국 소설가 셔우드 앤더슨의 『와인즈버그, 오하이오』(1919) 히브리어

번역판이 출간된다. 이 책에 대해 오즈는 『사랑과 어둠의 이야기』에서 이렇게 쓰고 있다.

'이 책은 나를 뼛속까지 흥분시켰다. 내가 예루살렘을 떠날 때 뒤에 남겨 두고 온 것들을 떠올리게 했고, 유년 시절 내내 내 발이 밟고 있던, 그리고 내가 몸을 굽혀 만져 보지도 않았던 땅을 되돌려 놓았다. 이 수수한 책은 코페르니쿠스적 전환처럼 내 뒤통수를 쳤다. 셔우드 앤더슨은 내가 내 주위에 있는 것들에 대해 쓸 수 있는 눈을 뜨게 해 주었다. 글로 된 세계는 밀라노나 런던에 좌우되는 것이 아니다. 그 세상은 어디든지 글을 쓰고 있는 손 주위를 운행한다는 것을 불현듯 깨달았다. 내가 있는 곳, 그곳이 늘 우주의 중심이라는 것을 각인시켜 주었다.'

1960(21세) 부친이 런던 대학교에서 「I. L. 페레츠의 미발표 원고 연구」라는 논문으로 박사 학위를 취득한다. 그러나 쉰이 넘은 나이였기에 이스라엘에서 대학교수로는 자리 잡지 못하고 다시 국립도서관 사서직으로 돌아간다.

키부츠에서 만난 닐리 추커만과 결혼. (이후 딸 둘과 아들 하나를 두는데, 맏이 파니아 오즈잘츠베르거는 하이파 대학교의 역사학 교수, 둘째 갈리아는 아동문학가이자 다큐멘터리 감독, 막내 다니엘은 시인이자 음악가이다.)

결혼식 며칠 전에 부친이 최초의 심장 발작을 일으킨다. 모친은 죽기 두 달 전에 남편과 아들을 예루살렘 시내로 데리고 나가, 일종의 작별 인사로 거창한 점심을 샀는데, 그때 하교한 아들과 함께 남편의 직장인 국립도서관으로 가면서 "책 먼지 더미에서 죽어 가는 나방 같은 네 아버지"라고 말했다. 또한 모친은 "장차 네가 커서 결혼하면 네 아버지와 나를 결혼 생활의 모델로 삼지는 말기를 바란다"고 덧붙였다. 부친의 심장마비는 결국 평생을 책 더미에 파묻혀 나방처럼 살았기 때문에 생긴 직업병이었다.

1961(22세) 이스라엘 군대의 나할 여단(기갑부대)에서 3년 복무 후 만기제대 한다.

키부츠 홀다 총회는 오즈를 예루살렘 히브리 대학교로 연구차 2년간 파견한다. 키부츠 고등학교에서 '보습 학급'이라 불리는 문학 수업에 교사가 긴급히 필요하여 선발된 것이었다. 오즈는 히브리 대학교에서 문학과 철학을 전공한다.

문학 공부를 하면서 S. Y. 아그논을 찾아가 자주 이야기를 나눈다. 아그논은 당시 토마스 만, 로베르트 무질과 함께 중부 유럽의 3대 소설가로 불렸다.

슈무엘 휴고 베르그만 교수의 「대화 철학 : 키르케고르에서 마르틴 부버까지」를 청강했다. 오즈의 모친 파니아도 1930년대 결혼 전 이 학교를 다닐 때 베르그만 교수에게서 철학을 배웠다. 이때는 이미 은퇴한 명예교수였으나 특강을 했고 오즈 등을 자신의 집으로 불러서 학문적 토론을 벌였다. 베르그만은 1910년대 프라하 시절에 프란츠 카프카의 절친한 친구였으며, 오즈는 이 철학자를 통해 카프카 문학에 눈뜨게 되었다.

1963(24세) 예루살렘 히브리 대학교를 졸업하고 기바트 브레너에 있는 홀다 고등학교에서 교편을 잡는다(~1986).

1965(26세) 소설집 『자칼의 울음소리』로 등단, 이스라엘의 홀론시市 상 문학 부문에서 수상한다.

1966(27세) 장편소설 『딴 곳』 출간.

1967(28세) 6월 5일, 이스라엘 공군이 카이로 공군기지를 공격하면서 제3차 중동전쟁(1967년 아랍-이스라엘 전쟁)이 발발한다. 6일 만에 끝나서 6일전쟁이라고도 한다. 이때 이스라엘은 이집트의 시나이반도, 요르단의 서안 지구, 지중해 쪽의 가자 지구, 시리아의 골란고원을 점령했다.

오즈는 이 전쟁 중 시나이 전투에 참가한다. (6일전쟁 참전 후, 오즈는 지속적으로 '두 국가 해결책'을 주장하며 이스라엘과 팔레스타인 간의 갈등을 종식시키고자 애쓴다.) 이후 국가평화안보위원회 위원으로 활동.

1968(29세) 장편소설 『나의 미카엘』 출간. 오즈는 이 무렵을 이렇게 회상한다. "나는 여전히 키부츠의 농부일 뿐이었다. 처음에 글을 쓰는 것은 일주일에 하루만 허용되었다. 내 작품이 성공을 거두자 사흘로 늘어났다. 그리고 1980년대에 들어서야 비로소 일주일에 나흘은 글을 쓰고, 이틀은 아이들을 가르치고, 토요일에는 키부츠 식당에 나가서 웨이터로 일했다."

1969(30세) 영국 옥스퍼드 대학교 세인트크로스 칼리지 방문연구원(~1970).

1970(31세) 10월 11일, 부친이 동네 가게에서 일용품을 구매하여 나오던 길에 급성 심근경색으로 사망한다. 향년 60세.

1971(32세) 중편소설집 『죽음에 이르기까지』 출간.

1973(34세) 장편소설 『물결을 스치며, 바람을 스치며』 출간.
외조부 헤르츠 무스만 사망. 헤르츠 무스만은 『나의 미카엘』에서 여주인공 한나가 정말로 사랑하는 친정아버지라고 말한 인물의 모델이다.
10월 6일, 시리아군이 골란고원으로 진격하고, 이집트군이 수에즈 운하를 건너 시나이반도에 상륙하면서 1973년 아랍-이스라엘 전쟁(10월전쟁) 발발. 이스라엘 쪽에서는 이 전쟁을 욤키푸르(이스라엘의 휴일) 전쟁이라고 하고 아랍 쪽에서는 라마단(이슬람교의 신성한 기간) 전쟁이라고 한다.
오즈는 골란고원 전투에 참가한다.

1974(35세) 산문집『다른 사람들』출간.

1975(36세) 이스라엘 예루살렘 히브리 대학교 거주작가(~1976).

1976(37세) 중편소설집『악한 음모의 언덕』출간, 이스라엘의 브레너 상을 수상한다.
2월 22일, 이스라엘이 시나이반도 일부를 이집트에 반환한다.

1977(38세) 이스라엘 평화 단체인 '샬롬 아흐샤브Peace Now'를 결성하여 적극 활동한다.

1978(39세) 청소년 소설『숌히』(한국판은『첫사랑의 이름』) 출간, 이스라엘의 제에브상 아동문학 부문에서 수상한다.
9월 17일, 지미 카터 미국 대통령의 중재로 안와르 사다트 이집트 대통령과 메나헴 베긴 이스라엘 총리가 캠프 데이비드 협정에 조인한다.

1979(40세) 기고집『타오르는 불꽃 아래』출간.
5월 27일, 캠프데이비드 협정에 따라 이스라엘군이 시나이반도에서 완전히 철수한다.
이스라엘은 팔레스타인해방기구PLO의 근거지들을 제거하기 위해 레바논을 침공한다.

1980(41세) 미국 캘리포니아 대학교 버클리 캠퍼스 거주작가.

1982(43세) 장편소설『완전한 평화』출간.
이스라엘군이 레바논의 베이루트로 진격하여 PLO 본부가 있는 도시의 서부 지역을 포위 공격한다.

1983(44세) 『완전한 평화』로 번스타인상 히브리어 소설 부문에서 수상한다.
앤솔러지『이스라엘 땅에서』출간.

1984(45세) 프랑스 정부로부터 문화예술훈장 오피시에 수훈.

미국 콜로라도 칼리지 문학 교수 겸 거주작가(~1985).
조부 알렉산더가 93세의 나이로 사망한다.

1985(46세) 미국 로터스클럽 올해의 작가로 선정.
이스라엘군은 PLO 본부가 베이루트에서 철수하자 철군
을 완료한다.

1986(47세) 이스라엘의 비알리크상 문학 부문에서 수상.
키부츠 훌다를 떠나 네게브 한복판의 아라드시로 이주한
다. 천식을 앓는 아들 다니엘을 위해 공기가 좋은 지역으
로 간 것이었다.

1987(48세) 장편소설『블랙박스』, 산문집『레바논의 비탈』출간.
미국 보스턴 대학교 문학 초빙교수 겸 거주작가.
이스라엘 네게브 벤구리온 대학교 히브리문학과 정교수
(~2005).
12월 9일, 가자 지구의 자발리야 난민촌 근처에서 팔레
스타인 노동자들을 태운 차와 이스라엘방위군 전차 수송
차가 충돌하는 사고가 발생한다. 한 유대인이 팔레스타
인 소녀를 살해하고 무죄판결을 받은 사건이 있은 지 얼
마 안 된 상황이었다. 그다음 날 팔레스타인 사람들의 저
항운동인 제1차 인티파다가 일어난다.

1988(49세) 『블랙박스』로 프랑스의 페미나상 외국소설 부문, 영국의
윙게이트상 소설 부문에서 수상.
미국 히브리유니언 칼리지 명예박사, 웨스턴뉴잉글랜드
칼리지(현 웨스턴뉴잉글랜드 대학교) 명예박사.
그동안 책을 출간해 온 출판사 암 오베드를 떠나 케테르
북스로 옮긴다. 이 출판사가 책의 매출과 관계없이 매달
일정한 월급을 지급하겠다는 계약 조건을 제시했기 때문
이다.

1989(50세)　장편소설『여자를 안다는 것』출간.

　　　　　　스페인의 지중해 카탈루냐 연구소(현 지중해 유럽 연구소) 회원으로 위촉.

1990(51세)　예루살렘 히브리 대학교 거주작가.

1991(52세)　장편소설『제3의 조건/피마』출간.

　　　　　　히브리어 아카데미 정회원으로 위촉.

1992(53세)　산문집『상황 보고』출간.

　　　　　　주요한 국제 평화상인 독일출판평화상을 수상한다. 리하르트 폰 바이츠제커 독일 대통령이 수여.

　　　　　　이스라엘 텔아비브 대학교 명예박사.

1993(54세)　S. Y. 아그논에 관한 문학비평집『천국의 침묵』출간, 네게브 벤구리온 대학교 현대히브리문학과 아그논 석좌교수로 임명된다.

　　　　　　『숌히』로 독일의 룩스상, 프랑스의 하모레상 수상.

　　　　　　빌 클린턴 미국 대통령의 중재로 이츠하크 라빈 이스라엘 총리와 팔레스타인 지도자 야세르 아라파트가 팔레스타인 자치에 대한 원칙적인 합의인 오슬로 협정에 조인한다.

1994(55세)　장편소설『밤이라 부르지 마오』, 기고집『이스라엘 팔레스타인과 평화』출간.

　　　　　　미국의 모리스A.스틸러상 수상.

1995(56세)　장편소설『지하실의 검은 표범』출간.

　　　　　　11월 4일, 이스라엘-팔레스타인 두 국가 체제의 평화공존론에 입각하여 오슬로 협정을 추진했던 이츠하크 라빈 총리가 극우파 유대인에게 피살.

　　　　　　오슬로 협정에서 이스라엘은 해안선으로부터 약 20해리까지 가자 지구의 팔레스타인 어선이 조업을 나갈 수 있다고 합의했다. 그러나 이스라엘은 조업 신청서를 수없이 반려했고 조업 구역을 해안선에서 12해리 이내로 제한했다. 이스라엘 순시선은 팔레스타인 어선이 제한구역을 조금이라도 넘어서면 즉각 발포했다. 그 후 이스라엘은 조업 구역의 범위를 더욱 좁혔고, 그 결과 수많은 가자 주민의 생계 수단이자 식량원이던 어업이 타격을 입었다. 또한 이스라엘은 오슬로 협정에서 팔레스타인 사람들이 항구를 건설하고 운영하는 것을 허용하기로 했고 이 항구는 가자 지구의 경제를 촉진할 것이었다. 2000년 여름에 항구 건설의 기반 작업이 시작되었으나 같은 해 제2차 인티파다가 발생하자 이스라엘은 항구 건설 현장에 폭탄을 투하했고 원조 국가들은 항구 건설에 대한 투자를 중단했으며 그리하여 아무것도 이루어지지 않고 있다.

1996(57세) 문학에 관한 산문집『이야기가 시작되다』출간.
이스라엘 텔아비브 대학교 거주작가.

1997(58세) 미국 프린스턴 대학교 문학 초빙교수 겸 거주작가.
자크 시라크 프랑스 대통령의 지명으로 레지옹 도뇌르 슈발리에 수훈.

1998(59세) 산문집『우리 모두의 희망』출간.
이스라엘의 최고 영예인 이스라엘상 문학 부문에서 수상, 이해는 이스라엘 건국 50주년이었다.
영국 옥스퍼드 대학교 유럽 및 비교문학과 바이덴펠트 석좌교수.
미국 브랜다이스 대학교 명예박사.

1999(60세) 운문소설『같은 바다』출간.
『나의 미카엘』이 독일 베르텔스만의 '20세기 세계 100대 소설'에 선정.

옥스퍼드 대학교 세인트앤스 칼리지 명예회원으로 위촉.

2000(61세) 앤솔러지 『예루살렘 옴니버스』, 인터뷰집 『평화의 감각』
출간.

2001(62세) 노르웨이작가연합 표현의자유상 수상.

2002(63세) 자전소설 『사랑과 어둠의 이야기』, 기고집 『그러나 이것
은 두 개의 다른 전쟁이다』 출간.
폴란드의 세계공의회재단 '관용' 공로 메달 수훈.
독일의 튀빙겐 대학교 시학 강연.

2003(64세) 『같은 바다』로 프랑스위조상 히브리 문학 부문에서 수
상.
독일의 '코른-게르스텐만'남매재단 평화상 수상.
12월 18일, 이스라엘의 아리엘 샤론 총리가 가자 지구에
서 일방적으로 철수한다는 계획을 발표한다.

2004(65세) 산문집 『광신자 치료법』, 기고집 『그의 부족의 주술사』
출간.
『사랑과 어둠의 이야기』로 독일의 벨트문학상, 프랑스의
프랑스퀼튀르상 외국문학 부문, 스페인의 카탈루냐국제
상 수상.
루마니아의 오비디우스상, 이탈리아의 롬바르디아평화
상 특별상 부문에서 수상.
팔레스타인 지도자 아라파트의 병세 악화. 측근들은 외
국의 병원에서 치료받을 것을 권했으나 아라파트는 팔레
스타인을 떠나면 샤론 총리의 방해로 두 번 다시 이 땅을
밟지 못하리라 생각했기에 해외여행을 한사코 거부했다.
그러나 건강이 악화되어 프랑스 파리로 이송되었고 11
월 11일, 아라파트는 파리 근교에서 사망이 선고된다.

2005(66세) 우화 『숲의 가족』 출간.

『사랑과 어둠의 이야기』로 독일의 프랑크푸르트시 괴테상, 오스트리아의 브루노크라이스키 정치도서상, 영국의 윙게이트상 논픽션 부문, 미국의 코레트 유대인도서상 전기·자서전·문학연구 부문, 전미유대인도서상 올해의 책 부문에서 수상.

이탈리아의 산드로오노프리상 외국작가 부문에서 수상.

이스라엘이 가자 지구 정착촌 철거를 시작한다.

8월 23일, 서안 지구의 정착촌 네 곳 철거, 9월 11일, 이스라엘군의 가자 지구 철수 완료.

하지만 이스라엘군은 여전히 서안 지구에서 팔레스타인 사람들의 통행을 금지하면서 그 지역을 통제했다. 따라서 이 지역은 사람들이 살지 않아 텅 비어 있을 뿐 팔레스타인 측에 넘어간 것이 아니었다. 가자 지구에서도 이스라엘군이 거리상 멀리 떨어져 있을 뿐 계속 실질적이고 배타적으로 철수 지역을 통제했기 때문에 이스라엘 점령군의 작전 방식을 재편한 데 불과했다.

2006(67세) 산문집 『화산의 비탈』 출간.

『사랑과 어둠의 이야기』로 이스라엘의 예루살렘아그논문학상 수상.

독일의 코린국제도서상(현 바이에른도서상) 바이에른주 총리상 수상.

이스라엘 히브리 대학교 철학 명예박사, 바이츠만과학연구소 명예박사, 미국의 유대신학교 명예박사.

스웨덴의 NGO 테셰드소르덴(찻순가락의 주문)에서 스웨덴 전역의 모든 고등학교 1학년생에게 『광신자 치료법』 배포, 현재까지 80만 부 가까이 전달되었다.

1월, 팔레스타인 총선에서 하마스가 압승하여 파타(아라파트 계열 정당)와 연합 정부를 수립한다.

2007(68세) 장편소설『삶의 죽음의 시』출간.

스페인의 아스투리아스공상 문학 부문에서 수상.

이탈리아의 암브로시우스 금메달 수상.

미국예술과학아카데미 회원으로 위촉.

오스트리아의 문학 축제「안갯속의 문학」초청 작가.

『사랑과 어둠의 이야기』가 이스라엘 건국 이후 가장 중요한 책 10권으로 선정된다.

『사랑과 어둠의 이야기』일부가 중국어로 번역되어 현대 이스라엘 작가의 글로는 최초로 중국 국정교과서에 실린다.

6월 10일, 파타-하마스 내전 발생.

6월 15일, 서안에 파타 정부, 가자에 하마스 정부가 수립된다. 이스라엘은 가자를 봉쇄하기 위해 8미터 높이의 장벽을 건설하기 시작한다.

2008(69세) 독일의 뒤셀도르프시 하인리히하이네상, 독일의 슈테판하임국제상, 프랑스의 율리시스상 수상.

이스라엘의 단다비드상 과거 부문에서 수상, '과거에 대한 창조적 변주' 공로.

《프로스펙트》와《포린폴리시》주관 '세계의 선도적 지식인 100인'에 선정.

벨기에 안트베르펜 대학교 명예박사.

팔레스타인과의 평화, 인권, 종교의 자유 및 환경을 주요 강령으로 하는 좌파 사회민주주의 정당 '새 운동-메레츠'의 창립자로 참여.

2009(70세) 소설집『시골 생활 풍경』출간.

2010(71세) 『시골 생활 풍경』으로 프랑스의 지중해상 해외 부문, 이탈리아의 나폴리상 해외문학 부문에서 수상.

독일의 지크프리트운젤트상, 이탈리아의 토리노 국제도

서전상, 헝가리의 부다페스트 국제도서전상 수상.

이스라엘 박물관 명예회원으로 위촉.

이탈리아 시에나 외국인대학교 명예박사.

2011(72세) 오페라 〈같은 바다〉 이탈리아 바리에서 초연.

3월, 유대인 살해 혐의로 종신형을 받고 이스라엘 감옥에 수감된 팔레스타인 파타 정당의 과격 무장 단체 '탄짐'의 지도자 마르완 바르구티에게 『사랑과 어둠의 이야기』 아랍어 번역본을 증정한다. 이 책에 아모스 오즈는 이런 인사말을 썼다. '이 이야기는 우리의 이야기입니다. 나는 당신이 이 책을 읽고, 우리가 당신을 이해하고 있는 것처럼, 우리를 이해하기 바랍니다. 바깥세상에서 평화롭고 자유롭게 당신을 만나고 싶습니다. 아모스 오즈 드림.'

2012(73세) 소설집 『친구 사이』 출간.

『악한 음모의 언덕』으로 이탈리아의 주세페토마시디람페두사 국제문학상 수상.

루마니아의 부쿠레슈티 대학교 명예박사, 오스트레일리아의 멜버른 대학교 명예박사.

2013(74세) 체코의 프란츠카프카상, 이스라엘의 뉴먼상 평생공로상 수상.

『친구 사이』로 전미유대인도서상 소설 부문에서 수상.

폴란드 우치 대학교 명예박사.

2014(75세) 산문집 『유대인과 말』(파니아 오즈잘츠베르거 공저), 장편소설 『유다』 출간.

스페인의 시민공로훈장 대십자장 수훈.

독일의 지그프리트렌츠상 수상.

벤구리온 대학교 히브리문학과 교수에서 정년 퇴임.

아일랜드 트리니티 칼리지 명예박사.

7월 가자 지구에서 이스라엘방위군이 프로텍티브 에지

작전을 실행한다.

오즈는 이 당시 하마스가 쓴 인간 방패 전략을 맹렬하게 비판했다.

2015(76세)   『유다』로 독일의 국제문학상 수상.

대한민국의 박경리문학상 수상, 시상식에 참석하기 위해 처음이자 마지막으로 방한한다.

미국의 UCLA 이스라엘학과상 수상.

이탈리아 밀라노 대학교 명예박사, 아르헨티나 산마르틴 장군 국립대학교 명예박사.

영화 〈사랑과 어둠의 이야기〉 칸 영화제 특별상영 부문 초청.

2016(77세)   중국인민대학 학생들이 뽑은 국제문학상, 이탈리아의 비제바노시 국제문학상, 이탈리아의 라테스그린차네상 고목古木 부문에서 수상.

이스라엘 극우 시온주의 단체인 '임 티르추'가 오즈를 반역자라고 매도하는 캠페인을 전개한다.

2017(78세)   강연록 『광신자에게』 출간.

『유다』로 스위스의 시온산상 수상.

『친구 사이』로 중국의 징둥문학상 국제문학상 수상.

독일의 아브라함가이거상 수상.

이스라엘 강경 우파는 두 국가 해결책을 거부하고, 팔레스타인의 서안 지구에 정착촌 건설을 계속 밀어붙인다.

2018(79세)   대담집 『사과 속에 무엇이 있는가?』 출간.

『유다』로 러시아의 야스나야폴랴나상(톨스토이상) 외국 문학 부문, 스웨덴의 스티그다게르만상, 이탈리아의 타오북상 최우수문학 부문에서 수상.

스웨덴의 NGO 테셰드소르덴에서 스웨덴 전역의 모든 고등학교 1학년생에게 『광신자에게』 배포, 『광신자 치료법』과 함께 전달된다.

12월 28일, 암으로 타계. 향년 79세. 키부츠 홀다의 공동 묘지에 묻힌다.

2019 강연록『아직 계산은 끝나지 않았다』출간.

이스라엘과 팔레스타인 가자 지구의 무장 저항 세력 사이의 갈등이 고조되어 긴장과 불안이 끊이지 않고 있다.

© Zhang Lei

옮긴이 최창모

연세대학교와 동 대학교 대학원에서 신학을 전공한 후, 예루살렘 히브리 대학교에서 신구약 중간사(제2차 성전시대사), 유대 묵시문학, 유대-기독교 비교 연구를 했다. 건국대학교 문과대학 히브리학과와 상허교양대학 교수, 중동연구소 소장을 거쳐 2021년 2월 정년 퇴임 후 건국대학교 명예교수와 서울대학교 아시아연구소 방문학자로 있다. 『유다』를 포함하여 『사랑과 어둠의 이야기』 『여자를 안다는 것』 『나의 미카엘』까지 아모스 오즈의 주요 소설 네 작품을 우리말로 옮겼다. 저서로 『유대인과 한국 사회』 『옛 지도로 세계 읽기』 『중동의 미래, 이스라엘과 팔레스타인』 『예루살렘 : 순례자의 도시』 『금기의 수수께끼 : 성서 속의 금기와 인간의 지혜』 『아그논 : 기적을 꿈꾸는 언어의 마술사』 외 다수가 있다. 「현대 히브리 문학의 고양이 모티프/이미지 연구—아모스 오즈의 『나의 미카엘』을 중심으로」를 비롯하여 이스라엘의 역사와 히브리 문학을 아우르는 60여 편의 논문도 발표했다.

유다

지은이 아모스 오즈
옮긴이 최창모
펴낸이 김영정

초판 1쇄 펴낸날 2021년 3월 9일
초판 3쇄 펴낸날 2024년 11월 5일

펴낸곳 (주)현대문학
등록번호 제1-452호
주소 06532 서울시 서초구 신반포로 321(잠원동, 미래엔)
전화 02-2017-0280
팩스 02-516-5433
홈페이지 www.hdmh.co.kr

© 2021, 현대문학

ISBN 979-11-90885-61-4 03890

* 책값은 뒤표지에 있습니다.